GOLDMANN

Buch

Kathryn Anne Kentyre, angeblich uneheliche Tochter der schottischen Königin Mary, wächst im Hause eines Vikars auf, der sie schändlich behandelt. Die junge Schönheit sinnt auf Flucht – und ihr Wunsch soll sich schneller erfüllen, als sie es ahnt. Robert MacDarren, Oberhaupt eines schottischen Clans, kann den Kerkern der englischen Königin Elizabeth nämlich nur durch eine Zwangsheirat entgehen – und die Auserwählte ist ausgerechnet Kathryn. Zuerst tritt er seiner Braut mit tiefstem Widerwillen entgegen, doch schon bald verfällt er ihrem ungestümen Zauber. Er ahnt nicht, daß Kathryn ein Geheimnis hat, das zum Sturz der Königin führen könnte.

Autorin

Iris Johansen wurde für ihre historischen Liebesromane, die von ihrer begeisterten Leserschaft immer mit Spannung erwartet werden, mit zahlreichen Preisen ausgezeichnet. Die Leserinnen der Zeitschrift *Romantic Times* kürten sie bereits mehrmals zur beliebtesten Autorin.

Im Goldmann Verlag
liegen von Iris Johansen bereits vor:

Tänzer im Wind. Roman (41319)
Die Windbraut. Roman (41320)
Was der Wind erzählt. Roman (41321)
Goldene Ketten. Roman (42215)
Der Kuß des Tigers. Roman (42410)

IRIS JOHANSEN

ABGRÜNDE DES HERZENS

ROMAN

Aus dem Amerikanischen
von Ingrid Rothmann

GOLDMANN VERLAG

Originaltitel: »The Magnificent Rogue«
Originalverlag: Bantam Books, a division of
Bantam Doubleday Dell Publishing Group, Inc., New York

Umwelthinweis:
Alle bedruckten Materialien dieses Taschenbuches
sind chlorfrei und umweltschonend.
Das Papier enthält Recycling-Anteile.

Der Goldmann Verlag
ist ein Unternehmen der Verlagsgruppe Bertelsmann

Deutsche Erstveröffentlichung Februar 1995

Umschlaggestaltung: Design Team München
unter Verwendung einer Collage der Agentur
Schlück/Pino/Pellegrino
Satz: IBV Satz- und Datentechnik GmbH, Berlin
Druck: Elsnerdruck, Berlin
Verlagsnummer: 42643
Lektorat: SK
Redaktion: Angela Kupper
Herstellung: Ludwig Weidenbeck
Made in Germany
ISBN 3-442-42643-X

1 3 5 7 9 10 8 6 4 2

1. KAPITEL

29. Januar 1587
Sheffield, England

Meerjungfrau!

Kate fuhr senkrecht im Bett hoch, schwer atmend und gegen die panische Angst ankämpfend, die sie erfaßt hatte.

Hatte sie das Wort laut herausgeschrien? Lieber Gott, laß es nicht geschehen sein! Das wunde Gefühl in ihrer Kehle aber sagte ihr, daß sie sich verraten hatte.

Sie kauerte sich am Kopfende zusammen und wischte sich die Tränen von den Wangen, während sie ihren Blick angstvoll auf die Tür richtete.

Wenn sie geschrien hatte, würde er bald kommen. Sie würde seine Schritte hören, dann würde die Tür aufgehen...

Stille. Vielleicht hatte sie doch nicht geschrien, und falls ja, dann hatte sie ihn nicht geweckt. Vielleicht würde Gott gnädig sein und sie dürfte...

Schritte.

Von Angst und Schrecken erfaßt, schloß sie die Augen. Sie wappnete sich und versuchte, ihre Angst zu bezwingen. Sie wollte nicht, daß man ihr ansah, wie sehr sie sich fürchtete. Sie würde es abstreiten, doch sie wußte, wie gern sie es sahen, wenn sie sich ängstigte. Es war eine Waffe in dem Kampf, den sie gegen sie führten. Für gewöhnlich mangelte es ihr nicht an Kraft, aber nach dem Traum war sie immer so verängstigt und fühlte sich so verloren, daß...

»Ach, mein Kind... wieder der Traum?«

Ihre Lider öffneten sich mit einem Flattern, und sie sah Sebastian Landfield im Eingang stehen, beschienen vom Licht einer Kerze, die er in einem Zinnhalter trug. Sein Nachthemd und der verschlissene graue Umhang lagen eng an seinem mageren Leib an und ließen ihn zerbrechlich aussehen. Sein wirres weißes Haar umgab das runzlige Gesicht wie ein schimmernder Heiligenschein, und die grauen Augen schimmerten feucht. »Ich habe darum gebetet, daß er nicht wiederkommen würde. Es schmerzt mich, dich leiden zu sehen.«

»Ich leide nicht.« Sie konnte sich den Anflug von Trotz nicht verkneifen, obwohl sie wußte, daß sie dafür büßen würde.

Er trat ein, kam an ihr Bett und stellte die Kerze auf den Nachttisch. »Wie kannst du das sagen, wenn du uns mit deiner Pein aus tiefem Schlaf geweckt hast?« Er streckte die Hand aus und berührte sanft eine Locke auf ihrer Stirn. »Siehst du, so heftig hast du um dich geschlagen, daß dein Nachthäubchen verlorenging.«

Verflucht, sie hätte daran denken sollen, das Häubchen aufzusetzen. Sorgfältig vermied sie es, einen schuldbewußten Blick auf das verachtete Nachthäubchen zu werfen, das sie voller Ungeduld auf den Nachttisch geworfen hatte, ehe sie zu Bett gegangen war.

Sebastians Blick fiel auf das Häubchen. »Es sieht verdächtig unbenutzt aus.« Er sah sie an. »Aber ich weiß, daß du mir nie ungehorsam sein und dein Haar unbedeckt lassen würdest. In letzter Zeit warst du sehr brav.«

Sie beeilte sich, das Thema zu wechseln. »Ich möchte mich für die Störung entschuldigen, Sir. Ich hätte nicht...«

»Es ist keine Störung, wenn die Pflicht ruft«, unterbrach er sie. »Es ist Gottes Wille.« Er strich die feuchte Tränenspur auf ihrer Wange entlang. »Obgleich Martha nicht eben erbaut war, als sie aus dem Schlaf gerissen wurde.«

Sie wünschte, er würde nicht mit seinen langen, kalten Fingern ihre Wange liebkosen. Ihr war, als berührte er sie neuerdings häufiger. Mit einer jähen Kopfdrehung wich sie seinen Fingern aus. »Ich werde mich bei ihr entschuldigen. Wo ist sie?«

»Sie wird gleich hier sein.« Er lächelte wehmütig. »Ich glaube, du weißt, wohin ich sie schicken mußte.«

Hinunter in die Küche, zur obersten Schublade des Schrankes.

Kate überlief ein Schauer, als sie sich vorstellte, wie Sebastians untersetzte Frau mit grimmig-frohlockendem Lächeln die Stufen hinunterging.

»Martha meint, du bist für diese Träume schon zu alt«, sagte Sebastian leise. »Sie glaubt, sie sind nur ein Vorwand, und du weckst uns aus purer Bosheit.«

Sie sah ihn verwirrt an. »Warum sollte ich so etwas Unsinniges tun?«

»Nun, ich glaube es ja nicht. Martha ist nicht die Klügste, wenn es um andere geht.« Er strich liebkosend ihre Kehle entlang. »Und sechzehn ist nicht zu alt, um dich zu läutern und zu formen. Also, warum, glaubst du, hattest du heute den Traum?«

Sie gab keine Antwort.

»Schweigen? Zurückhaltung ist eine Tugend, aber ich kann mir nicht denken, daß Zurückhaltung der Grund für deine Schweigsamkeit ist. Erzähle mir von deinem Traum. War es derselbe?«

Er wußte, daß es stets der gleiche war. Wie oft hatte sie sich schon verwünscht, weil sie ihm von der Meerjungfrau erzählt hatte, doch als es mit dem Traum anfing, war sie ein Kind gewesen. Sie hatte nicht wissen können, welch wirksame Waffe sie ihm damit in die Hand gab.

»Sag schon«, drängte er leise. »Du weißt, es ist zu deinem Besten. Bekenne deine Sünde, mein Kind.«

Sie konnte ihn anlügen und behaupten, sie hätte nicht von der Meerjungfrau geträumt. Vielleicht würde er ihr glauben.

Jähe Wut durchschoß sie. Sie würde *nicht* lügen. Es war nicht fair. *Er* war nicht fair. »Ihr irrt Euch. Es war keine Sünde.« Ihre Stimme bebte vor Zorn. »Es war ja nur ein Traum. Wie kann ein Traum Sünde sein?«

»Ach, jetzt kommt es heraus«, murmelte er. »Wie mich diese goldenen Augen anblitzen! Meine jahrelangen Bemühungen haben nichts gefruchtet, du hast kaum etwas gelernt. Du gebärdest dich brav und gehorsam, aber so sehr ich mich auch bemühe, deine Unverschämtheit in die Schranken zu weisen, immer wieder versuchst du, mit mir Schindluder zu treiben.«

»Weil es nicht stimmt! Ich habe keine Sünde begangen.« Glaubte er denn, sie würde den Unterschied nicht kennen? Sünde war das, was sie empfand, wenn sie sich wünschte, ihm die Haare auszureißen und gegen seine dünnen Hühnerbeine zu treten. Sünde war, was sie empfand, wenn dunkle Wut sie bei einer von Marthas verächtlichen Bemerkungen erfaßte.

»Das alles habe ich dir oft genug erklärt«, sagte er geduldig. »Im Schlaf ist deine Seele von allen Fesseln befreit und suhlt sich in Sünde. Begreifst du das nicht?« Er beugte sich vor. In seinen Augen lag ein fanatisches Leuchten. »Du weißt, wie sündig du bist. Wie auch nicht? Du bist die Frucht eines Wüstlings aus dem Schoß der größten Hure des Menschengeschlechts. Deine einzige Rettung vor ewiger Verdammnis bin ich. Bekenne also: Du hast von der Meerjungfrau geträumt?«

Plötzlich war ihr Widerstand gebrochen. Leugnen hat ja doch keinen Zweck, dachte sie ermattet. »Ja.«

Die Anspannung wich ein wenig von ihm. »Sehr gut. Und jetzt gilt es herauszufinden, was dich zu dieser Sünde verleitet hat.« Er sah sie aus zusammengekniffenen Augen an. »Was hast du heute getrieben?«

»Ich habe mit Master Gywnth gelernt und Madam beim Kerzenmachen geholfen.«

»Ist das alles?«

Sie biß sich auf die Unterlippe. »Nachdem ich meine Pflichten erfüllt hatte, bin ich auf Caird ausgeritten.«

»Aha. Ins Dorf?«

»Nein, den Waldpfad entlang.« Erinnerungen überfluteten sie beruhigend: kühles, grünes Laub; der Geruch nach Erde; Cairds Muskeln, deren geschmeidige Bewegung sie unter sich spürte; seine samtenen Nüstern, die sie gestreichelt hatte, als sie ihn zum Trinken an den Bach führte.

»Du würdest doch nicht die Unwahrheit sagen? Du hast mit niemandem gesprochen?«

»Mit niemandem.« Seinem Blick standhaltend, platzte sie heraus: »Mit niemandem, sage ich Euch. Auch wenn ich ins Dorf geritten wäre, hätte niemand mit mir geredet, wie Ihr wohl wißt. Nicht seitdem Ihr...«

»Dann muß es der Ritt selbst gewesen sein.« Er runzelte die Stirn. »Ich habe es nie gebilligt, daß man dich reiten lehrte. Eine so große Freiheit tut jemandem, der so schwach im Geiste ist wie du, nicht gut. Es ermutigt alle Arten von...«

Angst durchschoß sie. Er durfte ihr Caird nicht wegnehmen. Alles konnte sie ertragen, aber das nicht. »Nein! Die Lady sagte, ich dürfte reiten. Ihr habt gesagt, die Lady wollte, daß ich gut reiten lerne.«

»Still! Siehst du denn nicht, welche Ungehörigkeit diese Vergünstigungen mit sich bringen?«

»Gibt sie Anlaß zu Verdruß?« Martha war in der Tür erschienen. »Habe ich dir nicht gesagt, daß es mit ihr schlimmer wird?« Auf Sebastian zugehend, übergab sie ihm die kleine Peitsche, die sie bei sich hatte. »Wenn du zulassen würdest, daß ich sie damit nach eigenem Gutdünken traktiere, würde sie sich bald anständig benehmen.«

Er schüttelte den Kopf. »Wie oft muß ich es dir noch sagen, daß das allein meine Pflicht ist. Du kannst wieder zu Bett gehen.«

Sie sah ihn erstaunt an. »Ich soll nicht als Zeugin zugegen sein?«

»Du kannst gehen«, wiederholte er.

Kate war nicht minder erstaunt als die Frau. Ihre Züchtigung lief meist wie eine rituelle Zeremonie ab, bei der die Frau jede Einzelheit von Kates Qualen mit höchster Befriedigung registrierte.

»Ich möchte bleiben«, protestierte die Frau. »Warum schickst du mich fort?«

»Mir ist nicht entgangen, wie sehr du ihr Leiden genießt. Wir züchtigen ihren Leib nicht zu unserem Vergnügen, sondern um ihre Seele zu läutern.«

Rote Flecken erschienen auf den Wangen seiner Frau. »Ich gebe zu, daß ich für dieses Hurenfrüchtchen nichts übrig habe, aber du hast kein Recht, mich wegzuschicken.«

»Es ist ebenso meine Pflicht, sie zu schützen wie zu züchtigen.«

Wut färbte ihre Wangen noch röter. »Du belügst dich selbst«, zischte sie. »Glaubst du, ich wüßte das nicht? Glaubst du, ich hätte nicht gesehen, wie du sie jetzt anschaust? Ich wollte es erst nicht glauben, aber du bist –« Sie sprach nicht weiter, als Sebastians sengender Blick sie traf.

Kate kannte diesen Blick, der alles zu verschlingen schien, was sich ihm darbot, aber noch nie hatte sie erlebt, daß er Martha so ansah.

»Was bin ich?« fragte er mit drohendem Unterton.

Martha benetzte die Lippen. »Nichts. Gar nichts. Satan hat mir die Zunge verdreht.« Sie lief aus dem Zimmer.

Sebastian wandte sich wieder Kate zu. »Es wird Zeit.«

Sie wußte, was nun kam. Ihre Hände hielten krampfhaft die Decke fest. Über der Auseinandersetzung mit seiner Frau hatte er hoffentlich Caird vergessen. Sie mußte dafür sorgen, daß seine Aufmerksamkeit sich auf ihr Vergehen konzentrierte und nicht auf die vermeintliche Ursache. »Es war nur ein Traum«, flüsterte sie.

»Der Traum ist eine Sünde. Siehst du denn nicht, wie eigenwillig und halsstarrig er dich macht?« Er entfernte sich vom Bett. »Nimm die Position ein.«

Sie stand auf und ging auf den Prügelschemel am anderen Ende des Raumes zu. Es würde bald vorbei sein. Er achtete stets darauf, daß keine Striemen zu sehen waren, und ließ sie die Peitsche immer nur andeutungsweise spüren. Wenn sie Reue heuchelte... Himmel, der Gedanke, sich vor ihm zu erniedrigen, bereitete ihr Übelkeit. Dennoch würde sie nicht nur Reue zeigen, sondern ihn auch auf Knien bitten, Caird und das

Quentchen Freiheit, das ihr zugestanden wurde, behalten zu dürfen.

»Entblöße den Rücken.«

Rasch ließ sie ihr Nachthemd von den Schultern gleiten und bis zur Taille fallen, dann kniete sie neben dem Schemel nieder. Durch den dünnen Stoff ihres Nachthemdes hindurch waren die kalten Dielenbretter zu spüren. Sie breitete die Arme aus, wie er es von ihr seit ihrer Kindheit verlangt hatte, in Erwartung des ersten Schlages.

Er kam nicht.

Sie warf einen Blick über die Schulter. Er stand da, die Peitsche in der Hand, den Blick unverwandt auf ihren Rücken geheftet. Seine Wangen waren sonderbar gerötet, während sich der Griff seiner Hand in einer merkwürdig rhythmischen Bewegung lockerte und festigte.

»Wie leicht es dir fällt, dich zu entblößen. Hast du denn gar kein Schamgefühl?« fragte er heiser. »Hast du dich so im Traum benommen?«

Verwirrt starrte sie ihn an. Auf diese Weise hatte er sie noch nie getadelt. »Ich sagte schon... die Träume sind nie so.« Warum zögerte er? Sie wollte es hinter sich bringen. »Ihr habt verlangt, daß ich mich bereitmache. Ich habe nur gehorcht«, sagte sie, bemüht, sich ihre Ungeduld nicht anmerken zu lassen.

»Ohne Anstand und Schamgefühl.« Sein Blick richtete sich auf die Wölbung ihres Kreuzes, wo es in die sanfte Rundung ihres Gesäßes überging. »Mir ist aufgefallen, wie du dich neuerdings gebärdest... ich hatte befürchtet, daß es so kommen würde, wenn du den Kinderschuhen entwächst. Du kommst gegen dein schlechtes Blut nicht an. Es treibt dich dazu, jeden Mann in deiner Nähe in Versuchung zu führen.«

»Nein!«

»Doch.« Er kniff die Lippen wie im Schmerz zusammen. »Ich habe gesehen, wie du die Männer unter den Wimpern hervor ansiehst und sie mit deinem schmollenden Hurenmund anlächelst. Ich kenne dieses Lächeln. Fast zwanzig Jahre lang habe ich gesehen, wie sie durch dieses Dorf ging und ihren Zauber wirken ließ. Glaubst du, ich würde die Anzeichen nicht erkennen?«

»Ich bin nicht sie. Ich bin nicht meine Mutter.« Ihre Stimme bebte vor Wut. »Ich bin ich. Ich will keinen Mann in Versuchung führen. Ich möchte nur in Ruhe gelassen werden.«

»Du lügst! Alle Schlampen lügen«, zischte er. »Sogar im Schlaf träumst du von Sünde. Gestehe es.«

»Ich träume nicht von...« Sie ballte die Hände zu Fäusten. »Bitte, fangt an, damit es bald vorbei ist.«

»Damit du weiterschlafen und dich von neuem in Wollust verlieren kannst?« Er holte zum Schlag aus. »Zum Wohle deiner Seele muß ich dafür sorgen, daß es dir in dieser Nacht nicht mehr gelingt.«

Feuer brannte auf ihrer Haut, als die Peitsche sie traf.

Sie biß sich auf die Lippen, um nicht aufzuschreien.

»Ich glaube, wir müssen dich von diesem Pferd befreien.«

»Nein!« Seine Worte, nicht die Peitsche, entlockten ihr den Aufschrei.

Der nächste Schlag.

Durch den Nebel des Schmerzes hindurch versuchte sie einen klaren Gedanken zu fassen.

Die Lady. Wenn Sebastian eines auf der Welt fürchtete, so war es der Zorn der Lady. »Die Lady wird es mißbilligen. Sie wird...«

»Es ist nicht immer das klügste, der Lady alles zu sagen. Das Pferd ist alt. Es wird erkranken und verenden.« Wieder traf die Peitsche sie. »Man wird einfach vergessen, dir ein neues zu geben.«

Ihr wurde übel. »Ihr würdet es töten?«

»Was ist das Leben eines Tieres, wenn es um die Rettung einer Seele geht? Ich hätte mich des Pferdes schon entledigen sollen, als du vor drei Monaten ausreißen wolltest.«

Ein weiterer Schlag.

Und noch einer.

So aufgebracht hatte sie ihn noch nie erlebt. Sie wußte nicht, wie oft die Peitsche auf sie niedersauste, aber endlich hörten die Schläge auf.

Als er sie erhob und zum Bett trug, war sie kaum bei Bewußtsein. Er legte sie mit äußerster Sanftheit hin. »Jetzt wirst du gut schlafen«, murmelte er. »Aber du hättest mich nicht zwingen dürfen, dich so hart zu züchtigen.«

»Bitte... nicht Caird...«

»Über das Pferd werden wir uns morgen unterhalten.« Er deckte sie zu. »Und dann wirst du zusehen und begreifen, daß es nur dir zuliebe geschieht.«

Den Teufel würde sie tun. Unter der Decke grub sie die Fingernägel in die Handflächen. Sie liebte Caird. Er war das einzige auf der Welt, an dem sie hing, und sie würde nicht zulassen, daß er umgebracht würde. Sie würde diese Schwäche überwinden und um ihn kämpfen.

Er nahm die Kerze und ging zur Tür. »Gute Nacht, Kathryn.«

Kaum hatte sich die Tür hinter ihm geschlossen, warf sie die Decke von sich und stand schwankend auf.

Sie durfte nicht zulassen, daß er Caird tötete. Nicht Caird...

Greenwich Palace

»Black Robert...«, murmelte die Königin vor sich hin. »Ihr habt ihn? Seid Ihr dessen sicher, Percy?«

»Ganz sicher, Euer Majestät«, antwortete Percy Montgrave. »Ich könnte gar nicht sicherer sein. Zwei Tote und ein Verwundeter legen dafür Zeugnis ab. Der Earl von Craighdhu steht Euch im Tower nach Belieben zur Verfügung.«

»Ausgezeichnet.« Elizabeths beringte Hand schlug auf die Armlehne ihres Sessels. »Obwohl Ihr weiß Gott lange gebraucht habt. Schon vor einem halben Jahr sagte ich Euch, daß ich ihn brauche.« Ihr Blick wanderte zu dem Dokument, das auf ihrem Schreibtisch am anderen Ende des Raumes lag. »Es ist fast zu spät.«

Verwundert zog Percy die Brauen zusammen. Der ganze Hof wußte, wie sehr sich Elizabeth über den Inhalt dieses Befehls erregte, aber soweit er es beurteilen konnte, hatte der Befehl nichts mit dem Earl zu tun. »Ein übermäßig entgegenkommender Gentleman ist er nicht. Eine ganze Weile fürchtete ich, die Spanier würden ihn vor seiner Heimkehr nach Schottland erwischen.«

Elizabeth schüttelte den Kopf. »Dazu ist er viel zu gerissen. Habt Ihr ihn auf Craighdhu gefaßt?«

Percy schüttelte den Kopf. »In Edinburgh. Auf Craighdhu wäre es unmöglich gewesen. Sein barbarischer Clan hätte den Anblick ihres Oberhauptes in Ketten nicht geduldet. Euer Majestät Vetter James hingegen hat sich blind gestellt, während ich ihn von einem lästigen Stachel in seiner Seite befreite.«

»Wie unmöglich?«

»Wie bitte?«

»Wie unmöglich ist es, die Verteidigungsanlagen auf Craighdhu zu überwinden?«

»Vielleicht nicht ganz unmöglich.« Um seine Lippen zuckte es. »Wenn sie von einer Flotte angegriffen werden, die so groß ist wie die Armada, die Philipp von Spanien gegen Euch ausschickte.«

»So stark...« Die Nachricht schien der Königin nicht zu mißfallen. »Keine Schwachstellen?«

»Craighdhu ist eine Insel vor der Westküste Schottlands, eine unfruchtbare, düstere Anhäufung von nebelverhangenen Bergen. Die Burg ist gut befestigt und besitzt einen einzigen, gut bewachten Hafen.« Er hielt inne. »Darf ich fragen, aus welchem Grund wir uns über die Stärke der Verteidigungsanlagen Seiner Lordschaft Gedanken machen müssen?«

Elizabeth schien ihn nicht zu hören. »Was für ein Mensch ist er?«

»Tödlich.«

Sie tat die Antwort mit einer ungeduldigen Handbewegung ab. »Damit habe ich keine Probleme. Ein Mann, dem es an gefährlichen Eigenschaften mangelt, ist gar kein Mann. Welchen Eindruck habt Ihr außerdem von ihm?«

Herrgott, was wollte sie nun hören? Vor über einem Jahr hatte sie den detailliertesten Bericht, den er je für sie zusammengetragen hatte, über diesen Halunken angefordert und erhalten. Er hatte ihr in den letzten drei Jahren etliche Geheimberichte über verschiedene Gentlemen vorgelegt, aber der Earl von Craighdhu hatte ihr Interesse ganz besonders geweckt. Ihm war unbegreiflich, wieso sie von diesem Schotten so besessen war. Robert MacDarren besaß weder am Hof des schottischen Königs James Einfluß noch an dem von Elizabeth in England. Natürlich bestand die Möglichkeit, daß sein Kapern spanischer Schiffe bei ihr Gefallen erregt hatte. Für ihre Freibeuter hatte die Königin immer große Sympathie gezeigt, aber Robert MacDarren segelte nicht unter ihrer Flagge.

»Nun?« drängte sie ihn.

Er versuchte seine Abneigung gegen den Schurken zu verdrängen und ihr die Antwort zu geben, die sie wollte. »Er ist intelligent.«

»Brillant«, berichtigte sie ihn.

Er neigte den Kopf. »Möglich.«

»Keine Haarspalterei. Binnen eines halben Jahres hat er vier von Philipps Galeonen gekapert.«

»Was auf außergewöhnlichen Kämpferinstinkt hindeuten mag. Aber das bedeutet nicht notwendigerweise, daß er...«

»Brillant«, wiederholte sie.

»Darf ich Euer Majestät daran erinnern, daß er auch eines Eurer Schiffe kaperte?«

»Ich glaube, damit hatte er einen bestimmten Zweck im Sinn.«

»Gold.«

Sie sah ihn nachdenklich an. »Er hat Euch gegen sich aufgebracht. Ihr seid ihm nicht wohlgesonnen. Warum?«

Percy zögerte. »Er... reizt mich.«

Sie wartete schweigend.

»Ich kann diese wilden Highlander nicht ausstehen.«

»Speziell *diesen* wilden Highlander.«

»Er ist nichts weiter als ein zügelloser Schuft«, stieß er hervor. »Er hat die Zunge einer Viper, keinen Respekt vor Autorität, außer vor der eigenen, und er lacht zuviel.«

Sie runzelte die Stirn. »Er lacht?«

»Er findet die unpassendsten Dinge komisch.«

»Zum Beispiel?«

Er wollte ihr nicht gestehen, daß sich MacDarren über die nach oben gebogenen Spitzen seiner modischen dottergelben Schuhe mokiert hatte. »Alles, was außerhalb seines barbarischen Reiches liegt«, sagte er spitz.

»Warum wollt Ihr nicht...« Sie sprach nicht weiter und studierte ihn eingehend. Ihr Blick wanderte vom Samtbarett mit der roten Feder zum weißen, sich über seinen Hüften fast weiblich bauschenden Wams bis hin zu seinen feinen purpurnen Beinlingen und den silberbestickten Strumpfbändern. Sie lachte leise auf. »Eure Aufmachung lieferte ihm Grund zur Belustigung?«

Er lief rot an. Elizabeth verfügte über einen untrüglichen Instinkt, und sie zögerte nie, Schranken niederzureißen, die man besser intakt gelassen hätte. »Das habe ich nicht gesagt.«

»Aber ein brillanter Mann, der entwaffnet wird, sucht so lange, bis er eine geeignete Waffe gefunden hat.«

»Wollt Ihr damit sagen, daß meine Kleidung...«

»Völlig passend ist«, sagte sie beruhigend. »Ihr erregt den Neid all meiner Höflinge, und mir gefällt ein bißchen Putz und Pomp. Aber wie Ihr richtig sagt, weiß ein Mann von MacDarrens Herkunft die Feinheiten der Hofkleidung nicht zu würdigen.« Sie wechselte das Thema. »War er allein, als Ihr ihn überwältigen konntet?«

»Der Anführer eines Clans ist selten allein. Der Stammesverband fordert, daß das Oberhaupt sich zu seinem Schutz ständig in Begleitung eines Gefolgsmannes befindet. Wir waren daher gezwungen, seinen Vetter Gavin Gordon ebenfalls gefangenzunehmen.« Er zuckte die Schultern. »Der Mann hat seine Pflicht gröblichst vernachlässigt. Mein Hauptmann der Wache sagte, MacDarren wäre gezwungen gewesen, sich und seinen Vetter zu verteidigen. Gordon wurde bei dem Gefecht verwundet.«

»Doch er lebt?«

»Er hat viel Blut verloren, befindet sich aber auf dem Weg der Besserung.«

»Gut. Wir werden ihn vielleicht gebrauchen.«

»Wozu?«

»Auch Schurken kennen Treuepflicht, und nach allem, was Ihr berichtet, soll der Earl sich gegenüber Freund wie Feind gleichermaßen ungewöhnlich verhalten.« Als sie aufstand, raschelten ihre bernsteingelben Samtröcke. Sorgsam rückte sie die steife gefältelte Halskrause zurecht. »Wie wir bald sehen werden. Also nehmen wir die Sache in Angriff. Begleitet mich in den Tower.«

»Jetzt?« Er riß erstaunt die Augen auf. »Aber es ist kurz vor Mitternacht, Euer Majestät.«

»Um so besser. Ich möchte ja nicht, daß mein Besuch an allen Straßenecken Londons ausgerufen wird. Geht und laßt meine Barke kommen.«

»Hat das alles nicht bis morgen Zeit?«

»Nein, hat es nicht«, herrschte sie ihn an. »Dank Eurer Saumseligkeit ist die Zeit fast abgelaufen. Tut, wie ich Euch befehle.«

Percy senkte die Lider, um seinen Zorn zu verbergen. Bei Gott, es ging ihm verdammt gegen den Strich, dastehen zu müssen und sich ausschelten zu lassen. Königin oder nicht, sie war nur eine Frau, und ihr Verhalten in dieser Sache überschritt die Grenzen der Vernunft. Als erstes hatte ihn dieser unverschämte Kerl beleidigt, und jetzt wurde er der Saumseligkeit bezichtigt. Was hätte er denn tun sollen? Dem Barbaren nachsegeln, während dieser Jagd auf spanische Galeonen machte?

Er tat einen tiefen Atemzug, ehe er zähneknirschend äußerte: »Sofort, Euer Majestät.« Mit einer ehrerbietigen Verbeugung entfernte er sich rücklings aus dem Raum.

Bei allen Heiligen, war der Kerl aufgeblasen! Elizabeth sah zu, wie sich die Tür hinter Percy schloß, bevor sie ans Fenster trat und in die Dunkelheit hinaussah. Aber obwohl ein Laffe und zu eingebildet für seine Stellung, war Percy kein Dummkopf. Immerhin hatte er ihr MacDarren herbeigeschafft!

Sie warf einen Blick auf das Dokument auf ihrem Schreibtisch und spürte, wie sich ihre Muskeln in Rücken und Schultern verspannten. Dort lag es und harrte ihrer Unterschrift. Lieber Gott, gab es denn keinen Ausweg?

Sie kannte die Antwort.

Aber noch mußte sie sich ihr nicht stellen. Trotz aller Brandreden der blutrünstigen Hetzer im Parlament würde sie nicht nachgeben.

Noch nicht.

Nicht ehe sie ihre Pläne in die Tat umgesetzt hatte.

Wie hatte es so weit kommen können? dachte sie erschöpft. Sie hatte nur schützen und behüten wollen, aber Lügen hatten es an sich, immer neue Lügen hervorzubringen, bis die ganze Welt von einem Netz von Falschheit durchwoben zu sein schien.

Als sie ihren Blick von dem Dokument losriß, fühlte sie sich sofort besser. Diesen Kampf zu gewinnen, war für sie fast unmöglich. Da war die bevorstehende Konfrontation mit MacDarren mehr nach ihrem Geschmack. Nach allem, was sie gehört hatte, war er ein würdiger Gegner, und nichts war ihr lieber, als einem klugen Mann zu beweisen, um wieviel klüger eine Frau sein konnte.

Sie wandte sich vom Fenster ab und ging entschlossenen Schrittes zu ihrem Ankleidezimmer. »Margaret! Meinen Mantel.«

»Ich habe dir gegenüber meine Pflicht vernachlässigt.« Gavin ließ den Blick finster durch die Zelle wandern und sah dann Robert an, der auf dem anderen Feldbett lag. »Hätte ich nicht versagt, wären wir nicht hier.«

Robert gähnte. »Ganz recht. Du bist ein jämmerlicher Gefolgsmann. Dein Schwert handhabst du wie einen Besenstiel, und überdies bist du schwerfällig wie ein trächtiger Seelöwe.«

Gavin rümpfte die Nase. »Das mag ja stimmen, aber der Vergleich mit einem Seelöwen gefällt mir gar nicht. Außerdem – wie kann ein Löwe trächtig sein? Es müßte sich schon um eine Löwin handeln, damit... du hörst mir ja gar nicht zu.«

»Ich bin ganz Ohr. Du machst dir Vorwürfe, weil wir in diese mißliche Lage geraten sind. Weiter so, sicher tut es dir gut.«

»Du weißt, daß es stimmt. Ich hätte dich nicht begleiten dürfen. Jock hätte nie zugelassen, daß man dich gefangennimmt.«

»Die anderen waren in der Überzahl.«

»Das war schon öfter der Fall. Wäre ich nicht verwundet worden, hättest du entkommen können.«

»Gavin.«

»Ja.«

»Du ödest mich an. Ich gebe ja zu, daß du ein miserabler Gefolgsmann bist, aber etwas sprach immer zu deinen Gunsten – du warst nie ein Langweiler.«

»Ich war für dich der Hofnarr, mehr nicht«, entgegnete Gavin düster. »Du hättest mich in... mein Gott, wie heiß es hier drinnen ist.« Er schnüffelte. »Und dazu der Gestank.«

»Das bin vermutlich ich.« Auch Robert schnüffelte. »Nein, eher du.«

Gavin setzte sich auf seinem Klappbett auf und schwang die Beine auf den Boden. »Gleich wirst du noch sagen, ich rieche wie ein Seelöwe.«

»Ich bin nie nahe genug an einen herangekommen, um seinen Geruch wahrnehmen zu können.«

»Ich schon.« Die Erinnerung an jenen goldenen Tag erhellte Gavins Miene jäh. »Einmal lagerte ich draußen auf den Klippen und beobachtete sie. Zuerst waren sie sehr scheu, nachdem sie sich aber an mich gewöhnt hatten, ließen sie mich ganz nahe an sich heran.«

»Ach? Davon hast du mir nie etwas erzählt.«

»Ich war damals noch ein Knabe.« Er runzelte die Stirn, während er sich erinnerte. Er und der um fünf Jahre ältere Robert waren zusammen auf Craighdhu aufgewachsen. Getreulich war er ihm überallhin gefolgt, und ihre gemeinsamen Erlebnisse waren unzählig. Jener Tag war für Gavin etwas so Besonderes gewesen, daß er Robert gewiß davon erzählt hätte. »Du mußt damals wohl in Spanien gewesen sein.«

»Möglich.«

In der finsteren Zelle konnte Gavin Roberts Miene nicht erkennen, doch die kühle Zurückhaltung in seinem Ton entging ihm nicht. Wieder hatte er einen Fehler begangen. Er wußte, daß Robert von dieser Zeit höchst ungern sprach. Für gewöhnlich war er nicht so dumm. Daran mußte dieses verdammte Fieber schuld sein. »Na ja, jedenfalls weiß ich, daß ich nicht wie ein Seelöwe rieche.«

»Dein Wort genügt mir. Hast du Durst?«

»Ein wenig.« In Wahrheit mehr als nur ein wenig, doch wußte er nicht, ob er genug Kraft hatte, um aufzustehen und sich Wasser aus dem Krug auf dem Tisch am anderen Ende der Zelle zu holen, und Robert wollte er nicht um einen weiteren Gefallen bitten. Er hatte schon zuviel für ihn getan. Auf der langen Reise von Edinburgh hierher hatte er Gavin gepflegt wie ein hilfloses Kind, hatte seine Wunden verbunden und seinen Kopf mit Wasser gekühlt, wenn das Fieber ihn überfiel.

»Leg dich wieder hin. Ich werde dir Wasser bringen.«

»Nein, ich kann...«

Robert war bereits aufgestanden. Gavin sah zu, wie er Wasser aus dem Krug in einen Becher goß.

»Warum hast du diesmal mich und nicht Jock mit auf See mitgenommen?«

»Du hast es selbst gewollt.«

»Das glaubte ich. Die vielen Geschichten von Gold und Ruhm…«

»Nun, Gold gab es in Hülle und Fülle.« Robert brachte Gavin den Becher. »Aber keinen Ruhm.«

Gavin trank durstig. »Mir war das Blut zuwider. Nie hätte ich gedacht, daß es so reichlich fließen würde.«

»Ohne Blutvergießen kann man keine Schiffe kapern, und Craighdhu braucht das Gold dringend.«

Das war nur zu wahr. Craighdhu war nicht fruchtbar genug, um die Bevölkerung zu ernähren, und Roberts Vorgangsweise entsprach reiner Notwendigkeit.

Gavin trank wieder einen Schluck. »Wird man uns hängen, Robert?«

»Ich glaube nicht.«

»Warum sind wir dann hier?«

»Du hast Montgrave gehört. Die Königin möchte mich sehen.«

»Ich sagte dir ja, daß der Überfall auf ihr Schiff ein Fehler war.«

»Ich bezweifle sehr, daß wir deswegen in dieser Zelle sitzen. Alle Welt weiß, daß Montgrave die geheimen Aufträge der Königin ausführt.«

»Warum dann?«

»Ich habe da ein paar Vermutungen. Noch Wasser?«

Gavin schüttelte den Kopf.

»Dann leg dich wieder hin.« Robert drückte ihn sanft nieder und deckte ihn zu.

Nie hätte ich gedacht, daß Robert so sanft sein kann, dachte Gavin. Dazu hat es erst meiner Verwundung bedurft… Nein, das stimmte nicht. Aus Jugendtagen konnte er sich undeutlich an einen sanften Robert erinnern. Aber seit Robert aus Spanien zurückgekehrt war, kannte er nur den harten, spottlustigen Mann, den man Black Robert von Craighdhu nannte. Den Clanführer, der zu allen auf Distanz ging und niemanden an sich herankommen ließ, das Oberhaupt, das mit Blut und Gewalt so locker umging wie mit der Ausführung der Entscheidungen des Clans. Anders als ich, dachte Gavin reuig, der nach seinem ersten Kampf, von Übelkeit erfaßt, den Kopf über die Reling hatte hängen lassen.

Robert ließ sich auf seiner Pritsche nieder und lehnte sich an die Wand. Ihn schienen keine Sorgen zu plagen, aber Gefühle zeigte er nur selten. Gavin hatte ihn schon oft so dasitzen sehen, äußerlich ruhig, Schweigen und Kraft wie eine schützende Hülle um sich legend.

»Wenn sie die Absicht hätte, uns hängen zu lassen...«, setzte Gavin an.

»Dann werden wir einen Fluchtweg finden.«

»Dann wirst du ohne mich gehen müssen.«

»Nein.«

Gavin hatte gewußt, daß Robert so antworten würde, doch war es für ihn Ehrensache, auf seinem Standpunkt zu beharren. »Ich bin so schwach, daß ich dir nicht von Nutzen sein kann.«

»Du bist stärker, als du glaubst.« Roberts Ton signalisierte Entschlossenheit, und Gavin spürte Erleichterung. Es war ja schön und gut, sein Leben als Opfer anzubieten, aber es war um vieles besser, wenn dieses Angebot zurückgewiesen wurde. Etwas anderes hatte er auch gar nicht erwartet. Gavin gehörte zu Craighdhu, und das bedeutete für Robert, daß er gegen alle Feinde geschützt werden mußte. Außerdem – wozu die Sorgen? Robert würde es gelingen, ihnen beiden zur Flucht zu verhelfen. Robert war klüger als alle, die er kannte. Wenn nötig, würde er einen Fluchtweg finden und Gavin mitnehmen.

»Vermutlich hast du recht.« Gavin sagte es schon viel unbeschwerter, als er sich bequemer zurechtlegte. »In Notsituationen habe ich immer ungeahnte Kräfte entfaltet.«

»Nur darf dabei kein Blut fließen«, lautete Roberts trockene Antwort.

»Nun, dann mußt du eben eine Methode ersinnen, die uns ein Entkommen ohne Blutvergießen ermöglicht.«

Als Percy die Tür aufriß, bemerkte Elizabeth, wie muffig, dunkel und beklemmend die Zelle war. Die zwei Gestalten auf den primitiven Klappbetten waren im Licht der Kerze, die er in der Hand hielt, kaum auszumachen.

»Schaffe Gordon in eine andere Zelle, bis wir mit dem Earl fertig sind«, wies Montgrave den Wachmann an, der sie begleitete. »Ihre Majestät möchte mit Seiner Lordschaft unter vier Augen sprechen.«

Gleich darauf war ein lauter Fluch von der anderen Pritsche her zu hören. »Verdammt, gib acht, du Narr«, stieß Robert MacDarren scharf hervor. »Laß ihn ohne Hilfe gehen. Willst du ihm die Wunde aufreißen?«

Der Posten gab keine Antwort, als er Gavin Gordon an Elizabeth vorüber hinausdrängte. Sie nahm flüchtig zerzaustes rotes Haar, gerötete Augen und Sommersprossen in einem wachsbleichen Gesicht wahr. Du liebe Güte, der war ja noch ein Knabe, kaum älter als zwanzig. Sonderbar, ausgerechnet ihn zum Beschützer von Black Robert zu wählen.

»Auf die Beine«, sagte Percy zu MacDarren, als er die Kerze auf den Tisch stellte. »Kannst du nicht sehen, wer dich mit einem Besuch beehrt?«

Die dunkle Gestalt auf der Lagerstatt rührte sich nicht. Hochmut, dachte Elizabeth bei sich. Nun, Hochmut störte sie nicht im geringsten. Diese Eigenschaft besaß sie selbst im Übermaß, und eine Andeutung davon in MacDarren konnte nur von Nutzen sein.

»Percy, laßt uns allein.« Sie trat ein. »Kommt zurück, wenn ich Euch rufe.«

»Aber, Euer Majestät«, protestierte der Höfling, »das ist gefährlich. Er wird ...«

»Mich erdrosseln? Lächerlich«, höhnte sie. »Es mag ihm an Manieren mangeln, aber er ist ja nicht verrückt. Geht jetzt.«

Nach kurzem Zögern trat Percy zurück und schlug die Tür hinter sich zu.

»Könntet Ihr Euch zu etwas mehr Höflichkeit aufraffen, da

er nun fort ist?« mahnte sie. »Um Kühnheit und Mut zu beweisen, habt Ihr es nicht nötig, Euch in Positur zu werfen.«

Nach einem Augenblick des Schweigens war MacDarrens leises Auflachen zu hören. »Guten Abend, Euer Majestät.« Er stand auf und verbeugte sich. »Vergebung. Ich habe Euch falsch eingeschätzt, als ich annahm, Ihr hättet eine Vorliebe für Poseure wie Montgrave. In meiner mißlichen Lage war ich natürlich bemüht, bei Euch Gefallen zu erregen.«

Sie blickte in die Dunkelheit, konnte aber nur sein weißes Hemd ausmachen und erkennen, daß er sehr groß war. »Ich kann Euch nicht sehen. Tretet näher.«

»Leider bin ich ungepflegt und nicht eben wohlriechend. Ich möchte Eure empfindlichen Sinne nicht beleidigen.«

Spötterei. Sie unterdrückte ihren Jähzorn. Einer der Gründe, ausgerechnet ihn zu wählen, war sein Mangel an Ehrerbietung einer Autorität gegenüber, und nun mußte sie damit zurechtkommen. Aber es war vielleicht angebracht, ihn spüren zu lassen, daß Autorität gegenüber, und nun mußte sie damit zurechtkommen. Aber es war vielleicht angebracht, ihn spüren zu lassen, daß Autorität gewisse Vorteile hatte.

»Meine Gefühle sind nicht so empfindsam, daß es mir unerträglich wäre, Euch für Eure Unverschämtheit bestrafen zu lassen. In diesem Tower wurden schon Stärkere als Ihr gebrochen. Und jetzt kommt her und laßt Euch anschauen.«

Er ließ noch einen Moment vergehen, ehe er in den Lichtkreis trat.

Allmächtiger, wie stattlich er war!

Ihre Vorliebe hatte immer schon dunklen Männern gegolten. Auch ihr eigener teurer Robin besaß diese südländische Färbung. Zweifellos hatte MacDarrens spanische Mutter ihm das schwarze Zigeunerhaar vererbt, die dichten Brauen über den tiefliegenden Augen, die Haut, die eher golden als gebräunt war. Ungewöhnlich hohe Backenknochen ließen seine Wangen eingefallen erscheinen und seine wohlgeformten Lippen dagegen um so sinnlicher. Sein Körper war groß und kampfgestählt, seine Beine kräftig und muskulös, wie der enganliegende Beinling ahnen ließ, seine Bewegungen von geschmeidiger, tierhafter Anmut, die ihre Sinne reizte. Gutes Aussehen war für ihre Zwecke nicht unbedingt erforderlich, dennoch erfüllte es sie mit Genugtuung, daß er es besaß.

»Aber Euch liegt nicht daran, mich zu brechen«, sagte er leise. »So ist es doch, Euer Majestät? Ihr habt etwas anderes im Sinn.«

Sie sah ihn wachsam an. »Soso, das glaubt Ihr also? Nun, das muß Euch ein gewisser Trost gewesen sein, hier in dieser dunklen Zelle, auf dem harten Lager.«

Er lächelte. »Das war es.«

Gesunde weiße Zähne, registrierte sie, und ein Lächeln, das trotz seiner Spottlust einen gewissen kecken Charme besaß.

»Sicher stellt dies für Euch eine Enttäuschung dar«, fuhr er fort. »Habt Ihr Euch etwa ausgemalt, wie ich vor Eurem königlichen Zorn zitternd hier läge?«

»In Eurer Situation wäre das nicht weiter ungewöhnlich.«

Er schüttelte den Kopf.

»Hättet Ihr meinen Tod gewollt, so hätte Montgrave dieses Ziel schon in Edinburgh erreichen können. Statt dessen aber habt Ihr mich nach London schaffen lassen, was dem teuren Percy einige Mühe bereitete.«

»Mehr als nur ein wenig Mühe. Meines Wissens hat es zwei Tote gegeben.«

»Deren Leben Ihr für Euren Zweck geopfert habt.«

»Vielleicht wollte ich meinen Leuten zeigen, daß ich Piraterie nicht dulden kann.«

»Es sei denn, Euch flösse ein großzügiger Tribut aus den Schatztruhen der Spanier zu.«

Sie gab sich nicht mit Leugnen ab. »Aber Ihr habt mir keinen Tribut gezollt, und Ihr habt Euch nicht auf spanische Schiffe beschränkt. Ihr habt eines meiner Schiffe angegriffen.«

»Habe ich das?«

»Und Ihr habt den Kapitän in dem Glauben gelassen, Ihr hättet im Auftrag Eures schottischen Königs gehandelt. James war über meine Protestnote alles andere als erbaut. Nicht nur, daß er keinen Tribut erhielt, der den Stachel meines Schreibens gedämpft hätte, er hat Euch auch ganz sicher nicht ausgeschickt, um meine Schiffe zu überfallen.«

Sein Lächeln blieb unverändert. »Ich habe auch nicht ausdrücklich gesagt, daß ich auf Befehl von James handle.«

Sie schnaubte vor Wut. »Haarspalterei! Ihr wart bei Eurem Angriff bemerkenswert zurückhaltend. Ihr habt Beute gemacht, aber nicht getötet. Ich glaube, Ihr habt mein Schiff nur aus einem einzigen Grund überfallen. Ihr wolltet mich glauben machen, James stelle sich meiner Flotte entgegen.«

Seine Lider senkten sich und verbargen seine Augen. »Warum sollte ich das wohl tun?«

»Das gehört zu den Dingen, die ich wissen möchte. Ihr seid es, der meine Fragen beantworten soll.«

»Mir sind Fragen widerwärtig.«

Wieder dieser spöttische Ton. Ihre Ungeduld regte sich. »Der junge Mann, der eben hinausgeschafft wurde... ist er mit Euch verwandt?«

»Gavin?« Sein Lächeln verschwand. »Ja, er ist mein Vetter.«

»Und als Oberhaupt seid Ihr Vater und Beschützer Eures Clans. Wenn Ihr ihn vor einem sehr unangenehmen Schicksal bewahren wollt, dann wäre es klüger, mir ausführlich und deutlich zu antworten.«

Der Ausdruck, der nun über sein Gesicht huschte, bewirkte, daß die Königin einen Schritt zurückwich. Wahrhaftig, bei ihr regte sich Angst, eine Erkenntnis, die sie nicht wenig erstaunte und ihr einen kleinen Schauer der Erregung über den Rücken jagte. Seit Jahren schon hatte es für sie keinen Grund mehr für Ängste gegeben, und völlige Sicherheit war zugleich immer ein wenig langweilig. Als Königin war sie durch ihre Stellung geschützt, aber MacDarren scherte sich keinen Deut um ihre Krone. Tödlich, hatte Percy ihn genannt. Sie hatte das Gefühl, daß er noch viel tödlicher war, als der Höfling ahnen konnte.

»Stellt Eure Fragen«, sagte er kalt.
»Warum mein Schiff?«
»Ihr habt richtig geraten. Ich wollte James Verdruß bereiten. Als sich die Gelegenheit bot, ergriff ich sie.«
»Aber warum auf diese Weise?«
Erst zögerte er, dann zuckte er die Achseln. »Es war eine Chance, einen Keil zwischen ihn und Euch zu treiben. James ist schon mächtig genug, und alle Welt weiß, daß Ihr erwägt, ihn zu Eurem Thronerben zu machen. Für mich wäre es nicht günstig, wenn er auch noch König von England würde. Für uns Highlander hegt er keine besondere Zuneigung.«
»Und für Euch schon gar nicht.«
Er neigte den Kopf. »Es gab gelegentlich Auseinandersetzungen zwischen uns. Ist das alles, was Ihr wissen wollt?«
»Im Moment ja. Ich weiß schon manches über Euch, und ich kann mir dazu einiges zusammenreimen. Sollte mir noch etwas einfallen, werde ich es Euch wissen lassen.«
»Aber es sind nicht nur Informationen, die Ihr von mir wollt«, sagte er leise. »Ihr wollt Taten.«
Das stimmte, doch konnte er ihre Absichten unmöglich erraten haben. Sie war neugierig, welche Schlüsse sein wendiger Verstand gezogen hatte. »Und welche Tat wünsche ich Eurer Meinung nach von Euch?«
»Einen Meuchelmord?«
»Was?«
Er sah ihr prüfend ins verblüffte Gesicht. »Nein?« Er zuckte mit den Schultern. »Es war ein vernünftiger Schluß.«
»Wen sollte ich ermorden lassen?«
»James.«
Sie sah ihn erstaunt an. »Ihr glaubt, ich hätte Euch erwählt, einen Monarchen zu töten?«
»Es würde gewisse Vorteile bringen. Ich bin Schotte, und wie jedermann weiß, bin ich nicht James' Freund. Das würde den Verdacht von Euch ablenken. Ihr haltet seine Mutter Mary seit fast zwanzig Jahren gefangen, weil Ihr deren Ansprüche auf den

englischen Thron fürchtet. Gerüchteweise verlautet jetzt, daß das Parlament von Euch ein Ende dieser Gefangenschaft fordert... ein gewaltsames Ende.«

»Sie ist an einer gegen mich gerichteten Verschwörung beteiligt«, warf sie hastig ein.

»Aber mit dem Tod Marys von Schottland und nach einem plötzlichen Ableben von James würde es in Schottland zu Unruhen kommen. Für Euch ein idealer Vorwand, die Grenze zu überschreiten und wieder Ordnung herzustellen.« Und dann setzte er hinzu: »Und um sich Schottland zu schnappen wie eine Gans für die Bratröhre.«

Klug *war* er. Wären die Umstände fünfzehn Jahre zuvor ähnlich gewesen, hätte sie sich vielleicht entschließen können, so vorzugehen. »Falls es das wäre, was ich wollte. Aber das ist es nicht. Obwohl sie für mich eine ständige Bedrohung darstellt, habe ich es vermieden, Mary hinzurichten.« Sie hieb mit der Faust auf den Tisch. »Ich will ihren Tod nicht. Sie ist eine Königin, und königliches Leben sollte unantastbar sein. Ein Monarch wandelt auf einem schmalen Grat zwischen Leben und Tod. Nehme ich ihr das Leben, kann schon morgen ein anderer König zu der Meinung gelangen, mein Tod sei wünschenswert. Veranlasse ich ihren Tod, bringe ich mich selbst in Gefahr.«

»Dann werdet Ihr den vom Parlament aufgesetzten Hinrichtungsbefehl nicht beachten?«

Ihre Antwort war ausweichend. »Ich möchte ihren Tod nicht.« Sie hob den Blick zu ihm. »Und wenn ich James töten wollte, dann würde es im Kampf sein und nicht durch einen gedungenen Mörder. Ihr habt also in beidem unrecht. Aber Ihr habt recht damit, daß ich Euch zu einem bestimmten Zweck benötige.«

»Und der wäre?«

»Ich beabsichtige, Euch zum Bräutigam zu machen.«

Er starrte sie wie benommen an, ehe er den Kopf zurückwarf und in schallendes Gelächter ausbrach. »Lieber Gott, soll das ein Antrag sein? Ihr, die jungfräuliche Königin, die an fast alle europäischen Königshöfe Körbe austeilte?« Er vollführte eine tiefe Verbeugung. »Ich nehme an. Und wann soll unsere Vermählung sein, Euer Majestät?«

»Ihr wißt, daß ich nicht mich meinte«, sagte sie verärgert. »Eure Dreistigkeit ist empörend.«

Er faßte an seine Brust. »Das trifft mich bis ins Herz. Soeben noch glaubte ich, das Glück sei mir hold.«

Plötzlich sah sie eine seiner anderen Seiten vor sich. Einen kurzen Moment lang war sein finsterer Ernst dahin, und aus seiner Miene sprach lausbübische Bosheit. Sie verkniff sich ein Lächeln. »Percy hat recht... Ihr seid ein Spitzbube. Und da Ihr es so eilig habt, vermählt zu werden, werdet Ihr gewiß nichts dagegen haben, wenn ich die Braut bestimme.«

»Das habe ich nicht gesagt. Weh mir, ich fürchte, für mich heißt es, Ihr und keine andere.«

Ihr Lächeln war wie weggeblasen. »Und ich fürchte, Ihr werdet Euren Gefolgsmann los, wenn Ihr nicht tut, was ich verlange.«

Ihre Drohung brachte die Kälte in sein Gesicht zurück. »Ich heirate nicht auf Geheiß Englands.«

»Offensichtlich auch nicht auf das Schottlands. James hat Euch drei Kandidatinnen zur Begutachtung geschickt.«

»Weil er sich einen Anspruch auf Craighdhu sichern möchte und keinen anderen Weg sah. Unsere Handelswege nach Irland haben es ihm angetan.« Er lächelte schief. »Und Euch gewiß ebenso, Majestät.«

»Eure irischen Handelsrouten interessieren mich nicht.«

Er zog skeptisch eine Braue hoch. »Warum wollt Ihr mich dann mit einer Braut von Eurem Hof beglücken?«

»Sie lebt nicht an meinem Hof. Das Mädchen lebt in den Midlands. Es handelt sich um Mistress Kathryn Anne Kentyre. Sie hat das sechzehnte Jahr erreicht, erfreut sich guter Gesundheit, wurde gut erzogen und ist nicht ohne Reiz. Sie hat keinen Titel und ist, obschon von edler Geburt, illegitimer Abkunft. Ihr müßt sie sofort mit Euch nehmen und dürft sie nie wieder nach England bringen.« Hastig fuhr sie fort: »Natürlich gibt es keine Mitgift. Ihr könnt von Glück reden, mit heiler Haut davonzukommen. Die Trauung soll sofort stattfinden, und Ihr werdet...«

»Wo in den Midlands?« Sein Blick ruhte unverwandt auf ihr. Fast konnte sie sehen, wie sein Verstand arbeitete.

»In Sheffield«, sagte sie widerstrebend.

»Auf einem der Anwesen Shrewsburys.« Wortlos starrte er sie an. Sie spürte, daß er im Begriff war, die Verbindung herzustellen. Er stieß einen leisen Pfiff aus. »Bei Gott, dann stimmt es also doch.«

»Ich fürchte, ich weiß nicht, wovon Ihr redet.«

»Sie hat tatsächlich ein Kind bekommen.«

Schweigend starrte sie ihn an.

»Ich mag nur ein armer, unwissender Schotte sein, aber sogar mir sind die Anklagen Bess Shrewsburys zu Ohren gekommen.« Er ließ sich auf seine Pritsche fallen und lehnte sich an die Mauer. »Seid versichert, daß ganz Schottland den Skandal höchst interessant fand.«

»Ich habe Euch nicht gestattet, Euch in meiner Gegenwart zu setzen.«

Ohne die scharfe Zurechtweisung zu beachten, suchte er in ihrem Gesicht nach einer Veränderung des Ausdrucks. »Sie ist Marys Tochter?«

»Jedermann weiß, daß Mary nur ein einziges Kind hat. Ihr Sohn ist König von Schottland.«

»Nicht, wenn man Bess Shrewsbury glauben will, die behauptet, daß ihr Mann und Mary die Gefangenschaft der Königin bis zur Neige auskosteten. Wie lautet doch gleich ihre Geschichte? Mary hätte ihm zwei Kinder geboren, während er all die Jahre die Königin für Euch auf seinem Besitz gefangenhielt?«

»Bess Shrewsbury ist eine ehrgeizige, intrigante Person. Ich habe sie wegen der Verbreitung dieser Gerüchte heftig zurechtweisen müssen.«

»Und sie damit erfolgreich zum Schweigen gebracht.«

»Der Earl von Shrewsbury hat sich selbstlos der Aufgabe gewidmet, Mary eine erträgliche Haft zu sichern. Er ist ein ergebener Diener der Krone.«

»Und Mary war eine schöne junge Frau, bekannt für Selbstsucht und Eigensinn... eine einsame, leidenschaftliche Frau, die man fernab der Welt gefangenhält. Kein Wunder, daß sie mit dem einzigen für sie erreichbaren Mann eine Liebschaft anfing. Hat es nur diese Tochter oder noch andere Sprößlinge gegeben?«

»Ich sagte schon, Bess Shrewsbury ist eine Lügnerin.«

»Also hat es nur diese eine gegeben...« Er sagte es nachdenklich. »Aber das reicht. Ihr konntet nicht zulassen, daß es an die Öffentlichkeit dringt. Die Empörung über Marys Gefangenschaft war zu groß. Da Mary für halb Schottland ohnehin eine Dirne ist, konntet Ihr Mary gewiß mühelos überreden, das Kind aufzugeben. Wäre die Wahrheit ans Licht gekommen, hätte immer die Möglichkeit bestanden, daß sie behauptet hätte, sie wäre vom Earl vergewaltigt worden, Grund genug für ihre Getreuen in Nordengland, mit Frankreich oder Spanien auf Euren Sturz hinzuarbeiten.«

»Das alles sind Hirngespinste.«

Er beugte sich vor. »Dann laßt sie uns noch weiter ausspinnen. Angenommen, das Kind ist Marys Tochter, also die uneheliche Tochter der schottischen Königin.«

»Mary ist nicht mehr Königin. Sie hat zugunsten ihres Sohnes abgedankt.«

»Aber James war beim Volk nie beliebt. Viele Edle würden sich mit Freuden um einen anderen Stuart-Abkömmling scharen. Das wäre wohl gar nicht in Eurem Sinn, oder?«

Herrgott, wie wendig sein Verstand doch war! Sie hatte gewußt, daß er zu guter Letzt zu diesem Schluß gelangen würde, aber so rasch... »Wieder nichts weiter als eine Vermutung. Darin seid Ihr sehr gut. Aber das Kind ist ja erst sechzehn, also kaum eine Bedrohung.«

»Nun, Ihr selbst wart bei Eurer Thronbesteigung nicht viel älter, und man nannte Euch eine junge Löwin.«

Sie verspürte eine Aufwallung wilder Befriedigung. »Ja, bei Gott, mit mir mußte man rechnen. Ich habe sie mit den Zähnen gepackt und ihnen gezeigt, daß eine Frau –« Sie ließ ein Achselzucken folgen. »Aber ich war eben außergewöhnlich. Auch wenn sie Marys Tochter wäre...« Sie verstummte, dann fuhr sie fort: »Und ich sage nicht, daß sie es ist. Glaubt Ihr, ich hätte ein in höfischen Intrigen unerfahrenes Kind zu fürchten?«

»Und doch fürchtet Ihr etwas, andernfalls wäre ich nicht hier.«

»Ich fürchte nichts.« Als er nicht aufhörte, sie skeptisch anzustarren, sagte sie schließlich: »Wenn das Mädchen das ist, was Ihr sagt, könnte es als Schachfigur im Spiel der Mächte benutzt werden. Es wäre daher günstiger, es aus England fortzuschaffen.«

»Deshalb schickt Ihr sie nach Schottland, wo James sich nur zu gern jedes anderen Thronanwärters entledigen würde und Euch damit diese Aufgabe abnähme.«

»Nein!« Ihr Bemühen, die Härte ihres Tons zu mildern, fruchtete nicht. »Ich schicke sie nach Craighdhu. Ihr werdet sie ehelichen, sie auf Eure Insel bringen und dort behalten.«

»Ach, werde ich das?«

»Es sind schon zu viele Gerüchte über das Kind im Umlauf. Ich habe versucht, sie in Abgeschiedenheit aufwachsen zu lassen, aber sollte sie jemand entdecken... nein, sie muß schleunigst aus England verschwinden.«

»Und warum ausgerechnet mit meiner Hilfe?«

»Weil Ihr der Passendste seid. Glaubt Ihr, ich hätte Euch blindlings auserkoren? Seit drei Jahren suche ich nach einer Lösung dieses Problems. Ihr seid zwar nicht ideal, aber ausreichend. Ihr haßt die Spanier, also werdet Ihr mit dem Mädchen nicht zu Philipp überlaufen. Ihr seid edlen Blutes und kampflustig. Ihr habt keine Bindungen außer an Eure Highlander und zeigt keinen Ehrgeiz, in der Welt eine höhere Stellung zu erringen als jene, die Ihr innehabt.«

»Weil es keine höhere gibt als die eines Lords von Craighdhu.«

Es war sein Ernst. Er sprach die Worte mit absoluter Aufrichtigkeit und Autorität aus. Sie kannte Herrscher über ganze Völker, deren Machtgefühl sich mit seinem nicht messen konnte.

»Unsinn. Aber es paßt mir, daß Ihr diesen überheblichen Humbug selbst glaubt. Solange Ihr dieser Meinung seid, werdet Ihr das Kind nicht benutzen, um nach einer Krone zu greifen.« Sie runzelte die Stirn. »Aber Ihr dürft Philipps Schiffe nicht mehr ausplündern.«

»Ach? Aber dafür darf ich die Euren weiterhin überfallen?«

»Ich habe Euch geglaubt, als Ihr sagtet, Ihr hättet es nur getan, um James eins auszuwischen. Ihr dürft diesen Unfug nicht wiederholen. Ich möchte nicht, daß Ihr Euer Leben in einem Seekampf lassen müßt, wenn ich Euch zum Schutz des Mädchens brauche. Ihr haftet mir für ihre Sicherheit.«

»Daß mein Tod Euch unwillkommen sein könnte, sehe ich ein«, sagte er voller Ironie. »Dennoch bedaure ich, Eurem Wunsch nicht entsprechen zu können, aber ich habe nicht das Verlangen, in Eure Intrigen verwickelt zu werden, und noch weniger verspüre ich den Wunsch, mich zu verheiraten.«

»Irgendwann müßt Ihr ja doch heiraten.«

Er reagierte mit einem Achselzucken. »Wenn ich es tue, dann wird meine Auserwählte eine Frau sein, die Craighdhu nicht nur Blutvergießen einbringt.«

»Ihr seid in der Vergangenheit nicht vor Blutvergießen zurückgeschreckt.«

»Aber es gehört zu meinen Eigenheiten, daß ich es vorziehe, selbst zu bestimmen, wann und wo ich kämpfe.« Er hielt ihrem Blick stand. »Und für Eure Sache kämpfe ich nicht, Euer Majestät.«

»Offenbar auch nicht für James' Sache. Wofür kämpft Ihr dann?«

»Für Craighdhu«, sagte er schlicht. »Nur für Craighdhu.«

»Gut.« Das war die Antwort, die sie erhofft hatte. »Dann ist das Mädchen in Sicherheit, wenn es auf Craighdhu ist.«

»Ich habe mich vielleicht nicht klar genug ausgedrückt. Ich werde das Mädchen nicht heiraten.«

»Ihr werdet sie nehmen.« Sie hielt inne. »Oder ich hänge Euren Gefolgsmann und lasse ihn in so viele Teile zerstückeln, daß es auf Eurem kostbaren Craighdhu nichts mehr zu begraben gibt.«

Er erstarrte zur Reglosigkeit. »Mir ist neu, daß Eure Majestät Unschuldige töten läßt, um Euren Willen durchzusetzen.«

»Auch das Mädchen ist unschuldig. Ich möchte nicht, daß sie aufgrund ihrer Geburt in eine Falle gerät. Ich wähnte sie in Sheffield noch einige Jahre sicher, aber jetzt kann ich nicht...« Sie sprach nicht weiter. »Ihr müßt sie sofort mitnehmen. Gebt mir Euer Wort.«

»Ihr erwartet, daß ich ein mir aufgezwungenes Ehrenwort halte?«

»Ihr werdet es halten. Percy sagte, daß das Wort eines Highlanders heilig ist. Ihr müßt mir Euer Wort geben, sie zu ehelichen und nach Craighdhu zu bringen.«

Er schwieg darauf.

»Bringt mich nicht dazu, den Ernst meiner Worte zu beweisen. Ich möchte Euren Gefolgsmann nicht töten. Es liegt schon genug Tod in der Luft«, schloß sie matt.

Er sagte noch immer nichts, während sein Blick in ihrer Miene nach einem Zeichen von Schwäche suchte. Sie ließ keines erkennen.

Da stieß er eine Verwünschung aus und sagte zähneknirschend: »Ihr habt mein Wort.«

»Das reicht nicht. Sprecht die Worte aus.«

Mit eisiger Präzision äußerte er: »Ich verspreche, das Mädchen zu heiraten und nach Craighdhu zu bringen.«

Erleichterung erfaßte Elizabeth. Es war geschafft. »Sehr vernünftig. Bei Morgengrauen werdet Ihr freigelassen und bekommt Geld und Pferde zurück. Ihr reitet direkt nach Sheffield, wo das Mädchen in einem Landhaus unweit der Stadt unter der Obhut des Vikars und seiner guten Frau lebt. Sebastian Landfield ist ein gottesfürchtiger Mann, der die letzten dreizehn Jahre dem Wohl des Kindes gewidmet hat. Percy wird Euch einen Brief mitgeben, in dem ich den Vikar anweise, das Mädchen Eurer Obhut zu übergeben. Sie wird Euch keine Mühe machen. Der Vikar hat mir wiederholt versichert, daß sie zu einer guten Protestantin und zu einem fügsamen, tugendhaften Mädchen erzogen wurde.« Sie ging zur Tür. »Ihr habt eine weise Entscheidung getroffen, Mylord.«

»Nicht ich habe sie getroffen, sondern Ihr. Im allgemeinen ziehe ich es vor, Entscheidungen selbst zu treffen.« Er erhob sich gemessen. »Und wenn ich es nicht tue, dann... dann regt sich Ärger bei mir.«

Er war mehr als verärgert. Er raste vor Zorn, und abermals verspürte sie diesen wohligen Anflug von Furcht. Obwohl sie bei dieser Begegnung sämtliche Waffen in der Hand hatte, erlebte sie einen Augenblick der Ungewißheit und des Bedauerns. Es gab so wenig interessante Männer auf der Welt, und sie würde ihn vermutlich niemals wiedersehen. Ein Jammer, daß sie ihn dem Mädchen opfern mußte. »In einem Kampf muß es einen Sieger geben.«

»Ihr habt noch nicht gesiegt, Euer Majestät.«

»Ich habe Euer Wort.«

Das Aufflackern eines undeutbaren Gefühls huschte über sein Antlitz. »Ja, mein Wort habt Ihr.«

»Dann habe ich gesiegt.« Ihre Lippen wurden schmal. »Und ich schwöre Euch, daß ich eine ganze Armada gegen Craighdhu ausschicken werde, um Euch zu bestrafen, sollte mir zu Ohren kommen, daß Ihr sie schlecht behandelt.« Die Zelle durchschreitend, rief sie laut: »Percy! Laßt mich hier heraus. Ich bin mit ihm fertig.«

»Das stimmt nicht ganz, Euer Majestät«, ließ MacDarren sich leise vernehmen. »Ihr seid mit mir noch nicht fertig.«

»Was wollt Ihr…« Ein Blick über die Schulter zeigte ihr einen Ausdruck, in dem nicht nur Zorn, sondern unbezwingbare Entschlossenheit lag. MacDarren hatte nicht die Absicht, sie als unbestrittene Siegerin gehen zu lassen. Nun, vielleicht hatte sie sich geirrt, und es würde doch ein Wiedersehen geben. Ein Gedanke, der nicht ganz unangenehm war.

Sie lächelte ihm zu. »Guten Abend, Mylord.« Als die Tür sich öffnete, rauschte sie aus der Zelle.

*

»Ein Bräutigam«, murmelte Gavin. »Was für ein beglückender Gedanke. Du am häuslichen Herd, während die gehorsame Gattin am Webstuhl ein feines…«

»Freut mich, daß du es so amüsant siehst«, sagte Robert voller Ingrimm. »Ich hätte Ihrer Majestät gestatten sollen, dich in Stücke zu hauen.«

Gavin zuckte zusammen. »Eine schreckliche Vorstellung. Ich ziehe es vor, nicht dabei zu verweilen. Zudem wird es ohnehin Zeit, daß du dich vermählst. Ich habe dieses Vagabundenleben satt.«

»Dann heirate du und lasse dich häuslich nieder.«

»Aber für mich wird ja keine feine Heirat arrangiert.« Als Roberts tödlicher Blick ihn traf, beeilte er sich, das Thema zu wechseln. »Wir reiten direkt nach Sheffield?«

»Die Königin hat sich sehr deutlich ausgedrückt. Sieht aus, als hätte sie es ziemlich eilig.«

»Warum?«

Robert überlegte. »Mary. Sie wird es zulassen.«

»Du glaubst, sie wird den Hinrichtungsbefehl unterschreiben? Aber sie hat sich wochenlang davor gedrückt.«

Und Elizabeth hatte zweimal gesagt, daß sie Mary von Schottland nicht hinrichten lassen wollte. Doch er wußte nur zu gut, daß Wunsch und Notwendigkeit nicht immer Hand in Hand gingen. Manche seiner Entscheidungen, die er als Oberhaupt seines Clans treffen mußte, waren nicht nach seinem

Herzen. Die Dringlichkeit, mit der sie darauf bestand, daß Marys Tochter aus England fortgeschafft würde, ergab keinen Sinn, es sei denn, sie hatte sich zu jenem endgültigen, tödlichen Schritt in ihrer Beziehung zu Mary durchgerungen. Bedächtig sagte er: »Ich glaube, sie wird den Befehl unterschreiben oder einen anderen Weg finden, Mary hinrichten zu lassen, so daß ein Teil der Schuld von ihren Schultern genommen wird.«

»Sie leidet unter Gewissensbissen und möchte das Mädchen außer Landes schaffen, ehe sie ihre Mutter tötet und allgemeine Empörung laut wird. Was für eine zartbesaitete Dame.« Gavin schüttelte den Kopf. »Glaubst du, das Mädchen wird Unruhe und Zwist nach Craighdhu bringen?«

»Ich werde es nicht zulassen.«

»Ungemach folgt königlichem Blut wie Bienen den Blüten.«

»Ich werde es nicht zulassen«, wiederholte Robert, der nun jedes Wort überdeutlich aussprach.

»Du bist wütend.«

»Ja, das bin ich.«

»Und doch wirst du der Königin gehorchen?«

»Ich habe mein Wort gegeben.« Er hielt inne. »Aber so, wie ich es halte, wird es ihr vielleicht nicht recht sein.«

Gavin stieß einen leisen Pfiff aus. »Dann kommen ja interessante Zeiten auf uns zu.« Er rückte sich unruhig auf seinem Lager zurecht. »Kalt ist es hier.«

Robert wandte den Kopf. »Eben noch war dir heiß. Hast du wieder Fieber?«

»Ich glaube nicht.«

Mit einer Verwünschung stand Robert auf und warf seine Decke über Gavin. »Belüg mich nicht. Im Winter mit einem Frauenzimmer übers Gebirge zu reiten, wird mich genug Anstrengung kosten. Glaubst du, ich möchte noch zusätzlich deinen Leichnam nach Craighdhu schaffen müssen?«

»Mögen alle Heiligen verhüten, daß ich dir soviel Mühe bereite.« Gavin machte es sich unter den Decken bequem. »Um eine solche Plackerei zu verhindern, nehme ich deine Großzügigkeit widerstrebend an. Ich möchte nie...«

»Sei still.«

»Herrje, was bist du gereizt! Aber ich verzeihe dir. Das müssen die Nerven eines Bräutigams sein...«

»Gavin.«

Der junge Mann ließ ein leises Lachen hören.

Robert sank ermattet auf seinem Lager nieder und schloß die Augen. Gavins Niedergeschlagenheit wegen seines Versagens war wie weggeblasen, und sein gewohnter koboldhafter Humor hatte wieder die Oberhand. Für gewöhnlich hätte Robert diesen Stimmungswechsel begrüßt, doch war er momentan zu aufgewühlt, um Sinn für Späße zu haben. Er spürte das Verlangen, etwas zu zerbrechen, verdammt... nein, nicht etwas, am liebsten hätte er diesem rothaarigen gekrönten Biest den Hals umgedreht, diesem Frauenzimmer, das ihn in ihre Intrigen verwickeln wollte. Nun, das würde ihr nicht gelingen. Eine Ehe mit Marys Tochter brachte das einzige in Gefahr, was ihm lieb und teuer war. Er würde nicht zulassen, daß Craighdhu zum Schlachtfeld rivalisierender Parteien wurde, die England und Schottland mit ihren Zwistigkeiten spalteten. Sollten die sich getrost in Religionskämpfen und Thronstreitigkeiten zerfleischen. Und wenn es mit ihnen längst aus und vorbei war, würde Craighdhu noch immer da sein, stärker als je zuvor.

Bei allen Heiligen, dafür würde er sorgen.

Er war schon fast eingeschlafen, als Gavin noch etwas sagte. »Soll ich bei der Hochzeit Dudelsack spielen? Ich weiß, gewöhnlich spielt man ihn nur vor einem Kampf, aber in diesem Fall ist die Situation ähnlich, findest du nicht?«

»Keinen Dudelsack.«

»Ich könnte ja...«

»Gavin, schlaf endlich ein.«

2. KAPITEL

»Mein Gemahl ist nicht da«, sagte Martha Landfield, die die zwei Männer durch den Türspalt finster anstarrte. »Ihr müßt morgen wiederkommen.«

»Morgen bin ich schon auf halbem Weg nach Schottland«, erklärte Robert. »Sagt mir, welche Richtung er eingeschlagen hat, damit ich ihn finden kann.«

»Ich weiß nicht genau, wo er ist«, erwiderte sie. »Um was geht es?«

»Es geht um Euren Mann.« Die rüde Art der Frau reizte Robert. Alles an dieser verdammten Angelegenheit reizte ihn. Nach einem Ritt im Eiltempo in eisigem Regen sah Gavin nun bleich und schwach aus wie ein neugeborenes Kätzchen. Daß sie nun von dieser bissigen Furie vor der Tür im Regen stehengelassen wurden, war der Gipfel. »Ich muß den Vikar noch heute sprechen. Meinem Freund geht es nicht gut – darf ich ihn hierlassen, während ich Euren Mann suche?«

Die Frau machte Anstalten, die Tür zuzuschlagen.

Mit einem Fluch schob Robert seinen Fuß dazwischen und stieß die Tür weit auf. »Madam, Ihr habt vielleicht nicht ganz verstanden«, sagte er mit drohendem Unterton. »Ich werde mit Eurem Mann sprechen, und mein Freund wird hierbleiben, bis ich wiederkehre.«

Gavin schnitt eine Grimasse. »Ich glaube, ich komme lieber mit.«

Robert schenkte ihm keine Beachtung. »Ihr werdet ihm einen Sessel am Feuer und ein heißes Getränk anbieten. Und wenn er sonst noch etwas verlangt, werdet Ihr seinen Wunsch lächelnd erfüllen.«

»Lächelnd?« Gavin sagte es mit einem skeptischen Blick auf das zornrote Gesicht der Frau. »Die wird mich womöglich noch vergiften. Ja, ich bin durchaus imstande, mit dir zu kommen.«

»Sei still.« Robert schob ihn in die Diele, ohne den Blick von der Frau zu wenden. »Habt Ihr verstanden?«

»Ihr könnt doch nicht...« Sie hielt inne und sah ihn wachsam an, um sich dann grollend zu der Äußerung herbeizulassen: »Meinetwegen, soll er eben bleiben.«

»Eine gewisse Mistress Kathryn Kentyre befindet sich in Eurer Obhut. Packt ihre Sachen und sorgt dafür, daß sie reisefertig ist. Ich suche indessen Euren Mann.«

»Kathryn?« wiederholte sie verwirrt den Namen. »Warum solltet Ihr...?« Sie hielt inne. »Kommt Ihr von der Lady?«

»Von der Lady?«

»Von der Königin. Kommt Ihr auf ihren Befehl?«

Robert ließ ein Lächeln voller Bitterkeit sehen. »Man könnte sagen, daß ich auf Befehl komme.«

»Und Ihr sollt das Mädchen mitnehmen?«

Robert nickte.

Diese Neuigkeit schien den Zorn der Frau zu dämpfen. »Mein Mann... das wird ihm nicht gefallen. Aber«, es folgte ein Achselzucken, »er wird sich dem Gebot der Königin fügen müssen.«

»Es sieht so aus, als müßten wir alle uns dem Gebot Ihrer Majestät fügen«, gab Robert sarkastisch von sich. »Sorgt dafür, daß das Mädchen reisefertig ist.«

»Sie ist nicht da.« Sie runzelte nachdenklich die Stirn. »Er sucht sie.«

»Wie bitte?«

»Es war das Pferd«, murmelte die Frau. »Dieser alte Klappergaul. Ich habe ja gesagt, daß es ein Fehler war, ihr das Pferd zu geben.«

»Ein Pferd?«

Sie tat seine Zwischenfrage mit einer Handbewegung ab. »Einerlei. Das eigensinnige Ding ist seit zwei Tagen verschwunden.«

Eigensinnig. Ein fügsames, tugendhaftes Mädchen, so hatte die Königin sie beschrieben, dachte Robert säuerlich. Fügsame, tugendhafte junge Frauen rissen nicht von zu Hause aus und wagten sich mutterseelenallein hinaus in die Welt. Elizabeth hatte ihm augenscheinlich ein ungebärdiges junges Ding angehängt, verwöhnt und wild wie die Mutter.

»Wo sucht Euer Mann das Mädchen?«

»Im Wald. Er glaubt, daß sie sich im Wald versteckt. Als sie letztes Mal ausriß, versuchte sie es auf der Straße, deshalb glaubt er nicht, daß sie diesmal wieder dort zu finden ist. Caird ist zu langsam.« Sie lächelte befriedigt. »Aber er wird sie finden. Sebastian ist hier aufgewachsen und kennt den Wald in- und auswendig.«

»Welchen Teil durchsucht er heute?«

Sie zuckte die Schultern.

»Wie sieht der Vikar aus?«

»Dünn, weißhaarig... er trägt einen warmen grauen Umhang.«

»Packt die Sachen des Mädchens zusammen.« Damit drehte er sich um und stieg in den Sattel.

»Sag mir, wo er ist«, schmeichelte Sebastian, als er Kates Hände vor ihrem Körper zusammenband. »Du weißt, daß ich ihn finden werde. Warum läßt du zu, daß wir beide so leiden müssen? Du zitterst vor Kälte und mußt sehr hungrig sein.«

Sie gab keine Antwort. Wie hatte sie nur so dumm sein können, so schrecklich dumm! Sie hätte nicht Rast machen dürfen, da sie doch wußte, daß Geschwindigkeit ihre einzige Chance war, jemandem zu entkommen, der das Waldgebiet so gut kannte wie Sebastian. Sie hätte weiterreiten sollen, ohne Rücksicht auf ihre Erschöpfung.

»Ein Pferd ist ein großes, auffallendes Tier. Es läßt sich nur schwer im Wald verstecken. Du kennst meine Entschlossenheit. Ich werde es finden.«

»Niemals. Ihr werdet Caird niemals finden.«

»Wenn ich ihn nicht finde, dann werden die Tiere des Waldes ihn finden. Caird ist alt und kann sich nicht wehren. Wäre es nicht besser, wenn ich ihn töte, als daß er eine Beute der wilden Tiere wird?«

Der Gedanke machte sie schaudern. An die wilden Tiere hatte sie nicht gedacht. Wie raffiniert von Sebastian, ihre schwächste Stelle zu treffen. Aber sie hatte Caird gut versteckt, wo er genug grasen konnte, und sie mußte sich darauf verlassen, daß das Glück ihm hold war, bis sie zu ihm zurück konnte. »Er ist in Sicherheit. Er wird nicht sterben.«

»Was für ein Eigensinn! Und dieses sündige Beharren.« Er bestieg sein Pferd und befestigte das Seil am Sattel. »Sag mir, wann du deine Meinung änderst.«

Er trieb sein Pferd an, und das Seil spannte sich, als das Tier sich langsam bergab in Bewegung setzte. Tapfer hielt sie mit ihm Schritt, wohl wissend, daß sich andernfalls die Fesseln tief in ihre Handgelenke schneiden würden. Schritt für Schritt. Die Bäume zogen an ihr vorüber, sie aber durfte nicht in Ohnmacht fallen. Bis zum Haus waren es wenig mehr als drei Meilen, und so lange konnte sie sich sicher auf den Beinen halten. Sie wußte, daß er nicht innehalten würde, falls sie das Bewußtsein verlor. Er würde sie durch den Wald hinter sich herzerren, bis sie zu Hause angekommen waren.

»Du unterliegst einem Irrtum.« Sebastian drehte sich im Sattel um und sah sie an. »Du irrst und bist voller Sünde.« Er trieb das Pferd an, und es verfiel in Trab. Das Seil zog fester und riß sie mit einem Ruck nach vorne.

Sie mußte auf den Beinen bleiben. Sie durfte nicht hinfallen.

So taumelte sie schwankend weiter, ständig bemüht, mit dem Schrittempo des Pferdes mitzuhalten.

»Sag mir, wo du das Pferd versteckt hast.«

Durch einen Nebel des Schmerzes drangen die Worte undeutlich an ihr Ohr. An ihren Handgelenken zeigte sich Blut.

Ein Schritt nach dem anderen.

Nur nicht hinfallen...

Weißes Haar, grauer Umhang. Ein angespannter, asketischer Gesichtsausdruck, der Robert höchst unangenehm an die Priester auf Don Diegos Burg in Santanella erinnerte. Sebastian Landfield. Den Vikar zu finden, war einfacher gewesen, als er befürchtet hatte.

»Master Landfield?« Er sprengte auf den Mann zu, der den Weg entlanggeritten kam. Im Näherkommen bemerkte er, daß der Mann etwas hinter sich herschleifte, das wie ein kleiner, erdverkrusteter Baum oder Ast aussah.

Sebastian Landfield zügelte argwöhnisch sein Pferd. Dann glitt sein Blick prüfend über Robert. »Ja, ich bin Sebastian Landfield. Und wer seid Ihr?«

»Robert MacDarren, Earl von Craighdhu. Ich überbringe Euch einen Brief Ihrer Majestät.«

»Ihr kommt von der Königin?« Er warf einen unsicheren Blick nach hinten auf die Last, die das Pferd zog. »Ich habe keine Nachricht erwartet.«

»Und ich habe nicht erwartet, als Bote zu fungieren.« Als Robert neben ihm anhielt, holte er den Umschlag unter seinem Mantel hervor und reichte ihn Landfield. »Und noch weniger habe ich erwartet, Euch nachjagen zu müssen…«

Der verschmutzte Gegenstand auf dem Pfad hinter Landfield regte sich. Es war kein Baum.

»Allmächtiger!« Robert saß ab. »Was ist denn das?«

»Das Mädchen ist nicht verletzt«, versicherte der Vikar hastig.

»Mädchen?« Er kniete nieder und drehte die nun reglose Gestalt um. Wie ein Kind sah sie aus, zart und zierlich, mit aufgeschürften, blutenden Gelenken. Behutsam strich er die langen feuchten Haarsträhnen von ihren Wangen. Von einer leichten Abschürfung an der Schläfe abgesehen, war ihr von Schmutz verschmiertes Gesicht unversehrt. Sie schien bewußtlos zu sein.

»Sie hat nur die Strafe für ihre Schandtaten bekommen«, sagte Landfield gelassen und fuhr fort: »Die Königin mag dafür freilich kein Verständnis haben. Es wäre daher vielleicht besser, es ihr nicht...«

»Ich habe nicht die Absicht, ihr irgend etwas zu sagen.« Robert zog seinen Dolch und durchschnitt die Fesseln des Mädchens. »Ich nehme an, das ist das Mädchen, das Eurer Obhut anvertraut wurde? Kathryn Kentyre?«

»Sie ist es.«

Er hob das Mädchen hoch und richtete sich mit der Last in seinen Armen auf. Trotz des schweren Schlamms, der an ihren Röcken hing, wog sie fast nichts. Wut flammte in ihm auf. Er selbst war über Gewalttätigkeit nicht erhaben, doch haßte er Grausamkeit gegen Hilflose. Was das Mädchen auch begangen haben mochte, das hatte sie nicht verdient. »Ihr werdet erleichtert sein zu hören, daß sie Eurer liebevollen Obhut entzogen wurde.«

»Was?« Der Vikar riß erschrocken die Augen auf. »Wegen dieses geringfügigen Vorfalls? Alle jungen Mädchen müssen bestraft werden. Ihr Wesen ist...«

»Lest den Brief.« Robert ging zu seinem Pferd, saß mühsam auf und hielt das Mädchen vor sich. »Wir sehen uns im Haus.«

»Wer...?« Es war nur ein Hauch, den das Mädchen in seinen Armen von sich gab.

Er blickte auf sie hinunter.

Große Augen, mehr golden als braun, sahen zu ihm auf.

»Keine Angst. Ich bringe dich nach Hause.«

»Ich habe... kein Zuhause.« Die Verzweiflung, die aus ihren Worten sprach, war unüberhörbar. Ihre Lider senkten sich wieder. »Keine Angst. Ihr seid nicht...« Wieder verlor sie das Bewußtsein.

Was bin ich nicht? fragte er sich. Nicht Sebastian Landfield? Es sah ganz danach aus, als sei jeder Mann, jeder Fremde akzeptabel, wenn es nur nicht der war, der sie quälte, dachte er grimmig.

Als er sein Pferd zum Galopp anspornte, umfingen seine Arme das Mädchen mit instinktivem Besitzanspruch fester.

»Wohin kann ich sie legen?« wollte er wissen, kaum daß er das Haus betreten hatte.

»Wo ist mein Mann?« fragte Martha Landfield.

»Er folgt mir auf dem Fuß. Also, wohin?«

Sie deutete zur Treppe. »Ihr Zimmer ist oben.«

»Bringt heißes Wasser und kommt dann, um sie umzuziehen«, ordnete er an, als er die Stufen hochstieg.

»Das soll die Braut sein?« Gavin kam in die Diele und blieb am Fuße der Treppe stehen. »Ist sie verletzt?«

»Landfield hat mich beruhigt, daß sie es nicht sei«, sagte Robert, ohne innezuhalten. »Wie könnte sich jemand auch Verletzungen zuziehen, wenn er an einem Seil durch den Wald geschleift wird?«

Gavin folgte ihm. »Ich nehme an, der gute Vikar ist so liebenswert wie sein bezauberndes Weib.«

Robert gab keine Antwort, als er das Mädchen auf die schmale Lagerstatt in ihrem Zimmer bettete.

»Bleiben wir über Nacht hier?« fragte Gavin.

»Es wird schon Abend, und ich kann sie wohl kaum mitnehmen, wenn sie sich nicht im Sattel halten kann. Wir brechen morgen früh auf.«

Gavin sah dem Mädchen kritisch ins Gesicht. »Hm, das könnte mehr als einen Tag dauern. Sie sieht nicht gut aus. Bist du sicher, daß sie keinen Arzt braucht?«

»Sie hat keine Knochenbrüche davongetragen, und unterwegs ist sie einmal zu sich gekommen.« Robert zog ihr die schmutzigen Schuhe und Strümpfe aus und warf sie auf den Boden. »Hoffen wir, daß sie widerstandsfähig ist.«

Gavin starrte noch immer in Kates Gesicht. »Was meinst du… sieht sie Mary Stuart ähnlich?«

»Woher soll ich das wissen? Ich habe Mary nie gesehen.«

»Einmal habe ich ein Bild gesehen, und wir beide kennen Beschreibungen…« Sein Blick umfaßte die kleine Nase, den Mund mit der vollen Unterlippe, die gewölbten Brauen. »Welche Farbe haben ihre Augen?«

Goldbraune Augen, furchtlos zu ihm aufblickend.

»Braun.«

»Nun, das wäre entsprechend, aber ihren Zügen fehlt das Ebenmaß. So hübsch wie Mary ist sie nicht.«

»Vielleicht gerät sie ihrem Vater nach. Shrewsbury ist kein Adonis.« Wo zum Henker steckte das Weibsbild mit dem heißen Wasser? Die Füße des Mädchens waren eiskalt.

»Schon möglich.« In Gavins Augen blitzte es spöttisch auf. »Ich hatte für dich etwas Besseres erhofft. Aber das Mädchen ist ja kaum den Kinderschuhen entwachsen und könnte mit den Jahren hübscher werden. Ich sähe es höchst ungern, wenn du eine häßliche Frau bekämst.«

Roberts Blick brachte Gavin zum Schweigen. »Scher dich hinunter und setz dich ans Feuer.«

»Du schickst mich zurück zu diesem Drachen?« Seufzend begab er sich zur Tür. »Na schön.«

»Und sorge dafür, daß Landfield nicht heraufkommt«, rief Robert ihm nach.

»Es steht zu bezweifeln, daß er ihr in deiner Gegenwart etwas antun würde«, sagte Gavin, als er die Tür zuzog.

Das war es nicht, was Robert Sorgen bereitete, doch war er nicht sicher, ob er an sich halten konnte, wenn der Mann in seine Reichweite kam. Dabei wußte er, daß sein Zorn übersteigert war. Die Bestrafung war zwar übertrieben, aber ein Vormund hatte das Recht, sein Mündel nach Belieben zu maßregeln. Das Mädchen hatte keine schweren Verletzungen davongetragen und bedeutete ihm nichts.

Nein, noch nichts. Sie war ihm zur Frau bestimmt worden. Er hatte von ihr nur an das »Mädchen« gedacht, als an die Last, die Elizabeth ihm für ewige Zeiten aufbürdete. Nun aber war dieses kleine Strandgut ein Mensch und würde bald sein Besitz sein. Daß er beabsichtigte, diesen Besitz nur vorübergehend in Anspruch zu nehmen, schien ohne Bedeutung.

Er strich ihr vorsichtig eine schmutzstarrende Haarsträhne aus dem Gesicht.

Bei Gott, niemand durfte seinem Besitz Schaden zufügen.

Als Kate langsam die Augen öffnete, sah sie dicht vor sich das Gesicht eines Mannes. Dunkle Augen... eingefallene Wangen, wohlgeformte Lippen, die in ihr den Wunsch weckten, mit den Fingern die Form nachzuzeichnen. Sonderbar, da sie doch nie zuvor das Verlangen verspürt hatte, einen Mann zu berühren...

Sicherheit. Wohlbefinden. Zuhause.

Dieser überwältigende Eindruck kam aus dem Nichts und war ihr nicht fremd. Obwohl sie sich nicht entsinnen konnte, wo sie sein Gesicht schon mal gesehen hatte, war ihr in Erinnerung geblieben, daß ein wärmendes Gefühl der Sicherheit damit verbunden war. Merkwürdig, denn bei genauerem Hinsehen konnte sie nichts an ihm entdecken, das auf Sicherheit oder Sanftheit hätte schließen lassen.

Er erinnerte sie vielmehr an einen Angehörigen jener Zigeunergruppen, die zuweilen durch das Dorf zogen, doch war seine Kleidung viel zu vornehm. Das große runde Medaillon an der schweren Goldkette hob sich glänzend vom schwarzen Samt seines Wamses ab, sein kurzer Umhang war schlicht, aber elegant.

»Wer...?« Ihre Stimme war so schwach, daß sie sie selbst kaum hören konnte. Sie nahm einen neuen Anlauf. »Wer seid Ihr?«

»Robert MacDarren«, sagte er mit tiefer Stimme und der Andeutung eines schottischen Akzents. »Wie fühlst du dich?«

»Gut.«

»Lügnerin«, sagte er entschieden. »Du starrst von Kopf bis Fuß vor Schmutz und bist vermutlich mit blauen Flecken übersät.«

Der Mangel an Sanftheit in seinem Ton bewirkte, daß sie schlagartig hellwach war und das Gefühl des Behagens sich sofort verflüchtigte. Sie mußte verrückt gewesen sein, als sie gedacht hatte, dieser Mann strahle Sicherheit aus, wenn er doch unverkennbar hart, distanziert und mitleidlos war. Die Erinnerung kam wieder. Der Pfad. Er war der Mann auf dem Pfad gewesen. »Was macht Ihr hier? Seid Ihr Arzt?«

Er schüttelte den Kopf.

Nein, wie ein Heiler sah er nicht aus, aber Sebastian ließ nie grundlos Fremde ins Haus. »Seid Ihr...«

»Ich bin der Earl von Craighdhu. Ich komme von der Königin.«

»Von der Lady?« Wieder ein Bote. Das erklärte die vornehme Kleidung und seine kühne Selbstsicherheit.

Er sah sie aus dunklen, zusammengekniffenen Augen an. »Warum nennst du sie so?«

Verwirrt erwiderte sie seinen Blick. Den anderen Boten hatte man dies nicht erklären müssen. Sie hatten ihre Botschaften bedachtsam formuliert und dafür gesorgt, daß die Quelle der Autorität anonym blieb. »Weil es niemand wissen darf.«

Seine Lippen wurden schmal. »Ich verstehe. Und ich nehme an, es darf auch niemand erfahren, wie Landfield dich behandelt? Ich bin sicher, das muß...«

»Robert, du mußt hinuntergehen und mit ihm reden.«

Ihr Blick flog zu dem Mann, der dies sagte und im Eingang stand. Lockiges rotes Haar, Sommersprossen, nicht älter als sie selbst. Wieder ein Fremder, aber einer, der weit weniger furchteinflößend war als der Zigeuner in dem Sessel neben dem Bett.

»Ach, sie ist wach?« Der junge Mann trat ein und studierte sie mit offenkundigem Interesse. »Ja, schon besser. Wundervolle Augen. Robert, du wirst vielleicht doch nicht so übel dran sein, wie ich befürchtete.« Er verbeugte sich. »Ich bin Gavin Gordon und entzückt, Eure Bekanntschaft zu machen, Mistress Kentyre.«

Robert ließ ihr nicht die Chance einer Antwort und fragte voller Ungeduld: »Warum soll ich hinunterkommen?«

Gavin sah zu Robert. »Ach, der Alte tobt. Er möchte dich sehen.«

»Später.«

Gavin zuckte die Schultern. »Wie du willst, aber er läßt

nicht zu, daß die Frau das heiße Wasser zum Waschen heraufbringt.«

MacDarren ließ einen leisen Ausruf hören, und der Sessel scharrte über den Boden, als er aufstand. »Verdammter Narr. Der Schmutz an ihr verkrustet schon.« Auf dem Weg zur Tür blieb er stehen und warf Kate einen Blick zu. In seinem Ton lag keine Spur von Härte, als er sagte: »Versuch zu schlafen. Alles wird gut.«

Gavin folgte ihm hinauf und schloß die Tür.

Alles wird gut.

Er hatte die Worte mit so viel kühler Autorität geäußert, daß sie ihm beinahe glaubte. Er kam von der Lady, und Sebastian hatte im Umgang mit den Boten, die Berichte entgegennahmen und Anweisungen bezüglich ihrer Erziehung gaben, immer große Vorsicht an den Tag gelegt. Vielleicht sollte sie sich an ihn wenden, um Caird zu retten. Er schien über mehr Kühnheit und Selbstbewußtsein zu verfügen als die anderen Boten. Vielleicht würde er ihr zuliebe Sebastian entgegentreten.

Aber er würde wieder fortgehen.

Immer gingen sie fort, und sie würde wieder allein und auf sich selbst gestellt sein. Immer war sie allein. Sebastian würde mit ihr wieder nach Belieben umspringen können.

Nun, der Mann war jetzt da und lenkte Sebastians Aufmerksamkeit von ihr ab. Sie durfte sich auf niemanden verlassen, nur auf sich selbst. Sie mußte die Gelegenheit nutzen, die sich ihr jetzt bot.

Kate schleuderte die Decke von sich und setzte sich langsam im Bett auf.

Der Schmerz, der ihre Schulter durchzuckte, entlockte ihr ein Stöhnen. MacDarren hatte recht. Sie hatte unzählige Prellungen und Abschürfungen. Bewegte sie sich, dann lehnte sich jeder einzelne Muskel ihres Körpers dagegen auf.

Da fiel ihr ein, daß sie barfuß war. Wo waren ihre Schuhe und Strümpfe? Als Kate sie fand, zog sie sie mit steifen, unsicheren Fingern an.

Durch die Haustür konnte sie nicht hinaus, doch das war weiter kein Problem. Das Schlafzimmerfenster hatte ihr schon öfter als Fluchtweg gedient. Sie brauchte sich nur am Fenstersims festzuhalten und sich zu Boden fallen lassen.

Doch der Gedanke, ihren bereits überbeanspruchten Muskeln noch eine Anstrengung zuzumuten, ließ sie schaudern. Sie warf einen sehnsüchtigen Blick zum Bett. Wie sehr sie sich danach sehnte, sich wieder hinzulegen und zuzudecken!

Aber wenn sie es jetzt nicht wagte, würde sich ihr erst weiß Gott wann wieder eine Gelegenheit zur Flucht bieten, und Caird mußte indessen allein im Wald ausharren.

Nach einem tiefen Atemzug öffnete sie das Fenster.

Sebastian Landfield stand vor dem Kamin, die Hände hinter dem Rücken verschränkt. Die Flammen betonten die Magerkeit seines knochigen Körpers.

»Ihr wolltet mich sehen?« fragte Robert, als er den Raum betrat.

»Allerdings.« Landfield fixierte ihn ernst. »Ich habe mich um Geduld bemüht, aber ich finde Eure Einmischung unerträglich, Mylord.«

»Was für ein Pech«, entgegnete Robert trocken. »Aber wenn Ihr das Schreiben Ihrer Majestät gelesen habt, muß Euch klar sein, daß Ihr kein Recht mehr an dem Mädchen habt. Sie ist mein.«

»Nein!« Landfield holte tief Atem und fuhr dann weniger heftig fort: »Sicher ist Ihrer Majestät nicht klar, was für ein Fehler es ist, das Mädchen zu diesem kritischen Zeitpunkt meiner Obhut zu entziehen. Sie muß noch beaufsichtigt werden.«

»Als ihr Gatte werde ich die nötige Aufsicht führen.«

»Ihr seid nicht imstande, ihr die nötige Führung angedeihen zu lassen. Ihr versteht sie nicht. Wenn sie mir jetzt entzogen wird, werdet Ihr alles Erreichte zunichte machen.«

»Ich glaube, daß ich sehr wohl imstande bin, ein schwaches

Mädchen zu beaufsichtigen.« Er lächelte grimmig. »Und wenn es Schwierigkeiten geben sollte, kann ich sie immer ein, zwei Meilen von meinem Pferd über Land schleifen lassen.«

»Ihr haltet mich für grausam?« fragte Landfield barsch. »Ihr wißt *nichts*. Die Strafe spürt sie kaum. Sie verfügt über unglaubliche Kraft.«

Robert sah unwillkürlich das beklagenswert zarte Mädchen vor sich, das er soeben verlassen hatte. Herrgott, der Mann war von Sinnen. »Die Sache ist abgeschlossen. Sagt Eurer Frau, sie soll das Wasser hinaufschaffen lassen.«

»Die Sache ist nicht abgeschlossen.« Landfields helle Augen flammten auf. »Ihr werdet auf mich hören. Ich werde nicht zulassen, daß sie in die Welt geschickt wird und zerstörerisch wirkt wie ihre Mutter. Die Königin muß Euch anvertraut haben, wessen Tochter das Mädchen ist, als sie Euch zu dieser Ehe bewegte. Wißt Ihr nicht, daß das Böse in ihr auf der Lauer liegt? Mit jedem Tag ändert sie sich und wird der katholischen Hure in Fotheringhay ähnlicher. Ihr dürft sie nicht heiraten. Sie darf niemanden heiraten. Sie ist Lilith.«

»Wer zum Teufel ist Lilith?«

»Das erste Weib Adams im Garten Eden, die Versucherin, die Mutter des Bösen. Hat sie Euch erst in ihren Fängen, wird sie Euch verführen, bis Ihr ihr gegenüber hilflos seid. Ihr werdet wie Wachs in ihren Händen sein.«

Robert vernahm ein unterdrücktes Schnauben, das von Gavin kam, der hinter ihm im Eingang stand. Gavins Reaktion war ein Spiegelbild seiner eigenen. Die Vorstellung, das schmutzstarrende Häufchen Elend dort oben solle Lilith sein und starke Männer schwach machen, war einfach lächerlich. Er hatte genug von diesem Unsinn.

»Gavin, geh in die Küche und hilf der Frau des Hauses, das heiße Wasser hinaufzutragen.« Als Gavin gegangen war, drehte Robert sich wieder zu Landfield um und sagte kühl: »Ich weiß Eure Besorgnis zu schätzen, kann Euch aber versichern, daß mir von einem so jungen Ding keine Gefahr droht.«

»Ihr glaubt, Ihr könntet ihrer Herr werden, wenn ich sie doch all die Jahre hindurch nicht brechen konnte?« Um seine Lippen zeigte sich ein verkniffener Zug. »Aber ich werde sie brechen, körperlich und geistig. Ihre Majestät muß mir die Gelegenheit geben. Sie darf mir das Mädchen nicht nehmen.«

Robert hatte keine Lust mehr, sich mit diesem bösartigen alten Mann noch weiter auseinanderzusetzen. »Wie ich schon sagte, die Sache ist erledigt. Wir brechen bei Tagesanbruch auf, wenn das Mädchen wohlauf ist.«

Zwei rote Flecken zeigten sich auf Landfields Wangen. »Ihr könnt sie nicht...«

»Robert?«

Beide drehten sich zu Gavin um, der mit unsicherer Miene in der Tür stand.

»Sie ist fort«, sagte er.

Robert erstarrte. »Was?«

»Sie ist fort. Das Fenster stand offen. Und...« Er schwenkte die Hand. »Fort.«

»Wie kann sie verschwunden sein? Ihr Zimmer liegt im ersten Stock, und sie hat kaum den Kopf heben können...«

»Ich sagte es ja schon.« Landfield ließ ein Lächeln sehen. »Ein eiserner Wille. Seht Ihr nicht, wieviel Verdruß sie Euch bereiten wird? Sie braucht eine feste Hand, die sie...«

»Komm, Gavin.« Robert unterbrach den Vikar mitten im Satz und ging zur Tür. »Weit kann sie nicht gekommen sein, und im Schlamm müßte man ihre Spuren gut sehen können.«

»Soll ich die Pferde holen?«

»Dazu ist keine Zeit. Wir laufen.«

Sie wurde verfolgt!

Sebastian?

Einen Moment innehaltend, erhaschte sie einen Blick auf dunkles Haar und das Schimmern der Goldkette um den Hals ihres Verfolgers. Nicht Sebastian, sondern Robert MacDarren war es.

Die heftige Woge der Enttäuschung, die sie empfand, war gegen alle Vernunft. Er mußte ihr auf Sebastians Geheiß folgen, was bedeutete, daß ihr Vormund ihn zu seinen Ansichten bekehrt hatte. Aber was hatte sie denn anderes erwartet? Er war ein Fremder und Sebastian ein Geistlicher, der großes Ansehen genoß. Es gab keinen Grund, warum er anders als die anderen hätte sein sollen. Wie schlau von Sebastian, jemanden auf die Suche nach ihr zu schicken, der jünger und kräftiger war als er selbst, dachte sie verbittert.

Sie drehte sich um und lief weiter, wobei ihre Schuhe bei jedem Schritt im Schlamm versanken. Ein Blick über die Schulter zeigte ihr, daß er aufgeholt hatte, obwohl er nicht lief, doch seine langen Beine legten die Entfernung stetig und mühelos zurück, während sein Blick unausgesetzt auf dem vor ihm liegenden Pfad ruhte. Offenbar hatte er sie noch nicht erspäht und folgte nur ihren Spuren.

Ihre Kräfte schwanden. Ihr schwindelte, sie atmete in keuchenden Stößen. Sie konnte nicht weiterlaufen.

Und sie konnte sich nicht ergeben.

Es blieb nur ein Ausweg aus diesem Dilemma. Sie lief ein paar Meter weiter und drang dann ins Dickicht am Wegrand ein.

Eile. Eile tat not. Verzweifelt suchte sie im Unterholz... ach, da war es.

Sie ergriff einen dicken Ast, lief ein paar Schritte zurück und hielt ihn, unter den regennassen Bäumen wartend, zum Schlag bereit.

Sie mußte auf den Kopf zielen. Ihre Kraft reichte nur für einen einzigen Hieb, und dieser mußte ihn niederschmettern.

Ihre Atemzüge kamen schwer und waren schrecklich laut. Sie mußte gleichmäßiger atmen, damit er sie nicht hören konnte.

Fast war er bei ihr angelangt.

Ihre Hand umklammerte den Ast fester.

Er ging an ihr vorüber, den Blick auf die Spuren gerichtet.

Sie atmete tief durch, trat hinter ihm auf den Pfad und holte mit aller Kraft aus.

Mit einem schmerzlichen Aufstöhnen brach er zusammen.

Sie ließ den Ast fallen, lief an ihm vorüber, weiter den Pfad entlang.

Da traf etwas ihre Kniekehlen, und sie fiel hin.

Sie schlug so heftig auf dem Boden auf, daß ihr der Atem wegblieb. Schwärze umfing sie.

Als das Dunkel sich lichtete, merkte sie, daß sie auf dem Rücken lag und ihre beiden Hände seitlich des Kopfes festgehalten wurden. Robert MacDarren saß rittlings auf ihr.

Ohne zu zögern, setzte sie sich zur Wehr.

»Bleib still, verdammt.« Sein Griff wurde fester. »Ich bin nicht – autsch!«

Mit einer Drehung des Kopfes hatte sie ihre Zähne tief in sein Handgelenk gegraben. Sein Griff lockerte sich nicht, obschon sie den Kupfergeschmack seines Blutes im Mund schmeckte.

»Laßt mich los!« Wie dumm und vergebens ihre Worte doch waren, da sie wußte, daß er nicht die Absicht hatte, sie freizugeben.

Sie versuchte nun, mit dem Kopf gegen seine Brust zu schlagen, doch konnte sie ihn nicht erreichen.

»Also wirklich, Robert, kannst du nicht das Ehegelübde abwarten, bis du sie besteigst?« hörte sie Gavin Gordon sagen, der hinter MacDarren stand.

»Höchste Zeit, daß du erscheinst«, sagte MacDarren grollend. »Sie trachtet mir nach dem Leben.«

»Nun, für jemanden, der sich kaum rühren kann, macht sie sich ganz gut. Ich habe gesehen, wie sie zu dem Hieb ausholte.« Gavin grinste schadenfroh. »Aber ich war zu weit weg, als daß ich dir zu Hilfe hätte eilen können. Hat sie dich verletzt?«

»Sie hat mir zu gräßlichen Kopfschmerzen verholfen.«

Kate versuchte, mit dem Knie in seine Lenden zu stoßen, er aber wich ihr aus.

»Deine Hand blutet«, bemerkte Gavin.

»Sie hat mich gebissen. Jetzt begreife ich, wieso Landfield sie mit Stricken fesselte.«

Die Fesseln. Verzweiflung erfaßte sie, als sie merkte, wie gründlich Sebastian es geschafft hatte, ihn von seiner Meinung zu überzeugen. MacDarren würde sie fesseln und zu Sebastian zurückbringen. Mit MacDarren und Gavin gemeinsam konnte sie es nicht aufnehmen, dazu reichte ihre letzte Kraftreserve nicht aus. Sie würde auf eine günstigere Gelegenheit warten müssen. Deshalb gab sie jede Gegenwehr auf, lag nur da und starrte MacDarren trotzig an.

»Sehr vernünftig«, sagte er voller Ingrimm. »Im Moment bin ich nicht gerade bester Laune. Und ich kann mir nicht denken, daß du sie noch verschlechtern möchtest.«

»Runter von mir!«

»Damit du wieder ausreißen kannst?« MacDarren schüttelte den Kopf. »Du hast mir für den einen Tag schon genug Verdruß bereitet. Gavin, gib mir deinen Gürtel.«

Gavin nahm seinen breiten Ledergürtel ab und reichte ihn MacDarren, der ihn um Kates Handgelenke wand und fest zuzog.

»Ich gehe nicht ins Haus zurück«, sagte sie mit einer aus Verzweiflung geborenen Wildheit. »Ich kann nicht dorthin zurück.«

Er stand auf. »Du wirst dorthin gehen, wohin ich dich haben will, und wenn ich dich hinschleifen muß...« Er hielt angewidert inne, als er gewahr wurde, was er da gesagt hatte. »Verdammt, ich bin schon wie dieser scheinheilige alte Halunke.« Seine Wut war plötzlich verraucht, als er sie so vor sich liegen sah. »Hast du Angst vor ihm?«

Angst war ihr ständiger Begleiter, wenn sie an Sebastian dachte, aber das konnte sie nicht eingestehen. Sie setzte sich auf und wiederholte. »Ich kann nicht zurück.«

Er sah sie an. »Na schön, dann gehen wir eben nicht zurück. Du brauchst ihn nie wiederzusehen.«

Kate starrte ihn ungläubig an.

Er wandte sich an Gavin. »Wir übernachten in dem Gasthaus am Dorfrand. Geh zum Haus zurück, hole ihre Sachen und sattle die Pferde. Wir treffen uns bei den Stallungen.«

Gavin nickte und verschwand sogleich im Dickicht.

MacDarren sah auf Kate hinunter. »Ich nehme an, du hast nichts dagegen?«

Sie konnte seine Worte nicht fassen. »Ihr bringt mich fort?«

»Hättest du gewartet, anstatt aus dem Fenster zu springen, hätte ich dir schon vor zwei Stunden sagen können, daß ich deswegen gekommen bin.«

Nun begann sie zu verstehen. »Ihr bringt mich zur Lady?«

Er schüttelte den Kopf. »Es sieht so aus, als sei Ihre Majestät der Meinung, du solltest heiraten.«

Ein Schreck jagte den anderen. »Heiraten?«

»Du sagst es, als wüßtest du nicht, was es bedeutet. Man muß dich doch über die weiblichen Pflichten unterrichtet haben.«

»Ich weiß, was Ehe bedeutet.« Sklaverei, erstickende Einengung und Grausamkeit. Was sie von Sebastians und Marthas Zusammenleben mitbekommen hatte, war ihr wenig besser als ihr eigenes Los erschienen. Gewiß, er schlug Martha nicht, doch die Schreie, die sie aus dem Schlafzimmer während der ehelichen Vereinigungen hörte, erfüllten sie mit Ekel und Angst. Sie hatte geglaubt, vor dieser Art von Mißhandlung sicher zu sein. »Aber ich kann nicht heiraten.«

»Hat dir das der gute Vikar eingeredet?« Er kniff die Lippen zusammen. »Nun, die Königin scheint anderer Meinung zu sein.«

Dann würde eine Heirat unausweichlich sein. Sogar Sebastian fügte sich der Königin. Leise Zuversicht regte sich in ihr. Obwohl die Ehe nur eine andere Form der Sklaverei darstellte, blieb ihr die Hoffnung, daß die Königin ihr einen milderen Herrn als Sebastian zugedacht hatte. »Wen soll ich heiraten?«

Er lächelte spöttisch. »Ich habe die Ehre.«

Wieder ein Schock, und dazu kein angenehmer. Mild war nicht das Wort, das auf diesen Mann gepaßt hätte. »Und Ihr habt keine Angst?« platzte sie heraus.

»Angst vor dir? Nicht, wenn jemand mir Rückendeckung gibt.«

Das war es nicht, was sie meinte, aber es war klar, daß er keine Angst hatte. Sie bezweifelte, daß er überhaupt etwas fürchtete, und außerdem war sie nicht das, was Sebastian von ihr behauptete. Er hatte die Worte so oft ausgesprochen, daß sie sich manchmal dabei ertappte, wie sie ihm glaubte, und jetzt war sie so müde, daß sie nicht mehr klar denken konnte. Mit jeder Sekunde schwand ihre Kraft. »Nein, Ihr braucht keine Angst zu haben.« Sie schwankte. »Nicht Lilith…«

»Eher ein schlammbedecktes Würmchen«, gab er halblaut von sich, als er die Hand ausstreckte und Kate festhielt. »Wir müssen zu den Stallungen. Kannst du laufen, oder soll ich dich tragen?«

»Ich kann laufen.« Den absurden Gedanken an eine Ehe verdrängte sie. Darüber wollte sie sich später den Kopf zerbrechen. Im Moment gab es Wichtigeres. »Wir müssen erst Caird holen.«

»Caird? Wer zum Teufel ist Caird?«

»Mein Pferd.« Sie drehte sich um, bereit, ins Dickicht einzudringen. »Ich muß ihn holen, ehe wir aufbrechen. Er ist nicht weit…«

Sie hörte das Gestrüpp knacken und knistern, als er ihr folgte. »Dein Pferd ist im Wald?«

»Ich habe es vor Sebastian versteckt. Er wollte Caird töten. Ich sollte ihm sagen, wo er ist.«

»Und deshalb hat er dich durch den Wald geschleift?«

Sie überhörte die Frage geflissentlich. »Sebastian sagte, die Waldtiere würden ihn verschlingen. Er wollte mir Angst einjagen.« Sie taumelte vor Erschöpfung, konnte aber jetzt nicht aufgeben. »Es ist schon eine Weile her, seitdem ich ihn zurückließ…« Sie ging um eine Biegung des Pfades und atmete erleichtert auf, als sie Caird im Schutz einer Eiche seelenruhig grasen sah. »Nein, er ist wohlauf.«

»Meinst du?« MacDarrens skeptischer Blick umfaßte den gescheckten Hengst vom Senkrücken bis zu den knotigen Knien. »Ich finde das nicht. Wie alt ist er?«

»Fast zwanzig.« Sie ging zum Pferd und streichelte zärtlich dessen Nüstern. »Aber er ist stark und lammfromm.«

»Das reicht nicht«, sagte MacDarren. »Wir müssen ihn loswerden. Der schafft es nie bis in die Highlands. Wir überlassen ihn dem Wirt. Ich werde dir ein anderes Pferd besorgen.«

»Wir werden ihn nicht dem Wirt überlassen«, erwiderte sie hitzig. »Ich kann ihn nicht einfach so zurücklassen. Woher soll ich wissen, ob man sich ordentlich um ihn kümmert? Er kommt mit.«

»Und ich sage, daß er bleibt.«

Er sagte es mit solcher Entschiedenheit, daß sie ein eisiger Schreck durchfuhr. Es erinnerte sie an Sebastians Anordnungen, gegen die jeglicher Widerspruch sinnlos war. Sie benetzte die Lippen. »Dann werde ich auch bleiben.«

MacDarren kniff die Augen zusammen. »Und wenn Landfield dich wieder erwischt?«

Sie zuckte die Schultern und lehnte die Wange an Cairds Nüstern. »Er gehört mir«, lautete ihre schlichte Antwort.

Kate spürte seinen Blick im Rücken und konnte seine Erregung fühlen. »Ach, zum Teufel, mir reicht's!« Er hob ihren Sattel auf, der unter dem Baum auf dem Boden lag, und warf ihn auf Cairds Rücken. Dann machte er sich daran, die Sattelgurte festzuziehen. »Also gut, wir nehmen ihn mit.«

Freude durchschoß sie. »Wirklich?«

»Du hast gehört, was ich gesagt habe.« Er nahm ihr den Gürtel ab, der ihre Hände zusammenband, hob sie hoch und setzte sie mit einem Schwung in den Sattel. »Als Packpferd ist er noch zu gebrauchen. Ich werde dir ein anderes Reittier kaufen. Zufrieden?«

Und ob! »O ja! Ihr werdet es nicht bereuen. Aber Ihr braucht

Euer Geld nicht für ein anderes Reittier zu verschwenden. Caird ist sehr kräftig. Sicher wird er...«

»Ich bereue es bereits.« Sein Ton war entschieden gereizt, als er, das Pferd am Zaum führend, losging. »Ich bezweifle sehr, daß er es auch nur mit leichter Last durch das Gebirge schafft.«

Es war das zweite Mal, daß er die unwirtlichen Highlands erwähnte, aber ihr war es einerlei, wohin sie gingen, solange Caird mitkommen durfte. »Aber Ihr werdet es tun? Ihr werdet Eure Absicht nicht ändern?«

Seine Miene wurde kurz weich, als er in ihr fragendes Gesicht sah. »Ich werde meine Absicht nicht ändern.«

Gavin saß bereits im Sattel und wartete, als sie kurz darauf bei den Stallungen eintrafen. Als sein Blick von Kate zum Pferd und wieder zurück wanderte, erhellte ein Grinsen seine Züge. »Ihres?«

Robert nickte. »Und der Grund des Aufruhrs.«

»Ein passendes Gespann«, murmelte Gavin. »Sie kann sich noch ordentlich mausern, aber das Pferd...« Er schüttelte den Kopf. »Ein hoffnungsloser Fall.«

»Genau meine Meinung. Aber wir behalten ihn trotzdem.« Robert schwang sich in den Sattel. »Hat es Unstimmigkeiten mit dem Vikar und seiner liebenswerten Frau gegeben?«

Kate umfaßte die Zügel fester.

»Mistress Landfield schien überglücklich, als sie mir die Habseligkeiten des Mädchens übergab.« Er wies mit dem Kopf auf ein kleines, an seinem Sattel befestigtes Bündel. »Und der Vikar funkelte mich nur wutentbrannt an.«

»Vielleicht hat er klein beigegeben.«

»Der gibt nie klein bei«, flüsterte Kate. »Niemals.«

»Dann sehen wir lieber zu, daß wir wegkommen, ehe wir ihm wieder begegnen«, sagte Robert, als er seinem Pferd die Sporen gab. »Gavin, behalte sie im Auge. Sie kann sich kaum im Sattel halten.«

Sebastian wartete auf sie, mitten auf der Straße.

»Aus dem Weg«, sagte Robert kalt. »Ich bin nicht in Stimmung für Euer Geschwätz.«

»Es ist Eure letzte Chance«, sagte Sebastian drängend. »Gebt sie mir zurück, ehe es zu spät ist.«

»Aus dem Weg, Landfield.«

»Kathryn.« Sebastian wandte sich in flehendem Ton an sie. »Geh nicht. Du weißt, daß eine Ehe für dich nicht in Frage kommt. Du weißt, was geschehen würde.«

Robert ritt weiter, und die Schulter seines Pferdes drängte Sebastian vom Weg. Er bedeutete Gavin und Kate mit einer Handbewegung weiterzureiten. »Es ist aus. Sie fällt nicht mehr in Eure Verantwortung.« Er senkte drohend die Stimme. »Und wenn Ihr Euch Kathryn jemals nähern solltet, werde ich dafür sorgen, daß Ihr diesen Fehler nie wieder begeht.«

»Ihr werdet mich wiedersehen.« In Landfields Augen schimmerten Tränen, als sein Blick sich Kate zuwandte. »Kathryn, ich wollte dich bewahren. Ich wollte dich retten, aber Gott hat es anders gewollt. Du weißt, was jetzt geschehen muß.«

Damit machte er kehrt und ging schweren Schrittes zum Haus zurück.

»Was hat er gemeint?« fragte Gavin, dessen neugieriger Blick Landfield folgte.

Sie gab keine Antwort, als sie Sebastian nachblickte, von einem Gefühl drohenden Unheils erfaßt, das sie mit Furcht und Schrecken erfüllte. Wie töricht. Genau das hatte er bezweckt. Das war seine Art, sie an sich zu ketten.

»Nun?« fragte Robert.

»Nichts. Er wollte mir nur angst machen.« Sie straffte die Schultern. »Er mag es, wenn ich mich vor ihm fürchte.«

Sie sah ihm an, daß er ihr nicht glaubte, und befürchtete schon, er würde nachhaken. Statt dessen sagte er leise: »Du brauchst ihn nicht mehr zu fürchten. Er hat keine Macht mehr über dich.« Sein Blick hielt sie mit einer hypnotischen Kraft fest, die erschreckend und beruhigend zugleich auf sie wirkte. »Jetzt bin ich der einzige, der dir weh tun oder dir helfen kann.«

3. KAPITEL

Die Lichter von *Tabord's Inn* schimmerten warm und einladend vor ihnen.

Aber nicht einladend für mich, erinnerte sich Kate plötzlich und erstarrte. O Gott, die verwirrenden Veränderungen in ihrem Leben hatten sie so müde und benommen gemacht, daß sie sich von MacDarren dorthin hatte bringen lassen, wohin sie auf keinen Fall wollte.

Sie zügelte Caird. »Nein.«

Robert warf einen ungeduldigen Blick über die Schulter. »Was ist denn jetzt wieder los?«

»Ich kann hier nicht bleiben.«

»Den Teufel kannst du. Im Haus wolltest du nicht bleiben, und jetzt willst du auch hier nicht hin. Deinetwegen werden wir kein Lager am Straßenrand aufschlagen. Ich bin müde und vom Sturz in den Schlamm fast so verdreckt wie du. Ich brauche ein Bad und ein Bett, und hier bekommen wir beides.« Damit drehte er sich um und trieb sein Pferd zum Trab an. »Jetzt.«

Er begriff sie nicht, und sie war zu müde, um weitere Erklärungen abzugeben. Aber er würde es ohnehin bald herausfinden.

Master Tabord riß die Tür auf und kam auf den Hof vor dem Stall gelaufen. Das Licht des Kandelabers, den er in der Hand hielt, enthüllte ein breites Lächeln, als er mit einem Blick MacDarrens vornehme Kleidung erfaßte. »Willkommen, Mylord. Ich bin Peter Tabord, der Wirt.«

Robert neigte den Kopf. »Ich bin Robert MacDarren, Earl von Craighdhu.«

»Wie kann ich Euch zu Diensten sein?«

»Mit einem Nachtlager und Essen.« Robert saß ab. »Und vor allem mit heißem Wasser zum Baden.«

»Wir haben das Beste von allem. Ihr seid gestürzt?« Master Tabord schüttelte mitleidig den Kopf, als er sah, wie Robert Kate aus dem Sattel hob. »Hoffentlich wurde die Lady nicht...« Er brach mitten im Satz ab und kniff die Augen zusammen. Dann trat er näher, hob die Kerze und sah Kate an. Seine abweisende Miene zeigte ihr, daß er sie erkannt hatte. »Guten Abend, Kate.« Er drehte sich mit einem Ruck zu Robert um. »Verzeiht, Mylord. Ich kann Euch nicht beherbergen. Wir haben keinen Platz.«

»Vorhin hattet Ihr Platz.«

»Jetzt nicht mehr.« Der Wirt wandte sich wieder Kate zu. »Geh nach Hause. Hast du dem Vikar nicht schon genug Ärger mit deiner zügellosen Art bereitet? Ich werde nicht zulassen, daß du unter meinem Dach herumhurst. Du wirst nicht...«

»Still jetzt!« Robert trat vor, sein Dolch drückte sich plötzlich an Tabords fetten Wanst. »Nichts mehr davon. Mir reicht es bei Gott. Du wirst zwei Kammern in deiner ›überfüllten‹ Hütte finden und mir geben, was ich verlange, oder ich schlitze dir deinen Fettwanst auf.«

»Bitte, nimm Abstand davon«, sagte Gavin zurückzuckend. »Du weißt, daß mir der Anblick von Blut zuwider ist.«

Robert schenkte ihm keine Beachtung und drückte die Klinge noch fester gegen Tabords Bauch. »Du wirst ein Mädchen finden, das meine Frau bedient, und du wirst ihr die Achtung und die Dienste zuteil werden lassen, die ihr zustehen.«

Master Tabord machte ein eigensinniges Gesicht. »Mylord, Ihr könnte mich nicht einschüchtern. Ich werde tun, was rechtens ist. Ihr könnt nicht – Eure Frau?« Master Tabords Miene spiegelte Kates Schock wider, als ihm die volle Bedeutung von Roberts Worten aufging. »Kate? Sie ist doch nicht Eure...«

»Wir sind vermählt.« Robert steckte den Dolch in die Scheide und wandte sich an Gavin. »Schaff die Pferde in den Stall.«

»Vermählt?« Gavin stieß einen leisen Pfiff aus. »Also so gehst du die Sache an.«

Master Tabord sah sie noch immer stirnrunzelnd an. »Merkwürdig, daß Euer Begleiter nichts von der Ehe weiß.«

»Nun, Gavin, bin ich mit dieser Frau die Ehe eingegangen?« fragte Robert.

»Jawohl.« Gavin nahm lächelnd die Zügel von Roberts und Kates Pferden und wollte zum Stall. »Du hast sie eilig und rechtmäßig zur Frau genommen.«

Robert umfaßte Kates Handgelenk und zog sie ins Haus. »Heißes Wasser, einen Zuber und eine Magd.«

Master Tabord folgte ihnen langsam in den Flur. »Da wäre nur meine Tochter Carolyn.«

»Das reicht.«

»Nein«, wehrte Kate hastig ab. »Nicht Carolyn. Ich möchte nicht, daß sie mich bedient.«

Die Miene des Wirtes zeigte jetzt Anzeichen von Güte. »Kate, es wird Carolyn nichts ausmachen. Sie hat nie aufgehört, von dir zu reden.«

Robert zog Kate die Stufen hinauf. »Wo ist unser Zimmer?«

»Die zweite Tür«, sagte Master Tabord. Er blieb im Flur stehen und sah zu ihnen hinauf. »Seid Ihr rechtmäßig getraut?«

Robert drehte sich um und sagte überdeutlich: »Ich werde es nicht noch einmal sagen. Sie ist meine Frau, und Ihr werdet sie als solche behandeln.« Er führte Kate den kurzen Gang entlang und öffnete die Kammertür.

Kate entzog sich seinem Griff und fuhr ihn an, kaum daß die Tür sich hinter ihnen geschlossen hatte: »Ihr habt ihn belogen.«

»Ich lüge nicht.« Robert nahm seinen kurzen Umhang ab und warf ihn auf den Stuhl.

»Nicht, Ihr macht die schönen bestickten Kissen schmutzig.« Sie nahm den Umhang und ließ ihn auf den Boden fallen.

»Master Tabords Kissen scheren mich keinen Deut.« Er sah sie an. »Und es wundert mich, daß sie dir am Herzen liegen, nachdem er dich so geschmäht hat.«

»Es ist nicht seine Schuld. Er ist besser als die meisten anderen.« Ihr eigener feuchter Mantel lastete unerträglich schwer auf ihren Schultern. Sie nahm ihn ab und warf ihn neben seinen. Wie merkwürdig sie sich nebeneinander ausmachen, dachte sie. Reicher Samt und ärmlicher Wollstoff, so voneinander verschieden wie sie von dem Mann, der wie ein Wirbelwind in ihr Leben gestürmt war. »Als ich noch ein Kind war, da war er sehr nett zu mir. Carolyn war damals meine Spielgefährtin.«

»Nun, heute schien er nicht übertrieben freundlich.«

»Als ich älter wurde, gelangte Sebastian zu der Ansicht, der Umgang mit den Dorfbewohnern täte mir nicht gut. Er verbot mir, ins Dorf zu gehen, und sagte allen...« Sie hielt inne, als sie an den alten Schmerz dachte, und fuhr dann fort: »Er verbreitete überall, ich sei eine Dirne und er müsse mich streng beaufsichtigen, damit ich nicht der Sünde verfalle.«

»Und seine Lügen fanden Glauben?«

»Warum nicht? Er ist der Vikar, ein Gottesmann. Und er selbst hielt es für keine Lüge. Er meint, ich hätte die Seele einer Dirne, und alle glauben ihm.« Unter seinem Blick flammte Zorn in ihr auf. »Aber ich bin keine Hure. Ich bin nichts von dem, was er von mir behauptet. Und ich werde nicht zulassen, daß Ihr mich zu der Dirne macht, für die er mich hält.«

»Ich habe keineswegs die Absicht, dich zu meiner Hure zu machen.«

»Ich bin kein unwissendes Geschöpf. Sebastian hat dafür gesorgt, daß ich weiß, was fleischliche Sünde bedeutet. Wir bewohnen dasselbe Zimmer, Ihr lügt und sagt, daß wir vermählt sind, obwohl wir es gar nicht sind. Habt Ihr die Absicht, mich zu heiraten?«

»Wir sind vermählt.«

Dieser Ausspruch wurde mit so großer Überzeugung getan, daß sie ihn geschockt ansah. »Seid Ihr von Sinnen? Wir können doch nicht verheiratet sein, nur weil Ihr es behauptet.«

»Doch.« Er lächelte voller Ingrimm. »Und das ist die einzige Art, wie wir jemals heiraten werden: Mit Handschlag auf Treu und Glauben.«

Sie wiederholte die ungewohnten Worte. »Mit Handschlag?«

»Eine in Schottland völlig legale Art der Heirat ohne religiöse Zeremonie. Mann und Frau verkünden die Verbindung vor Zeugen und leben dann ein Jahr zusammen. Wenn sich die Verbindung zu beider Zufriedenheit gestaltet oder ein Kind geboren wird, dann wird diese Ehe für endgültig erklärt. Wenn nicht...« Es folgte ein Achselzucken. »Dann sind beide frei, ihrer Wege zu gehen.«

»Das hört sich aber sehr merkwürdig an«, sagte sie voller Argwohn.

»Aber es ist ganz legal und verpflichtend... für ein Jahr. Ich werde dich nach Craighdhu bringen und als meine Frau anerkennen. Nach einem Jahr werden wir uns dann wieder trennen.« Er kniff die Lippen zusammen. »Ungeachtet aller längerfristigen Pläne, die Ihre Majestät ausgeheckt hat.«

Er war wütend, aber nicht über sie, wie sie merkte. »Ihr wollt nicht mit mir verheiratet bleiben?«

»O Gott, nein!« Er lächelte schief. »Verzeih meinen Mangel an Galanterie, aber du bist die letzte Frau, mit der ich eine Ehe in Betracht ziehen würde. Ich habe schon genug Probleme, ohne daß ich mir eine zusätzliche Bürde aufhalsen müßte.«

»Weil ich bin, die ich bin. Weil ich *ihre* Tochter bin«, sagte sie. Das war keine Frage. Sebastian hatte ihr nur zu deutlich gemacht, daß sie einer Ehe nicht würdig war, daß ein Mann sie immer nur körperlich begehren würde.

»Genau.«

Ein Anflug von Kränkung durchfuhr sie auf dieses entschiedene Wort hin. Es war die erwartete Antwort, dennoch war der Schmerz da. Sie straffte die Schultern und nahm eine aufrechtere Haltung an. »Nun, das soll mir gleichgültig sein. Ich möchte Euch auch nicht. Ich möchte niemanden heiraten.« Sie wünschte, er würde sie allein lassen. Sie hatte geglaubt, gegen Schmerz gefeit zu sein, aber irgendwie hatte er es geschafft, ihre Abwehr zu durchdringen und die Einsamkeit noch unerträglicher zu machen. Das empfinde ich nur so, weil ich so müde bin, sagte sie sich. Am Rande eines Zusammenbruchs wurde jedes Gefühl verzerrt. »Ich weiß nicht, warum die Lady – Ihre Majestät es für nötig befindet, mich zu verheiraten.«

»Du weißt es nicht?« Er sah sie forschend an, ehe er murmelte: »Offenbar hat der gute Vikar es unterlassen, dich über die politischen Folgen zu unterrichten, die es mit sich bringt, Marys Tochter zu sein.«

»Politische Folgen?« Sie sah ihn erstaunt an. »Aber ich bin wertlos. Ich habe keine Macht. Ich bin illegitim.«

»Das war William der Erste auch. Es gibt...« Er hielt inne, als auf der Treppe Stimmen zu hören waren. »Man schafft den Zuber herauf. Wir sprechen uns später.« Er ging zur Tür. »Ach, übrigens heiße ich Robert. Da wir vermählt sind, ziehe ich die zwanglosere Anrede vor... Kathryn.«

»Kate!« Als er sich umdrehte und sie verblüfft ansah, zügelte sie ihren unwirschen Ton. »*Er* hat mich Kathryn genannt.«

»Und du willst nicht die sein, die er meint«, ergänzte er sie leise. »Was hat Landfield gemeint?«

Die Frage verwirrte sie. »Was?«

»Was meinte er, als er sagte, du wüßtest, was er zu tun hätte.«

»Er hat immer gesagt, ich müßte gerettet oder vernichtet werden«, sagte sie. »Jetzt wird er mich vernichten.«

»Du scheinst dich damit ganz ruhig abzufinden. Man möchte meinen...« Er öffnete, als an die Tür geklopft wurde.

Eine hochgewachsene, dunkelhaarige junge Frau stand lächelnd im Eingang. Als Kate Carolyn erkannte, verkrampfte sie sich instinktiv.

»Ich bin Carolyn Tabord, Mylord.« Sie deutete hinter sich. »Simon bringt einen Zuber für Mylady. Ein zweiter steht im Zimmer nebenan. Euer Begleiter badet in der Küche. Hoffentlich seid Ihr zufrieden.«

»Sehr zufrieden.« Er warf Kate einen kurzen Blick zu, ehe er sich umdrehte und hinausging.

Carolyn fegte augenzwinkernd herein. »Sicher findet Mylady Seine Lordschaft ebenso zufriedenstellend«, sagte sie halblaut, als sie auf Kate zuging. »Bei allen Heiligen, er sieht so kraftvoll aus wie der Hengst, den wir damals auf dem Feld Megan besteigen sahen. Ist er es wirklich?«

Kate wurde von Carolyns Gehabe, das weder Mißbilligung noch Zurückhaltung erkennen ließ, völlig überrumpelt. Es war, als hätten sie sich erst gestern getrennt und nicht vor drei Jahren. »Ich bin mir nicht sicher. Ich meine ... ach, Carolyn ... wie geht es dir?«

»Gut. Du weißt, mir geht es immer gut.« Sie ließ ein Lächeln sehen, als sie die Mäntel vom Boden aufhob. »Und außerdem werde ich heiraten.«

»Wen?«

»Timothy Kanut, den Schmied.« Sie öffnete die Tür und warf die Mäntel hinaus auf den Gang. »Ich werde sie zum Trocknen ans Herdfeuer in der Küche hängen und dann den Schmutz herausbürsten. Gütiger Himmel, was bist du verdreckt.«

Kate konnte sich vage an Timothy Kanut erinnern. Er war etliche Jahre älter als sie beide, ein großer, stattlicher Mann mit freundlichem Lächeln, enormen Muskeln und einer Frau, deren Zunge spitz wie ein Dolch war. »Ich dachte, er wäre schon verheiratet.«

»Seine Frau starb vergangenes Jahr, die Ärmste.« Sie schloß die Tür und drehte sich grinsend um. »Gerade rechtzeitig, um es mir zu ersparen, auf dem Heuboden zu sündigen, damit ich Timothy dazu bringe, mit mir durchzubrennen.«

Ihre Augen wurden groß. »Das hättest du getan?«

Das Mädchen nickte. »Ich liebe ihn und wäre schön dumm gewesen, wenn ich ihn bei seiner zänkischen Alten gelassen hätte, die ihn nur unglücklich gemacht hat. Das wäre eine noch größere Sünde als die Fleischeslust, und du weißt, daß ich nie auf den Kopf gefallen war.«

Nein, Carolyn war immer klug, beherzt und in ihrer Denkweise frei gewesen, sonst hätte sie nie den Mut aufgebracht,

Kates Freundin zu werden. »Deinem Vater wäre das Herz gebrochen.«

Carolyn nickte. »Mitunter sieht er die Dinge nicht ganz klar.« Sie hielt inne und schien kurz merkwürdig befangen. »Er hätte Sebastian nicht glauben dürfen. Ich versuchte ihm beizubringen... du mußt wissen, daß ich in jenem ersten Jahr oft zum Pfarrhaus gegangen bin.«

»Das wußte ich nicht.«

»Sie hat mich nicht zu dir gelassen. Ich versuchte sie zu überreden, und dann brüllte ich sie an. Ich habe alles getan, um sie zu überzeugen, aber sie hat mich immer nur mit ihren kalten Augen angesehen...« Sie zog bedauernd die Schultern hoch. »Schließlich gab ich es auf und ging nicht mehr hin.«

»Ich hätte nicht aufgegeben«, stieß Kate wild hervor. »Ich hätte weiterhin versucht, zu dir zu gelangen, und wenn es hundert Jahre gedauert hätte.«

»Ich habe mein Bestes getan, und ich wußte, daß du es nicht verstehen würdest.« Sie verzog das Gesicht. »Ich habe es nie geschafft, all das zu sein, was du von mir erwartetest. Du hast immer zuviel verlangt. Nie warst du imstande, mich so zu nehmen, wie ich bin.«

Einerseits war Kate klar, daß sie nicht erwarten konnte, jene Tage der Freiheit und Freundschaft würden Carolyn gleich teuer sein, dennoch lehnte sie sich gegen dieses passive Hinnehmen auf. Kate hatte ihrer Freundin nie von ihrem Leben im Pfarrhaus erzählt, weil sie die gemeinsamen Stunden unbelastet erhalten wollte. Trotzdem... hätte Carolyn wirklich an ihr gehangen, hätte sie da nicht nachempfinden müssen, wie allein Kate sein würde, wenn Sebastian sie rigoros von ihrer Freundin trennte? Nein, Carolyn kann nicht verstehen, was Einsamkeit bedeutet, dachte sie matt, so wie Carolyn Kates Wesen insgesamt nie richtig verstanden hatte. »Ich glaube, es ist nicht mehr wichtig.«

»Nun, zumindest jetzt nicht mehr.« Carolyn hatte ihr Lächeln wiedergefunden. »Jetzt bist du eine feine Lady mit einem

Ehemann, der sogar meinem Vater Respekt abverlangt. Es wendet sich immer alles zum Besten. Im Dorf habe ich nichts von deiner Heirat gehört. Wie lange bist du schon seine Frau?«

»Noch nicht sehr lange.« Sie war noch immer nicht sicher, ob MacDarrens Behauptung, sie seien ein Paar, stimmte. Das alles klang höchst sonderbar. Müde strich sie sich über die Schläfe.

Carolyn, der diese Geste nicht entging, reagierte sofort. »Du bist müde, und ich stehe hier herum und halte dich davon ab, dein Bad zu nehmen. Ich will nachsehen, was Simon aufhält. Wir können uns unterhalten, wenn du im Wasser bist.«

Alles wird sich zum Besten wenden.

Wie schön, dies in einer Welt glauben zu können, in der ihr Schicksal der Laune eines Fremden überlassen war. Doch hatte Robert MacDarrens Auftauchen schon zwei gute Dinge in ihrem Leben bewirkt, wie ihr mit aufflackernder Hoffnung klar wurde. Sie hatte entdeckt, daß sie von der einzigen Freundin, die sie je gehabt hatte, nicht ganz im Stich gelassen worden war, und sie war von Sebastian weg. Wenigstens im Moment. Über alles andere wollte sie sich zu anderer Zeit den Kopf zerbrechen. Jetzt war sie zu müde, um nachzudenken.

»Und wo ist unsere Braut?« fragte Gavin, als er eine Stunde später Robert die Treppe herunterkommen sah.

»Vermutlich in einem Bottich mit heißem Wasser. Ich bin selbst gerade dem Bad entstiegen.« Er sah sich im Schankraum um. »Hast du den Wirt angewiesen, er solle uns etwas zu essen zubereiten?«

Gavin nickte. »Gleich wird es fertig sein.« Er drückte Robert einen Humpen Bier in die Hand. »Und er besitzt eine gute, ausdauernde Stute. Zwar verlangt er mehr für sie, als sie wert ist, aber ich glaube, ich kann den Preis noch auf ein vernünftiges Maß herunterdrücken.« Er hielt inne. »Du bist noch immer gewillt, den Schecken mitzunehmen?«

»Ich habe es gesagt, oder?« Robert trank sein Bier aus. Das

Getränk war warm und tröstlich, doch hob es seine schlechte Laune nicht. Er wußte nicht einmal, weshalb er so mißgestimmt war, er wußte nur, daß es damit zusammenhing, wie Kate dagestanden hatte, schlammbedeckt, erschöpft und dennoch kerzengerade, nicht gewillt, ihrer eigenen Schwäche nachzugeben. Er schritt durch den Raum zu dem Feuer, ließ sich nieder und streckte die Beine aus.

»Darf ich fragen, warum?« fragte Gavin höflich, der ihm folgte und sich mit einem Arm auf den Kaminsims stützte.

»Nein, darfst du nicht. Das Mädchen wird uns weniger Ärger bereiten, wenn wir das Pferd mitnehmen.«

»Ach, verstehe. Und ich dachte schon, das arme Mädel hätte an dein Herz gerührt.« In seinen Augen funkelte der Spott. »Oder an deine fleischlicheren Körperteile. Aber ich hätte es besser wissen müssen.«

»Ja, das hättest du.« Robert lehnte sich auf seinem Stuhl zurück. »Ein Dreckspatz entspricht nicht meinem Geschmack.«

»Nun, ich würde sagen, für einen Dreckspatz ist sie zu temperamentvoll. Außerdem bist du schon seit Wochen ohne Frau. In Anbetracht deines ansonsten so gewaltigen Appetites müßte dir nach so langer Enthaltsamkeit sogar ein Dreckspatz begehrenswert erscheinen.«

»Nicht dieser Dreckspatz. Auch wenn sie mich reizen würde, wäre sie die allerletzte, mit der ich ins Bett ginge.«

Gavins Brauen schossen in die Höhe. »Ganz gewiß eine sonderbare Einstellung deiner Braut gegenüber.« Dann ging ihm ein Licht auf. »Ach, der mögliche Nachwuchs! Würde sie ein Kind bekommen, dann wäre es eine Ehe auf Dauer, ob du es willst oder nicht.«

»Genau.«

»Nun ja, gewisse Risiken sind es wert, daß man sie auf sich nimmt.«

»Nicht dieses Risiko.«

Gavin verzog das Gesicht. »Auch wenn es schwierig ist, könntest du ja immer Vorkehrungen treffen.«

»Warum? Mir ist nicht danach, mit ihr ins Bett zu gehen.«

»Armes Ding.« Gavin grinste. »In voller Jugendblüte und muß allen fleischlichen Freuden entsagen. Hast du es ihr schon beigebracht?«

»Ich hatte wenig Zeit, Einzelheiten zu diskutieren.« Robert hielt inne. »Sie hat übrigens keine Ahnung, welche Gefahr sie darstellen könnte.«

»Für dich?«

»Für mich, James, für alle.« Er schwieg und stieß dann mit unerwarteter Heftigkeit hervor: »Bei allen Heiligen, sie *weiß* es nicht.«

»Vermutlich war es im Sinne Ihrer Majestät, sie in seliger Unwissenheit zu belassen.«

»Unwissenheit kann zu Fehlern und diese zur Richtstätte führen.«

»Sie ist doch fast noch ein Kind. Die Möglichkeit hätte dir von vornherein bewußt sein müssen. Warum diese plötzliche Besorgnis?«

Sie war ihm bewußt gewesen, doch hatte sein einziges Denken und Trachten sich darauf bezogen, der von Elizabeth gestellten Falle zu entgehen. Genau das, was er auch in Zukunft tun mußte. Die Frau dort oben bedeutete ihm nichts und Craighdhu alles. »Ich bin nicht besorgt. Es ist nur sehr töricht von der Königin, das Mädchen nicht gewarnt zu haben...«

»Bitte, Mylord!«

Robert drehte sich um. Im Türeingang stand die Tochter des Wirtes.

Das Mädchen sah ihn mit schreckgeweiteten Augen an. »Bitte kommt rasch, ich kann sie nicht wach bekommen.«

»Was?« Robert sprang auf. »Was soll das heißen... du kannst sie nicht wach bekommen?«

»Sie ist beim Baden eingeschlafen. Das heißt, ich glaube, daß sie schläft. Es könnte auch eine Ohnmacht sein. Ich habe sie geschüttelt, aber sie hat sich nur ein wenig gerührt und will nicht...«

»Allmächtiger!« Robert war schon draußen und lief, zwei Stufen auf einmal nehmend, die Treppe hinauf.

Kate saß in der Sitzwanne, ihr Kopf lehnte auf dem Rand. Ihre dunklen Wimpern lagen bogenförmig auf ihren Wangen.

»Kate!«

Sie rührte sich nicht. Er kniete neben der Wanne nieder und schüttelte sie. »Kate!« Ihre Gesichtsfarbe schien gesund, er sah den Puls an ihrem Hals pochen. Zum Teufel, warum wollte sie nicht aufwachen? Er hatte gehört, daß Verwundete es im Kampf geschafft hatten, bis zum Ende durchzuhalten, erst danach erlagen sie ihren Verletzungen. Womöglich mußte er befürchten, daß sie ihm jetzt entglitt.

Der Gedanke bewirkte, daß er ihre Schultern fester umfaßte und sie heftiger schüttelte. »Bist du taub? Sag etwas.«

Da erbebten ihre Lider, und sie schlug langsam die Augen auf. »Was soll ich sagen?« flüsterte sie matt.

Erleichterung durchströmte ihn. Sein Griff lockerte sich. »Das reicht. Und jetzt bleib wach, bis ich dich aus der Wanne geschafft habe.« Er wandte sich an die neben ihm stehende Magd. »Abtrocknen.«

Die Frau huschte durch den Raum und holte ein großes Leinentuch, das auf einem Stuhl vor dem Feuer lag.

»Sieht aus, als würde sie von einer Katastrophe in die nächste geraten. Ich kann nur hoffen, daß es kein böses Omen für die Zukunft ist«, ließ Gavin sich hinter ihm vernehmen und setzte höflich hinzu: »Soll ich mich umdrehen?«

»Geh hinunter und hole etwas Eßbares für sie.«

»Sofort.«

Er hörte Gavins Schritte verklingen, als er der Magd das Tuch abnahm und befahl: »Schlag das Bett zurück.«

Er fing an, Kates langes Haar zu trocknen. Verzweifelt nahm er wahr, daß sich ihre Augen wieder schlossen. »Nicht«, warnte er leise.

Sie hielt sie geschlossen. »Müde...«

»Schlafen kannst du später. Jetzt mußt du essen.«

Sie schüttelte den Kopf.

»Herrgott!« Er stand auf und riß sie hoch.

Ihre Lider öffneten sich über schlafverhangenen Augen.

Nachdem er sie rasch in das Tuch gehüllt hatte, nahm er sie in die Arme, trug sie durch den Raum und setzte sie aufs Bett. Sie schaute ihn so benommen an, daß er zweifelte, daß sie seine Anwesenheit überhaupt wahrnahm.

Carolyn kam an seine Seite. »Ist sie wohlauf?« fragte sie nervös.

»Es geht.«

»Es sieht ihr so gar nicht ähnlich... soll ich den Arzt holen?«

»Nein, laß uns allein«, ordnete er knapp an.

»Ich glaube...« Das Mädchen sprach nicht weiter und verließ nach kurzem Zögern den Raum.

Er machte sich daran, Kate energisch trockenzureiben, beginnend bei den Schultern und weiter den Rumpf hinunter. Sie ist nicht so dünn, wie es den Anschein hat, nahm er flüchtig wahr, und ihre kleinen Brüste waren vollendet geformt.

Wieder schlossen sich ihre Augen.

»Seit wann hast du nicht mehr geschlafen?«

»Seit drei Tagen. Ich hatte Angst... mußte weiterlaufen.«

»Und wie lange hast du nichts gegessen?«

»Beeren...«

Erschöpfung, Hunger und die Angst, wie ein Tier gehetzt zu werden, aber dennoch hatte sie die Strafe mit einer stoischen Gelassenheit ertragen, um die sie jeder seiner Leute beneiden konnte.

»Essen«, kündigte Gavin von der Tür her an. Er trug ein Tablett zum Tisch vor dem Kamin und stellte es hin, ehe er sich umdrehte, um Kate abschätzend anzusehen. »Sie sieht immer noch aus, als würde sie schlafen.«

»Sie ist wach. Sie befindet sich in einer Art Starre.« Er wikkelte Kate in eine Decke und nahm sie in die Arme. »Aber wenn sie etwas im Magen hat, wird es ihr gleich besser gehen.«

»Falls du es schaffst, ihr etwas hineinzuzwingen.« Gavin

starrte Kate kopfschüttelnd an. »Warum läßt du sie nicht ausschlafen und dann essen?«

»Weil sie Kraft braucht und die Nahrung sie ihr geben wird.« Er trug sie zum Stuhl vor dem Feuer. O Gott, wie leicht sie war. Er setzte sich, nahm sie auf den Schoß und legte ihren Kopf an seine Schulter. »Wenn sie erst richtig einschläft, werden wir sie stundenlang nicht mehr wach bekommen.«

»Und damit ist unser Plan, bei Tagesanbruch loszureiten, zunichte.« Gavin berührte Kates Wange. »Wer hätte geahnt, daß unter der Schmutzschicht diese herrliche Haut liegt? Wie Seide...«

Ohne zu überlegen, verschob Robert Kate rasch, so daß Gavins Hand von ihr abglitt.

Gavin riß erstaunt die Augen auf. »Ich wollte ihr nichts tun.«

Roberts Reaktion erstaunte ihn selbst ebensosehr wie Gavin. Er hatte instinktiv gehandelt. »Sie war ins Rutschen geraten.«

»Ach? Mir schien, du hast sie ziemlich fest gehalten.« Er gähnte. »Nun, wenn du mich nicht brauchst, kann ich mich ja hinlegen.«

»Ich brauche dich nicht.« Er führte ein Stückchen Fleisch an Kates Lippen. »Aufmachen.«

Mit geschlossenen Augen öffnete sie gehorsam den Mund, so daß er ihr das Stückchen auf die Zunge schieben konnte. Automatisch begann sie zu kauen.

Als Gavin auflachte, sah er auf. Sein Vetter stand noch immer im Eingang und sah ihm zu. »Was ist daran komisch?«

»Sie sieht aus wie ein Kind und nicht wie eine Braut. Und du siehst aus wie ein Kindermädchen, das...«

»Gute Nacht, Gavin.«

Ein Blick in Roberts Miene, und Gavins Lächeln verschwand. Im nächsten Moment schloß er die Tür hinter sich.

Robert fuhr fort, Kate zu füttern, schaffte es aber nur, ihr ein paar Bissen hineinzuzwingen, ehe sie sich zur Wehr setzte.

»Nicht mehr...«, murmelte sie und schmiegte sich enger an ihn.

Er legte die Gabel hin. Zwang hatte keinen Sinn. Er wunderte sich, daß sie überhaupt soviel gegessen hatte.

Er wollte aufstehen.

»Nein!« Ihre Augen blieben geschlossen, doch ihre Hand faßte energisch nach seinem Wams.

»Bett«, äußerte er mit Entschlossenheit. Er war selbst müde und hungrig und hatte nicht die Absicht, die ganze Nacht mit ihr hier zu sitzen.

Sie schüttelte den Kopf in einer fast unmerklichen Verneinung. »Sicher... hier.«

Sicher. Die Worte trafen ihn wie ein Hieb. In der Vergangenheit hatte sie vermutlich kaum Sicherheit gekannt, und es war fraglich, ob sie sie in Zukunft haben würde, aber in diesem Moment fühlte sie sich bei ihm sicher. Gott mochte wissen, warum, denn er war mit ihr gewiß nicht übertrieben sanft umgegangen. Instinktiv umfingen seine Arme sie fester. Verdammt... nun ja, es konnte nicht schaden, wenn er hier noch ein Weilchen vor dem Feuer sitzen blieb. Sobald sie eingeschlafen war, würde er sie ins Bett schaffen. Lange konnte es nicht dauern, da sie völlig entkräftet war. Er lehnte sich zurück und starrte ins Feuer.

Der Duft brennenden Zedernholzes und Kerzenwachses stieg ihm in die Nase. Und noch etwas – sauberer Seifenduft.

Das Mädchen. Er blickte auf sie nieder. Ihr Haar hob sich als wildes, schimmerndes, braungoldenes Durcheinander von der grauen Decke ab, und ihre Haut war rein und leuchtend wie die eines Kindes. Gavin hatte nicht ganz unrecht...

Aber sie war kein Kind. Sie war heiratsfähig. Sie hatte das Schamhaar einer Frau, und ihre Brüste waren, wenn auch klein, so doch mit köstlichen Spitzen gekrönt, die ein Kind stillen konnten.

Oder einen Mann.

Die Vorstellung, sein Mund könnte diese Brust umfangen,

durchfuhr ihn wie ein sengender Blitz. Er wurde hart, war bereit. Eigentlich kein Wunder. Gavin hatte recht – sein Verlangen war groß, und es war lange nicht gestillt worden. Aber das brauchte er heute nacht bei Gott nicht.

Ihr weiches, weibliches Gewicht, das sich gegen ihn drückte, wurde ihm unerträglich bewußt, während sein Begehren wuchs. Er verlagerte sie in seinen Armen, vergebens. Sie war *da*, und ihre Nacktheit wurde nur durch den dünnen Wollstoff der Decke verhüllt. Mit einer Hand konnte er die Hülle beiseite schieben, und sie wäre für Liebkosungen und intimere Erkundung frei gewesen. Er konnte sie auf seinem Schoß umdrehen, sich entblößen und mit einem Stoß in sie eindringen.

In ihm pulsierte es, bewegte sich, Hitze durchschoß ihn mit jedem Atemzug. Warum nicht? Sie bedeutete ihm nichts. Eine Ehefrau war dazu da, daß sie genommen wurde, und niemand würde etwas Unrechtes daran finden, wenn er es tat. Er brauchte ja nicht in ihr zu verharren. Er konnte die Enge genießen und sich vor dem Samenerguß zurückziehen, der für Craighdhu zur Gefahr werden konnte. Er konnte seine Lust befriedigen und sich aus diesem Teufelspakt mit Elizabeth seinen Anteil holen.

Er verschob sie so, daß sie direkt auf ihm saß. Seine Hände umfaßten ihre schmalen Hinterbacken, bevor er ihren zarten Körper an sich drückte. Sie war so klein. Ein Beben durchlief ihn, als er sich fragte, wieviel von ihm sie aufnehmen konnte, wie eng sie sich um ihn schließen würde. Er schob die Decke von ihren Schultern. Ihr glänzendes Haar fiel über die Brüste und entzog die rosigen Spitzen seinen Blicken. Würde sie aufwachen, wenn seine Zunge sie berührte? Noch nicht. Er wollte ihre Haut fühlen. Wieder verschob er sie, und seine Hände glitten liebkosend über ihren nackten Rücken.

Sie zuckte zusammen und murmelte etwas Unverständliches.

Da sah er die roten Striemen auf ihrem Rücken.

Er kannte diese Male gut. Während der Jahre in Santanella hatte er selbst jede Menge davon abbekommen.

Bestimmt waren sie von diesem Scheusal Sebastian. Es sah aus, als hätte der Alte ihr viel mehr Grund zum Ausreißen geliefert als nur die Drohung, ihr Pferd zu töten.

Mitleid, Wut und Enttäuschung kämpften in ihm. Verdammt, er wollte sie nicht bemitleiden. Er wollte sie besitzen. Er wollte hinein und heraus und sich von…

Aber er konnte es nicht. Wut und Lust hätten vermocht, ihn ihre Erschöpfung vergessen zu lassen, aber die Male auf ihrem Rücken erinnerten ihn daran, wie hilflos er selbst sich unter der Peitsche gefühlt hatte. Nur seinem ärgsten Feind wünschte er dieses Gefühl der Hilflosigkeit.

Was also sollte er tun? Hier unter tausend Qualen sitzen, während sie friedlich die Nacht durchschlief? So ein Narr war er nicht.

Wieder regte sie sich. »Sicher…«

Verdammt!

Sie wurde getragen.

Kate schlug die Augen auf. Über ihr war Roberts Gesicht, und eine Woge der Erleichterung erfaßte sie. Für einen Augenblick hatte sie Angst gehabt, aber alles war in Ordnung. Sicherheit… Zuhause.

»Keine Widerworte«, sagte er grimmig. »Ich habe stundenlang auf dem verdammten Stuhl gesessen und möchte keine einzige Minute länger dort verbringen.«

Stuhl? Vom Nebel des Schlafes eingehüllt, begriff sie nicht, wovon er sprach. Sie merkte nur, daß alles in Ordnung war. Ihre Lider waren zu schwer, um sie offenhalten zu können, doch das war unwichtig. Alles war noch immer so, wie es sein sollte.

Er war fort! Sie zwang sich, die Augen wieder zu öffnen. Er saß neben ihr auf dem Bett, ohne sie zu berühren. »Bitte… geht nicht fort.«

»Mach die Augen zu«, sagte er zähneknirschend, während er sich seiner Stiefel entledigte. »Ich gehe nirgendwohin.«

Er war wegen irgend etwas ungehalten, doch hatte er versprochen zu bleiben. Jetzt durfte sie sich fallenlassen. Solange er da war, konnte nichts Schlimmes passieren.

Zuhause...

Er lag halb von ihr abgewendet. Die Mittagssonne fiel auf sein Gesicht, erhellte seine hohen Wangenknochen und die edle Linie seines Kinns. Völlig reglos lag er da, mit gebändigter Kraft und Stärke, und war dennoch der Inbegriff lebendiger Energie. Sein schwarzes Haar war durcheinander, aber Kate hatte nicht den Eindruck achtloser Unordnung, im Gegenteil, man vermeinte deutlich die Beherrschung, die Disziplin, die ihn auszeichnete, zu spüren. Schrecklich, auch im Schlaf auf der Hut sein zu müssen, dachte sie verschlafen. Am liebsten hätte sie die Hand ausgestreckt und ihn berührt, ihn getröstet...

O Gott, er war ja nackt!

Und sie auch.

Erschrocken fuhr sie im Bett auf, die Decke an sich ziehend, und starrte ihn an.

»Ich fragte mich schon, wann du dich endlich rühren würdest.« Er drehte sich zu ihr um, hellwach und aufmerksam. Er preßte unwillig die Lippen aufeinander. »Du siehst mich ja an, als hättest du in deinem Bett eine Viper entdeckt.«

»Ich bin erstaunt... ich wußte nicht... warum seid Ihr da?«

»Wir sind Mann und Frau. Mein Platz ist in deinem Bett. Es wäre klug, wenn du dich daran gewöhnen würdest.« Er setzte sich auf und schwang die Beine auf den Boden. »Obwohl du vielleicht keine Gelegenheit mehr haben wirst, ein so zivilisiertes Möbelstück zu genießen. Es könnte sein, daß wir vor unserer Ankunft auf Craighdhu kein Bett mehr zu sehen bekommen. In den Highlands kann man tagelang unterwegs sein, ohne auf eine Herberge zu stoßen.« Er ging an den Waschtisch und benetzte sein Gesicht. »Wie fühlst du dich?«

Schockiert starrte sie ihn an. Die dunkle Haut seines Rükkens, den er ihr halb zukehrte, war wie ein Tigerfell mit weißen Narben gestreift, die ihm etwas Wildes verliehen. Vermutlich hätte sie Mitleid empfinden müssen, doch war sie sich seiner körperlichen Gegenwart zu stark bewußt und reagierte mit hilfloser Faszination.

Sie konnte die Augen nicht von ihm abwenden: das straffe Gesäß, die hervortretenden Beinmuskeln, das Haardreieck auf der goldbraunen Brust, das sich zur Mitte hin verjüngte. Er sah durch und durch männlich aus, geradezu überwältigend.

Robert warf ihr über die Schulter einen ungeduldigen Blick zu. »Antworte gefälligst.«

Ihr war die Frage entfallen. »Ach, sehr gut.«

»Das hast du auch gesagt, nachdem Landfield dich durch den Wald zerrte. Ich möchte die Wahrheit hören. Bist du reisefähig?«

»Natürlich.«

Er griff nach dem Handtuch neben der Waschschüssel und trocknete sein Gesicht. »Dann steh auf und zieh dich an.«

Sie spürte, wie ihr die Hitze in die Wangen stieg. »Ich warte, bis Ihr fertig seid. Ich bin nicht so schamlos in meiner Nacktheit wie Ihr.«

Mit spöttischem Lächeln warf er das Handtuch beiseite. »Du findest mich in diesem Zustand nicht ansprechend? Es wäre klüger, du würdest dich auch daran gewöhnen.«

»Ich wüßte nicht, warum«, gab sie stockend zurück.

»Bis letzte Nacht wußte ich es auch nicht. Die Lage hat sich... verändert.« Er strich sich über sein wirres Haar, und sie sah, wie sein Unterleib flach wurde und die Oberarmmuskeln spielten. »Warum sollte ich schamhaft sein? Du selbst hast gestern wenig von dieser Eigenschaft erkennen lassen.«

Sie riß erschrocken die Augen auf. »Wie?«

»Du weißt es nicht mehr?«

Sie überlegte kurz und schüttelte den Kopf. »Ich kann mich an Carolyn erinnern und daß ich in der Wanne saß...«

»Du hast auch nackt auf meinem Schoß vor dem Feuer gesessen.« Sein Spott vertiefte sich. »Richtig schamlos warst du. Offensichtlich war das Erlebnis für dich weniger erinnerungswürdig als für mich.«

Ihr Herz fing vor Angst heftig zu pochen an. Schamlos. Er hatte sie schamlos genannt. Gib, daß es nicht wahr ist, dachte sie inbrünstig. Doch beim Erwachen hatte sie sich gewünscht, den Arm auszustrecken und ihn zu berühren, fiel ihr ein. Aber sie konnte doch nicht... »Habe ich... mich mit Euch vereinigt?«

»Deine Augen sind groß wie Untertassen. Was würde das schon ausmachen? Es ist die Pflicht einer Frau, ihren Mann zu befriedigen.«

»Antwortet! Habe ich zugelassen – haben wir Unzucht betrieben?«

Er stand da und sah sie an. Dann schüttelte er langsam den Kopf. »Sei versichert, daß ich in diesem Fall dafür gesorgt hätte, daß es dir im Gedächtnis bleibt.« Auf ihr erleichtertes Aufatmen hin sah er sie sonderbar an. »Was für eine heftige Reaktion.«

»Ich dachte...« Sie schluckte verlegen, um dann fortzufahren: »Kurz dachte ich, er hätte recht.«

»Sebastian?«

»Er sagte immer, ich sei ein zügelloses Geschöpf, nicht imstande, meiner Leidenschaft Herr zu werden. Ohne seine Führung würde ich mich jedem Mann hingeben, der nur mit einem Finger winkt.« Sie lehnte sich an den Kopfteil. »Natürlich wußte ich, daß er nicht recht hatte. Es war töricht von mir, auch nur zu glauben, ich könnte so schwach sein.«

»Sehr töricht.« Er hielt inne. »Aber Leidenschaft ist keine unerwünschte Eigenschaft bei einer Frau.«

»Er sagte, ich würde mich nie mit einem Mann begnügen.«

Ein harter Zug legte sich um seinen Mund. »Das wiederum wäre ganz und gar nicht wünschenswert. So wenig, daß ich auf eine Art reagieren würde, wie sie eher zu unserem Freund, dem Vikar, paßt.«

Sie spürte die Spannung, die sein ungehaltener Ton in sich

barg. »Warum überhaupt diese Debatte?« fragte sie ungeduldig. »Ihr habt mich nicht anziehend gefunden, andernfalls hättet Ihr mich letzte Nacht genommen.«

»Ach? Trotz deiner Schwäche, deiner Wunden und Hilflosigkeit?«

»Männer scheren sich nicht um dergleichen Dinge. Für sie sind Frauen nichts weiter als Tiere, vorhanden, um mit ihnen der Wollust zu frönen.«

»Ach, wieder weise Worte unseres Vikars? Wenn du ihm andere Dinge nicht geglaubt hast, warum glaubst du dann, alle Männer wären von der Wollust getrieben?«

Einen Augenblick lang war sie unsicher, dann aber fielen ihr Marthas Schreie in Sebastians Kammer ein. Wenn Sebastian von Lust getrieben wurde, dann war es doch gewiß bei allen anderen Männern ähnlich? »Behauptet Ihr, es sei nicht der Fall?«

Er wollte antworten, dann aber schüttelte er wachsam den Kopf. »Nein, in diesem Punkt sagt er die Wahrheit. Hüte dich vor uns. Wenn uns das Verlangen zu heftig überfällt, können wir zu hirnlosen Bestien werden.«

Starke Arme, die sie hielten, Frieden, ein Gefühl absoluter Zufriedenheit...

Die Erinnerung kam aus dem Nichts, stieß mit seinen Worten zusammen und verwirrte sie. »Ich sehe nichts in Euch, was ich zu fürchten hätte. Trotz allem, was Sebastian sagte, bin ich nicht Lilith, die einen Mann verführt. Ich bin nicht einmal so anziehend wie Carolyn. Und wenn ich Euch nicht gefalle, werdet Ihr mich auch nicht behelligen.«

»Nein?« Er lächelte. »Da wäre ich an deiner Stelle nicht so sicher. Ich kann lüsterner sein, als sich dein Sebastian je erträumte, und gebe mich meinen Leidenschaften hin, wie es mir paßt.« Er sah auf seinen Unterleib hinunter. »Und daß ich dich anziehend finde, ist wohl unübersehbar.«

Ihr Blick folgte ihm zu dem Körperteil, das anzusehen sie vermieden hatte. Ihre Augen wurden groß, als sie die harte, kühne Erektion sah, die sich aus dem dunklen Haarnest erhob.

Sengende Hitze stieg ihr wieder in die Wangen. Ihr wurde so eng ums Herz, daß sie kaum atmen konnte.

»Siehst du?« Er trat gemächlich vor sie hin. »Lüsterner Heide, der ich bin, bedarf es nur wenig, um mein Wohlgefallen zu erregen. Aber ich finde an dir sehr viel, das mich anzieht.« Er berührte ihr Haar. »Weich und glänzend und von schöner Länge. Wenn es offen ist, fällt es dir bis zur Taille.« Er legte eine Strähne über die Decke, die die Rundung ihrer Brust bedeckte. »Es lag wie ein Schleier letzte Nacht auf deinem nackten Körper. Aber Schleier sind dazu da, um gelüftet zu werden.«

Das Gewicht ihres Haars lag schwer auf ihrer Brust, und sie nahm erstaunt wahr, daß ihre Brustspitzen sich härteten und sich gegen den Wollstoff der Decke drängten.

»Und dein Mund gefällt mir.« Seine Stimme war leise und belegt. Sie starrte wie gebannt in sein Gesicht. Seine Wangen hatten sich gefärbt, seine Nasenflügel bebten. »Er hat einen gewissen Ausdruck...« Er zog mit dem Zeigefinger die volle Kurve ihrer Unterlippe nach. »Mach auf.«

Sie gehorchte nicht. Sie war wie erstarrt – nein. Sie war betört. Sie konnte nichts tun, als ihn in Erwartung des nächsten Wortes, der nächsten Berührung anzublicken.

Seine Finger glitten zwischen ihre geschlossenen Lippen und berührten ihre Zunge. »Ein wundervoller Mund«, murmelte er. »Er sieht aus, als sei er geschaffen, um... alles aufzunehmen.« Sanft strich er mit Daumen und Zeigefinger der anderen Hand über ihre Wangen und formte einen betörenden Kreis um ihren Mund. »Wird er das?«

Seine Finger wurden von ihrer Zunge als schwielig, hart und leicht salzig empfunden. Seine verwirrenden Worte schienen von weit her zu kommen. Nur seiner dunklen, glitzernden Augen bewußt, die ihren Blick festhielten, sowie des Gefühls seines eindringenden Fingers, war sie nicht sicher, in welchem Augenblick sich ihr Mund um ihn schloß und ihn gefangenhielt.

Er zuckte zusammen, als hätte sie ihn geschlagen. Ein

Schauer überlief ihn. »Ja«, sagte er heiser. »Er wird es tun.« Schwer atmend blickte er auf sie hinunter. »Aber im Moment wünschte ich, du hättest es nicht getan.« Er entzog ihr seinen Finger. »Die Erinnerung daran wird mir sicher zu schaffen machen, während wir heute unterwegs sind.«

Die Wirklichkeit war in dem Moment wieder da, als er sie nicht mehr berührte. »Warum habt Ihr...«

»Weil ich es wollte«, unterbrach er sie mit seinem gewohnten spöttischen Lächeln. »Ich tue immer, was ich tun möchte.«

Das stimmt nicht, dachte sie. Seine Aura beherrschter Kraft schloß rücksichtslose Zügellosigkeit aus.

»Aber ich will verdammt sein, wenn ich zulasse, daß dein Sebastian recht behält, nachdem ich so viele schmerzliche Stunden ritterlicher Zurückhaltung durchleben mußte. Ich kann warten.« Er fing an, sich mit fahrigen Bewegungen anzuziehen. »Aber nicht lange. Und, verdammt, schon gar nicht, wenn du darauf bestehst, dich nackt auf meinem Schoß zu rekeln.«

Sie holte bebend Atem. »Ich war nicht bei mir. Und es ist nicht höflich, mich daran zu erinnern.«

Sein spöttisches Lächeln erlosch. »Du hast recht. Es war nicht fair. Es ist weiß Gott schwer genug, für seine Handlungen verantwortlich zu sein, wenn man Herr seiner Sinne ist.«

Seine Reaktion setzte sie in Erstaunen. Sie hatte ihn für viel eigenwilliger und anmaßender als Sebastian gehalten, und doch hatte er ihr seine Fehlbarkeit eingestanden, etwas, das Sebastian nie getan hätte.

»Warum siehst du mich so an?« fragte er ungeduldig.

»Sebastian glaubt, daß die Menschen immer für ihre Sünden verantwortlich sind, ob sie nun wach sind oder schlafen.«

»Das wundert mich nicht.« Er drehte sich zu ihr um und sah sie an. »Aber das macht es nicht wahrer.«

»Aber wenn jemand etwas immer wieder behauptet, hört es sich an wie die Wahrheit.« Sie benetzte ihre Lippen. »Alles verfließt ineinander, und es wird zunehmend schwieriger, zu unterscheiden, was Wahrheit und was Lüge ist.«

Seine Miene wurde verschlossen. »Ich weiß.«

Er wußte es. Sie hatte geglaubt, die beiden seien verschieden, doch jetzt zweifelte sie nicht daran, daß er genau wußte, was sie meinte. Da fielen ihr die Narben auf seinem Rücken ein. Hatte es auch in seinem Leben einen Sebastian gegeben?

Er drehte sich um und zog sein Wams an. »Und wenn dies passiert, dann kämpft man um so mehr.«

Sie nickte. Wie merkwürdig, dazusitzen und einem Mann beim Anziehen zuzusehen. Ungewohnt und ebenso merkwürdig vertraut.

»Ich bin kein Sebastian Landfield.« Ohne sie anzusehen, setzte er sich aufs Bett und zog den linken Stiefel an. »Du wirst in mir keinen sanften Mann entdecken, aber ich werde fair zu dir sein. Mir ist klar, daß du in dieser Schlinge ebensowenig gefangen werden willst wie ich. Füge dich meinem Willen, schaffe keine Probleme für mich, und du wirst ein Jahr lang ein behagliches, sorgenfreies Leben führen.«

»Und danach?«

»Danach fällst du nicht mehr in meine Verantwortung.« Er zog den zweiten Stiefel an. »Du bist dann frei zu tun, was du möchtest.«

»Frei?« fragte sie erstaunt.

»Ich werde dir ein kleines Einkommen bewilligen, bis du dich wieder verheiratest. Und ich würde dir raten, Schottland zu verlassen. Außerhalb von James' Reichweite bist du weniger gefährdet. Vielleicht wäre Frankreich eine gute Wahl.«

Plötzlich ging ihr auf, daß er redete, als schwebte sie in Gefahr. Aber dies machte angesichts des vorher Gesagten wenig Eindruck auf sie. »Ich werde völlig frei sein und tun können, was mir beliebt?«

»Habe ich das nicht gerade gesagt?«

»Ihr werdet mich nie zu Sebastian zurückschicken?«

Er stand auf. »Was immer geschehen mag, du wirst Landfield nie wiedersehen müssen.«

Sie bezweifelte, daß dies stimmte. Sebastian würde sie nicht so einfach aufgeben. Aber Roberts Versprechen, daß er sie Landfield nie ausliefern würde, befreite sie von einer Last, die ihr wie ein Mühlstein um den Hals gehangen hatte.

»Ihr versprecht es mir?« Es folgte eine ungeduldige Handbewegung. »Nein, nicht das mit Sebastian. Damit werde ich fertig. Aber Ihr schenkt mir die Freiheit? Wirklich und wahrhaftig?«

Seine Miene wurde weich, als er ihren freudigen Gesichtsausdruck sah. »Sieh an, spüre ich da neben Mißtrauen noch etwas anderes? Sei brav, gehorche mir und bereite mir das ganze Jahr über keinen Ärger, dann wirst du frei sein und tun und lassen können, was dir beliebt.«

Es war unglaublich. Erregung erfaßte sie. Wenn er gewillt war, ihr so viel zu geben, nur wenn sie ihm keine Schwierigkeiten machte, dann ließ sich gegebenenfalls aus dieser verhaßten Ehe noch mehr herausholen. »Was Ihr wünscht, ist nicht unmöglich«, sagte sie vorsichtig. »Aber ist Euch auch klar, daß ich Euch, wenn ich wollte, viel Ungemach bereiten könnte? Sebastian mußte entdecken, daß ich sehr unfolgsam sein kann.«

Er sah sie eindringlich an. »Was willst du damit sagen?«

Nach einer kurzen Pause platzte sie heraus: »Ein Haus. Ich möchte ein Haus.«

»Ach?«

»Nur ein kleines, doch müßte es aus gutem, festem Stein erbaut sein.«

»Wie Sebastians Haus?«

»Ich werde dafür sorgen, daß es nur wenig Ähnlichkeit mit seinem Haus aufweist, doch muß es aus Steinen gemauert sein. Und es muß genügend Fläche für einen Garten da sein. Jedes Haus sollte einen Garten haben.«

»Ohne diesen Besitz verweigerst du mir deinen Gehorsam?« fragte er seidenweich. »Habgier, wenn man für geleistete Dienste ein Entgelt verlangt.« Sie sah ihn finster an. »Ich erbitte keinen Palast, sondern nur ein Haus. Etwas, das mir gehört.«

Er sah sie prüfend an. »Es bedeutet dir sehr viel. Warum?«

»Ich bin nicht so behütet aufgewachsen, als daß ich nicht wüßte, daß Besitz auf dieser Welt alles bedeutet«, sagte sie ausweichend.

»Aber das ist nicht der Grund, oder?«

Sie wollte ihm nicht antworten. Dieses Verlangen war geheim und tief in ihrem Inneren verborgen. Sie wollte es nicht teilen. »Das geht Euch nichts an.«

»Es geht mich wohl was an, wenn ich gezwungen werde, es dir zu verschaffen.«

Enttäuscht mußte sie feststellen, daß er sich nicht so einfach abspeisen ließ. »Ich möchte ein Dach über dem Kopf«, sagte sie offen. »Ein Haus, das mir allein gehört, ein Zuhause, das mir niemand nehmen kann. So, jetzt ist es heraus. Zufrieden?«

»Im Moment schon.«

»Und Ihr werdet es mir geben?«

Sein nachdenklicher Blick lag noch immer auf ihrem Gesicht, als warte er auf etwas. Er nickte. »Ich werde dir dein Haus geben.«

»Ein Steinhaus?«

Wieder nickte er.

Erleichterung und Freude durchströmten Kate. Sie lächelte strahlend. »Ich... danke Euch.«

»Du kannst also auch lächeln. Ich hatte mich schon gewundert.« Er ließ selbst die Andeutung eines Lächelns sehen. »Du mußt wissen, daß ich ohnehin die Absicht hatte, dir eine Wohnstatt zu geben. Etwas anderes wäre auch unpassend gewesen.«

Ihr Lächeln verschwand. »Das hättet Ihr mir sofort sagen müssen.«

»Aber dann hätte ich die Chance verspielt, dich ohne Dornenhecke zu sehen. Es war sehr interessant.«

»Es paßt mir nicht, als interessant angesehen zu werden. Und ich mag es nicht, wenn man mich aushorcht und in mich dringt. Das würde Euch auch nicht gefallen.«

»Nein, aber das gehört nun mal zu den süßen Vorrechten der Macht.« Er öffnete die Tür. »Zieh dich an und komm in einer Viertelstunde hinunter. Wenn wir so weitermachen, können wir von Glück reden, wenn wir vor der Abenddämmerung aufbrechen.«

Als sich die Tür hinter ihm geschlossen hatte und sie die Decke von sich warf, fühlte sie sich beschwingt und selig, als hätte die Sonne sie geküßt. Jetzt war sie allein und konnte ihrer übergroßen Freude freien Lauf lassen. Niemand war da, der sie beobachtete oder ihr dieses Glücksgefühl abspenstig machen konnte. Sie fühlte sich zurückversetzt in die Zauberwelt der Kindheit, als sie und Carolyn selbstvergessen das Leben genossen hatten und jeder Tag ein neues Abenteuer bedeutet hatte. Noch besaß sie nicht die völlige Freiheit, doch diese winkte am Horizont, und das Leben mit Robert MacDarren konnte nicht so schrecklich sein wie jenes mit Sebastian Landfield.

Gewiß, es sah so aus, daß er Forderungen an ihre Person stellen würde, an die der Vikar nie gedacht hätte, doch ein Jahr lang war das durchaus auszuhalten. Wieder spürte sie, wie Hitze sie durchströmte, als sie sich ins Gedächtnis rief, wie sein Finger über ihre Lippen geglitten war.

Das ist nicht Lust, beruhigte sie sich sofort. Sie war nicht schamlos. Sie war überrumpelt worden, und ihre Reaktion war... nun, sie war nicht das, was Sebastian sie genannt hatte. Sie wollte nicht daran denken und sich diesen Augenblick verderben lassen.

Es war das Recht des Ehemanns, sich mit ihr zu vereinen, doch wenn er sie nächstes Mal liebkoste, wollte sie gebührende Zurückhaltung wahren. Zur Grausamkeit schien er nicht zu neigen, und falls sie sich in ihm geirrt hatte, konnte sie immer noch davonlaufen, so wie sie vor Sebastian davongelaufen war.

Als ihr einfiel, wie zielstrebig Robert ihre Verfolgung aufgenommen hatte, meldete sich bei ihr Unbehagen. Er verfügte zwar nicht über Sebastians Fanatismus, aber seine stille Entschlossenheit machte ihn um so gefährlicher.

Nun, deswegen wollte sie sich jetzt keine Sorgen machen. Zum ersten Mal seit Jahren fühlte sie sich leicht und hoffnungsvoll und... jung. Sie wollte dieses Gefühl genießen, solange es andauerte.

4. KAPITEL

»Es wird Zeit.« Gavin knabberte an einer Scheibe Braten, als Robert den Schankraum betrat. »Dein Frühstück hast du ausgelassen. Möchtest du ein Mittagessen?«

»Nein.« Er warf einen Blick auf den Apfel und das Rindfleisch auf Gavins Teller, ehe er zu Carolyn, die Gavin bediente, sagte: »Bring meiner Frau Früchte hinauf.«

»Sofort, Mylord.« Sie zögerte. »Geht es ihr schon besser?«

»Viel besser.«

Carolyn, die ein erleichtertes Lächeln sehen ließ, lief hinaus.

Robert zog seine Reithandschuhe an und wandte sich wieder an Gavin. »Wie war deine Nacht? Hat deine Wunde dir zu schaffen gemacht?«

Gavin, der seine Fleischportion aufgegessen hatte, schüttelte den Kopf. »Ich habe gut geschlafen.« Er grinste. »Und du hast mir ausreichend Zeit gelassen, mich auszuruhen. Ich habe mich schon gefragt, ob du dich überhaupt vor Abend rühren würdest.«

»Das habe ich mich auch gefragt. Das Mädchen war am Ende ihrer Kräfte.«

»Und du hast das Kind natürlich verhätscheln müssen.«

»Warum nennst du sie immer ein Kind?« Auf Gavins befriedigtes Lächeln hin dämpfte er seinen zornigen Ton. »Und ich habe sie nicht verhätschelt. Jeder Befehlshaber weiß, daß es nichts bringt, wenn man einen erschöpften Krieger antreibt.«

»Hmm.« Gavin steckte ein Apfelstück in den Mund. »Und ich saß da und wähnte dich in Cupidos Armen. Ja, ich weiß, sie war erschöpft, aber du hattest immerhin den ganzen Morgen zur Verfügung, um die Ehe zu vollziehen.« Er schnalzte mit den Fingern. »Ja, richtig, du hast keine Verwendung für Dreckspatzen. Wie hatte ich das nur vergessen können?«

»Du vergißt nichts, was du im Gedächtnis behalten möchtest.«

»Aber gereinigt sah sie ganz nett aus.« Gavin lächelte spitzbübisch. »Hat es dich nicht gereizt, wenigstens kurz bei ihr zu verweilen?«

Robert sah flüchtig Kate vor sich, wie sie unsicher zu ihm mit großen Augen aufgeblickt hatte und wie der Schmollmund seinen Finger umschloß. Verdammt, er wurde wieder hart. Heftig wandte er sich ab. »Los, gehen wir in den Stall. Ich möchte mir die Stute ansehen.«

Gavin rührte sich nicht. »Die ist tadellos. Aber du hast mir noch nicht geantwortet. Hat es dich nicht gereizt...«

»Gavin, ich möchte nicht darüber sprechen.«

»Ich glaube, es hat dich gereizt. Armer Robert. Ziemlich schwierig, nicht?«

»Sicher möchtest du deutlicher werden.«

»Ja, ich habe das Gefühl, daß es meine Pflicht ist.« Er nahm das letzte Apfelstückchen und kaute nachdenklich. »Du möchtest sie in dein Bett bekommen, kannst es aber nicht, weil sie deine Frau ist. Sehr amüsant.«

»Freut mich, daß du dieser Meinung bist. Aber laß dir gesagt sein, wenn ich mit ihr ins Bett möchte, dann tue ich es auch.«

»Ach, der Wind hat sich gedreht.« Gavin lachte auf. »Ich habe die Anzeichen schon gestern gesehen. Aber ich glaube noch immer nicht, daß du es tun wirst. Ich wette sogar dagegen. Zwei Pfund. Schlägst du ein?«

»Warum bist du so sicher?«

»Weil sie in mancher Hinsicht nur ein in Bedrängnis geratenes Kind ist und weil es deine Art ist, sich Bedürftiger anzunehmen, anstatt sie zu berauben. Das ist auf Craighdhu allgemein bekannt.«

»Aber sie gehört nicht zu Craighdhu«, rief Robert ihm leise in Erinnerung.

»Aber sie gehört dir.«

»Ein Jahr lang.«

»Um so mehr Grund, dir etwas zu nehmen, das dem nächsten, der sie heiratet, Vergnügen bringen würde.«

Der nächste, der mit ihr im Bett lag, der zwischen ihre Schenkel stieß und jene Enge genoß, die er sich eben versagt hatte. Roberts Miene ließ nichts von dem Zorn erkennen, der ihn bei dem Gedanken durchschoß. »Aber ich bin gut im Nehmen.«

»Nur wenn du Spanier beraubst, nicht aber großäugige Kinder.«

Verärgert kniff er die Lippen zusammen. »Ich sagte schon, sie ist kein Kind mehr. Sei versichert, es gibt keine wachsamere oder stachligere...« Er hielt inne, als er Kate die Treppe herunterkommen sah.

Sie trug denselben braunen Umhang, den sie auch am Vortag getragen hatte, nun aber war ihr Haar zu einem ordentlichen Zopf geflochten. Sie bewegte sich behende, ihre Wangen waren gerötet, und ihre Augen blitzten voller Leben. Nie war er einer Frau begegnet, die kühner und lebendiger gewesen wäre, und doch war noch immer ein Hauch jener zerbrechlichen Freude in ihr, die er bemerkt hatte, als er ihr versprach, ihr ein eigenes Haus zu schenken.

Gavin stieß einen leisen Pfiff aus. »Einerlei. Vergessen wir die Sache.«

Robert riß seinen Blick nicht von Kate los. »Was?«

»Die Wette. Du starrst sie an wie die allererste Galeone, die wir den Spaniern abjagten.« Er trat einen Schritt vor, als Kate unten angekommen war. »Guten Morgen, Mylady. Könnt Ihr Euch an mich erinnern?«

»Natürlich.«

Sie lächelte Gavin mit einer Unbefangenheit an, die sie Robert gegenüber nie gezeigt hatte. Bei ihm war sie immer wachsam oder argwöhnisch. Warum wurmte ihn das? Alle Welt lächelte Gavin zu.

»Wie hätte sie dich vergessen können?« Robert machte auf dem Absatz kehrt und ging zur Tür. »Höchste Zeit aufzubrechen. Bring sie zum Stall.«

Kates Lächeln verschwand, als sie Robert hinausgehen sah. »Was habe ich angestellt?«

»Er ist meinetwegen verärgert und nicht deinetwegen. Wie immer konnte ich meine Zunge nicht im Zaum halten.« Gavin wechselte das Thema. »Hast du schon gegessen? Du bist so rasch heruntergekommen.«

»Ich konnte ein, zwei Bissen essen, während ich Carolyn Lebewohl sagte. Um mehr zu mir zu nehmen, war ich zu aufgeregt.«

»Nun, ein Mädchen heiratet nicht alle Tage.«

»Heiraten?« Sie schüttelte den Kopf. »Nein, das ist es nicht. Aber er wird mir ein Haus schenken, eines, das nur mir gehört.«

Er lachte auf. »Und ein Haus ist besser als ein Bräutigam?«

Sie sah ihn unsicher an. »Sind wir wirklich verheiratet? Das alles erscheint mir so seltsam.«

»Ja, eine Ehe mit Handschlag ist in Schottland ebenso gültig wie eine vor einem Geistlichen geschlossene.«

»Aber wir sind nicht in Schottland.«

»Robert ist Schotte. Damit wird die Ehe gültig.«

Ihre Erleichterung war groß. »Dann ist ja alles völlig rechtmäßig.«

Er nickte. »Und es ist der einzige Weg, wie Robert Ihrer Majestät ein Schnippchen schlagen konnte. Elizabeths Pläne waren nicht nach seinem Geschmack.«

»Warum will er der Königin ein Schnippchen schlagen?«

»Das sage ich dir unterwegs.« Gavin faßte nach ihrem Ellbogen und führte sie zur Tür. »Robert möchte, daß wir in den Stall kommen, und ich habe ihn heute schon genug erzürnt. Es ist immer besser, ihm Unverschämtheit nur in kleinen Mengen zuzumuten, damit er nicht daran erstickt.« Reumütig setzte er hinzu: »Oder damit ich nicht daran ersticke.«

Sie ertappte sich wieder bei einem Lächeln. Wie merkwürdig, daß sie sich in Gavins Gegenwart so unbefangen fühlte. Bei ihm hatte sie nie das Verlangen, sich in sich zurückzuziehen, wie es sonst ihre Gewohnheit war. Vielleicht erinnerte sein sonniges Wesen sie an Carolyn. »Du scheinst ja nicht allzuviel Angst vor ihm zu haben.«

»Das kommt daher, weil ich zu Craighdhu gehöre. Den dort Ansässigen wird ein gewisses Maß an Freiheiten zugestanden.«

»Nein, es ist mehr.« Sie hatte eine Bindung bemerkt, eine unbefangene Vertrautheit, die nicht die von Herr und Diener war. »Ihr kennt euch doch schon lange?«

Er sah sie anerkennend an. »Du hast scharfe Augen.« Er nickte. »Wir sind zusammen aufgewachsen.«

»Wie Brüder?«

»Anfangs.« Er runzelte die Stirn. »Später sollte es sich ändern…«

»Warum?«

»Er hat sich geändert.« Wehmütig setzte er hinzu: »*Sie* haben ihn geändert.«

»Wer?«

Er zuckte die Schultern. »Robert mag es nicht, wenn darüber gesprochen wird.«

Damit war das Thema abgeschlossen. »Aber wie könnt ihr Angehörige desselben Clans sein? Ihr tragt doch verschiedene Namen?«

»Die meisten Clans sind durch Ehen verschwägert. Meine Mutter war eine MacDarren und heiratete einen Gordon. Als dieser starb, brachte sie mich nach Craighdhu zurück. Sie hat die Lowlands nie gemocht. Kein Highlander tut es.«

»Warum nicht?«

Er schnitt eine Grimasse. »Sie sind zu reich und fett.«

»Und das ist so schlimm?«

»Ja. Du wirst wissen, was ich meine, wenn wir auf Craighdhu eintreffen.« Er führte sie um eine Pfütze herum. »Aber sobald wir die Grenze erreichen, werden wir bei Angus Gordon, meinem Onkel, übernachten. Er ist für einen Lowlander ganz in Ordnung.«

Eine Einschätzung, die sie belustigte. »Ich freue mich auf die Begegnung. Er ist also nicht reich und fett?«

»Ach, reich ist er schon, aber seine Überfälle halten ihn mager und hungrig.«

»Überfälle?«

»Raubzüge«, erklärte er. »Er überfällt die Engländer diesseits der Grenze.«

»Soll das heißen, er stiehlt?« fragte sie erstaunt.

»Natürlich. Aber nur von Engländern«, setzte er rasch hinzu. »Einen Schotten würde er nie bestehlen.«

»Und du glaubst, damit ist der Diebstahl gerechtfertigt?«

»Na ja, vielleicht nicht ganz.« Mit gerunzelter Stirn suchte er nach einer ethischen Rechtfertigung. »Aber es ist so Sitte.«

Betroffen schüttelte sie den Kopf, als sie daran dachte, wie Sebastian diese Gelassenheit angesichts eines Gesetzesbruches sehen würde. »Und du... stiehlst du auch?«

»Na ja, nicht eigentlich. Nicht von Engländern.« Er öffnete die Stalltür und ließ ihr den Vortritt. »Natürlich gab es das eine englische Schiff, aber Robert wollte nur... nun, Robert hält sich bei seinen Überfällen lieber an die Spanier.«

»Ich verstehe.« Dabei verstand sie gar nichts. Mit jedem Schritt in diese neue Welt, in der man gegen das Gesetz verstoßen durfte, solange das Verbrechen gegen die richtige Partei zielte, wuchs ihre Verwirrung und Unsicherheit.

»Du wirst dich daran gewöhnen.« Gavin sagte es mit einem Lächeln. »Ich werde dir dabei helfen.«

»Wirklich?« Mit der Wärme, die sie durchströmte, hoben sich ihre Lebensgeister. Warum sollte sie Angst haben, da es doch genau das war, was sie wollte? Sie hatte darum gekämpft, von Sebastian und seinen Verboten loszukommen, aber wäre sie ihm zuvor entkommen, hätte sie ganz allein auf der Welt gestanden. Jetzt aber hatte sie Gavin Gordon, der ihr bei diesen ersten Schritten zur Seite stehen würde. »Danke.« Ein warmes Lächeln erhellte ihr Gesicht. »Dann hast du recht – es wird mir gutgehen.«

»Na, was hältst du von ihr?« Beide blickten auf, als Robert mit Caird und einer Fuchsstute auf sie zukam. »Sie scheint mir kräftig und dabei lammfromm zu sein.«

Kate trat vor und tätschelte die Nüstern der Stute. »Hübsch ist sie. Wie heißt sie?«

»Habe ich nicht gefragt«, gestand Gavin.

Sie runzelte mißbilligend die Stirn. »Jedes Lebewesen verdient einen Namen.«

»Tut mir leid«, erwiderte er feierlich.

»Ich werde sie Rachel nennen.« Nach einem letzten Klaps ging sie zu Caird und streichelte seine Nüstern. »Na, wie geht's, alter Freund?«

Der Schecke wieherte und stubste sie.

»Er ist müde«, sagte Robert unverblümt. »Und er wird noch müder werden. Du hast gesagt, der Wirt sei ein guter Mensch. Wir könnten das Pferd hierlassen.«

Sie erstarrte. »Er ist ein guter Mensch, aber er hätte für Caird keine Verwendung. Wer kann wissen, an wen er ihn weiterverkauft? Ihr habt gesagt, Caird dürfe mitkommen.«

»Verdammt, die Stute gefällt dir. Sieh dir die beiden doch an. Sie ist jung und kräftig, der Schecke alt.«

»Um so mehr Grund, sich um ihn zu kümmern.«

»Robert, es ist zwecklos«, sagte Gavin. »Ich habe so das Gefühl, das Pferd ist ihr Craighdhu.«

Sie spürte Roberts Blick in ihrem Rücken, als sie ihre Stirn an Caird lehnte. Er murmelte etwas Unverständliches und sagte dann zu Gavin: »Sattle unsere Pferde und lege dem Schecken eine leichte Last auf.« Dann nahm er Kates Hand, ergriff die Zügel der Stute und zog beide aus dem Stall hinaus auf den Hof. »Das war ein Fehler.«

Sein Griff bewirkte, daß sonderbare Wärme ihren Arm durchströmte. Sie versuchte, sich zu befreien. »Laßt mich los.«

Er schenkte ihr keine Beachtung. »Das Pferd wird für uns nur eine Belastung sein und uns am Weiterkommen hindern. Langsamkeit können wir uns jetzt nicht leisten.«

Das war eine Feststellung, gegen die es keinen Einwand gab, deshalb beschränkte sie sich darauf, ihn finster und mit einem gewissen Trotz anzusehen.

»Sieh mich nicht so an. Ein solcher Blick, und ich möchte dich *brechen.*«

»Das also würde Euch gefallen? Auch ein Vorrecht der Macht. Aber Ihr werdet sehen, daß ich nicht so einfach zu brechen bin.«

»Du irrst dich.« Sein Blick lag eindringlich auf ihr. »Alle Frauen sind auf eine gewisse Weise leicht zu brechen.«

Sie verstand nicht sogleich, was er meinte, dann aber war ihr die Bedeutung klar. Sie spürte, wie ihr die Röte in die Wangen stieg, und empfand erstickende Beklemmung.

»Ja.« Er umfing ihre Taille und hob sie in den Sattel. »Bis zur Grenze werden wir kein Bett mehr zu sehen bekommen, und ich ziehe es vor, dich beim ersten Mal auf reinen Laken anstatt auf kaltem Boden zu nehmen. Aber führe mich nicht in Versuchung, Kate.«

Sie spürte durch die Kleidung hindurch die Wärme seiner Hände, und wieder empfand sie das sengende Gefühl, das sich nun bis zu ihren Brüsten ausdehnte und diese empfindlich machte. Die Reaktion jagte ihr Angst ein. »Ich führe Euch nicht in Versuchung«, fuhr sie ihn an. »Eure sündige, wollüstige Natur treibt Euch an.«

Ein undeutbarer Ausdruck huschte über sein Gesicht. »Sehr sündig und wollüstig«, gab er ihr leise recht. »Und sehr ungeduldig.« Er wandte sich an Gavin, der mit Caird und den anderen zwei Pferden aus dem Stall kam. »Wette angenommen. Zwei Pfund.«

Gavins besorgter Blick wanderte von Roberts frechem Lächeln zu Kates errötetem Gesicht und wieder zurück. »Das gefällt mir gar nicht. Ich möchte die Wette zurückziehen. Sie weckt in mir das Gefühl, verantwortlich zu sein.«

»Ach? Zu schade. Die Wette gilt. Und mir sagt sie sehr zu.« Robert wandte sich ab. »Fleischlicher Sünder, der ich bin.«

Kate sah zu, wie er sein Pferd bestieg und vom Hof ritt. Dann wandte sie sich an Gavin. »Wette?«

»Ach, es ist nichts.« Gavin lächelte ihr zu. »Wieder ein Beispiel für meine lose Zunge. Aber es sieht aus, als sei deine Zunge alles andere als zahm. Du darfst Robert nicht reizen, ehe du nicht gelernt hast, es zu tun, ohne unter den Folgen leiden zu müssen. Beobachte mich, und ich werde es dir zeigen.«

*

Robert ritt an jenem Nachmittag sofort mit mörderischem Tempo los. Nach drei Stunden glaubte Kate jeden einzelnen Muskel zu spüren. Als sie bei Sonnenuntergang auf einer Lichtung unweit eines Bächleins Rast machten, konnte sie sich kaum mehr im Sattel halten.

»Ich führe die Pferde zur Tränke«, sagte Gavin, als er Kate herunterhob. »Setz dich und ruh dich aus.«

Sie schüttelte den Kopf. »Es sind meine Pferde. Ich kann es selbst tun.« Sie nahm die Zügel von Caird und der Stute und ging mit ihnen auf dem Waldpfad zum Bach. Dort kniete sie nieder und benetzte ihr Gesicht, wobei sie Robert und Gavin ein Stück weiter reden hörte. Sie war zu müde, um ihre Worte aufzunehmen.

Als sie wenig später den Kopf hob, war Gavin nicht mehr zu sehen. Robert stand an einen Baum gelehnt da und beobachtete sie.

Sie erstarrte, dann setzte sie sich zurück auf ihre Fersen und straffte die Schultern. »Mylord. Ihr müßt nicht auf mich warten. Ich kann den Weg allein zurückgehen. Ich habe mich nur erfrischt.«

»Und dich bemüht, nicht bewußtlos zu werden«, sagte er schroff. »Lüg mich nicht an. Ich weiß, wie du dich fühlst. Ich habe dir heute alles abgefordert.«

»Ich bin stundenlanges Reiten nicht gewöhnt. Morgen wird es besser gehen.« Sie zwang sich aufzustehen und nach den Zügeln zu greifen. »Ich will Gavin helfen…«

»Gavin braucht keine Hilfe.«

»Seine Wunde...«

»Sie heilt.« Robert trat vor, hob sie wieder in den Sattel und griff nach den Zügeln beider Pferde. »Und es wäre ihm unangenehm, wenn du ihn verwöhnst. Er ist Highlander.«

»Und Highlander kümmern sich nicht umeinander?«

»Doch, das tun wir. Aber wir wollen keine Hilfe von Außenstehenden.«

Außenstehende. Das Wort brachte eine dumpfe, schmerzliche Note in ihr zum Erklingen. Ja, genau das war sie und war es immer schon gewesen. Seit dem Augenblick ihrer Geburt war sie diejenige gewesen, die von außen ins Leben hineingeblickt hatte.

»Um Himmels willen, warum siehst du mich so an?« Robert war ihre Miene nicht entgangen. »Also gut, geh ihm zur Hand. Treibe dich bis an den Rand des Zusammenbruchs. Was geht es mich an?«

»Es soll Euch nichts angehen.« Wieder reizte sie seinen Zorn, doch war sie zu müde, als daß es sie gekümmert hätte. »Ich bin für Euch ein Nichts, eine Außenstehende.«

»Du bist mehr. Du bist ein lästiges Frauenzimmer, das...«

»...das Euch von der Königin als Ehefrau aufgezwungen wurde«, brach es plötzlich aus ihr heraus. »Und Ihr seid ein gesetzloser Pirat, den man gehängt hätte und dem von den Krähen längst die Augen ausgehackt worden wären, hätte man Euch nicht die Chance einer Ehe mit mir geboten. Und jetzt nichts mehr davon, daß ich Euch eine Last bin.«

Er stand reglos da. »Gavin hat wieder geplaudert.«

»Er sagt, daß man Euch Black Robert nennt. Ich finde es sehr nett, daß ich von jemandem erfahren habe, mit wem ich es ein Jahr lang zu tun haben werde.«

»Mit einem gesetzlosen Piraten.«

»Seid Ihr das nicht?«

»Ein Pirat, gewiß, aber kein gesetzloser. Ich habe meine eigenen Gesetze.«

»Wie angenehm«, sagte sie beißend. »Und ich nehme an, Ihr ändert sie täglich nach Belieben.«

Um seine Lippen zuckte es. »Nicht täglich. Vielleicht wöchentlich.«

Sie starrte ihn an. Dieser jähe Wechsel von Erbitterung zu Belustigung hatte sie überrumpelt. »Ich verstehe wohl nicht...«

»Mußt du das?«

»Ja, ich glaube schon. Wenn ich mit Euch leben soll, muß ich Euch verstehen.« Sie benetzte ihre Lippen. »Seht, das ist nicht, was ich... ich bin ganz durcheinander. Weil ich Sebastian hasse, heißt das nicht, daß ich auch Gottes Gebote hasse. Sie sind gut. Und wenn sie gut sind, dann ist das, was Ihr und Gavin tut, schlecht. Stimmt das etwa nicht?«

»Doch.«

»Und doch mag ich Gavin. Das ist höchst verwirrend.«

Er lächelte spöttisch. »Mir fällt auf, daß du hinsichtlich meiner Wenigkeit keine Probleme zu haben scheinst.«

»Ihr habt etwas an Euch, das mir Unbehagen bereitet.« Es war nicht das passende Wort für den dunklen Aufruhr, den er in ihr verursachte, doch ein anderes Wort hätte mehr enthüllt, als ihr lieb war. Sie runzelte die Stirn. »Außerdem kenne ich Euch nicht. Ich glaube nicht, daß Ihr wollt, daß jemand Euch kennt. Nicht einmal Gavin.«

»Warum nicht?«

»Ich weiß es nicht.« Sie überlegte. »Vielleicht aus dem Grund, der auch mich bewog, mich vor Sebastian und Martha zu verschließen.«

»Weil sie dir weh taten? Ich muß nicht befürchten, daß Gavin mich verletzt, und ich kann dir versichern, daß der Bursche in meiner Nähe nie Unbehagen empfindet.«

»Nein, aber da ist etwas...« Sie dachte an den Anflug von Bedauern in Gavins Miene, als dieser von Robert und von den gemeinsamen Kindertagen gesprochen hatte. »Ich glaube, Ihr macht ihn... traurig.«

Er wich ihrem Blick aus. »Du irrst dich.« Sie waren auf der

Lichtung angelangt, wo Gavin kniend Holz für ein Feuer aufschichtete. »Warum fragst du ihn nicht?«

»Er würde es mir nicht sagen. Er ist sehr lieb, aber auch für ihn bin ich eine Außenstehende.«

»Mir scheint, du hast eine besondere Vorliebe für dieses Wort entwickelt«, stellte Robert gereizt fest, als er sie von ihrer Stute hob. »Ist dir nicht aufgefallen, daß ich auch von dir sehr wenig weiß?«

»Was kann es da zu wissen geben?« erwiderte sie wachsam. »Seit meiner frühesten Kindheit lebte ich bei Sebastian und Martha. Gewiß könnt Ihr Euch denken, wie ereignislos ein solches Leben verläuft. Für mich gab es keine Abenteuer.«

»Zuweilen braucht man nicht weit zu reisen, um Abenteuer zu erleben. Also, wie war das Leben mit Sebastian?«

Voller Einsamkeit, Verzweiflung, Angst. Alles in ihr war verkrampft und verdorrt. Sie begegnete seinem Blick. »Nun, was denkt Ihr, wie es war?«

Er kniff die Lippen zusammen. »Ich kann es mir vorstellen, aber Vermutungen sind nie ganz befriedigend.«

Stockend fing sie an: »Bei Tagesanbruch stand ich auf und half Martha im Haushalt. Um zehn kam dann Master Gywnth und gab mir Unterricht.«

»In welchen Fächern?«

»Mathematik, Französisch, Geographie...« Es folgte eine vage Handbewegung. »Die Lady... die Königin wünschte, daß ich erzogen würde wie der Sproß eines edlen Hauses. Deshalb ordnete sie auch an, Sebastian solle mir ein Pferd kaufen.«

Er warf einen Blick auf Caird. »Sicher hat sie dieses Exemplar seiner Gattung nie zu Gesicht bekommen.«

»Natürlich nicht. Sie hat alles Sebastian überlassen.«

»Hast du ein Instrument erlernt?«

Sie schüttelte den Kopf. »Sebastian sagte, Musik fördere Zügellosigkeit.«

»Hm, ja, sicher hätte Musik dich noch mehr verdorben. Und was hast du nach dem Unterricht gemacht?«

Verwirrt runzelte sie die Stirn. Diese banalen Einzelheiten konnten für ihn unmöglich von Interesse sein. »Wenn Sebastian nicht unterwegs war und seine Schäfchen besuchte, studierte ich mit ihm den ganzen Nachmittag die Heilige Schrift.« Urplötzlich sah sie sich selbst vor sich, auf ihrem Schemel, verzweifelt bemüht, sich aufrecht zu halten, weil sie wußte, wie brutal die Strafe ausfallen würde, wenn sie ein Nachlassen der Aufmerksamkeit erkennen ließ. »War er nicht da, dann durfte ich spazierengehen oder auf Caird ausreiten.«

»Allein?«

Sie nickte. »Ich sagte schon, daß er es nicht gern sah, wenn ich mit den Leuten im Dorf zusammen war.«

»Ja, das hast du gesagt.« Sie hörte einen ungehaltenen Unterton heraus. »Wie könnte ich es vergessen.« Er drehte sich um. »Setz dich und ruh dich aus.«

»Ich könnte helfen.«

»Das könntest du«, stieß er hervor, »aber du wirst es nicht. Morgen werden wir von Tagesanbruch an bis in die Dunkelheit reiten, und ich möchte, daß du mithalten kannst.«

»Ich bin stark. Ich halte mit.« Sie strich sich eine Haarsträhne aus dem Gesicht. »Aber ich sehe nicht ein, warum wir so schnell sein müssen.«

»Nein?« In seiner Miene mischten sich Frust, Wut und grollender Respekt, ehe er sich umdrehte und zu Gavin ging.

Sie saß da und sah zu, wie er mit Gavin das Lager aufschlug. Er bewegte sich schnell und anmutig, packte überall mit an und tat unauffällig mehr, als es seinem Anteil entsprochen hätte. Gavin ließ er gerade so viel tun, daß der Junge sich nützlich vorkommen konnte, ohne seine schwindenden Kräfte über Gebühr zu beanspruchen. Dabei lenkte er ihn mit zwanglosem Geplauder ab, so daß ihm die ungleiche Verteilung der Arbeit nicht auffiel. Kate ging auf, daß er auch unterwegs so mit Gavin umgegangen war. Trotz ihrer Schnelligkeit hatte er Mittel und Wege gefunden, dem Verwundeten den Ritt zu erleichtern.

Wir kümmern uns umeinander.

Sie empfand Neid und Bedauern. Wie töricht. Diese Highlander und ihre Sitten gingen sie nichts an. Sie konnte sich gut um sich selbst kümmern und war nicht auf Kameradschaft angewiesen.

Es war sinnlos. Sie war so müde, daß sie kaum den Kopf zu heben vermochte, und doch wollte der Schlaf nicht kommen. Die Nachtgeräusche mußten es sein, die sie störten. Nein, nicht die Geräusche. Sie wollte sich nichts vormachen. Sie wußte, weshalb sie nicht schlafen konnte.

Sie rührte sich unter ihrer Decke und wendete sich langsam der Wärme des Feuers zu.

Robert beobachtete sie von der anderen Seite des Feuers aus.

Sie erstarrte und wartete, daß er sprach.

Er sagte nichts. Er lag nur da, den Blick aufmerksam und unverwandt auf sie gerichtet wie am Morgen im Schlafzimmer.

Ihre Brüste hoben und senkten sich wie beim Laufen und streiften dabei jedesmal die Decke, so daß ihre Brustspitzen hart und empfindlich wurden. Die Hitze des Feuers schien sie einzuhüllen und ihr Fleisch zu versengen.

Das Schweigen dehnte sich in die Länge. Sie mußte es brechen. »Ich... kann nicht schlafen«, flüsterte sie.

»Ich weiß.«

Natürlich wußte er es. Sie hatte die ganze letzte Stunde seinen Blick auf sich gefühlt.

Sie schloß die Augen.

»Das nützt nichts. Ich habe es versucht.«

Sie hielt die Augen fest geschlossen und schloß ihn aus.

»Der Sturm«, sagte er.

Sie schlug die Augen auf.

»Du hast gefragt, warum wir uns beeilen.« Er machte eine Pause. »Es zieht ein gewaltiges Unwetter auf. Ich möchte über der Grenze sein, ehe es uns einholt.«

Das ergab keinen Sinn. Der Tag war schön und sonnig gewesen, nicht ein Wölkchen hatte sich sehen lassen. »Der Regen ist vorüber. Woher wollt Ihr wissen, daß wieder ein Unwetter kommt? Es wird keinen Sturm geben«, sagte sie im Brustton der Überzeugung.

»Du irrst dich.« Er wandte ihr den Rücken zu und zog seine Decke um die Schultern. »Er kommt.«

Gavin zügelte sein Pferd auf der Anhöhe, wandte sich zu Kate um und deutete nordwärts. »Das ist Angus' Land.«

Fruchtbares Weideland wellte sich sanft vor ihnen, und in der Ferne sah Kate auf einer kleinen Erhebung ein Herrenhaus mit Nebengebäuden, aus Backstein erbaut. Das Haus war nicht besonders prächtig, doch sah es sehr solide und gut erhalten aus.

»Ein schöner Besitz«, sagte Kate. »Und Ziegel sind als Baumaterial fast ebensogut wie Stein.«

»Freut mich, daß es dir gefällt«, sagte Robert ironisch, ehe er sich an Gavin wandte. »Habe ich dir schon gesagt, wie eisern meine Frau an Steinmauern für ihr künftiges Domizil festhält? Kate, darf ich fragen, warum gerade Stein deine große Leidenschaft ist?«

Sie sah ihn erstaunt an. »Weil Stein nicht brennt.«

»Nun, das stimmt, Stein ist sehr schwer brennbar.«

»Es ist fast unmöglich, daß eine Steinmauer Feuer fängt. Deshalb hat Sebastian das neue Haus aus Stein erbauen lassen.«

»Das *neue* Haus?«

Sie nickte. »Das alte war aus Lehm mit einem Strohdach.«

»Und es brannte ab?«

Er sah sie mit fragendem Lächeln an, das eine Andeutung von Spott erkennen ließ. Sie hatte der Wahrheit ausweichen wollen, doch er schien so sicher, so zuversichtlich, daß es sie ärgerte, und plötzlich spürte sie das Verlangen, ihn zu reizen. »Nein, ich habe es angezündet.«

Gavin blieb vor Verblüffung der Mund offen stehen, aber Roberts Miene blieb unverändert, wie sie enttäuscht feststellte. »Wie ungewöhnlich. Hoffentlich ist es dir nicht zur Gewohnheit geworden. Ohne Wände gerät man um diese Jahreszeit leicht in Zugluft.«

»War es ein Versehen?« fragte Gavin.

»Ich habe es mit Absicht getan. Eines Abends, nachdem er mich gezüchtigt hatte, setzte ich die Vorhänge mit einer Kerze in Brand. Er hat es nicht anders verdient.«

»Davon bin ich überzeugt«, sagte Robert. »Ich frage mich nur, wie er und seine reizende Frau den Flammen entkommen konnten.«

Sie machte ein finsteres Gesicht. »Ich wurde von Reue gepackt, lief ins Haus zurück und weckte die beiden.«

»Eine Fehlentscheidung«, murmelte Gavin.

»Ich war erst zehn«, rechtfertigte sie sich. »Ich war außer mir, obwohl ich wußte, daß sie es verdient hatten, aber ich konnte sie nicht sterben lassen. Es wäre eine Sünde gewesen, und ich wäre so gewesen wie meine Mutter.« Trotzig fügte sie hinzu: »Aber es tut mir nicht leid. Ich würde es wieder tun.«

Robert lächelte. »Ich glaube, mir wird allmählich klar, wieso Sebastian dich ›beunruhigend‹ fand.«

»Mich jetzt zu verurteilen, ist nicht schwer. Ihr wart nicht dabei.«

»Kate, wir beschuldigen dich nicht«, beruhigte Gavin sie. »Wir werfen dir nur mangelnde Voraussicht vor.«

»Du bist kaum der Richtige, so zu reden«, sagte Robert zu Gavin. »Ich weiß noch, wie jämmerlich dir bei deinem ersten Blutvergießen zumute war.«

»Sicher das genaue Gegenteil von Euch«, rief Kate herausfordernd.

»Tod ist weder angenehm, noch darf man ihn leichtnehmen.« Er preßte die Lippen grimmig zusammen. »Aber manche Menschen verdienen den Tod. Ich frage mich nur, welche Strafe Sebastian einem Kind von zehn Jahren auferlegte, daß er dich so weit trieb.«

»Sicher würdet Ihr die Strafe in Anbetracht meiner Tat als geringfügig ansehen.«

»Ach? Warum sagst du es mir nicht und überläßt mir das Urteil?«

»Ich werde so ungern beurteilt wie Ihr«, sagte sie.

»Und du sprichst ungern über dein ›ereignisloses‹ Leben mit Sebastian. Was hast du getan, daß er dich so streng bestrafte?«

Sie versuchte die Sache mit einem Achselzucken abzutun. »Er ertappte mich dabei, wie ich eines Abends durch Master Brelams Fenster spähte.«

»Master Brelam?«

»Der Bäcker. Sein Haus lag am Rande des Dorfes.«

»Und warum hast du durch sein Fenster gespäht?«

»Warum wohl? Weil ich es gern tat.« Sie biß sich auf die Unterlippe, ehe sie herausplatzte: »Es ist schon lange her. Das alles spielt keine Rolle mehr. Warum stellt Ihr mir diese Fragen?«

»Ich bin von Natur aus neugierig.«

»Sie hat recht«, sagte Gavin kritisch. »Es geht dich nichts an, Robert.«

»Vielleicht nicht.« Robert ließ wieder sein ironisches Lächeln sehen. »Aber ich möchte es wissen. Wenn sie keine Fragen beantworten will, hätte sie uns nicht sagen sollen, daß sie das Haus in Brand setzte. Was war so faszinierend am Haus des Bäckers?«

»Nichts.« Sie sah, daß er die Brauen hochzog. »Sie waren... nun, sie lachten viel. Es war schön, ihnen zuzusehen. Er war ein junger Mann und seine Frau kaum älter, als ich es jetzt bin. Zur Abendbrotzeit ging ich immer zum Haus und sah zu, wie sie ihr Essen zubereiteten. Sie hatten einen kleinen Jungen, der in der Küche umherkrabbelte und ihnen im Weg war...« Sie hätte von jenem Abend nicht sprechen sollen. Im Laufe der Jahre hatte sie versucht, das verzweifelte Verlangen zu verdrängen, das sie als Kind zum Fenster getrieben hatte. Doch jetzt überfiel die Erinnerung sie, als wäre es erst gestern gewesen. Das angenehm flackernde Feuer im Kamin, der junge Mann mit dem feinen, glatten Haar und dem breiten Lächeln und seine Frau, die ihn voller Vertrauen und nicht voller Angst ansah. »Ich hatte noch nie gesehen… ich wußte nicht, daß es so friedlich sein konnte. Ich habe nichts Böses getan. Ich wollte sie nur sehen.«

»Und was hat Sebastian getan, als er dich ertappte?«

»Er zerrte mich ins Haus und zwang mich, mich bei den Leuten zu entschuldigen und meine Sünde zu bekennen.« Sie schluckte. »Ich schämte mich über die Maßen.«

»Welche Sünde solltest du bekennen?«

»Gier. Er sagte, ich gierte nach dem, was sie hätten.«

»Stimmte das?«

»Ja«, flüsterte sie. Sie hatte die Liebe in sich aufnehmen wollen, das Vertrauen und diese wundersame Angstlosigkeit. Sie hatte sich damit füllen wollen, um es als Trost mit sich zu nehmen in Sebastians kaltes, ödes Haus. »Ich konnte nicht aufhören zu weinen. Die Leute waren sehr lieb. Sie sagten Sebastian, daß Neugierde bei Kindern ganz natürlich sei. Er aber wollte nicht auf sie hören. Er kenne mich, und er wisse, weshalb ich da sei.« Sie atmete tief und bebend durch. »Dann nahm er mich nach Hause und schlug mich, bis ich nicht mehr stehen konnte, und hielt mir dabei immer wieder vor, was ich in dem Haus gesehen hätte, sei nichts für mich. Ich würde nie ein Zuhause haben, nie Menschen, denen ich etwas bedeutete. Ich sei nichts wert. Ich müsse alle Gedanken an ein solches Leben aufgeben und mich damit abfinden, daß mein Schicksal auf immer bei ihm läge.«

»Allmächtiger«, gab Gavin von sich.

Robert, der nichts sagte, starrte sie unbewegt an.

Der Impuls, der sie bewogen hatte, sich ihm anzuvertrauen, war ein Fehler. Die Erinnerung an jene schreckliche Nacht war sehr schmerzlich, und in seiner Gegenwart fühlte sie sich ohnehin verletzlich. Sie wich seinem Blick aus und sagte: »Wir wohnten im Wirtshaus, bis Sebastian von der Lady Geld bekam, um sein Haus wieder bauen zu können. In dieser Zeit freundete ich mich mit Carolyn an.«

»Und dann hat er sein Haus aus Stein erbaut«, sagte Robert. »Hat er geahnt, daß du es mit Absicht getan hast?«

»Ich habe es ihm gesagt.«

»Wieder ein Fehler. Ich könnte mir denken, daß die Strafe noch härter ausfiel.«

»Das machte mir nichts aus«, flüsterte sie. »Es war das erste Mal, daß ich mich nicht hilflos fühlte. Ich hatte etwas getan.«

»Das hast du«, lautete Roberts trockene Erwiderung. Sein Blick wanderte wieder zum Herrenhaus in der Ferne. »Hoffen wir, daß Angus nicht auch deinen Zorn erregt.«

»Ihr wißt, daß es nicht dasselbe ist. So etwas könnte ich nur einem Feind antun.«

»Dann haben wir ja Glück, daß Angus dir fremd ist. Er hängt nämlich sehr an seinem Steinhaus.«

»Zu Recht, denn es ist ein sehr schönes Haus.«

»Ein behäbiges«, berichtigte Gavin grinsend, als er seinem Pferd die Sporen gab. »Aber er ist ein guter Mann, deshalb wollen wir ihm vergeben, nicht wahr, Robert? Wir sehen uns beim Stall. Ich möchte mal nachsehen, ob Angus sich wieder ein paar edle Pferde von den Engländern geholt hat.« Er warf Kate einen verschmitzten Blick über die Schulter zu. »Und ich verspreche, Angus nichts von der Gefahr zu verraten, die an seinem Horizont auftaucht.«

Kate sah ihm nach, als er davonsprengte. Die rosigen Strahlen der untergehenden Sonne ließen sein rotes Haar leuchten, als er, über den Nacken seines Pferdes gebeugt, dieses zu gestrecktem Galopp antrieb.

»Aber wirst du Angus seine Überschreitungen vergeben?« Sie wandte sich um und sah, daß Robert ihr spöttisch zulächelte. »Wie betrüblich. Wieder ein Gesetzesbrecher, den es zu verurteilen gilt.«

»Ihr seid nicht fair. Ich habe Euch nie verurteilt. Ich war nur um Verständnis bemüht. Ich selbst bin alles andere als vollkommen und wurde zu oft verurteilt, um über andere ein Urteil zu fällen.« Sie runzelte die Stirn. »Ich glaube, Ihr legt es darauf an, mich zu kränken.«

»Warum sollte ich das tun?«

»Ich weiß es nicht.« Nie kann ich erkennen, was er im Sinn hat, dachte sie verzweifelt. Sie wußte nur, daß er sie ständig beobachtete, und in den letzten drei Tagen war seine Anspannung gewachsen. Drehte sie sich nach einer Bemerkung Gavins lächelnd zu ihm um, fand sie MacDarrens Blick mit einer Eindringlichkeit auf sich gerichtet, die ihr Unbehagen bereitete.

»Ich möchte dich nicht verletzen.« Sein Blick wanderte wieder zum Herrensitz. »Aber kämpfe nicht gegen mich an.«

Wenn ich dich das erste Mal nehme, würde ich es vorziehen, wenn es auf sauberen Laken geschähe.

Seine Worte fielen ihr so jäh ein, daß sie das Gefühl nicht loswurde, sie absichtlich aus ihrem Bewußtsein verdrängt zu haben.

»Ja.« Sein Blick lag auf ihrem Gesicht und las jede Nuance ihrer Miene. »Du hast gewußt, daß es auf dich zukommt. Ich hätte mich nicht klarer ausdrücken können. Angus hat in seinem Leben keinen Platz für Frauen, aber er hat zwei tüchtige Diener, die sein Haus in Ordnung halten, und er wird uns geben, was wir brauchen.«

Saubere Laken. Sie versuchte das Bild zu verdrängen – Robert nackt und erregt, mit funkelnden Augen auf sie niederblickend. Sie atmete ein und bemühte sich um einen beißenden Ton: »Ihr sprecht für Euch allein. Ich brauche es nicht.«

»Du wirst es brauchen.« Er lächelte. »Zaghafte Frauen sind nicht mein Fall. Ich werde dafür sorgen, daß du es ebenso brauchst wie ich.«

»Gavin sagt, es sei wichtig, daß wir kein Kind bekämen. Würdet Ihr ein solches Risiko nur aus Wollust eingehen?«

»Lust ist nie ›nur‹, und es gibt gewisse Vorsichtsmaßnahmen, die man treffen kann.«

Auf alles hatte er eine Antwort parat, und da sie von dieser geheimnisvollen »Vorsichtsmaßnahme« nichts wußte, konnte sie sich mit ihm auf keinen Streit einlassen. Entschlossen gab sie ihrem Pferd die Sporen und ritt voraus.

Gavin kam zu ihnen zurückgeritten, als sie noch ein Stück vom Stall entfernt waren. »Robert!« Er deutete auf den Hof, auf dem es vor Männern und Rössern wimmelte. »Angus bricht zu einem Überfall auf. Wir sollen mit ihm reiten. Was hältst du davon?«

»Ich dachte, du hättest von Blut und Ruhm die Nase voll«, entgegnete Robert trocken.

»Viel Blut dürfte nicht fließen, und es wird auch nur einige Stunden dauern. Sie wollen die Stallungen des Earl von Cavendish plündern und ein paar erlesene Stuten mitnehmen, die sich in Schottland viel wohler fühlen werden, wie Angus sagt. Die Engländer wissen edle Pferde nicht zu schätzen.« Gavin zwinkerte Robert zu. »Wenn du nicht mitkommen möchtest, wird Angus gewiß Verständnis dafür haben. Ich habe ihm erklärt, daß du jungvermählt bist und geneigt bist, es dir am Kamin gemütlich zu machen wie ein zahmes Kätzchen.«

»Wie nett von dir.«

Gavins Handbewegung hätte nicht beredter sein können. »Wozu ist ein Gefolgsmann da, wenn er dir nicht alle Wege ebnet? Also, reiten wir mit?«

»Ich will es mir überlegen.« Er warf Kate einen Blick zu und deutete auf einen kleinen, breitschultrigen Mann inmitten der Reiter auf dem Hof. »Komm und laß dich meinem Anverwandten vorstellen.«

»Mit ihm bist du auch verwandt?« Sie sah zu dem Mann hin. Angus Gordon, dessen grobe Züge keine Ähnlichkeit mit Robert aufwiesen, hatte struppiges rotes, mit grauen Strähnen durchzogenes Haar. »Ich dachte, er sei von Gavins Sippe.«

»Und Gavin ist mit mir verwandt.« Robert zog die Schultern hoch. »Es ist alles eins. Wir alle sind verschwägert.«

Auf seine Worte hin spürte sie einen wehmütigen Stich. Wie

mochte es wohl sein, wenn man auf diese Weise zusammengehalten wurde, wenn man an einen Ort kam und wußte, daß man dorthin gehörte? Nun, sie würde dieses Gefühl eines Tages kennenlernen. Sie würde ihr eigenes Haus haben, einen Ort, an den sie heimkehren konnte. Aber hier gab es mehr als nur ein Haus, erkannte sie plötzlich. Diese Menschen gehörten zusammen, durch Blutsbande und durch Eid geeint. Sie waren eine Familie. Sie hatte über den Besitz eines Hauses nie hinausgedacht, aber würde dieses Haus ohne Menschen, die es liebten wie sie, ein Heim sein?

»Ach, Robert, mein Junge. Wie ich hörte, warst du beschäftigt«, dröhnte Angus Gordon, als sie näher kamen. »Sag mal, ist die Ehe mit einer lispelnden Engländerin als Zeitvertreib ebenso aufregend wie Überfälle auf die Spanier?«

»Es gibt spannende Momente.« Robert deutete auf Kate. »Meine Frau. Ihre Gutherzigkeit wird dir deinen Mangel an Manieren nachsehen, Angus.«

»Sicher ist sie schon dahintergekommen, daß du nicht so sanftmütig bist wie die Schwächlinge, unter denen sie aufwuchs.« Er sah Kate kühl und abschätzend an. »Schöne Augen, anständige Brüste, aber zu schmale Hüften zum Gebären.«

Kate kam sich vor wie ein Schaf auf dem Markt, und in ihrer augenblicklichen bewegten Stimmung war sie nicht gewillt, sich wie ein Stück Vieh behandeln zu lassen. Nichts war ihr widerwärtiger, als wenn man sie ihre eigene Hilflosigkeit spüren ließ. Daher würde sie diese Grobheit nicht übergehen. Ihr Pferd in den Kreis der Reiter lenkend, hielt sie direkt vor Angus an und ließ ihren Blick mit beabsichtigter Geringschätzung über seine kleine, gedrungene Gestalt wandern, ehe sie zuckersüß zu Robert sagte: »Jetzt verstehe ich, warum er möchte, daß Ihr ihn begleitet, Mylord. Ein so kleinwüchsiger und schwächlicher Mann muß sich schützen, so gut er kann.«

Gavins Schnauben wurde rasch übertönt.

»Schutz!« Angus' Miene verzerrte sich vor Wut. »Ich brauche keinen...« Er hielt inne, warf den Kopf zurück und brach in schallendes Gelächter aus. »Ein Punkt für dich, Mädel.« Und zu Robert gewendet, fragte er: »Bist du sicher, daß sie keine Schottin ist?«

»Sie ist Engländerin«, gab Robert zurück, »und eine müde obendrein. Gewährt Ihr uns für die Nacht Gastfreundschaft?«

»Wann habe ich dir je die Tür gewiesen?« fragte Angus. »Auch nicht damals, als Jamie alles andere als zufrieden mit dir war. Hast du mit diesem Malcolm noch Verdruß gehabt?«

»Nein, aber ich war ja seit über einem Jahr nicht zu Hause. Sicher wird Malcolm mir ausreichend Ablenkung verschaffen, wenn ich auf Craighdhu bin. Und ich muß dich warnen – James hat sich meinetwegen noch nicht beruhigt.«

»Trotzdem habe ich Platz für dich und diese Engländerin.« Angus grinste. »Aber um mein Gewissen zu beruhigen, werde ich Cavendish mindestens drei Stuten mehr abnehmen, als ich plante. Niemand soll glauben, ich hätte mich in einen Freund der Engländer verwandelt.« Seine Miene wurde grimmig. »Die Engländer sind zu selbstsicher geworden, weil sie glauben, sie können ungestraft eine schottische Königin töten. Du hast von Mary gehört?«

Robert verharrte reglos. »Mary?«

»Vor vier Tagen wurde sie in Fotheringhay enthauptet.« Angus zuckte die Schultern. »Du weißt, daß ich nie zu ihren Anhängern zählte, aber mir gefällt es nicht, daß diese verdammten Engländer eine Schottin töteten.«

Ein Schock, gefolgt von einer Woge der Übelkeit, überfiel Kate. Mary, Königin der Schotten, war tot. Ihre Mutter war tot. »Seid Ihr sicher?« kam es ihr über die Lippen. »Wie... ist sie gestorben?«

Angus sah sie neugierig an. »Ist dir nicht wohl, Mädel? Du bist ein wenig bleich.«

»Wie ist sie gestorben?« wiederholte sie.

»Ich sagte schon, durch das Beil.«

»Nein, das ist es nicht... was ich meine.« Sie führte eine Hand an ihre bebenden Lippen. »Ist sie... gut gestorben?«

»Besser als sie lebte«, sagte Angus darauf. »Ja, ich hörte, daß sie tapfer und beherzt wie eine echte Königin in den Tod ging. Der Bote berichtete, daß sie einen hellroten Unterrock trug und eine Perücke mit goldenen Haaren. Sie soll so hübsch wie als Mädchen gewesen sein. Als der Henker sie enthauptete, fiel die Perücke herunter.« Er kniff die Augen zusammen. »Mir scheint, das geht dir ziemlich nahe. Zählte deine Familie zu Marys Anhängern?«

Sie gab keine Antwort. Ein grellroter Unterrock...

Robert warf hastig ein: »Kates Eltern sind tot, und ich bin sicher, daß ihr Vormund für Mary Stuart keine freundlichen Gefühle hegte.« Er wandte sich an Kate. »So ist es doch, oder?«

Sie nickte stumm.

»Kein Wunder, daß es ihr die Sprache verschlägt. Deine grobe Zunge kann einem den Magen umdrehen.«

Der Argwohn in Angus' Miene wich Reue. »Ich dachte, sie sei kräftiger als die meisten Engländerinnen. Mädchen, ich wollte dir nicht so zusetzen.«

»Sobald sie sich ausgeruht hat, wird es ihr wieder bessergehen.« Robert wandte sich an Gavin. »Bring sie ins Haus. Bekomme ich mein gewohntes Gemach, Angus?«

Angus, der Kate nicht aus den Augen gelassen hatte, nickte.

Gavin saß ab und warf seine Zügel einem jungen Burschen zu. »Wir gehen also heute nicht mit auf Raubzug?« fragte er Robert enttäuscht, als er Kate aus dem Sattel hob. »Das gäbe eine schöne Geschichte, mit der wir auf Craighdhu tüchtig auftrumpfen könnten.«

»Morgen müssen wir zeitig aufbrechen.« Robert stieg aus dem Sattel und wandte sich wieder an Angus. »Hast du noch Zeit, mir deine Neuerwerbungen zu zeigen?«

Angus, der sofort sein Interesse an Kate verlor, ließ sich mit breitem Lächeln aus dem Sattel gleiten. »Die Zeit nehme ich mir. Ich werde dir zeigen, was dir auf deinem öden Eiland entgeht, wo du keinen Zugriff auf edle Pferde hast. Obwohl du dir immer den Spaß gönnen und dir ein paar Gäule aus Malcolms

Beständen schnappen könntest.« Der Gedanke brachte ihn zum Lachen. »Komm mit, und ich zeige dir die schönsten Stuten, die du je gesehen hast«, dröhnte er und schlug Robert auf die Schulter.

Vom Fenster aus sah Kate Angus Gordon und seine Männer in schnellem Galopp vom Hof reiten, nach Süden, auf die Grenze zu.

Ein Sturm zieht auf.

Als Robert diese Worte ausgesprochen hatte, war ihr nicht klar gewesen, was er damit sagen wollte. Er hatte gewußt, daß ihre Mutter sterben mußte. Schon als er sie von Sebastian abholte, hatte er gewußt, daß Königin Elizabeth ihre Mutter enthaupten lassen würde.

»Geht es dir besser?«

Sie drehte sich um und sah Robert im Eingang stehen. »Natürlich.« Sie öffnete ihre zu Fäusten geballten Hände und zwang sich zu einem Lächeln. »Ich weiß gar nicht, wieso ich mich so aufgeregt habe. Es war dumm von mir. Ich kann mich an sie nicht einmal erinnern. Sie kam mich nie besuchen, schrieb mir nie einen Brief. Nachdem sie mich aufgegeben hatte, war es, als würde ich nicht existieren.«

»Von einer Enthauptung zu hören, ist nie angenehm. Kein Wunder, daß du schockiert und durcheinander warst.«

»So empfindlich bin ich nicht. Ich wußte immer, daß es nicht ausgeschlossen war. Sebastian sagte zu mir, Elizabeth würde der Sündigkeit meiner Mutter eines Tages überdrüssig werden.«

Seine Lippen wurden schmal. »Warum hast du Angus nach den Umständen ihres Todes gefragt?«

»Mein Leben lang bekam ich nur zu hören, was für ein lasterhaftes Leben sie führte. Ich mußte wissen, wie sie ihr Leben beendete, ob sie Anstand und Würde besaß. Auch Mut ist eine Tugend.« Sie verschränkte die Arme, damit sie nicht zitterten. »Es wird kalt, nicht wahr?«

»Nein, aber ich werde Holz nachlegen.« Er kniete nieder, warf ein zusätzliches Scheit hinein und schürte die Glut. »Die Dienerschaft habe ich angewiesen, sie solle sich zurückziehen. Sie sind für Angus mehr Freunde als Diener, und ich wollte nicht, daß sie ihm berichten, wie aufgewühlt du bist.«

»Ich bedaure sehr, daß ich Probleme mache.«

»Davon kann nicht die Rede sein. Gavin habe ich gebeten, er solle in der Küche nachsehen und dir etwas zu essen heraufbringen.«

»Danke. Wie fürsorglich Ihr seid.«

Er stand auf und legte den Schürhaken zurück. »O Gott, wie konfus mußt du sein, um dich so sehr zu irren.«

»Ihr seid zur Güte fähig. Ihr seid gütig zu Gavin. Zuweilen erinnert Ihr mich an einen kühnen Falken, der seine Schwingen über ihn breitet und ihn vor allem Übel bewahrt. Es muß ihm ein großes Gefühl der Sicherheit verleihen.« Ein wachsames Lächeln umspielte ihre Lippen. »Aber ich habe ja ganz vergessen, daß er zu Craighdhu gehört. Das macht ihn zur Ausnahme, so ist es doch?«

»Ja.« Er stand da und sah sie mit gefurchter Stirn an. »Das mag ich nicht.«

Sie wußte nicht, was er meinte, und war zu erschöpft, als daß es sie gekümmert hätte. Als sie zum Kamin ging, fiel ihr Blick auf das Bett, und seine auf dem Hügel ausgesprochenen Worte fielen ihr ein. Tonlos sagte sie: »Saubere Laken.«

»Bei allen Heiligen«, explodierte er. »Ich bin nicht so versessen auf eine Frau, daß ich es mit einer treiben würde, die nicht imstande ist, mehr Gefühle aufzubringen als eine Marionette.«

»Nein?« Es schien keine Rolle zu spielen. Sie ließ sich auf dem hochlehnigen Stuhl am Kamin nieder und starrte in die züngelnden Flammen.

»Du wirst essen, wenn Gavin dir etwas bringt. Hast du verstanden?«

Sie nickte.

»Und dann wirst du zu Bett gehen und alles vergessen.«

Den Tod vergessen und die Einsamkeit und die Frau, die vor vier Tagen in ihrem roten Unterrock hingerichtet worden war? »Ich werde wieder zur Ruhe finden.«

Undeutlich nahm sie wahr, daß er dastand und sie anstarrte. Dann stieß er eine Verwünschung aus und warf die Tür hinter sich zu.

Sie lehnte den Kopf an die Stuhllehne. Die Flammen züngelten grell in der zunehmenden Dunkelheit, kühn und leuchtend wie der rote Unterrock...

»Du hättest dafür sorgen sollen, daß sie ißt«, sagte Robert nach einem Blick auf das unberührte Tablett.

»Sie war nicht hungrig. Sie sagte, sie wolle schlafen gehen.« Gavin ging durch die Halle und verschwand in der Küche. Im nächsten Moment kam er mit einer Flasche Whiskey wieder. »Sieh, was ich gefunden habe. Sicher hat Angus nichts dagegen. Wir können ja sagen, daß wir auf seinen Erfolg gegen die Engländer angestoßen haben. Warum sind wir eigentlich nicht mit ihm geritten?«

»Es ist zu gefährlich. In den nächsten Monaten wird jeder Schritt gegen die Engländer als Reaktion auf Marys Hinrichtung gewertet werden. Ich will nicht, daß meine Ehe mit plötzlich aufflammenden Vergeltungsgelüsten in Verbindung gebracht wird.«

»Ich wunderte mich nicht wenig, als du Angus so geschickt abgelenkt hast.« Er runzelte die Stirn. »Aber ihm können wir trauen.«

»Er ist neugierig, und neugierige Menschen fangen an, Vermutungen anzustellen. Und Vermutungen sind gefährlich.« Sein Blick wanderte zur Treppe. »Wie hat sie ausgesehen?«

Gavin reagierte mit einem Achselzucken. »Du hast sie gesehen.«

»Das ist keine Antwort«, herrschte Robert ihn an. »Verdammt, wie sieht sie aus? Geht es ihr besser?«

»Sie sah aus, als sähe sie Gespenster. Aber wir alle müssen

uns unseren Gespenstern allein stellen. Du kannst sie nicht für Kate bekämpfen.«

»Warum sollte ich das versuchen wollen?« Robert ging an den Tisch vor dem Kamin. »Bring mir den Whiskey. Mir ist nach Aufwärmen zumute.«

»Oder nach Vernebeln.« Gavin stellte die Flasche auf den Kartentisch und ließ sich ihm gegenüber nieder. »Sicher hast du dir diesen Abend anders vorgestellt. Du warst so wild auf sie, daß ich unterwegs Dutzende Male glaubte, du würdest deinem Verlangen nachgeben.«

»Das dachte ich auch.« Er war verrückt nach ihr. Noch nie hatte er eine Frau so begehrt wie Kate, und der Verzicht auf Erfüllung machte ihm schwer zu schaffen – dies und schmerzhafte Zärtlichkeit, gegen die er seit dem ersten Moment der Begegnung angekämpft hatte. Warum konnte er diese Weichherzigkeit nicht einfach beiseite schieben und sich nehmen, was er wollte?

»Sie ist ein tapferes Mädchen. Sie leiden zu sehen, ist schlimm. Ist es nicht so?«

Robert sah ihn nicht an, als er nach der Flasche griff. »Teil die Karten aus.«

*

Meerjungfrau!

Sie konnte nicht atmen! Ihre Lungen füllten sich mit Wasser. Ersticken! »Warte, bitte, warte...«

»Was zum Teufel ist los?« Sie wurde heftig geschüttelt und aus den blauen Tiefen gerissen. »Wach auf!«

Kate öffnete die Augen und sah Roberts Gesicht über sich.

Sicherheit. Zuflucht. Zuhause.

Erleichtert warf sie sich ihm in die Arme. Ihr Herz klopfte so heftig, daß sie das Gefühl hatte zu ersticken. Verzweifelt klammerte sie sich an ihn. »Sie ist fort!«

»Pst...« Robert begrub die Finger in ihren Haaren. »Du mußt schlecht geträumt haben.«

Wozu hatte sie sich eben hinreißen lassen? Purer Instinkt hatte sie zu der Umarmung getrieben, aber Robert war keine sichere Zuflucht. Sie versuchte sich zu befreien, er aber hielt sie fest. »Laß das.«

Da brach sie in seinen Armen zusammen. Nun würde sie sich eben auf ihren Instinkt verlassen müssen. Für einen Kampf fehlten ihr die Kräfte.

»Sie ist fort.« Sie schluchzte so heftig, daß sie die Worte kaum herausbrachte. »Die Meerjungfrau, die Meerjungfrau...«

»Schon gut.« Robert strich ihr übers Haar. »So schlimm kann es nicht sein. Es war nur ein Traum.«

Tränen liefen ihr über die Wangen. »Das habe ich versucht, ihm zu sagen. Keine Sünde – nur ein Traum.«

»Wem?«

»Sebastian. Er wollte nicht hören. Martha holte... die Peitsche.«

Er erstarrte. »Die Peitsche?«

»Wegen des Traumes. Die Meerjungfrau...«

»Was hat die damit zu tun?«

»Die Meerjungfrau ist sie. Versteht Ihr nicht? Sie.«

»Mary?«

»Meine Mutter.« Verzweifelt stieß sie die Worte hervor. »Er sagte, es sei sündig, von ihr zu träumen. Aber sündig fühlte ich mich nie. Es war nicht sündig.«

»Herrgott...«

Sie schwieg und bemühte sich, ihr Zittern zu beherrschen. Sie durfte keine Schwäche zeigen. »Ihr könnt mich jetzt wieder loslassen.«

»Pst.« Seine Arme umfingen sie fester. »Ich tue, was ich möchte.«

Sie war froh, daß er sie nicht loslassen wollte. Sie hatte das Gefühl, als sei er der einzige Fels in stürmischer Brandung. Aber die Meerjungfrau herrschte über die See...

»Es macht Euch nichts aus? Es ist ja nur für eine Weile. Wenn Ihr mich haltet, fühle ich mich...«

»Sicher«, warf er trocken ein. »Das weiß ich ja inzwischen.«

»Ja, sonderbar, nicht? Und manchmal habe ich fast Angst vor Euch...«

»Mich wundert, daß du es zugibst.«

»Mich auch. Ich glaube, ich bin nicht ich selbst. Lieber Gott, wie ich es hasse, mich so schwach zu fühlen.«

Sie schloß die Augen und ließ die von ihm ausgehenden Wellen der Kraft und Sicherheit auf sich einwirken. Allmählich wurde sie des Geruches von Leder und Gewürz und Whiskey gewahr, der ihm anhaftete.

»Und warum eine Meerjungfrau?« fragte er.

Sie sollte es ihm nicht sagen. Sie hatte es Sebastian gesagt und die Folgen tragen müssen. Aber er war nicht Sebastian, und sie mußte es ihm sagen. Die Einsamkeit war nicht mehr auszuhalten. »Wegen der Plakate.«

»Plakate?«

»Ihr wißt doch, was die Meerjungfrau symbolisiert?«

»Ja, eine Prostituierte. Aber das ist etwas, das du nicht wissen solltest.«

»Ich weiß es seit früher Kindheit. Sebastian sagte es mir. Er sagte mir alles über sie.«

»Zum Beispiel?«

»Nachdem ihr Gemahl Lord Darnley ermordet wurde, verdächtigten die Bürger von Edinburgh sie, ihren Mann ermordet zu haben, damit sie ihren Geliebten Lord Bothwell heiraten konnte. Die Leute brachten daraufhin überall Plakate an, an jedem Haus und an jeder Wand in ganz Edinburgh.« Sie hielt inne. »Eine Meerjungfrau mit einer Krone auf dem Kopf.«

»Und davon träumst du?«

Sie nickte ruckartig. »Aber es geht im Traum nicht um Mord oder Wollust.« Ihre Stimme wurde weich. »Ich befinde mich in den Tiefen des Meeres. Das Wasser ist blau und seidig und schön, und ich bin glücklich. Ich fühle mich frei und sicher, als würde ich dorthin gehören.« Sie hielt inne. »Dann kommt sie.«

»Und du bist nicht mehr glücklich?«

»Zunächst bin ich weiterhin glücklich. Sie ist so schön. Ihr Haar umgibt sie wie braungoldener Seetang, und sie lächelt mir zu.«

»Und dann?«

»Dann verläßt sie mich«, sagte sie verzweifelt. »Sie schwimmt fort und läßt mich zurück. Ich versuche ihr nachzuschwimmen, aber sie ist zu schnell. Das Wasser wird dunkler, ich kann um mich herum nichts mehr sehen. Ich erhasche nur flüchtige Blicke auf merkwürdige Lebewesen mit großen Zähnen, und ich weiß, daß sie mich verschlingen werden, wenn ich nicht schnell schwimme und die Meerjungfrau einhole. Aber ich schaffe es nicht. Das Meer ist nicht mehr sicher, und plötzlich kann ich unter Wasser nicht mehr atmen. Die Meerjungfrau wirft mir über ihre Schulter Blicke zu und lächelt.« Wieder flossen Tränen, und sie trocknete ihre Wangen an seinem Hemd. »Ihr seht, es ist kein schlechter Traum.«

»Nur für dich ist er schlecht.«

»Nur für mich«, wiederholte sie. »Ich mache Euer Hemd naß.«

»Es wird wieder trocknen.«

»Diesmal ist sie für immer verschwunden. Sie wird nie wieder zurückkehren.«

»Nein, nie wieder.«

»Merkwürdig... sie war ein so großer Teil meines Lebens, und doch habe ich sie nicht gekannt. Als ich noch klein war, dachte ich immer, sie würde eines Tages kommen und mich holen. Ich dachte, wenn ich sie kennenlernen würde, dann würde ich sie dazu bewegen können, mich zu lieben. Aber sie ist nie gekommen. Kinder sind sehr dumm.« Sie schluckte. »Ich bin noch immer dumm. Gavin sagte, Ihr wolltet Karten spielen. Habe ich Euch gestört?«

»Nein. Und jetzt hör mit dieser höflichen Konversation auf.«

»Habe ich Konversation gemacht?« Sie lachte zittrig. »Wie sonderbar. Diese Kunst hat mich niemand gelehrt. Glaubt Ihr, meine königliche Herkunft macht sich bemerkbar?«

»Möglich.«

Ihr Lächeln verschwand. »Es war ein Scherz. Ich bin nicht wie sie. Egal, was man auch sagt, ich bin nicht wie sie.«

»Woher weißt du das? Was weißt du von ihr?«

»Alles.«

»Nur das, was Sebastian dir erzählte.«

»Sie war selbstsüchtig und eigensinnig und eine Ehebrecherin.«

»Das hörte ich. Aber ich habe auch gehört, daß sie fröhlich und bezaubernd und tapfer war. Halb Schottland war bereit, unter ihrem Banner in den Kampf für sie zu ziehen.«

»Aber Ihr nicht.«

»Ich kämpfe nur unter Craighdhus Banner.«

»Ihr hättet Euch nie entschlossen, für sie zu kämpfen.«

Er zögerte. »Nein.«

Sie lächelte traurig. »Seht Ihr?«

»Ich wäre ihr nicht gefolgt, weil ein impulsiv handelnder Führer seine Truppen in die Vernichtung führt. Mary wurde stets von ihren Gefühlen und nicht von ihrem Verstand geleitet.«

»So werde ich nie sein.«

»Deshalb springst du aus Fenstern, um alte Klepper zu retten, die keinen Pfifferling wert sind.«

»Das war etwas anderes.« Sie hob den Kopf und sah ihn plötzlich erschrocken an. »Oder? Ich bin nicht wie sie.«

»Es ist etwas anderes«, beruhigte er sie rasch. »Natürlich.« Langsam und nach Worten suchend fuhr er fort: »Wir können unserer Herkunft nicht entfliehen, aber wir können entscheiden, welche Richtung wir einschlagen. Nimm dir, was du möchtest, und laß alles andere. Nimm dir Marys Mut und laß ihren Mangel an Voraussicht. Nimm ihre Fröhlichkeit und laß ihren Machthunger.«

»Sebastian würde sagen, daß es unmöglich ist.«

»Und ich sage, daß es möglich ist. Man kann immer steuern, was man wird, was man ist.«

Wieder spürte sie seine unbeugsame Entschlossenheit. »Weil Ihr es tut?«

Erst glaubte sie, er würde nicht antworten. Dann sagte er: »Ja, weil ich es tue.«

»So einfach ist das nicht. Ich kann mich im Wachzustand für etwas entscheiden, aber wenn ich schlafe...« Da fiel ihr etwas ein. »Träumt Ihr jemals?«

»Jeder träumt.«

»Schlimme Träume?«

Er schwieg zunächst. »Nicht mehr«, sagte er dann.

Aber es hatte eine Zeit gegeben, da waren seine Träume nicht angenehm gewesen, andernfalls wäre er nicht bereit gewesen, seine Reserviertheit zu überwinden und Kate zu trösten. Sie wollte schon fragen, wovon er geträumt hatte, unterließ es dann aber.

Er hob fragend eine Braue. »Keine weiteren Fragen?«

»Wenn ich jetzt weiter in Euch dringen würde, dann wäre ich so schlimm wie Sebastian. Über böse Träume spricht man nicht gern.«

»Nein, ich möchte nicht darüber sprechen. Aber ich werde dir sagen, wie ich sie loswurde. Immer wieder erwachte ich in kalten Schweiß gebadet und konnte nicht mehr einschlafen. Eines Nachts hielt ich es nicht mehr aus. Ich ging in den Stall, sattelte mein Pferd und verließ die Burg. Eine Zeitlang ritt ich ziellos umher, dann strebte ich dem Ödland zu.«

»Dem Ödland?«

»Die Nordseite der Insel besteht aus schwarzem Fels und steilen Klippen. Wir nennen es Ödland.«

Sie sah ihn vor sich, einsam und gequält, den Nachtwind im Haar, den einsamen Küstenstreifen entlangreitend. »Warum dorthin?«

»Ich weiß es nicht. Aber ich habe die ganze Nacht auf den Klippen gesessen und die Robben und Seelöwen auf den Felsen unter mir beobachtet. Im Frühling strömen sie dort in großer Zahl zusammen und bringen ihre Jungen zur Welt. Leben...«

Die Erinnerung ließ ihn schweigen. »Nach jener Nacht ritt ich immer, wenn ich nach einem Traum erwachte, zum Ödland. Als der Sommer zu Ende ging, plagten mich keine bösen Träume mehr.«

»Ihr glaubt, es hätte Euch geheilt?«

»Ich weiß es nicht, vielleicht.«

»Ihr glaubt es sehr wohl. Robben und Seelöwen...«

»Aber keine Meerjungfrauen«, sagte er leise. »Nicht ein einziges Mal habe ich eine Meerjungfrau gesehen.«

»Werdet Ihr mich dorthin mitnehmen?«

»Eines Tages.«

Sie hätte zu gern die Sache weiterverfolgt und eine sichere Zusage bekommen, aber er hatte ihr bereits mehr als erhofft gegeben. Er hatte seine Erinnerungen und seinen Schmerz mit ihr geteilt, und das war für Robert sehr viel.

Und er hatte es ihr zuliebe getan, erkannte sie voller Freude. Er hatte ihr einen Blick in seine eigene Vergangenheit gegönnt, um ihren Schmerz zu lindern und ihr Trost zu spenden. Warum dies für sie so viel bedeutete, fragte sie sich nicht. Es reichte, daß nie gekanntes Glück und Zufriedenheit sie erfüllten. »Ein merkwürdiges Gefühl... als wäre man innerlich nackt. Sehr beunruhigend.« In ihr lockerte sich etwas Verschlossenes und Verkrampftes, doch das war gut so. Sie brauchte gegen Robert nicht wie gegen alle anderen eine Barriere zu errichten. Bei ihm entspannte sie sich. »Ihr seid sehr gut zu mir.«

»Bin ich das?«

Sie nickte. »Und ich bin nicht Gavin.«

Er strich ihr Haar aus dem Gesicht. »Ich gebe dir recht, du hast mit ihm nicht die geringste Ähnlichkeit.«

»Nein, ich meine damit, daß ich nicht nach Craighdhu gehöre.«

»Ich fürchte sehr, daß du dich irrst. Ich wünschte, du würdest nicht hingehören, aber leider gehörst du jetzt auch zu Craighdhu.«

»Ihr meint, für das kommende Jahr?«

»Ja, das meine ich«, sagte er nach einer fast unmerklichen Pause.

»Und das bedeutet, daß Ihr zu mir so gut sein werdet wie zu Gavin?«

Sie spürte, wie er erstarrte. »Ich sehe in dir etwas anderes.«

»Das wäre möglich, wenn Ihr diese Torheit, mit mir ins Bett zu gehen, aufgeben wolltet.«

»Ich fürchte, daß diese Torheit andauert.« Nach einer kleinen Pause fuhr er fort: »Aber wenn es dich glücklicher macht, verspreche ich, daß ich keinen Versuch machen werde, ehe du nicht selbst zu mir kommst und sagst, daß du es möchtest.«

»Und Ihr werdet mich wie Gavin behandeln?«

Er zögerte. »Nach Möglichkeit.«

Der Falke, der sie mit Wärme umfing und sie beschützte. Wundervoll würde das sein. »Das wird... angenehm sein.«

»Nicht für mich.«

»Warum nicht?«

»Weil es bedeutet, daß ich zwei Pfund an Gavin verliere.«

Sie konnte nicht einsehen, was eine Wette damit zu tun hatte, doch war sie seelisch so ausgebrannt, daß sie nicht mehr klar denken konnte. »Sebastian sagt, Glücksspiel vernichtet die Seele.«

»Sebastian und seine Ansichten scheren mich keinen Deut.«

»Mich auch nicht. Das war dumm von mir. Mir ist wohl keine andere Antwort eingefallen.«

Er strich ihr übers Haar. »Dann sag lieber gar nichts.«

Ein Vorschlag, der ihr sehr gut gefiel. Sie entspannte sich und schloß die Augen. Sie hörte seinen Herzschlag, rhythmisch und kraftvoll wie die See, die gegen die Küste schlägt. Wie sonderbar, zuvor hatte nach dem Traum die Angst bewirkt, daß sie jeden Gedanken an die See verdrängte, aber heute fühlte sie sich sicher. Mochten Träume von Robben und Seelöwen und von Roberts dunkler Gestalt auf der Klippe kommen, irgendwie wußte sie, daß es keine verzweifelte Einsamkeit und keine Meerjungfrauen geben würde.

5. KAPITEL

Am nächsten Morgen erwachte sie bei Tagesanbruch – allein. Kaum hatte sie die Augen geöffnet, als sie spürte, daß etwas sich verändert hatte, daß etwas *anders* war. Die Erinnerung überfiel sie. Robben und Seelöwen und Robert, der sie die lange Nacht hindurch gehalten hatte, und dazu das Gefühl, daß sie endlich in Sicherheit war. Robert war verschwunden, aber das machte nichts. Freude durchflutete sie wie Sonnenschein. Er hatte ihr ein Versprechen gegeben, und Gavin sagte, daß er seine Versprechen immer hielt. Sie sprang aus dem Bett und lief zum Waschtisch.

Als sie die Treppe hinunterlaufen wollte, ging Robert auf die Haustür zu. »Ich wollte eben Gavin nach oben schicken, damit er dich weckt. Wir sollten schon unterwegs sein.«

Von Panik erfaßt, hielt sie auf der Treppe inne. Du lieber Gott, er war so kühl und reserviert, als hätte es letzte Nacht nicht gegeben. Er schloß sie aus und ließ sie wieder allein zurück. Die Enttäuschung war so groß, daß ihr fast übel wurde. Im nächsten Moment packte sie Wut. Verdammt, er konnte ihr nicht wegnehmen, was er ihr gegeben hatte. Sie hatte sich ihm geöffnet, und sie würde nicht zurückweichen. Gab sie jetzt auf, dann erwartete sie nur Einsamkeit. Sie lief die letzten Stufen hinunter, direkt auf ihn zu. »Nein, das dulde ich nicht! Hörst du mich?«

In seiner Miene regte sich nichts, als er in ihre flammenden Augen blickte und das unvermutete vertrauliche Du hörte. »Geh in die Küche und hol dir etwas zu essen. Angus schläft noch, aber ich habe mich schon gestern für seine Gastfreundschaft bedankt, und wir...«

»Warum bist du so anders? Du sagtest – du weißt, was du gesagt hast.«

»Und das werde ich auch einhalten. Ich werde dich beschützen wie Gavin.«

»Aber das ist nicht genug.« Sie mußte es ihm begreiflich machen. »Ich weiß, daß ich Schwäche gezeigt habe, und ich kann verstehen, daß dich das anwidert, aber das ist kein Grund, daß du... Du brauchst mir keinen Schutz zu bieten. Ich kann gut selbst auf mich achten, aber trotzdem kannst du mein Freund sein, wie du Gavins Freund bist. Carolyn sagte, ich verlange immer zuviel von den Menschen, aber nicht mehr, als ich zu geben gewillt bin. Wir könnten reden... und lachen und... es würde unsere gemeinsame Zeit harmonischer machen, und ich glaube...«

»Still...«

»Ich bin nicht still. Du kannst mich nicht wieder wegdrängen. Ich sage dir, daß...«

Robert legte ihr die Hand auf den Mund. »Ich weiß, was du sagen willst. Du willst sagen, daß ich dich nicht unter meine Fittiche nehmen muß, aber daß ich gurren soll wie ein friedliches Täubchen, wenn ich in deiner Nähe bin.«

»Gurrend kann ich mir dich nicht vorstellen, aber ich glaube nicht, daß Friede und Freundschaft zwischen uns zuviel verlangt ist.« Sie zwinkerte, als sie ihren Kopf verschob, um seiner Hand auszuweichen. »Du hast versprochen, daß...«

»Ich weiß, was ich versprochen habe, und du hast kein Recht, mehr von mir zu verlangen. Du kannst nicht erwarten, mich in deine Nähe zu locken und mich dann auf Distanz zu halten«, sagte er barsch. »Beides geht nicht, wie du genau wüßtest, wenn du nicht...« Er sprach nicht weiter. »Und weine nicht.«

»Ich weine nicht.«

»Verdammt, du weinst.«

»Mir ist etwas ins Auge gekommen. Du bist unvernünftig.«

»Ich bin vernünftiger, als du ahnst«, sagte er außer sich. »Warum ist dir das so wichtig?«

Sie war ihrer Sache selbst nicht sicher, aber es mußte wohl

etwas mit diesem wundersamen Gefühl des *Richtigseins* zu tun haben, das sie letzte Nacht erlebt hatte. Sie hatte es noch nie zuvor erlebt und war nicht gewillt, es aufzugeben. Nun versuchte sie, es in Worte zu fassen: »Ich habe das Gefühl, innerlich lange verschlossen gewesen zu sein. Und jetzt möchte ich... etwas anderes. Es wird dir nicht schaden, mein Freund zu sein.«

»Das ist nicht alles, was du möchtest«, sagte er langsam, als er ihren verzweifelten Ausdruck studierte. »Ich glaube nicht, daß du weißt, was du möchtest. Aber ich weiß es und kann es dir nicht geben.«

»Du könntest es versuchen.« Sie atmete tief durch. »Meinst du, es fiele mir leicht, dich darum zu bitten? Es erfüllt mich mit Wut und Hilflosigkeit, ein Gefühl, das ich hasse.«

Sie kam nicht an ihn heran. Sie mußte etwas sagen, das ihn überzeugte. Und plötzlich entströmten ihr Worte, die sie nie hatte sagen wollen, die Gefühle ausdrückten, von denen sie nicht gewußt hatte, daß sie sie empfand. »Ich dachte, ich brauche nicht mehr als ein Haus, aber jetzt weiß ich, daß ich mehr möchte. Ich muß auch Menschen um mich haben. Ich glaube, das wußte ich wohl immer schon, aber das Haus war einfacher, sicherer. Verstehst du nicht? Ich möchte, was du und Gavin und Angus, was ihr alle habt, und ich weiß nicht, ob ich es allein finden kann. Sebastian sagte, ich könnte es nicht haben, aber ich werde es haben. Ganz sicher.« Sie ballte die Hände zu Fäusten und öffnete sie wieder. »Ich bin innerlich verkrampft. Ich fühle mich ausgebrannt... wie eine Wüste. Sebastian hat das bewirkt, und ich weiß nicht, wie ich diesem Gefühl Einhalt gebieten kann. Ich komme mit niemandem... gut zurecht.«

Er lächelte ironisch. »Mir ist ein gewisser Mangel an Vertrauen in mich aufgefallen, aber mit Gavin scheinst du kein Problem zu haben.«

»Gavin mag ich wirklich gern, doch er kann mich nicht ändern.« Eifrig fuhr sie fort: »Aber gestern war es mit dir anders. Ich konnte richtig mit dir sprechen. Du hast in mir das Gefühl geweckt…« Sie hielt inne. Sie hatte schon genug von ihrem Stolz preisgegeben. Wenn es nicht genügte … mehr konnte sie nicht eingestehen.

In seinem Mienenspiel erkannte sie Frustration und etwas Dunkleres, Intensiveres. »Schon gut, ich werde es versuchen«, sagte er und hob die Hände in einer hilflosen Geste.

»Wirklich?« Sie empfand Freude.

»Mein Gott, wie hartnäckig du bist.«

»Das ist der einzige Weg, zu behalten, was man hat. Hätte ich nicht gekämpft, wärst du fortgegangen.«

»Ich verstehe.« Sie hatte das unbehagliche Gefühl, daß er mehr verstand, als ihre Worte gemeint hatten. Aber wenn sie von ihm vollends akzeptiert sein wollte, mußte sie es hinnehmen, das sich dieses Gefühl hin und wieder regte.

»Muß ich einen feierlichen Eid leisten?« fragte er mit hochgezogenen Brauen.

»Ja, bitte. Ehrlich?« drängte sie.

»Ehrlich.« Seine Anspannung schien teilweise von ihm zu weichen. »Zufrieden?«

»Ja, mehr will ich nicht.«

»Wirklich?« Sein Lächeln fiel schief aus. »Aber mir reicht es nicht.«

Die Luft zwischen ihnen war plötzlich schwer und gespannt, und Kate spürte, wie ihre Wangen glühten. Sie schluckte. »Sicher wirst du darüber hinwegkommen, wenn du dich daran gewöhnst, anders von mir zu denken.«

Er gab keine Antwort.

»Du wirst schon sehen.« Sie lächelte mit wilder Entschlossenheit und wechselte rasch das Thema. »Wo ist Gavin?«

»In der Küche. Stellt Proviant für unterwegs zusammen.«

»Ich werde ihm sagen, daß du…«

»… daß ich sofort aufbrechen möchte.« Er stand vor ihr, hob ihre Kapuze an und umfaßte ihr Gesicht mit einer Geste, die besitzergreifend und intim zugleich war. Er sah sie an und hielt ihren Blick fest. »Kein kluger Schritt. Ich weiß nicht, wie lange ich es in dieser Kiste aushalte, in die du mich gesteckt hast. Ich kann nur versprechen, daß ich dich warnen werde, wenn ich mich entschließe, die Wände niederzureißen.«

Wie gebannt starrte sie ihn an, unfähig, ihren Blick abzuwenden.

»Verstehst du?«

Sie zwang sich zurückzutreten, wandte sich dann um und ging den Gang zur Küche entlang. »Du wirst deine Meinung ändern, sobald dir klar wird, was für ein Hindernis du dir damit schaffst«, rief sie ihm mit einem Anflug von verzweifeltem Mut über die Schulter zu. »Als Frau fürs Bett bin ich längst nicht so gut wie als Freundin.«

»Diese Behauptung fordert zur Diskussion heraus, zu einer, zu deren Teilnahme du nicht qualifiziert bist.« Er öffnete die Tür. »Sag Gavin, er soll dir etwas zu essen geben, während ich in den Stall gehe und die Pferde hole.«

Er irrt sich, sagte sie sich. Alles würde gut sein, sobald er sich an sie gewöhnte. Alles würde so sein, wie es sein sollte. Sie würde ihr bohrendes Unbehagen ablegen und so glücklich sein wie heute beim Erwachen.

Gavin blickte auf, als sie in die Küche kam. »Ach, wie ausgeruht und munter du aussiehst. Das freut mich. Mit deinem Geschrei hast du mich zu Tode erschreckt.«

Sie errötete. »Verzeih. Ich wollte nicht...«

»Ich weiß«, unterbrach er sie mit sanftem Lächeln. »Verständlich, daß ihr Tod für dich ein schwerer Schlag sein muß.«

»Es hätte nicht sein sollen. Ich habe mich höchst ungebührlich benommen.« Sie wechselte das Thema. »Wo ist dein Verwandter?«

»Er schläft. Angus ist mitten in der Nacht zurückgekommen und hat seinem Erfolg lautstark Ausdruck verliehen. Um auf den glücklichen Raubzug anzustoßen, mußte er sich mit dem Rest der Whiskeyflasche begnügen.«

»Sein Raubzug war erfolgreich?«

»Und wie. Fünf bildhübsche kleine Stuten und ein Hengst.«

Er stellte Brot und Käse vor sie hin. »Iß etwas. Robert möchte fort von hier. Wir sind der Grenze zu nahe.«

Sie griff nach dem Brot und knabberte daran. »Diese Eile ist töricht. Auch wenn jemand mich erkennen würde, machte es nichts aus.«

»Robert denkt anders.« Er setzte sich ihr gegenüber und kreuzte die Beine. »Und er ist nicht auf den Kopf gefallen. Glaubst du, es bestünde die Möglichkeit, daß er noch ein Mädchen kennt, das ihr Leben lang auf dem Land versteckt war?«

Sie lächelte und vollführte eine gezierte Handbewegung. »Eine winzige Möglichkeit immerhin.« Rasch aß sie auf und erhob sich dann. »Ich bin bereit. Laß uns aufbrechen.«

»Was für ein Eifer.« Er sah sie an. »Unglaublich, daß du dieselbe bist wie gestern.«

»Bin ich nicht. Aber ich fühle mich anders.«

»Wie denn?«

Diesbezüglich war sie selbst nicht sicher. Es fiel ihr schwer, die Elemente dieser sonderbaren, euphorischen Stimmung zu trennen und einzuordnen. Es war nicht nur der gewonnene Kampf mit Robert. Sie fühlte sich frei ... Nein, das war es nicht. Als Robert den Kragen ihres Umhangs aufstellte, hatte sie sich nicht frei gefühlt. Sie hatte sich verwöhnt und behütet gefühlt, ihrer Eigenverantwortung enthoben, die sie ihr ganzes Leben lang empfunden hatte. Es war, als wäre ihr eine große Bürde von den Schultern genommen worden, und das Fehlen dieser Last bewirkte diese schwindelerregende Freude. Auf Dauer würde sie sich diese Verzärtelung nicht gefallen lassen, momentan aber genoß sie sie sehr.

Sie lächelte strahlend. »Es ist schwer zu erklären.« Sie drehte sich um und ging zur Tür. »Gehen wir. Robert wartet.«

Nach vier Tagen sahen sie die Grampians vor sich. Die Berge erhoben sich abweisend und wild in der Ferne, dunstverhangene Gipfel und steile, nur spärlich bewachsene Hänge.

»Nun?«

Roberts Blick hing an ihrem Gesicht.

»Sie sehen… einsam aus.«

»Ein merkwürdiges Wort. Ich hätte gedacht, du würdest sie furchteinflößend finden. Die meisten Menschen empfinden unsere Highlands als sehr unwirtlich.«

»Was ist der dunkelbraune Bewuchs an den Abhängen? Ich habe so etwas noch nie gesehen.«

»Weil es sich um etwas für Schottland Typisches handelt.« Robert lächelte. »Das Heidekraut hat so viel Verstand, den Großteil seiner Schönheit und Fülle uns Schotten vorzubehalten.«

»Schönheit?« Kate verzog beim Anblick des struppigen Gewächses das Gesicht. »Es ist häßlich.«

»Meinst du? Jede Wette, daß du deine Meinung änderst.«

Sie schüttelte zweifelnd den Kopf. »Und es sieht stachelig aus. Wie fühlt es sich an?«

Er lachte auf. »Das wirst du bald selbst feststellen. Heute hast du mindestens ein dutzendmal angehalten, um etwas anzusehen oder zu berühren. Jemand so Neugieriges wie du ist mir noch nie begegnet.«

»Ich möchte die Dinge kennenlernen. Ich bin noch nie gereist, und alles erscheint mir so… so neu.« Aber es ist mehr, dachte sie. Sie selbst kam sich neu vor. Es war, als würde sich in ihr alles ausdehnen, wachsen, nach außen greifen, um anzufassen und zu sehen und zu sein. Mitunter spürte sie noch immer die alte Furcht, die Enge und den Zorn, aber diese Augenblicke wurden zunehmend seltener.

»Und ich nehme an, daß du diese Eigenschaft noch nie ausleben konntest?«

Sie zog ein Gesicht. »Nun, Carolyn sagte einmal, daß ich sehr naseweis sei. Aber das war, nachdem – na ja, einerlei. Aber es ist doch nichts Schlimmes, wenn man sich für alles interessiert, oder?«

Kurz glaubte sie eine Andeutung von Zärtlichkeit in seiner Miene zu lesen. »Nein, das ist nicht schlimm.«

»Und was für eine Fülle?«

Er runzelte verwirrt die Stirn.

»Du sagtest, das Heidekraut spende den Schotten seine Fülle.«

»Ach, es dient einer Vielzahl von Zwecken. Es nährt unsere Seelen und Sinne und sogar unser Bedürfnis nach gelegentlichem Vergessen.« Er bedachte Gavin mit einem boshaften Blick. »Stimmt doch, oder? Ich weiß noch, daß du an dem Abend, als wir Craighdhu verließen, so viel Heide-Ale getrunken hast, daß ich bezweifle, daß du dich an den Abschied überhaupt erinnern kannst.«

»Da irrst du dich. Ich weiß noch, daß ich Dudelsack gespielt habe und daß du mich von der Brücke in den Burggraben geworfen hast.«

»Zumindest habe ich verhindert, daß die anderen dich ertränkten. Dudelsack kannst du nur im nüchternen Zustand einigermaßen gut spielen. Betrunken spielst du katastrophal.«

»Ich stand im Begriff, in den Kampf zu ziehen. Da war der Dudelsack höchst passend«, protestierte Gavin. »Es ist nicht sehr nett, daß du Kate meine Sünden enthüllst, da ich doch bemüht war, sie zu überzeugen, was für ein guter Führer ich ihr auf diesem steinigen Ehepfad, den sie einschlägt, sein werde.«

»Solange du nicht versuchst, nach ein paar Humpen Ale den Führer zu spielen. Ich würde euch beide nur höchst ungern aus dem Burggraben ziehen.«

So hatte sie ihn noch nie erlebt, in Scherzlaune, mit heiterer Miene. Instinktiv lenkte sie ihr Pferd näher zu ihm, um seine Wärme zu genießen. »Mich wundert, daß du Trunkenheit auch nicht lobenswert findest, wenn ein Schotte ihr anheimfällt.«

»Ein Exzeß ist nie lobenswert, aber verständlich.«

»Solange er von den Menschen auf Craighdhu begangen wird.«

Er lachte. »Ja, allmählich begreifst du.«

Er war so offenherzig, daß sie sich entschloß, sich weiter vorzuwagen. »Und von dir selbst?«

»Ich schwelge nie in Heide-Ale.«

»Warum nicht?«

»Herrgott, hört denn deine Fragerei nie auf?« Trotzdem gab er ihr Antwort. »Weil ich mich immer zu tief hineinversenke.«

Auch jetzt versenkte er sich, wie sie ganz unvermittelt merkte. Er atmete tief die kalte Luft ein, schmeckte die Düfte und Gerüche dieses Ortes und dieser Zeit. Plötzlich verspürte sie das Verlangen, die Hand nach ihm auszustrecken, ihn zu berühren, sich zu den anderen Empfindungen zu gesellen, die ihn umgaben und ihn nährten. »Nur ins Heide-Ale?«

Sie merkte sofort, daß diese Frage ein Fehler war. Obwohl sie ihm nur näherkommen und mehr über ihn erfahren wollte, hatte sie das empfindliche Gleichgewicht zwischen ihnen gestört. Als er sie ansah, glitt etwas über seine Miene. »Nein, ich neige dazu, mich sämtlichen Exzessen hinzugeben und darf mich daher nie zu stark Versuchungen aussetzen.« Er trieb sein Pferd zum Galopp an. »Mal sehen, ob es nicht auch schneller geht als in diesem Trott. Sobald wir in die Berge kommen, wird dein Schecke uns zum Schneckentempo zwingen.«

Sie warf einen Blick zurück zu Caird. Die abschätzige Bemerkung war nicht ungerechtfertigt, doch war es die erste, die Robert seit ihrem Aufbruch am Morgen gemacht hatte. »Das ist nicht seine Schuld«, sagte sie zu Gavin, da Robert ihnen nun schon weit voraus war. »Er tut sein Bestes.«

»Sein Bestes ist nicht gut genug. Wäre er nicht bei uns, wären wir jetzt schon tief im Gebirge«, sagte Gavin. »Robert hat recht. Sobald wir die Höhen erreichen, wird die dünne Luft ihn noch langsamer machen. Die Berge sind den Alten und Schwachen nicht gewogen.«

»Dann müssen wir ihnen um so mehr Fürsorge zuteil werden lassen.«

Fürsorge. Ihr Blick schweifte zu Robert. Er war zu ihr in den letzten Tagen überaus fürsorglich gewesen, hatte ihre Fragen höflich und zuvorkommend beantwortet... und fürsorglich. Das war nicht genug. Sie würde sich noch mehr bemühen müssen, ihm nahezukommen, alles über ihn herauszufinden, damit sie erreichte, daß er ihr die Wärme und Freude zuteil werden ließ, die sie an jenem Abend kennengelernt hatte. Wäre sie nicht so ungeschickt vorgegangen, hätte sie heute einen großen Schritt vorwärts getan, statt dessen aber hatte sie den Teil seines Wesens angerührt, von dem sie wollte, daß er es vergaß.

Sie würde sich viel mehr bemühen müssen.

»Zieh deine Decke höher«, sagte Robert, ohne den Blick von dem Gurt zu wenden, den er ausbesserte. »Der Wind wird schärfer.«

»Ich spüre nichts«, sagte Kate schläfrig. Ihr Blick ruhte auf seinen Händen. Schöne Hände, dachte sie, schmale Hände, geschickt und beweglich. Dann hob sie den Blick und sah ihm ins Gesicht. Die Flächen seiner Wangen wirkten hohl im Feuerschein, mit zusammengekniffenen Augen starrte er angestrengt das Leder an.

Er legte den Gurt beiseite, zog die Decke höher um ihre Schultern und nahm dann seine Arbeit wieder auf. Das tat er ganz sachlich, fast zerstreut, und trotzdem verspürte sie tiefe Befriedigung. Unter den Schwingen des Falken geschützt, dachte sie verträumt. Es war eine liebevolle Geste wie viele, die er ihr in den letzten Tagen erwiesen hatte. Zwar behandelte er sie noch immer nicht mit der Unbefangenheit, die er Gavin entgegenbrachte, doch es gab Zuwendung, Nähe und manchmal sogar Lachen. Mit jedem Tag kam sie Robert näher.

»Hat dir das Piratenleben gefallen?« fragte sie.

»Es war interessant und aufregend.«

»Du wirst es also wieder aufnehmen?«

»Ich glaube nicht.«

»Warum nicht?«

»Es besteht keine Notwendigkeit mehr dazu. Ich habe genügend Gold für meine Zwecke.«

»Wir brauchten das Gold, um unseren Handel mit Irland auszuweiten, weißt du«, erklärte Gavin. »Wir brauchten Lagerhäuser und Schiffe... Craighdhu ist ein unwirtliches Land, das uns mehr schlecht als recht ernährt.«

»Das kann ich nicht glauben.« In Kates Augen funkelte es spitzbübisch. »Nach allem, was ich von euch zu hören bekam, muß es ein wahres Paradies sein.«

Minutenlang war nur das Prasseln des Feuers zu hören. »Wer ist Malcolm?« fragte sie plötzlich.

Robert blickte überrascht auf.

»Angus Gordon hat ihn erwähnt, und du hast gesagt...«

»Ich kann mich erinnern, ich war nicht sicher, ob du es dir gemerkt hast. Du warst zu diesem Zeitpunkt ziemlich aufgewühlt.« Er machte sich von neuem an seine Flickarbeit. »Sir Alec Malcolm von Kilgranne. Seine Ländereien grenzen teilweise an meine.«

Sie runzelte die Stirn. »Auf Craighdhu?«

»Nein, Craighdhu ist eine Insel, aber unser Clan hat auch Besitzungen auf dem Festland.«

»Dann ist er ein Highlander?«

»Er ist geborener Highlander«, erklärte Robert.

»Er ist ein habgieriger Schurke«, warf Gavin von der gegenüberliegenden Seite des Feuers her ein.

Robert lächelte. »Gavin hat für Vetter Alec wenig übrig.«

»Auch ein Verwandter?«

»Ich sagte schon, daß wir fast alle verwandt sind.«

»Und er möchte diese Familienbande und deine Kehle mit einem einzigen Schnitt durchschneiden«, sagte Gavin unumwunden. »Robert, du bist viel zu nachsichtig.«

»Bin ich nicht. Ich bin nur ebenso gierig wie mein lieber Vetter. Töte ich Alec, dann biete ich James einen Vorwand, Truppen auszusenden, um seinen Günstling zu rächen und sich Craighdhu zu schnappen. Warte ich aber einen günstigeren Zeitpunkt ab, bekomme ich die Chance, mit Alecs Sohn Duncan Frieden zu schließen. Kein übler Bursche.«

»Und Craighdhu wird nicht gefährdet«, fügte Gavin hinzu.

Robert nickte. »So ist es.«

»Falls Alec es zuläßt.« Gavin verzog das Gesicht. »Wer weiß, was uns bei unserer Heimkehr erwartet.«

»Jock hat gewiß nicht zugelassen, daß er den Frieden der Insel stört.« Er zuckte die Achseln. »Und jedes Stück Land, das Alec sich nimmt, holen wir uns zurück.«

Beide sprechen ganz ruhig von Eroberung und Blutvergießen, dachte Kate, die verwundert bemerkte, daß es sie längst nicht mehr so schockierte wie anfangs. Hatte die Gewohnheit sie verhärtet? »Würde das James' Zorn nicht ebenso reizen?«

»Vielleicht, aber nicht in dem Ausmaß, daß er es zum Vorwand nähme, loszumarschieren und Alecs Land zurückzuerobern. Alles befindet sich in einem gewissen Gleichgewicht, das nicht gestört werden darf.«

»Das verstehe ich nicht.«

»Du würdest es verstehen, wenn du deinem teuren Bruder je begegnet wärst.«

»Wie ich hörte, soll er in Schottland nicht allzu beliebt sein.« Die Erinnerung entlockte ihr ein Lächeln. »Als Kind träumte ich, James würde eines Tages in unser Dorf geritten kommen, mich von Sebastian befreien und auf sein Schloß in Edinburgh bringen.«

»Sei versichert, daß James dir gegenüber keine familiären Gefühle entwickeln würde. Sein Ehrgeiz übertrifft sogar den von Malcolm.«

»Er möchte noch mehr Macht?« Sie schüttelte den Kopf. »Möchte wissen, warum, er hat doch schon soviel.«

»Macht kann sich als berauschendes Gesöff entpuppen.«

Sie überlegte. »Ich glaube, das kann ich verstehen.«

»Wie bitte?« Robert hob den Kopf, und sie hörte Gavin tief durchatmen.

»Es muß sehr angenehm sein, Macht zu besitzen. Ich glaube, mir würde es gefallen.«

»Dann überleg lieber noch einmal«, sagte Robert barsch. »Es sei denn, du hast Lust, in die Fußstapfen deiner Mutter zu treten.«

Ihre beiläufig ausgesprochenen Worte hatten ihn beunruhigt, stellte sie mit träger Belustigung fest. Wieder ein Anzeichen dafür, daß sie einander näherkamen. Ob es ihr gelingen würde, eine tiefergehende Antwort zu provozieren? »Hilflosigkeit habe ich immer gehaßt. Das Leben mit Sebastian war wie eine ständig blutende Wunde. Und du liebst die Macht auch.« Leise zitierte sie ihn: »›Die süßen Vorrechte der Macht.‹«

»Das erste Vorrecht der Macht ist es, sie zum Überleben zu benutzen.«

Von einem Augenblick zum anderen konnte er wegen eines lächerlichen Themas mit großem Ernst reagieren. Sie lächelte gewinnend. »Aber ich bin nicht so unklug wie meine Mutter. Die Fehler, die sie beging, würde ich nicht machen.«

»O Gott.«

»Robert, sie meint es nicht ernst«, sagte Gavin. »Merkst du denn nicht, daß sie nur scherzt?«

»Da bin ich nicht so sicher. »Roberts Blick durchbohrte sie. »Kate, scherzt du?«

Plötzlich war sie selbst nicht sicher, wie sehr es Scherz und wie sehr Wahrheit war. Sie hatte über ihr Verhältnis zur Macht noch nie nachgedacht, weil sie die Vorstellung wie alle Ansichten Sebastians von sich gewiesen hatte, aber jetzt, in diesem Moment traumhaften Behagens, barg der Gedanke subtile Verlockung. »Es ist schrecklich, wenn einem das Gefühl der Wehrlosigkeit aufgezwungen wird. Das möchte ich nie wieder erleben. Trotzdem glaube ich, daß ich anderen nie meinen Willen aufzwingen möchte. Zuweilen geht mein Temperament mit mir durch, und das wäre nicht gut.« Sie überlegte mit gefurchter Stirn. »Es sei denn, ich würde lernen, meine Leidenschaften zu beherrschen. Und Macht würde auf jeden Fall Sicherheit mit sich bringen, so ist es doch?«

»Nicht für dich. Du sagst von dir, daß du nicht unklug bist, aber du bist um vieles unwissender als Mary«, stieß er hervor. »Und James bist du nicht gewachsen. Verdammt, er hätte die Enthauptung deiner Mutter verhindern können.«

Sie riß die Augen auf. »Wie denn?«

»Er hätte für den Fall ihrer Hinrichtung mit einer Invasion Englands drohen müssen. Elizabeth hätte keinen Krieg riskiert, nur um sich einer Bedrohung durch eine Rivalin zu entledigen, die ohnehin ihre Gefangene war. Aber James beschränkte sich auf eine lahme Protestnote, als Mary durch das Parlament zum Tode verurteilt wurde.«

»Vielleicht war er der Meinung, das sei ausreichend.«

Robert schüttelte den Kopf. »Er möchte König von England und Schottland sein. Seine Mutter stand ihm im Weg.«

»Muttermord?« kam es geflüstert über ihre Lippen.

»In gewisser Weise.« Er hielt ihrem Blick stand. »Mach dich also nie von seiner Gnade abhängig. Du bist für ihn eine fast ebenso große Bedrohung wie sie.«

Sie schüttelte zweifelnd den Kopf.

»Höre auf mich, wenn dir dein Leben lieb ist.«

»Dieses Gerede von Macht und Bedrohung ist sinnlos. Ich habe keinen Thronanspruch.«

»Auch Elizabeth herrscht über England, obwohl die Katholiken behaupten, sie sei illegitimer Geburt und hätte keinen Anspruch auf die Krone, weil Henry ihrer Mutter Anne Boleyn zuliebe von Rom abfiel. Ehrgeizlinge drehen die Tatsachen nach Belieben und sind ständig auf der Suche nach Schachfiguren, die sie zur Erreichung ihrer Ziele hin und her schieben.«

»Ich bin keine Schachfigur.«

»Jetzt nicht, und wenn es so bleiben soll, dann halte dich von James fern, aber auch von meinem lieben Vetter Alec Malcolm, vom Papst und der Hälfte des schottischen Adels. Ach, und von Philipp von Spanien.« Er schüttelte den Kopf. »Soll ich in meiner Aufzählung fortfahren? Ich könnte es, wie du weißt.«

»Nun, im Moment habe ich nichts zu befürchten.« Sie wandte den Blick ab. »Und ich bin sicher, daß du dich irrst. Wenn ich mich nicht selbst zur Marionette mache, wird es einem nicht gelingen.«

»Sei dessen nicht zu sicher.«

»Ich bin sicher.« Aber dieses Gerede von Schachfiguren und Eroberungen war ihr nicht geheuer. Robert wurde ungeduldig, und sie spürte nun, daß bei ihm unter der Oberfläche etwas Gewalttätiges und Zorniges brodelte. Wie sehr wünschte sie sich den Augenblick zurück, als sie sich behütet und glücklich gefühlt hatte, weil er die Decke um sie hochzog. Sie ließ sich nieder und legte die Wange auf den Arm. »Ich möchte mir keine Sorgen um etwas machen, das nicht eintreten wird.«

»Ich hoffe bei Gott, daß es nicht eintreten wird«, antwortete er. »Aber indem du die Augen vor der Wahrheit verschließt, wirst du nicht verhindern, daß es passiert.« Er starrte sie an, um sodann hervorzustoßen: »Aber ich vergesse ja ganz, daß du es dir zur Gewohnheit gemacht hast, nicht zu sehen, was du nicht sehen möchtest.«

Sie atmete hörbar und mit angstgeweiteten Augen ein. Sein Ausbruch hatte sie wie ein aus dem Dunkel hervorschnellender Tiger überrumpelt.

»Ich glaube, es wird höchste Zeit, daß wir alle uns aufs Ohr legen«, warf Gavin ein. »Morgen sollten wir das Vorgebirge erreichen, und das Vorankommen wird zunehmend schwieriger. Bist du mit dem Gurt fertig, Robert?«

Robert gab keine Antwort.

Ein Blick in sein Gesicht bewog Gavin zu einem Achselzukken. »Nun, ich bin zu müde, um meine Augen auch nur eine Sekunde länger offenzuhalten.« Mit einem vielsagenden Blick zu Kate ließ er sich auf seiner Decke nieder. »Sicher bist du auch müde, Kate. Gute Nacht.«

»Gute Nacht.« Roberts Blick ruhte wieder auf dem Gurt, den er in Händen hielt.

Kate beobachtete ihn. Der Tiger hatte sich in die Dunkelheit zurückgezogen, doch sie spürte schmerzlich, daß er sich vor ihr, vor ihnen beiden zurückzog. Alles war mit einem Schlag anders. Sie verspürte den Wunsch, die Hand nach ihm auszustrecken und ihn zurückzuholen. »Ich habe recht… dieses Gerede von…«

»Gute Nacht, Kate«, sagte darauf Robert, ohne sie anzusehen.

Die Endgültigkeit seines Tons war fast so schmerzlich wie seine Verschlossenheit und machte ihr noch viel mehr angst. Es ist nicht endgültig, beruhigte sie sich. Sie wollte diesen kleinen unglücklichen Zwischenfall einfach ignorieren und morgen so sein wie an den vorangegangenen Tagen.

Die Hänge der fernen Berge schimmerten noch nicht weiß von Schnee, doch ragten sie bedrohlich und abweisend im Mondschein auf, und am Nachmittag hatte Robert bemerkt, daß der Himmel den unheilverkündenden bleiernen Farbton aufwies, der einem Unwetter voranging.

Mehr brauchte es nicht, dachte Robert beklommen. Eis und Schnee würden den unwegsamen Pfad durchs Gebirge noch tückischer machen.

»Vielleicht wird es nicht so schlimm«, sagte Gavin leise, als er neben Robert auf der Anhöhe anhielt. »Wir sind erst im Vorgebirge. Der Schneefall könnte schon vorüber sein, wenn wir die Steilhänge erreichen.«

»Aber nicht das Eis.«

»Nun, das wird uns ein wenig aufhalten.«

Verdammt, er wollte weitere Verzögerungen unbedingt vermeiden. Er mußte nach Craighdhu, ehe er vor Verlangen zerbarst. »Ja.«

Gavin bedachte ihn mit einem Seitenblick. »Der Schecke macht dir Sorgen?«

»Er plagt sich.«

»Schneller können wir nicht voran. Es würde ihr das Herz brechen, wenn ihm etwas zustieße.«

»Glaubst du, das wüßte ich nicht?« gab Robert ungehalten zurück. »Wir hätten ihn erst gar nicht mitnehmen sollen.«

»Aber er ist nun mal da.«

»Und das ist meine Schuld und meine Verantwortung.«

»Das sagte ich nicht.«

»Ist auch nicht nötig.« Immer war es seine Verantwortung. Craighdhu und seine Bewohner und jetzt auch noch Kate und der gottverdammte Gaul. Er drehte sich mit einem Ruck um und setzte sich bergab in Bewegung, auf das Lagerfeuer zu.

Gavin fiel mit ihm in Gleichschritt. »Was hast du vor?«

»Was wohl? Den Klepper über die Berge tragen?«

»Du brauchst nicht auf mir herumzuhacken... auch nicht auf Kate.«

»Was soll das nun wieder heißen?«

»Das heißt, daß du sie elend machst. Vor ein paar Tagen war sie so glücklich. Es war, als...«, er suchte nach den passenden Worten, »...als ob sie aufgeblüht wäre. Ihr ist unbegreiflich, warum du jetzt so anders bist.«

Er wußte, daß sie es nicht begriff. Er hatte ihre Verwirrung und ihren Kummer wohl bemerkt, und es plagte ihn wie eine offene Wunde, wie ein gefährlicher Nadelstich, der einen Menschen unbemerkt töten kann. Aber was sonst sollte er tun? Er hätte sich schon eher zurückziehen sollen. Er hatte sich ihr bereits zuviel ausgeliefert. »Sie will nicht verstehen.«

»Wenn es dich aus dieser Übellaunigkeit erlöst, wäre es vielleicht besser, du würdest deine Rechte als Ehemann in Anspruch nehmen. Du kränkst das Mädchen.«

»Freut mich, daß ich deine Genehmigung habe.«

»Ich weiß, du willst nicht, daß ich davon spreche.« Gavins Kinn kündete von Entschlossenheit. »Aber ich mag sie, und es ist nicht nötig, daß sie durch deine Kälte noch mehr leiden muß.«

Kälte war nun wirklich nicht das Problem, dachte er erbost. Nie war er heißer und verlangender gewesen. Diese Unerlöstheit wuchs mit jeder Sekunde des Tages, und sie erwartete immer noch, daß er ihr das Unmögliche gab. »Du hast recht, ich möchte nicht, daß du davon sprichst.«

»Also, du wirst heute nett zu ihr sein«, sagte Gavin tonlos. »Ich habe eine ganze Stunde lang versucht, sie aufzuheitern, deshalb könnte es nicht schaden, wenn du ihr zulächelst.«

Aber wenn er ihr zulächelte, würde sie zurücklächeln. Sie würde mit Wärme und Vertrauen lächeln, und ihr Lächeln würde ihm Fesseln anlegen und verhindern, daß er sich von ihr löste.

Sie näherten sich dem Feuer und Kate, die mit untergeschlagenen Beinen auf einer Decke davor saß. Gavin sagte hastig: »Und lobe sie. Sag ihr, wie...«

Robert, der Kate entsetzt anstarrte, hatte für Gavins Worte kein Ohr mehr.

Feuer ließ Metall aufblitzen, als drei Messer im Kreis über Kates Kopf wirbelten!

»Was zum Teufel soll...«

»Pst...« Gavin ergriff seinen Arm, ohne den Blick von den Messern zu wenden, mit denen Kate jonglierte. »Erschrecke sie nicht. Grenzt das nicht an ein Wunder?«

»Ein Wunder wäre es, wenn sie sich nicht damit umbringt.« Jeden Moment konnte eines der Messer mit der Klinge voran auf Kates Hand fallen und sie bis auf den Knochen durchstoßen. Er wußte, wie scharf sie waren. »Warum hast du das zugelassen?«

»Ich dachte, es würde sie ablenken. Sie sagte, sie beherrsche einen Trick, den sie mir zeigen wollte. Ich glaube, du brauchst keine Angst zu haben. Sie scheint zu wissen, was sie tut.«

Robert litt so große Angst, daß ihm übel wurde. »Ich soll keine Angst haben? Wenn sie...« Er hielt mitten im Satz inne, als Kate eines der Messer auf den Boden fallen ließ und die anderen zwei geschickt an den Griffen auffing.

Den Heiligen sei Dank, es war ausgestanden!

Entzückt lachte sie auf, als sie die beiden Zaungäste bemerkte. »Gavin, das sind gute Messer. Man findet nicht oft so ausbalancierte...« Sie sprach nicht weiter, als sie Roberts Miene bemerkte. »Sieh mich nicht so an«, sagte sie. »Ich habe ihnen nichts getan.«

»Noch nie habe ich etwas so Törichtes gesehen. Du hättest dir die Hand abschneiden können.«

»Unsinn. Richtig ausbalanciert, ist ein Messer auch nicht anders als irgendein Gegenstand.«

»Und du weißt, wie man...«

»Natürlich weiß sie«, unterbrach Gavin Robert mit einem mahnenden Blick. »Ein hübscher Trick, Kate. Wo hast du ihn gelernt?«

Kates wachsamer Blick ruhte auf Robert. »Alljährlich zog eine Gauklertruppe durch unser Dorf. Carolyn und ich versteckten uns immer im Wald und sahen zu, wie sie übten.« Sie lächelte. »Akrobaten, Seiltänzer und ein Jongleur, der einmalig war. Er hieß Jonathan der Große und konnte fünf bunte Bälle gleichzeitig in der Luft halten. Als sie weiterzogen, fingen Carolyn und ich zu üben an. Ihr wurde es bald zu langweilig, aber ich habe jahrelang weitergemacht. Anstelle von Bällen benutzte ich Äpfel und Kartoffeln.«

»Darf ich wissen, was hinter dieser Entschlossenheit steckte?« fragte Robert sarkastisch. »Oder war es nur deine verdammte Neugierde?«

»Nein, natürlich nicht. Ich dachte, ich könnte mich einer Gauklergruppe anschließen, wenn ich Sebastian davonliefe.«

»Als Jongleuse?«

Sie hob trotzig ihr Kinn. »Warum nicht? So dumm ist die Idee nicht. Ich wußte, daß ich mir irgendwie den Lebensunterhalt verdienen mußte, wenn ich mich vor Sebastian verstecken wollte. Ich bin jetzt schon recht gut, und mit etwas mehr Übung wäre ich noch besser. Es war nicht...«

»Gütiger Himmel!« Sie hatte nicht die geringste Ahnung von den Gefahren, denen fahrendes Volk ausgesetzt war, dem sich fast immer Dirnen, Diebe und Scharlatane zugesellten. Verdammt, sie wußte überhaupt nichts. Sie starrte ihn nur mit diesen großen, leuchtenden Augen an, aus denen Eifer und Träume strahlten, und erwartete, daß er...

Er machte auf dem Absatz kehrt und verschwand in der Dunkelheit.

Kate sprang auf und lief ihm nach. »Warum bist du so ungehalten? Ich habe nichts Schlimmes getan. Eine der Klingen ist ein wenig schmutzig, aber ich kann…«

»Halte dich fern von mir.«

»Aber ich habe nichts getan, und es ist unfair, wenn du…«

»Schweig.«

»Ich werde nicht schweigen. Ich möchte wissen, warum du…«

Da drehte er sich um, packte ihre Schultern und schüttelte Kate. »Du hast nichts Schlimmes getan! Du hättest…« Ihre Miene ließ ihn innehalten.

Sie verharrte reglos. »Du hast dir meinetwegen Sorgen gemacht?« fragte sie. Ein strahlendes Lächeln erhellte ihr Gesicht. »Das ist sehr… angenehm.«

»Ach?«

Sie nickte. »Ich kann mich nicht erinnern, daß sich meinetwegen jemals jemand Sorgen gemacht hätte. Carolyn vielleicht, aber das ist lange her.« Sie trat einen Schritt näher und sah ihn an. »Ich sagte ja, wir würden Freunde werden.«

»Das behauptest du.«

»Und es stimmt. Sind wir miteinander nicht ins Gespräch gekommen, sind wir nicht vertraut geworden? Ja, du warst in den letzten Tagen so sonderbar, aber das kann ich jetzt verstehen. Wahrscheinlich warst du in Sorge um mich.«

Er spürte die Wärme ihres Körpers, die ihn durch den wollenen Umhang und ihr Kleid erreichte. Er hätte sie loslassen sollen, hätte die Hände von ihren Schultern lösen müssen. »War ich das?«

»Natürlich. Und jetzt sorgst du dich um mich wie ein echter Freund… wie du dich um Gavin sorgen würdest.«

»Warum immer diese Vergleiche? Du bist nicht Gavin.«

Ihr Lächeln verlor an Glanz. »Ich glaube, du bist noch immer wütend, weil ich dich erschreckt habe. Es war ganz ungefährlich, aber ich verspreche, daß ich Gavins Messer nie wieder benutzen werde, wenn ich etwas anderes zur Verfügung habe. Aber ich hatte keine Bälle oder Äpfel oder Kartoffeln.«

Da schien etwas in ihm zu zerbersten. »Keine Bälle oder Äpfel oder Kartoffeln«, wiederholte er zähneknirschend. »Wie schade.« Er riß sie an sich. »Vielleicht sollte ich dir etwas anderes verschaffen, das dich amüsiert.« Er umfaßte ihre Hüften und zog sie an sich, um sie die Härte und Kraft seiner Erektion spüren zu lassen. Er rieb sich voll sehnsüchtiger Sinnlichkeit an ihrer Weichheit, spürte, wie er anschwoll und größer wurde. Er wollte sich verlieren, wollte sie auf den Boden hinunterziehen, in sie eindringen und sich wie ein Tier mit ihr paaren. »Soll ich dir zu einem anderen Spielzeug verhelfen, das dir die Zeit vertreibt?«

Er spürte, wie sie erstarrte. »Warum tust du das?«

Er umfaßte ihr Gesäß, so daß sie sich nicht rühren konnte. Ein herrliches Gefühl, das ihn erbeben ließ. »Weil ich nicht deine Mutter, dein Vater oder dein Freund bin. Einmal hast du gesagt, wenn du alles über deine Mutter erfahren hättest, dann hättest du einen Weg gefunden, ihre Gefühle für dich zu wekken. Meinst du, ich wüßte nicht, daß du dasselbe mit mir anzustellen versuchst? Nun, du schaffst es nicht. Du kommst mir nicht näher. Wenn du einen Freund brauchst, dann geh zu Gavin.« Mit jedem Wort wuchs seine Leidenschaft. Lange konnte er nicht mehr an sich halten. »Ich habe versucht, es dir zu sagen, aber du wolltest nicht hören. Habe ich jetzt deine Aufmerksamkeit?«

Sie war zu nahe, als daß er ihr Gesicht hätte sehen können. Aber er wollte ihr Gesicht nicht sehen. Er wollte nicht sehen, wie die Enttäuschung käme und die Wärme ging. »Ja«, flüsterte sie.

»Gut. Dann hör zu. Wenn du nicht mein Bett mit mir teilen willst, dann halte dich gefälligst fern von mir. Ich will nichts mehr von Freundschaft hören.« Damit ließ er sie los und ging, ohne einen Blick zurückzuwerfen.

Er wußte, wie sie jetzt aussah... einsam, verzweifelt, so wie damals, als er sie nach dem Meerjungfrau-Traum getröstet hatte. Es war nicht seine Schuld, wenn sie enttäuscht war. Wie konnte sie erwarten, daß er so war, wie sie es sich wünschte? Er war ein Mann mit den Bedürfnissen eines Mannes. Es wurde Zeit, daß sie merkte, daß es in seinem Leben keinen anderen Platz für sie gab als jenen, den er ihr von Anfang an zugewiesen hatte: auf Zeit und auf das rein Körperliche beschränkt.

Nein, weinen würde sie nicht. Sie war töricht gewesen, und törichte Frauen verdienten, daß man ihnen weh tat. Kate raffte den Umhang um sich, während sie blindlings in die Finsternis starrte, in der Robert verschwunden war.

Alles war nur ein Traum gewesen, den ihre eigene Begierde und ihre Sehnsucht gewoben hatten. Das sah sie jetzt ein. Sie war verblendet gewesen, und das durfte nie wieder vorkommen.

Schwerfällig drehte sie sich um und ging auf das Feuer zu. Er hatte nie etwas anderes von ihr gewollt als die körperliche Intimität, die Männer von Frauen wollten. Das hatte er ihr immer klar zu verstehen gegeben, und sie war zu dickköpfig gewesen, um es einzusehen. Jetzt wollte sie schlafen und sich vom Schlaf heilen lassen. Morgen würde sie diesen Schmerz überwunden haben.

Es war ja nicht so, als ob sie etwas verloren hätte, das sie wirklich besessen hatte.

Mitten in der Nacht erwachte Robert und sah Kate neben sich knien.

»Pst… weck Gavin nicht auf.« Sie schluckte und sagte dann stockend: »Es wird nicht lange dauern. Ich… muß mit dir reden.«

»Hat das nicht Zeit bis morgen?«

»Nein, ich kann nicht schlafen. Ich möchte mich für meine Dummheit entschuldigen. Aber sieh mal… ich war zu lange allein.« Nach einer kurzen Pause fuhr sie fort: »Ich glaube, es war, weil du stark bist. Auch Sebastian war stark, aber seine Stärke war immer gegen mich gerichtet. Dann kamst du… und du warst stark und dennoch so lieb zu Gavin. Mir kam das wundervoll vor. Ich wollte es, deshalb versuchte ich, es mir zu nehmen. Was du wolltest, kümmerte mich nicht.« Mit plötzlich aufflammendem Ungestüm setzte sie hinzu: »Aber es kümmerte auch dich nicht, was ich wollte.«

Es hatte ihn gekümmert. Er war sich ihres verzweifelten Verlangens nach menschlicher Nähe nach all den Jahren der Einsamkeit und Unterdrückung bewußt gewesen. Nur war er nicht fähig gewesen, ihr zu geben, was sie brauchte.

»Du hattest recht, ich versuchte, dich zu dem zu machen, was ich mir wünschte.« Sie lächelte freudlos. »Aber du hast in diese Form nicht hineingepaßt.«

Er wollte sie berühren, tat es aber nicht. »Ich glaube, du solltest dich wieder unter deine Decken legen.«

»Gleich. Erst muß ich alles sagen. Mit Sebastian führte ich ein Leben voller Lügen, und das werde ich nie wieder tun. Er versuchte mich zu formen, wie ich es mit dir versuchte. Ich schäme mich, daß ich mich so verhielt wie er.« Sie zuckte die Schultern. »In Wahrheit sollte ich mich bei dir bedanken. Sebastian hat eine Mauer um mich aufgerichtet, und du hast sie überwunden.«

»Ich habe damit nichts zu tun.« Es war nicht so sehr eine Mauer als vielmehr ein Kokon gewesen, dem ein köstlicher und wundervoller Falter entschlüpft war, der nun zögernd seine Flügel ausbreitete. »Du hast den Durchbruch selbst geschafft.«

Sie reckte ihr Kinn. »Du hast recht. Ich habe ihn geschafft. Ich kann alles erreichen und alles sein, was ich möchte. Deine Kraft habe ich nie gebraucht. Ich bin kein Kind. Ich brauche nichts von dir.«

Wortlos starrte er sie an.

»Das ist alles. Ich wollte nur, daß du weißt, daß meine Torheit vorbei ist und ich dich nicht mehr behelligen werde. Auf Craighdhu müssen wir es so einrichten, daß wir einander möglichst wenig sehen.« Sie stand brüsk auf. »Gute Nacht.«

Er sah ihr nach, als sie zu ihrem Lager ging. Fast konnte er sehen, wie Mauern des Stolzes und der Kränkung um sie hochwuchsen und ihn ausschlossen. Das wißbegierige, offene Kind der letzten Tage gab es nicht mehr. Er hätte sich freuen sollen, verdammt. Sie würde ihm nicht mehr nachlaufen, plaudern und gestikulieren und ihm Fragen stellen und ihn zu etwas machen, das er nie sein konnte. Sie würde auf Distanz gehen und keine ständige Versuchung mehr für ihn darstellen. Es war nicht sehr wahrscheinlich, aber er würde vielleicht Craighdhu erreichen, ohne sie in Besitz genommen zu haben.

Eigentlich hätte er froh sein sollen.

Edinburgh

»Einfach absurd«, sagte James ungeduldig zu Sebastian Landfield. »Ihr könnt nicht erwarten, daß ich diese Geschichte glaube.«

»Mir war klar, daß sie unglaublich ist, deshalb nahm ich mir die Freiheit, einige Briefe, die Erziehung des Mädchens betreffend, mitzubringen, die Ihre Majestät im Laufe der Jahre an mich richtete.« Sebastian zog die Dokumente unter seinem Mantel hervor und hielt sie dem König hin. »Sicher habt Ihr persönliche Schreiben Ihrer Majestät erhalten, so daß Ihr die Schrift erkennt.«

James machte sich nicht die Mühe, die Briefe zu entfalten. »Und selbst wenn es stimmt, dann stellt das Mädchen für mich keine Bedrohung dar.«

»Sie ist eine Bedrohung für alle, die an John Knox glauben.«

»Ist sie Katholikin?« beeilte sich James zu fragen.

»Im Moment nicht. Ich habe sie zu einer guten Protestantin erzogen, aber leider ist sie schwach und sündig wie ihre Mutter. Es bedürfte nicht viel, um sie in das Lager des Teufels zu treiben. Ich brauche Euch nicht zu sagen, welchen Aufruhr sie in unseren Ländern stiften würde, wenn sie versuchen sollte, den katholischen Adel Schottlands auf ihre Seite zu ziehen.«

Sebastian senkte die Stimme. »Und es würde ihr gelingen, Euer Majestät. Stellt Euch Eure Mutter vor, jung und gewinnend, aber mit einem Feuer, das Mary nie besaß, und Ihr habt Kathryn.«

James biß sich verärgert auf die Unterlippe. Das ist nicht fair, dachte er verdrossen. Eben war er eine Rivalin losgeworden, und jetzt tauchte dieses neue Problem am Horizont auf. Eine junge, gewinnende, feurige Mary. Auch er war jung, sein Spiegelbild aber zeigte ihm weder ein gewinnendes Äußeres noch Feuer, und seine Landsleute ließen sich zu seinem Leidwesen leicht von beidem mitreißen.

Elizabeth hatte die Gefahr vermehrt, indem sie das junge Mädchen MacDarren zur Frau gab. Der Earl, in den vergangenen Jahren eine ständige Quelle des Ärgernisses für ihn, würde dies auch in Zukunft sein.

»Werdet Ihr etwas unternehmen, Euer Majestät?« fragte der Vikar.

»Ich will es mir überlegen.«

»Ihr müßt ohne Verzug handeln, solange sie noch jung und sich ihrer Macht nicht bewußt ist.«

»Ich sagte, ich werde es mir überlegen«, herrschte James den Alten an. »Ihr sagtet, MacDarren würde sie nach Craighdhu bringen?«

»Er sprach nur von Schottland.«

»Für ihn ist Craighdhu Schottland.« James erhob sich und trat ans Fenster. »Und ich könnte ebensogut sein Untertan sein, so achtet er meine Maßnahmen.«

»Dann macht die Ehe mit MacDarren sie zu einer noch größeren Gefahr.«

»Ich weiß, ich weiß«, sagte der König voller Ungeduld. »Aber wie kann ich sicher sein, daß diese Geschichte wahr ist?«

»Die Briefe sollten...«

»Die Briefe stellen keinen ausreichenden Beweis dar. Lebte das Kind seit der Geburt bei Euch?«

Sebastian schüttelte den Kopf. »Kathryn wurde mir im Alter

von drei Jahren übergeben. Vorher war sie in der Obhut einer Amme, einer Frau namens Clara Merkert.«

»In Eurem Dorf?«

»Nein, in Bourse.«

»Lebt die Amme noch immer dort?«

Sebastian runzelte die Stirn. »Das weiß ich nicht.«

»Ich werde sie holen lassen.«

»Die Frau lebt vielleicht gar nicht mehr«, widersprach Sebastian.

»Ich muß den Beweis haben, daß echte Gefahr besteht, ehe ich gegen MacDarren vorgehe. Die Amme ist der Schlüssel.«

»Dann muß alles ganz unauffällig geschehen. Ihre Majestät wird nicht erfreut sein, wenn Ihr eine ihrer Dienerinnen verschwinden laßt.«

»Meint Ihr, das wüßte ich nicht? Von einem Engländer brauche ich keinen Rat. Ich werde mich um die Sache kümmern.«

Sebastian verbeugte sich. »Dann warte ich auf weitere Nachrichten. Ich logiere in einer Herberge unweit des Palastes. Werdet Ihr die Güte haben, mich auf dem laufenden zu halten?«

James nickte knapp. »Aber ich kann nicht garantieren, daß es rasch gehen wird.«

»Ich werde warten.« Sebastian verbeugte sich abermals und entfernte sich.

James verzog das Gesicht, als er sich vom Fenster abwandte. Wie er diese religiösen Eiferer mit ihren glühenden Augen und ihrer ebenso glühenden Entschlossenheit verachtete. Aber dieser spezielle Fanatiker hatte ihm vielleicht einen Dienst erwiesen. Zu einem so heiklen Zeitpunkt waren königliche Bastarde, die im Land für Unruhe sorgten, das allerletzte, was er brauchen konnte. Seine Untertanen hatten mit offenem Mißfallen reagiert, weil er nichts unternommen hatte, um die Hinrichtung seiner Mutter zu verhindern, und es genügte der kleinste Funken, um das ganze Land in Brand zu setzen. Aber was hatte man denn erwartet? Hätte er zulassen sollen, daß seine Mutter ihm den englischen Thron vor der Nase wegschnappte? Es war allein ihre Schuld. Hätte sie sich nicht an einer Verschwörung gegen Elizabeth beteiligt, wäre er nicht in diese peinliche Lage geraten.

Und jetzt mußte er sich mit dem Bastard seiner lieben Mutter herumschlagen, und alles mußte so vonstatten gehen, daß man ihn mit der unausweichlichen Beseitigung dieser neuen Bedrohung nicht in Verbindung bringen konnte. Die Angelegenheit mußte von jemandem geregelt werden, der absolut vertrauenswürdig und ihm treu ergeben war.

Rasch trat er an den Schreibtisch, setzte sich und tauchte die Feder ins Tintenfaß. Ein Glück, daß er einen so treuen Diener wie Alec Malcolm praktisch vor MacDarrens Schwelle sitzen hatte. Die Aussicht, Alec wiederzusehen, jagte ihm einen kleinen Schauer der Erregung über den Rücken. Als Alec dem königlichen Hof den Rücken gekehrt und sich auf seine Güter in der Wildnis der Highlands zurückgezogen hatte, war er höchst indigniert gewesen und hatte sogar erwogen, Alec mittels eines Vorwands wieder an seine Seite zu locken. Starke, dominierende Männer hatten ihn schon immer angezogen, und Alecs brennender Ehrgeiz stellte in seinen Augen einen zusätzlichen Vorzug dar. Ja, er würde nach Alec schicken und die Angelegenheit in seine fähigen Hände legen. Er fing zu schreiben an.

Teuerster Alec,
mir scheint eine Ewigkeit vergangen, seitdem du mich verlassen hast. Wie sehr Du mir gefehlt hast! Aber nun sieht es aus, als würde das Schicksal uns wieder zusammenführen...

»Er wird darüber hinwegkommen«, sagte Gavin leise, als er Kate am nächsten Morgen in den Sattel hob. »Du hast ihm gestern Angst eingejagt. Für einen Mann ist es nur natürlich zurückzuschlagen, wenn er Angst hat.«

Sie rang sich zu einem Lächeln durch, als sie nach den Zügeln griff. »Danke für deine Besorgnis, aber sie ist unnötig.«

»Nein, keineswegs.« Gavin lächelte wehmütig. »Du bist bleich und spitz, und Robert ist völlig verschlossen. Ich kann kein Wort aus ihm herausbekommen. Aber es ist ja alles in Ordnung.«

Sie vermied es, zu Robert hinzusehen, als dieser sein Pferd bestieg. Und wenn sie hingeschaut hätte, hätte sie nichts gesehen, was ihr etwas bedeutet hätte. Beim Frühstück war er so kühl und unnahbar gewesen wie die Berge, die es heute zu überwinden galt.

»Du begreifst nicht«, sagte Gavin drängend. »Er wollte nicht… er ist nicht grausam.«

Nein, es war nicht grausam, wenn man zurückwies, was man nicht haben wollte. Gavin war es, der nichts begriff. Es war ihr eigener Fehler gewesen, ihre eigene Dummheit und Blindheit, aber sie mußte ja nicht weiterhin dumm sein. »Wie weit ist es bis nach Craighdhu?«

Er wies mit einer Kopfbewegung zum Gebirge hin. »Auf der anderen Seite sieht man das Meer. Wir reiten einen Tag die Küste entlang und erreichen dann das MacDarren-Land. Ein weiterer Tag, und wir sind an der Fähre.«

Erleichterung durchströmte sie. »Dann sind wir ja fast am Ziel. Wie lange dauert die Überquerung der Berge?«

»Der Pfad ist gut. Robert und ich haben es einmal in zwei Tagen geschafft.«

Sie würde aus dieser schrecklichen Intimität, die ihr noch vor kurzem so wundervoll erschienen war, bald erlöst sein. Auf Craighdhu würde sich gewiß ein Weg finden, Robert ein Jahr lang aus dem Weg zu gehen. »Insgesamt also eine Woche?«

Gavin blickte zu Caird hin und dann zum grauen Nordhimmel empor, ehe er unsicher die Schultern zuckte. »Wenn alles gutgeht.«

Es könnte nicht schlimmer gehen, dachte Kate. In all den Jahren hatte Sebastian es nicht geschafft, ihr eine Wunde zuzufügen, die so tief reichte wie jene, die Robert ihr gestern zugefügt hatte. Sie trieb ihr Pferd zum Trab an. »Also los, weiter.«

Der Schecke sank auf die Knie. Seine Flanken bebten, als er mühsam versuchte, Luft in seine Lungen zu pumpen.

Mit einem leisen Aufschrei hielt Kate an, glitt aus dem Sattel und lief zu dem Pferd zurück. Nun war eingetreten, was sie schon seit einigen Meilen befürchtet hatte. Sie hörte Roberts ärgerlichen Ausruf, schenkte ihm aber keine Beachtung, als sie neben Caird hinkniete. »Schon gut, mein Lieber. Nicht jetzt«, raunte sie ihm verzweifelt zu und streichelte seine Nüstern. »Jetzt gibt es kein Ausruhen. Erst in einer Weile, aber nicht jetzt.«

Caird wieherte leise und stieß gegen ihre Hand.

Tränen brannten in ihren Augen, als sie die Arme um den Pferdehals schlang.

»Kate, er schafft es nicht«, hörte sie Gavin leise hinter sich sagen und spürte seine Hand tröstend auf ihrer Schulter. »Das siehst du doch selbst.«

»Ich sehe es nicht«, erwiderte sie aufgebracht, den Hals des Pferdes fester umfangend. »Er braucht nur eine Pause. Er wird wieder auf die Beine kommen, wenn er...«

»Wir können keine Rast einlegen«, sagte Gavin. »Du kennst diese Berge nicht. Das Unwetter wird in wenigen Stunden über uns hereinbrechen, und der Pfad kann noch vor Einbruch der Dämmerung unpassierbar werden. Wenn wir keinen Unterstand finden, können wir erfrieren.« Sie vernahm ein metallisches Sirren. »Zur Seite, Kate!«

Ein Blick über die Schulter, und sie sah entsetzt, daß er sein Schwert gezogen hatte. Er wollte Caird töten. Gavin, der immer so nett und freundlich gewesen war, wollte etwas so Schreckliches tun. »Nein! Das lasse ich nicht zu!«

»Glaubst du, ich möchte es tun? Wir haben keine andere Wahl«, sagte er bekümmert. »Es ist besser, man tötet ihn jetzt, als daß er erfriert.«

Sie sah an ihm vorüber zu Robert, doch auch von seiner Seite kam keine Hilfe. Er saß hoch zu Roß, schweigsam, gleichmütig und verschlossen.

»Er wird nicht erfrieren. Ich werde einen Unterstand finden, wo er sich ausruhen kann, dann wird er wieder auf die Beine kommen.« Aufspringend griff sie nach dem Leitseil. »Los, Caird. Auf die Beine. Du mußt aufstehen.«

Nach einem tapferen Versuch strauchelte das Pferd und fiel abermals hin.

»Siehst du?« sagte Gavin. »Es hat keinen Sinn.«

»Ich gebe ihn nicht auf.« Sie zerrte am Seil. »Ihr beide reitet weiter. Ich kümmere mich indessen um ihn.«

»Das geht nicht. Wenn du bleibst, ist es dein Tod. Stimmt's, Robert?«

Robert, der nur dasaß und sie ausdruckslos anstarrte, gab keine Antwort.

Seine Gleichgültigkeit traf dornenscharf ihre bereits verletzten Gefühle. Sie drehte sich blitzschnell um und fuhr ihn an: »Ja, damit wären alle deine Probleme gelöst. Keine Frau, die dein Craighdhu gefährdet, und alles ohne dein Dazutun. So ist es doch?«

»Ganz recht«, gab er leise von sich.

»Dann reite weiter.« Sie drehte sich wieder zu Caird um und zerrte am Seil.

»Robert?« fragte Gavin.

Er will Robert fragen, ob er Caird töten kann, schoß es ihr

durch den Kopf. Robert brauchte nur zu nicken, und Gavin würde...

»Gavin, stell dich hinter ihn.« Ganz plötzlich war Robert neben ihr und nahm ihr das Seil aus der Hand. »Du schiebst, während ich ziehe.« Dann befahl er Kate: »Und du redest ihm gut zu.«

Hoffnung flammte in ihr auf. Er würde ihr helfen. Sie machte bereitwillig Platz. »Los, Caird, komm, mein Alter«, lockte sie. »Versuch es wenigstens.«

Bis Caird unsicher auf den Beinen stand, vergingen weitere zehn Minuten. Robert warf ihr das Leitseil zu und bestieg sein Pferd. »Sieh zu, daß er auf den Beinen bleibt. Wir haben schon zuviel Zeit verloren.«

Kate stieg rasch in den Sattel. »Ich halte ihn in Trab.«

Gavin runzelte die Stirn. »Robert, du weißt...«

»Natürlich weiß ich«, unterbrach Robert ihn. »Deshalb müssen wir einen Unterstand finden, ehe das Unwetter eintritt.«

»Und wenn wir keinen finden?« fragte Kate.

Er begegnete ihrem Blick. »Dann schneide ich diesem Gaul eigenhändig die Kehle durch.«

Es war ihm ernst. Sie biß sich auf die Unterlippe. »Das werde ich nicht zulassen.«

»Du wirst mich nicht abhalten können.« Er stieß seinem Pferd in die Flanken, und der Hengst bewegte sich weiter den gewundenen Pfad bergauf.

Furcht erfaßte sie, als sie die unnachgiebige Linie von Roberts Rückgrat vor sich sah. So hilflos hatte sie sich nicht einmal gefühlt, als Gavin ihr gedroht hatte. Robert war ein viel mächtigerer Gegner. Stand sein Entschluß fest, konnte ihn kein Flehen umstimmen. Nun, wenn es ihnen nicht gelang, einen Unterstand zu finden, würde sie sich dieser Drohung stellen. Wenigstens ließ er ihr einen Funken Hoffnung.

Nach einer Stunde fanden sie die Höhle, kaum mehr als eine Vertiefung in der Bergflanke, etwa dreißig Fuß tief, mit einer

Öffnung von knapp sechs Fuß im Durchmesser. Für Kate war es das Paradies.

»Sitz nicht herum, schaff die Pferde hinein«, wies Robert sie an, als er absaß. Der Wind blies ihm die Pferdemähne ins Gesicht, als er eine Axt aus seiner Satteltasche holte.

Kate warf einen beklommenen Blick zum bewölkten, stürmischen Nordhimmel hinauf. Es war kälter geworden, der Wind war nun feucht. Sie glitt aus dem Sattel und faßte nach Rachels Zügeln und Cairds Leitseil. »Was hast du vor?«

»Wir brauchen Brennholz und Zweige für die Höhlenöffnung.« Sein Blick überflog das Dickicht auf dem Steilhang neben dem Pfad. »Von beidem gibt es hier herzlich wenig.«

Gavin, der abgesessen war, deutete auf eine umgestürzte Fichte in einer Baumgruppe, die sich ein Stück unter ihnen befand. »Das müßte fürs Feuer reichen, und die mageren Bäumchen beidseits des Pfades genügen zum Verschließen der Höhlenöffnung. Wenn du den Abhang nimmst, werde ich das Holz neben...«

»Nein«, sagte Robert kurzangebunden. »Nimm dir ausreichend Proviant aus Cairds Packtaschen und mach dich auf den Weg.«

Gavin machte große Augen. »Ich soll weiterreiten?«

»Du hast mich gehört. Ohne den alten Klepper als Hemmschuh müßtest du das Vorgebirge erreichen, ehe der Pfad unpassierbar wird.«

»Verdammt, das kann ich nicht«, sagte Gavin, der seine heftigen Worte dämpfte, indem er leichthin hinzufügte: »Du weißt, wie ungern ich allein reite. Und was für ein Gefolgsmann wäre ich, wenn ich dich in Gefahr zurückließe und mich selbst in Sicherheit brächte?«

Robert ließ ein leises Lächeln sehen. »Wir haben schon festgestellt, was für ein jämmerlicher Gefolgsmann du bist.«

»Aber ich bin kein Feigling.«

Roberts Lächeln verschwand. »Dafür habe ich dich nie gehalten.«

»Deshalb bleibe ich.«

Robert schüttelte den Kopf. »Wenn wir hier länger aufgehalten werden, wird unser Vorrat knapp. Du nützt uns mehr, wenn du Proviant besorgst und uns im Notfall zu Hilfe kommst.«

Gavin war noch unsicher. »Du glaubst...«

»Für eine Auseinandersetzung ist keine Zeit. Los jetzt!« Er bewegte sich auf dem steilen Abhang rutschend und gleitend auf die Fichtengruppe zu.

Gavin sah ihm nach. »Ich kann nicht gehen. Er braucht mich.«

»Er hat recht, es hat keinen Sinn, wenn wir alle hier bleiben.« Sie warf wieder einen Blick zum Himmel, der sich mit jeder Sekunde mehr zu verdüstern schien. »Es kommt sehr schnell...« Sie nahm eine Decke aus Cairds Packsack und sagte: »Wenn du etwas tun möchtest, führe die Pferde in die Höhle und nimm ihnen die Sättel ab. Ich werde Robert helfen.«

Ohne eine Antwort abzuwarten, glitt sie den Hang hinunter, auf Robert zu.

Er sah kaum auf und fuhr fort, auf den Stamm des umgestürzten Baums einzuhacken. »Ist er fort?«

»Noch nicht.« Sie breitete die Decke auf dem Boden aus. »Leg das Holz darauf, ich binde dann die Zipfel zusammen und ziehe es den Hang hinauf.«

Widerspruchslos fing er an, Scheite und Zweige auf die Decke zu werfen.

»Stimmt es, daß wir hier womöglich einige Tage festsitzen werden?«

»Ja.«

»Dann möchte ich, daß auch du gehst«, sagte sie stockend. »Caird ist mein Pferd, für das ich die Verantwortung trage. Ich muß bleiben, aber ich möchte nicht, daß jemand meinetwegen gefährdet wird. Und ich werde allein ganz sicher sein.«

Er hieb weiter auf das Holz ein.

»Hast du nicht gehört?«

»Ich habe ebensowenig Zeit, mit dir zu streiten wie mit Gavin.« Wieder schwang er die Axt, und die Klinge drang tief ins Holz. »Ich lasse dich nicht allein.«

»Warum nicht?«

Er sah sie nicht an, doch seine Antwort war ein Echo ihrer eigenen Worte. »Weil du meine Frau bist und ich für dich Verantwortung trage.«

Eine Verantwortung, die ihm aufgezwungen wurde, dachte sie mit schmerzlichem Schuldgefühl. »Das ist nicht dasselbe.«

»Nein, denn dein Gaul nimmt Hilfe an und plagt mich nicht mit Geschwätz.«

Er läßt sich nicht umstimmen, dachte sie verzweifelt. Ihr blieb nichts anderes übrig, als mit ihrer ganzen Kraft mitzuhelfen, daß sie beide am Leben blieben.

In erstaunlich kurzer Zeit war die Decke voll mit Holz, und er band die Zipfel zusammen. »Geh«, sagte er.

Sie setzte sich bergauf in Bewegung, mit der schweren Last kämpfend, die sie hinter sich herzog.

»Kate.«

Als sie sich umdrehte, sah sie, daß Robert ihr nachblickte, die Axt in seiner Hand wiegend.

»Sorge dafür, daß Gavin sich auf den Weg macht.«

Auch Gavin fiel in seine Verantwortung, und er war nicht gewillt, Gavins Leben wie das eigene aufs Spiel zu setzen. Sie nickte und ging weiter. Oben blieb sie schwer atmend stehen.

Gavin kam aus der Höhle und griff nach der Decke. »Die nehme ich. Die Pferde sind in der Höhle, ich habe ihnen die Sättel abgenommen und die Packsäcke...«

»Du solltest nicht mehr hier sein. Los, mach dich auf den Weg.« Robert hatte ihr eine Aufgabe übertragen, und sie würde dafür sorgen, daß sie ausgeführt wurde. »Jetzt gleich.«

Die wilde Entschlossenheit ihres Tons verblüffte ihn nicht wenig. »Ich habe nachgedacht und möchte nicht...«

»Jetzt!« Sie zerrte die beladene Decke zur Höhle. »Robert will, daß du aufbrichst.«

Nach einigem Zögern ging er zu seinem Pferd. »Ich gebe euch zwei Tage. Seid ihr dann nicht unten angelangt, komme ich zurück.«

Sie gab keine Antwort, ließ das Holz von der Decke auf den Höhlenboden gleiten, um sich gleich wieder auf den Weg bergab zu machen. Ein Blick zurück zeigte ihr, daß Gavin bereits bergauf ritt, so schnell, wie es ihm möglich war.

Sie konnte nicht mehr zählen, wie oft sie in den nächsten zwei Stunden den Hang hinauf- und hinunterlief. Robert hackte wie besessen Holz, und die Scheite landeten in rascher Folge auf der Decke.

»Das reicht«, übertönte Robert das Heulen des Windes. »Ich muß jetzt noch genügend Zweige für die Verschließung des Eingangs zusammenbekommen. Bleib in der Höhle. Die Last wird für dich zu schwer.«

Sie hatte zu wenig Luft, um zu antworten, denn nun galt es, nicht nur die Last bergauf zu schleppen, sondern auch dem Wind zu trotzen, der ihr entgegenblies. Im Höhleninneren lehnte sie sich an die Felswand, gegen die Erschöpfung ankämpfend, die sie zu überwältigen drohte. O Gott, wie sehr sie sich nach einer Ruhepause sehnte. Aber Robert konnte auch nicht ausruhen. Er kämpfte wie sie gegen Kälte und Wind und setzte Kraft und Willen ein, um ihnen das Überleben zu sichern. Schließlich stieß sie sich von der Wand ab und wagte sich wieder hinaus auf den Pfad.

Robert kam mit der letzten Holzladung den Hang herauf. »Ich sagte, du solltest in der Höhle bleiben.«

»Wenn du auch bleibst.«

Er warf die Ladung hinein, um gleich wieder hinauszugehen und am Rande des Pfades eines der verkrüppelten Bäumchen umzuschlagen.

Schneefall hatte eingesetzt, harte, eisige Flocken, die heftiger auf den Wangen stachen als der Wind.

»Verdammt, du kannst dabei nicht helfen!« rief er. »Geh hinein.«

Mit einem Kopfschütteln faßte sie nach dem von ihm gefällten Bäumchen und zerrte es zur Höhle. So klein es war, wog es doch mehr als sie selbst, und die Äste waren scharf und dornenbewehrt. Es dauerte schmerzlich lange, bis sie damit den Höhleneingang erreicht hatte. Dann ging sie zurück und griff nach dem zweiten Baum, den Robert auf den Pfad geworfen hatte. Die scharfen Äste zerrissen ihre Wollhandschuhe, so daß sie sie ungeduldig auszog und wegwarf.

Als sie das fünfte Krüppelbäumchen vor die Höhle geschleift hatte, schneite es so heftig, daß sie kaum sehen konnte und ihre Hände nicht mehr spürte. Ich bin zu langsam, dachte sie verzweifelt. Ich kann nicht mit ihm mithalten. Er hatte indessen wieder zwei Bäume auf den Pfad geworfen. Sie mußte sich beeilen. Noch zweimal und dann...

»Hinein!« Robert war neben ihr, umfaßte sie und schob sie in die Höhle. Dann wollte er wieder eilends davon.

Sie tat unsicher einen Schritt auf ihn zu.

»Verstehst du denn nicht? Ich bin fast fertig. Wenn du dich unbedingt nützlich machen möchtest, dann mach Feuer. Ich bin halb erfroren.«

Er griff nach einem hölzernen Eimer und verschwand hinter einem wirbelnden Schneeschleier außerhalb der Höhle.

Sie zögerte und versuchte trotz der Mattigkeit, die an ihr zehrte, zu überlegen. Was hatte er von ihr verlangt? Ach ja, ein Feuer. Er fror und würde ein Feuer brauchen. Sonderbar, sie fror nicht mehr. Ihre Finger waren zu Eis erstarrt gewesen, nun aber, als sie hinkniete und Holz aufeinanderschichtete, fühlten sie sich an, als gehörten sie ihr nicht mehr.

Es dauerte lange, und sie nahm am Rande wahr, daß die Gestrüppwand wuchs, als Robert einen Baum auf den anderen schichtete.

Endlich fing das Holz Feuer, und sie fächerte ihm eifrig Luft zu. Es darf nicht ausgehen. Robert fror und würde...

»Gottlob, du hast es geschafft.« Robert stand unmittelbar

hinter der Abdeckung in der Höhle. Auf Mantel und Haar glänzte Schnee. In den Armen hielt er eine Ladung des häßlichen braunschwarzen Gestrüpps, das er Heidekraut genannt hatte. Er ließ es auf den Boden fallen und schloß den Höhleneingang. »Und jetzt hilf mir die Öffnungen zwischen den Ästen zu füllen.«

»Damit?«

»Ich sagte ja, daß Heidekraut einer Vielzahl von Zwecken dient.« Er fing an, das Kraut in die Öffnungen zu stopfen. »Der Schnee wird es anfrieren, und der Wind wird abgehalten.«

Sie versuchte ihm zu helfen, konnte aber ihre Finger kaum gebrauchen.

»Nein, nicht hier oben«, sagte er, als sie nach ganz oben griff. »Eine kleine Öffnung brauchen wir, damit der Rauch abziehen kann und frische Luft hereinströmt.« Er nahm die Decke, mit der sie Holz transportiert hatte, und befestigte sie an einer Seite der Abdeckung, so daß ein schmaler Eingang geschaffen wurde. Stirnrunzelnd trat er zurück und begutachtete sein Werk. »Das wird reichen müssen.«

»Sind wir fertig?«

»Ich hoffe, du meinst unsere Vorbereitungen und nicht unser Erdendasein«, sagte er und ging zum Feuer. »Ein schönes Feuer. Gut gemacht.« Mit einem Blick über die Schulter sagte er ernst: »Aber du bist nicht nur zum Feuermachen gut. Ich hätte keinen besseren Gehilfen haben können.«

Durch den Nebel von Kälte und Mattigkeit spürte sie ein winziges Aufflackern von Stolz. »Ich auch nicht.«

»Aber ich bin keine Frau.«

»Das ist eine unfaire Bemerkung. Darüber muß ich erst nachdenken.« Aber im Moment war sie nicht imstande, einen klaren Gedanken zu fassen. Sie trat ans Feuer und streckte die Hände aus. »Das Holz scheint nichts zu taugen. Es spendet keine Wärme.«

»Die Wärme reicht.« Er warf einen Blick auf ihre Hände und stutzte. »Sie sind ja blutig. Wo sind deine Handschuhe?«

»Sie waren aus Wolle, und die Äste haben sie zerrissen, deshalb habe ich sie weggeworfen.« Sie zog die Schultern hoch. »Es kommt nicht darauf an.«

»Und ob es darauf ankommt.« Er berührte eine tiefe Schramme an ihrer Hand. »Spürst du das?«

Sie schüttelte den Kopf.

»Bei allen Heiligen!« Er drückte sie neben dem Feuer auf den Boden und kniete neben ihr nieder. Dann riß er seine schweren Lederhandschuhe herunter, nahm ihre Linke zwischen beide Hände und fing an, sie zu massieren.

»Was machst du da?« Sie wollte sich losmachen.

»Du hast Frostbeulen«, erklärte er ihr mit erzwungener Ruhe. »Du kannst von Glück reden, daß deine Hände nicht erfroren sind. Ich kann nicht glauben, daß du – warum bist du nicht in die Höhle gegangen, als ich es dir befahl?«

»Du hast mich gebraucht. Woher hätte ich wissen sollen, daß es so rasch kommt? In den Midlands schlägt das Wetter nicht so jäh um. Mußt du so grob sein? Es fängt an zu schmerzen.«

»Gut«, sagte er, ohne innezuhalten.

Ihre Haut prickelte, und die Schrammen schmerzten so heftig, daß ihr Tränen in die Augen stiegen. »Reicht es nicht schon?«

Er ließ ihre Hand fallen, wies sie an, sie übers Feuer zu halten, und griff nach der anderen. »Spürst du die Wärme?«

»Ja.«

»Wenn sich das Gefühl in dieser Hand regt, sag es mir.«

Schon spürte sie das erste Prickeln, doch dauerte es noch eine Weile, bis der Schmerz einsetzte. »Jetzt.«

»In allen Fingern?«

Tränen liefen ihr über die Wangen. »Der Daumen ist noch ein wenig taub.«

Er verschob seinen Griff, konzentrierte sich auf Daumen und Zeigefinger und weckte in ihnen wieder das Gefühl.

Endlich ließ er ihre Hand fallen und blickte zu ihrem tränenüberströmten Gesicht auf. »Ich weiß, daß es schmerzt«, sagte er heiser. »Aber ich mußte es tun.«

»Ich weiß.« Sie fuhr sich mit dem Handrücken über die Augen. »Ich weiß nicht, was mit mir los ist. Sonst bin ich nicht so albern und heule wegen einer Kleinigkeit.«

»Es ist keine Kleinigkeit. Ich kenne Frostbeulen.« Er nahm eine saubere Decke von dem Vorrat, den Gavin an der Wand gestapelt hatte, und breitete sie aus. »Leg dich hin und ruh dich aus.«

»Ich muß mich um Caird und Rachel kümmern.«

»Das mache ich.«

»Du bist so müde wie ich.«

Ohne ihren Einwand zu beachten, ging er zu den im rückwärtigen Teil der Höhle festgebundenen Pferden.

Vielleicht ist er doch nicht so müde, dachte sie benommen. Er bewegte sich mit derselben unbezähmbaren Kraft und Geschmeidigkeit wie vor zwei Stunden, als er das erste Mal den Hang hinuntergegangen war.

Nun, sie war nicht imstande, der Müdigkeit so zu trotzen, deshalb ließ sie sich auf der Decke nieder und sah zu, wie er vorsichtig Cairds Knöchel abtastete.

Ich werde ihm eigenhändig die Kehle durchschneiden.

Aber er hatte Caird nicht getötet. Er hatte sein Leben aufs Spiel gesetzt und gekämpft und sich abgemüht, um ihr Leben und das ihres Pferdes zu retten. Ihr Blick wanderte zur Abdekkung des Höhleneingangs, und sie sah, daß der Schnee nun schneller und dichter fiel und den späten Nachmittag zur Nacht machte. Im Moment waren sie sicher, aber Gavins Ängstlichkeit hatte ihr deutlich gemacht, daß die Gefahr noch lange nicht gebannt war. Sie sah zu Robert hin. Es wäre zu schlimm gewesen, an diesem abgeschiedenen Ort allein zurückbleiben zu müssen, noch viel schlimmer aber war es, schuld daran zu sein, daß ein anderer Mensch in Gefahr geriet.

»Keine Schwellung. Sicher freut es dich zu hören, daß es dem Grund für all diese Mühsal gutgeht«, sagte Robert, der aufstand und Cairds Hals tätschelte. »So gut, wie es eben bei diesem Knochenhaufen möglich ist«, schloß er ironisch.

Sie war zu abgekämpft, um auf diese Beleidigung Cairds zu reagieren. Statt dessen kuschelte sie sich auf der Decke bequem zurecht und sah Robert zu, der nun einen Lappen nahm und den Schecken trockenrieb.

Sie würde bald aufstehen und ihm helfen, aber im Moment konnte sie ein bißchen Ausruhen gebrauchen...

*

Als sie die Augen öffnete, saß Robert am Feuer und starrte in die Flammen.

Er sah aus wie immer: kraftvoll, verschlossen, beherrscht. Auch wenn er sich unbeobachtet wähnte, ließ er in seiner Wachsamkeit nicht nach.

Er spürte ihren Blick auf sich und schaute auf. »Ich hoffte, du würdest die Nacht durchschlafen.«

Der Himmel jenseits der Öffnung schien dunkler, die Schattenkonturen auf der Wand schärfer hervorzutreten. »Wie lange habe ich geschlafen?«

»Nicht lange. Nur ein paar Stunden.«

Sie setzte sich auf und strich sich das Haar aus dem Gesicht. »Ich wollte überhaupt nicht schlafen.«

»Warum nicht? Sonst gibt es nichts zu tun.« Er goß Flüssigkeit aus einem über den Flammen hängenden Topf in eine Tasse. »Aber wenn du schon wach bist, dann trinke davon.«

Sie begutachtete die milchig aussehende Flüssigkeit in der Tasse. »Was ist das?«

»Heißes Wasser, mit den Knochen des Hasen gekocht, den wir gestern erlegt haben.«

Sie verzog das Gesicht. »Ich glaube nicht...«

»Trink es. Es ist nicht viel, stärkt aber. Heute morgen vor dem Aufbruch haben wir gegessen, deshalb warten wir mit dem Hasenbraten bis morgen. Von nun an essen wir nur einmal täglich... und ganz wenig.«

»Du glaubst, der Schneesturm könnte ein paar Tage andauern, wie Gavin vorausgesagt hat?«

Er reagiert mit einem Achselzucken. »Ich weiß es nicht. Um diese Zeit weiß man nie... es kann einen Tag oder eine Woche dauern. Wenn es nur einen oder zwei Tage dauert, müßten wir es bis hinunter ins Vorgebirge schaffen.«

»Und wenn es länger dauert?«

»Dann ist der Pfad unpassierbar, und es kann ein Monat vergehen, bis die Schneeverwehungen soweit abgetaut sind, daß wir hinunter können.«

»Ein Monat!«

»Wenn wir Glück haben.« Er begegnete ihrem Blick. »Vor zwei Jahren war einer aus meinem Clan zwei Monate lang an eine solche Höhle gefesselt.«

»Was wurde aus ihm?«

»Er ist erfroren.«

Ihr Atem stockte. »Wie schrecklich.«

»Ja, er kam aus Edinburgh. Er hat niemandem gesagt, daß er kommen wollte, sonst hätten wir nach ihm gesucht. Als wir es erfuhren, war es zu spät.« Er starrte auf das Gefäß in ihrer Hand. »Trink.«

Sie trank einen Schluck. Es schmeckte gar nicht so schlecht. »Glaubst du, daß Gavin in Sicherheit ist?«

»Ich weiß es nicht, aber seine Chancen stehen besser als unsere.«

»Ich wußte nicht, daß...«

»Ich weiß, daß du dir der Gefahren nicht bewußt warst. Aber selbst wenn, hättest du dann anders gehandelt?«

Ihr Blick glitt zu Caird. Wie hätte sie sich zu ihrem alten Freund und Gefährten anders verhalten sollen? Sie sah Robert an. »Ich hätte Caird nicht im Stich gelassen, aber ich hätte anders gehandelt. Hätte ich geahnt, daß die Gefahr so groß ist, hätte ich nicht auf dich gehört, sondern darauf bestanden, daß du mit Gavin gehst. Es war nicht richtig zuzulassen, daß du dein Leben aufs Spiel setzt.«

Er zog die Brauen in die Höhe. »Und wie hättest du das zuwege gebracht? Hättest du mir eins über den Kopf gegeben wie damals im Wald?«

»Ja, wenn nötig…«

Er lachte auf. »Das glaube ich dir sogar. Welch' rührende Dankbarkeit nach all meinen Bemühungen um dich.«

»Ich bin dankbar. Du ahnst nicht, wie dankbar – niemand hat jemals sein Leben für mich riskiert –, aber ich fühle mich auch schuldig. Ich hätte es nicht zulassen dürfen.«

»Soweit ich mich erinnere, ließ ich dir keine andere Wahl.« Er machte eine Geste der Ungeduld. »Jetzt ist eine Debatte darüber müßig. Es ist geschehen.«

»Ja, das ist es.« Sie betrachtete den Holzstoß, der ihr nach der furchteinflößenden Geschichte vom Erfrierungstod des Clanmitgliedes beängstigend klein vorkam. Es war in der Höhle warm und behaglich, aber wenn der Weg unpassierbar wurde, war auch der zu ihrer Brennstoffquelle führende Hang nicht mehr begehbar. »Sollten wir nicht das Feuer löschen, um Holz zu sparen?«

»Wir lassen es nur nachts brennen, wenn es am kältesten ist. Die Abdeckung ist so dicht, daß sie uns tagsüber vor dem Erfrieren schützen müßte.«

Unwillkürlich schauderte sie bei seinen Worten.

»Ich will dir keine Angst machen. Ich möchte nur ehrlich sein. Du verdienst Besseres als Lügen.« Er hielt ihren Blick fest. »Glaube mir, ich habe nicht die Absicht zu sterben.«

»Die hatte dein Clanangehöriger auch nicht.«

»Er harrte aus und wartete auf das Tauwetter, das nicht kam. Diesen Fehler werde ich nicht begehen.«

»Was wirst du tun?«

»Einen Weg finden. Es findet sich immer ein Weg, wenn man nur angestrengt genug danach sucht.«

Zum ersten Mal, seitdem sie aufgewacht war, war sie zuversichtlich. Robert würde nie aufgeben. Und sie wollte es auch nicht. »Und was machen wir jetzt?«

»Schlafen. Wir brauchen den Schlaf. Wenn wir morgen das Feuer gelöscht haben, müssen wir uns bewegen, um uns warm zu halten.« Er trank aus und stellte seinen Becher ab. »Ich garantiere dir, daß du morgen bei Sonnenuntergang müder sein wirst, als wenn du den ganzen Tag durchs Gebirge geritten wärst.« Er streckte sich aus und schloß die Augen.

Plötzlich sah er jünger, verletzlicher aus, da sie seine dunklen, funkelnden Augen nicht sehen konnte. Aber er ist jung, dachte sie, obwohl er viel älter und reifer als Gavin wirkt, von dem ihn kaum fünf Jahre trennten. Sein ganzes Leben lag noch vor ihm.

Dieses Leben war nun bedroht.

Und es würde ihre Schuld sein, wenn es erlosch wie eine Kerzenflamme.

Er hatte gewußt, daß sie nur überleben konnte, wenn er bei ihr blieb und Vorkehrungen traf, und er hatte es getan. Sie hatte ihm das Versprechen abgerungen, sie so zu behandeln wie Gavin, und auch daran hatte er sich gehalten. Er hatte ihr seinen Schutz gewährt, als würde sie wie Gavin zu Craighdhu gehören. Aber Gavin hätte die Gefahr erkannt und hätte Robert erst gar nicht in diese Situation gebracht.

Kam Robert ums Leben, dann würde sie unter der Last ihres Schuldbewußtseins zusammenbrechen. Er hatte ihr das Leben gerettet, sie war ihm zutiefst verpflichtet. Es war eine Verpflichtung, die mit jedem Moment erstickender und unerträglicher wurde.

Lieber Gott, sie wollte nicht in Robert MacDarrens Schuld stehen, denn sie hätte es als Fessel empfunden, und sie ertrug es nicht, noch länger an ihn gekettet zu sein. In den vergangenen Wochen hatte sie entdeckt, wie schmerzlich es war, nur am Rand seines Lebens zu existieren. Es war ein Zustand, den sie nicht mehr aushielt. Sie hatte geglaubt, sie würde auf Craighdhu einen Weg finden, die Bindung zu lösen, doch das konnte sie unter der Last dieser überwältigenden Verpflichtung nicht tun.

Sie legte sich hin, bettete den Kopf auf den Arm und starrte den Schlafenden an.

Aus der Nähe kam er ihr weder jung noch verletzlich vor. Seine Lippen wiesen eine sündig-sinnliche Wölbung auf, und seine hohlen Wangen ließen ihn hungrig erscheinen, hungrig und exotisch zugleich.

Ihr Herz schlug so heftig, daß es fast schmerzte, als sie neben ihm in die Knie sank. Sie wünschte sich verzweifelt an ihren Schlafplatz zurück, aber sie durfte nicht so feige sein. Sie hatte einen Entschluß gefaßt, dem es jetzt zu folgen galt.

Tief Atem holend, streckte sie die Hand aus und berührte seine Wange.

Sie zuckte zurück, als seine Augen sich sofort öffneten. »Was gibt es?«

Sie zog ihre Decke höher um sich. »Ich muß mit dir reden.«

»Ich dachte, es wäre alles gesagt.«

Sie wich seinem Blick aus. »Nicht alles. Ich habe nachgedacht und... es läßt sich schwer in Worte fassen. Aber wenn du es möchtest...«

Er erstarrte. »Willst du damit sagen, was ich glaube, daß du sagen willst?«

»Woher soll ich wissen, was du glaubst, daß ich sagen möchte? Mich wundert, daß du mich überhaupt verstehen kannst, da meine Zunge so unbeholfen ist...« Nach einem zittrigen Atemzug setzte sie von neuem an. »Du scheinst auf diese körperliche Vereinigung großen Wert zu legen. Schließlich sind wir verheiratet. Ich glaube, es würde mir nichts ausmachen, wenn du...« Wieder hielt sie inne, um dann hastig fortzufahren: »Warum sagst du nichts? Ich sagte schon, daß es für mich nicht einfach ist.«

Er kniff die Augen zusammen. »Ich versuche dahinterzukommen, warum du dich plötzlich entschlossen hast, mich auf diese Weise zu beglücken. Schuldbewußtsein?«

»Ja«, sagte sie unumwunden. »Ich schulde dir sehr viel.

Trotz allem, was du sagst, glaube ich, daß ich es dir nie so vergelten kann, wie du möchtest.« Sie ballte nervös die Hände zu Fäusten. »Und wenn ich es dir nicht vergelte, werde ich mir vorkommen… nun, dann werde ich nie von dir frei sein. Es erscheint mir als die einzige… ich verstehe zwar nicht, wieso du diesen Vorgang für so wichtig hältst, aber ich enthalte ihn dir nicht vor.« Jetzt ist alles heraus, dachte sie erleichtert. »Wenn du es noch immer möchtest, werde ich es aushalten.«

Ihr Atem stockte, als sie sah, daß sein Ausdruck sich veränderte und Sinnlichkeit an die Stelle der Wachsamkeit trat.

»O ja, ich möchte es«, sagte er mit belegter Stimme. »Seit jener Nacht im Dorfgasthaus habe ich mir nichts anderes gewünscht. Zuweilen glaubte ich, vor Begehren den Verstand zu verlieren.« Er lächelte kühn. »Und es kümmert mich keinen Deut, wie ich es kriege. Ich nehme Dankbarkeit gern entgegen, solange ich das bekomme.«

Es würde also geschehen. Sie hatte schon vorhin geglaubt, ihr Herz schlüge schneller, nun aber hatte sie das Gefühl, es würde ihr die Brust sprengen. »Du wirst mir sagen müssen, wie es vor sich geht. Sebastian sagte zu mir, ich verfüge über die Instinkte Liliths, doch muß er sich geirrt haben, da ich sonst nicht so unsicher wäre.« Sie ließ die Decke zu Boden gleiten, und die Hitze des Feuers umfing ihren Körper. »Aber ich bin nicht so naiv, um nicht zu wissen, daß es so anfängt. Das stimmt doch?«

Seine Muskeln verspannten sich und wurden steif, als sein Blick auf die rosigen Spitzen ihrer Brüste fiel. »Nacktheit ist inmitten eines Schneesturms nicht unbedingt erforderlich.«

»Ich dachte, es ginge schneller vorbei, wenn ich die Entkleidung hinter mich brächte. Ich friere nicht.« Eine Untertreibung, dachte sie. Eine Spur sengender Hitze folgte seinem Blick, als dieser sich von ihren Brustspitzen ihren Körper hinunter zum weichen Haar bewegte, das ihre Weiblichkeit verbarg.

»Ich auch nicht«, sagte er heiser.

»Soll ich mich hinlegen und die Augen schließen?«

»Damit du das gräßliche Geschehen nicht mit ansehen mußt? Noch nicht.« Er streckte die Hand aus und berührte ihren Bauch. »Ich möchte deine Widerstandskraft erkunden.« Seine Finger glitten zu dem lockigen Schamhaar, das seine Aufmerksamkeit gefesselt hatte. »Ich möchte sehen, wie viel du auszuhalten vermagst.«

Ein Schauder durchlief sie, und ihre Muskeln spannten sich unter seiner Berührung an.

»Welch heftige Reaktion«, murmelte er, während er anfing, sie zu streicheln und zu liebkosen. »Ich bin sicher, daß ich dir keine Schmerzen zufüge.«

Nein, keine Schmerzen, aber etwas anderes. »Ich fühle mich wie damals, als ich mit sechs von einer alten Eiche herunterfiel. Es war...« Sie schloß die Augen, als seine Hand sie umfaßte. »Warum... warum tust du das?«

Seine Finger streichelten, tasteten, erkundeten sachte ihren Leib. »Gefällt es dir nicht?«

Sie zitterte vor Erregung. »Diese Liebkosungen erscheinen mir als Zeitverschwendung.«

»Ach ja, ich vergaß ganz, daß du es rasch hinter dich bringen möchtest. Du hast dich sogar ausgezogen, damit es schneller geht. Aber ich fürchte, daß du Geduld beweisen mußt. Es gibt da etwas, das ich machen möchte.« Seine Finger suchten. »Ich werde versuchen, mich zu beeilen.«

Mit einem leisen Aufschrei neigte sie sich zurück, als er fand, was er gesucht hatte. Schock. Hitze. Verlangen.

»Gefällt es dir?« Sie erlebte einen solchen Wonnetaumel, daß sie kaum wahrnahm, wie er sie ansah, als sein Daumen sich sanft drückend bewegte und dann langsam und sinnlich zu kreisen begann. »Ja, ich sehe, daß du es genießt. Wie sehr?«

Zu sehr. Sie biß sich auf die Unterlippe, um ein Aufstöhnen zu unterdrücken, als ein Gefühlssturm ihren Körper erfaßte. Ihr Fleisch war heiß, und ihre Brüste schienen mit jedem Moment praller zu werden.

»Aber ich habe dich unterbrochen.« Er zupfte an der zarten Wölbung, heißes Verlangen erfaßte ihre Weiblichkeit. »Du wolltest mir schildern, wie du mit sechs von einem Baum gefallen bist.«

»Tatsächlich? Sie konnte sich nicht entsinnen, was vor dem Moment lag, ehe seine Finger das rhythmische Kreisen begannen.

»Du bist von einem Baum gefallen«, half er ihr nach.

»Ich... ich bekam keine Luft mehr.«

»Und so fühlst du dich jetzt auch?«

»Ich glaube... ja.«

»Weißt du es nicht?«

»Ich kann nicht denken...«

»Gut.« Er zog seine Finger zurück. »Ein gutes Zeichen. Jetzt kannst du dich hinlegen und den Atem anhalten.« Er ging auf Abstand und machte sich daran, seinen linken Stiefel auszuziehen.

Sie sank auf der Decke zusammen. Wie gut, daß er sie angewiesen hatte, sich hinzulegen. Sie zitterte so stark, daß sie sich kaum auf den Beinen halten konnte. »Du ziehst dich aus?«

»Es scheint mir für dein erstes Mal angebracht.« Er zog den zweiten Stiefel aus. »Saubere Laken kann ich dir zwar nicht bieten, aber mit diesem vielen Leder werde ich dir nicht zusetzen.« Er entledigte sich seines Lederwamses. »Kate, öffne deine Beine. Ich möchte dich ansehen.«

»Ist das nötig?«

»Nein, aber es bereitet mir Wonne. Ist das nicht der Zweck von allem?«

Sie spürte, wie sie am ganzen Körper errötete, als sie seiner Aufforderung nachkam. Sie spürte seinen Blick dort, wo ihre Beine zusammentrafen, und es war, als streichle er sie, wie es seine Finger zuvor getan hatten. Sie fühlte sich völlig hilflos, völlig preisgegeben.

»Schön... Noch ein wenig weiter auseinander. So ist es recht.« Er löste die Schnürbänder seiner Beinkleider. »Weißt du, wie oft ich dich so vor mir liegen sah, voller Erwartung, in dich eindringen zu können?«

Seine dunklen Augen waren voller Leidenschaft und glänzten vor Verlangen. Das Begehren galt ihr, und dieses Wissen steigerte ihre sonderbare, schmelzende Hitze. Sie war sich der Weiblichkeit ihres Körpers deutlich bewußt, spürte das Anschwellen ihrer Brüste, die Weichheit ihrer Haut, die Verwundbarkeit ihrer Stellung.

Er war nun völlig nackt, sehnig und schön wie in der Kammer des Dorfwirtshauses und sogar noch erregter. Sie wandte ihren Blick rasch seinem Gesicht zu, doch das war noch schlimmer. Sie schloß die Augen, um nicht den Ausdruck nackter Begierde in seiner Miene zu sehen.

»Mach die Augen auf. Du sollst mich ansehen. Du sollst mich beobachten.« Seine Stimme klang kehlig. »Ich möchte, daß du in jedem Moment weißt, wer dir das antut. Wer in dir ist.« Sie öffnete die Augen und sah ihn unbekleidet zwischen ihren gespreizten Beinen.

»Wird es jetzt geschehen?« flüsterte sie.

»Ja.« Er rückte näher. »Aber noch nicht ganz.« Zwei Finger glitten in sie hinein.

Diese unbeschreibliche Attacke auf Körper und Sinne bewirkte, daß sie sich vor Wollust aufbäumte. Langsam bewegten sich seine Finger hinein und hinaus, immer schneller und mit einem ruckartigen Rhythmus. Sie biß sich auf die Lippen, um nicht bei jeder Bewegung aufzuschreien, mitgerissen von einem erotischen Sinnestaumel.

»Eng... o Gott, wie eng du bist«, stieß er hervor. »Ich kann... nicht länger warten.«

Behutsam drang er in sie ein, gegen ihre Enge ankämpfend. Beim Hindernis angekommen, hielt er schweratmend inne. »Wappne dich, Mädchen.«

Nun erst drang er vollends ein.

Sie schnappte nach Luft, als der Schmerz sie durchschoß. Er verharrte tief in ihr, in ihr pulsierend.

Neben dem dumpfen Schmerz spürte sie etwas anderes, etwas, das das Unbehagen milderte. Ausgefüllt sein... aber noch immer Begehren, ein Verlangen, das nach Erfüllung drängte.

Instinktiv machte sie sich noch enger.

Er rang nach Atem, ein Schauer überlief ihn. »Willst du mich töten?« fragte er und hob den Kopf, um sie anzusehen.

Doch es hatte ihm gefallen. Ihr war der Ausdruck unaussprechlicher Wonne nicht entgangen. »Es erschien mir... richtig. Es war doch richtig, oder?«

Er nickte. »Du hast mich nur überrascht.«

Für sie war es keine Überraschung. Nun, da er in ihr war, schien alles seinen eigenen Rhythmus zu besitzen, seine eigene primitive Unvermeidbarkeit. »Aber es gibt mehr.« Sie umfaßte seine Schultern. »Es muß mehr geben.«

»So, gibt es mehr?« Er bewegte sich mit kurzen und langen Stößen, die wie feurige Schläge kamen und auf ihr Herz zielten.

Zusammengehörigkeit, wilde Lust, Begehren, alles steigerte sich mit jedem triebhaften Stoß.

Er gibt mir nicht genug, dachte sie wie im Fieber. Sie mußte mehr von ihm bekommen. Sie fing an, seinen Stößen mit eigenen Bewegungen zu begegnen, so heftig, daß sie fast den Verstand verlor, als sie ihn fest umklammerte, um ihn in sich zu halten.

»Sachte«, murmelte er. »Es ist zu gut. Ich halte es nicht mehr aus.«

Er redete wirr daher. Es konnte bei diesem Vorgang kein Entspannen geben. Alles war Wahnsinn, Feuer und Wollust. Ein Verlangsamen oder Innehalten waren ihr gleich unerträglich.

Sie drängte nach oben, ihre Nägel gruben sich in seine Schultern. »Steh mir bei!«

Er erstarrte. »O Gott!« Nun bewegte er sich mit animalischer Wildheit und umklammerte ihr Gesäß, während er mit dem ganzen Schaft eindrang. »So?« Er preßte es mit heiserer Stimme hervor. »Möchtest du es so? Dann sollst du es haben.«

Das muß wie Geburt oder Tod sein, dachte sie benommen.

Wie auch immer, es mußte ewig so weitergehen. Nein, es mußte vollendet werden. So konnte es nicht weitergehen, mit ständig gesteigerter Lust, während die Befriedigung winkte, aber außer Reichweite blieb.

Roberts Gesicht über ihr war gerötet, die Lippen schwer von Sinnlichkeit, die Wangen eingefallen vor Anspannung. »Jetzt«, stieß er mit zusammengepreßten Zähnen hervor. Er hob sie an. »Jetzt gib es mir! Jetzt!«

Sein Körper verfiel in Zuckungen und zerbarst in heißer Lust.

Er stöhnte, sein Rücken bäumte sich auf, die Halsmuskeln traten hervor, als er den Kopf zurückwarf.

Dann brach er auf ihr zusammen, wie von Fieberkrämpfen geschüttelt.

Auch sie zitterte, wie ihr undeutlich bewußt war, als sie mit den Fingern über seinen Rücken strich. Rauheit auf der Weichheit seiner Haut. Narben, fiel ihr ein, er hatte Narben auf dem Rücken. Man hatte ihm weh getan. Besitzergreifender Zorn erfaßte sie, und ihre Arme umfingen ihn fester. Nie wieder. Nie wieder durfte man ihm weh tun.

»Kate.«

Tief und mit liebkosendem Unterton sprach er ihren Namen aus. Wie schön... nie hatte ihr Name ihr so schön in den Ohren geklungen.

»Ich bin zu schwer auf dir. Laß mich los, Mädchen.«

Er war nicht zu schwer, und sie wollte ihn nicht loslassen. Nie wieder wollte sie ihn loslassen.

Robert hob den Kopf und streifte mit den Lippen ihre Stirn. »Ich würde zu gern so liegenbleiben, aber es regt sich wieder bei mir, und ich glaube, fürs erste Mal hast du genug gehabt.« Er verzog das Gesicht. »Wahrscheinlich zu viel. Ich war nicht so sanft, wie ich es gern gewesen wäre.«

Es regte sich wirklich bei ihm, merkte sie fassungslos. Sein Verlangen regte sich von neuem. Es konnte weitergehen, die Lust hatte kein Ende...

»Nein!« sagte er, als er spürte, wie sie ihn umklammerte. Rasch entzog er sich ihr und rückte beiseite. »Nicht jetzt. Ruh dich aus. Unglaublich, daß ich das sage.« Mit einem Auflachen küßte er ihre Nase. »Aber du mußt zugeben, daß du diese gräßliche Prüfung gut ertragen hast.«

Ihr Atem kam stoßweise, und ihr war, als sähe sie alles durch einen Schleier. Nur das, was eben geschehen war, schien real. »Ist es... immer so?«

»Mehr oder weniger.« Seine Zunge strich über ihre Schulter, und ein heißer Schauer durchlief sie. »Aber das war ganz entschieden mehr. Du scheinst dafür wie geschaffen. Ich gestehe, daß ich auf eine so begeisterte Reaktion einer Jungfrau nicht gefaßt war.«

»Ich war nicht darauf gefaßt, dies zu geben.« Panik riß sie ins volle Bewußtsein zurück, als sie merkte, was eben geschehen war. Schamlos und unbeherrscht wie die Dirne war sie gewesen, als die Sebastian sie immer beschimpft hatte. Mit einem Ruck setzte sie sich auf und zog die Decke hoch um sich. »Es war eine... eine Überraschung. Sicher hätte ich nicht so hemmungslos reagiert, wenn ich gewußt hätte...«

»Wenn du was gewußt hättest?« Er lächelte verschmitzt. »Daß du mit jener Leidenschaft geboren wurdest, die man Aphrodite nachsagt?«

Hitze stieg ihr in die Wangen. »Du machst dich über mich lustig.«

»Tue ich das?«

Sie nickte. »Ich bin keine Gestalt aus einer Legende, und das weißt du. Außerdem würde ich mich nicht so töricht aufführen. Diese Göttinnen hatten nichts im Kopf außer Lust und Eitelkeit und verdienten ihre Heimsuchungen.«

Er lachte auf. »Na gut, dann bist du eben keine Göttin.« Er umfaßte ihre Brust. »Aber ich glaube, ich muß dich noch einmal auskosten, um das Ausmaß deiner irdischen Beschaffenheit auszuloten.«

Lieber Gott, es passiert wieder, merkte sie verzweifelt. Ihre

Brustspitze versteifte sich unter seiner Berührung. »Nein!« Sie entzog sich ihm. »Es war ein Fehler.«

Er zog eine Braue hoch. »Wie flüchtig Dankbarkeit doch ist...«

»Ich werde einen anderen Weg finden.«

»Dieser gefällt mir.«

»Mir nicht.« Er war noch immer zu nahe. Sie stand auf, ging um das Feuer herum und setzte sich.

»Dir hat es auch gefallen.« Seine Augen wurden zu schmalen Schlitzen. »Und es wird dir noch mehr gefallen, wenn du es erst richtig gelernt hast.«

»Das will ich nicht«, erwiderte sie aufgebracht. »Ich werde nicht die Hure sein, die Sebastian in mir sah.«

»Ach, da liegt das Problem.« Seine Lippen wurden zu einem schmalen Strich. »Verdammt, dieser elende Bastard schafft es sogar, Gift zu verspritzen, wenn er nicht zugegen ist. Du bist keine Hure, Kate.«

»Reine Frauen genießen nicht...«

»Und was ist mit deiner Freundin Carolyn? Hast du mir nicht gesagt, sie freue sich unbändig auf ihre Hochzeit?«

Verwirrt furchte sie die Stirn. Er hatte recht. Carolyn hatte sich nie Hemmungen auferlegt. »Für mich ist es anders.«

»Weil Sebastian so oft sagte, daß es sündig ist, verschwamm die Wahrheit und wurde unkenntlich. Das hast du selbst gesagt.«

Sie schüttelte hilflos den Kopf. »Du verstehst das nicht. Wenn er in diesem Punkt recht hat, könnte er auch in anderen Dingen recht haben. Ich darf nicht zulassen, daß es sich wiederholt.«

»Aber du wirst es zulassen.« Seine Miene verhärtete sich. »Du hast dich mir nicht hingeben müssen. Ich hätte mein Versprechen auch so gehalten. Es war deine freie Entscheidung.«

»Und ich habe meine Meinung geändert.«

»Zu spät.« Seine Augen glitzerten im Schein des Feuers. »Wenn du glaubst, ich lebe mit dir einfach so in dieser Höhle, obwohl ich weiß, was wir miteinander teilen könnten, und lasse zu, daß Sebastian es uns nimmt...« Er sprach nicht weiter und wiederholte: »Zu spät.«

»Du würdest mich gegen meinen Willen nehmen?« fragte sie bebend.

Er schüttelte den Kopf. »Aber wir haben schon darüber gesprochen, wie köstlich schwach dein Wille in diesem speziellen Punkt ist. Ich werde ihn belagern, bis er zerbricht.«

Angst erfaßte sie, und mit ihr kam dunkle, verbotene Hitze. Sie wußte, wie entschlossen er war, und jetzt wußte sie auch um die Wonne, die er ihr bereiten konnte. Ihr lustvoller Körper würde sich ihm nicht widersetzen, sondern sich ihm ergeben, anstatt zu kämpfen. Verzweifelt suchte sie nach einem Argument, das ihm einleuchtete. »Du hast gesagt, ein Kind würde eine Gefährdung für Craighdhu bedeuten, und du könntest verhindern... aber du hast wohl keine Vorkehrungen getroffen?«

Ein undeutbarer Ausdruck huschte über sein Gesicht. »Nein.«

Sie glaubte ihm. Sie war zwar nicht sicher, was für Vorkehrungen zu treffen waren, doch ihre Vereinigung war so wild gewesen, daß berechnetes Vorgehen irgendwelcher Art unmöglich schien. »Dann dürftest du es nicht wieder zulassen.«

»Du irrst dich, diesen Fehler habe ich bereits begangen. Du hast vielleicht jetzt schon empfangen. Es gibt keinen Grund, warum ich deinen Körper nicht genießen sollte, bis ich feststelle, ob es tatsächlich so ist.«

»Es gibt einen Grund«, sagte sie aufgebracht. »Ich sage nein.«

Er ließ überraschend ein Lächeln sehen. »Und das ist für den Moment Grund genug. Wahrscheinlich bist du wund, deshalb werde ich dich heute nicht mehr behelligen.« Er legte sich hin und deckte sich zu. »Morgen ist Zeit genug. Wenn es dunkel wird und wir das Feuer entzünden, zeige ich dir, wie man einen Mann besteigt. Du wirst es vergnüglicher finden als jeden Ritt, den du mit Caird unternommen.« Er hielt ihren Blick über dem

Feuer fest. »Bis dahin aber sollst du daran denken, was du empfunden hast, als ich in dich eindrang. Möchtest du diese Lust nicht wieder erleben?«

Sie wollte es, wie ihr verzweifelt bewußt wurde. Allein die Erinnerung an die Vereinigung genügte, um sie einen köstlichen Schmerz zwischen den Beinen spüren zu lassen.

Sein Blick wanderte zu der Rundung ihrer Brüste, die sich unter der Decke abzeichnete. »An meine Zeit in Spanien habe ich nur wenig gute Erinnerungen, doch lernte ich dort einiges, das dir Freude machen wird. Ich will es dir morgen zeigen.«

»Nein«, flüsterte sie.

»Lust ist zwischen Mann und Frau keine Sünde. Ich bin entzückt, daß Mary dir eine so wollüstige Natur vererbt hat. Es wird mir ein Vergnügen sein, sie während unseres Aufenthalts hier zu unserem gegenseitigen Vorteil weiterzuentwickeln.«

»Ich bin nicht wollüstig.«

»Du bist es, und zwar mit einer sauberen, schönen Lust, wie ich sie nie zuvor kennengelernt habe. Und wenn du ehrlich bist, mußt du zugeben, daß du ebenso aus Lust zu mir kamst wie aus Dankbarkeit.«

Ihre Augen weiteten sich. »Das stimmt nicht. Ich wußte nichts von diesen Dingen. Wie hätte ich wissen sollen, daß ich...« Sie sprach nicht weiter.

Er lächelte vielsagend, und sie merkte, daß er wußte, womit sie fast herausgeplatzt wäre. »Du konntest es nicht wissen, aber du warst neugierig, so war es doch? Du bist immer neugierig. Du willst wissen, wie etwas riecht und schmeckt und sich anfühlt. Auch Neugierde ist eine Form von Lust, Kate.« Er schloß die Augen. »Und jetzt schlaf! Du wirst morgen deine Kräfte brauchen.«

Vielleicht hatte er recht und sie hatte sich hinsichtlich ihrer Motive etwas vorgemacht. Sie hatte sich einmal leidenschaftlich gewünscht, die Mauer zu durchbrechen, die Robert umgab, und alles über ihn zu erfahren. Dieses Verlangen war wie Durst gewesen, und als es ihr versagt wurde, diesen Durst auf ihre Art zu stillen, hatte sie es unbewußt wohl auf die einzige Weise versucht, die ihr noch offenstand.

Sie ließ sich nieder, ohne den Blick von ihm zu wenden. Er war so selbstsicher, so siegesgewiß, ein Falke, der sich auf seine Beute stürzt. Aber sie war kein hilfloses Opfer. Sie konnte ihn bekämpfen und besiegen. Sie mußte nur ignorieren, was heute geschehen war, und...

Aber was geschehen war, konnte sie weder ignorieren noch vergessen. Weil es, Gott stehe ihr bei, noch nicht vorüber war. Er brauchte sie nur anzusehen, und ihr Körper entflammte und reifte ihm entgegen. Auch jetzt schmerzten ihre geschwollenen Brüste. Die Frau, die gestöhnt hatte, die sich bewegt und sich aufgebäumt hatte, war ihr fremd gewesen. Wie aber würde ihre Reaktion aussehen, wenn er sie von neuem berührte? Würde sie sich wieder in das schwer atmende, liebestolle Geschöpf verwandeln, das sie noch vor wenigen Augenblicken gewesen war? Es war eine Vorstellung, die ihr Angst und Übelkeit bereitete und sie zudem mit einem Gefühl erfüllte, das noch viel furchteinflößender war.

Mit einer dunklen, Gefahr verheißenden Vorahnung.

»Aufwachen, Kate.«

Sie machte die Augen auf. Robert stand lächelnd vor ihr, angekleidet und mit seinen Stiefeln beschäftigt. »Zieh dich an. Es wird Zeit, das Feuer auszumachen.«

Das Feuer war schon fast heruntergebrannt, und sie spürte unter ihrer Decke Kälte. Wenn das Feuer vollends erlosch, würde es in der Höhle eiskalt werden. Erinnerungen an die vergangene Nacht überfielen sie, und sie wurde sich ihrer Nacktheit deutlich bewußt. Sie spürte, wie Robert sie beobachtete. Eilig griff sie nach ihren Sachen und fing an, sich unter der Decke anzukleiden.

»Um Himmels willen, was treibst du da?« fragte Robert ungeduldig. »Das sieht ja aus, als wälze sich ein Schwein im Schlamm.«

»Ich ziehe mich an.«

»Schamhaftigkeit? Ist dir nicht bewußt, daß ich bereits gesehen habe, was du zu verbergen suchst?« Er lächelte spöttisch. »Oder beugst du dich Sebastians Befehlen und versuchst, meine bösen fleischlichen Gelüste nicht zu wecken?«

»Mir ist Schamhaftigkeit angeboren«, sagte sie gekränkt. »Und ich brauche weder Sebastians noch deine Belehrungen darüber.«

»Ich habe nicht die Absicht, dir diese Torheiten beizubringen. Mir bist du viel lieber, wie du letzte Nacht warst.«

»Ich mir nicht«, sagte sie spitz. »Und ich wünschte, du würdest nicht davon sprechen. Es ist mir peinlich.«

»Ich habe letzte Nacht selbst ein paar peinliche Stunden verbracht«, murmelte er. »Möchtest du hören, auf welche Weise?«

»Nein«, lehnte sie verzweifelt ab. Sie war sicher, ihr verdammtes Kleid verkehrt angezogen zu haben, und wie sollte sie unter der Decke in ihre Strümpfe hineinfinden? »Ich möchte, daß du still bist und mich hier weitermachen läßt.«

Um seine Lippen zuckte es. »Wenn du in diesem Tempo weitermachst, werden wir unser gesamtes Brennholz aufgebraucht haben, ehe du angezogen bist.«

Er hat recht, dachte sie ungehalten. Warum ließ sie sich auf diesen Unsinn ein, wenn es ihn doch nur belustigte und ihr selbst Ärger bereitete? Sie setzte sich auf und warf die Decke von sich. Sie hatte das Kleid nicht verkehrt an, doch das Mieder war falsch zugeknöpft. Rasch brachte sie es in Ordnung. »Was ich letzte Nacht sagte, war mein Ernst.«

»Das glaube ich. Und mein Ernst war es auch.«

»Dann mußt du deine Absicht ändern.« Sie fing an, ihre Wollstrümpfe anzuziehen. »Denn ich ändere meine nicht.«

»Du scheinst Schwierigkeiten mit diesen Strümpfen zu haben. Darf ich helfen?«

»Nein! Ich brauche keine...« Doch schon kniete er vor ihr, und seine Hände schoben ihre Hände weg. Ein Feuerstrahl durchzuckte sie, als seine Finger ihre nackte Wade berührten und er langsam das graue Wollzeug über ihr Bein zog.

»Du hast feine Glieder«, sagte er leise. »Gestern hast du mir keine Gelegenheit gegeben, sie genauer anzusehen.«

Plötzlich blitzte die Erinnerung vor ihr auf, wie sie offen und schutzlos vor ihm gelegen hatte. »Das stimmt nicht.« Die Worte klangen atemlos, und sie mußte ihre Stimme mit Gewalt zügeln. »Inzwischen mußt du jeden Zoll kennen.«

»Nicht jeden.« Er zog ihr den Strumpf übers Knie. »Ein Teil deines bezaubernden Körpers hat mich voll in Anspruch genommen. Lust läßt einen leicht einseitig werden.« Er griff nach dem Lederstrumpfband, das auf der Decke neben ihr lag. »Sicher verstehst du das jetzt.« Er befestigte das Strumpfband, nicht ohne die Innenseite ihres Schenkels zu liebkosen. »Es gibt nichts Sinnlicheres oder Aufreizenderes als den Anblick von bestrumpften Frauenbeinen mit Strumpfbändern... und dann diese köstliche Überraschung weichen Fleisches.«

Sie starrte hilflos seine gebräunte Hand an, die sich von ihrer hellen Haut abhob. Seine Berührung war liebevoll, die Leichtigkeit verführerisch. Sie mußte auf Abstand gehen.

Er berührte das Lederstrumpfband. »Gutes Leder, samtweich. Ich genieße das Gefühl von Leder.« Seine Wangen waren gerötet, der spöttische Ton war Heiserkeit gewichen. »Später einmal will ich dir zeigen, was für eine Wonne Leder sein kann.« Er griff nach dem anderen Strumpf. »Ich kann den meisten Stoffen etwas abgewinnen, aber rauhe Wolle kann ich nicht ausstehen. Auf Craighdhu werde ich Seidenstrümpfe für dich suchen.« Er zog den Strumpf über ihr Knie und befestigte das Strumpfband. »Auch Seide fühlt sich angenehm an.« Seine Finger wanderten aufwärts. »Aber es gibt Gewebe, die sich noch angenehmer anfassen.«

Unter seiner Berührung spannten sich ihre Muskeln an, und es kam zu einer Kettenreaktion bis zu der Stelle, die er gestern gestreichelt hatte. Warum konnte sie sich nicht rühren? Es war, als würde sie durch seine Berührung erstarren.

»Heute abend werde ich versuchen, mir mehr Zeit zu nehmen«, sagte er mit belegter Stimme. »Ich weiß, daß ich zu hastig vorging. Es gibt viele Arten der Wonne, und nicht alle sind so grob.«

Er war nicht grob mit ihr umgegangen. Er hatte Wildheit, aber keine Gewalt gezeigt. Wenn überhaupt, dann war sie es gewesen, die gewalttätig gewesen war, als sich ihre Nägel tief in seine Schultern gegraben hatten und sie hochschnellte. Sie war ein Tier gewesen, nicht besser als eine Hure. Der Gedanke brach den Zauber, der sich um sie wob, und sie entzog sich ihm. »Ich möchte diese Arten nicht kennenlernen.«

Auf seinen Fersen kauernd zog er ihren Rock herunter. »Es wird dir nichts anderes übrigbleiben.«

»Ich weiß jetzt genug über dich. Du wirst mich nicht zwingen.«

»Das wird nicht nötig sein. Deine Natur ist nicht eben maßvoll.« Er hielt ihren Blick fest. »Wir beide wissen, daß ich dich soeben hätte nehmen können, wenn ich es gewollt hätte.«

Sie wollte es abstreiten, doch ihr fiel jener Augenblick sinnloser Faszination ein, als er sie in seinem Bann gehalten hatte. Sie tat besser daran, seine Schwächen herauszufinden, als ihre eigenen zu leugnen. »Warum hast du es dann nicht getan?«

»Ich kann warten.« Er stand auf und legte sich den Mantel um die Schultern. »Du bist ein wenig verwirrt, aber im allgemeinen recht vernünftig. Du wirst zu der Einsicht gelangen, daß es die Wahrheit ist.«

»Daß es richtig ist, eine Hure zu sein?« fragte sie verächtlich.

»Nein, daß es richtig ist, eine Frau zu sein«, sagte er. »Ganz Frau mit dem Recht, Wollust zu geben und zu empfangen. Du könntest nie eine Hure sein, egal, was Sebastian dir einredete. Du bist zu stark. Eine Hure wird benutzt, und du wirst nie zulassen, daß man dich benutzt. Viel eher würdest du mich benutzen als ich dich.« Er streckte die Hand nach ihr aus und zog sie auf die Beine. »Und es wird mir ein Vergnügen sein, mich auf jede Weise benutzen zu lassen, die dir genehm ist.«

Sie starrte ihn erschrocken an. Robert entwarf ein völlig anderes Bild von ihrer Rolle in dem leidenschaftlichen Spiel von letzter Nacht.

»Macht«, sagte er leise. »Ist das nicht ein verführerischer Gedanke? Dein Leben lang hattest du keine Macht. Du wurdest von den Umständen und von Sebastian zur Unterwerfung gezwungen. Ich biete dir nun eine Kampfstätte, auf der du größere Macht besitzt als jeder Mann.«

Sehr verführerisch, dachte sie, und er war teuflisch klug, sie mit dem Argument zu verlocken, das Verstand und Gefühle ebenso ansprach wie ihren Körper. »Ich habe nicht das Verlangen, die Lilith zu sein, die Sebastian in mir sah. Diesen Weg werde ich nicht beschreiten.«

»Ich sage, daß du die Kraft hast, alles zu sein, was du möchtest, aber glaubst du wirklich, ich würde zulassen, daß du mich verführst und gegen meinen Willen benutzt? Bei mir ist deine Seele sicher.« Er lächelte. »Ich möchte nur deinen Körper.«

Sie starrte ihn ungläubig an und lachte dann auf. »Welch ein Trost.«

»Für die meisten Frauen träfe das nicht zu, aber ich wußte, daß der Gedanke dich ansprechen würde.« Er trat einen Schritt vor, legte ihr den Mantel um und knöpfte ihn am Hals zu. »Du hast den ganzen Tag Zeit, um darüber nachzudenken.« Ein Blick auf ihre Hände ließ ihn die Stirn runzeln. »Ach, deine Handschuhe habe ich ganz vergessen.« Er zog seine Lederhandschuhe aus. »Nimm diese. Wenn ich das Feuer ausmache, wird es hier kalt.«

Sie schüttelte den Kopf. »Du bist gegen Kälte ebensowenig unempfindlich wie ich. Du hast gesagt, du hättest schon einmal Frostbeulen davongetragen.«

Er furchte die Stirn. »Tu, was ich...« Er hielt inne, als er ihre Miene sah. »Nun, wir wollen sie uns teilen. Die erste Stunde trägst du sie.« Er begegnete ihrem Blick. »Siehst du, wie du mir deinen Willen aufzwingen kannst? Ausreichend, aber nicht zu viel – alles ist im Gleichgewicht. Gib mir deine Hand.«

Sie hielt sie ihm entgegen, und er zog ihr den großen Handschuh über, dessen Außenseite hart und rauh war, der aber von innen ihre Hände weich umschloß. Sie spürte die Wärme seines Körpers, und die lederne Berührung war so intim wie die Hand auf ihrem Schenkel. Dann zog er ihr den anderen Handschuh an. »So. Es macht doch nichts, wenn wir sie uns teilen?« Er lächelte auf sie herunter. »Ich verspreche, daß ich es dir sehr leicht machen werde.«

Die Rede war nicht von den Handschuhen. Sie war nicht imstande, den Blick von seinem Gesicht zu wenden. »Du hast... mich nicht überzeugt«, flüsterte sie.

»Diese Absicht hatte ich auch nicht. Du bist eine zu intelligente Frau, als daß du dich von Sebastian wieder berauben ließest. Aber das sollst du selbst entdecken.« Er drehte sich um und löschte das Feuer. »Während wir versuchen, uns vor dem Erfrierungstod zu retten, bis es Zeit wird, wieder Feuer zu machen.«

Den ganzen Tag trieb er sie an, auf den Beinen zu bleiben, die Arme zu schwenken, die Pferde in Bewegung zu halten. Zehn Minuten stündlich, mehr Ruhe gönnte er ihr nicht. Nur ein einziges Mal verließ er die Höhle mit einem Eimer, um Schnee zu holen, den sie schmelzen und als Trinkwasser für sich und die Pferde verwenden wollten. Ansonsten hielt er sich an dieselben Regeln, die er ihr setzte. Er war wortkarg. Hätte er mit ihr gesprochen, wäre es leichter gewesen. Dann hätte sie nicht soviel Zeit gehabt, an seine Worte zu denken.

Das sollst du selbst entdecken.

Du hast die Macht.

In der Wollust der Vereinigung hatte sie keine Macht gespürt. Sie war ein wahnsinniges, wildes Geschöpf gewesen, auf der Suche nach der Befriedigung ihres Verlangens.

Robert hatte auch Befriedigung gesucht. Er hatte geführt, aber nicht versucht, sie zu unterjochen. Vor der überwältigenden Woge der Lust war er ebenso hilflos gewesen wie sie.

Du bist eine zu intelligente Frau, als daß du dich von Sebastian wieder berauben ließest.

Sebastian hatte immer versucht, ihr alle Freuden des Lebens zu nehmen. Er würde frohlocken bei dem Gedanken, sie wieder in den Käfig stecken zu können, dem sie entflohen war.

Nein, sie würde es nie zulassen. Bis zum letzten Atemzug würde sie kämpfen und…

»Die Ruhepause ist abgelaufen. Auf die Beine.« Robert stand vor ihr und streckte ihr die Hand entgegen. »Jetzt heißt es wieder, sich zu bewegen.«

Er zog sie hoch. Dann ließ er ihre Hand los, drehte sich um und ging zu den Pferden. Sie sah zu, wie er Cairds Leitseil erfaßte und ihn im Kreis in der Höhle herumführte.

Lieber Gott, wie schön er war. Sehnig und anmutig, durch und durch männlich, mit dem ihm innewohnenden Ungestüm, das sie seit dem Moment der ersten Begegnung fasziniert hatte. In dieses Ungestüm war sie gestern eingetaucht, war in ihm untergegangen.

Sie spürte eine Regung zwischen den Schenkeln. Lust. Sebastian hätte gesagt, sie sei völlig der fleischlichen Sünde anheimgefallen, aber Robert hatte gesagt, Lust könne rein und schön sein. Wem sollte sie glauben?

Nicht Sebastian. Niemals Sebastian!

»Warum stehst du nur da?« fragte Robert sie über die Schulter. »Du mußt dich bewegen. Es ist noch...« Er hielt inne, als er ihren Ausdruck bemerkte. »Ja?« fragte er leise.

Sie konnte nicht sprechen. Sie konnte ihn nur anstarren und nicken.

Er stand reglos da. Die Luft zwischen ihnen schien sich aufzuladen, würde drückend, schwül. »Sieh mich nicht so an – bis es dunkel wird, dauert es noch zwei Stunden.«

Plötzlich spürte sie keine Kälte mehr. Sie wollte ihn berühren. Es war doch nichts dabei, wenn sie zu ihm ging und seine Wange berührte?

»Nein«, sagte er barsch, als könne er ihre Gedanken lesen. »Meine Fassung hängt an einem seidenen Faden. Nimm Rachels Seil und verschaffe ihr Bewegung.«

»Gut. Es ist nur – was du sagtest, hat etwas für sich. Sebastian würde mich berauben, wenn ich mir diese Freude versage.« Sie nahm Rachels Leitseil und ging ihm nach. »Und ich habe dich sehr... annehmbar gefunden.«

»Ich weiß.«

»Du mußt auf diesem Gebiet viel Übung haben.«

»Dies zu beurteilen, fehlt dir die Erfahrung.«

»Das stimmt, aber du scheinst...« Sie spürte, wie ihre Muskeln sich verkrampften, als sie daran dachte, wie er bewirkt hatte, daß ihr Körper auf jede seiner Berührungen reagierte, »...alles zu wissen.«

»Ich hatte hervorragende Lehrer.«

»In Spanien, nicht wahr?«

»Ja.«

»Wo denn?«

»Im Castillo des Don Diego Santanella.«

»Mir erscheint es als ungewöhnliches Unterrichtsfach.«

»Er war ein ungewöhnlicher Mann.«

»In welcher Weise?«

»Nehmen deine Fragen denn nie ein Ende?« fragte er unwillig.

»Das alles ist neu für mich und macht mich unsicher. Wenn ich darüber spreche, nimmt es mir die Nervosität.« Nur mit Mühe beherrschte sie ihren Ton. »Es tut mir leid, wenn ich dich verärgert habe.«

»Ich bin nicht verärgert.«

»Ich glaube doch. Warum sonst bist du so kurz angebunden?«

Er fuhr herum und sah sie flammenden Blickes an. »Weil ich steinhart bin und mich nur mit Mühe beherrsche, damit ich dich nicht auf die Decke werfe und nehme.«

Diese groben Worte hätten sie schockieren müssen. Sie taten es aber nicht. Ein Schauer der Erregung überlief sie. »Ich glaube, das wäre gar nicht unklug«, antwortete sie atemlos. »Das Warten macht mich nur noch nervöser und würde...«

»O Gott!« Mit zwei Schritten war er bei ihr und packte Kates Schultern. Im nächsten Moment lag sie auf der Decke.

Er bebte, an seinem Hals pulsierte es sichtbar. Er drückte sein Gesicht in ihr Haar. »Sag nein.«

»Warum sollte ich, wenn ich doch eben sagte...« Seine Lippen erstickten ihre Worte, seine Zunge drang in ihren Mund ein und spielte mit der ihren. Sie hatte nicht gewußt, daß es diese Küsse gab. Letzte Nacht hatte er ihre Lippen kaum berührt. Sie fand dieses Vorgehen dunkel intim und fast ebenso erregend wie die eigentliche Vereinigung. Aber er ließ ihr nicht die Möglichkeit, es zu genießen. Er drückte sie nieder, schon mit den Knöpfen ihres Mieders beschäftigt. »Nicht bewegen... ich muß...«

Seine Lippen berührten kalt ihre Brust, doch seine Zunge war feucht und warm, als er heftig und wild zu saugen begann. Sich ihm entgegenwölbend, faßte sie in sein Haar. »Robert!«

»Entschuldige«, stieß er hervor. »Das wollte ich nicht... niemals.« Seine Hände waren unter ihrem Rock, suchend, um sich dann an seiner eigenen Kleidung zu schaffen zu machen.

Dann war er in ihr, groß, warm, keulenhart, stoßend, zukkend. Sein warmer Atem lag als frostiger Hauch in der Luft, während seine Brust sich unter keuchenden Atemzügen hob und senkte.

Kälte. Hitze. Verlangen.

Sie klammerte sich verzweifelt an seine Schultern, während sie ihm entgegenkam, ihn nahm, mit ihm verschmolz.

In wenigen, wilden Minuten war es vorbei.

Allmählich nahm sie die Härte des Bodens unter sich wahr, und sie merkte, daß Robert schwer atmend neben ihr lag. Seine Hand bedeckte noch immer ihre nackte Brust.

»Habe ich dir weh getan?« fragte er leise.

»Nein.«

»Ein Wunder«, gab er verbittert von sich. »Ich... habe die Beherrschung verloren.«

Es waren Worte, die ihr eine merkwürdige bittersüße Freude bereiteten. Robert, der kaum je die Beherrschung verlor, hatte sich ihretwegen hinreißen lassen. Nein, nicht ihretwegen, sondern ihres Körpers wegen. Nun, das war immerhin ein Teil von ihr. Der mit dieser Einschränkung verbundene Schmerz war unvernünftig.

»O Gott, sieh dich an. Es ist eiskalt, und du bist halbnackt.«

»Ich... mir hat es gefallen.«

»Ich habe versprochen, ich würde es langsam machen.«

Sie hatte seine Selbstvorwürfe satt. »Du bist töricht. Es ging sehr gut. Und woher weißt du, daß mir an dieser... dieser Langsamkeit überhaupt gelegen ist?«

Er lachte auf. »Es wird dir gefallen. Später, wenn wir das Feuer anzünden und es hier drinnen wärmer wird, werde ich dir zeigen, wie wonnig Langsamkeit sein kann.« Er rollte sich herum und machte sich daran, ihr Mieder zuzuknöpfen. »Zum Teufel mit Sebastian.«

Sie lächelte. »Ja... zum Teufel mit ihm.«

Kate starrte sehnsüchtig ins Feuer. »Wenn du das alles von den Spaniern gelernt hast, dann müssen sie ja ein sehr dekadentes Volk sein.«

Er zog sie an sich. »Zuweilen.«

Wie gut wir zusammenpassen, dachte sie voller Behagen. Während der letzten Stunden war sie sich vor allem dieser wundersamen Zweisamkeit bewußt gewesen. Es war, als seien sie zwei Teile eines Ganzen, das getrennt worden war und sich jetzt zusammenfügte. »Aber da mir diese Dekadenz zusagt, meine ich, daß sie nicht so schlecht sein können, wie allgemein behauptet wird.«

»Soll das heißen, du erwägst, Philipp um Schutz zu bitten? Vergiß es.« Beiläufig fügte er hinzu: »Du darfst nicht alle Spanier nach mir beurteilen.«

»Aber du bist kein Spanier, sondern Schotte.«

»Ja, ich bin Schotte.« Er schwieg kurz. »Aber meine Mutter ist Spanierin.«

Sie stützte sich auf einen Ellbogen auf. »Wirklich?«

»Ja.« Seine Lippen verzogen sich. »Doña Marguerita Maria Santanella.«

»Werde ich ihr auf Santanella begegnen?«

»Nein.«

»Und warum nicht?«

»Schon wieder neugierig? Ich dachte, Sebastians Beispiel hätte dich gelehrt, persönliche Fragen zu vermeiden?«

»Das ist anders. Träume sind privat. Aber warum solltest du mir nicht etwas sagen, was auf Craighdhu vermutlich jedermann weiß? Du weißt ja auch alles über mich.«

»Nicht alles.« Er zeichnete mit dem Zeigefinger ihre Brustwarze nach. »Mit jeder Wendung entdecke ich neue und köstliche Facetten an dir. Wußtest du, daß nur eine unter tausend Frauen die Fähigkeit besitzt, einen Mann mit jener Kraft zu umfassen, die dir zu Gebote steht? Ich glaubte, den Verstand zu verlieren, als du mich umfingst und dich dann eng gemacht hast...«

»Still!« Hitze stieg in ihre Wangen, und sie schlug seine spielerische Hand beiseite. »Dekadenz ist ja schön und gut, aber in Worte fassen brauchst du sie nicht.« Dann erst ging ihr die volle Bedeutung seiner Worte auf. »Eine unter tausend? Hattest du wirklich schon tausend, oder machst du dich lustig über mich?«

»Glaubst du das?« Er begegnete offen ihrem Blick, und plötzlich zuckte es um seine Lippen. »Nun, eine leichte Übertreibung vielleicht.«

»Eine große Übertreibung. Du hättest ja sonst für nichts anderes Zeit gehabt.« Sie runzelte die Stirn. »Und ich glaube, du hast es nur gesagt, um mich abzulenken, weil du meine Frage nicht beantworten möchtest. Das ist nicht fair.«

Sein Lächeln erlosch. »Warum ist es so wichtig, daß ich antworte?«

»Ich würde mich... sicherer fühlen.« Es war nicht die ganze Wahrheit. Er hatte sie auf eine Weise in Besitz genommen, die sie ängstigte und zugleich bezauberte, aber sie wünschte sich sehnlichst, ihn kennenzulernen. Dieses Verlangen beherrschte sie, seit sie ihn kannte, und sie bezweifelte, daß er je offener zu ihr sein würde als in diesem Moment. »Warum werde ich deine Mutter nicht kennenlernen?«

»Meine Mutter residiert in einem Kloster in Santanella, wo sie für meine Seele betet.« Sein Lächeln war freudlos. »Obwohl sie überzeugt ist, daß ihre Gebete nichts nützen.«

»In einem Kloster?«

»Sie sah es als einzigen Zufluchtsort an, als es mir glückte, der Obhut ihres Bruders Don Diego zu entfliehen und nach

Craighdhu zurückzukehren. Sie hatte versagt. Es war ihr nicht gelungen, mich zu einem echten Spanier umzumodeln, sondern hatte es nur geschafft, meine beklagenswerte schottische Wildheit noch zu steigern.« Er verzog den Mund. »Was für ein Jammer.«

»Ich verstehe wohl nicht...«

»Willst du alles erfahren? Ich möchte wissen, warum, es liegt ja alles in der Vergangenheit.«

»Ich möchte es hören.«

Er zuckte die Schultern. »Als blutjunger Mensch reiste mein Vater nach Spanien, wo er auf einer Werft eine Karavelle für unseren Handel mit den Iren erwerben wollte. Don Diego Santanella, ein Edelmann, dem die Werft und praktisch alles entlang der Küste gehörte, lud ihn bis zum Stapellauf des Schiffes auf sein Castillo ein. Dort begegnete er meiner Mutter, die erst siebzehn und so ganz anders war als alle weiblichen Wesen, die er kannte. Es ist dir vielleicht aufgefallen, daß wir Schotten von bedauernswert irdischer Natur sind.«

»Das ist mir nicht entgangen.«

»Sie wirkte scheu und rein und sehr ergeben. Außerdem war sie wunderschön. Mein Vater geriet in Verzückung. Er mußte sie haben. Daß sie Spanierin und Katholikin war und ins Kloster wollte, kümmerte ihn nicht. Er ging zu Don Diego und bat um ihre Hand. Zu seiner Verwunderung wurde seine Werbung angenommen. Diego wollte ihr zwar keine Mitgift geben, war aber mit der Heirat einverstanden. Als Ehepaar segelten sie nach Craighdhu zurück.« Seine Miene war Ausdruck seines Abscheus. »Sie haßte Craighdhu, sie fand meinen Vater widerwärtig, und als ich zur Welt kam, stellte ich für sie ein zusätzliches Ärgernis dar. Nachts mied sie das Ehebett, und tagsüber lag sie auf den Knien und betete um Erlösung. Für ihr Kind hatte sie keine Zeit. Als ich neun war, starb mein Vater überraschend an einer Magenverstimmung. Seither läßt mir die Frage keine Ruhe, ob nicht ein, zwei Tropfen Gift in seinem Essen nachgeholfen haben.«

Sie riß erschrocken die Augen auf. »Glaubst du, sie hat ihn getötet?«

Er schüttelte den Kopf. »Aber ihre Dienerschaft war von Don Diego ausgesucht worden, und er erschien zwei Wochen nach dem Tod meines Vaters. Eines Abends war er da, und gleich am nächsten Tag befanden meine Mutter und ich uns in aller Herrgottsfrühe auf einem Schiff, das uns nach Spanien brachte.«

»Warum hätte er deinen Vater töten sollen?«

»Craighdhu und unsere Handelsrouten nach Irland sind sehr wertvoll. Kaum befand ich mich unter seinen Fittichen, gab Don Diego zu, daß er allein aus diesem Grund in die Ehe eingewilligt hatte. Er war sehr ehrgeizig, und die Handelswege sind ergiebig. Zu Lebzeiten meines Vaters waren sie für ihn außer Reichweite, aber wenn es ihm gelang, den Erben von Craighdhu zu formen und zu beherrschen, dann waren ihm auch die Handelswege sicher. Die nächsten vier Jahre verbrachte ich auf seinem Castillo in Santanella und wurde von den guten Priestern und von Don Diego selbst ›erzogen‹.«

»Erzogen in welchen Fächern?«

»Ich war Protestant, aber ich wurde angehalten, diesem Irrglauben abzuschwören.« Ironisch setzte er hinzu: »Ich erhielt täglich meine Lektion von den Priestern, in deren Hände Diego meine Erziehung gelegt hatte.«

Sie dachte an die Narben auf seinem Rücken. »Mit der Peitsche?« flüsterte sie.

»Natürlich, wie sonst? Protestant oder Katholik, es ist alles dasselbe. Alle glauben, sie hätten recht und müßten es um jeden Preis beweisen.« Seine Lippen wurden schmal. »Erst kommen sie einem mit frommen Worten, dann folgt zur Bekräftigung die Peitsche. Diese Wahrheit solltest du kennen. Sebastian hat doch auch bei dir die Peitsche angewendet.«

»Aber er hatte Angst vor der Lady, und ich trug keine Narben davon.«

»Doch, du hast Narben.« Er berührte ihre Stirn mit einer merkwürdig zärtlichen Liebkosung. »Aber keine unheilbaren

Schäden. Du bist stark. Mit der Zeit werden die Narben verblassen, und später wirst du gar nicht mehr wissen, wo sie dir zugefügt wurden.«

Doch er wußte genau, wo *er* seine Narben abbekommen hatte. Er hatte ständige Erinnerungen daran. Sie fragte sich, wie viele seiner Träume von den Nachmittagen im Castillo handelten. »Hat deine Mutter nicht versucht, all dem Einhalt zu gebieten?«

»O nein, sie war selbst von den Priestern erzogen und geformt worden. Sie zwang sich sogar, dabeizusein, während man versuchte, mir den Teufel auszutreiben. Sie flehte mich an nachzugeben, damit man nicht so mit mir umspringen müsse.«

»Sie hat zugesehen, während man dich schlug?«

»Die Priester brachten ihr die Peitsche, und sie sprach darüber ein Gebet und flehte Gott an, das Ding mit seiner heiligen Kraft zu stärken. Dann küßte sie die Peitsche und gab sie Pater Dominic zurück.«

Das Bild, das er so lebhaft vor ihren Augen erstehen ließ, erregte ihre Übelkeit. Sie hatte ihr Leben mit Sebastian als grauenvoll angesehen, doch war es keine systematische, täglich ausgeübte Schreckensherrschaft unter der Aufsicht des Menschen gewesen, der sein glühendster Verteidiger hätte sein sollen. Die Vorstellung war zu schmerzlich, als daß sie dabei hätte verweilen können. Sie wechselte das Thema. »Ich verstehe das nicht. Du sagtest, du hättest das alles ...«, eine Handbewegung verdeutlichte ihre intime Situation, »in Santanella gelernt. Aber das können dir nicht die Priester beigebracht haben.«

Er lächelte verbittert. »Don Diego war längst nicht so fromm wie meine Mutter. Er glaubte, daß man die Sünde sehr angenehm nützen könnte. An manchen Abenden ließ er Dirnen aus der Stadt kommen und rief mich dann in sein Gemach, um mir die Freuden vor Augen zu führen, die mich erwarteten, wenn ich den törichten Wunsch ablegte, in meine Heimat zurückzukehren.«

»Aber du warst doch noch ein Kind.«

»Ich blieb es nicht lange. Leider war ich sehr eigensinnig und der Sünde hingegeben und tat weder meiner Mutter noch Don Diego den Gefallen. So kam es, daß es vier Jahre so weiterging. Züchtigung am Nachmittag und eine köstlich verderbte Belohnung am Abend. Mit dreizehn glückte mir dann die Flucht und die Rückkehr nach Craighdhu.«

»Wie?«

»Sehr mühsam. Es ist eine Reise, an die ich nicht gern erinnert werde.«

Ein Junge, mutterseelenallein, mittellos, von einem Versteck zum anderen, auf dem Landweg und übers Meer. Unglaublich, daß er es geschafft hatte, Craighdhu unversehrt zu erreichen. »Aber als du übers Meer...«

»Genug der Fragen. Es ist vorbei und vergessen. Du hast einen bezaubernden Mund, für den es andere Verwendungszwecke als das Reden gibt.« Sein Zeigefinger zeichnete die volle Unterlippe nach. »Ein göttlicher Mund... Öffne ihn...«

Zum ersten Mal empfand sie einen Anflug von Unbehagen. Sie hatte geglaubt, die Lust so wie Robert zu genießen, aber war dieses Gefühl tiefer Bindung in diesen Situationen normal? Wenn ja, warum verflüchtigte es sich nicht, wenn die Vereinigung vorbei war? Sie fühlte sich ihm jetzt näher als auf dem Gipfel der Leidenschaft.

Er drückte auf ihre Unterlippe. »Öffne ihn... ich möchte hinein.«

Sie wollte es. Wie töricht, diese Wonne in Frage zu stellen, die tiefer war, als jede, die sie kannte. Ihre Arme umschlossen ihn, als sie die Lippen öffnete.

Dunkelheit lag vor dem verschlossenen Höhleneingang, aber Kate konnte kein Schneetreiben in der Schwärze ausmachen.

»Warum schläfst du nicht?« Robert knabberte an ihrem Ohrläppchen. »Wenn meine Kräfte nicht ausreichten, dich zu ermüden, sollte ich es vielleicht noch einmal versuchen.«

Er neckte sie. Nach diesem stundenlangen erotischen Spiel konnte ihm unmöglich wieder nach Vereinigung zumute sein. »Ich glaube, es hat aufgehört zu schneien.«

»Ja, schon vor einiger Zeit. Du warst ein wenig... beschäftigt, sonst hättest du es selbst bemerkt.«

»Ein gutes Zeichen, nicht?« fragte sie eifrig.

»Falls es nicht wieder anfängt.«

»Aber wenn das Unwetter weitergezogen ist, können wir aufbrechen.«

»Denk darüber nicht nach. Um diese Jahreszeit ist das Wetter tückisch. Es könnte unzählige Enttäuschungen geben, ehe wir es schaffen, hier herauszukommen.«

Es fiel ihr schwer, die Hoffnung zu unterdrücken. Noch nie hatte sie sich so stark und so lebendig gefühlt. Sie wollte nicht sterben. »Wie dumm, so etwas zu sagen. An etwas anderes kann ich gar nicht denken.«

»Du hast es vorhin geschafft.« Als sie etwas sagen wollte, fuhr er rasch fort: »Erzähl mir von dem herrlichen Haus, das du eines Tages besitzen möchtest.«

»Du willst es ja gar nicht wissen. Du möchtest mich nur ablenken.«

»Wenn ich es nicht wissen wollte, hätte ich nicht danach gefragt. Meinst du nicht, daß ich informiert sein sollte, da es immerhin mein Gold ist, das dafür aufgewendet wird?«

Es schien nur recht und billig, ihr aber wäre es lieber gewesen, wenn er sie auf andere Weise abgelenkt hätte. »Craighdhu. Ich möchte mehr über Craighdhu wissen.«

»Du wirst bald alles mit eigenen Augen sehen.«

Schaudernd warf sie einen Blick zum Höhleneingang, vor dem Dunkelheit lauerte. »Erzähle es mir trotzdem.«

»Die Insel ist nicht groß. Berge, Steilhänge, felsiges Gelände und Ödland, von dem ich dir erzählte.«

»Erzähl mir von der Burg.«

»Sie ist alt, uralt. Sie wurde von den Normannen erbaut, als sie kamen, um das Land zu erobern und dann zu besiedeln.«

»Wen galt es zu erobern?«

»Die Pikten, einen wilden Stamm, der die Sonne anbetete, und später die Schotten, die ersten Gealen, die aus Irland kamen. Sie alle haben uns zu dem gemacht, was wir sind.«

»Zu großen und wilden Highlandern«, sagte sie neckend. »Wie sieht die Burg aus?«

»Wie jede Burg. Türme, Steinmauern, ein Graben. Die Burg und meine Insel sind nicht außergewöhnlich.« Er zog die Schultern hoch. »Viele halten es für einen unwirtlichen Ort.«

»Unwirtlich aber nicht für dich.«

Er blickte ins Feuer. »Spanien ist warm und trocken, und in den Gärten von Santanella blüht weißer Jasmin. Dort gab es alles, was Dichter besingen. An dem Tag, als ich die Küste von Craighdhu erreichte, war ich barfüßig, meine Füße bluteten, und die Felsen fühlten sich kalt und rauh an. Die Nacht war hereingebrochen, Fackeln loderten hell vor grauen Mauern, Nebel verhüllte die Berge. Es war kalt, rauh und karg.«

»Und schön«, flüsterte sie, ohne den Blick von ihm zu wenden.

»Das habe ich nicht gesagt.«

Das brauchte er auch nicht zu sagen. Es lag in seinem Blick. Mochte Craighdhu für den Rest der Welt reizlos sein, für ihn war es schön. »Heimat.«

»Ja.« Er lächelte. »Heimat.« Er wich ihrem Blick aus. »Sicher wird die Heimat, die du dir erwählst, viel einladender sein.«

»Ich weiß nicht, wie sie aussehen wird. Wenn ich mir alles genauer auszumalen versuche, gelingt es mir nicht. Aber wenn ich es sehe, werde ich es erkennen.«

»Bist du sicher?«

Sie nickte. »Ich weiß immer, wenn etwas mir gehören wird, wenn es wirklich mein sein soll. Als ich Carolyn zum ersten Mal sah, wußte ich, daß sie meine Freundin sein würde, und mit Caird war es ähnlich.«

Er mußte lachen. »Wenn Caird als Beispiel dient, kann Schönheit nichts damit zu tun haben.«

»Nein, es ist, als fügten sich die Teile eines rätselhaften Puzzles zusammen. Ich muß nach ihnen suchen, aber wenn ich sie sehe, dann erkenne ich sie sofort.«

»Und was ist, wenn wir es nicht finden? Wirst du dich mit weniger als deinem Traum begnügen?«

»Nein, das wäre nicht…« Sie merkte plötzlich, daß er das Wörtchen »wir« benutzt hatte. »Aber keine Angst. Sobald das Jahr um ist, erinnere ich dich an dein Versprechen, mich mit den nötigen Mitteln zu versorgen. Nachher werde ich mich allein zurechtfinden.«

Er erstarrte. »Ich soll dich wohl allein die ganze Welt durchstreifen lassen«, sagte er sarkastisch. »Du könntest dich sogar einer Gruppe herumziehender Gaukler anschließen.«

Nach der vorangegangenen Zärtlichkeit stach seine Rauheit um so mehr. »Das wäre immerhin möglich«, gab sie zurück.

Seine Arme umfingen sie besitzergreifend. »Es wäre so wie deine Idiotie zu… ich kann es nicht dulden.«

»Das steht dir nicht zu. Ich werde frei von dir sein.« Ihre Worte lösten tief in ihrem Inneren Schmerz aus. Sie setzte sich auf und entzog sich seiner Berührung. »Sogar mein Anblick wird dir erspart bleiben. Dein Craighdhu wird sicher sein.«

»Komm wieder zu mir.«

»Ich möchte es nicht.« Sie drehte sich zu ihm um. »Und ich habe beschlossen, daß wir uns nicht mehr vereinigen werden, sobald wir diesen Berg hinter uns haben. Es ist zu beunruhigend.«

»Aber du magst diese Beunruhigung.«

»Mein Körper mag sie, aber es ist nicht klug.«

Er preßte die Lippen aufeinander. »Wieder dieser Sebastian? Ich dachte, wir hätten diesen Unsinn abgetan.«

»Nicht Sebastian«, sagte sie stockend. »Es geht um mich. Ich kann nicht sein wie du. Ich kann diese Wonnen nicht einfach so hinnehmen. Sie… sie berühren mich. Gefühle… regen sich bei mir.«

»Was für Gefühle?«

»Ich weiß nicht. Alles ist so verwirrend. Es ist, als...« Sie versuchte die verschwommene Furcht, die im Hintergrund ihres Bewußtseins lauerte, in Worte zu fassen. »Wenn wir uns vereinen, ist es, als würde eine Glocke immer lauter erklingen, und plötzlich hallt alles in meinen Ohren wider, und mein ganzes Ich gerät in Schwingungen. Ich weiß, daß ich Teil der Glokkenschläge bin, und mit jedem Schlag werde ich mehr dazu.« Sie fuhr sich mit den Fingern durchs Haar. »Es muß ein Ende haben.«

»Dem stimme ich nicht zu.«

»Aber was ist, wenn die Glocke verstummt?« flüsterte sie. »Du hast gesehen, wie entschlossen ich vorgehen kann, wenn ich etwas behalten möchte, das mir gehört. Was ist, wenn ich möchte, daß es weitergeht?« Sie schüttelte den Kopf. »Ich weiß, daß du nicht wie ich empfindest und daß dies alles für dich nur ein Spiel ist, aber siehst du nicht ein, daß ich...«

»Wir wollen später darüber sprechen«, unterbrach er sie und zog sie an sich.

»Dann ist es vielleicht zu spät.«

»Schlaf wieder«, sagte er rauh. »Ich habe das Gerede von Glocken und fahrenden Gauklern satt – das hat Zeit bis später.«

Kates Atemzüge wurden ruhiger und langsam tiefer. Er spürte genau, wann sie davontrieb und einschlief. Sein Körper und sein Verstand waren so harmonisch auf sie eingestimmt, daß er jede ihrer Reaktionen, jeden Gedanken vorauszuahnen schien.

Du empfindest nicht wie ich.

Er wollte gar nicht wissen, wie er empfand. Er wollte so weitermachen, wollte ihre köstliche Enge um sich spüren, wollte die Hand ausstrecken und sie berühren können. Was er mit ihr machte, bereitete ihr Genuß, deshalb gedachte er, nicht auf sie zu hören. Es gab keinen Grund, nicht so weiterzumachen, solange er wußte, daß sie kein Kind erwartete.

Ein Kind.

Die wilde, besitzergreifende Freude, die ihn erfaßte, erschreckte ihn in ihrer Heftigkeit. Sie bedeutet nichts, sagte er sich, sie ist nur ein primitiver Instinkt. Sein Verstand sagte ihm, daß ein Kind für Craighdhu eine Katastrophe sein würde, und er mußte auf seine Vernunft hören. Nachdem er sicher sein konnte, daß sie nicht empfangen hatte, durfte er sie nicht mehr anrühren, denn er wußte, daß er sich bei ihr nicht beherrschen konnte und sich nicht vor dem Samenerguß zurückziehen würde.

Aber darüber brauchte er sich jetzt keine Gedanken zu machen. Noch nicht. Seine Hand strich liebkosend über ihren Leib.

Ein Kind...

*

Ein Lichtband fiel über ihr Gesicht. Zu hell, dachte sie verschlafen, als sie die Augen aufschlug, viel zu...

Sonne! Herrliches, strahlendes Sonnenlicht strömte durch die kleine Öffnung der Schutzvorrichtung am Höhleneingang. Sie setzte sich auf und zog sofort die Decke hoch, als die Kälte ihren nackten Körper traf. »Robert, ist der...«

Robert war nicht da. Er mußte schon draußen sein.

Sie erhob sich und kleidete sich eilig an. Sie schlüpfte eben in die Ärmel ihres Mantels, als Robert die Decke vor dem Eingang beiseite schob und eintrat.

»Die Sonne... Wird sie...?« Sie sprach nicht weiter und hielt mit einem fragenden Blick den Atem an.

Ein langsames Lächeln erhellte sein Gesicht. Er nickte als Antwort auf die unausgesprochene Frage.

Die Erleichterung war so groß, daß Kate ein Schwächegefühl übermannte. »Gott sei Dank.«

»Deine Danksagung spare dir auf, bis wir den Steig hinter uns haben. Einfach wird es nicht sein.«

»Wann brechen wir auf?«

»Sofort. Die Schneeverwehungen sind tief, aber nicht unpassierbar, und es ist besser, wir reiten los, ehe die Sonne den Schnee schmilzt und wir mit dem darunterliegenden Eis kämpfen müssen.« Er ging zu Caird. »Mach das Feuer aus. Ich sattle indessen die Pferde.« Und schon legte er Caird den Sattel auf. »Du wirst Rachel reiten und mein Pferd führen. Ich folge zu Fuß mit Caird am kurzen Zügel.«

»Das könnte ich machen. Er...«

»...fällt in deine Verantwortung«, beendete er den Satz an ihrer Stelle. »Dein Verantwortungsgefühl kenne ich zur Genüge. Verschone mich um Himmels willen jetzt damit. Wir müssen den Abstieg schaffen, ehe es dunkel wird und der schmelzende Schnee gefriert. Glaube mir, du wirst mit den anderen zwei Pferden genug zu tun haben.«

Als sie kurz darauf aufbrachen, verstand sie, was er meinte.

Sie kamen nur ganz langsam weiter, da die Pferde sich nur mühsam durch die hohen Verwehungen kämpften. Für Robert war es schlimmer als für sie. In den ersten vier Stunden gaben Cairds Beine dreimal nach, und es bedurfte wahrhaft übermenschlicher Anstrengung, ihn wieder zum Weitergehen zu bewegen. Robert zog, fluchte und betete und schaffte es durch Aufbietung seiner ganzen Willenskraft, das Pferd auf den Beinen zu halten.

Beim dritten Mal zügelte sie ihr Pferd und wartete auf ihn. Verzweifelt drehte er sich zu ihr um. »Warum bleibst du stehen? Dasitzen und sich auf die Lippen beißen, hilft mir nicht. Reite weiter und sieh dich nicht nach mir um.«

»Das kann ich nicht. Alles mögliche könnte passieren.« Und dann platzte sie heraus: »Caird ist nicht sonderlich klug. Was ist, wenn er plötzlich scheut und dich vom Pfad stößt?«

»Er wird nicht scheuen. Er ist ja kaum imstande, sich durch den Schnee hindurchzuarbeiten.« Er sah ihre ängstliche Miene und lächelte mit erstaunlicher Sanftheit. »Und wir können tun, was wir wollen. Es ist nur eine Frage der Reihenfolge. Kate, wir werden es den Berg hinunter schaffen.«

Kraft und Entschlossenheit zeigten sich in jeder Linie und in jedem Muskel seines Körpers, als er Caird wieder auf die Beine brachte. Er war von Kopf bis Fuß mit Schnee bedeckt, sein dunkles Haar war wirr und seine Laune nicht die beste, aber das alles machte nichts aus. Es war großartig, wie er seine Schwingen über Caird und über sie breitete, und plötzlich spürte sie wieder das wundervoll goldene Gefühl der Sicherheit.

Sie liebte ihn.

Diese Erkenntnis kam urplötzlich und betäubte sie. Sie hätte es wissen müssen. Alle Anzeichen waren klar zu sehen.

Von jenem ersten Moment an hatte sie ihm näherkommen wollen, hatte seine Geheimnisse erfahren wollen, Teil von ihm sein wollen.

Aber sie konnte nie wirklich an seinem Leben teilhaben. Es konnte für sie kein Leben mit Robert geben. Er hatte es ihr klar zu verstehen gegeben. Der Schmerz, der sie bei diesem Gedanken durchflutete, war nahezu unerträglich. Es war nicht fair. Sie hatte noch nie jemanden gehabt, an dem ihr gelegen gewesen wäre. Sie verdiente es, jemanden zu lieben.

Aber wer hat gesagt, das Leben sei fair? dachte sie dumpf. Ihre Situation hatte sich nicht verändert, nur weil sie diese Erkenntnis traf, die sie bis ins Innerste erschütterte. Wenn sie ihn liebte, würde sie darüber hinwegkommen müssen. Sie war klüger gewesen, als sie ahnte, als sie ihm sagte, sie würde auf Distanz gehen. Sie hatte Sebastian überlebt, und sie würde auch das überleben.

Sie drehte sich im Sattel um und nahm den Kampf des Abstiegs wieder auf.

Fast wäre sie mit Gavin zusammengestoßen, als sie um eine Wegbiegung ritt.

Er sah ihr mit strahlendem Lächeln entgegen. »Kate! Ich hatte solche Angst.« Er verstummte, als sein Blick auf Roberts Pferd mit dem leeren Sattel fiel. »Wo ist Robert?«

»Hinter mir, gleich hinter der Biegung.« Robert hatte gesagt, daß Gavin vermutlich in Sicherheit sein würde, aber sie hatte bis zu diesem Moment nicht gemerkt, welch nagende Sorge um ihn sie geplagt hatte. Sie lächelte. »Bist du ohne Zwischenfälle ins Tal gekommen?«

»Ja, aber ich hatte das Unwetter nach einer Stunde hinter mir. Im Vorgebirge ist es staubtrocken.«

»Wenn wir je dorthin kommen«, murmelte Robert, als er um die Wegbiegung kam. »Was nie der Fall sein wird, wenn ihr hier steht und schwatzt.«

»Ich schwatze nicht«, fuhr Gavin auf. Plötzlich funkelten seine Augen boshaft. »Ich muß mir diesen Anblick gut einprägen. Wirklich erheiternd, du, mit Schnee bedeckt, als Kindermädchen für den Gaul. Auf Craighdhu wird das eine hübsche Geschichte abgeben.«

»Dank deiner Übertreibungen.« Er sah Gavin fragend an. »Bist du unversehrt?«

Kate spürte deutlich, wieviel Zuneigung aus diesen Worten sprach.

»Ja«, sagte Gavin leise und fuhr lächelnd fort: »Ohne die Last, dich beschützen zu müssen, bin ich förmlich den Berg hinuntergeflogen.«

»Dann mach kehrt und fliege jetzt wieder hinunter«, sagte Robert, als er sich umdrehte und an Cairds Leitseil zerrte. »Und nimm Kate mit. Schlagt im Vorgebirge unverzüglich ein Lager auf. Ich erwarte ein wärmendes Feuer und warmes Essen, wenn ich diese Jammergestalt von Pferd aus den Schneemassen herausgeschafft habe.«

»Du wirst es bekommen.« Gavin nahm Kate das Leitseil von Roberts Pferd ab. »Komm, Kate. Ich weiß, es ist sehr erheiternd, den Mann so mühselig dahertappen zu sehen, aber wir wollen Mitleid mit seiner demütigenden Lage haben und ihn allein leiden lassen.«

»Danke«, sagte Robert. »Deine Güte ist überwältigend.«

Sie wollte ihn nicht verlassen. Auch wenn Gavin und Robert die Gefahr für überwunden hielten, war sie für sie noch immer gegenwärtig.

»Geh«, sagte Robert mit einem drängenden Blick. »Du

kannst mir nicht helfen, und ich werde schneller vorankommen, wenn ich mich nicht auch noch um dich sorgen muß.«

Sie wollte, daß er rasch vorankäme, wollte, daß er endlich diesen höllischen Berg hinter sich brachte. Sie riß den Blick von ihm los und trieb Rachel an, bemüht, sich ihre Angst um ihn nicht anmerken zu lassen. »Gut, aber sieh zu, daß du nicht trödelst. Solltest du vor Einbruch der Dunkelheit nicht zur Stelle sein, werden wir ohne dich essen.«

Sie hörte sein erstauntes Auflachen hinter sich. »Caird und ich werden alles daransetzen, nicht zu ›trödeln‹.«

Die Dunkelheit hatte sich schon vor über zwei Stunden über das Vorgebirge gesenkt, und Kate war krank vor Sorge, als sie und Gavin endlich Robert erspähten, der taumelnden Schrittes auf das Lagerfeuer zukam. Sie konnte nicht unterscheiden, wer mehr taumelte, Caird oder Robert.

Sie sprang auf und lief auf ihn zu. Daß Gavin nach Cairds Leitseil griff, merkte sie nur am Rande, da sie Robert sofort ans Feuer zog. »Du kommst spät.« Ihre Stimme bebte so heftig, daß sie um Fassung kämpfen mußte. »Dein Essen ist kalt geworden, aber ich könnte mich überreden lassen, es für dich zu wärmen.«

»Laß es. Bin zu müde, um zu essen...« Er sank am Feuer nieder und streckte die Hände aus. »Wie angenehm.« Als er die Augen schloß, war seine Miene Ausdruck seligen Genießens. »Nie hätte ich gedacht, daß ich mich je wieder aufwärmen könnte.«

Sofort erwachte in Kate die Sorge um ihn. »Du hast doch keine Erfrierungen davongetragen?«

Er schüttelte den Kopf. »Mir ist nur kalt. Komm her.«

Sie fiel neben ihm auf die Knie. Er legte sich auf die Decke und zog sie an sich. »Warm...«

Sie schmiegte sich an ihn und teilte die Wärme mit ihm, indem sie schützend die Arme um ihn legte. »Du solltest etwas essen.«

Doch er war schon eingeschlafen.

Er war naß und kalt und fühlte sich an wie eisiger Granit. Wenn sie sich auf ihre eigene Decke neben dem Feuer zurückzöge, würde er es vermutlich gar nicht merken.

Aber sie wollte sich nicht bewegen. Es war das erste Mal, daß er sie nicht aus Leidenschaft, sondern aus Not umfangen hatte. Ihre Umarmung wurde fester. Es konnte nicht schaden, seinem Bedürfnis zu entsprechen.

Schließlich war es zwischen ihnen so gut wie vorüber.

Sie erwachte in der Nacht und spürte, daß er erregt war, daß seine Härte sich ungeniert an sie drückte und er sich an den Knöpfen ihres Kleides zu schaffen machte. Wonne, dachte sie verschlafen, Wonne steht bevor... Instinktiv bewegte sie sich, um es ihm zu erleichtern, und hielt dann mitten in der Bewegung inne. »Nein«, flüsterte sie.

»Warum nicht?«

Weil Trost ungefährlich war. Wollust aber gefährlich. Sie schüttelte den Kopf, um den Schlaf zu vertreiben. Du lieber Himmel, ihr war jetzt nicht nach Vereinigung zumute. »Du bist müde...«

»Aber nicht tot.« Seine Hand umschloß ihre Brust. »Und allmählich glaube ich, ich müßte tot sein, um neben dir kein Verlangen zu spüren.«

Ihre Brust schwoll unter seiner Berührung an. Sie warf einen Blick auf den jenseits des Feuers schlummernden jungen Mann. »Gavin.«

»Er schläft«, murmelte Robert. Sein Mund schloß sich um ihre Brustspitze.

Sie verkrampfte sich, als er zu saugen begann und ein heißer Strahl zwischen ihren Schenkeln prickelte. »Er wird aufwachen.«

»Wir werden es nie wissen.« Seine Hand bewegte sich nach unten, faßte zwischen ihre Beine, rieb, preßte, erkundete. »Er wird sich schlafend stellen.«

»Ich würde es merken«, keuchte sie. Er schenkte ihren Protesten keine Beachtung, und im nächsten Moment würde es um sie geschehen sein. »Nein!« Sie rollte sich weg und setzte sich auf. Mit zittrigen Fingern knöpfte sie ihr Kleid zu. »Mehr nicht.«

»Warum nicht, zum Teufel?« Er sah sie durchdringend an. »Es geht nicht um Gavin.«

Sie schluckte. »Ich sagte schon, daß es nicht klug ist.«

Er stieß eine Verwünschung aus. »Ich *möchte* es. Von Glokken und ähnlichem Unsinn will ich nichts mehr hören.«

Lieber Gott, auch sie sehnte es herbei. »Ich werde es nicht mehr sagen. Es wird einfach nicht mehr passieren.« Eilig lief sie auf die andere Seite des Feuers, ehe sie ihre Absicht ändern konnte.

»Den Teufel wird es.« Er lag da und starrte sie finster an, erregt, wütend, mit Augen, die sie im Schein des Feuers anblitzten. »Also gut. Ich beuge mich deiner Ansicht, bis wir nach Craighdhu kommen. Es würde Gavin betrüben, wenn er dich kämpfen sieht.« Seidenweich setzte er hinzu: »Und dich würde es beschämen, wenn er sähe, wie leicht du dich überreden läßt. Aber nur bis wir Craighdhu erreichen, Kate.«

Wortlos schüttelte sie den Kopf.

»Du wirst mich haben«, preßte er hervor. »Bei Gott, das wirst du.«

Sie schloß die Augen, um seine Miene nicht sehen zu müssen. Es nützte wenig. Sie spürte fast körperlich seine Willenskraft wie das Streicheln einer seidenen Peitsche. Und sie nahm deutlich die schmerzende Leere zwischen ihren Schenkeln wahr. Wie sie sich wünschte, in seinen Armen zu liegen, ihr Kleid aufzuknöpfen und…

Gavin räusperte sich. »Ich glaube, der Anstand gebietet, euch zu sagen, daß ich wach bin.«

»Dann schlaf wieder ein«, gab Robert knapp von sich.

»Es fällt einem nicht leicht, wenn die Unterhaltung so interessant ist. Und zufällig irrst du dich. Ich fühlte mich nur verpflichtet, dich zu warnen, daß du einen Lauscher hast, für den Fall, daß Kate später Peinlichkeiten ausgesetzt ist.«

Kate hielt die Augen geschlossen, ohne ein Wort zu sagen. Ihre Gefühle waren zu sehr in Aufruhr geraten, als daß sie sich geschämt hätte, weil Gavin Zeuge ihrer Intimität geworden war.

Sie vernahm Roberts verärgerten Ausruf und dann Bewegung. Erleichtert registrierte sie, daß er ihr den Rücken zugekehrt hatte.

Ihre Zurückweisung war richtig, sagte sie sich verzweifelt, mochte ihr Körper sich auch dagegen auflehnen.

Jetzt war es wahrhaftig aus und vorbei.

»Hätte ich gestern den Mund halten und so tun sollen, als hätte ich nichts gehört?« fragte Gavin, dessen Blick an Robert hing, der ihnen die Küste entlang vorausritt. »Ich hielt es für das Beste. Zuweilen kann mein Humor ein wenig verdreht sein, aber ich würde dir nie mit Absicht Schmerz zufügen.«

»Das hast du auch nicht getan.«

Seine Lippen wurden schmal. »Aber Robert hat es getan.« Er schwieg einen Augenblick, ehe er verlegen fragte: »Hat er dich in der Höhle... gezwungen?«

»Nein.«

Erleichterung hellte seine Miene auf. »Eigentlich nahm ich das gar nicht an, war aber meiner Sache nicht sicher. So wie mit dir habe ich ihn noch nie erlebt.« Er machte eine Pause. »Erst dachte ich, es sei günstiger, wenn du ihm zu Willen bist, aber du tatest gut daran, ihn zurückzuweisen. Er wird dir nur weh tun.«

Er hat mir bereits weh getan, dachte sie beklommen. Allein seine Nähe tat ihr weh.

Gavin fuhr stockend fort: »Für ihn geht es immer nur um Craighdhu. Er ist fair und würde dich nie mit Absicht unglücklich machen, aber Craighdhu bedeutet ihm alles.«

»Meinst du, ich wüßte das nicht?«

»Vielleicht nicht alles. Hat er dir von der Zeit in Spanien erzählt?«

»Ja.«

»Aber sicher nicht viel. Von dieser Zeit seines Lebens spricht er ungern.«

»Er sagte mir, wie er zu den Narben auf seinem Rücken kam.« Ihre Lippen wurden schmal. »Vielleicht habe ich Glück, weil ich meine Mutter nicht kenne.«

»Mütter können staunenswerte und wundervolle Wesen sein. Meine war es.« Er rümpfte die Nase. »Doña Marguerita war staunenswert, aber nie wundervoll. Ich war erst vier, als sie Robert mit nach Spanien nahm, aber meine Erinnerungen an sie sind nicht angenehm.«

»Robert sagte, sie sei schön gewesen.«

»Sie war vollkommen, aber so hart und streng, daß sie mich ans Ödland erinnerte. Mit Wärme begegnete sie nur ihrem Gott. Robert war ihr so gar nicht ähnlich mit seiner Wildheit und seinem Übermut. Und er lachte gern – außer wenn er mit ihr zusammen war. Als er aus Spanien zurückkam, war er ganz verändert.«

»Er war älter.«

Gavin schüttelte den Kopf. »Man hat ihn dort verändert. Nicht so, wie man es sich dort wünschte, aber er war nicht mehr derselbe. Eine Zeitlang war er wie ein wildes Tier und begegnete uns allen mit Argwohn. Ständig beobachtete er den Horizont aus Angst, man hätte jemanden nach ihm ausgeschickt.« Er drehte sich zu ihr um. »Jetzt hat er seinen Argwohn überwunden, aber seine Wachsamkeit wird er nie ablegen. Er wird nie zulassen, daß jemand ihn von Craighdhu trennt oder Craighdhu von ihm.«

»Warum sagst du mir das alles?«

»Weil ich ihn liebhabe«, sagte er schlicht. »Und dich auch. Ich möchte, daß du verstehst, warum du ihm nie zu nahe kommen darfst. Ich möchte nicht, daß er dich verletzt.«

»Keine Angst. Was zwischen uns war, ist abgeschlossen.«

Er schüttelte den Kopf. »Gestern sah es aber nicht danach aus.«

»Es ist aus«, sagte sie entschieden. »Und dabei bleibt es. Ich kann nicht...«

»Bei allen Heiligen!« Auf seinen Ausruf hin sah sie ihn erstaunt an, aber er beachtete sie nicht mehr.

Als sie seinem Blick folgte, wurden ihre Augen groß vor Staunen.

Ein Reitertrupp hielt die Küste entlang auf sie zu. Es waren etwa zwölf Männer, die sich ihnen rasch näherten.

»Du kennst sie?«

»Mein lieber Vetter Alec«, sagte Robert, der zurückgeritten kam. »Gavin, aufgepaßt.« Dann wandte er sich an Kate und sagte hastig: »Falls es Schwierigkeiten irgendwelcher Art geben sollte, dann reite ohne zu zögern los. Halte nicht an, auch nicht wegen dieses verdammten Gauls. Reite auf jeden Fall weiter. Einen Tagesritt von hier triffst du auf Pachtbauern der MacDarrens. Sag ihnen, wer du bist, und sie werden dir Schutz gewähren.« Damit wandte er sein Pferd und sprengte auf die herangaloppierende Gruppe zu.

Alec. Sir Alec Malcolm von Kilgranne. Während sie und Gavin Robert langsamer folgten, versuchte sie sich in Erinnerung zu rufen, was sie über den Mann gehört hatte, der diese plötzliche, beklemmende Spannung erzeugt hatte. Es war um Habgier und Gefahr gegangen...

Der Mann, der sein Pferd vor Robert zügelte, war groß, muskulös, gutgebaut, etwa Anfang Vierzig. Sein Haar, einstmals vermutlich blond, war nun hellbraun und stellenweise grau. Aus der Entfernung konnte sie seine Augenfarbe nicht erkennen, ihr fielen nur seine wohlgeformten Brauen auf. Seine Züge waren nicht angenehm, aber markant, und seine Gesichtsfarbe gesund.

Er lächelte. »Guten Tag, Robert. Gerüchten zufolge solltest du den Engländern in die Hände gefallen sein.«

»Was dich sicher zutiefst bekümmert hat.« Robert erwiderte

das Lächeln ebenso höflich. »Bist du am Ende aufgebrochen, mich zu retten? Dein Häuflein ist zu klein, um es mit Ihrer Majestät aufzunehmen.«

Alec lachte auf. »Sehr komisch.« Ihn schien die Vorstellung zu amüsieren. »Ich glaube, dein Jock hatte diesbezüglich Pläne. Ich hielt ein solches Vorgehen für absurd, da wir nicht einmal wußten, ob deine Gefangennahme der Wahrheit entsprach. Du weißt, was für ein friedliebender Mensch ich bin.«

»Das weiß ich natürlich. Und ich weiß auch, wie gern du mich magst.«

»Sind wir nicht verwandt? Wie ich sehe, hatte ich recht, und die Geschichte von deiner Einkerkerung im Tower war reine Erfindung.«

»Du bist also den ganzen Weg geritten, um mich willkommen zu heißen und nicht um mich zu retten? Ich bin gerührt.«

»Ich wäre entzückt, dich willkommen zu heißen, aber leider handelt es sich um ein rein zufälliges Treffen. Ich bin unterwegs nach Edinburgh. James hat wegen einer Kleinigkeit nach mir verlangt.«

»Ich weiß, wie sehr er deine Meinung schätzt.«

Er verzog das Gesicht. »Mitunter zu sehr. Der Ritt über das Gebirge im Winter ist nicht in meinem Sinn.« Sein Blick wanderte zu Gavin und Kate. »Guten Tag, Gavin. Lange nicht gesehen.«

Gavin nickte. »Wie geht es Duncan?«

»Gut.«

Gavin zögerte, ehe er fragte: »Und Jean?«

»So hübsch wie immer. Letztes Jahr brachte ich sie nach Edinburgh, wo man sie sehr gut aufnahm. Ich habe ein Dutzend Anträge für sie bekommen.« Sein Blick blieb an Kate hängen. »Ach, hier haben wir noch eine hübsche Dame. Die deine, Gavin?«

»Meine«, sagte Robert. »Meine Frau Kate.«

Alec Malcolms Blick glitt sofort mit erneutem Interesse zu Kate. »Und du hast mich gar nicht vorgestellt? Wie ungehobelt, Robert. Du mußt mir alles von deiner Hochzeit berichten. Wo hast du diesen Schatz gefunden?«

»In England.«

»Also warst du doch in England. Siehst du jetzt, wie es zu diesen Gerüchten kommen konnte?« Lachend schnalzte er mit den Fingern. »Ehefesseln, Kerkerfesseln. Hört sich ähnlich an, aber die einen zeigen einen Beginn an, die anderen ein Ende.« Er ritt ein Stück vor und hielt vor Kate an. »Erlaubt, daß ich mich selbst vorstelle, da Robert seine Manieren vergessen zu haben scheint. Ich bin Sir Alec Malcolm.« Er nahm Kates Hand und führte sie an die Lippen. »Wir sind Nachbarn und werden gewiß gute Freunde werden.« Er begegnete ihrem Blick. »Sehr gute.«

Kate nahm undeutlich wahr, daß Gavin beschützend näher rückte, doch war sie zu sehr von Alec Malcolm in Anspruch genommen, als daß ihr Gavins Verhalten bewußt geworden wäre. Malcolms Augen waren von kaltem Blau, sein Auftreten bestimmt, aber nicht unangenehm. Er strahlte Vitalität, Macht und unbekümmerten Charme aus. »Ich habe Robert von Euch sprechen hören«, sagte sie beiläufig.

Er lachte. »Kann ich mir denken. Ich habe mich immer bemüht, interessant genug zu sein, um im Gespräch zu bleiben.«

Da er noch immer ihre Hand festhielt, entzog Kate sie ihm. »Seid versichert, daß ich es höchst interessant fand.«

»Aber über Euch weiß ich gar nichts. Nach meiner Rückkehr werde ich Craighdhu einen Besuch abstatten und hoffe, daß Ihr Euch mitteilsam zeigt. Ich bin überaus wissensdurstig.« Mit einem Blick über die Schulter sagte er: »Robert wird es Euch bestätigen.«

»Dein Durst gilt nicht nur dem Wissen, sondern auch manch anderen Dingen«, sagte Robert gleichmütig. »Und jetzt halten wir dich von einem ab. Ich weiß, mit welcher Ungeduld James deinem Besuch entgegensieht. Wir wünschen dir einen guten Tag.«

Alec nickte freundlich. »Du hast recht, ich darf nicht zögern, auch wenn die Gesellschaft berückend ist.« Er verbeugte sich vor Kate. »Ich kann gar nicht sagen, wie entzückt ich über Roberts Heirat bin. Ich freue mich, Euch künftig mehr zu sehen.«

»Ihr seid sehr liebenswürdig«, sagte sie gelassen.

Alec nickte Robert und Gavin zu, ehe er seine behandschuhte Hand hob und seinen Leuten ein Zeichen gab, woraufhin sie losritten.

Gavin gab seiner Erleichterung mit einem hörbaren Aufatmen Ausdruck.

»Er ist nicht so, wie ich erwartet habe.« Kates Blick folgte der Gruppe. »Er war recht freundlich.«

»Ja, er kann sehr freundlich sein«, sagte Robert. »Sein Lächeln ist dann am gewinnendsten, wenn er eine Kehle durchschneidet oder ein Kind schändet.«

Sie drehte sich zu ihm um. »So schlecht ist er?«

»Er hält sich selbst nicht für schlecht. Er hat einfach kein Gefühl für Gut oder Böse. Wenn er etwas tun möchte, dann tut er es. Dadurch wird es gut.«

»Und James schätzt ihn?«

Robert zog die Schultern hoch. »James ist selbst nicht frei von Lastern, und Alec leistet ihnen Vorschub. Er ist immerhin klug genug, dafür zu sorgen, daß seine größten Schandtaten bei Hof nicht bekannt werden. Soviel ich weiß, gilt er als sehr charmant.« Robert sah sie an. »Aber ich rate dir, von einer näheren Bekanntschaft mit seinem Vetter abzusehen.«

Sie schauderte. »Ich habe nicht die Absicht, ihn näher kennenzulernen. Wird er tatsächlich nach Craighdhu kommen?«

»Wenn es ihm paßt.« Er wendete sein Pferd. »Aber keine Angst. Du wirst dort sicher sein. Niemand vermag die Verteidigungsanlagen von Craighdhu zu überwinden.« Er bedachte sie mit einem Blick über die Schulter. »Du wirst Alec vielleicht nie wieder zu Gesicht bekommen. Ich beabsichtige, dich im Schlafgemach so zu beschäftigen, daß dir keine Zeit bleiben wird, Gäste in der Halle zu empfangen.«

Jähzorn flammte in ihr auf. Was für eine überflüssige vertrauliche Bemerkung, und noch dazu in Gegenwart von Gavin. Als sie jedoch zu dem jungen Mann hinschaute, sah sie, daß er Alec Malcolm mit gefurchter Stirn nachstarrte.

»Nein«, sagte Robert mit fester Stimme zu Gavin. »Spar dir jeden Gedanken daran, Gavin.«

Kate merkte nun, daß Roberts Bemerkung ganz beiläufig ausgesprochen worden war und seine Ungeduld und Aufmerksamkeit in diesem Moment ausschließlich Gavin galten.

Gavin sah ihn nicht an. »Ich kenne deine Absichten zu diesem Thema.«

»Mir fällt auf, daß du nicht versprichst, sie dir zu eigen zu machen.«

»Ich... kann nicht«, sagte Gavin voller Unruhe.

»Du wirst mit durchgeschnittener Kehle enden«, sagte Robert mit einer Heftigkeit, wie sie sie an ihm noch nie erlebt hatte. »Und bei Gott, du verdienst es nicht anders.«

Gavin schüttelte den Kopf, während er Malcolm unverwandt nachstarrte, bis dieser außer Sicht war. Erst dann wendete er sein Pferd und gab ihm die Sporen.

»Was ist?« fragte Kate, die ihm nachblickte, als er ihnen voraus den Pfad entlanggaloppierte.

»Verdammter Kerl.«

»Sag mir, was ihn so aufbringt.«

»Frag ihn selbst. Wenn ich von seinem Wahn anfange, geht es nicht ohne gotteslästerliche Flüche ab.« Er spornte sein Pferd an und setzte Gavin nach. »Dieser verdammte Mondsüchtige.«

8. KAPITEL

Den ganzen Tag ergab sich keine Gelegenheit mehr, Gavin Fragen zu stellen. Anstatt sich an ihrer Seite zu halten wie sonst auch, wenn sie unterwegs waren, ritt er ihnen voran. Erst als sie abends lagerten, konnte sie mit ihm reden.

Während er Holz für ein Feuer zurechtlegte, kniete sie neben ihm nieder. »Darf ich dir helfen?«

»Beim Feuermachen? Oder beim Abwehren von Roberts Zorn?« fragte er nach einem Blick zu Robert, der die Pferde tränkte.

»Beides.« Sie machte sich daran, das Holz mit den Steinen, die er gesammelt hatte, zu umgeben. In den letzten Wochen war sie Gavin so nahegekommen wie niemand zuvor in ihrem Leben, Robert ausgenommen, und doch fiel es ihr schwer, auf so vertrauliche Weise in ihn zu dringen. Es war ein Anzeichen dafür, wie sehr sie sich verändert hatte, daß sie es überhaupt fertigbrachte. Den Blick auf ihre Arbeit richtend, sagte sie verlegen: »Außer Carolyn hatte ich nie eine Freundin, aber für dich, Gavin, empfinde ich echte Zuneigung. Das macht mich... ich kann dich nicht unglücklich sehen.«

»Ich bin nicht gern unglücklich. Es entspricht nicht meiner Natur. Es sollte niemandes Natur entsprechen«, sagte er wehmütig. »Wäre die Welt nicht wunderbar, wenn man zuließe, daß jeder sein Glück findet, ohne Einmischung anderer?«

»Es wäre eine schöne Welt«, gab sie ihm sanft recht.

»Aber so ist es nicht.« Er entzündete die Späne mit einem Feuerstein. »Deshalb gilt es, einen Weg zu finden, wie man den Hindernissen ausweicht.«

»Welchen Hindernissen?« Rasch setzte sie hinzu: »Falls du es mir sagen willst. Es ist nicht Neugierde, Gavin, ich möchte dir helfen.«

»Ich weiß.« Die Späne fingen Feuer, das er energisch weiter entfachte. »Es geht um Jean, Alecs Tochter. Ich werde sie heiraten.«

Sie versuchte sich Malcolms Bemerkung über seine Tochter ins Gedächtnis zu rufen. »Und Malcolm weiß es nicht?«

Er verzog das Gesicht. »Alec würde mich in seinem Verlies rädern lassen und mir jeden Knochen brechen, wenn er auch nur argwöhnte, daß ich Jeanie zur Frau nehmen werde. In den Plänen, die er für sie schmiedet, ist für einen besitzlosen Gefolgsmann, der in den Diensten seines Erzfeindes steht, kein Platz.«

Allmählich begriff sie Roberts Ungeduld und Besorgnis. Wenn Malcolm so skrupellos war, wie er behauptete, dann konnte diese Beziehung für Gavin tödlich enden. »Du warst fort und hast sie lange nicht gesehen«, sagte sie leise. »Vielleicht haben sich deine Gefühle geändert.«

»Es gibt Dinge, die sich nie ändern. Ich wußte es schon, als ich sie das erste Mal sah, damals, auf dem Treffen in Kilfirth. Ich war erst fünfzehn, und sie war vier Jahre jünger, aber das machte nichts aus. Wir gehörten zusammen.« Er legte Holz nach. »Wir gehören noch immer zusammen.«

»Was gedenkst du zu tun?«

»Sie Malcolm wegnehmen. Sie heiraten. Sie lieben.« Er lächelte. »So einfach ist das.«

»Wenn es dich nicht das Leben kostet.«

»Ja, diese Gefahr besteht immer. Einer der Gründe, weshalb ich mit Robert zur See fuhr. Ich bin kein großer Krieger... aber ich dachte mir, es gäbe Dinge, die ich lernen mußte, um meine Jeanie zu schützen.« Er schloß: »Und ich brauche meinen Beuteanteil, wenn ich Craighdhu verlassen muß.«

Sie sah ihn verwirrt an, da sie wußte, daß er Craighdhu fast ebenso liebte wie Robert. »Warum solltest du Craighdhu verlassen?«

»Jeanie zuliebe. Ich kann nicht erwarten, daß Robert ihr Zuflucht gewährt, wenn Alec sie sich zurückholen will. Es würde

Malcolm den Grund liefern, den er schon lange sucht, um sich Craighdhu anzueignen.«

Und Craighdhu kommt für Robert immer an erster Stelle, dachte sie bekümmert. »Hast du mit Robert gesprochen?«

Er nickte. »Er meint, ich sei verrückt, für eine Frau alles aufzugeben.« Er straffte seine Schultern, als schüttle er eine Bürde ab. »Aber vielleicht sind Narren glücklicher als Vernünftige. Was meinst du, Kate?«

Sie empfand seinetwegen Angst und Kummer und ein wenig Groll gegen diese Frau, die Gavin dazu brachte, soviel zu riskieren. »Ich glaube, du solltest dir diesen Entschluß reiflich überlegen.«

»Ich habe nicht die Absicht, schnurstracks zu Jeanie zu laufen, wenn Alec ihr den Rücken kehrt.« Sein Gesicht wurde von einem spitzbübischen Lächeln erhellt. »Ich warte mindestens so lange, bis er in Edinburgh ist und eine Botschaft ihn nur schwer erreicht.« Sein Lächeln erlosch, als er die Hand ausstreckte und sanft ihre Wange berührte. »Mach dir keine Sorgen. Alles wird gut.«

»Auch wenn du deine geliebte Heimat verlassen mußt?«

Er stand auf. »Es ist eine Entscheidung, die ich treffen mußte. Etwas anderes gibt es nicht.«

Craighdhu.

Die fünfzehn Meilen vor der Küste gelegene Insel ragte gespenstisch aus der graugrünen See. Treibende Nebel und Gewölk krönten die Berge. Die Burg an der Nordseite sah so wild und dunkel aus wie die Berge, als sei sie von Wind und See zurechtgehämmert worden und nicht von Menschenhand.

»Barmherziger Gott, nein!« entfuhr es der entsetzten Kate.

»Ich sagte ja, daß es nicht schön ist.« Roberts Ton wurde scharf, als er ihren Ausdruck sah. »Aber ich hätte nicht erwartet, daß es dir so mißfällt.«

»Nein, anziehend ist es nicht«, sagte sie tonlos.

»Nun, du mußt dich ja nur ein Jahr lang damit abfinden.« Er

saß ab und ging zu dem großen Floß, das am Pier festgemacht war. »Hilf ihr aus dem Sattel, Gavin.«

Sie merkte kaum, daß Gavin sie herunterhob.

Manche Dinge müssen sein, hatte Gavin gesagt, aber dieser grausame Scherz konnte nicht von Gottes Hand stammen. Sie hatte sich damit abgefunden, daß sie wegen der Fehleinschätzung ihrer Bedeutung für Robert ihn nicht behalten konnte, aber die Enttäuschung, die sie jetzt erlebte, war schier unerträglich.

Craighdhu. Ihre Heimat. Ihr Zuhause.

»Jock wird mit keinem von uns seine Freude haben«, sagte Gavin, als er die Stange ins Wasser tauchte. »Wie wär's, wenn wir nach Edinburgh zurückkehrten, Robert?«

Robert schüttelte grinsend den Kopf. »Besser, wir treten ihm jetzt gegenüber, als daß wir ihm Zeit zu längerem Nachdenken lassen.«

Jock. Kate fiel ein, daß Gavin Jock Candaron erwähnt hatte, der auf Craighdhu eine autoritäre Stellung innehatte, aber gewiß konnten seine Machtbefugnisse sich mit denen Roberts nicht messen. Die plötzliche Besorgnis des Herrn von Craighdhu und seines Gefolgsmannes war ihr rätselhaft.

»Warum sorgt ihr euch wegen einer möglichen Mißstimmung?«

Robert und Gavin wechselten bezeichnende Blicke und schnitten dazu Grimassen.

»Jock sorgt dafür, daß er Grund zur Besorgnis für seine gesamte Umgebung ist«, sagte Robert. Sein Blick wanderte zur Küste. »Ich kann ihn schon am Dock erkennen.«

»Wir können noch immer wenden«, schlug Gavin düster vor.

Kate sah drei Schiffe am Dock liegen, eine Galeone und zwei große Karavellen, doch die Gestalten am Dock waren aus dieser Entfernung nicht zu unterscheiden. »Woher wußte er, daß wir kommen?« fragte sie.

»Edinburgh kann um diese Jahreszeit sehr angenehm sein«, warf Gavin ein.

Roberts Antwort galt Kate: »Im Hafen hält immer jemand Wache. Sobald wir das Floß betraten, wurde es der Burg gemeldet.«

»Ich glaube, Angus verzehrt sich nach meiner Gesellschaft. Möchtest du nicht mit auf Beutezug gehen, Robert?« fragte Gavin verschmitzt.

Robert drehte sich um. »Ich schicke dich dorthin, wohin zu möchtest, wenn du mir versprichst, dich von Malcolm fernzuhalten.«

Gavin schüttelte den Kopf. »Du weißt, daß ich das nicht kann.« Er zwang sich zu einem Lächeln. »Und du hast recht, wir dürfen Jock nicht viel Zeit zum Nachdenken lassen.«

Jock Candaron erwartete sie am Dock, als das Floß die Insel erreichte.

Er war ein wahrer Hüne von Mann mit gewölbter Brust, muskelbepackten Armen und Beinen, stark wie Baumstämme. Obgleich um die Vierzig, waren feine Fältchen um die Augen die einzigen Anzeichen seines Alters. Sein zu einem Zopf zusammengefaßtes Haar, das ihm bis auf den Rücken fiel, leuchtete weiß-golden in der fahlen Wintersonne. Sein Mantel stand offen, als spüre er nichts von dem kalten Wind, der die Männer hinter ihm mit den Füßen stampfen und auf ihre Hände blasen ließ. Er erinnerte Kate an die wilden und starken Wikingerräuber in den Erzählungen ihres Lehrers.

»Höchste Zeit, daß du nach Hause kommst«, begrüßte er Robert. Dann bedeutete er den zwei hinter ihm stehenden Männern: »Nehmt die Pferde. Wir gehen zu Fuß durch die Stadt. Die Leute wollen ihn sehen.« Dann wandte er sich wieder Robert zu. »Verdammt, du hättest uns benachrichtigen können. Dein Schiff traf vor zwei Monaten ein. Du wolltest in Edinburgh bleiben, hieß es damals, und dann erfuhren wir durch MacGrath, daß dich die Engländer geschnappt haben.«

»Das stimmte.«

Jock machte ein finsteres Gesicht. »Du mußt alle Vorsicht fahrengelassen haben. Habe ich dich nicht besser belehrt?«

Robert schlug ihm lachend auf die Schulter. »Du siehst mich beschämt.«

»Es war mein Fehler«, warf Gavin ein. »Ich bekam einen Schwertstoß ab.«

Jock wandte sich zu ihm um. »Was Ernstes?«

Gavin schüttelte den Kopf.

»Du bist wieder völlig hergestellt?«

Gavin nickte.

»Gut.« Jocks gewaltige Faust schnellte unvermittelt vor und traf Gavins Bauch.

Gavin fiel nach Luft schnappend auf die Knie.

»Du hast deine Pflicht verletzt«, äußerte Jock gleichmütig. »Du hättest ihn schützen sollen.«

Gavin faßte an seinen Leib. »Verdammt, Jock, so fest hättest du nicht zuschlagen müssen.«

»Ein schwacher Schlag bleibt einem nicht im Gedächtnis.« Jock zog ihn auf die Beine. »Du hast ihn verdient.«

»Ich weiß«, keuchte Gavin. »Auch wenn du mir vermutlich eine Rippe gebrochen hast.«

Jock lächelte unmerklich. »Wenn ich es getan hätte, dann wüßtest du es sicher. Ich war vorsichtig.«

»Genug damit, Jock«, sagte Robert. »Er hat mir gut gedient.«

»Das hörte ich von deiner Besatzung. Deshalb habe ich ihm nicht sämtliche Rippen gebrochen.« Er ließ ein Achselzucken folgen. »Es mußte sein. Jetzt ist es ausgestanden.«

»Gottlob«, stieß Gavin schwer atmend hervor. Gleich darauf ließ ein warmes Lächeln seine Miene leuchten. »Wie ist es dir ergangen, Jock?«

»Ich habe im Gegensatz zu dir meine Pflicht erfüllt.«

Kate sah die beiden verwirrt an. Zwischen Jock Candaron und Gavin mußte eine starke Bindung bestehen, trotzdem fand sie es erstaunlich, daß ihr Freund Jock die Züchtigung auch nicht annähernd übelnahm.

Robert drehte sich um und half Kate aufs Dock. »Das ist meine Frau Kate, Jock.«

Jocks Miene änderte sich nicht, und doch spürte sie, wie er fast unmerklich erstarrte. Er verbeugte sich förmlich. »Willkommen auf Craighdhu, Mylady«, sagte er, ohne den Blick von ihrem Gesicht abzuwenden. Seine Augen waren von nordischem Blau und kühl wie die See, die gegen das Dock schwappte. »Das nenne ich eine Überraschung, Robert. Wo hast du sie gefunden?«

»In England.«

Jock zog seine breiten Schultern hoch. »Eine Fremde. Aber ich nehme an, England ist besser als Spanien. Ich hätte es vorgezogen, wenn deine Wahl auf eines unserer Mädchen gefallen wäre, aber wann hast du je auf mich gehört?«

»Als du mir einen Hieb versetzt hast wie soeben Gavin.« Robert lachte. »Kate ist ein furchtloses, aufrichtiges Mädchen. Sie wird uns keinen Verdruß bereiten, und ich erwarte, daß du sie beschützt wie mich.« Er drückte einen leichten Kuß auf Kates Handfläche, ehe er sich umdrehte und mit Jock davonging. »Nimm sie mit, Gavin. Ich will mit Jock vorausgehen, damit er mir alle Neuigkeiten berichten kann.«

»Falls ich noch einen Schritt tun kann«, murmelte Gavin, nahm Kates Arm und folgte mit ihr Jock und Robert.

»Was ich zu berichten habe, ist nicht gut«, sagte Jock.

»Das habe ich nicht erwartet«, beruhigte Robert ihn. »Alec war viel zu selbstgefällig, als wir ihm vor zwei Tagen begegneten und er nach Edinburgh ritt.«

»Er hat allen Grund zur Selbstgefälligkeit«, sagte Jock. »Und mir kam es nicht ungelegen, als ich hörte, James hätte nach ihm geschickt. Wir brauchen einige Zeit, um die Brücken wieder instand zu setzen.«

»Während er Vorbereitungen trifft, andere zu zerstören.« Robert furchte die Stirn. »Ein Bote muß unverzüglich zu Bobby MacGrath nach Edinburgh. Ich möchte wissen, was Alec treibt und warum James ihn zu sich befohlen hat.«

Jock nickte. »Es kann nie schaden, wenn man den Teufel im Auge behält. Aber deine Sorge sollte sich auf die Lage hier und nicht auf Edinburgh konzentrieren. Dir wird nicht gefallen, was Alecs letzte...«

Jocks Worte wurden für Kate unverständlich, als er und Robert den Abstand zu ihnen vergrößerten. Sie wandte sich an Gavin. »Hat er dir weh getan?«

»Ja, schon, aber es hätte ärger sein können. Wäre Robert an meiner Stelle verwundet worden, hätte ich eine Woche lang nicht aus dem Bett gekonnt.«

Ein Schaudern überlief sie. »Wie brutal er ist.«

Gavin schüttelte den Kopf. »Er ist gerecht. Ich habe meine Pflicht verletzt, und das wird nicht geduldet.«

»Wer ist er? Auch ein Vetter?«

Er schüttelte den Kopf. »Er kam nach Craighdhu, als Robert und ich Kinder waren. Roberts Vater hat ihn aufgenommen, und er wurde einer von uns.«

»Ein Außenstehender also?«

»Er hat sich seinen Platz unter uns redlich verdient. Schon als junger Bursche hatte er das Zeug zu einem überragenden Krieger. Er wurde der Gefolgsmann von Roberts Vater. Als dieser starb und seine Mutter Robert nach Spanien brachte, ernannte der Clan Jock bis zu Roberts Rückkehr zum Oberhaupt.«

»Und er hat sich damit abgefunden, seine Macht aufzugeben, als Robert zurückkam?«

Er zuckte die Schultern. »Allem Anschein nach ja, aber wer weiß schon, was in Jock vorgeht? Er ist undurchschaubar.«

Sie glaubte es ihm. Hinter der gleichmütigen Fassade und den eisigen blauen Augen hatte sie keine erkennbare Gemütsbewegung entdecken können.

»Er gab jedenfalls sofort seine Position auf und fing an, Robert in allem Wissenswerten zu unterrichten.« Seine Grimasse sprach für sich. »Er war als Zuchtmeister nicht immer einfach, aber Robert hat viel gelernt.«

»Und du auch?«

»Ich hatte für das Waffenhandwerk kein Talent, aber er schaffte es immerhin, mir beizubringen, wie man sich verteidigt.«

»Lebt er noch immer auf der Burg?« fragte sie, den Blick auf die in der Ferne aufragende Festung richtend.

»Nein, er und ich, wir haben hier in der Stadt unser Quartier. Jock wohnt lieber hier unten, wenn Robert für längere Zeit nicht abwesend ist.«

Erleichterung erfaßte sie. Ein harmonisches Zusammenleben mit Jock Candaron war für sie nicht vorstellbar. »Wer ist dieser Bobby MacGrath in Edinburgh, von dem Robert sprach?«

»Als Robert und James vor drei Jahren aneinandergerieten, schickte Robert einen unserer Burschen nach Edinburgh. Er sollte sich dort niederlassen, damit wir einen Mann im feindlichen Lager haben und über das Tun und Lassen unseres Königs informiert sind.« Als sein Blick zu dem vor ihnen ausschreitenden Paar glitt, stieß er einen leisen Pfiff aus. »Offenbar hat Jock nicht übertrieben, als er andeutete, daß Malcolm wieder einmal etwas Unheilvolles ausbrütet.«

Nun sah auch sie zu Robert und bemerkte, daß er die Stirn runzelte, sichtlich ungehalten über etwas, das Jock zu ihm sagte. »Das Städtchen macht einen sehr friedlichen Eindruck. Welche Mißhelligkeiten könnte es geben?«

»Sehr viele sogar. Mit Malcolm gibt es immer Ärger. Es ist nur eine Frage, wo und in welchem Ausmaß.«

Sie wollte nicht an Malcolm denken, auch nicht an diesen brutalen Jock oder etwas anderes als an Craighdhu selbst. Sie wollte es sehen, riechen, anfassen. Begierig sog sie alles in sich auf, als hätte sie ihr Leben lang nach diesem Augenblick gelechzt.

Lagerhäuser, Kneipen und kleine Läden umgaben in einem ordentlichen Halbkreis den Hafen, aber nach der nächsten Wegbiegung wurde der Eindruck von Ordnung sofort zunichte.

Der Ort erstreckte sich über drei niedrige Hügel, auf deren Steilhängen strohgedeckte Lehmhütten und Läden waren. Trotz der wilden und ungezügelten Anordnung war sie von dem Anblick angetan. Die von Läden und Verkaufsständen gesäumte gepflasterte Straße, auf der sie entlanggingen, schien der Hauptverkehrsweg zu sein und zur Burg zu führen.

»Es ist sehr sauber.« Sie schnüffelte. Nichts von dem üblen Geruch, der die meisten Dörfer und Städte durchzog. Es war, als hätten die Seewinde Craighdhu durchgefegt und gereinigt. »Es riecht sogar angenehm.«

»Jock hat eine empfindliche Nase und haßt Unordnung. In der Zeit, als er Roberts Stellvertreter war, verbot er das Ausleeren der Nachttöpfe auf die Straßen. Zweimal wöchentlich holt ein Wagen den Unrat ab, und wer seinen Besitz nicht tadellos sauberhält, muß mit Bestrafung rechnen.«

Sie fragte sich, warum in Sheffield niemand darauf Wert legte. Der Himmel mochte wissen, warum, aber hier roch es viel besser als in dem Ort, in dem sie ihr bisheriges Leben verbracht hatte.

Auf der Straße drängten sich lachend und schwatzend Männer, Frauen und Kinder. Jock hatte gesagt, daß die Menschen Robert sehen wollten, aber sie wollten viel mehr, wie Kate bemerkte, als sie die Hände nach ihm ausstreckten und ihn begrüßten. Hier wurde nicht die Heimkehr eines Feudalherrn bejubelt, sondern die eines geliebten Familienoberhauptes.

Kate kam sich allein und wie eine Außenseiterin vor. »Sie lieben ihn.«

»Ja, soweit er es zuläßt.«

Sie drehte sich um und schaute ihn an.

»Er gibt ihnen alles, Nahrung, Wohlstand, Sicherheit...«

»Aber nicht sich selbst?«

Er nickte. »Zuweilen glaube ich, daß er einsam ist, daß er sich wünscht, anders zu sein, doch er kann es nicht. Sie haben ihn verändert.«

Sie würde *kein* Mitleid mit Robert haben. Er besaß alles, was sie sich wünschte, und wenn er so dumm war, sich damit nicht zufriedenzugeben, dann verdiente er seine Einsamkeit. Sie wechselte das Thema. »Warum tragen einige Männer diese kurzen Röcke?«

Gavin reagierte mit Entrüstung. »Das sind keine Röcke, sondern Kilts. Und kurz sind sie, weil wir Highlander schlechtes Wetter und unwirtliches Gelände nicht fürchten wie die Engländer.«

»Angus hat das nicht getragen.«

»Er ist ein Lowlander und wurde vom bequemen Leben verweichlicht.«

Sie hatte offenbar ein heikles Thema angeschnitten, und der Eifer, mit dem er sich rechtfertigte, erheiterte sie. »Und du und Robert auch nicht.« Sie lächelte anzüglich. »Seid auch ihr verweichlicht?«

»Robert sagte, es sei besser, in der Menge unterzugehen, wenn man sich auf feindlichem Territorium befindet.«

Sie musterte noch einmal die kurzen, grün, violett und dunkelblau karierten Kilts, die eine Vielzahl der Männer trug. »In dieser Aufmachung würdest du gewiß auffallen.« Als sie sah, daß sein Blick sich verfinsterte, deutete sie auf die malerische kleine Kirche, an der sie vorübergingen. »Robert erwähnte die Frömmigkeit seiner Mutter. War dies ihre Kirche?«

»Nein, sie hatte in der Burg ihre eigene Kapelle. Sie wollte mit unserer Religion und unseren Geistlichen nichts zu tun haben.«

»Wann werde ich den Pfarrer kennenlernen?«

Ihm entging ihr wachsamer Ton nicht, und er begriff sofort. »Nicht alle Geistlichen sind wie dein Vikar, Kate. Unser Pfarrer ist ein gütiger, sanfter Mann, der viel Gutes tut. Er ist ständig unterwegs, von einem Ort zum anderen, hier und auf dem Festland, spendet den Kranken Trost, nimmt Trauungen vor und tauft die Kinder des Clans.«

Sie hatten den Burggraben erreicht, als Kate auflachte. »War es hier, wo Robert dich ins Wasser warf, weil du Dudelsack spieltest?« fragte sie. Roberts und Gavins launiges Geplänkel war ihr noch deutlich in Erinnerung.

»Er war höchst unfair, denn so schlecht habe ich nicht gespielt. Nun ja, vielleicht doch, aber daran war das viele Ale schuld.«

Sie haben so viele Erinnerungen gemeinsam, Erlebnisse, die ihrer beider Leben zu einem gemeinsamen Teppich verwob. Sogar der wilde, brutale Jock Candaron besaß in Roberts Leben einen festen Platz.

Sie betraten den Burghof, der so sauber und ordentlich war wie die Stadt. Die feucht glänzenden Steinplatten sahen aus, als seien sie erst Minuten zuvor gescheuert worden.

»Wieder Jock Candaron?« fragte sie.

Gavin schüttelte den Kopf. »Das hier ist Deirdres Revier. Jock würde sich da nie einmischen.«

Sie konnte sich nicht vorstellen, daß Candaron sich nicht einmischte, wo es ihm beliebte. »Deirdre?«

»Roberts Haushälterin.« Er öffnete die hohe, messingverzierte Tür. »Deirdre O'Connell. Jock hat sie vor sechs Jahren aus Irland mitgebracht, nachdem er ihren Mann tötete.«

»Was?« Sie konnte es nicht fassen.

»Ja, es stimmt. Aber ihr hat es nichts ausgemacht.«

»Was für ein Glück«, sagte sie trocken. »Ich dachte, man dürfe nur Engländer oder Spanier töten.«

»Nun ja, Deirdres Mann war wohl eine Ausnahme.« Er schloß die Tür. »Deirdre!« rief er so laut, daß es von der hochgewölbten Decke der Eingangshalle widerhallte.

»Ich komme ja schon. Du brauchst nicht wie ein Stier zu brüllen.« Kate blickte in die Richtung, aus der die Stimme kam, und sah an der Biegung der Treppe eine hochgewachsene, kräftig gebaute Frau. »Ich habe genug zu tun, ohne daß ich losrenne, wenn du deine Stimme erhebst, Gavin Gordon.«

»Verzeih«, sagte Gavin zerknirscht, als er Kates Arm nahm und sie vorschob. »Ich wollte dich nur Roberts Braut vorstellen.«

»Um meine Manieren ist es nicht so schlecht bestellt, als daß ich nicht gekommen wäre, um sie zu begrüßen«, sagte Deirdre O'Connell, als sie die Treppen herunterschritt. Nicht mehr in ihren besten Jahren, strahlte sie dennoch eine geradezu überwältigende Vitalität aus. Ein paar graue Fäden durchzogen das schimmernde schwarze Haar, das sie zu einem Knoten zusammengefaßt trug, doch hatte sie straffe, glänzende Haut und blitzende braune Augen.

Am Fuße der Treppe angekommen, deutete sie vor Kate einen Knicks an. »Willkommen auf Craighdhu. Ihr kommt unerwartet, Mylady.«

»Für mich ist es ebenso unerwartet«, sagte Kate.

»Robert und Jock sind mit Tim MacDougal in der Bibliothek. Ich zeige Euch Euer Gemach.« Zu Gavin sagte sie im Befehlston: »Du kommst mit.«

»Ich hatte durchaus die Absicht.« Gavin folgte ihnen treppauf. »Um sich an dich zu gewöhnen, braucht es Zeit, und ich wollte nicht, daß Kate um Hilfe rufend durch die Stadt läuft.«

»Ich bin nicht so schlimm, wie du sie glauben machen willst«, sagte Deirdre, die ihnen einen langen Gang vorausging. »Für Dummköpfe habe ich zwar keine Verwendung, aber ich verschlinge nicht grundlos Kinder wie sie.«

»Aber sie könnte dir Grund liefern. Kate verfügt über Zähne und scheut sich nicht, sie einzusetzen.«

Deirdre drehte sich halb um und bedachte Kate mit einem abschätzenden Blick. »Das hätte ich nicht gedacht.« Sie öffnete eine Tür. »Das ist Euer Gemach. Nebenan wohnt Robert.«

Kate verharrte im Eingang. Daß dieser Raum ihr gehören sollte, war für sie unfaßbar. Es war das schönste Gemach, das sie je gesehen hatte, viel schöner noch als das Zimmer in Tabords Wirtshaus. Ein edler Teppich in Elfenbein, Rosenholz und Grün bedeckte den Boden. Samtvorhänge in einem passenden Grünton umschlossen das Himmelbett. Der große Kamin an der Südwand war aus schimmerndem grauen Kalkstein gehauen, der sich von den gedämpften Rosa-, Grün- und Brauntönen der alten Tapisserie, die darüber hing, wunderbar abhob. Der Wandteppich stellte Löwen und Einhörner und einen halbnackten Mann im MacDarren-Kilt dar, der einen Mann in voller Rüstung besiegt.

»Wenn jemand die Güte gehabt hätte, mich zu informieren, würdet ihr mich nicht so unvorbereitet antreffen.« Deirdre fegte durch den Raum, um die Fenster weit aufzureißen. »Zum Lüften war keine Zeit, aber heute weht eine feine Brise. In einer Stunde wird es hier drinnen gute, frische Luft geben.«

Gavin schauderte zusammen, als ein Windstoß hereinwehte. »Wenn Kate nicht vorher erfriert.«

»Was nicht passieren wird, wenn du mit dem Gejammer aufhörst und Feuer machst.« Deirdre wandte sich Kate zu. »Von hier aus ist die Aussicht herrlich.«

Kate ging langsam zu den in tiefe Mauernischen eingelassenen Fenstern, deren farbige Glasscheiben von einer Schönheit und Erlesenheit waren, wie sie sie nur von Kirchen her kannte. Auf dem einen Fenster war ein vor einem Einhorn kniender Krieger im Kilt dargestellt, auf dem anderen eine rotgekleidete Frau an einem Webstuhl. Die Sonne, die das violette Glas leuchten ließ, schien die Figuren mit Leben zu erfüllen.

»Nun?« fragte Deirdre.

Kate warf Deirdre zuliebe schnell einen Blick aus dem Fenster.

Weit unter sich sah sie einen Streifen Grün, der sich die Burg entlang erstreckte. Im Norden lag die felsige Küste, die man schon vom Festland aus gesehen hatte. Schwere Brecher donnerten gegen dunklen Fels, abweisend und gefährlich wie die Wogen selbst.

»Die Aussicht ist wunderschön«, flüsterte sie.

»Findet Ihr? Ich fragte mich schon, ob es Euch gefallen würde. Es ist kein Anblick nach jedermanns Geschmack.«

»Nicht jeder hat eine Vorliebe für das zahme Grün, das die Iren Heimat nennen«, bemerkte Gavin, der sich abmühte, im Kamin ein Feuer zu entfachen.

Deirdre schnaubte verächtlich. »Felsen sind einer wie der andere, und Craighdhu besteht nur aus Felsen.« Wieder blähte ein Windstoß die Bettdraperien. »Ja, hier drinnen ist es jetzt vielleicht ein bißchen kühl.« Sie nahm Kates Arm und führte sie zu einem mit Kissen belegten Stuhl am Kamin. »Setzt Euch und ruht Euch aus. Ich werde Euch eine Tasse heißen Cidre bringen.« Als sie Kate auf den Stuhl drückte, entlockte ihr deren brauner Wollmantel ein Stirnrunzeln. »Woher habt Ihr dieses Ding? Es ist so armselig und durchlässig, daß es kein Wunder ist, wenn Ihr friert.« Zeit zur Antwort ließ sie Kate nicht. »Gavin, bring die Bettdecke.«

»Bring und hole, bring und hole«, grollte Gavin, als er sich aufrichtete, den Raum durchquerte und vom Fußende des Bettes eine helle Wolldecke brachte. »Sonst noch was?«

»Ich werde es dir schon sagen, wenn ich was brauche.« Deirdre legte die Decke um Kates Schultern.

Die weiche Decke war von so feiner Webart, daß sie sofort Schutz gegen den scharfen Luftzug bot, der durch den Raum wehte. Kate strich liebkosend über das wolkenweiche Material. »Wundervoll. Etwas so Feines habe ich noch nie gesehen.«

Sogleich wurde Deirdres Miene sanft. Freudige Röte färbte ihre Wangen. »Nein?« Dann straffte sie sich, drehte sich um und ging zur Tür. »Natürlich nicht. Ich habe sie selbst gemacht.«

Sie war draußen, ehe Kate antworten konnte.

»Sie ist nicht so hart, wie es scheint«, sagte Gavin. »Nein, das stimmt nicht. Sie ist genauso hart, wie sie aussieht, aber sie ist dennoch eine gute Frau. Du kannst von Glück reden, daß du sie hast.«

»Wirklich?« erwiderte Kate matt.

Gavin nickte. »Sie hält das Gesinde in Trab, du wirst in der ganzen Burg kein Staubkörnchen finden, und das Essen ist köstlich.«

»Sie ist sehr«, sie zögerte, bemüht, das Gefühl explosiver Energie zu beschreiben, das von Deirdre ausging, »energisch.«

Gavin nickte bekümmert. »Sie verfügt über so viel Energie, daß sie unausgesetzt beschäftigt sein muß und ihre ganze Umgebung in Bewegung hält.«

»Auch Robert?«

»Mitunter.« Gavin grinste. »Im ersten Jahr hätte er Jock am liebsten die Kehle durchgeschnitten, weil dieser sie auf die Insel gebracht hatte, aber im Laufe der Zeit haben die beiden sich aneinander gewöhnt.«

»Hat sie Kinder?«

Gavin schüttelte den Kopf. »Sie kann ihre gesamte Energie und Aufmerksamkeit der Burg widmen.«

Kate war nicht sicher, ob ihr Deirdres ungeteilte Aufmerksamkeit zusagte. Sie hatte gehofft, sich Craighdhu auf ihre Art anzueignen, doch es sah aus, als sei Deirdre hier die treibende Kraft und ihre Art alles andere als gemächlich.

»Du wirst dich an sie gewöhnen«, beruhigte Gavin sie. »Sie ist ein bißchen schroff, aber sie meint es nicht respektlos. Hier in den Highlands sieht das Gesinde sich als Teil der Familie.«

Es war jedoch nicht Respektlosigkeit, was Kate mit Besorgnis erfüllte. Ihr Blick wanderte wieder zu den Fenstern. Deirdre hatte ihr keine Zeit gelassen, sie eingehend zu betrachten. »Ich habe noch nie bunte Glasfenster gesehen, auf denen andere Menschen als religiöse Figuren dargestellt sind.«

»Auf Fenstern wie diese stößt man überall in der Burg. Roberts Großvater hat sie nach seiner Hochzeit anbringen lassen. Seine Braut hatte sich darüber beklagt, wie bedrückend der alte Kasten sei, deshalb ließ er Künstler und Glasschneider aus Frankreich kommen, um die alten Fenster zu ersetzen. Die Burg wurde so erbaut, daß sie Belagerungen standzuhalten vermochte, und ihre Düsterkeit ließ sich nur schwer mildern, aber er war der Meinung, bunte Glasfenster würden dazu verhelfen.« Er verzog das Gesicht. »Roberts Mutter fand sie so heidnisch wie uns alle.«

»Dann muß sie dumm sein. Etwas so Schönes kann nicht sündig sein.«

»Das war immer auch meine Meinung. Als Junge betrachtete ich sie unentwegt, bis sie mich fast blendeten. Ich stellte mir vor, ein Krieger wie dieser zu sein, stark, mit einem Schwert bewaffnet...« Er schüttelte den Kopf. »Vielleicht einer der Gründe, weshalb ich Robert folgte, als er aufbrach, um die spanischen Schiffe zu kapern. Damals sah ich mich noch immer als dieser Krieger. Aber bald sollte ich entdecken, daß ich dazu nicht geschaffen war.«

»Das sollte für dich kein Grund zur Wehmut sein. So wie du bist, bist du großartig.«

Er nickte. »Ich glaube, ich könnte Barde werden, wenn Robert einmal meine Dienste entbehren kann.«

»Barde?«

»Ja. Die großen Grundherren halten sich meist einen Geschichtenerzähler, der aus Vergangenheit und Gegenwart des Clans berichtet.«

»Werden diese Geschichten denn nicht niedergeschrieben?«

Gavin zuckte zusammen. »Du hast keine Seele. Ein Vergleich zwischen einem großen Erzähler, der seine Geschichten immer wieder neu schafft, und dem Lesen trockenen Pergaments ist unmöglich.«

»Tut mir leid«, sagte sie mit gespieltem Ernst. »Mit Barden habe ich keinerlei Erfahrung.«

»Das liegt auf der Hand. Ich verzeihe dir deine Unwissenheit, da du hier fremd bist.« Er lächelte ihr zu. »Ja, noch mehr, ich werde sogar für deine Unterhaltung sorgen, da Robert eine ganze Weile mit Deirdre beschäftigt sein dürfte.«

»Du wirst mir eine Geschichte erzählen?«

»O nein, du sollst auf Craighdhu viel festlicher empfangen werden.« Er wandte sich zum Gehen. »Ich hole meinen Dudelsack.«

»Ich habe noch nie einen Dudelsack spielen gehört«, sagte sie vorsichtig. »Wird es mir gefallen?«

»O ja, es ist ein edles, angenehmes Instrument«, gab er strahlend zurück. »Es wird dir gefallen, glaube mir.«

»Aufhören.« Kate hielt sich verzweifelt die Ohren zu. »Das ist ja nicht auszuhalten.«

Gavin hörte sie nicht. Kein Wunder, da die quiekenden Töne, die er seinem mit verzückter Hingabe gespielten Instrument entlockte, ohrenbetäubend waren. Entschlossen trat sie auf ihn zu und entriß seinen Lippen das Mundstück. »Schluß jetzt, Gavin.«

Er schien gekränkt. »Aber du hast mir ja keine Chance gegeben, Kate.«

»Ich habe über eine Stunde lang zugehört. Mehr Chancen gewähre ich diesem Folterinstrument nicht.«

Er legte den Dudelsack auf den Stuhl neben sich. »Vermutlich ist eine Frau zu sanftmütig, um sich vom Dudelsack mitreißen zu lassen. Aber ich muß zugeben, daß du mich tief enttäuscht hast.«

Sie empfand eine Anwandlung von Reue. »Vielleicht hast du recht. Sicher spielst du ihn sehr gut.«

»Er spielt jämmerlich.« Robert stand in der Tür. »Wir lassen Gavin nie spielen, wenn wir in den Kampf ziehen. Die Truppen würden ihre Kräfte damit erschöpfen, ihn umzubringen anstatt den Gegner.«

»Du machst mich schlecht«, protestierte Gavin, wechselte aber dann das Thema. »Was hat Jock an Neuigkeiten zu melden?«

»Bei Einbruch der Dunkelheit stechen wir nach Irland in See.«

Gavin spitzte die Lippen zu einem leisen Pfiff. »Wir sind eben erst angekommen. So schlimm ist es also?«

»Noch schlimmer«, sagt er grimmig. »Vor neun Monaten tauchte Malcolm im Hafen unweit Kilgranne mit einem Frachtschiff auf. Das letzte halbe Jahr haben er und seine Leute damit zugebracht, die Küste entlang von einem Ort zum anderen zu segeln und Händler und Handwerker einzuschüchtern, damit diese mit ihm anstatt mit Craighdhu Handel treiben.«

»Warum hat Jock sich nicht darum gekümmert?«

»Er hätte es getan, war aber der Meinung, das Oberhaupt des Clans, also ich, müsse ihn erst dazu ermächtigen.« Er verzog den Mund. »Er hatte ja keine Ahnung, daß Elizabeth es sich in den Kopf setzen würde, meine Ankunft zu verzögern.«

»Du mußt also Händler und Ratsmitglieder aufsuchen und sie beruhigen, daß sie Malcolm nicht zu fürchten hätten, auch wenn sie weiterhin mit uns Handel treiben?«

»Und zwar schleunigst. Malcolms Agent und eine Truppe befinden sich im Moment in Irland. Erledige rasch alle Besuche, die du machen möchtest. In zwei Stunden treffen wir uns an Bord.«

Gavin schüttelte den Kopf.

Robert erstarrte. »Nein?«

»Ich war zu lange fort. Ich möchte nicht wieder auf Fahrt gehen.«

»Wir werden höchstens vier Wochen wegbleiben.«

»Nimm Jock mit. Du weißt ja, daß du ihn auch letztes Mal hättest mitnehmen sollen.«

»Ich möchte dich dabeihaben!«

»Nimm Jock«, beharrte Gavin. »Kate braucht mich hier zu ihrem Schutz und damit ich ihr alles Wissenswerte über Craighdhu mitteile.« Beiläufig setzte er hinzu: »Vielleicht kann ich sie sogar meinen Dudelsack schätzen lehren.«

»Vielleicht sollte ich diejenige sein, die nach Irland geht«, murmelte Kate trocken.

Robert begegnete Gavins Blick. »Ich könnte dir befehlen mitzukommen.«

»Tu es nicht, Robert«, sagte Gavin leise. »Ich müßte dir den Gehorsam verweigern, und das täte ich nicht gern.«

Robert stand da und sah ihn an. »Verdammter Kerl... aber du tust gut daran, bei meiner Rückkehr hier zu sein.« Er machte auf dem Absatz kehrt. »Kate, komm mit in den Hof.«

Sie folgte ihm hinaus und die Wendeltreppe hinunter. »Vier Wochen?«

»Würdest du dir wünschen, es wäre länger?« fragte er spöttisch. »Irland ist nicht weit, und bei gutem Wind werde ich ganz schnell wieder in deinen Armen landen.« Er riß die schwere Tür auf. »Sei also darauf gefaßt, mir in deinem Bett ein warmes Willkommen zu bereiten.«

Sie schüttelte den Kopf. »Es wird mich freuen, dich wohlbehalten zurückkehren zusehen, doch dieser Teil unseres Lebens ist vorüber.«

»Ach?« Er drehte sich zu ihr um. Unterdrückte Enttäuschung und Wut brachen sich Bahn. »Es ist nicht vorbei, ehe ich nicht sage, daß es vorbei ist. Ich habe zuviel aufgegeben, um mir aus dieser verdammten Verbindung nicht ein paar Vorteile zu sichern.«

»Du hast nichts aufgegeben«, erwiderte sie hitzig. »Du hast dein Leben und dein Craighdhu, und die Gefahr, von der du redest, ist nicht real. Geh nach Irland, aber erwarte nicht, daß ich dich bei deiner Rückkehr mit mehr als einem Lächeln empfange. Vielleicht nicht einmal mit diesem, wenn du dich weiterhin als arroganter, dummer Laffe...« Sie drehte sich blitzschnell um und knallte die Tür zu, lief durch die Halle und die Treppe hinauf, gegen die Tränen ankämpfend, die ihr in den Augen brannten. Sie hätte erleichtert sein sollen, weil er lossegelte und ihr der befürchtete Kampf erspart blieb. Bei seiner Rückkehr würde sie wissen, ob sie schwanger war oder nicht, und dann würde sie ein noch viel wirksameres Argument haben, um ihn im Zaum zu halten.

Lieber Gott, sie wollte ihn gar nicht im Zaum halten. Sie wollte nicht, daß er nach Irland ging und dort in Gefahr geriet. Sie wollte ihn in ihrem Bett und in ihrem Herzen willkommen heißen. Sie wollte auf Craighdhu leben und seine Kinder bekommen. Sie wollte das Leben führen, das ihr versagt bleiben würde.

»Kate?« Gavin kam ihr auf der Treppe entgegen.

Rasch fuhr sie sich mit dem Handrücken über die Augen. »Er ist fort.«

»Jock wird auf ihn achtgeben«, sagte er.

»Ja.« Sie schluckte. Wie töricht, etwas zu beweisen, was sie nicht haben konnte. Sie mußte sich an dem erfreuen, was ihr geschenkt worden war. Sie lächelte zaghaft. »Ich muß in den Stall und nachsehen, ob Caird und Rachel gut versorgt werden, aber anschließend… wirst du dein Versprechen halten?«

In seinen Augen blitzte es lausbübisch auf. »Und deine Liebe zum Dudelsack entfachen?«

Sie zuckte zusammen. »Das verhüte der Himmel! Nein, sage mir lieber, was ich von Craighdhu wissen muß.«

»Was möchtest du denn wissen?«

»Alles.« Ihr Lächeln enthielt Eifer und Kühnheit. »Ich möchte wissen, wie es ist, Herrin dieses Steinhaufens zu sein. Ich möchte die Menschen kennenlernen. Ich möchte die Straßen durchwandern und mit den Handwerkern reden. Ich möchte Teil von allem sein.«

»Du machst dir viel Mühe für geringe Gegenleistung. Wäre es nicht besser, das nächste Jahr einfach so dahinzuleben?«

Ein kluger Vorschlag, wie sie sehr wohl erkannte, aber einer, den sie nicht annehmen konnte. Dieses eine Jahr war vielleicht alles, was ihr bleiben würde. »Das kann ich nicht«, flüsterte sie.

Er nickte betrübt. »Das sehe ich.« Er drehte sich um. »Gib mir ein wenig Zeit, um mich zu erquicken. Wir treffen uns dann im Burghof.«

»Wohin gehst du?« fragte Deirdre, die plötzlich um die Treppenbiegung kam.

Gavin grinste. »Ich möchte Kate etwas vom Städtchen zeigen, ehe es finster wird. Es ist doch ganz natürlich, daß sie auf ihre neue Heimat neugierig ist.«

»Ganz natürlich«, sagte Deirdre. »Aber ihr beide geht die Sache falsch an. Sie muß erst alles über die Burg erfahren, ehe sie ins Städtchen geht.« Sie runzelte die Stirn. »Gavin hat keine Ahnung, wie die Burg bewirtschaftet wird. Ich bin diejenige, die Euch hier einführt. Bis zu Roberts Rückkehr werdet Ihr bestens gerüstet sein, Craighdhu als Herrin vorzustehen.« Sie wandte sich an Gavin. »Geh deiner Wege. Ich muß sie Tim MacDougal, Roberts Verwalter, vorstellen, und anschließend unternehmen wir einen Rundgang durch die Burg.« Ohne Gavins Reaktion abzuwarten, winkte sie Kate gebieterisch zu sich. »Wenn wir gleich anfangen, schaffen wir vor dem Abendessen noch einiges. Nachher werdet Ihr die Gesindeunterkünfte besichtigen und...« Ihre Worte wurden unverständlich, als sie um eine Ecke bog.

»Ich möchte nicht, daß sie mir die Burg zeigt«, flüsterte Kate Gavin zu. »Ich will, daß du...«

»Niemand kennt die Burg besser«, sagte er unbehaglich. »Vielleicht hat sie recht. Am besten, du fängst mit dem rechten Fuß an.«

»Aber nicht im Laufschritt. Ich möchte in den Ort und...«

»Ach, da seid Ihr ja.« Deirdre hatte kehrtgemacht und stand am Ende des Ganges. »Wenn wir so weitertrödeln, werden wir nie fertig.«

Kate reagiere instinktiv auf den strengen Ton der Haushälterin und ging schneller. Schließlich möchte ich jeden Zoll der Burg sehen, sagte sie sich. Ihr Ausflug in den Ort konnte warten.

»Ich hole dich morgen in der Frühe zu einem Rundgang im Ort ab«, rief Gavin ihr nach.

»Morgen werden wir viel zu beschäftigt sein«, antwortete Deirdre anstelle Kates, als sie sich wieder in Bewegung setzte. »Vielleicht in einer Woche.«

»Eine Woche?« Kate schüttelte den Kopf. »Morgen, Gavin.«

Gavin bedachte Deirdres sich entfernenden Rücken mit einem nervösen Blick. »Wir können es ja versuchen.«

Gott im Himmel, er wollte nicht fort!

Robert umklammerte die hölzerne Reling fester, ohne beim Auslaufen des Schiffes den Blick von den steinernen Wehranlagen der Burg zu wenden. Seit jenem Augenblick in der Kerkerzelle, als er Elizabeth gegenübergetreten war, hatten sich die

Ereignisse scheinbar gegen ihn verschworen, und er litt unter einem Gefühl der Hilflosigkeit und Enttäuschung. Nicht einmal als Kind in Santanella hatte er einen Gefühlsaufruhr dieser Stärke erlebt.

»Ich hätte allein segeln können«, hörte er Jock leise sagen.

Robert ließ die Reling los und sah ihn an. »Nein, du hast recht. Es ist besser, wenn ich gehe.«

»Freut mich, daß du mir recht gibst«, sagte Jock darauf. »Wäre es anders gewesen, hätte ich der Versuchung nicht widerstanden, dir etwas Vernunft einzuprügeln. Sie ist hübsch und angenehm anzusehen, aber Craighdhu ist wichtiger als Sinnenlust.«

»Das brauchst du mir nicht zu sagen.«

»Sie machte einen stillen Eindruck, als ich sie im Hafen sah.« Um Jocks Lippen zuckte es. »Aber als sie dir Lebewohl sagte, soll sie alles andere als still gewesen sein.«

Robert hätte wissen müssen, daß Jock von Kates Temperamentsausbruch erfahren würde. Auf der Burg waren alle Jock treu ergeben, und auf ganz Craighdhu geschah nichts, ohne daß es ihm zu Ohren kam. »Als still würde ich Kate nicht bezeichnen.«

»Gut. Als deine Mutter hier lebte, herrschte zuviel Stille.« Jock warf einen Blick zurück zur Burg. »Warum hast du sie geheiratet? Besitzt sie etwas, das Craighdhu braucht?«

Wie gut Jock ihn kannte. »Nein.«

»Warum dann?«

»Das werde ich dir zu gegebener Zeit sagen.« Er lächelte reuig. »Im Moment möchte ich dir keinen Grund liefern, mir zu sagen, was für ein Narr ich bin.«

Jock riß die Augen auf. »Dir liegt an dem Mädchen?«

»Das sagte ich nicht«, antwortete Robert hastig.

»Das mußt du nicht sagen.« Jocks Worte kamen unverblümt und scharf wie Hammerschläge. »Du starrst sie an, als wolltest du sie verschlingen, aber ich hielt es für pure Lust. Es sieht aus, daß ich…«

»Es ist Lust«, unterbrach Robert ihn.

»Dann läßt sich dein Problem leicht lösen. Du kannst dein Verlangen an einem der hübschen Mädchen stillen, die sich bei deinem letzten Besuch in Irland so willig zeigten.«

Aber er wollte keine von Jocks Irländerinnen, hübsch oder nicht. Er wollte Kate, verdammt noch mal.

Jock schüttelte den Kopf, ohne Roberts Gesicht aus den Augen zu lassen. Er las in ihm wie in einem offenen Buch. »Nein? Dann ist es womöglich noch ärger, als ich dachte. Ich weiß noch, wie es war, als dein Vater deine Mutter nach Craighdhu brachte. Er zeigte denselben betörenden Hündchenblick.«

»Ich bin nicht betört. Laß mich, Jock.« Er drehte sich um. »Ich will nichts mehr davon hören. Sag mir, welche Händler sich uns am hartnäckigsten widersetzen werden.«

»Also gut, sprechen wir nicht mehr davon.« Jock machte eine Pause, ehe er sagte: »Aber ich möchte dich warnen. Noch einmal möchte ich nicht versagen.«

»Versagen?« Robert lächelte. »Du versagst nie, Jock.«

»Einmal schon. Damals, als ich zuließ, daß man dich nach Spanien brachte. Nach dem Tod deines Vaters lag meine Pflicht bei dir. Ich hätte dich unbedingt halten müssen.«

Die Worte bedeuteten für Robert einen Schock. Seit seiner Rückkehr nach Craighdhu hatte Jock nie von jener Nacht gesprochen. »Ich habe dir nie die Schuld gegeben. Sie war meine Mutter und Don Diego mein Onkel. Es gab nichts, was du hättest tun können.«

»Ich hätte sie daran hindern können.« Jock begegnete Roberts Blick mit Gletscherkälte. »So wie ich sie jetzt daran hindern würde. Mit einem Dolch in ihrem Herzen.«

»Eine Frau?«

»Frau oder Mann, das ist einerlei.« Jock lächelte spöttisch. »Nein, eine Frau ist schlimmer. Du glaubst, sie seien keine Bedrohung mit ihrer Schönheit und Sanftheit, und läßt zu, daß sie sich an deine Brust schmiegen.« Er zuckte die Schultern. »Wenn sie dich sticht, dann bist du wehrlos.«

»Kate hat nicht die Absicht, mich zu stechen.«

»Gut. Denn ich werde nicht zulassen, daß noch einmal eine Frau Craighdhu oder dich in Gefahr bringt.« Ehe Robert antworten konnte, wechselte Jock das Thema und beantwortete Roberts Frage bezüglich der Lage in Irland. »Shaughnessy hat die größte Angst. Er ließ verlauten, daß er uns nicht mehr beliefern will. Reardon schwankt noch, ist aber eher geneigt, gegen Malcolm zu kämpfen als nachzugeben, Kenneth O'Toole neigt zu uns, er braucht aber...«

9. KAPITEL

»Komm, nichts wie weg.« Kate packte Gavins Arm. »Deirdre ist in der Spülküche und inspiziert Töpfe und Pfannen. Wenn wir uns beeilen, können wir...«

»Ich dachte, du hättest sie vielleicht im Stall eingesperrt. Als sie dich gestern morgen nicht gehen lassen wollte, warst du ziemlich ungehalten.«

»Drei Tage lang habe ich nichts gesehen außer Steinmauern und Ställen und Nebenräumen und...« Sie warf einen ängstlichen Blick hinter sich. »Komm schon!«

Gavin lachte, als er sich zur Tür dirigieren ließ. »Und was ist, wenn sie uns erwischt? Wird sie uns zum Töpfeschrubben verdonnern?«

»Schlimmer. Sie wird eine andere Aufgabe für mich finden. Gestern habe ich den ganzen Nachmittag damit verbracht, die Rechnungen des letzten Monats durchzusehen. Der arme Timothy MacDougal mußte mir jeden einzelnen Betrag bis zum letzten Penny erklären.«

»Das hört sich ja höchst lobenswert an.«

»Ja, lobenswert«, stieß Kate außer sich hervor. »Alles, was sie macht, ist lobenswert. Dem Gesinde begegnet sie mit Festigkeit und Güte. Sie ist umsichtig und arbeitet härter als alle anderen. Es ist offensichtlich, daß sie für Robert und für Craighdhu nur das beste möchte und unermüdlich tätig ist, um dafür zu sorgen, daß alles klappt.« Sie stieß die Tür mit ungezügelter Heftigkeit auf. »Sie macht mich wahnsinnig.«

»Als sie kam, reagierte Robert ähnlich.«

»So schlimm kann es gar nicht gewesen sein. Sie ist wie ein Strom, der alles ins Meer schwemmt, was ihm im Weg ist. Sie treibt mich von einer Aufgabe zur nächsten, bis ich vor Müdigkeit nicht mehr denken kann.«

»So schüchtern bist du nicht, daß du dich nicht weigern könntest. Warum läßt du dich von ihr so beherrschen?«

Sie machte ein finsteres Gesicht. »Ich weiß es nicht. Sie hat etwas an sich, das... sie ist von ihrer Unfehlbarkeit so überzeugt, daß ich mir daneben ganz dumm vorkomme... hör auf zu lachen.«

Er bemühte sich um ein ernstes Gesicht. »Du hast gesagt, du wolltest alles über Craighdhu erfahren. Mitunter ist das gefährlich. Ich weiß genau, was du bei Deirdre meinst. Es kann eine echte Plage sein, wenn man ständig mit jemandem zusammen ist, der immer recht hat. Warum glaubst du wohl, wohne ich im Städtchen?«

»So feige bin ich nicht, aber ich...«

»Wohin wollt ihr beide?«

Als Gavin und Kate sich umdrehten, sahen sie Deirdre durch die Halle auf sich zukommen.

»Du weißt, wohin wir gehen«, sagte Gavin obenhin. »Dorthin, wo wir schon seit drei Tagen hingehen wollen. Ich werde sie ins Städtchen begleiten, damit...«

»Dafür ist keine Zeit«, sagte Deirdre. »Heute müssen wir in die Stallungen und...«

»Die Ställe kenne ich schon«, unterbrach Kate sie. Ob es feige war oder nicht, scherte sie nicht, ihr war einfach nach Flucht zumute. »Komm, Gavin.« Nach Gavins Hand fassend, lief sie die Treppe hinunter.

Wie zwei Kinder, die der Strafe entkommen wollten, rannten sie über den Hof.

Ein Blick zurück zeigte Kate, daß Deirdre am oberen Ende der Treppe stand und ihnen entrüstet nachsah. »Glaubst du, sie kommt uns nach?« flüsterte sie.

Gavin schüttelte den Kopf. »Mit den Frauen im Ort kommt sie nicht gut aus. Sie halten sie für zu...«

Er zögerte, und Kate half ihm mit dem passenden Wort aus: »Lästig.«

»Tja, sie hat versucht, ihnen beizubringen, wie sie alles besser machen sollten. Natürlich hatte sie in den meisten Fällen recht, aber das machte ihre Ratschläge nicht willkommener. Sobald sie sehen, daß sie kommt, gehen sie in Abwehrstellung.«

»Das wundert mich nicht.« Auf der Zugbrücke beschleunigte sie den Schritt. »Ich habe es satt, mir von ihr sagen zu lassen, was ich tun muß und was nicht. Ich möchte ja alles lernen, aber nicht alles auf einmal. Langsamer und gründlicher wäre mir lieber. Und es muß auch andere Arten der Pflichterfüllung geben, als Deirdre sie kennt.«

»Nach dem Resultat zu schließen, ist es eine sehr gute Methode.«

»Aber nicht die meine.« Sie zuckte die Schultern, als wolle sie sich einer Last entledigen. »Ich möchte nicht mehr an sie denken.« Sie hatten den Burggraben hinter sich gebracht und näherten sich dem Ort. Kate beschleunigte den Schritt.

Obwohl es noch früh war und das Städtchen erst zum Leben erwachte, gab es schon viel zu sehen. Lehrlinge öffneten Jalousien und Ladentüren, stellten kleine Verkaufsstände auf und ordneten die Ware an.

Eine junge Frau mit einem großen Korb drängte sich mit dem Ruf »Reife Kirschen, schöne Äpfel!« durch die Menge.

Im Vorübergehen hörte Kate, wie andere Händler ihre Waren feilboten. »Schöner zarter Batist, Haarnadeln, Spitzen und Strumpfbänder!«

»Braucht Ihr kein schönes Kästchen, Mylady?«

»Spanische Handschuhe? Feinstes Leder gefällig?«

»Heiße Haferküchlein!«

Als sie an einem Buchladen vorüberkamen, der den höchst unpassenden Namen »Eisernes Schaf« trug, blieb Kate vor einem Verkaufstisch stehen und begutachtete einen Bücherstapel. »So viele Bücher auf einmal habe ich noch nie gesehen«, entfuhr es ihr voller Verwunderung.

»Hat es in deinem Heimatort keinen Buchhändler gegeben?« fragte Gavin.

Sie schüttelte den Kopf. »Sebastian war der Ansicht, daß, von der Lektüre der Heiligen Schrift abgesehen, Lesen nur verderbe.«

»Tja, wenn Sebastian dagegen war, müssen wir dir eines kaufen.« Er überflog die Titel und wählte einen dicken roten Lederband aus. »Ja, das hier ist ausreichend verderbt und doch passend für eine Dame.« Er bezahlte das Buch, um es sodann Kate mit einer Verbeugung zu überreichen. »Bei jedem Satz, den du liest, mußt du an Sebastian denken. Das wird dir zusätzlichen Genuß bereiten.«

Kichernd nahm sie das Buch in Empfang. »Danke. Genießen werde ich es sicher.« Liebevoll drückte sie im Weitergehen den Band an sich. »Hier machen alle einen so emsigen und wohlhabenden Eindruck.«

»Ja, auf Craighdhu gibt es keinen Hunger. Das würde Robert nicht zulassen. Er kümmert sich um die Seinen.«

»Hast du nicht gesagt, Craighdhu sei zu karg, um seine Menschen zu ernähren? Wovon lebt der Clan dann?«

»Wir betreiben Handel mit den Iren.«

»Ich weiß. Aber ist das alles?«

»Es ist mehr als ausreichend. Die ganze Welt verlangt nach feinen Wollsachen. Wir kaufen von den Iren und verkaufen an die Engländer und halb Europa. Seit den Zeiten von Roberts Urgroßvater leben wir davon sehr gut.«

Sie hielt vor einem Schaufenster an, in dem das Karomuster der MacDarren-Kilts ausgestellt war. »Ein schönes Stück Tuch. Nie habe ich eine feinere Webart und schönere Farben gesehen.«

»Aus Irland. Diese Stoffe stammen aus Irland.«

Seine Antwort schien sie zu verblüffen. »Hier werden keine Stoffe gewebt?«

»Manchmal weben die Frauen dieses oder jenes Stück für ihre Familie, obwohl sie es nicht nötig hätten. Robert sorgt dafür, daß es jede Menge Stoffe zu billigen Preisen gibt, und Material, das sich mit diesem messen kann, können sie ohnehin nicht produzieren. Die irischen Weber sind großartig, die Qualität der Stoffe hervorragend.«

»Das sehe ich«, sagte sie, in Gedanken bei der Decke, in die Deirdre sie an jenem ersten Tag gehüllt hatte. »Zweifellos stammt die Wolle von irischen Schafen.«

»Ja, denn unsere Insel ist zu felsig, um Schafen Weiden zu bieten.«

»Deshalb profitieren wir vom fruchtbaren irischen Boden und von der guten Arbeit der Iren.«

Gavin nickte. »Die ganze Welt braucht feine Wollstoffe, und wir verschaffen sie ihr.«

»Die Iren sind es, die sie der Welt verschaffen. Wir kaufen und verkaufen nur.«

Gavin zog die Brauen hoch. »Du scheinst es zu mißbilligen.«

»Ich wüßte nicht, warum.« Sie verzog das Gesicht. »Vermutlich möchte ich, daß Craighdhu vollkommen ist.«

»Das ist nicht praktisch. Dir muß klar sein...« Er sprach nicht weiter, als er einen Mann erkannte, der auf sie zukam. »Das ist ja Ian Mactavish. Komm, ich will dich mit ihm bekannt machen.« Er führte sie auf den jungen Mann zu. »Er ist Jocks Stellvertreter. Wenn du etwas brauchst, dann wende dich an ihn.«

»Deirdre hätte dagegen gewiß etwas einzuwenden«, lautete ihre trockene Erwiderung. »Sie scheint der Meinung zu sein, sie sei die einzige, die die richtige Antwort parat hat.« Der dunkelhaarige Mann, der auf sie zukam, schien nur wenig älter als Gavin zu sein, sein Gehabe aber war alles andere als jugendlich. Sein Schritt war schwer und zielstrebig, seine ernste Miene ebenso gewichtig. Irgendwie war ihr undeutlich in Erinnerung geblieben, daß er bei ihrer Ankunft inmitten der Männer am Dock gestanden hatte. »Ich dachte, du würdest hier während Roberts Abwesenheit das Kommando übernehmen.«

Er schüttelte den Kopf. »Mir fehlt es an Führungsqualitäten. Ich neige dazu, mich zu drücken, wenn ich mich ernsthaften Dingen widmen sollte.«

»Und Ian Mactavish tut das nicht?«

»Niemals. Er ist ein ernsthafter Bursche. Natürlich wird jeder Mensch todernst, der in Jocks Schatten wandelt.« Er blieb vor Mactavish stehen. »Ian, ich habe die Ehre, dich der Herrin vorzustellen.«

Ian Mactavish verneigte sich. »Mylady, wahrhaftig eine Ehre. Natürlich hatte ich die Absicht, der Burgherrin einen Besuch abzustatten und sie meiner Dienste zu versichern. Wenn ich etwas für Euch tun kann, dann müßt Ihr nach mir senden.«

»Danke.« Sie lächelte. »Ihr seid sehr liebenswürdig, aber ich bin sicher, daß ich Eurer Hilfe nicht bedarf. Craighdhu erscheint mir als sicherer und angenehmer Aufenthaltsort.«

»Wenn alles sicher erscheint, ist die Gefahr am größten.« Wieder verneigte er sich ernst und ging weiter bergan.

»Beim Himmel, du hast recht«, flüsterte Kate. »Ich verstehe jetzt, warum Jock Candaron ihn zum Stellvertreter erwählte. Er ist so schrecklich ernst.«

»Und bedrückend. Das kommt davon, wenn zu viel Verantwortung auf einem lastet.« Gavin grinste. »Ich hingegen bin federleicht.« Er machte einen Luftsprung, ehe er sie zu einem Verkaufsstand in der Nähe zog. »Taffy. Kenneth Cameron macht das beste Zuckergebäck von ganz Schottland. Komm, ich kaufe dir was davon.«

Bei ihrer Rückkehr in die Burg dunkelte es schon, und Kate war so müde, daß sie kaum mehr einen Schritt tun konnte. Aber vielleicht ist es nicht Müdigkeit, sondern Glückseligkeit, dachte sie. Ihr war ganz schwindlig, und sie war wie trunken von den Bildern, den Düften und Geräuschen. Sie hatte das Gefühl, jeden Inselbewohner, sei es Mann, Frau oder Kind, kennengelernt zu haben und durch jede enge, gewundene Gasse geschlendert zu sein.

»Vorsicht, sonst landest du noch im Burggraben«, mahnte Gavin, als er sie über die Zugbrücke schwanken sah. »Und du hast nicht die Ausrede, die ich damals hatte. Du hast keine Heide-Ale getrunken.«

»Aber ich fühle mich so. Oder vielleicht auch nicht – ich habe nie viel Alkohol getrunken. Ich hatte noch nie von etwas zu viel.« Sie wirbelte im Kreis herum. »Hat man dann das Gefühl, der Kopf sei mit Luft gefüllt, und die Farben seien leuchtender und...«

»Ja, das alles.« Er packte sie, als sie an den Rand der Brücke geriet, und zog sie zurück. »Und es macht einen sehr wagemutig. Deshalb landete ich im Wassergraben.«

»Dann bin ich betrunken. Trunken von Craighdhu.« Sie lief über den Hof und stieß beinahe mit einem Stallburschen zusammen, der eine graue Stute führte. Wie heiß er doch gleich? Colin. »Guten Abend, Colin. Ist es nicht ein herrlicher Abend?«

»Ja.« Er grinste genüßlich, als er ihr glühendes Gesicht sah. »Aber Ihr geht jetzt lieber hinein, Mylady. Deirdre hat schon etliche Male nach Euch Ausschau gehalten.«

Der Gedanke an die Haushälterin dämpfte ihre Hochstimmung. Den ganzen Tag hatte sie Deirdre erfolgreich aus ihren Gedanken verbannt, und sie hatte nicht die Absicht, sich von ihr jetzt die Stimmung verderben zu lassen. »Sofort. Wie geht es Caird und Rachel?«

»Es geht ihnen gut«, gab Colin zurück. »Ich werde sie erst morgen bewegen, denn heute hatten sie Ruhe nötig. Der Schecke machte einen etwas matten Eindruck.«

»Etwas matt ist untertrieben«, sagte Gavin, der zu ihnen trat. »Der könnte einen ganzen Monat, wenn nicht ein Jahr Ruhe vertragen.«

»Seid versichert, daß ich mich gewissenhaft um ihn kümmere.« Colin nickte höflich und drehte sich um. Hufgeklapper hallte von den Steinen wider, als er den Grauen zum Stall führte.

Kate sah ihm nach. »Vielleicht sollte ich nach Caird sehen.«

Gavin lächelte wissend. »Du kannst der Begegnung mit Deirdre nicht länger ausweichen, es sei denn, du möchtest im Stall übernachten.«

»Das würde auch nichts nützen. Sie würde kommen, mich holen und mich abbürsten, wie sie alles in der Burg auf Hochglanz bringt.« Sie drehte sich um und schritt die Stufen zum Portal hinauf. »Es wird Zeit, daß ich mich ihr stelle.«

»Und daß ich dir einen guten Abend wünsche«, sagte Gavin.

»Feigling.«

Er schien beleidigt. »Mir ist nur eingefallen, daß ich mit Ian dringend etwas zu besprechen habe.«

»Und Lügner.« Sie öffnete die Tür. »Ich erwarte, daß du morgen früh zu meiner Rettung erscheinst.«

»Zwei Tage hintereinander? Sie wird nicht erfreut sein.«

»Und ich werde nicht erfreut sein, wenn du mich im Stich läßt. Ich habe die Docks noch nicht besichtigt.« Sie bedachte ihn mit einem strengen Blick. »Also, sei zur Stelle.«

Eine Antwort wartete sie nicht ab und ließ die schwere Tür zufallen.

»Ach, Ihr seid zurück.« Deirdre trat ihr brüsk entgegen. »Ein wenig zerrauft seid Ihr. Begebt Euch auf Euer Gemach und macht Euch zurecht, während ich das Essen auftragen lasse.«

Kate faßte instinktiv in ihr Haar.

»Nein, das reicht nicht. Geht hinauf. Ich werde Euch ein Mädchen schicken.« Sie wollte sich umdrehen.

»Nein«, sagte Kate überraschend.

Deirdre sah sie an. »Mylady?«

Kate war das Nein einfach so entschlüpft. Kaum aber war es ausgesprochen, als sie auch schon wußte, daß sie der Konfrontation nicht ausweichen konnte. »Ich sagte nein. Ich will mich nicht zurechtmachen. Ich möchte baden und zu Bett gehen. Schickt mir heißes Wasser hinauf.«

»Nach dem Abendessen.«

»Ich möchte keines. Ich habe keinen Hunger.« Sie nahm die erste Stufe. »Ich habe im Ort gegessen.«

»Wurst, Fruchttorte und Zuckergebäck, möchte ich wetten«, sagte Deirdre tadelnd. »Es wird Euch krank machen. Hättet Ihr doch lieber auf das gesunde Essen gewartet.«

Kate verspürte tatsächlich ein gewisses Unbehagen. Grundgütiger Himmel, warum mußte diese Person auch immer recht behalten? Sie ging weiter die Treppe hinauf. »Mir hat es geschmeckt. Wenn ich morgen wieder hinuntergehe, werde ich genau dasselbe essen.«

»Morgen nicht. Für den morgigen Tag ist das Kerzenziehen vorgesehen. Ihr müßt zusehen, damit Ihr lernt...«

Kate hielt inne und drehte sich um. »Nein.«

»Die Kerzen werden gebraucht. Wir benötigen große Mengen«, beharrte Deirdre. »Es ist unumgänglich, daß wir...«

»Das ist mir egal.« Nach einem tiefen Atemzug sagte Kate überdeutlich: »Morgen werde ich mit Gavin wieder in den Ort gehen. Ihr werdet mir nicht vorschreiben, was ich zu tun habe und was nicht. Ich treffe meine Entscheidungen selbst. Versteht Ihr?«

Deirdre schaute sie ausdruckslos an. »Ich bin ja nicht dumm. Natürlich verstehe ich.« Damit drehte sie sich um und ging.

Kate starrte ihr mit einem Gemisch aus Ärger, Erregung und Schuldbewußtsein nach. Sie wünschte sich, daß die Frau geblieben wäre, damit sie sich hätte rechtfertigen können. Es war zum Verrücktwerden... gegen eine Frau anzukämpfen, die nur das machte, was sie für ihn und Craighdhu für das Beste hielt.

Sie drehte sich um und lief die Stufen hinauf. Sie hatte recht gehandelt. Sie hatte das einzig Mögliche getan, um ihre Unabhängigkeit und ihre Stellung in der Burg zu sichern. Ohne entsprechende Gegenwehr wäre sie hier womöglich ebenso zur Gefangenen geworden wie in Sebastians Haus.

Doch wenn dies so war, warum mußte sie ständig an die Sanftheit denken, die sie in Deirdres Ausdruck gesehen hatte, als sie am ersten Tag die Decke um sie legte? Es mußte wohl daran liegen, daß Deirdre ihr nicht feindlich gesinnt war wie Sebastian und daß Kate es nicht gewohnt war, einem Gegner zu trotzen, der nicht ihr Feind war.

Nein, das stimmte nicht. Robert war kein Feind, und doch hatte es von Anfang an Reibereien zwischen ihnen gegeben.

Sie durfte nicht an Robert denken. Sie hatte sich heute wakker gehalten, da sie nur einige Male an ihn gedacht hatte. Und morgen würde es noch besser werden.

Nein, sie machte sich etwas vor. Sie hatte nicht bewußt an ihn gedacht, weil sie ihn den ganzen Tag vor sich gehabt hatte. Alles, was sie gesehen hatte, war Roberts Welt, jeder Schritt, jedes Wort, jeder Mensch, dem sie begegnet war, hatte sie tiefer in die verborgenen Seitenpfade seines Lebens hineingeführt. Er war für sie so lebendig und nahe gewesen, als hätte er und nicht Gavin sie durch die Straßen geführt.

Wilde Ablehnung erfaßte sie. Sie wollte nicht daran erinnert werden, daß es Roberts Craighdhu war. Während dieser kurzen Zeitspanne wollte sie, daß die Insel ihr gehörte. Sie wollte sie sich zu eigen machen.

Die schiere Selbstsucht dieses Gedankens entlockte ihr ein Stirnrunzeln. War es diese niedrige Denkweise, die bewirkt hatte, daß sie sich zu Deirdre so abweisend und ungeduldig benahm? Vielleicht, und das kleinliche Bild ihrer selbst, das sich darin zeigte, wollte ihr nicht gefallen.

Kate klopfte energisch an die Tür vor Deirdres Kammer.

Keine Antwort.

Aber sie mußte um diese Zeit da sein. Alle hatten sich schon für die Nacht zurückgezogen, und auch Deirdre konnte so spät nicht noch arbeiten. Die Kammer der Haushälterin war bei der Besichtigung der Gesindeunterkünfte ausgelassen worden, aber Deirdre hatte ihr im Vorübergehen die Tür gezeigt.

Wieder klopfte sie. »Deirdre, darf ich eintreten? Ich muß mit Euch sprechen.«

»Tretet ein.«

Kate öffnete die Tür und prallte förmlich zurück, als sie von gleißendem Licht empfangen wurde. Außer dem Feuer im Kamin tauchten Dutzende von Kerzen in hohen Leuchtern den Raum in eine dem Tageslicht ähnliche Helligkeit.

»Stimmt was nicht?«

Kates Blick wanderte ans andere Ende des Raumes. Deirdre saß auf einer Bank vor dem größten Webstuhl, den Kate je gesehen hatte. Die hölzerne Konstruktion und das Fädengewirr schienen sie zu umgeben wie das Netz die Spinne. Das Gerät, das ziemlich massiv war, ließ sie kleiner und verletzlicher aussehen. Auch ihr dunkles, lose herabhängendes Haar, ihr weißes Nachthemd und der dunkelblaue Hausmantel trugen dazu bei, daß sie weniger respekteinflößend wirkte.

»Es ist alles in Ordnung«, sagte Kate, die nun erst eintrat. »Warum habt Ihr auf mein Pochen nicht reagiert?«

»Ich habe nichts gehört. Dieses Muster ist so schwierig, daß es meine ungeteilte Aufmerksamkeit erfordert.« Deirdre warf ihr einen raschen Blick über die Schulter zu, registrierte das Nachthemd und den Umhang. »Habt Ihr es Euch etwa überlegt? Wollt Ihr etwas essen?«

»Nein, ich konnte nicht schlafen. Und ich wollte mit Euch reden.«

»Schließt die Tür. Ich stehe gleich zur Verfügung.« Ihr Blick wanderte zum Schiffchen zurück. »Setzt Euch doch.«

Kate ging zum Schemel neben dem Feuer, setzte sich und schlang die Arme um die Knie, ohne den Blick von Deirdres flinken, geschickten Fingern zu wenden. Noch nie hatte sie jemanden gesehen, der den Webstuhl so behende bediente. Das Gewebe auf dem Webstuhl, groß von Format und weiß, mußte wohl eine Decke sein. Das Muster stellte eine schöne purpurne Blume mit glockenförmigen Blütenblättern dar, die unter Kates Blick zu wachsen und zum Leben zu erwachen schien.

Ihr nächster Blick galt dem Raum. Die Einrichtung war karg und ganz ohne Zierrat, doch die purpurne Decke auf dem Bett und blendend weiße Leinengardinen an den Fenstern setzten behagliche Akzente.

»Was wollt Ihr von mir?«

Kates Blick wanderte zu Deirdre zurück, deren Finger sich noch immer am Webstuhl bewegten, während sie Kate gleichmütig ansah.

»Ich habe das Gefühl, wir sollten miteinander sprechen.«

Deirdre lächelte verbittert. »Ihr fühlt Euch schuldig, weil Ihr mich barsch angefahren habt. Die Weichherzigen fühlen sich immer schuldig.«

»Ich fühle mich nicht... nun, vielleicht doch, aber das war überflüssig.«

»Die Sanften sind alle gleich. Erst beißen sie, und dann versuchen sie, die Wunde zu lecken.«

Kate mußte lachen. »Das hört sich ekelhaft an.«

»Ich glaube an Wahrhaftigkeit, nicht an süße Worte.« Sie richtete den Blick auf das Muster. »Ihr hättet nicht kommen müssen. Ich bin es gewöhnt, daß man mich schroff anfährt.«

»Das wäre vielleicht nicht der Fall, wenn Ihr es nicht herausfordern würdet. Die meisten Menschen mögen es nicht, wenn sie ständig bevormundet werden.«

»Das ist meine zweite Natur«, sagte Deirdre. »Ich war in allem immer besser als die anderen, und ich kann es nicht mit ansehen, wie sie sich abmühen, wenn sie es doch so viel leichter hätten, wenn sie auf mich hören würden.«

»Vielleicht wollen sie alles nach eigener Fasson machen, auch auf die Gefahr hin, daß es nicht so gut ist.«

»Meint Ihr nicht, ich wäre nicht auch schon auf diesen Gedanken gekommen? Aber er ist sinnlos, deshalb denke ich ihn nicht zu Ende.« Sie sah wieder auf ihre Arbeit und fragte leise: »Wollt Ihr, daß ich Craighdhu verlasse?«

Kate sagte nichts und überlegte. Ihr Leben würde sich vielleicht einfacher gestalten, wenn Deirdre nicht da war, aber sie war nicht sicher, ob sie ein leichteres Leben wollte, wenn das bedeutete, daß sie diese Frau ihres Platzes auf Craighdhu beraubte. »Warum sollte ich Euch fortschicken? Es wäre unvernünftig, jemanden zu entlassen, weil er zu klug und fleißig ist.«

»Tut Ihr Euch schwer, Vorwände zu finden? Ich bin lästig. Das weiß hier jeder.« Das Schiffchen sauste noch schneller. »Und ich bin sehr respektlos.«

»Ich bin noch nicht lange genug die Gattin eines Earls, um

mich an mangelndem Respekt zu stoßen«, gab Kate zurück. »Aber ich kann nicht abstreiten, daß ich Euch lästig finde«, setzte sie unumwunden hinzu. »Schon wenn ich Euch zuhöre. Ihr sagt mir sogar, wie ich Euch korrekt entlassen soll. Wollt Ihr gehen?«

»Warum sollte ich? Ich fühle mich hier sehr wohl.«

»Dann sehe ich keinen Grund, warum wir nicht zusammenarbeiten sollten«, erwiderte Kate. »Ich möchte ja von Euch lernen, aber auf meine Art und Weise. Wenn Ihr das akzeptiert, könnten wir es von neuem versuchen.«

»Ich kann nicht versprechen, Euch nicht in die Richtung zu lenken, die ich für richtig halte«, äußerte Deirdre spitz.

»Und ich kann nicht versprechen, daß ich Euch nie sagen werde, Ihr solltet Euch um Eure eigenen Angelegenheiten kümmern und mich in Frieden lassen.«

»Fair und annehmbar.« Deirdre blickte auf. »Ist das alles?«

Es war alles, was Kate hatte sagen wollen, aber gehen wollte sie zu ihrem eigenen Erstaunen noch nicht. »Habt Ihr etwas dagegen, wenn ich noch bleibe und Euch zuschaue?«

Verwunderung huschte über Deirdres Gesicht. »Wenn Ihr wollt. Aber erwartet keine Unterhaltung. Wie ich schon sagte, erfordert das Muster meine ganze Aufmerksamkeit.«

»Und es erfordert Licht.« Kate umfaßte die Kerzen, deren Vielzahl sie beim Eintreten erschreckt hatte, mit einem Blick. »Ihr habt gesagt, daß unser Kerzenverbrauch sehr groß sei.«

Deirdre richtete sich steif auf. »Ich habe Roberts Erlaubnis, so viel Kerzen zu verwenden, wie ich möchte. Während des Tages habe ich keine Zeit fürs Weben, aber abends stelle ich viele schöne Dinge her, um diese Scheune von Burg anheimelnder zu gestalten.«

»Das bezweifle ich nicht, da mir diese Dinge nicht entgangen sind. Ich wollte Euch nicht der Verschwendung bezichtigen.«

Deirdre entspannte sich wieder und wandte sich dem Webstuhl zu.

»Aber man möchte meinen, daß Ihr zu müde seid, um spätabends noch zu weben«, fuhr Kate fort.

»Ich brauche nur wenige Stunden Nachtschlaf, um ausgeruht zu sein. An Tatkraft hat es mir nie gefehlt.«

Was für eine gewaltige Untertreibung, dachte Kate wehmütig. »Ein schönes Muster. Eine Glockenblume dieser Art habe ich noch nie gesehen.«

»Es ist keine Blume, sondern eine Schneeflocke.«

»Ach so.« Ihr war offensichtlich ein großer Fehler unterlaufen. Es vergingen einige Augenblicke, ehe sie die Frage wagte: »Eine purpurne Schneeflocke?«

Deirdre gab keine Antwort.

Kate versuchte es von neuem. »Jedenfalls ein wundervoller Purpurton. Welche Pflanze liefert die Farbe?«

»Die Wurzel der Glockenheide.«

Wieder das Heidekraut. »Robert sagte mir, daß das Heidekraut unendlich viele Verwendungsmöglichkeiten hat.«

»Er hat recht. Die Pflanze liefert mir je nach ihrem Alter auch Gelb, Orange und Graugrün.«

»Und wo habt Ihr so gut weben gelernt?«

»Von meiner Mutter, und sie hat es von ihrer Mutter gelernt. Man hat es mir beigebracht, kaum daß ich laufen konnte.«

»Auch mir hat man als Kind Spinnen und Weben beigebracht, aber nie hätte ich mir träumen lassen, etwas so Schönes anzufertigen.«

»Weil Ihr es unter Zwang getan habt. Ich habe es gemacht, um das Material zu verkaufen.«

»Und das macht den Unterschied aus?«

Sie nickte. »In meinem Heimatdorf war Handel alles. War die Arbeit fein genug, dann bekam das Haus einen Shilling extra für jeden Ballen. Natürlich war jeder Haushalt darauf aus, sich dieses zusätzliche Geld zu verdienen.«

»Und Euch ist das sicher immer geglückt.«

»Natürlich. Ich war die beste Weberin im Dorf«, sagte sie nüchtern.

»Wie viele Familien im Dorf taten diese Arbeit?«

»Fast alle. Die Frauen webten, die Männer züchteten Schafe.«

»Und sie alle verkauften nach Craighdhu?«

Sie nickte. »Die MacDarrens waren zu uns immer anständig. Wir vertrauen ihnen.«

»Auch Jock Candaron?«

Sie sah Kate an. »Hat man Euch gesagt, daß er meinen Mann tötete?«

»Es hat mich gewundert, daß Ihr nach Craighdhu gekommen seid.«

»Ich habe es Jock nicht nachgetragen. Mein Mann war ein Tyrann und Trunkenbold, ständig auf Streit aus. Eines Tages geriet er an den Falschen. Ich hatte gerade ein Kind verloren und war zu krank, um zu arbeiten. Jock Candaron hat mich hergebracht und ließ mich gesundpflegen. Danach bot er mir an, mich nach Irland zurückzuschicken, ich aber entschied mich zu bleiben.«

»Warum? Ihr scheint die Insel nicht zu lieben.«

»Ach was, ein Ort ist wie der andere.«

»Dem kann ich nicht zustimmen.«

Sie lächelte leicht. »Nein, Ihr seid wie alle anderen hier. Ihr glaubt, es gäbe nichts Schöneres auf der Welt als diesen sturmumtosten Fels.«

»Warum habt Ihr Euch dann entschieden, hier zu bleiben?«

Deirdre überging die Frage und sagte streng: »Ich sagte schon, ich könne nicht mit Euch sprechen, und jetzt plagt Ihr mich mit Fragen. Wenn Ihr bleibt, müßt Ihr still sein und dürft mich nicht stören.«

Deirdre hatte aber erst die persönlicheren Fragen als störend empfunden, stellte Kate fest, deren Blick wieder zu dem Muster auf dem Webstück glitt. Deirdre glich ein wenig dieser Schneeflocke, still und doch mit kleinen Stacheln behaftet, einen Moment greifbar, im nächsten schmelzend und nicht mehr zu fassen.

Kate stand auf. »Ich überlasse Euch jetzt Eurer Arbeit. Darf ich morgen wiederkommen?«

Deirdre begegnete ihrem Blick. »Warum?«

Sie war selbst nicht sicher, doch war es irgendwie angenehm, hier am Feuer zu sitzen, den Duft von Kerzen und brennendem Holz zu riechen, während sie den wachsamen Blick Deirdre O'Connells enträtselte. Vielleicht sehnte sie sich auch nur nach Gesellschaft. Doch hätte sie sich zur Befriedigung dieses Bedürfnisses weiß Gott keine unpassendere Person aussuchen können. »Manchmal kann ich nicht einschlafen. Da wäre es nett, Gesellschaft zu haben. Darf ich kommen?«

Deirdre sah weg. »Ihr seid hier die Herrin. Ihr könnt tun, was Euch beliebt.«

»Darf ich kommen?« wiederholte sie ihre Frage.

Deirdre bewegte das Weberschiffchen. »Nun gut, Ihr könnt kommen. Es stört mich nicht.«

»Hat Euch das Leben am Webstuhl zugesagt?« fragte Kate.

»Einer Frau sagt es immer zu, wenn sie etwas tut, das sie besser kann als alle anderen.«

»Aber den ganzen Tag immerzu weben...«

»Eintönig wurde es erst, wenn ich ein Muster immer wiederholen mußte. Den MacDarren-Tartan hatte ich sehr bald satt.« Eilig setzte sie hinzu: »Obwohl niemand ihn schöner zustande brachte als ich.«

»Das läßt sich denken.«

»Schon als Kind freute ich mich auf das Walken.«

»Walken?«

»Nach dem Färben und Weben der Wolle muß das Material gestreckt werden. Das besorgen die Kinder unter Gesang und Gelächter...« Ihr Lächeln erlosch. »Doch das änderte sich, als ich älter wurde und es sich zeigte, was für eine gute Weberin ich war. Man erlaubte mir fortan nichts anderes mehr zu tun. Mein Vater war sowohl auf die Shilling-Prämie aus als auf die Ehre, die feinste Ware im ganzen Dorf zu produzieren. Er war nicht anders als die meisten Männer. Der Handel war alles, und die Männer der Familie beherrschten den Handel.« Sie zuckte die Schultern. »Hübsch war ich nie, dennoch waren alle jungen Männer im Dorf hinter mir her, weil sie wußten, was für eine gute Einkommensquelle ich sein würde.«

»Hat Euer Vater die Heirat arrangiert?«

Sie schnaubte. »Warum hätte er mich verheiraten sollen, wenn ich für ihn doch von so großem Wert war? Nein, ich suchte mir Sean selbst aus. Er war ein großer, stattlicher Mann von angenehmer Wesensart. Was man sich von seiner Trunksucht erzählte, wollte ich nicht hören.« Sie beugte sich unvermittelt über den Webstuhl. »Und jetzt seid still, bis ich dieses Stück fertig habe.«

Kate wußte inzwischen sehr gut, daß Deirdre jedes noch so schwierige Muster mit geschlossenen Augen gemeistert hätte und nur einen Vorwand brauchte, um das Thema fallenzulassen. Kate hatte während der letzten Woche in den Stunden, die sie in diesem kerzenerleuchteten Raum verbracht hatte, viel über die Frau erfahren. Zuweilen fühlte sie sich zwar noch in ihrer Gesellschaft befangen, doch war das immer seltener der Fall. »Ihr habt mir nie gesagt, weshalb Ihr Euch entschlossen habt, hier auf Craighdhu zu bleiben.«

»Es ist so gut wie jeder andere Ort. Ich konnte mich hier beschäftigen.«

»Ihr wart die beste Weberin in Eurem Heimatdorf. Sicher hattet Ihr auch dort ausreichend Beschäftigung.«

»Ja, aber den Webstuhl beherrschte ich so perfekt, daß ich keinen Gedanken mehr darauf verwenden muß.« Sie sah auf die Decke nieder. »Ist der Kopf leer, kommen die Erinnerungen. Eine Frau, die zuläßt, daß die Vergangenheit an ihre Tür klopft, wenn sie ihr nicht Einlaß gewähren möchte, ist dumm.«

»Das Kind?« fragte Kate leise.

Einen Augenblick glaubte Kate, Deirdre würde nicht antworten, doch dann nickte sie ruckartig. »Ich wollte ein Kind und war vierzehn Jahre lang unfruchtbar. Als ich dann endlich schwanger wurde, hielt ich es für ein Wunder.« Das Webschiffchen bewegte sich schneller hin und her. »Auch Sean war außer sich vor Freude. Einen Mann erfüllt es immer mit Stolz, wenn er eine Frau schwängern kann. Eines Abends betrank er sich, und sein Stolz beugte sich seinem Geldmangel. In der Schwangerschaft war ich häufig krank und konnte nicht mehr so viel arbeiten. Er schlug mich, und dadurch verlor ich das Kind.« Ihre Hände hielten mitten in der Bewegung inne, ihr Blick ging ins Leere. »Wie ungeschickt... diesen Teil muß ich noch mal machen.«

Kate stand auf. »Ich lenke Euch von der Arbeit ab. Ich sollte Euch lieber in Ruhe lassen und zu Bett gehen.«

»Ihr seid sehr gütig«, sagte Deirdre. »Ihr müßt nicht gehen, nur weil Ihr befürchtet, ich könnte weinen. Ich weine nicht mehr. Ich arbeite.« Wieder wurde das Webschiffchen in Bewegung gesetzt. »In der Arbeit liegt eine große Befriedigung. Sie gibt unserem Leben Sinn.«

Zum ersten Mal vermeinte Kate, die geradezu fieberhafte Energie zu verstehen, die Deirdre antrieb.

»Und Erfüllung«, fuhr die Frau fort. »Eine Frau braucht nicht mehr, wenn sie ihren eigenen Wert kennt.«

Deirdre klammerte sich an die Arbeit, wie Kate sich an ihren Traum vom eigenen Haus geklammert hatte. Aber Deirdre hatte sich vor der Wahrheit verschlossen.

»Ihr irrt Euch«, sagte Kate leise. »Früher habe ich ähnlich gedacht, aber es gibt noch andere Bedürfnisse, die ebenso wichtig sind. Wir können uns nicht verkriechen und für uns allein leben. Ohne einen Menschen, der mit einem alles teilt, ist das Leben hohl.«

»Ohne Ehemann, meint Ihr?« Deirdre lächelte verbittert. »Ich habe frohlockt, als ich von dieser Fessel befreit wurde. Glaubt Ihr, es sei das erste Mal gewesen, daß er mich schlug? Ich war eine Frau, die benutzt und gezüchtigt werden konnte, wenn ich die in mich gesetzten Erwartungen nicht erfüllte. Im

Dorf kam niemand auf den Gedanken, ihn zu bestrafen, weil er mein Kind getötet hatte. Nur weil Ihr einen guten Mann habt, braucht Ihr nicht zu glauben, es sei…« Sie hielt inne, als sie Kates verschlossene Miene bemerkte. »Ich weiß, Ihr hattet Streit mit Robert, ehe er ging, doch dürft Ihr nicht zulassen, daß das Eure Beziehung vergiftet. Er ist ein guter Mensch. All die Jahre habe ich ihn beobachtet und nie Anzeichen von Grausamkeit oder Habgier an ihm entdeckt. Ich habe für die meisten Männer nichts übrig, deshalb könnt Ihr meinen Worten trauen.« Sie schnitt eine Grimasse. »Natürlich ist er zuweilen ungeduldig, aber ich habe nun mal die Neigung, die Menschen zur Ungeduld zu treiben.«

Kate stand auf und wollte zur Tür. »Es ist Zeit, daß ich mich zurückziehe. Bis morgen, Deirdre.«

Deirdre schenkte ihr ein trockenes Lächeln. »Schon recht, Ihr sollt Euch nicht überanstrengen. Gute Nacht, Kate.«

Wenig später stand Kate in ihrem Gemach am Fenster und blickte auf die See hinaus. Sie hatte Deirdre nicht täuschen können. Die Haushälterin hatte gewußt, daß Kate nur gegangen war, um einem Gespräch über Robert auszuweichen. Sie mußte gegen diesen Impuls ankämpfen, immer davonzulaufen, wenn die Rede auf Robert kam, und sie hatte kein Recht, Deirdre zu rügen, wenn diese sich verkroch, da sie sich doch ähnlich verhielt. Deirdres Art hatte viel für sich. Arbeit brachte Vergessen, und sie wünschte sich verzweifelt, Robert und ihre gemeinsame Zeit zu vergessen.

Aber sie wollte dabei die Menschen von Craighdhu nicht ausschließen. Mit jedem Tag, der verging, wurde ihre Beziehung zum Clan enger. Die Leute akzeptierten sie allmählich und bezogen sie in den Kreis der Clanangehörigen ein. Sie wünschte, Deirdre, der sie nun Bewunderung und Sympathie entgegenbrachte, hätte in den Genuß dieser Herzlichkeit und Wärme gelangen können, da sie sich mitunter sehr einsam fühlen mußte, selbst wenn sie es sich nicht eingestand. Wenn die Inselbewohner nur Deirdres arrogante Selbstsicherheit hätten übersehen und sie wegen ihrer Tugenden hätten akzeptieren können. Niemand war klüger, anständiger oder fleißiger als die Irin. Sie könnten einander so viel geben. Ein Jammer, daß... Kate atmete hörbar ein und umklammerte das eichene Fensterbrett fester, als ihr ein glänzender Gedanke kam.

Vielleicht ließ er sich in die Tat umsetzen.

»Also, können wir es machen?« fragte Kate Gavin begierig.

»Ich glaube, dein Entschluß steht ohnehin fest«, sagte Gavin. »Du brauchst meine Zustimmung nicht.«

Sie lächelte. »Aber es wäre angenehm, deine Unterstützung zu haben.«

»Du weißt, daß du sie hast.« Gavin lächelte. »Aber ich brauche Ians Hilfe, wenn ich mit den Schreinern verhandle. Ich nehme an, die Frauen hast du bereits ausgesucht?«

»Meg Kildare, Sarah und Mary Cameron, Catherine Mactavish, Elspeth MacDonald. Mit ihnen habe ich bereits gesprochen, und sie sind alle einverstanden. Aber ich möchte, daß du die Männer aufsuchst und ihnen erklärst, was für eine gute Sache das ist.«

Gavin seufzte. »Ich will sehen, was ich tun kann.«

»Du wirst es sehr gut machen.« Kate ging zur Tür. »Wenn du dich bemühst, kannst du sehr überzeugend wirken.«

»Nicht mehr als du. Wann wirst du mit Deirdre sprechen?«

»Heute abend.« Es würde all ihrer Überzeugungskraft bedürfen, um Deirdre zu überreden, und am zugänglichsten schien sie während der gemeinsamen in ihrer Kammer verbrachten Stunden.

»Meinst du nicht, daß du zuerst mit ihr hättest sprechen sollen?«

Kate schüttelte den Kopf. »Ich wollte erst alles geregelt wissen.«

Gavin nickte. »Ich verstehe, warum. Sie wird das größte Hindernis sein. Du bist nicht zu beneiden.«

»Ihr seid heute so still«, sagte Deirdre, während sie ihr Weberschiffchen hin- und hersausen ließ. »Hat Gavin beunruhigende Nachrichten gebracht?«

»Nein.« Kates Hände, die ihre Knie umfaßten, verkrampften sich nervös, als der Weberkamm gegen den Rahmen stieß und den Faden auf seinen Platz zwang. Meist hatte sie das schwere, rhythmische Geräusch als beruhigend empfunden. Heute aber steigerte es ihre Nervosität, als sie einen Weg suchte, das Thema zur Sprache zu bringen. »Man könnte eher sagen, ich habe ihm beunruhigende Nachrichten gebracht.«

Deirdre lächelte und schwieg.

»Ihr wollt nicht fragen, welche Nachrichten?«

»Ihr werdet es mir sagen, wenn es Euch beliebt. Ihr seid nicht der Mensch, der schweigt, wenn er etwas auf dem Herzen hat. Dann muß alles heraus.«

»Nun, ich habe allerdings etwas auf dem Herzen.« Sie atmete tief durch. »Ich möchte, daß Ihr die Frauen von Craighdhu in der Webkunst unterweist.«

Deirdres Ausdruck blieb unverändert. »Ach, wirklich?«

»Ich dachte, wir könnten mit fünf Frauen beginnen, und wenn Ihr dann das Gefühl habt, sie seien ausgebildet, könntet Ihr weitere fünf unterrichten.«

»Was für ein Unsinn. Dafür habe ich keine Zeit.«

»Gewiß, Ihr müßtet mindestens vier Stunden täglich mit den Frauen zubringen und härter arbeiten als je zuvor. Aber ich kann mir nicht denken, daß Euch das etwas ausmacht. Vielleicht könnten wir uns mehr Hilfe aus dem Ort besorgen, und auch ich werde tun, was ich kann. Ich habe hier unter Eurer Anleitung schon viel gelernt.«

Schließlich stand das Schiffchen still, und Deirdre drehte sich zu ihr um. »Warum das alles? Was bezweckt Ihr damit?«

»Ich sehe nicht ein, warum den Iren der gesamte Profit zufallen soll. Gewiß sind die Schottinnen nicht dümmer und können ebenso geschickt mit dem Webstuhl umgehen.«

»Ich soll also den Profit meiner eigenen Leute schmälern?«

»Es sind nicht mehr Eure Leute. Ihr gehört jetzt zu uns. Aber das wißt Ihr selbst am besten. Außerdem wird es genug Arbeit für alle geben. Gavin sagt, der Handel mit Wolle sei wie ein nimmersatter Riese und die Nachfrage gewaltig.«

»Das stimmt.«

»Ihr wollt es also machen?«

»Nein.«

Kate, deren Hoffnung sank, runzelte die Stirn. »Warum nicht?«

»Die Frauen aus dem Dorf werden nicht auf mich hören. Sie mögen mich nicht.«

»An diese Möglichkeit dachte ich schon.«

»Es ist mehr als nur eine Möglichkeit.«

»Sie müssen Euch nicht mögen. Sie sollen Euch nur respektieren und dürfen sich von Eurem Gehabe nicht abschrecken lassen. Ich habe Frauen ausgewählt, die genug Selbstvertrauen besitzen, um Euch die Meinung zu sagen. Das könnte hilfreich sein. Sollte ich mich geirrt haben, werden wir fünf andere auswählen. Und ich werde die erste sein, die die Wogen glättet, falls es Unstimmigkeiten geben sollte. Ihr seid eine gute Frau, Sie müßten Euch nur kennenlernen, wie ich Euch kenne.«

Deirdre überlegte. »Es wird nicht gehen«, sagte sie tonlos.

»Es wird gehen. Ich möchte es für Craighdhu.«

»Und deshalb muß es gehen, meint Ihr.« Sie schüttelte den Kopf. »Ich würde den Verstand verlieren, wenn ich diesen ungeschickten Frauenzimmern das Weben beibringen müßte.«

»Sie werden nicht immer ungeschickt bleiben. Ihr werdet fordern, daß sie besser werden, und sie werden es schaffen.«

»Die nehmen doch schon nach der ersten Stunde Reißaus.«

»Und wenn, dann werden sie zurückkommen.«

»Warum sollten sie?«

»Aus demselben Grund, weshalb Ihr kommen würdet. Es ist eine Möglichkeit, seinen Wert zu steigern, der Fähigkeiten wegen geachtet zu werden, der Geschicklichkeit wegen umworben zu sein. Einer Frau bietet sich nicht oft die Möglichkeit, sich ihren Platz auf der Welt zu verdienen und ihn nicht zugewiesen zu bekommen.«

»Nicht jede Frau möchte das.«

»Dann werden wir sie lehren, es zu wollen.«

»Damit ihre Männer es ihnen wegnehmen können?«

»Das wird auf Craighdhu nicht geschehen.«

»Männer sind auf der ganzen Welt gleich.«

»Glaubt Ihr, Robert würde zulassen, daß ihre Männer mit ihnen umspringen wie Euer Mann mit Euch?«

Deirdre schwieg. »Vermutlich nicht«, sagte sie schließlich.

»Ihr seid also einverstanden?«

»Und die Webstühle?«

Ihre Hoffnung flammte wieder auf. »Ian Mactavish wird morgen mit den Schreinern verhandeln.«

Deirdre ließ ein verächtliches Schnauben hören. »Was versteht der denn von Webstühlen? Ich werde hingehen, das Holz auswählen und ihnen sagen, wie man es richtig macht.«

Du liebe Zeit, Deirdre war wieder voll in ihrem Fahrwasser, aber Kate hatte so viel erreicht, daß sie ihren Erfolg nicht durch Einwände aufs Spiel setzen wollte. »Sicher weiß er Eure Hilfe zu schätzen.«

»Das wird er zwar nicht, aber er bekommt sie trotzdem. Ich kann nicht zulassen, daß diese hilflosen Tölpel untaugliche Webstühle zimmern.« Sie drehte sich wieder zu ihrem Webstuhl um. »Und mit vier Stunden täglich kommen wir nicht aus. Die Frauen werden mindestens sechs Stunden arbeiten müssen. Aber auch dann dauert es etwa drei Jahre, bis sie brauchbar arbeiten, und fünf Jahre, bis sie im Wettbewerb bestehen können.«

In vier Jahren würde Kate nicht mehr da sein. Sie würde das Aufgehen der jetzt gesäten Saat nicht miterleben, wurde ihr mit einem Anflug von Wehmut klar. Aber Craighdhu würde noch hier sein, und wo immer sie sich befinden mochte, sie würde wissen, daß sie die Insel bereichert hatte. »Ich möchte, daß sie in vier Jahren soweit sind. Ist das möglich?«

Deirdre drehte sich mit der Andeutung eines Lächelns wieder zu ihr um. »Ja. Gebt mir richtige Frauen und keine dummen Gänse, dann ist es durchaus möglich.«

Edinburgh Castle

»Natürlich könnte alles nur fingiert sein. Dieser Sebastian Landfield scheint mir nicht sehr vertrauenswürdig.« James machte ein nachdenkliches Gesicht. »Aber ich konnte die Sache nicht einfach übergehen, ohne sie zu untersuchen.«

»Nein, Ihr hattet recht, nach mir zu senden.« Alec Malcolm führte seinen Pokal an die Lippen. »Und das, was Landfield sagt, stimmt zumindest zum Teil. Auf dem Weg hierher traf ich MacDarren und seine Kathryn.«

»Ach, wirklich?« Das Stirnrunzeln des Königs vertiefte sich. »Ist sie so einnehmend, wie Landfield behauptet?«

Malcolm rief sich die Begegnung in Erinnerung. Die angenehme Erscheinung eines Menschen bedeutete ihm nichts, doch war ihm schon im Kindesalter aufgegangen, daß andere dies als sehr wichtig erachteten, was ihm merkwürdig erschien, doch hatte er bald gelernt, diese Schwäche zu seinem Vorteil zu nutzen. Bei der Begegnung mit Kathryn MacDarren hatte er sie eingeschätzt, wie er es bei jedem tat, und festgestellt, ob sie bedrohlich oder brauchbar war. Sie war ihm eher durch ihre Intelligenz und Offenheit aufgefallen als durch Schönheit. »Für meine Begriffe ist sie recht hübsch. Vor allem aber ist sie nicht dumm.«

James stieß eine halblaute Verwünschung aus. »Keine gute Nachricht.«

»Sie ist weder gut noch schlecht, ehe wir nicht die Wahrheit wissen. Ihr habt diese Amme, Clara Merkert, herbeigeschafft?«

James nickte. »Der Trupp, den ich aussandte, traf vor zwei Tagen ein. Sie befindet sich im Verlies.«

»Wurde sie verhört?«

»Sie behauptet, nichts von einem Kind zu wissen, das meine Mutter in der Gefangenschaft geboren haben soll. Sie sagt, das

Mädchen entstamme der Verbindung eines Mannes von niederem Adel mit einer stadtbekannten Person zweifelhaften Rufes. Mir erscheint jedoch verdächtig, daß die Amme aus einem Dorf stammt, das unweit des Ortes liegt, wo sich meine Mutter zur Kur aufhielt.«

Malcolm ließ ein leises Lachen hören. »Und wo sie sich zudem auch Shrewsbury gestattete.«

»Wie Ihr schon sagtet, wissen wir nicht, ob es wahr ist«, sagte James. »Alles lief in letzter Zeit so glatt. Wie ich diese Mißhelligkeiten hasse.«

»Deshalb habt Ihr mich kommen lassen.« Malcolm sagte es unbekümmert. »Um Euch die Last abzunehmen.«

James' Stirn glättete sich. »Alec, du hast mir gefehlt«, gestand er leise. »Ich habe dir sehr gezürnt, als du mich verlassen hast.«

»Ich konnte ja nicht ewig in Edinburgh bleiben. Ich muß meine Grenzen bewachen.« Er hielt den Blick des Königs fest. »Wenn Ihr dafür sorgen könnt, daß MacDarren mich nicht mehr bedroht, dann könnte ich Euch öfter besuchen.«

»Du weißt doch, daß ich gegen ein so mächtiges Clanoberhaupt wie MacDarren ohne triftigen Grund nicht vorgehen kann. Deine Streitigkeiten mußt du schon auf eigene Faust bereinigen.«

Alec hatte gewußt, daß James' Antwort so ausfallen würde. James genoß die Dominanz von Alec über ihn, doch ließ er nie zu, daß sie mit seinem Ehrgeiz oder seinem Wohlleben in Konflikt geriet. »Dann müßt Ihr eben ohne meine Gesellschaft auskommen.«

»Sind dir deine kleinen Beutezüge wichtiger als ich?« fragte James schmollend.

Malcolm wurde von Ungeduld erfaßt. Er wußte, was James als Antwort erwartete, und wenn nötig, würde er sie ihm geben. Aber er hielt es nicht für nötig. Er konnte sich getrost das kleine Vergnügen gönnen und James einen Hauch der Überlegenheit spüren lassen, nach der dieser lechzte. »Ja, gewiß, sie sind wichtiger«, sagte er. »Ich füge Euch in mein Leben ein, wie und wann es mir paßt.«

James' Wangen röteten sich vor Wut. »Ihr geht zu weit, Alec.«

»Genau deswegen genießt Ihr meine Gesellschaft. So, und jetzt Schluß mit dem Gejammer.« Er wechselte das Thema. »Habt Ihr dieses Frauenzimmer foltern lassen?«

»Noch nicht. Ich wollte auf dich warten.« James sagte es in gekränktem Ton. »Dein Talent auf diesem Gebiet ist wahrhaft überragend.«

Am liebsten hätte er dem eingeschnappten Kerl ins Gesicht geschlagen, aber im Moment galt es, ihn zu besänftigen und nicht zu züchtigen. »Nur zu Eurem eigenen Vorteil.« Sein Lächeln war voller Wärme. »Ihr wißt ja, wie mir Euer Wohl am Herzen liegt.«

Der Bursche schnappte nach dem Brocken wie ein halbverhungerter Köter nach einer Lammkeule. »Wirklich?«

»Bin ich nicht mitten im Winter übers Bergland geritten, um zu Euch zu kommen?«

»Zuweilen springst du ziemlich barsch mit mir um. Das ist nicht nett, da ich doch eine so große Bürde zu tragen habe.«

»Nun, eine Last wenigstens will ich Euch jetzt abnehmen.« Er trank den Wein in einem Schluck aus und setzte den Pokal ab. »Wie alt ist diese Merkert?«

»An die Fünfzig.«

»Das ist nicht zu alt fürs Rad. Wenn einer auf die Sechzig zugeht, brechen die Knochen schon zu leicht. Dann ist die Peitsche wirksamer.«

James verzog angewidert das Gesicht. »Ich möchte nichts davon hören. Das ist deine Sache.«

»Ich möchte nur meine eigenen Leute im Verlies haben. Und ich möchte ungestört bleiben.«

»Wie es dir beliebt.«

»Das wollte ich hören.« Er stand auf. »Achte darauf, daß du deine Worte nicht vergißt... später.«

James' Miene erhellte sich. »Du wirst heute abend zu mir kommen?«

»Wie könnte ich dir widerstehen?« Sofort dämpfte er die sinnliche Sanftheit mit Härte. »Aber erst muß ich mich um Wichtigeres kümmern.« Er ging zur Tür. »Wenn meine Zeit es zuläßt, werde ich mich Eurer persönlichen Bedürfnisse annehmen.«

Als er den Korridor entlangschritt, unterzog er seine Begegnung mit dem König einer Analyse. Insgesamt war es gutgegangen. Er hatte sich seine Macht über den Jüngling gesichert und würde sie später auf körperlicher Ebene noch festigen. Im Moment aber galt es zu entscheiden, ob diese Merkert nur dazu gedient hatte, um ihn nach Edinburgh zu locken, oder ob eine echte Gefahr für James bestand. Die ganze Geschichte hörte sich höchst unwahrscheinlich an, aber wenn auch nur ein Körnchen Wahrheit dahintersteckte, dann bot die Situation reizvolle Möglichkeiten.

Bliebe nur die Frage, wie sich diese Möglichkeiten zur Entfaltung bringen und nutzbar machen ließen.

»Ich möchte mindestens sechs Schafe.« Kate führte das letzte Stückchen Hammelfleisch nachdenklich zu ihrem Mund.

Um Gavins Lippen zuckte es. »Bei allen Heiligen, dein Hunger muß heute unstillbar sein.«

Sie tat die Bemerkung mit einer Handbewegung ab. »Es ist mein Ernst. Wir sollten sechs erstklassige Schafe von den Iren kaufen und unsere eigene Herde züchten.«

»Darf ich dich daran erinnern, daß die Insel nicht genügend Weideland für eine Herde bietet?«

»Aber die Pächter auf dem Festland können sie weiden lassen, wenn sie auf ihre Rinder verzichten. Sicher haben sie bislang nur deshalb keine Schafe gezüchtet, weil man auf Craighdhu nie an Schafzucht dachte und in Schafen nur Handelsobjekte sah.«

Gavin lachte. »Es reicht nicht, daß du das Städtchen mit deinen Weberinnen auf den Kopf gestellt hast, du mußt uns jetzt auch noch zu Schafhirten machen.«

»Davon kann keine Rede sein. Wir fangen ganz langsam an. Und bis die Weberinnen soweit sind, möchte ich sie mit eigener Wolle versorgen können.«

»Sag, reichen die Weberinnen dir nicht als Beschäftigung?«

»Deirdre hat sie jetzt gut im Griff. Ich brauche mich nur um sie zu kümmern, wenn es Streit gibt.« Tatsächlich hatte sich der Webunterricht besser angelassen, als sie es für möglich gehalten hätte. Die Frauen des Clans hatten erstaunliche Entschlossenheit und Geduld gezeigt, und Deirdres Feuereifer hatte alle mitgerissen. Aus sechs Stunden täglich waren acht geworden, und sehr oft blieb die Haushälterin mit der einen oder anderen noch bis spätabends im Webhaus. Kate hegte berechtigte Hoffnung, daß diese Vertrautheit sich wohltuend auf Deirdre wie auch auf Craighdhu auswirken würde. »Es wird Zeit, daß ich mir eine andere Aufgabe suche. Ich wüßte keinen Grund, weshalb wir die Clanleute auf dem Festland nicht davon überzeugen könnten, daß sie nicht nach Irland fahren müssen, um sich zu bereichern.«

Nun lachte Gavin lauthals. »Ich auch nicht.«

Er lachte, obwohl sie aus Überzeugung gesprochen hatte. Ihr war dieser typisch männliche Standpunkt unbegreiflich, man müsse die ganze Welt nach etwas absuchen, das man mit ein wenig Mühe zu Hause auch finden konnte. Vermutlich lag es in der männlichen Natur zu nehmen und in der weiblichen zu nähren und aufzubauen. Und bei Gott, aufbauen konnte sie, wenn sich die Chance ergab. Sie wollte allen zeigen, was sich mit Craighdhu anfangen ließ.

In den letzten Wochen hatte Craighdhu sie vieles gelehrt. Sie hatte gelernt, ihr Temperament zu zügeln, zuzuhören, nachzudenken, ehe sie sprach. Sie hatte entdeckt, daß die Menschen hier ehrlich und offen waren, mit trockenem Witz begabt und mit dem Glauben, daß niemand auf der Welt besser sei als ein Highlander. Anfangs hatte man sie nur mit jener Achtung behandelt, die man der Frau eines Bruders zuteil werden ließ, und alles andere hatte sie sich erst verdienen müssen. Diese Herausforderung fand sie so aufregend wie Craighdhu selbst, aber um dieser Herausforderung weiterhin begegnen zu können, mußte sie härter arbeiten, mehr lernen und mehr tun. Mit jedem Tag wurde dieses Verlangen größer und ihre Zeit knapper. »Wirst du mir meine Schafe verschaffen?«

»Du wirst ein wenig warten müssen, oder aber du überträgst Ian diese Aufgabe.« Gavin blickte in die Tiefen des Weins in seinem Pokal. »Ich gehe heute nacht fort.«

»Was? Wohin willst du...?« Sie hielt inne, als ihr sein Plan einfiel. Sie war in ihr neues Leben so verstrickt gewesen, daß sie Gavins Absichten hinsichtlich Malcolms Tochter fast vergessen hatte. »Nein, Gavin, bitte nicht.«

»Jeanie braucht mich.« Er blickte lächelnd auf. »Und ich brauche sie.«

»Robert hält die Sache für viel zu gefährlich.«

»Sie ist kaum gefährlich, da Alec sich nun in Edinburgh aufhält. Nie wird sich mir eine günstigere Gelegenheit bieten.« Er trank ihr spöttisch zu. »Wünsch mir Glück, Kate.«

Sie spürte, daß er sich von seiner Absicht nicht würde abbringen lassen. »Wie willst du es schaffen?«

»Ich habe seit Jahren in Malcolms Haushalt Leute bestochen, die Zusammenkünfte arrangierten und Jeanie Nachrichten überbrachten. Mach kein so ängstliches Gesicht«, beruhigte er sie. »Ich gehe einfach auf Beutezug. Es ist weniger gefährlich, als wenn man Cavendish einige seiner Pferde raubt.«

»Und was ist mit Duncan, ihrem Bruder?«

»Duncan ist mir gewogen und kann seinen Vater nicht ausstehen. Jede Wette, daß er unsere Verfolgung nicht mit der gebotenen Eile aufnimmt.«

»Hoffentlich behältst du recht«, flüsterte sie. »Wohin willst du sie bringen?«

»Ich glaube, nach Irland. Ich kenne dort Leute, die uns verstecken.« Er hielt inne. »Aber zuerst bringe ich sie für ein oder zwei Tage hierher und schließe Frieden mit Robert. Das ist einer der Gründe, weshalb ich so lange gewartet habe. Robert wird in ein paar Tagen zurückkommen, so daß ich ihn noch treffen kann, ehe wir nach Irland müssen.«

Erleichtert atmete sie auf. Für einen Moment hatte sie befürchtet, sie würde Gavin nie wiedersehen. Und bis zu diesem Augenblick war ihr nicht klargewesen, wie sehr er ihr ans Herz gewachsen war. »Du rechnest damit, daß er toben wird?«

Gavin nickte. »Aus Angst um Craighdhu. Deshalb habe ich gewartet, bis er fort ist... weil zu befürchten stand, daß er mich hindern... oder mir helfen würde. Ich bringe Robert mit meinem Vorgehen in eine schreckliche Zwickmühle. Ich bringe Craighdhu in Gefahr, aber ich bin Angehöriger des Clans und gehöre zu ihm.« Mit einer Grimasse erhob er sich. »Doch ich kann mir nicht über ihn den Kopf zerbrechen, wenn ich selbst große Sorgen habe.«

»Wann kann ich dich zurückerwarten?«

»Spätestens in vier Tagen. Ich erbitte von dir nur eine Kammer und ein herzliches Willkommen für meine Jeanie.«

»Das Gemach wird bereit sein, aber daß ich Jean an mein Herz drücken werde, kann ich nicht versprechen.« Kate preßte die Lippen aufeinander. »Sie muß sehr selbstsüchtig sein, wenn sie dich auf diese Weise in Gefahr bringt.«

Er schüttelte den Kopf. »Wenn du sie erst kennst, wirst du deine Meinung ändern.« Er nahm ihre Hand und drückte sie sanft. »Wirst du für mich beten?«

»Natürlich«, sagte sie grollend. »Obwohl ein Tor wie du es nicht verdient.«

»Es sind die Toren, die der Gebete am meisten bedürfen.« Damit drehte er sich um und schritt aus der Halle.

*

Edinburgh

Ich darf mir von meiner Erregung nichts anmerken lassen, dachte Alec, als er sich der Tür von James' Gemach näherte.

Der Argwohn des Königs durfte nicht geweckt werden. Erst muß ich als dominierender Zuchtmeister auftreten und dann als Besänftiger von Körper und Geist, dessen James so sehr bedarf. Das war nicht einfach. Aber wer hätte gedacht, daß sich ihm diese Chance bieten würde? Natürlich war es jammerschade, daß die Frau tot war – in Fällen wie diesen waren lebende Zeugen immer besser –, aber er besaß immerhin ihr Geständnis. Das mußte reichen. Er würde dafür sorgen, daß es genügte.

Die zwei Posten vor der Tür zu James' Gemächern ließen ihn ungehindert eintreten. Ein gutes Zeichen.

James saß in die Arbeit vertieft an seinem Schreibtisch. Er trug einen samtenen Hausmantel in Purpur und Gold, der sein Gesicht ungesund bleich aussehen ließ. Der Bursche hat eine fatale Vorliebe für Purpur, dachte Alec verächtlich. James wiegte sich wohl in der Annahme, die leuchtende Farbe unterstreiche seine würdevolle Erscheinung und verleihe ihm den Anschein von Macht. Alec hätte ihm sagen können, daß Faxen dieser Art nichts taugten. Nur was in einem Menschen steckte, gab ihm Macht über andere.

James sah auf, senkte den Blick aber sofort wieder auf das Pergament vor sich. »Ich zürne dir. Es hat zwei Tage gedauert.«

Er zürnte ihm so sehr, daß er den Wachen Befehl gegeben hatte, Alec jederzeit einzulassen. »Die Frau war stark. Ich mußte mich auf das konzentrieren, was ich Euch versprach.«

»Ist es erledigt?«

»Ja.«

»Und das Resultat?«

Alec lächelte. »Der Vikar ist im Kopf so wirr, wie Ihr vermutet habt.«

»Dann hat die Frau die Wahrheit gesagt?«

»Nicht ganz.« Er war zu der Einsicht gelangt, daß seine Lüge eine günstigere Wirkung erzielen konnte als jene, die die Frau zuvor James aufgetischt hatte. »Das Mädchen ist die Tochter des Marquis von Frandal. Er hat die Tochter eines katholischen

Kaufmanns im Dorf geschwängert. Unsere keusche Elizabeth zürnte dem jungen Wüstling, da er ihr aber gefiel, wollte sie ihn vor dem Vorwurf der Papisten schützen und kümmerte sich persönlich darum, daß das Kind fortgeschafft wurde.«

»Bist du sicher?«

»Wann habe ich Euch je enttäuscht? Zum Schluß war die Frau vor Schmerzen von Sinnen. Sie konnte es kaum erwarten, ein Geständnis abzulegen.«

James seufzte. »Eine große Erleichterung für mich.«

»Das dachte ich mir. Soll ich Euch das Verhör schildern?«

»Nein.«

»Vielleicht später.« Er legte seinen kurzen Umhang ab und warf ihn auf den Sessel neben der Tür.« Ich habe fürs erste genug von Verliesen. Einmal werde ich Euch zu einer dieser kleinen Sitzungen mitnehmen.«

»Nein, bitte nicht, das würde mir nicht gefallen.«

Das meinte er im Ernst. James hatte nicht den Magen für Foltern, aber der Gedanke, daß Alec folterte, versetzte ihn in geheime Erregung, ein Gefühl, das er nicht einmal vor sich selbst eingestand. Als Alec einmal in seiner Gegenwart einen Diener schlug, hatte der König seine Hand genommen, sie betrachtet, ihre Kraft geprüft und sie gestreichelt. »Darüber wollen wir später reden«, sagte nun Alec, setzte sich und streckte die Beine aus. »Wie vortrefflich Euch diese Farbe kleidet. Nie habe ich Euch so gutaussehend angetroffen.«

»Ach, tatsächlich?« Vor Freude errötend, strich James über den Samt des Kragenaufschlages. »Es freut mich, daß sie dir gefällt. Ich werde den Mantel öfter tragen.«

»Ja, achtet darauf.« Alec lehnte sich zurück. »Wie gut, daß diese lästige Sache erledigt ist. Natürlich muß ich noch den Vikar aus dem Weg schaffen. Man darf nicht zulassen, daß sein Geschwätz die Höflinge zu diesem heiklen Zeitpunkt in Unruhe versetzt.«

»Was ist mit dieser Merkert?«

»Sie ist tot. Ich dachte, dies entspräche Eurem Wunsch...

nur für den Fall, daß Elizabeth Euch übelnähme, wie Ihr mit einer ihrer Untertanen umspringt.«

»Du denkst auch an alles.«

»Habt Ihr nicht aus diesem Grund nach mir geschickt? Meine Ergebenheit ist so groß, daß Ihr nur zu rufen braucht, damit ich herbeieile und tue, was Ihr befehlt.« Er hielt inne. »Aber jetzt müßt Ihr tun, was ich befehle – zieht mir die Stiefel aus.«

Wie immer zögerte James erst, aber Alec entging das Aufflammen vor Erregung im Blick des Jünglings nicht. Langsam stand der König auf und kam zu ihm. »Du verdienst eine Belohnung«, sagte er mit gespielter Beiläufigkeit, ehe er Alec den Rücken zuwandte und an seinem Stiefel zerrte. »Wie lange bleibst du bei mir?«

Am liebsten wäre Alec auf der Stelle aufgebrochen, spätestens aber morgen, da er Erregung und Vorfreude kaum zügeln konnte. Es war die jahrelang herbeigesehnte Gelegenheit, und jetzt ausgerechnet mußte er diesem Schwächling zu Willen sein.

»Alec?« James zog einen Stiefel aus und machte sich am zweiten zu schaffen.

Er durfte sich jedoch von seiner Ungeduld zu keinem einzigen falschen Schritt hinreißen lassen. Alles bedurfte genauer Planung und mußte klug und narrensicher in die Tat umgesetzt werden. Es galt, James einzulullen und in Sicherheit zu wiegen.

Wenn ein Thron als Belohnung winkte, war das keine allzu schwere Aufgabe.

»Ich werde eine Woche bleiben.« Mit der Andeutung eines grausamen Lächelns fügte er hinzu: »Wenn du sehr, sehr brav bist und jeden meiner Wünsche erfüllst.«

10. KAPITEL

Das Klopfen war laut. »Kate! Aufmachen!«

Gavin, erkannte sie verschlafen, und er klang...

Gavin!

Sie fuhr auf, sprang aus dem Bett und eilte durchs Zimmer.

»Gavin, bist du heil und unversehrt? Es ist erst zwei Tage her... was ist passiert?« überschüttete sie ihn mit Fragen, nachdem sie die Tür aufgerissen hatte.

»Natürlich bin ich unversehrt.« Er lächelte glücklich, sein Sommersprossengesicht strahlte vor Freude. »Tut mir leid, daß ich dich zu nachtschlafender Zeit wecke, aber wir sind soeben angekommen.« Er drehte sich um und streckte nach jemandem hinter ihm die Hand aus. »Das ist meine Jeanie.«

Kate erstarrte, als ihr Blick Gavins folgte.

Jean Malcolm schwebte anmutig aus dem Schatten hervor, bis sie an Gavins Seite stand. »Ihr seid sehr gütig, mich aufzunehmen«, flüsterte sie mit zaghaftem Lächeln. »Ich bete darum, daß ich Euch nicht zur Last falle.«

Ein Blick auf das Mädchen, und Kates Mut sank. Sie hatte gehofft, Gavin würde nach einem Wiedersehen mit Jeanie erkennen, daß keine Frau die Gefahr wert war, die er auf sich nehmen wollte, doch jetzt war ihr klar, warum er gewillt war, so viel aufs Spiel zu setzen. Das Mädchen war bildschön. Unter einem passenden Mantel trug sie ein Samtgewand mit ausladendem Reifrock, so modisch, wie Kate es gelegentlich an den Damen gesehen hatte, die auf dem Weg nach London durch ihr Dorf gekommen waren. Das tiefe Blau des Samtes hob das Veilchenblau der Augen und das schimmernde Flachsblond der Haare reizvoll hervor. Obwohl mittelgroß, wirkte sie dank ihres zierlichen Körperbaus und der schmalen Taille kleiner, ein Eindruck, der durch ihre sanfte Art noch vertieft wurde.

»Willkommen auf Craighdhu«, sagte Kate förmlich.

»Wie du siehst, hatte ich recht, daß alles reibungslos ablaufen würde.« Gavin blickte lächelnd auf Jean hinunter. »Wie könnte dir auch jemand widerstehen, Liebes?«

Ja, wie? fragte Kate sich verzweifelt. Jean Malcolm war eine Gestalt wie aus der Ballade eines Troubadours, die in Bedrängnis geratene Königstochter, die zu retten jeder Mann sich wünscht. »Habt ihr schon gespeist?«

Gavin schüttelte den Kopf. »Erst wollte ich sie in Sicherheit wissen. Fürs Essen habe ich keine Zeit. Ich muß auf der Stelle aufs Festland, um den Geistlichen für die Trauung zu holen.« Er vollführte eine Handbewegung, die seiner Erregung Ausdruck gab. »Kate, du hättest mich sehen sollen. Wie ein Gespenst schlich ich mich in die Burg, holte Jeanie und war in...«

»Er war großartig«, unterbrach Jean Malcolm ihn freudestrahlend. »Ein wahrer Ritter.« Sie sah Gavin flehentlich an. »Aber meine Müdigkeit ist größer, als ich dachte. Ich bin am Ende meiner Kräfte. Könnte ich mich hier ausruhen, während du mir Früchte oder Käse bringst?«

»Ich werde Deirdre wecken und ihr sagen, sie soll...«

»Nein.« Sie schwankte vor Mattigkeit. »Bitte, könntest du selbst in die Küche gehen? Ich möchte jetzt nicht noch mehr Fremden gegenübertreten. Könntest du...?« Anstatt weiterzusprechen, schenkte sie ihm ein liebreizendes Lächeln.

Kate sah, daß dieses Lächeln Gavin dahinschmelzen ließ wie das letzte Eis des Winters.

»Kate, kümmere dich um sie.« Gavin führte Jeans kleine Hand an die Lippen. »Ich bin gleich wieder da.« Damit drehte er sich um und lief rasch den Gang entlang.

»Wollt Ihr nicht eintreten?« lud Kate ihren Gast ein. »Kann ich Euch ein Glas Wasser oder Wein anbieten?«

»Nein, danke.« Das Mädchen schwebte in den Raum und ließ sich in dem Sessel an der Tür nieder. Sie beobachtete Kate, als diese eine Kerze im silbernen Halter anzündete. »Wir haben nicht viel Zeit. Gavin wird bald zurück sein, und wir müssen zu einer Übereinkunft kommen, ehe er da ist.« Die Kapuze ihres Mantels zurückschiebend, begegnete sie Kates Blick mit kühler Direktheit. »Macht Euch keine Sorgen«, sagte sie entschieden. »Ich sorge für seine Sicherheit.«

Die Worte waren so schockierend wie die Veränderung in der Haltung des Mädchens. Es war, als hätte es eine glitzernde, juwelenbesetzte Maske abgenommen. *»Ihr wollt für seine Sicherheit sorgen?«*

Jean Malcolms Geste zeugte von Ungeduld. »Wir beide wissen natürlich, daß Gavin jemanden braucht, der sich um ihn kümmert. Ihr wart bei meinem Anblick sogleich voller Abwehr, weil Ihr dachtet, ich könnte ihn in Gefahr bringen.« Sie runzelte die Stirn. »Unterwegs hat er viel von Euch gesprochen. Das hat mich zunächst stutzig gemacht. Ich glaubte schon, Ihr seid selbst in Leidenschaft für Gavin entflammt, aber jetzt weiß ich, daß ihr nur Freunde seid.«

Neugierig fragte Kate: »Und was wäre, wenn Ihr den Eindruck gewonnen hättet, ich wäre für ihn entflammt?«

»Ach, ich würde Euch davon kurieren.« Jean lächelte. »Oder bei dem Versuch untergehen.«

In ihren sanft geäußerten Worten schwang unüberhörbar ein drohender Unterton mit.

»Ich könnte es nicht dulden, daß mein Gavin ständig von einer anderen in Versuchung geführt wird«, fuhr sie fort. »Es würde das Leben für uns sehr unangenehm gestalten.«

»Aber ihr werdet nicht hier leben. Gavin sagte, euer Ziel sei Irland.«

»Dort werden wir nicht ewig bleiben. Gavins Herz bleibt hier.« Um ihren Mund legte sich ein entschlossener Zug. »Ich werde nicht zulassen, daß ihn die Ehe mit mir unglücklich macht.«

Sie schien für Gavin aufrichtige Liebe zu empfinden. »Weiß er von Eurem Entschluß?«

»Noch nicht. Er soll sich erst an mich gewöhnen, ehe er die Furie in mir kennenlernt.« Ihr Lächeln verlieh ihren zarten Zügen etwas Lausbübisches. »Es ist einfacher, wenn er in mir das süße, sanfte Wesen sieht, für das die Welt mich hält.«

»Das ist Verstellung.« Kate sagte es mit Absicht. »Ihr belügt ihn.«

Das Mädchen erstarrte. »Ich lüge nicht. Ich...« Sie sprach nicht weiter und sagte dann leise: »Also gut, ich belüge ihn. Gavin und ich konnten uns immer nur einige Minuten Gemeinsamkeit stehlen. Ich liebe ihn. Ich möchte, daß er mich liebt. Männern fällt es leichter, gefügige, schwache Frauen zu lieben, und ich habe schon vor langer Zeit entdeckt, daß man die Schwäche, die ihnen so zusagt, zum eigenen Vorteil nutzen kann.«

Kate schüttelte verständnislos den Kopf.

»Ich bin nicht wie Ihr«, sagte Jean. »Gavin schilderte mir, wie temperamentvoll Ihr sein könnt. Er bewundert Euch deswegen, ich aber sehe Ungestüm als Dummheit an, wenn man sein Ziel mit anderen Mitteln erreichen kann.« Sie schnitt eine Grimasse. »Obwohl ich fürchte, daß Verstellung einem zur Gewohnheit wird, von der man nur schwer wieder abläßt. Ich bin schon so lange das, was mein Vater zu sehen wünscht, daß es mir zur zweiten Natur wurde.«

Kate wurde von Mitleid erfaßt. Wer war sie denn, daß sie über die Verhaltensweise urteilte, zu der Jean Zuflucht genommen hatte, um einen Vater wie Alec Malcolm aushalten zu können? »Ihr könnt Gavin nicht ein Leben lang hinters Licht führen.«

»Ich möchte ihn ja nicht immer belügen. Aber im Moment ist es von Vorteil, wenn ich ihn beherrsche.« Sie schüttelte den Kopf. »Wir beschreiten einen gefährlichen Weg. Mein Vater ist ein Ungeheuer. Ich habe erlebt, wie er meine Mutter unterjochte und sie mit seiner Grausamkeit tötete. Ich darf nicht zulassen, daß er Gavin etwas antut.« Sie begegnete Kates Blick. »Darin sind wir uns sicher einig, wenn wir auch sonst nicht einer Meinung sein mögen. Glaubt Ihr mir?«

»Ja.« Sie war nicht sicher, ob sie Jean Malcolm verstand, aber sie glaubte ihr, daß sie Gavin liebte. »Aber ich wüßte nicht, wie Ihr es verhindern wollt.«

»Ich weiß es auch nicht, aber ich werde einen Weg finden.«

Plötzlich regte sich in Kate ein Verdacht. »Mir erscheint es höchst sonderbar, daß Gavin Euch so mühelos aus Kilgranne entführen konnte.«

»Er hat mir eine Botschaft zukommen lassen. Ich bestach den Stallburschen und betäubte den wachhabenden Posten.« Sie runzelte die Stirn. »Gavin darf es nicht erfahren. Es würde ihm die Freude verderben.«

Um Kates Lippen zuckte es. »Nein, wir wollen Gavin nicht die Freude verderben.«

Jean erhob sich. »Nun will ich nicht länger Eure Nachtruhe stören. Morgen müssen wir mit der Planung der Hochzeit beginnen. Gavin möchte warten, bis Robert aus Irland zurück ist, aber ich gebe ihm nur eine Frist von zwei weiteren Tagen. Wir dürfen nicht damit rechnen, daß mein Vater noch lange in Edinburgh bleibt, wenn Robert wieder auf Craighdhu ist, und dann müssen wir hier längst fort sein.«

»Eine Hochzeit? Ihr heiratet nicht mit Handschlag... auf Treu und Glauben?«

Jean schüttelte entschieden den Kopf. »Wir heiraten vor Gott und den Menschen auf ewig. Ich möchte kein vorübergehendes...« Sie hielt inne, als sie Kates Gesicht sah. »Ach, bei Euch war es so? Kein Wunder, daß Ihr meinem Gavin nur Freundschaft entgegenbringt. Ich kenne Robert nicht sehr gut, aber ich halte ihn für einen harten Menschen. Den Weg, den Ihr eingeschlagen habt, ist nicht leicht.«

Sie war wütend auf sich selbst, weil sie dieser Fremden ihre Kränkung enthüllt hatte. »Nicht ich war es, die einen Weg einschlug. Er wurde mir aufgezwungen.«

»Dann dürft Ihr Euch allein die Schuld geben. Ein Mann wird immer versuchen, den Weg einer Frau zu bestimmen, aber man braucht ihn nicht einzuschlagen. Ihr müßt den richtigen Weg für Euch finden. Ihr habt zugelassen, daß man Euer Denken beeinflußt. Ich werde nicht…« Als sie Gavins Schritte hörte, stieß sie hastig hervor: »Wir sprechen uns später.«

Gavin trat mit einem Tablett ein, auf dem Käse, Brot und ein Apfel lagen. »Reicht das? Möchtest du auch einen Schluck Wein? Warum hast du ihr nichts zu trinken gegeben, Kate?«

»Kate war so liebenswürdig.« Jean sah Gavin mit liebevollem Lächeln an. »Ich fühle mich schon viel besser. Wenn du mir nun zeigst, wo ich schlafen soll, werde ich von diesen Köstlichkeiten essen und mich zur Ruhe begeben.«

»Ich führe Euch zu Eurem Gemach.« Kate griff zum Kerzenleuchter. »Die dritte Tür.«

»Kate, geh zu Bett.« Gavin konnte den Blick nicht von Jean wenden. »Ich wollte deine Nachtruhe nicht stören. Ich wollte nur, daß du Jeanie kennenlernst. Ist sie nicht so, wie ich sie schilderte?«

»Gavin, bitte…« Jean bedachte Kate mit einem bezaubernden, scheuen Lächeln.

»Nein«, murmelte Kate, als sie an ihnen vorüber zur Tür ging. »Deine Jeanie ist viel, viel mehr, als du mir sagtest.«

Die *Irish Princess* wurde gegen Mittag des zweiten Tages, nachdem Gavin Jean nach Craighdhu gebracht hatte, gesichtet. Das ganze Städtchen geriet sofort in helle Aufregung. Kate erfuhr die Neuigkeit im Weberhaus. Sie war froh, daß ihre plötzlich auftretende Nervosität und Unruhe dank der Freudenbekundungen um sie herum nicht auffiel. Und wennschon, dann war Robert eben zurück. Seine Gegenwart würde nichts ändern. Sie wollte zurück auf die Burg und ruhig warten, bis er zu ihr käme. Warum sollte sie ihm entgegenlaufen wie ein nach Zuneigung hungerndes Hündchen?

Er war wieder zu Hause.

Sie ertappte sich dabei, wie sie langsam durch die gewundenen Gäßchen zum Hafen ging, von den Menschen mitgerissen, die dem Schiff einen gebührenden Empfang bereiten wollten, hilflos angezogen wie von einem Magneten.

Er war zu ihr zurückgekehrt.

Nein, nicht zu ihr, sondern nach Craighdhu. Sie reizte nur seine Sinne. Sie war für ihn jemand, der ihm körperliche Freuden bereitete und seinen Lenden Erleichterung verschaffte. Dieser Gedanke hätte den Jubel dämpfen müssen, der sie erfaßte.

Er tat es nicht. Es war ihr einerlei. Sie würde Robert wiedersehen.

Er war da.

Sie war da.

Er hatte nicht erwartet, daß sie am Dock stehen würde. Beim Abschied war sie so erzürnt gewesen, daß seine letzte Erinnerung an sie flammende Augen und hitzige Worte waren. Und doch stand sie da, am hinteren Rand der Menge. Der Wind ließ ihren braunen Umhang wehen und gab den Blick auf ihre schlanke Gestalt frei.

»Offensichtlich hat dein sanftmütiges Eheweib ihr Mißfallen überwunden«, bemerkte Jock. »Ich hätte es mir anders erhofft.«

Robert schenkte ihm keine Beachtung, als er über die Gangway ging. O Gott, er verspürte dieselbe Erregung wie damals, als er vor vielen Jahren nach Hause gekommen war. Nein, nicht ganz dieselbe. Er war vom Anblick der Insel nicht erregt worden wie ein Hengst angesichts einer brünstigen Stute.

Er drängte sich durch die Schar der Neugierigen und blieb vor Kate stehen. »Du scheinst wohlauf zu sein.«

Sie nickte wortlos.

»Wie geht es Gavin?«

»Gut. Sehr gut.« Wieder schwieg sie und sah ihn unverwandt an, ehe sie stockend fragte: »War deine Überfahrt angenehm?«

Nicht so angenehm wie das Wissen, daß sie sich über seine Rückkehr freute. »Gewinnbringend. Wir haben erreicht, was wir wollten.« Was sie wohl tun würde, wenn er sie in das Lagerhaus auf der anderen Straßenseite brachte, die Tür zuknallte und ihr die Kleider vom Leib riß. »Ich habe dir etwas mitgebracht.«

»Ein Geschenk?«

Wie er ihren Mund liebte! Und ihren Duft nach Lavendel und Weiblichkeit. Er liebte ihren Mut, ihre Kühnheit und den Trotz, mit dem sie ihm entgegentrat, Eigenschaften, die verführerischer auf ihn wirkten als die noch so große Bereitwilligkeit jeder anderen. Bei Gott, sie hatte ihm gefehlt. »Es ist im Frachtraum. Ich lasse es...«

»Hast du nicht etwas vergessen, Robert?« Jock stand plötzlich neben ihnen. »Guten Tag, Mylady. Ich störe nur ungern diese herzliche Begrüßung, aber ich brauche Roberts Rat... es geht um ein anderes Frachtgut, das wir von Bord schaffen müssen.« Er verlagerte seine hünenhafte Gestalt und gab den Blick auf eine hochgewachsene braunhaarige junge Frau mit blitzenden blauen Augen frei, deren schwere Brüste fast das tiefausgeschnittene Mieder ihres Kleides sprengten. »Was soll ich mit diesem bezaubernden Geschöpf anfangen?«

Seine Frage entlockte der Frau ein Auflachen. Liebkosend legte sie die Hand auf Jocks Arm und sagte mit wohltönender Stimme: »Nun, dasselbe, was du auf See angefangen hast. Ich kann mich nicht beklagen. Änderungen kannst du dir sparen.«

Kates Blick wanderte verwirrt von der Frau zu Robert und zurück. Robert wiederum überhäufte Jock stillschweigend, aber um so giftiger mit sämtlichen ihm bekannten Flüchen. Für ihn stand fest, daß dieser Bastard es bewußt darauf anlegte, Unfrieden zu stiften.

»Möchtest du nicht unseren Gast aus der Ferne vorstellen?« fragte Jock.

»Mißstreß Norah Kerry«, sagte Robert und faßte nach Kates Ellbogen, um sie das Dock entlangzuschieben.

»Wenn es Nacht wird, bringe ich Norah auf die Burg«, rief Jock ihm nach. »Es wäre sinnlos, sie mitzubringen und ihre Dienste nicht zu nutzen.«

Dieser boshafte Unruhestifter! Robert spürte Kates Anspannung, die Verwirrung und das Unbehagen, die nun die zaghafte Glückseligkeit überlagerten, die er in ihr gespürt hatte.

»Welche Dienste?« fragte Kate.

»Ach, einerlei. Hat Gavin dir die Insel gezeigt?«

»Nur den Ort. Ich war beschäftigt.« Sie warf über die Schulter einen Blick zu Jock und Norah. »Welche Dienste?«

Der Wahrheit auszuweichen, war sinnlos. Kates' Neugierde und Hartnäckigkeit waren nicht zu zügeln. »Sie ist eine Dirne.«

Er spürte, wie sich unter seiner Hand ihre Armmuskeln anspannten. »Ich verstehe. Sicher war deine Fahrt noch angenehmer, als du sagtest.« Sie entzog ihm ihren Arm mit einem Ruck und beschleunigte ihre Schritte. »Aber du hättest sie nicht so brüsk stehenlassen sollen, nur weil du glaubtest, ich könnte beleidigt sein. Das war sehr töricht von dir. Ich weiß, wie ähnlich sie und ich in deinen Augen sind.«

»Du hast keine Ahnung von diesem Frauentyp«, sagte er rauh.

»Natürlich nicht. Wir beide nehmen in deinem Leben nur so lange einen Platz ein, bis du unser überdrüssig bist. Unsere einzige Aufgabe ist es, dir im Bett Vergnügen zu bereiten. Ich fühle mich ihr in gewisser Weise verwandt.«

»Sie ist nicht meine...«

»Du brauchst es nicht zu leugnen, um meine Gefühle zu schonen. In Anbetracht deiner sinnlichen Natur wäre es verrückt von mir zu erwarten, du würdest dich zügeln, wenn eine so verführerische Frau in Reichweite ist.« Ihre Worte kamen rasch, ähnlich einer von einem Erdrutsch ausgelösten Felslawine. »Sie macht einen gutmütigen Eindruck. Sicher hat sie sich als sehr entgegenkommend erwiesen.«

»Ja, das hat sie, aber nicht zu mir. Jock war es, der sie in sein Bett nahm.«

»Und jetzt ist die Reihe an dir?«

»Hätte ich sie gewollt, dann wäre es schon dazu gekommen. Jock und ich haben uns früher Frauen geteilt.« Wieder ein Fehler. Er spürte, daß ihr diese Vorstellung nicht genehm war. »Jock bringt sie auf die Burg für...«

»Mich interessieren eure Dirnen nicht.« Er sah, daß ihre Wangen brannten. »Es ist gut, daß du sie zu deinem Vergnügen mitgebracht hast, da ich nicht schwanger bin. Du wirst Craighdhu nicht gefährden wollen, indem du dich mit mir abgibst.«

Diese Worte trafen ihn mit ungeahnter Wucht. Er hatte es vermieden, an diese Möglichkeit zu denken. Er hatte nur an Kate gedacht, an alles, was er mit ihr tun würde, wie er sie nehmen und an sich binden würde. »Bist du sicher?«

»Ich hatte meine Tage, und selbst wenn ich sie nicht gehabt hätte, hätte ich nicht zugelassen, daß du in mein Bett kommst. Deshalb kannst du unbesorgt zu Norah gehen und...«

»Verdammt!« Blinde Wut brach sich bei ihm Bahn, nicht nur ihrer Worte wegen, sondern wegen der Schranke, die sich nun zwischen ihnen befand. Er holte sie mit zwei Schritten ein, faßte nach ihrem Arm und riß sie mit sich, in den Eingang des Metzgerladens, an dem sie vorübergingen. »Deine Erlaubnis brauche ich nicht, wenn ich eine Hure oder meine eigene Frau nehmen will. Ich tue beides, wann es mir paßt.«

»Laß mich los!«

»Wenn du endlich den Mund hältst und mir zuhörst.« Indem er beide Hände neben ihr an die Wand stützte, hielt er sie fest. Er spürte die Wärme ihres Körpers, die in ihm den Wunsch weckte, sich wie eine Katze an ihr zu reiben. »Ich habe die Frau nicht für mich gebracht, sondern für Gavin.«

»Für Gavin?« Sie riß erschrocken die Augen auf. »Warum?«

»Jock sagt, sie sei ein munteres Ding, das einem Ablenkung verschafft, und die hat Gavin weiß Gott nötig.« Seine Miene verfinsterte sich. »Ehe er es so weit treibt, daß man ihn vierteilt.«

»Oh!« Sie biß sich auf die Unterlippe. »Ich glaube nicht, daß es Gavin ist, der momentan in Gefahr schwebt. Am besten, du hältst die Frau von der Burg fern.«

»Du verstehst nichts von diesen Dingen.« Er zeigte sich geduldig, wenngleich er sie am liebsten gepackt und tüchtig durchgeschüttelt hätte. Nein, am liebsten hätte er sie genommen, wäre in sie eingedrungen und hätte sie dazu gebracht, ihn zu akzeptieren, voll und ganz. Doch das konnte er nicht tun. Craighdhu war nun außer Gefahr, und er mußte sein Fieber zügeln. Gavin. Er wollte an Gavin denken. Sich von seiner eigenen Besessenheit befreien, schaffte er nicht, doch konnte er versuchen, Gavin zu retten. »Es wird keine Peinlichkeiten geben. Ich verspreche, daß die Frau nicht stören wird. Du wirst sie kaum zu Gesicht bekommen, aber Gavin braucht...«

»Im Moment hat Gavin alles, was er braucht«, unterbrach sie ihn. »Und wenn du möchtest, daß diese Frau überlebt, um andere Männer zu beglücken, dann laß Jean ja nicht wissen, daß du sie mitgebracht hast.«

Er erstarrte. »Jean?«

»Sie ist hier. Gavin hat sie hierhergebracht.«

Er schloß resigniert die Augen. Allmächtiger, mehr brauchte er nicht. »Wie lange sind die beiden schon da?«

»Seit zwei Tagen. Sie werden heute bei Sonnenuntergang getraut.«

»Den Teufel werden sie.«

»Du wirst sie nicht davon abhalten, es sei denn, du bringst Gavin um. Er hält an seinem Plan unbeirrbar fest. Morgen brechen sie nach Irland auf.« Sie ließ ein Lächeln voller Bitterkeit sehen. »Damit du nicht um dein Craighdhu zittern mußt.«

»Malcolm wird ihnen folgen.«

»Gavin kennt Leute, bei denen sie Zuflucht finden.«

Er schüttelte den Kopf. »Der reine Wahnsinn. Malcolm wird Gavin die Kehle durchschneiden und Jean zur Witwe machen, noch ehe der Monat um ist.« Er sah sie an. »Soll ich dir sagen, was Alec dann diesem süßen, schüchternen Kind antun wird? Was Sebastian mit dir machte, nimmt sich daneben zahm aus.«

»Sie ist willens, das Risiko auf sich zu nehmen, und sie ist stärker, als du denkst. Wenn du einen Beweis möchtest, dann schicke einfach diese Dirne zu Gavin und warte, was passiert.«

Er ließ den Arm sinken und trat langsam zurück. »Ich muß mit ihm reden.«

»Das hat er geahnt. Deshalb haben die beiden gewartet, anstatt unverzüglich loszusegeln.« Sie trat aus dem Ladeneingang hinaus und schlug den Weg zur Burg ein. »Ich glaube, er möchte deinen Segen.«

»Den wird er nicht bekommen.«

»Dann mußt du ihm wenigstens deine guten Wünsche mit auf den Weg geben«, bat sie ihn. »Ich möchte nicht, daß er sich in Gefahr begibt, ohne mit dir im reinen zu sein. Das hat er nicht verdient.«

»Er verdient eins über den Schädel, damit sein Verstand sich klärt.«

»Weil er sich erkühnte, dein kostbares Craighdhu zu gefährden? Nun, ich bin froh, daß er es getan hat. Ihm steht etwas Besseres zu als Stein und Erde, um sich auf dieser Welt daran zu klammern. Jean Malcolm verstehe ich zwar nicht ganz, aber sie ist eine tapfere Frau, und du bist ein Dummkopf, wenn dir nicht klar ist…« Sie sprach nicht weiter und ging ihm voraus die Straße entlang. »Was wirst du nun tun? Zurückschicken kannst du sie nicht.«

»Das würdest du nicht zulassen?«

»Gavin würde es nicht zulassen.« Sie reckte ihr Kinn. »Und ich auch nicht. Sie werden dir keine Last sein. Du hast also keinen Grund, ihr Glück zu zerstören.«

»Keinen Grund als den, ihr Leben zu retten.«

»Das ist nicht deine Sache. Gavin ist kein Kind. Er hat sich für diesen Weg entschieden.«

»So wie du dich für deinen entschieden hast.«

»Ich soll mich entschieden haben?« Sie hatte die Zugbrücke erreicht. »Ich hatte nichts damit zu tun. Elizabeth hat sich für diese Lösung entschieden, und du hast mich genommen und mich hierhergebracht.«

»Wenn ich mich recht erinnere, war ich gewillt, für dein Einverständnis einen hohen Preis zu zahlen.«

»Ein Haus? Ein leeres Versprechen. Du kannst mir nicht...« Mit einem tiefen Atemzug blieb sie stehen. »Eigentlich sprachen wir von Gavin und Jean.«

»Wäre es nicht besser, mit ihnen zu sprechen?« hörten sie Gavin fragen.

Sie blickten auf und sahen Gavin und Jean über die Zugbrücke auf sich zukommen. Gavin hielt Jeans Hand ganz fest. Er war blaß, aber seine Miene war entschlossen. Er faßte sich ein Herz, als er vor Robert stehenblieb. »Deine Rückkehr freut mich, Robert. Du kommst zur Hochzeit gerade richtig.«

Robert starrte ihn an. »Du bist dir über die Konsequenzen im klaren?«

»Ich heiße sie willkommen.« Gavin zog Jean an sich. »Manche Dinge müssen passieren.«

»Dann möge dir der Himmel beistehen.« Robert ging an ihnen vorüber über die Brücke und in den Burghof.

»Wenigstens hat er mich diesmal nicht in den Graben geworfen. Ein gutes Zeichen.« Gavin lächelte Jean zu. »Die erste Schlacht ist ausgestanden, Liebes.«

»Und du hast dich wacker geschlagen.« Sie erwiderte sein Lächeln, ehe sie Robert nachblickte. »Aber vielleicht werde auch ich mit ihm reden, später, wenn sein Zorn verraucht ist.«

Im weiteren Verlauf des Tages bekam Kate Robert nicht mehr zu Gesicht. Nachdem er mit Tim MacDougal gesprochen hatte, ging er in den Ort zurück und suchte Jock. Kate stürzte sich eifrig in die Hochzeitsvorbereitungen, damit sie nicht an ihn denken mußte.

Trotzdem ließ sie es sich nicht entgehen, auf dem Burghof zu sein, als Jock Candaron vor Einfall der Dämmerung durchs Tor geritten kam. Er zügelte sein Roß und winkte mit einer Kopfbewegung einem Stallburschen zu, der herbeigelaufen kam und die Zügel übernahm. »Ich bleibe nicht.« Er deutete auf das Packpferd hinter sich. »Schaffe den Ko'fer in das Gemach der Herrin. Es ist ein Geschenk ihres ergebenen Gatten.«

Kate hatte für den großen Lederkoffer kaum einen Blick übrig. Sie sorgte sich nur darum, ob dieses Frauenzimmer, diese Norah Kerry, mit ihm gekommen war.

Als er ihre erleichterte Miene sah, lächelte er kühl. »Ich habe die Dame in der Schenke zurückgelassen. Robert sagte mir, ihre Dienste würden nicht benötigt. Schade.«

»Gavin wäre mit Euch nicht einer Meinung.«

»Tja, er hat immer mit seinem Herzen und nicht mit dem Kopf gedacht.« Nach einer beabsichtigten Pause setzte er hinzu: »Anders als Robert.«

»Ach?«

»Robert ist so wie ich. Er beschränkt seine Leidenschaften meist auf Frauen, die ihn nicht verletzen können.«

»So wie Norah Kerry?«

Er schüttelte den Kopf. »Robert hat sie für Gavin mitgebracht. Er selbst zieht Frauen mit mehr Geist und Witz vor. So habt Ihr ihn ziemlich in den Bann geschlagen.« Unverblümt fügte er hinzu: »Seid Ihr guter Hoffnung?«

Die rüde Frage wirkte wie ein Schock auf sie. »Nein.«

»Das ist gut. Dann sind wir alle ungefährdet. Robert ist nicht so dumm, Craighdhu zweimal aufs Spiel zu setzen, mag er Euch auch noch so begehren.«

»Hat er Euch gesagt, wer meine Mutter… wer ich bin?«

»Habt Ihr denn geglaubt, er würde dieses gefährliche Wissen nicht mit mir teilen, dem die Verteidigung der Insel anvertraut ist? Ich nannte ihn einen Idioten.« Dann sagte er mit Absicht: »Aber er beruhigte mich. Es sei nur Lust, behauptete er, und Robert und ich wissen, wie flüchtig dieses Gefühl sein kann.«

Er legte es darauf an, sie zu kränken, und schaffte es auch. Kate aber wollte sich nicht anmerken lassen, wie sehr sie dieser Hieb traf. »Dann habt Ihr ja nichts zu befürchten, oder?«

»Dieser Meinung war ich auch, bis Robert und ich mit Deirdre und ein paar Leuten aus dem Ort sprachen. Ihr wart in unserer Abwesenheit sehr aktiv. Und Ihr habt Euch sehr bewährt. Ihr verfügt über Verstand und Führungsgabe.«

»Ich habe nur zu helfen versucht.«

Er schüttelte den Kopf. »Ihr habt für Euch ein Nest gebaut.«

Als sie seinem Blick begegnete, wußte sie, daß sie es vor ihm nicht abstreiten konnte wie vor sich selbst. Sie war blind ihrem Instinkt gefolgt, hatte gearbeitet und diesem Ort, an dem zu bleiben sie sich aus ganzem Herzen wünschte, neues Leben eingehaucht. »Da im Nest kein Kind liegt, habt Ihr nichts zu befürchten.«

»Noch nicht.« Er lächelte. »Aber Ihr sollt wissen, daß es mein höchstes Mißfallen erregen würde, falls Ihr Robert in diese spezielle Falle lockt.«

Ein Schaudern überlief sie. Die Drohung war nicht mißzuverstehen, und Jock Candaron war ein gefährlicher Mann. »Und was würdet Ihr tun, falls ich mich weigere, Euren Rat zu befolgen?«

»Was mein Pflichtgefühl von mir verlangt«, erwiderte er leise. »Ich tue stets meine Pflicht, Kate. Das ist meine Leidenschaft.« Er wendete sein Pferd. »Und jetzt müßt Ihr mich entschuldigen. Robert erwartet mich in meinem Quartier, um mit mir geschäftliche Dinge zu besprechen.«

Es war das erste Mal, daß er sie bei ihrem Vornamen nannte und den Titel wegließ. Sie wußte, daß er es absichtlich tat. Damit wollte er ihr zu verstehen geben, daß er ihr nicht mehr Achtung entgegenbrachte als einer Norah Kerry.

»Ihr sollt mich nicht Kate nenne«, stieß sie zähneknirschend hervor. »Mir wäre es lieber, Ihr nennt mich Kathryn wie alle meine Feinde.«

Er lächelte. »Ich freue mich, Euch auf der Hochzeit wiederzusehen, Kathryn. Was für ein freudiger Anlaß...«

Ein Frösteln überlief sie, als sie ihn wegreiten sah. Für Jock konnte Pflicht alles mögliche bedeuten, von politischen Intrigen angefangen bis zu einem Dolchstoß. Er würde nicht zulassen, daß sie...

Du lieber Himmel, was für Überlegungen stellte sie an? Jock hatte nicht das Recht, ihr irgend etwas zu verbieten. Mochte er auch Hüter der Insel sein, so durfte er ihr doch nicht seinen Willen aufzwingen.

Sie wurde von mächtigem Zorn gepackt. Es war nicht fair! Zuerst hatte Robert diese dummen Befürchtungen geäußert und jetzt Jock. Konnten die beiden denn nicht sehen, wie unwichtig sie für alle in der Welt da draußen war? Craighdhu war ein Universum für sich. Hier konnte sie in Frieden mit Robert und ihren Kindern leben. Sie konnte alles haben, was sie wollte, alles, was sie hatte entbehren müssen. Es war nicht recht, daß man sie darum betrog.

Als sie in ihr Gemach stürmte, sah sie Jean neben dem offenen Lederkoffer knien, die Arme voller Samt und Seide in allen Farben des Regenbogens. »Was für herrliche Gewänder! Vielleicht werde ich Robert doch nicht so ablehnend gegenübertreten, wie ich vorhatte«, murmelte sie. »Knausrig ist er jedenfalls nicht. Mächtige Männer halten ihre Börse meist fester geschlossen als ...« Sie sprach nicht weiter, als sie Kates gerötete Wangen und flammende Augen sah. »Gefallen sie dir nicht?«

Kate hatte für die Pracht kaum einen Blick übrig. »Diese Gewänder stehen mir nicht. Nimm dir, was du möchtest.«

Jean schüttelte den Kopf. »Ich habe genügend Garderobe mitgebracht. Mein Vater hat mir für die Einführung bei Hof viele Kleider besorgt.« Sie setzte sich auf die Fersen. »Diese Sachen würden dir viel besser stehen als das graue Gefieder, in das du dich hüllst.«

»Gefieder!« Kate klappte den Kofferdeckel zu. »Ich bin kein schwaches flatterndes Vögelchen, und wenn ich versuche, mir ein Nest zu schaffen, dann nur, weil ich mich nach Glück sehne. Ist das zuviel verlangt?«

»Nicht für mich.« Jean stand auf. »Aber Männer sind dümmer als Frauen. Wenn sie nichts sehen können, muß man sie führen, bis ihr Blick sich klärt.«

Die Vorstellung, sie könne Robert führen, war lächerlich. Im Moment hätte sie ihm lieber eine Schlinge um den Hals gelegt. »So zahm ist er nicht.«

»Nur wenn er es sein möchte.« Jean wies auf den Koffer. »Und er hat dir bereits die Waffen in die Hand gedrückt, die du gegen ihn einsetzen kannst.«

»Ich möchte ihn nicht bekämpfen. Ich möchte in Ruhe gelassen werden, damit ich mir selbst ein Leben aufbauen kann.«

Jean sah sie nachdenklich an. »Ich glaube, das ist das letzte, was du dir wünschst. Warum belügst du dich selbst?«

Weil sie Angst hatte, abermals verletzt zu werden, wenn sie sich nahm, was sie wollte. Diese Erkenntnis überfiel Kate ungebeten und unwillkommen.

Jean nickte. »Ich werde einen Bottich und Wasser für dich bringen lassen.«

Kate schüttelte den Kopf. »Nicht jetzt. Ich habe noch zu viel zu tun. Ich muß das Aufstellen der Tische auf der Festwiese überwachen und mehr Hammelfleisch besorgen. Zudem brauchen wir Blumen für...«

»Ich lasse Deirdre holen. Die wird ihre helle Freude haben, wenn sie das Kommando übernehmen kann.« Aus Jeans Worten war eine Andeutung von Schärfe herauszuhören. Die einzige Begegnung zwischen Jean und Deirdre war nicht übertrieben herzlich verlaufen. Deirdre hatte für hilflose weibliche Wesen nichts übrig, und Jeans Charme hatte sie nur zu taktloser Kritik veranlaßt.

»Deirdre hat ihre eigene Arbeit. Ich kann nicht...«

»Ich lasse Deirdre kommen«, wiederholte Jean mit Entschiedenheit. Schon auf dem Weg zur Tür bedachte sie Kate mit einem befehlsgewohnten Blick. »Laß mir etwas Zeit, und ich mache dich zu der Frau, die du sein solltest.«

»Ich bin jetzt schon die Frau, die ich sein sollte. Dieser Putz und Tand bewirkt nichts.«

»Es sind Waffen«, wiederholte Jean.

Kate sah sie fragend an. »Warum liegt dir so daran?«

»Aus vielerlei Gründen. Weil es immer gut ist, die Männer unsere Macht spüren zu lassen. Weil sich deine Zufriedenheit auf Gavins und mein Glück auswirken kann.« Sie lächelte, doch war es nicht das bezaubernde Lächeln, mit dem sie gelernt hatte, die Welt zu umgarnen. »Und weil ich allmählich echte Zuneigung zu dir empfinde.«

Die Tür schloß sich hinter ihr.

Eine Woge der Wärme milderte die Wut und die Beschämung, die Kate empfand. Sie und Jean unterschieden sich in Wesensart und Denkweise, dessenungeachtet regte sich jedoch auch bei ihr Sympathie für das junge Mädchen. Sie drehte sich um und hob den Kofferdeckel.

Ich kann den meisten Stoffen etwas abgewinnen.

Unwillkürlich mußte sie an Roberts Worte denken, als sie zögernd hineinfaßte und über das weiche Material des zuoberst liegenden gelben Samtkleides strich.

Jean wollte, daß sie zu einer Frau wurde, der Robert nicht widerstehen konnte, wollte, daß sie ihn trotz seiner Einwände wieder in ihr Bett lockte. Sie hätte ihr sagen können, daß dies ausgeschlossen war. Sie hatte versucht, Robert für sich zu gewinnen, und war kläglich gescheitert.

Aber damals war sie ein Kind gewesen, das hinter einem Traum herjagte. Seither hatte sie sich verändert. Sie war jetzt eine Frau mit den Kräften und den Zielen einer Frau.

Auch wenn der von Jean angedeutete Weg möglich war, so waren solche Ränke nicht Kates Art.

Dennoch… die Herrin auf Craighdhu sollte sich wenigstens zeigen können.

Stoffe…

11. KAPITEL

Als Kate die Treppe heruntergeschritten kam, zwinkerte Gavin vor Überraschung, ehe er ihr zulächelte. »Schön siehst du aus, Kate. Zeigst du dich mir und Jeanie zu Ehren in all der Pracht?«

»Natürlich.« Sie blickte rasch weg, als sie den roten Samt des Kleides anfaßte. »Jean sagte, ich müsse mich passend für die Hochzeit zurechtmachen, und gab sich nur mit dieser auffallenden Farbe zufrieden. Angeblich kleidet sie mich.«

»Ja, Jeanie ist klug. Ich hätte es wissen müssen. Sie hat recht wie meist. Eine kühne Farbe für ein kühnes Geschöpf.«

»Du siehst aber auch sehr edel aus.« Mehr als edel, dachte Kate liebevoll. Eine mit Amethysten besetzte Silberdistel schmückte die breite MacDarren-Schärpe, die er schräg über der Brust trug und die sein blütenweißes Leinenhemd fast ganz verdeckte. Die schräg auf seinem roten Kopf sitzende Mütze mit der kecken Feder ließ ihn kühn und verwegen aussehen, ein Eindruck, der sich so gar nicht mit seiner Aufregung vertrug, die er zu verbergen suchte. Lieber Gott, er war ja kaum dem Knabenalter entwachsen, nicht imstande, die Maske zu durchschauen, die die Frau seiner Liebe trug. Wie sollte er dem Unglück entgehen, das ihm folgen würde, wenn er fortging? Bemüht, sich ihre Befürchtungen nicht anmerken zu lassen, ließ sie ihren Blick zu seinen bloßen Knien unter dem Kilt mit dem Muster in Grün, Purpur und Dunkelblau wandern. »Wirst du in diesem Rock nicht frieren?«

Er zuckte zusammen. »Das ist ein Kilt. Frauen tragen Röcke, Männer tragen Kilts. Wie oft muß ich dir das noch sagen?« Er hielt inne, als er ihr Lächeln bemerkte. »Ach, du wolltest mich nur necken.«

»Ein ganz klein wenig.«

»Zu einem Anlaß dieser Bedeutung könnte ich nichts anderes tragen. Es wäre unpassend.«

»Noch weniger passend wäre es, wenn deine unteren Bereiche in der Hochzeitsnacht erfrieren«, zog sie ihn auf.

»Keine Angst, mein Blut ist zu heiß, um heute zu frieren.« Er warf einen Blick hinter sie. »Wo ist Jeanie?«

»Sie kleidet sich an.« Sie bekam seinen Arm zu fassen, als er die Stufen hinauflaufen wollte. »Du wirst sie in der Kirche zu Gesicht bekommen und nicht eher.«

»Ich kann also nicht hinauflaufen und ihr vorführen, wie großartig ich aussehe?« scherzte er.

»Nein, aber du kannst mit in den Keller kommen und den Wein auswählen, der zu deinem Hochzeitsmahl ausgesucht werden soll. Auf der Lichtung hinter der Burg stehen Tische, und die Köstlichkeiten, die serviert werden, sind eines Königs würdig, doch habe ich bei der Weinauswahl wenig Erfahrung. Du mußt mir helfen.«

»Meinetwegen.« Er entfernte sich grollend von der Treppe und folgte ihr durch die Halle und durch die Küche zur Treppe, die in den Vorratskeller führte. »Aber keinen Wein, sondern Ale. Heide-Ale.«

»Wein.« Sie zündete die Kerze an, die auf dem Tisch neben der Tür stand, als sie ihm die Wendeltreppe hinunter vorausging. »Heute ist ein ganz besonderer Anlaß.«

»Und deshalb sollten wir Ale trinken.« Er ging an etlichen Regalen mit Weinflaschen vorüber, ehe er vor einer großen Kiste voller Tonkrüge stehenblieb. »Ach, da sind sie. Diese Ale-Krüge stammen aus dem Vorjahr. Der Alkohol steigt mehr zu Kopf als der stärkste Wein.«

»Aber ich glaube nicht...« Sie gab nach, als sie seine flehende Miene sah. »Nun gut. Es ist deine Hochzeit.«

Er schenkte ihr ein strahlendes Lächeln. »So ist es.«

Als sie ihn ansah, mischte sich Angst in ihre Zuneigung. Er platzte fast vor Glück und benahm sich wie ein dem Nest entschlüpfter Vogel, vorwitzig und närrisch. Am liebsten hätte sie die Arme nach ihm ausgestreckt, ihn beschützt und ihn beschworen, den sichersten Weg zu wählen.

Er zog die Brauen hoch. »Du siehst mich an, als wäre ich ein Leichnam und kein Bräutigam. Was ist, Kate?«

»Nichts.« Sie zwang sich zu einem Lächeln. »Ich möchte nur, daß alles gutgeht.«

»Es wird gutgehen.« Er hob ein paar Krüge hoch. »Wie auch nicht? Ich habe ja Jeanie.«

Die Frau, deren Tiefen er noch nicht annähernd ausgelotet hatte. »Ich... glaube, Jean liebt dich sehr, aber sie ist...« Sie sprach nicht weiter, da ihr klarwurde, daß sie das Mädchen nicht verraten durfte. Er war so verliebt, daß er ihr ohnehin nicht glauben würde. Deshalb beschränkte sie sich auf die in brüskem Ton gestellte Frage: »Wirst du die ganze Kiste hinaufschaffen, oder soll ich einen Diener rufen?«

Er fuhr fort, die Flaschen zu studieren. »Du mußt wissen, Heide-Ale ist nicht das, was es zu sein scheint. Oberflächlich ist es seidenweich, aber unterhalb liegen Stärke und Biß.« Er blickte zu ihr auf. »Ich liebe das eine wie das andere.«

Seine Miene ließ sie stutzen. Es war nicht die Rede von Ale, wie sie genau spürte, und er war nicht der naive Knabe, für den sie ihn gehalten hatte.

»Ich bin kein Dummkopf, Kate«, sagte er leise. »Glaubst du, ich könnte eine Frau so lieben, wie ich Jeanie liebe, und ihre wahre Natur nicht kennen? Hinter ihr liegt ein hartes Leben, aber eines Tages wird sie mir so sehr vertrauen, daß sie mir alles von sich gibt.« Er bückte sich und hob zwei Krüge hoch. »Diese nehme ich mit. Robert ist bei Jock. Vielleicht kann ich ihn so betrunken machen, daß er sich überreden läßt, zur Trauung in der Kirche zu erscheinen.«

»Glaubst du, er hat vor, nicht zu kommen?«

Er zuckte die Achseln. »Er war außer sich. Robert fällt das Verzeihen schwer. Wir müssen abwarten.« Seine Schultern bewegten sich, als ob er eine Last abschüttelte. Dann ging er zur Treppe. »Komm jetzt. Die restlichen Krüge kann ein Diener holen. Die Sonne ist fast untergegangen.« Plötzlich war sein Ernst wie weggeblasen, und er stürmte die Treppe hinauf. »Habe ich dir vom Dudelsack erzählt?«

»Dudelsack?« Beunruhigt lief sie hinter ihm her. »Keinen Dudelsack, Gavin.«

»Jeanie sagte mir, du hättest für Musik keine Vorbereitungen getroffen, deshalb habe ich es selbst in die Hand genommen. Ich weiß, daß es bei Hochzeiten nicht üblich ist, aber das ist ja keine gewöhnliche Hochzeit. Dudelsackklänge gehen einem richtig ins Blut, deshalb möchte ich sie hören, wenn meine Jeanie mit mir vor den Altar tritt.«

»Was wäre mit einer Laute?« fragte sie verzweifelt. »Eine Laute klingt viel romantischer. Genau richtig für den Anlaß.«

Gavin schüttelte den Kopf. »Dudelsack.« Er runzelte die Stirn. »Ich wünschte, ich könnte sie selbst mit meinem Instrument in die Kirche geleiten. Aber ich bin so aufgeregt, daß ich fürchte, Jeanie nicht gerecht zu werden, deshalb habe ich Tim MacDougal gebeten, ihr die Ehre zu erweisen.«

Kate hatte keine Ahnung gehabt, daß Roberts Verwalter Dudelsack spielen konnte. Sie sah den kleinen grauhaarigen Mann mit seinem runzligen, verkniffenen Mund und der ständigen Falte zwischen den Augen vor sich... so sah kein Musiker aus. Sie hatte sich soviel Mühe gegeben, um das Fest würdig zu gestalten, und jetzt würde alles in eine Katastrophe münden. »Willst du es dir nicht überlegen?«

»Du wirst sehen, es wird großartig.« Gavin strahlte. »Tim spielt fast so gut wie ich.«

Robert drehte sich unwillig um, als Jock die Tür seines Gemachs öffnete. »Eben war Ian hier. Wußtest du, daß während unserer Abwesenheit von Bobby MacGrath aus Edinburgh eine Nachricht kam?«

Jock schüttelte den Kopf und warf seinen Mantel ab. »Was hatte er zu melden?«

»Nicht viel. Alec weilt noch bei Hof. Unmittelbar nach seiner Ankunft brachte er zwei Tage in den königlichen Verliesen zu.«

»Zweifellos, um seiner Lieblingsbeschäftigung zu frönen. Weiß man, wen er sich diesmal vorgenommen hat?«

Robert schüttelte den Kopf. »James traf umfangreiche Vorsichtsmaßnahmen... die Wachen wurden fortgeschickt, und Bobby konnte nicht herausbekommen, wer die Frau war. Er wird sich weiter bemühen.«

»Eine Frau?«

»Mehr weiß Bobby nicht. Es war eine Frau, deren Leichnam nach zweitägiger Folter aus dem Kerker geschafft wurde.«

»Wie schön.«

»Bobby sagte, er würde Alec im Auge behalten, während er in Edinburgh ist, aber Alec tut offenbar nichts, außer James Gesellschaft zu leisten.«

»Ich sehe darin keinen Zusammenhang mit unseren Angelegenheiten.«

»Ich auch nicht.« Robert zuckte die Schultern. »Aber Alec hat schon öfter für Überraschungen gesorgt.« Er ließ sich in einen Sessel fallen und griff nach dem Pokal, den er vor Jocks Eintreten mit Wein gefüllt hatte. »Ich möchte, daß du morgen wieder nach Irland gehst.«

Jock nickte. »Das dachte ich mir. Gavin?«

»Du sollst für ihn eine sichere Zuflucht finden.« Er lehnte sich ermattet zurück. »Falls es diese gibt.«

»Ich werde mein Bestes tun. Aber das genügt vielleicht nicht.«

»Ich weiß.« Er nippte an seinem Wein. »Was für ein Narr er doch ist.«

»Da ist er nicht der einzige. Ich bin nicht sicher, ob ich dich allein lassen kann.«

»Ich will es nicht hören, Jock«, sagte Robert kalt.

»Aber ich würde meine Pflicht verletzen, wenn es ungesagt bliebe«, sagte Jock spöttisch. »Ich sollte bleiben und dich vor dem Unheil bewahren, das sich am Horizont abzeichnet. Ach, übrigens, ich habe eben deine bezaubernde Gemahlin besucht.«

Robert erstarrte. »Warum?«

»Siehst du, wie sich dein Beschützerinstinkt regt? Sehr gefährlich.«

»Warum?«

»Ich überbrachte ihr nur dein Geschenk«, sagte Jock in aller Unschuld. »Was hätte ich sonst wohl tun sollen? Und wir beide wissen, daß sie deines Schutzes nicht bedarf. Wie wir heute gesehen haben, hat sie es geschafft, sich während unserer Abwesenheit in die Herzen aller einzuschleichen.«

»Daran ist nichts Schlimmes.«

»Sicher hat man dies auch von der gewinnenden Art ihrer Mutter behauptet.«

»Kate gleicht ihrer Mutter nicht.«

»Nein, sie brennt viel heller.«

Ein unmerkliches Lächeln umspielte Roberts Lippen, als ihm einfiel, daß Kate Sebastians Haus in Brand gesetzt hatte. »Mehr als du ahnst.« Er starrte in die Tiefen seines Pokals. »Sie ist ausgehungert. Ihr Leben lang hat man sie darben lassen, und jetzt möchte sie alles um sie herum auskosten. Kann man es ihr verübeln?«

»Ich schon.« Jock machte eine Pause. »Falls es ihr einfallen sollte, Craighdhu zu verschlingen.«

»Das werde ich nicht zulassen.«

»Oder dich.«

Robert schwieg dazu. Es war nicht Kates Schuld, daß er das Gefühl hatte, von seiner seelischen Besessenheit verschlungen zu werden.

»Du schweigst«, sagte Jock nun. »Könnte es sein, daß du…?«

»Robert!« Es war Gavin, der laut an die Tür pochte. »Jock! Macht auf. Ich habe zwei Krüge des besten Ales von ganz Schottland!«

Der Klageton des Dudelsacks, wild und süß, beschwingt und melancholisch zugleich, schwebte über dem Burghof.

Auf den Steinstufen stehend, hörte Kate voller Staunen, daß Tim MacDougal, der langsam über den Hof schritt, dem Dudelsack Melodien entlockte, wie sie sie diesem Instrument nie zugetraut hätte. Die letzten Strahlen der untergehenden Sonne tauchten die Szenerie in ein Wechselspiel von Schatten und Licht, von Rosatönen und Dunkelheit.

Sie schluckte, um der Enge in ihrer Kehle Herr zu werden, und sah zu, wie Jean ihren Platz unter einem Baldachin aus MacDarren-Tuch, von vier Kilt-Trägern gehalten, einnahm. In ihrem Gewand aus elfenbeinfarbenem Brokat sah sie mehr denn je wie eine Märchenprinzessin aus. Ihr langes blondes Haar wallte lose bis zur Taille,und ihr einziger Haarschmuck war ein Kranz aus Frühlingsblumen. Dreißig Clansmänner im Kilt und mit Fackeln in den Händen bildeten beidseits des Baldachins ein Spalier.

»Kate, komm schon«, rief Jean ungeduldig und mit einem Lächeln. »Soll ich mich bei meiner Trauung verspäten?«

»Nein, natürlich nicht.« Kate beeilte sich, ihren Platz hinter dem Baldachin einzunehmen, als die Prozession sich aus dem Burghof hinaus und über die Zugbrücke in Bewegung setzte. Die Bewohner des Städtchens säumten die Straße, von weitem hörte man die Kirchenglocken läuten, deren Klänge sich der wilden, herrlichen Fanfare des Dudelsacks zugesellten.

In der Ferne sah man die nebelverhangenen Berge, deren Spiegelbild rot im Meer erschien.

Schönheit. Craighdhu. Heimat.

Es war zuviel. Sie strömte über vor Gefühl, da sie einen Augenblick wie diesen noch nie erlebt hatte. Nun bekümmerte es sie auch nicht mehr, daß Robert vielleicht gar nicht in der Kirche erscheinen würde. Er mußte da sein. Gott war zwar nicht immer gerecht, aber Er hatte das Paradies und Craighdhu geschaffen und würde nicht zulassen, daß einem so vollkommenen Geschehen ein Makel anhaftete.

Als sie sich der Kirche näherten, kam Gavin die Stufen heruntergelaufen, genauso strahlend wie Jean. Auf ihre Weise war das Paar so schön wie Craighdhu.

Ihr Craighdhu.

Und dann sah sie Robert auf der obersten Stufe der Kirchentreppe, in Lederwams und MacDarren-Kilt. Sein schwarzes Haar schimmerte im schwindenden Licht.

Auch er gehört mir, dachte sie inbrünstig. Niemand auf der Welt konnte ihn so lieben oder ihm mehr geben. Wie hatte sie so kleinmütig daran denken können, ihn aufzugeben, als man ihr sagte, sie könne die zwei Dinge auf der Welt nicht haben, die sie am meisten ersehnte?

Sie würde keines der beiden aufgeben.

»Mein Gott«, stieß er halblaut hervor.

Kate trug ein tiefrotes Kleid mit elegantem, ausschwingendem Rock und langen, weiten Ärmeln, deren modischer Schnitt das goldene Unterkleid sehen ließ. Eine gefältelte goldbestickte Stehkrause umrahmte ihr Gesicht und ließ Kehle und Brustansatz frei. Der dreieckige rote Kopfputz war mit Gold abgesetzt und erinnerte Robert vage an ein Krönchen. Das rosige Licht fiel auf sie, liebkoste die seidige Flut ihres losen braun-goldenen Haares, die Glätte ihrer Brüste. Ihr Gesicht war gerötet, ihr Schritt stolz und kühn. Nie hatte Robert sie schöner gesehen... und bezwingender.

»Allmächtiger, wie sie aussieht...«, entfuhr es Robert.

»Wie ein Aufruf zu den Waffen«, sagte Jock, der seinen Blick auch nicht von Kate wenden konnte. »Und so ruchlos, wie man es ihrer Mutter nachsagte. Das hatte ich vermutet.«

Kate starrte Robert herausfordernd an. Er spürte, wie er hart wurde, wie das Blut sich in dem Teil ballte, der unweigerlich auf ihre Nähe reagierte. Hätte sich seine Reaktion darauf beschränkt, wäre er weniger gefährdet gewesen.

Als Gavin und Jean in die Kirche schritten, wartete der Geistliche bereits.

Kate ging die Stufen hinauf, ohne den Blick von Robert zu wenden.

Sie war majestätisch wie eine Königin, verführerisch wie Circe, tapfer wie ein Krieger vor der Schlacht. Dennoch konnte er in ihr jene Spur kindlicher Unsicherheit erkennen, die ihn immer rührte.

Vor ihm blieb sie stehen und bot ihm langsam ihre Hand dar. Sie erbat mehr als nur einen Begleiter für die Kirche.

»Robert«, hörte er Jock warnend murmeln.

Dieser Warnung bedurfte es nicht. Seit ihrem Geständnis, daß sie nicht schwanger wäre, hatte er gewußt, daß dieser Augenblick der Entscheidung kommen würde. Die Konsequenzen standen ihm deutlicher vor Augen als Jock und Kate. Ließ er sie in seine Nähe, dann im vollen Wissen um die Fallstricke. Blieb nur die Frage, ob die Besessenheit, die ihn erfaßt hatte, es wert war, daß er alles, was ihm teuer war, aufs Spiel setzte.

Er blickte auf die Hand nieder, die sie ihm entgegenstreckte, eine kleine, aber kraftvolle Hand.

Die Hand zitterte.

Da trat er vor und umfaßte sie besitzergreifend. »Mylady...«

Er betrat die Kirche an ihrer Seite.

Fackeln erhellten das Wiesenstück, ließen die vier im Gras liegenden Schwerter aufblitzen, während die Tänzer sich voll behender Anmut nach schottischer Art zu den Dudelsackklängen bewegten.

Kate sah ihnen fasziniert zu, während sie neben Deirdre stehend Ale-Becher am langen Schragentisch aufstellte. Tanz, Musik und Gelächter: Dinge, von denen Sebastian behauptet hatte, sie würde nie daran teilhaben, gab es nun hier unter freiem Himmel auf der Wiese im Übermaß.

»Warum versucht Ihr es nicht selbst?« fragte Deirdre. »Ich sehe Euch an, daß es Euch reizt. Nach dem Schwerttanz wird zum Rundtanz gespielt.«

»Ich kann nicht tanzen.«

Kate spürte die Versuchung. Sie warf einen Blick über die langen Tische, die sich unter der Last des Festmahles förmlich bogen: Hammelkeule mit Minzsoße, gesottener Kapaun, Lachs, Garnelen, Würste, Quittenkuchen, Mandeltorte und große Scheiben Ingwerbrot, von denen die Mandelbutter tropfte, das alles mußte immer wieder neu aufgetragen werden, eine Aufgabe, die Deirdre ebensogut überwachen konnte.

Nein, dieses Fest fiel unter ihre Verantwortung. Es war ihre erste gesellschaftliche Verpflichtung als Herrin von Craighdhu, vor der sie sich einer Laune wegen nicht drücken durfte. »Ich bleibe hier. Es wird noch andere Festlichkeiten geben.«

»Aber vielleicht kein so schönes Fest wie dieses«, sagte Deirdre. »Ihr habt Eure Sache gut gemacht.«

Das Lob von Deirdre, eine Seltenheit, ließ Kate erröten. »Ich danke Euch für die Hilfe.«

»Ich hätte sie Euch eher gewährt, wenn Ihr…«

»Für uns wird es Zeit, daß wir aufbrechen.« Plötzlich war Gavin neben ihr. »Die Burschen werden allmählich zügellos. Würdest du Jeanie holen?« Er deutete auf seine Braut, die auf der anderen Seite der Lichtung inmitten einer Gruppe von Frauen saß. »Wenn ich sie hole, könnten die lockeren Bemerkungen sie kränken.«

Sie bezweifelte, daß Jean sich dadurch aus der Ruhe bringen lassen würde, doch fand sie es rücksichtsvoll von ihm. Mit einem Nicken stellte sie den Krug mit Ale ab. »Aber natürlich. Ich werde ihr helfen, sich davonzumachen, und schicke sie dir auf die Burg.«

Er schüttelte den Kopf. »Erst müssen wir unter den Schwertern hindurch… hoffe ich.« Nach kurzem Zögern fragte er: »Ich muß dich um noch einen Gefallen bitten. Könntest du Robert bitten, daß er das Schwertritual vollzieht? Ich… sag ihm, ich hätte Verständnis, falls er es nicht tun möchte.«

Erstaunt sah sie ihn an. »Er war in der Kirche. Warum sollte er bei diesem Ritual fehlen?«

»Weil seine Anwesenheit in der Kirche nur anzeigte, daß das Oberhaupt des Clans die Verbindung billigt. Das Hindurchschreiten unter den Schwertern bedeutet viel mehr.«

»Was denn?«

»Damit wird Jeanie in den Clan aufgenommen, zugleich ist es das Versprechen, sie zu beschützen, sollte ich nicht zu ihrem Schutz da sein. Dies und noch mehr. Wirst du ihn darum bitten?«

Sie wollte von Robert nichts erbitten, was die Bindung gefährden konnte, die geschmiedet worden war, als er ihre Hand genommen und sie in die Kirche geleitet hatte. Zwar hatten sie sich getrennt, als sie die Festwiese betraten, doch waren Erregung und Vorfreude geblieben und beflügelten jedes Tun, jeden Moment des Abends. »Warum bittest du ihn nicht selbst darum?«

»Bitte, Kate, es ist sehr wichtig für mich.«

Sie würde ihm in Zukunft nicht viele Gefallen tun können. Morgen wollten Gavin und Jeanie ins Exil, wo sie sich Gott weiß welchen Gefahren ausgesetzt sehen würden. »Gut, ich werde ihn fragen«, sagte sie mit einem Aufseufzen.

Erst ging sie zu Jeanie und flüsterte ihr Gavins Aufforderung ins Ohr, dann schlenderte sie langsam über den Rasen zu der Stelle, wo Robert, Jock und einige andere Ball spielten. Am Rand inmitten der anderen Schaulustigen stehend, sah sie zu, wie die Männer um den großen Ball kämpften und balgten und sprangen. Wie die anderen war auch Robert bis zur Mitte nackt, Brust und Arme schweißglänzend im Fackelschein. Vor ihren Augen fiel er auf die Knie, tauchte mit fliegendem Kilt nach dem Ball, wobei seine harten, muskulösen Gesäßbacken sichtbar wurden. Er hob den Kopf und lachte mit blitzenden dunklen Augen und zerrauftem Haar, ganz und gar sinnlich, ganz und gar männlich.

Robert blickte auf und sah sie. Beim Anblick ihrer Miene verstummte sein Lachen. Er stand auf, warf den Ball dem jungen Mann neben ihm zu und kam zu ihr gelaufen.

Sie verspürte dieselbe Mischung aus Triumph und Freude, die sie auch erfüllte, als er ihre Hand genommen und sie in die Kirche geführt hatte. Sie besaß Macht über ihn. Sie konnte ihn mit nur einem Blick für sich gewinnen. Sie konnte ihn bewegen, ihn aufrütteln, auch wenn es seinerseits nur Begehren war.

Er roch nach Salz, Leder und Ale, und als er näher kam, traf seine Körperwärme sie wie ein Feuerschwall eines Lagerfeuers. Ihr Atem kam schneller, und ihre Handflächen prickelten, so sehr sehnte sie sich danach, das spröde dunkle Haardreieck auf seiner Brust zu berühren.

»Ja?« fragte er leise.

»Gavin... sie wollen aufbrechen.« Sie hielt seinen Blick fest. »Er schickte mich, damit ich dich bitte, das Schwertritual zu vollziehen.«

Er erstarrte. »Ach, tatsächlich?«

»Nicht für sich. Er will, daß Jean geschützt ist. Er möchte, daß sie ein Zuhause hat, falls ihm etwas zustoßen sollte.«

»Ein Asyl«, sagte er voller Ingrimm.

»Morgen brechen sie nach Irland auf. Er hat nicht die Absicht, Craighdhu zu gefährden. Es ist nicht viel verlangt, wenn er dann seinen Seelenfrieden hat.«

»Es ist sehr viel verlangt. Sie sind vor Gott vermählt, und das heißt für immer. Wird Jean in den Clan aufgenommen, ist sie eine der Meinen.«

»Du willst es also nicht tun?«

Unter ihrem flehenden Blick erhellte ein kühnes Lächeln seine Züge. »Ach, zum Teufel, es kommt vermutlich ohnehin auf dasselbe hinaus. Käme sie in Bedrängnis zu mir, könnte ich sie nicht fortschicken.« Sich umdrehend rief er Jock von weitem zu: »Die Schwerter!«

Ein allgemeiner Jubelruf folgte seinen Worten. Das Ballspiel war vergessen, die Männer liefen an den Rand, zogen ihre Hemden an und griffen nach den Schwertern.

Robert drehte sich um und hob sein Hemd vom Boden auf. »Mach dich zum Aufbruch bereit.«

»Aufbruch? Aber Gavin sagt, das Fest ginge bis zum Morgengrauen.«

»Das stimmt.« Er schlüpfte in sein Hemd. »Und wir feiern weiter. Aber nicht hier. Mir schwebt eine andere Feier vor.«

Sie spürte, wie eng es ihr ums Herz wurde und sie kaum noch Luft bekam.

Um seine Lippen zuckte es. »Was glaubst du, warum Gavin ausgerechnet dich geschickt hat, damit du seine Bitte vorträgst? Er wußte, es bestünde eine Chance, wenn Begierde mein Urteilsvermögen trübt. Jeder auf Craighdhu sieht mir an, daß ich es kaum erwarten kann, mit meiner Frau ins Bett zu kommen. Und du kannst es ebensowenig erwarten. So ist es doch, oder?«

Sie empfand dasselbe triumphierende Hochgefühl wie vorhin. »Ja, es ist genau das, was ich möchte.«

Er griff nach seinem Schwert. »Dann mach dich bereit. Ich werde Tim MacDougal anweisen, mit dem Spiel zu beginnen.«

Die Männer des Clans standen einander in einer über die ganze Lichtung verlaufenden Doppelreihe gegenüber. Robert und Jock bildeten das erste Paar. Unter Dudelsackklängen traten Gavin und Jean vor.

»Robert, ich weiß, daß du es nicht gern tust«, gab Gavin leise von sich. »Ich würde nicht darum bitten, wenn es nicht...«

»Präsentiert die Waffen«, unterbrach Robert ihn laut.

Schwerterklingen zischten und blitzten im Fackelschein, als der Bogen geformt wurde.

»Danke, Robert.« Gavin erfaßte Jeans Hand. »Komm, Geliebte.«

Kate sah, wie sie den Schwerterbogen durchschritten und Jean zu eine der Ihren wurde, umfangen und von den Armen des Clans festgehalten.

»Kate.«

Sie drehte sich um. Robert streckte ihr seine Hand entgegen.

Erschrocken starrte sie ihn an.

»Bei Gott, nein!« hörte sie die Mahnung Jocks, der seine Klinge senkte.

»Kate«, sagte Robert abermals.

Da trat sie würdevoll an seine Seite. Der Schutz des Clans, ein Sieg, den sie gar nicht gesucht hatte. Sie war nun in Roberts Verantwortung in jedem Sinn, offiziell Teil der Welt, die ihm so teuer war. Sie gehörte zu ihm, wenn es auch nur für ein Jahr war.

Falls sie kein Kind bekäme.

Beherzt und freudig griff sie nach seiner Hand.

»Es ist eine Nacht, um den Kopf zu verlieren«, lautete Roberts kühne Antwort. Er zog Kate unter den Schwerterbogen und lief mit ihr lachend die Reihen entlang, und sie stimmte in sein Lachen ein.

Sie hörte die Weise des Dudelsacks, der für sie spielte.

Der Wind berührte ihre Wangen. Er blies für sie und brachte ihr den Duft von Nebel und Erde, der für sie Craighdhu war.

Sie sah, daß die Leute des Clans anerkennend lachten. Die Anerkennung galt ihr. Sie hatte harte Arbeit geleistet und damit in den letzten Wochen ihre Achtung errungen, die ihr nun für immer gewiß sein würde.

Sie war Teil von Craighdhu, Teil von ihnen allen.

Und am meisten gehörte sie zu Black Robert von Craighdhu.

Robert warf die Tür zu und löste den Gürtel. »Zieh dich aus.«

Sie machte sich daran, die Knöpfe im Rücken ihres Kleides aufzuknöpfen, hielt aber sofort wieder inne. Nein, das konnte sie nicht. Wenn sie jetzt Robert mit List dazu brachte, sich so zu verhalten, wie sie es wollte, dann wäre sie die Hure, die Sebastian in ihr gesehen hatte. »Erst muß ich dir etwas sagen.«

»Nicht jetzt.« Er warf seine Klinge auf den Stuhl neben der Tür.

»Jetzt.« Sie reckte sich in die Höhe und deutete dann auf das Gewand, das sie anhatte. »Ich bin im Begriff, dich zu verführen.«

»Sehr gut.«

»Nein, ich habe es mit Absicht darauf angelegt. Ich kleidete mich prächtig und sorgte dafür, daß ich süß dufte... ich wollte, daß du mich willst.«

»Dann wird es dich freuen zu entdecken, daß es dir geglückt ist.«

»Es freut mich, aber ich kann nicht... ich bin nicht wie Jean... Es fällt mir nicht leicht, dir etwas vorzumachen, auch wenn es zum Guten geschieht.« Eindringlich setzte sie hinzu: »Und es geschieht zum Guten.«

»Für dich?«

»Ja, aber es wird niemandem schaden, wenn ich in diesem Fall meinen Willen bekomme.«

Er entledigte sich mit einer Schulterbewegung seines Hemdes. »Meine liebe Kate, ich bin durchaus bereit, mich deinem Willen zu überlassen, aber ich werde mich nicht selbst belügen. Es kann sehr großen Schaden anrichten.«

»Warum tust du es dann?«

»Wie Gavin sagte, müssen manche Dinge einfach geschehen.« Und er schloß: »Ich muß dich haben.«

Die Leidenschaft, die aus seinen Worten sprach, betäubte sie. »Für wie lange?«

»Bis der Wahnsinn sich legt.«

»Aber ich möchte nicht, daß er sich legt.« Und nach einer Pause setzte sie kühn hinzu: »Ich möchte schwanger werden.«

»Ich weiß.« Nur mit seinem Kilt bekleidet, kam er auf sie zu. »Ich wußte es in dem Augenblick, als ich dich vor der Kirche sah. Wenn es passiert, dann gibt es dagegen Mittel, aber ich hoffe bei Gott, daß ich nicht zu ihnen greifen muß.«

»Mittel? Welche Mittel?«

»Um Himmels willen, so zieh dich endlich aus!« Seine Muskeln waren straff gespannt, seine Augen blitzten, seine Nasenflügel bebten. Fast vermeinte sie die Wellen der Begierde zu spüren, die von ihm ausgingen.

Warum stand sie da und stritt mit ihm? Es war, was sie

wollte. Er gehörte ihr. Rasch schlüpfte sie aus dem Samtgewand mit dem goldenen Unterkleid, doch dann hatte sie immer noch Korsett und Reifrock an und – es war zuviel. Sie drehte ihm den Rücken zu. »Aus dem Zeug komme ich nie heraus. Jean hat Stunden gebraucht, um mich hineinzubekommen. Hilf mir.«

»Gern.«

Als sie spürte, wie er die Bänder löste, warf sie einen Blick über die Schulter. Er stand da, einen Dolch in der Hand, und durchschnitt eben die letzte Korsettverschnürung. Sekunden später fielen die Teile ihrer Unterwäsche auf den Boden.

»Ich kann mich nicht erinnern, daß du dieses Zeug in der Höhle anhattest. Warum jetzt dieser Aufwand?«

»Ich sagte schon, daß ich dich verführen wollte.« Sie grub ihre Zähne in die Unterlippe, als er den Dolch wegwarf und ihre Brüste umfaßte. Sofort schwollen sie an, und die Spitzen härteten sich. Wie lange es her war. Sie hatte das Gefühl, ein Menschenleben wäre vergangen, seitdem sie von ihm berührt worden war. »Ich dachte an das, was du über Stoffe gesagt hast, aber...« Warm drang seine Zunge in sie ein. Sie erbebte. »Jean sagte, ich würde es brauchen.«

»Ich kann mich nicht erinnern, etwas über Stoffe gesagt zu haben. Aber das ist kein Wunder. Ein Wunder ist, daß ich überhaupt noch denken kann.« Seine Hände ließen ihre Brüste los, und er nahm eine kleine Veränderung an sich vor, ehe er sie mit dem Rücken an sich zog. Ein Schock durchlief sie, als sie merkte, daß er den Kilt hochgeschoben hatte und sie seine Erektion an ihrem bloßen Gesäß spürte. Seine Hand glitt vor, um ihren Unterleib zu streicheln, während er langsam seine Hüften kreisen ließ und sich in dieser sinnlichsten aller Liebkosungen an ihr rieb.

»Du sagtest... du liebtest das Gefühl.« Sie hielt inne, als seine Finger das dichte Lockengekräusel streiften und dann tiefer auf Erkundung gingen. »...von Leder... und Seide... und...« Sie bäumte sich auf, als er die gesuchte Stelle fand.

»Dies ist das einzige, was mich im Moment interessiert.« Sein Daumen drückte und lockerte sich, während er weiter die Hüften kreisen ließ. »Diese Weichheit...« Sein Atem klang rauh und schnell in ihren Ohren. »Die ganze Zeit mußte ich in Irland daran denken. Wie du dich anfühlst... an die verzückten kleinen Laute, die du von dir gibst, wenn ich in dich eindringe.«

Diese Laute steckten bereits in ihrer Kehle, als ein Gefühlssturm sie zu überwältigen drohte.

»Ja, das ist es, gib es mir.« Er zog sie auf die Knie, dann auf den Boden. Sie wollte sich umdrehen, doch er drückte sie sanft auf Hände und Knie. »Nein, so.«

Mit einem tiefen Stoß drang er in sie ein. Substanz, Härte, Fülle. Mit einem Aufschrei sank sie vornüber, so daß ihre Brüste den Teppich berührten.

Nun bewegte er sich, hinein und heraus, tief, wild. Seine Hände lagen auf ihrem Gesäß, knetend, liebkosend. Ihre Brüste streiften mit jedem Stoß leicht den Teppich, und sie spürte, wie ihre Brustwarzen immer härter und empfindlicher wurden. Das Streicheln ihrer geheimen Knospe und das Reiben ihrer Brüste waren unglaublich erotisch, und die Hitze in ihr steigerte sich ins schier Unerträgliche. Sie erwiderte seine Bewegungen in dem Bemühen, mehr von ihm zu bekommen. Es genügte noch nicht. Etwas fehlte. »Robert, ich muß...«

»Pst...« Er drang tiefer in sie ein. »Nur noch ganz wenig. Ich muß...«

»Nein... dein Gesicht... ich möchte dein Gesicht sehen.«

Er murmelte etwas vor sich hin, und dann lag sie auf dem Rücken und blickte zu ihm auf.

Seine Züge waren verzerrt vor Begierde, seine Wangen hohl. »Zufrieden?« fragte er heiser.

Sie strich ihm über die Wange. Zufrieden würde sie nie sein, doch im Moment reichte es. Sie sah ihm an, wie sehr er sie begehrte.

Eine Antwort wartete er nicht ab, sondern drang erneut in sie ein und begann zu nehmen... und zu geben.

Es war Feuer, Wahnsinn und Gier.

Sie bäumte sich auf, ihre Nägel gruben sich in seine Schultern, als ihre Leidenschaft sich steigerte und sich ihr ein Aufschrei entrang. Dann brach der Höhepunkt in einem Feuerstrom der Gefühle über sie herein.

Kate lag auf dem Boden, umschlang ihn fest, spürte das Beben, das ihn erschütterte, als Stärke der Hilflosigkeit wich. »Ich bin zu schwer für dich«, keuchte er.

Das stimmte, aber loslassen wollte sie ihn nicht. »Nein.«

Dennoch rollte er sich weg und zog sie dann wieder an sich. Minuten vergingen, bis sein Atem sich beruhigt hatte und er wieder sprechen konnte. Seine Lippen streiften ihr Ohr, als er besitzergreifend ihre Brust umfaßte. »Ich glaube, wir sollten uns ins Bett legen.«

»Bald«, murmelte sie. »Ich liege gern hier auf dem Boden. Es erinnert mich an die Höhle...« Am liebsten hätte sie sich nie wieder bewegt. Sie wollte ewig hier mit Robert liegenbleiben, in diesem vom Feuer erhellten Raum. Nichts hätte vollkommener sein können als dieser Anblick. Doch kam ihr vage zu Bewußtsein, daß sie etwas anderes wollte...

Sie wollte aufstehen, worauf Roberts Griff um ihre Brust instinktiv fester wurde. »Nein.«

»Bin gleich wieder da.« Sie stand auf und strich ihr Haar zurück. Dabei merkte sie erstaunt, daß sie noch immer das kleine Samthäubchen trug, unglaublich, nach dem Sturm, den sie eben erlebt hatte. Rasch trat sie an die tiefe Fensternische.

»Wo zum Teufel gehst du hin?«

»Ich möchte wissen, ob ich etwas höre...« Sie öffnete das Fenster, und wilde Klänge drangen herein. »Ja... hörst du es auch?«

»Den Dudelsack?« Er nickte. »Ist in dir womöglich eine Liebe dafür erwacht?«

Sie nickte verträumt, während ihr Blick über die Menschenmenge wanderte, die sich noch immer auf der von Fackeln erhellten Wiese tummelte. »Wenn Gavin ihn nicht spielt. Der

Dudelsack gehört zu Craìghdhu.« Sie warf Robert einen Blick zu.

Und Robert war ganz Craighdhu. Er war das Schweigen und die Geheimnisse, die Leidenschaften, die sie erregten, und die behaglichen Feuer, die sie wärmten. Die unbändige Liebe, die sie für ihn empfand, war so stark, daß sie ihr fast den Atem raubte. »Siehst du nicht, daß es so ist, wie es sein sollte?«

Als er keine Antwort gab, drehte sie sich in trotziger Haltung zu ihm um. »Ich sage dir, es war richtig, was ich tat.«

Langsam blühte sein Lächeln auf, und er streckte die Hand aus. »Dann komm und tu es wieder.«

Er würde nicht eingestehen, daß seine Leidenschaft kein Irrtum war. Nun, sie durfte nicht zuviel verlangen. Sie stand ja erst am Anfang und hatte heute schon viel erreicht.

Lächelnd kam sie auf ihn zu, wobei sie sich unbewußt im Rhythmus der Dudelsackklänge bewegte. »Etwas anderes war nicht meine Absicht.«

Am darauffolgenden Tag bestiegen Jock, Jean und Gavin zur Mittagszeit den Fischkutter, der sie an der irischen Küste absetzen sollte. Robert und Kate gaben ihnen bis zum Hafen das Geleit, um ihnen Lebewohl zu sagen.

»Möge das Glück auf eurer Seite sein«, sagte Kate, als sie Gavin umarmte. »Laß in deiner Wachsamkeit nie nach.«

»Verlaß dich darauf.« Er wandte sich an Robert. »Wohin wir gehen, verrate ich dir nicht. Du sollst Malcolm aufrichtig sagen können, daß du nichts von uns weißt.«

»Mir fiele es nicht schwer, Alec anzulügen«, sagte Robert, der seine Hand ausstreckte und schroff hinzufügte: »Verdammt, gebt acht auf euch. Traut niemandem über den Weg.«

»Keine Angst«, sagte Jean, sich an Gavin drückend. »Gavin ist sehr vertrauensselig, ich aber kenne die Falschheit der Menschen. Hoffentlich vergeßt ihr uns nicht, auch wenn ihr lange Zeit nichts von uns hören werdet. Wir wollen nicht, daß diese Trennung ewig währt.«

»Nicht, Jeanie!« mahnte Gavin. »Du weißt, daß wir nicht mehr nach Craighdhu kommen können.«

»Wir können«, sagte Jean, die Roberts Blick begegnete. »Wenn er es zuläßt.«

Robert sah sie an, dann lächelte er. »Vielleicht. Mal sehen, was die Zukunft bringt.« Er drehte sich um und faßte nach Kates Arm. »Gute Fahrt.«

Sie standen da und sahen dem Schiff nach, das aus dem Hafen auslief und in See stach.

»Sie sehen so glücklich aus«, sagte Kate voller Wehmut. »Noch nie habe ich jemanden gesehen, der so selig ist. Sicher wird Gott sie behüten.«

»Na, da halte ich größere Stücke auf Jock als auf jede Gottheit«, sagte Robert. »Gott vergißt nämlich zuweilen, Männer wie Alec Malcolm im Auge zu behalten. Jock aber vergißt es nie.«

»Aber Irland müßte doch ein sicherer Boden sein.«

»Vor einem Jahr wäre das noch zugetroffen, ehe Alec in jeder Stadt entlang der Küste seine Leute postierte.« Er bemerkte ihre ängstliche Miene und sagte: »Ich möchte dir nichts vormachen. Jock wird einen möglichst sicheren Zufluchtsort ausfindig machen, aber solange Alec lebt, werden sie in ständiger Gefahr schweben.« Er runzelte die Stirn. »Mach kein solches Gesicht, ich wollte dir keine Angst einjagen.«

»Das hast du auch nicht. Es erscheint mir nur nicht fair, daß für mich alles so gut verläuft und für Gavin nicht. Als ich heute erwachte, fühlte ich mich so voller…« *Liebe.* Nein, es war zu früh, ihm das zu sagen. Sie wählte statt dessen ein Wort, das er akzeptieren würde. »…Hoffnung.«

Er lächelte. »Der Frühling ist die Zeit der Hoffnung.«

Sie schauderte unter dem Gewicht ihres Mantels. Am Abend zuvor auf dem Festplatz war es ihr wärmer vorgekommen, aber hier im Hafen war es immer kühl. »Nach Frühling ist mir aber nicht zumute.«

»Dir mag es so vorkommen, aber die Sonne scheint, und der

Boden wärmt sich. In diesem Jahr erleben wir vielleicht sogar eine frühe Heideblüte.«

Sie sah ihn skeptisch an.

»Du glaubst mir nicht?« Er hob sie in Rachels Sattel. »Komm mit, ich werde es dir beweisen.«

Ihre Lebensgeister hoben sich, als sie sein spitzbübisches Lächeln sah, mit dem er sich zu ihr umdrehte, als er in den Sattel stieg. »Wohin geht der Ritt?«

»Ins Ödland.«

»Aber ich muß zu den Weberinnen und ihnen sagen...«

»Du hast ihnen schon genug gesagt. Gestern mußte ich feststellen, daß deine Belehrungen aufrührerische Folgen haben könnten.«

Sie sah ihn wachsam an, er aber lächelte noch immer. »Nun, das hast du verdient. Vor Ablauf von vier Jahren werden die Frauen hier die feinsten Wollstoffe von ganz Schottland und Irland weben.«

»Wenn du deinen Willen durchsetzt.«

»Warum nicht, wenn es das Richtige ist... und einträglich?«

»Eine gute Frage.«

»Spar dir deine Sorgen«, setzte sie hastig hinzu. »Überlaß die Sache getrost mir. Ich kümmere mich um alles.«

»Das ist es, was ich befürchte. Dir gefällt es zu führen. Wer garantiert mir, daß du mit der Zeit nicht zu der Meinung gelangst, ich sei hier überflüssig?«

Sie sah ihn unsicher an. »Soll das ein Scherz sein?«

Er lachte. »Ja. Ich habe keine Angst, vom Clan verstoßen zu werden, da ich glaube, daß ich in den Augen der Leute einen gewissen Wert besitze.«

»Sie lieben dich. Ich könnte dich niemals ersetzen.« Sie lächelte. »Aber in einem Jahr werde ich auch unersetzlich sein. Du hast recht, ich leite und führe gern.«

»Nun, einen Tag lang kannst du darauf verzichten.« Er wendete sein Pferd und trieb es zum Galopp an. »Ich möchte dir etwas zeigen.«

Kurz darauf lag der Ort hinter ihnen, doch dauerte es über eine Stunde, bis sie die nördlichste Spitze der Insel erreicht hatten.

Er saß ab, half ihr aus dem Sattel und führte sie dann den steil abfallenden Hügel hinauf, der an den Klippenabsturz führte. Er deutete hinunter. »Frühling.«

Seehunde. Hunderte, ja Tausende von Seehunden tummelten sich unten auf den schwarzen Felsen. Funkelndes blaues Wasser toste über dunkles Gestein und schliff es zu schimmerndem Onyx. Die glatten braunschwarzen Leiber ließen kaum einen Zoll Felsgelände frei. Bullen und Kühe, Junge mit großen, sanften Augen und glattem, weichem Fell, die sich ins Wasser stürzten oder in der Sonne aalten.

Kate lacht entzückt auf. »Ich hätte nicht gedacht, daß sie so früh zurückkommen würden.«

»Meist kommen sie etwas später, aber es sind immerhin gute, abgehärtete schottische Seehunde.«

»Sie kommen her, um zu gebären.«

Robert nickte. »Und um sich zu paaren. Nachdem die weiblichen Tiere ihre Jungen bekommen haben, kommt es ein paar Tage darauf zur Paarung.«

»Und sie bekommen erst im nächsten Jahr wieder Junge? Das heißt, daß sie fast ununterbrochen trächtig sind.«

»Es scheint sie nicht zu stören.«

»Die Jungen sind allerliebst.« Sie beobachtete zwei Jungtiere, die ihrer Mutter nachliefen und fast menschlich klingende Protestlaute ausstießen, als sie mit ihr nicht Schritt halten konnten. »Können wir nicht hinunter zu ihnen?«

»Nur wenn du dich auf beträchtliche Schäden an deiner bezaubernden Person gefaßt machst. Die Muttertiere verfügen über einen ausgeprägten Beschützerinstinkt.« Sein Lächeln verschwand. »Als ich aus Spanien zurückkehrte, war ich nicht sicher, ob es einen Gott gab.«

Bestürzt sah sie ihn an. Auch in ihren schlimmsten Zeiten hatte sie nie an der Existenz eines höchsten Wesens gezweifelt.

»In einer Welt, in der Protestanten und Katholiken einander zerfleischen und an Grausamkeit zu überbieten suchen, erschien es mir abwegig, daß Gott, falls es ihn gab, diese Dinge in Seinem Namen zuließ.« Er deutete auf die Szenerie zu ihren Füßen, auf See, Erde und Leben. »Das hier ist Gott, Kate. Das ist der Gott, der Sinn gibt.«

»Ja, das ist Gott.« In diesem Moment glaubte sie vor Liebe zu Robert zu bersten. Sie liebte den nachdenklichen Mann, den kühnen Krieger, Gavins Freund, ihren Geliebten, jede Facette, jede Bewegung, jeden seiner Atemzüge.

Ohne den Blick von den Seehunden zu wenden, fragte er: »Hast du noch deine Träume?«

»Nicht mehr, seitdem ich hier bin.« Sie sog die salzige Luft ein. »Hier herrscht ein besonderer Zauber.«

Er sah sie an.

»Heimat«, sagte sie schlicht. »Ich wußte es vom ersten Moment an.«

»Mein Gott...« Er schwieg. »Dann sollte mich deine Entschlossenheit, hierzubleiben, nicht wundern.«

»Ich werde hierbleiben.«

Er schüttelte den Kopf. »Das kann nicht sein. Kate, ich warne dich, was immer zwischen uns geschehen mag, du kannst Craighdhu nicht haben.«

»Ich werde dich auf andere Weise überreden. So halsstarrig bist du doch sonst nicht. Ich weiß keinen Grund, wieso wir hier nicht harmonisch miteinander leben sollten.«

»Es gibt hundert Gründe. Warum, zum Teufel, willst du nicht...?« Er sprach nicht weiter, als er ihr eigensinnig vorgerecktes Kinn sah. »Warum vergeude ich meinen Atem?« Er nahm ihre Hand und führte sie vom Klippenrand fort. »Reiten wir zurück zur Burg.«

»Warum? Mir gefällt es hier.«

»Wir kommen ein andermal wieder.« Er lächelte schief. »Es mag zwar Frühling sein, aber es ist noch zu kalt, um dich hier auf dem Boden zu nehmen, und ich verspüre das Bedürfnis, dir zu zeigen, wieviel Harmonie zwischen uns herrschen kann. Du hast gewiß nichts dagegen?«

Sie warf einen Blick hinunter zu den Seehundjungen auf den Felsen. Ging alles gut, dann würde Gott ihr nächstes Jahr, wenn die Seehunde wiederkämen, ein Kind schenken. »Ich habe nichts dagegen.«

»Du Narr!« knurrte Alec zornig, als er seinem Sohn mit aller Kraft ins Gesicht schlug. »Kann man sich denn gar nicht auf dich verlassen?«

Duncan fiel auf den Steinboden des Burghofes. Noch ehe er sich aufrichten konnte, versetzte Alec ihm einen Tritt in die Rippen. »Ich verlasse Kilgranne nur für kurze Zeit, und du läßt zu, daß dies passiert. Wie lang ist sie fort?«

»Zwei Wochen.« Duncan brachte sich vor dem nächsten Tritt in Sicherheit und richtete sich auf. »Ich konnte nichts tun. Gavin hat sie entführt, ehe wir merkten, daß er da war.«

Alec bezweifelte den Wahrheitsgehalt dieser Aussage mit gutem Grund. Ging es um seine Schwester, war Duncan von weibischer Weichheit. Zu feige, um Alec offen zu trotzen, war er sehr wohl imstande, hinter seinem Rücken gegen ihn zu arbeiten. »Wohin brachte er sie?«

»Woher soll ich das wissen?« antwortete Duncan ausweichend.

»Du solltest es wissen, weil du die Verfolgung hättest aufnehmen sollen«, donnerte Alec. »Aber da du es nicht getan hast, ist dir sicher zu Ohren gekommen, was unter den Familien hier im Tal gemunkelt wird. Hat er sie nach Craighdhu gebracht?«

Duncan zögerte.

»Duncan, da ich einen Erben brauche, kann ich dich nicht töten, wenn du mir aber die Antwort schuldig bleibst, werde ich dafür sorgen, daß du dich einen Monat lang nicht aus dem Bett rühren kannst.«

»Auf Craighdhu sind sie nicht«, gab Duncan widerstrebend

von sich. »Dort hielten sie sich nur kurz auf, um sich trauen zu lassen, ehe sie weiterzogen.« Hastig setzte er hinzu: »Das war alles, was ich hörte.«

»Nichts weiter?«

»Am Tag nach der Hochzeit sollen sie mit einem Fischerboot von Craighdhu aus weitergefahren sein.«

»Mit welchem Ziel?«

»Das weiß ich nicht.«

Diesmal schenkte Alec ihm Glauben. Gavin war kein Dummkopf und würde sein Ziel niemandem verraten haben. Aber es gab immer Mittel und Wege, diese Dinge herauszubekommen. Der MacDarren-Clan war mit Familien auf dem Festland wie auf der Insel eng verbunden.

Man würde sicher jemanden zum Sprechen bringen können.

Und was dann? Eines verstand sich von selbst – der Bursche mußte bestraft werden, und seine Tochter mußte lernen, was ihr blühte, wenn sie sich ihm widersetzte. Verdammt, wenn Gavin und Jean noch auf Craighdhu gewesen wären, hätte sich ihm die Gelegenheit geboten, sich die Beute zu holen, die das Schicksal ihm zuspielte. Da aber Robert die Jungvermählten fortgeschickt hatte, besaß er keinen Vorwand, James um Beistand bei einer Invasion der Insel zu bitten. Und ohne die militärische Hilfe, die nur der König bieten konnte, war die Insel uneinnehmbar. Und doch mußte es einen Weg geben, seine augenblickliche Niederlage in einen Vorteil zu verwandeln.

Dieser Weg mußte nur gefunden werden.

12. KAPITEL

Heidekraut in purpurner Pracht bedeckte den Abhang, der zum Klippenrand oberhalb des Ödlandes führte.

Kate starrte verzaubert den Bodenbewuchs an, vor kurzem noch braunes, häßliches Gestrüpp, das sich in anmutige lavendelfarbige Stämmchen verwandelt hatte.

»Schönheit, die die Seele erquickt«, sagte sie leise. »Ich habe es dir nicht geglaubt.« Sie ließ sich aus Cairds Sattel gleiten, um hangaufwärts zu laufen. »Es ist… wundervoll.«

»Deine Bewunderung soll dich nicht verleiten, die Klippe hinunterzustürzen. Du siehst aus, als würdest du dich in die Lüfte erheben und davonfliegen.«

»Das ist nicht ausgeschlossen. Es ist ein Tag wie geschaffen für Wunder.« Ein Blick über die Schulter zeigte ihr, daß er noch immer am Fuß des Hügels stand und ihr nachsah. »Eines schönen Tages werde ich einen Versuch wagen.«

»Würde mich nicht erstaunen, wenn du es dank deines festen Willens schaffst.«

»Ist es denn nicht wundervoll, Robert?«

»Wundervoll.« Er lächelte nachsichtig, als er eine Decke aus seinem Packsack holte und ihr den Hang hinauf folgte. »Aber du findest auf Craighdhu ja alles wundervoll.«

»Ist es auch. Falls du es nicht siehst, bist du zu kritisch und verwöhnt. Ein Glück, daß ich gekommen bin, um dir den wahren Wert von Craighdhu vor Augen zu führen.«

»Und ich danke dir voller Demut, daß du dich dazu herabläßt.« Er breitete die Decke aus, ließ sich neben Kate nieder und schlang die Arme um die bloßen Knie.

Wie eine barbarische Gestalt sieht er aus, dachte sie befriedigt, ganz schimmernde Bronzehaut und wirres dunkles Haar. So hatte sie ihn am liebsten, ohne eine Spur des argwöhnischen, zynischen Mannes, als den sie ihn kennengelernt hatte. In den zwei Monaten seit Gavins Hochzeit hatte er fast immer seinen Kilt getragen, und heute hatte er auf dem Ritt zum Ödland sein Hemd abgeworfen. Plötzlich verspürte sie das Verlangen, ihn anzufassen, die angespannten Muskeln zu berühren, doch sie zügelte sich. Noch nicht. Das würde nur zu Leidenschaft führen, und sie wollte diesen besonderen Augenblick genießen. »Demütig bist du nie. Ich habe noch keinen Mann gesehen, den weniger Zweifel an seinem Selbstwert plagen.«

»Deine Bekanntschaft mit Männern war bislang mehr als begrenzt. Ich glaube kaum, daß es Sebastian an Selbstwertgefühl mangelte.«

»Das stimmt. Aber ihr Schotten seid ja noch viel eingebildeter. Ich finde, es ist überhaupt der hervorstechendste Zug eures Volkes.«

»Dann müßtest du als Tochter der Königin aller Schotten eine gehörige Portion davon mitbekommen haben.«

Vor zwei Wochen hätte die Erwähnung ihrer Mutter leises Unbehagen in ihr hervorgerufen, doch jetzt vermochte nichts der euphorischen Stimmung etwas anzuhaben, in der sie sich heute befand. »Ja, ich verfüge tatsächlich über eine gehörige Portion Arroganz. Aber wir Frauen brauchen diese Eigenschaft, da die Männer ständig versuchen, uns zu unterdrücken. Es ist unsere einzige Möglichkeit des Überlebens.«

»Deine Mutter hat nicht überlebt.«

Sein Ton war noch immer beiläufig, doch spürte sie eine Andeutung von Verbitterung heraus, daher lenkte sie ihr Geplänkel rasch in eine unverfängliche Richtung. »Aber Elizabeth hat über dreißig Jahre lang überlebt, und du sagst, daß sie die überheblichste Frau der Welt sei.«

»Sowohl im Himmel als in der Hölle«, gab er voller Ingrimm von sich.

»Und doch war sie um Güte mir gegenüber bemüht.«

»Aber nicht darum, sich zu vergewissern, daß der Vormund, den sie dir bestimmte, seiner Aufgabe gewachsen war.«

»Du stehst ihr noch immer ablehnend gegenüber? Ich glaube, du verdammst sie zu hart. Sie hat nur getan, was sie für mich als gut befand.«

»Elizabeth denkt selten an das Wohl eines einzelnen Menschen, wenn ihr Wohl oder das des Landes auf dem Spiel steht.«

»Dann solltest du ihr Vorgehen billigen. Du sagtest, du hättest nie Parteigänger meiner Mutter sein können, weil sie eine impulsive Frau war.«

Seine Miene verdüsterte sich. »Dieses rothaarige gekrönte Biest auf dem englischen Thron kann ich nicht billigen.«

So hatte sie ihn noch nie gesehen. Er benahm sich wie ein trotziger kleiner Junge. »Weil sie dich übertölpelt hat und bei dir ihren Willen durchsetzte.« Sie lächelte. »Aber würdest du ihr in die Schlacht folgen?«

»Ich sagte schon, daß ich nur unter Craighdhus Banner in den Kampf ziehe.«

»Aber wenn ihr ein gemeinsames Ziel hättet? Würdest du es tun?«

»Ja«, gestand er grollend.

Sie klatschte entzückt in die Hände. »Und James würdest du nicht folgen, obwohl er ein Mann ist. Du siehst also, für arrogante Frauen ist also durchaus Platz auf der Welt.«

»Nicht Elizabeths Arroganz, sondern ihr Verstand und ihr Wille sind es, die zählen.«

»Aber wie sonst hätte sie sich behaupten können? Demut steht einem Herrscher nicht wohl an.«

»Ich habe dieses Gerede über Elizabeth satt.«

Ihre Lippen zuckten. »Weil es dich daran erinnert, daß sie dich bezwungen hat?«

Plötzlich war er rittlings über ihr und blickte in ihr Gesicht. »Du hast recht«, sagte er seidenweich. »Der Gedanke daran, bezwungen zu werden, reizt mein Temperament und weckt in mir den Wunsch, alles und alle um mich herum zu beherrschen. Möchtest du auch beherrscht werden, Kate?«

Sie furchte die Stirn. »Das hat mir noch nie behagt.«

»Aber ich würde es ganz anders anfangen als dein Sebastian. Laß mich einen Versuch wagen.«

»Also gut. Wenn du glaubst, daß es mir Spaß machen würde.« Er hatte nie etwas gemacht, was ihr zuwider gewesen wäre. Alles war Vergnügen und Freude. Ihre Hand glitt unter seinen Kilt und umfaßte seine harten Hinterbacken. »Dieses Kleidungsstück gefällt mir. Es ist so praktisch.«

»Dein Wohlgefallen ist mir nicht entgangen. Ich gestehe, daß ich es in den letzten Wochen öfter getragen habe als je in meinem Leben.« Mit halbgeschlossenen Lidern lächelte er ihr sinnlich zu. »Aber etwas anderes wäre nicht möglich gewesen. Ich möchte nicht von deiner Schamlosigkeit abstechen.«

Er spielte damit auf ihre Gewohnheit an, ihre Unterwäsche auf ein Minimum zu beschränken. »Aber einen Kilt würdest du mir nicht geben.«

»Weil ich nicht möchte, daß meine Leute wissen, was für ein bereitwilliges Weib ich habe. Das würde sie mit ihrem eigenen Los nur unzufrieden machen.« Er knöpfte müßig ihr Kleid bis zur Mitte auf und schob es auseinander, um ihre Brüste zu entblößen. »Ja, sehr bereitwillig.«

Ihre Brüste spannten sich unter seinem Blick. »Dann tu etwas dagegen«, forderte sie ihn auf.

Er schüttelte den Kopf. »Ich schaue dich gern an.«

Sie spürte, daß er von seiner Position über ihr aus gerne mehr getan hätte, als sie nur anzustarren, doch er saß reglos da, angespannt, und sah zu, wie ihr Körper ihm entgegenreifte.

»Ja, das gefällt mir«, sagte er leise. »Was für eine glutvolle Frau du doch bist. Ein Blick genügt, und du reagierst.«

Er ließ sie los und fing an, sie langsam auszuziehen. Sie versuchte ihm zu helfen, er aber wehrte ab. »Nicht... ich sagte schon, daß mir nach Beherrschung zumute ist.«

»Wie kannst du mich beherrschen, wenn du mich bedienst?« sagte sie von oben herab.

»Indem ich die Geschwindigkeit des Spiels bestimme.« Nun war sie nackt bis auf ihre Seidenstrümpfe und die Lederstrumpfbänder, mit denen sie über dem Knie festgehalten wurden. Er löste das Strumpfband an ihrem rechten Bein und rollte langsam den Strumpf herunter, wobei seine Finger federleicht ihren Schenkel entlangstrichen.

Ein Schauer überlief sie, und ihre Muskeln spannten sich unter seiner Berührung.

»Wie schön, daß du deine Wollstrümpfe verbannt hast«, murmelte er. »Diese hier sind viel angenehmer.« Er rieb die empfindliche Stelle in ihrer Kniekehle.

Sie bäumte sich auf, als die Berührung einen Blitz in ihr auslöste, der sie direkt in ihren Leib traf.

»Wie herrlich empfindlich du hier bist. Ich kann dir gar nicht sagen, wie glücklich ich bin, daß ich es entdeckte.« Er zog den Strumpf aus und berührte sanft ihre Fußsohle. »Und hier.«

Ihr Fuß wölbte sich, sie atmete tief durch. Diese Neckereien waren ja gut und schön, doch ihr dauerte es zu lange. »Das ist nicht der empfindliche Punkt, dem du dich widmen solltest.«

»Im Moment.« Er löste das andere Strumpfband und legte es beiseite. »Vielleicht.«

»Vielleicht! Wenn du glaubst...« Sein lausbübisches Lächeln ließ sie innehalten. Er sah sündig, kühn und unendlich sinnlich aus. So hatte sie ihn noch nie erlebt, und die plötzliche Veränderung reizte ihre Neugierde. Seine Stimmung mochte teuflisch sein, doch sie wußte, daß er nicht imstande sein würde, sich zurückzuhalten, und daß er sie befriedigen und sich seine Erlösung holen würde. Aber wenn sie sich zurückhalten konnte, würde er vielleicht die Geduld verlieren, und das Ende würde eher kommen. Sie hielt seinen Blick fest und legte sich absichtlich gelassen zurück. »Es wäre möglich, daß mich dieses Getändel anödet.«

»Ach, eine Herausforderung.« Er kauerte vor ihr und sah die nackt vor ihm liegende Frau an. »Was könnte ich tun, um das zu vermeiden?« Er griff nach den zwei Strumpfbändern. »Soll ich dir eines der Dinge zeigen, die ich in Spanien lernte?«

»Du hast mir schon viele gezeigt.«

»Aber dies hier hat mit Stoff zu tun. Du hast Interesse daran gezeigt, und ich selbst hatte immer eine gewisse Vorliebe dafür.« Ein Strumpfband in der Hand, beugte er sich über sie. »Lieg ganz still. Du weißt, daß ich dir nicht weh tun werde.«

»Was machst du da?« Sie sah zu, wie er ihre linke Brust mit dem Lederstreifen umgab und ihn langsam zuzog, so daß die Brustspitze und der obere Teil der Brust darüber hervorragten.

»Was für ein Gefühl ist es?«

»Sonderbar. Ich spüre... Druck.«

»Aber es schmerzt nicht?«

»Nein.« Das weiche Leder lag glatt und warm an ihrem Fleisch, der Druck war ganz leicht. »Ich kann es kaum spüren.«

»Du wirst es spüren.« Nun umwand er ihre nackte Brust mit dem anderen Strumpfband. »Diese kleine Abschnürung genügt, um das Blut in die Spitzen steigen zu lassen und sie empfindsamer zu machen.« Er sah sie an. »Es beginnt schon«, sagte er mit belegter Stimme. »Spürst du es?«

Allmählich regte sich in ihr ein leises Prickeln, und als sie einen Blick auf die Lederbänder warf, die um ihr Fleisch lagen, vertiefte sich das Prickeln.

»Ja?« fragte Robert.

Sie sah ihn an und merkte sofort, daß es ihn ebenso erregte wie sie. Gewiß konnte er nicht mehr länger an sich halten. »Ein wenig.« Sie markierte ein Gähnen. »Obwohl ich allmählich schläfrig werde.«

»Dann müssen wir dich aufwecken.« Er ließ sich neben ihr nieder und schob ihre Beine auseinander. »Dieser Teil bedarf nur wenig der Erweckung, glaube ich.« Er griff hinter sie. »Aber wir wollen es dennoch nicht versäumen.«

Kühle an Hitze, eine leicht erdige Rauheit an ihrem Innersten.

»Was...«

Er hielt es in die Höhe, um es ihr zu zeigen. Es war ein Zweig Heidekraut, den er gepflückt und an ihr gerieben hatte, zwei Spannen lang, mit einem dicken purpurnen Stamm, grünen

Trieben mit geschlossenen Blättern und gefiederten Spitzen glockenförmiger Blüten.

»Ich sagte ja, daß es für Heidekraut unzählige Verwendungen gibt.« Er strich ihr mit dem Strauchteil über den Leib. »Material, Gewebe, Kate. Wundervolle Gewebe.«

Seine verdammten Gewebe trieben sie noch in den Wahnsinn. Die Blütenstacheln, die über ihren Körper glitten, hinterließen eine feurige Spur und ließen ihr Blut an die Oberfläche drängen, bis sie das Gefühl bekam, ihr ganzer Körper sei heiß, berührt, in Besitz genommen.

»Noch immer schläfrig?«

Sie konnte nicht antworten.

Das Heidekraut strich leicht über ihre hervortretenden Brustspitzen, so daß sie sich auf die Lippen beißen mußte, um ein Aufstöhnen zu unterdrücken. Sie waren nun so köstlich empfindsam, wie er es vorausgesagt hatte. Mit jedem Atemzug senkten und hoben sich ihre Brüste schwer.

»Irgendwie glaube ich, daß es nicht mehr der Fall ist.« Lange verharrte er an ihren Brüsten, umkreiste die rosigen Hügel, die der leichte Druck hatte hervortreten lassen, und ließ sodann den Stengel über die Brustwarze gleiten. Dabei sah er sie unverwandt an. »Wenn du mich ganz lieb bittest, lasse ich mich vielleicht überreden, der Sache ein Ende zu bereiten.« Er hauchte die vergrößerte Spitze an. »Sag mir, was du möchtest.«

Sie wollte seine Zunge auf sich spüren, sie wollte, daß er sie in den Mund nahm und von dem Feuer des Begehrens erlöste, das er angefacht hatte. Doch hatte er das Wort »vielleicht« gesagt, und sie wollte diesem spottlustigen Teufel nicht die Genugtuung ihrer Niederlage gönnen, ehe sie nicht sicher war, daß es ein Ende hatte. O Himmel, viel länger konnte sie es nicht aushalten.«

Erst ließ er den Stengel über ihre Rippen gleiten, dann tiefer über ihren Leib. Er spielte an der Nabelmulde und beobachtete, wie ihre Muskeln sich anspannten. Als nächstes führte er das Gewächs über die Locken an ihrer Scham.

Dann teilte er ihre Schenkel noch weiter und rieb den Stengel an ihrer intimsten Stelle.

Um ein Aufstöhnen zu unterdrücken, grub sie ihre Nägel in die Handflächen.

»Nun, findest du das interessant?« Nun benutzte er das Gewächs, um ihren empfindsamsten Punkt zu reizen. »Und dies?«

Sie hielt es nun nicht mehr länger aus. »Ja«, stieß sie zwischen zusammengebissenen Zähnen hervor.

»Wie schön du hier unten bist«, flüsterte er. »Noch schöner als das Heidekraut. Du öffnest und schließt dich wie eine Blume in der Morgendämmerung.«

Er drehte den Stengel um und ließ ihn tiefer gleiten. »Ein schönes dickes Stämmchen«, sagte er leise und drang vorsichtig mit dem stachligen Ende ein. »Möchtest du ihn in dir spüren?«

Die samtenen Worte schwebten über ihr und entzündeten verbotene Erregung. Sie keuchte, ihr Kopf schlug auf der Decke hin und her. Es mußte aufhören. Sie hauchte... »Ja!«

»Kommt nicht in Frage.« Er warf den Stengel fort und war mit einem einzigen kühnen Stoß in ihr. »Ich bin sehr eifersüchtig und will verdammt sein, wenn du einen oder etwas anderes als mich in dich läßt.«

Und er gab ihr alles, was er ihr so lange verweigert hatte. Während seine Hüften sich heftig bewegten, hob er sie an und saugte kräftig an ihrer Brust.

Das war zuviel. Sie spürte, wie ihr Tränen über die Wangen liefen, während sie die Beine um seine Hüften schlang und ihn an sie preßten. Die Lust war so intensiv, daß es ihr fast den Verstand raubte und sie sich jeder Anordnung fügte und sich nahm, bis sie nicht mehr konnte.

Auf die Explosion, die Minuten später folgte, reagierte sie mit Mattigkeit und Schlaffheit.

Als er sich aufrichtete, die Lederbänder von ihren Brüsten löste und beiseite warf, nahm sie es kaum wahr. »Ich glaube, du hast es genossen, beherrscht zu werden«, sagte er leise auflachend. »Vielleicht gestattest du es mir öfter.«

»Ich glaube nicht, daß ich es aushielte«, keuchte sie. Dann rollte sie sich in seine Arme. »Und außerdem wäre es nur fair, wenn ich dich einmal beherrsche. Ich wüßte eine Stelle, die für das Lederband wie geschaffen ist.«

»Wie wollüstig du doch bist.«

Sie hielt ihn ganz fest umarmt. So wie sie sich jetzt fühlte, mußten sich die Heiden gefühlt haben, die Craighdhu als erste besiedelt hatten. Sie hörte das dumpfe Bellen der Robben, die Brandung, die gegen die Felsen toste. Die Sonne brannte heiß auf ihr nacktes Fleisch, und der Duft von Erde, Heide und Robert umgab sie. Mit ihm war es mit jedem Mal schöner, leidenschaftlicher, vollkommener und doch immer anders: strahlende Edelsteine, die sie zum Funkeln bringen und in einer Schatztruhe bergen wollte. Und es erschien ihr so gut wie unmöglich, daß nur sie so empfand und er nicht. Robert hatte es nie ausgesprochen, doch sie spürte, daß die Bindung zwischen ihnen mit jedem Tag fester wurde. »Die Reihe ist nun an mir«, wiederholte sie. »Und zwar jetzt.«

»Vielleicht sollten wir die Sache mit dem Beherrschen lieber vergessen«, sagte er wachsam und begleitete seine Worte mit einem Kuß. »Außerdem hast du nicht entsprechend reagiert. Unterwerfung ist gefordert und nicht bereitwilliges Einverständnis. Für diese Art Spiele eignest du dich nicht. Oder hat das Gerede über Elizabeth und ihr königliches Auftreten dich beeinflußt, so daß du mehr Feuer zeigtest als erforderlich?«

»Vielleicht.« Sie richtete sich auf den Ellbogen auf. »Aber ich werde ebenfalls Königin sein. Die beste der Welt.«

Wie erwartet, erstarrte er, und seine Augen wurden zu schmalen Schlitzen. »Tatsächlich?«

Lachend warf sie sich in seine Arme. »Die Königin von Craighdhu.«

Er entspannte sich. »Willst du mich ersetzen?«

»Nur zugunsten von Sohn oder Tochter.«

Er drückte sie an sich. »Nein, Kate.«

»Doch.« Sie schmiegte sich an ihn und streifte mit den Lippen die Wölbung seiner Kehle. »Craighdhu ist das einzige Königreich, das ich je haben möchte. Gib es mir.«

»Ich sagte schon, daß es unmöglich ist.«

Für gewöhnlich hätte sie das Thema nicht weiterverfolgt, doch war sie zu glücklich und vertrauensvoll, als daß sie nicht wenigstens noch einen Versuch unternommen hätte. »Und ich habe dir gesagt, daß deine Vorbehalte unsinnig sind.«

»Hör zu, Kate, du bist diejenige, die mit Blindheit geschlagen ist.« Er strich ihr sanft übers Haar. »Mit völliger Blindheit. Verstehst du denn nicht... nein, Sebastian hat ganze Arbeit geleistet.«

»Was soll das heißen?«

»Ich habe mich immer gewundert, wie es kommt, daß du die Gefahr nicht sehen kannst, die Elizabeth und ich und alle anderen für dich sehen. Erst dachte ich, du wolltest sie nicht kennen, dann aber wurde mir klar, daß es wieder Sebastian war. Er hat dir gesagt, was für eine Gefahr du seist, und du hast diese Wahrheit als eine seiner Lügen abgetan. Glaube mir, du stellst eine Gefahr dar, Kate. Für dich und Craighdhu.«

»Und für dich?« zog sie ihn auf.

»Und für mich«, sagte er nach kurzem Nachdenken.

Er war so ernst, daß ihr Glück kurz von einem Anflug der Angst gedämpft wurde. »Das alles ist Unsinn. Ich würde dir nie weh tun. Ich möchte dich nur glücklich machen. Ist es so schlimm, wenn ich dir ein Kind schenken möchte?«

»Du bist doch nicht etwa schwanger?« fragte er rasch.

»Du weißt, daß ich letzten Monat meine Tage hatte. Diesmal ist es noch nicht an der Zeit.« Sein Widerstreben kränkte sie, obwohl sie den Grund kannte. »Du brauchst dir keine Sorgen zu machen.« Sie rang sich ein Lächeln ab. »Außerdem hast du gesagt, du wüßtest Mittel und Wege, das Problem zu lösen, falls ich schwanger würde.«

»Ja.«

»Und was ist das?«

»Wir würden fortgehen, fort von Craighdhu«, lautete seine simple Antwort. »Für immer.«

Erschrocken riß sie die Augen auf. »Ins Exil?« flüsterte sie. »Das kann nicht dein Ernst sein. Du liebst deine Heimat.«

»Ja, das tue ich.«

»Es würde dich töten, wenn du fort müßtest.«

»Es würde mich töten, wenn ich die Insel vernichten müßte.«

Er meinte es im Ernst. Sie fing unbeherrscht zu zittern an, als sie in seiner Miene unerbittliche Entschlossenheit las. »Du würdest mich hassen.«

Er schüttelte den Kopf. »Warum sollte ich? Ich mußte dich besitzen, und ich kannte die Strafe. Ich habe mich entschieden.«

Sie begrub ihren Kopf an seiner Schulter.

»Hör auf zu zittern«, sagte er sanft. Seine Hände strichen über ihren Rücken, auf und nieder. Er tröstete sie wie ein kleines Kind. »Es ist noch nicht eingetreten. Uns bleibt noch Zeit.«

Und in dieser Zeit mußte sie ihm beweisen, daß er sich irrte, daß ein Kind für ihn nicht das Ende von Craighdhu bedeutete. »Siehst du denn nicht, was für ein Fehler das wäre?«

»Pst... laß uns von etwas anderem sprechen.«

»Ich könnte dir nie weh tun.« Sie sagte es in unsicherem Ton. »Niemals. Nicht um Craighdhus willen, nicht um alles in der Welt. So glaube mir doch.«

»Ich glaube dir.«

Aber ebenso glaubt er, daß es ihr bestimmt war, ihn von Craighdhu fortzuführen, etwas, das ihn schlimmer treffen würde als der Dolchstoß eines Meuchelmörders.

Sie umfing ihn fester.

Warum hatte Gott sie zusammengeführt, wenn Er nicht gewollt hätte, daß sie gemeinsam hier auf der Insel blieben? Wenn Er zuließ, daß sie wegen einer womöglichen Schwangerschaft getrennt würden, dann gab es keine vernünftige Ordnung auf der Welt. Robert mußte in einem Irrtum befangen sein, und Gott mußte ihr die Macht verleihen, ihm diesen Irrtum vor Augen zu führen, ehe es zu spät war.

Zwei Abende darauf betrat Jock Candaron den Saal, als Robert und Kate vor dem Feuer sitzend Schach spielten. »Was für ein beglückend friedvolles Bild ihr abgebt«, sagte er beißend. »Ich bedaure die Störung, Robert, aber Malcolm ist im Hafen und fordert eine Audienz. Was soll ich ihm sagen?«

Mit einem Fluch stieß Robert seinen Stuhl zurück und stand auf. »Wußte ich doch, daß er sich zu ruhig verhält.«

»Was soll ich sagen?« wiederholte Jock.

»Bring ihn her. Ich muß ihn natürlich empfangen.«

»Ich war dessen nicht sicher.« Jocks Blick glitt zu Kate. »In letzter Zeit läßt du dich von deinen Pflichten allzu gern ablenken.« Damit drehte er sich auf dem Absatz um und ging.

»Was glaubst du… warum ist er gekommen?« flüsterte Kate.

»Keine Ahnung. Bei Alec ist alles möglich.«

»Ich wußte gar nicht, daß er aus Edinburgh zurück ist.«

»Schon seit sechs Wochen.«

Sie machte große Augen. »Das hast du mir nicht gesagt.«

»Warum auch? Es gab keinen Grund, dich zu beunruhigen, ehe er nicht den nächsten Schritt tat.«

Sie umklammerte die Armlehnen. »Er hat von einem Besuch gesprochen. Könnte es sein, daß er friedlich…?«

»Wohl kaum«, unterbrach Robert sie. »Nicht, nachdem wir bei der Entführung seiner Tochter die Hand im Spiel hatten.«

Sie hatte gewußt, daß ihre Äußerung töricht war, doch sie hatte sich an einen Strohhalm geklammert. Malcolms Ankunft war ein Schatten, der auf die Sonne fiel. Daß ihre glückliche Zeit mit Robert nun ein Ende finden sollte, war ihr unerträglich. »Du hast recht. Sicher rast er vor Zorn.«

Als Jock Alec Malcolm wenig später hereingeleitete, wirkte er alles andere als zornig. Seine Wangen waren gerötet, und er lächelte.

Sein Lächeln ist am gewinnendsten, wenn er ein Kind schändet oder jemandem die Kehle durchschneidet.

Roberts Worte fielen ihr ein, als Alec Malcolm durch den Raum auf sie zukam und sich vor ihr verbeugte. »Ach, Ihr seid bezaubernder als je zuvor. Wie bedaure ich, daß ich nicht eher kommen konnte. Ich hoffe, daß Ihr Euch bester Gesellschaft erfreut.«

»Allerbester.«

»Wie könnte es angesichts so großer Festlichkeiten auch anders sein? Wie ich hörte, wurde auf Craighdhu Hochzeit gefeiert.«

»Eine prächtige Hochzeit.« Sie sah ihm in die Augen.

»Wie unhöflich von Euch, mich nicht einzuladen, da es doch die Vermählung meiner Tochter war. Sie muß eine reizende Braut gewesen sein.«

»Ja, wunderhübsch.« Robert ging durch den Raum und blieb neben Kates Sessel stehen. »Bist du deshalb gekommen? Wenn ja, dann muß ich dich enttäuschen, Gavin und Jean befinden sich nicht mehr auf der Insel.«

»Ach, das wußte ich. Natürlich erstaunt es mich nicht, daß du sie fortgeschickt hast. Für dich hat immer nur Craighdhu gezählt. Du hättest es nie aufs Spiel gesetzt, auch nicht mir zu Gefallen.« Er schnitt eine Grimasse. »Jammerschade. Ich hätte es bei weitem vorgezogen, mein Ziel zu erreichen, indem ich dich töte und mir Craighdhu nehme, anstatt meine Zeit damit zu vergeuden, ganz Irland nach den beiden abzusuchen.«

Jock straffte sich. »Irland?«

»Ja, du hast sie gut versteckt, Jock. Es hat mich viel Mühe gekostet, das glückliche Pärchen aufzustöbern.« Er lächelte. »Jetzt allerdings sind sie nicht mehr so glücklich, fürchte ich.«

Entsetzt starrte Kate ihn an. Allein sein beiläufiger Ton genügte, um ihr Schauer über den Rücken zu jagen.

»Bekümmert Euch dies?« Er drehte sich wieder zu Kate um. »Wie ich sehe, seid Ihr ja ganz blaß geworden. Habt Ihr diesen jungen Nichtsnutz etwa in Euer Herz geschlossen?«

Mit gefühllosen Lippen brachte sie hervor: »Habt Ihr ihm etwas angetan?«

»Nicht viel... noch nicht.« Er warf Robert einen Blick zu. »Du siehst ja richtig gefährlich aus. Ich brauche dir wohl nicht zu sagen, daß ich nicht hier wäre, wenn ich nicht eine starke Ausgangsposition für Verhandlungen hätte.«

»Falls du Gavin und Jean schon hast, dann gibt es keine Verhandlungen«, sagte Robert kalt. »In einer so verzweifelten Situation ist Gewalt die einzige Lösung.«

»Aber deine Verhandlungsposition ist ausgezeichnet, und Gewalt würde dir jetzt nichts nützen. Dein Gefolgsmann und Jean befinden sich auf Kilgranne in Sicherheit, und der Kommandeur meiner Garde hat Befehl, Gavin Gordon die Kehle durchzuschneiden, sollte ich bei Tagesanbruch nicht zurückgekommen sein.«

»Nein!« rief Kate aus.

»Ach, Ihr habt also tatsächlich eine Schwäche für den Jungen. Frauen sind so sanfte, gütige Geschöpfe. Gewiß seid Ihr bereit, alles zu tun, um ihn vor Schaden zu bewahren.«

»Was sind deine Bedingungen?« fragte Robert schroff.

»Nichts Außergewöhnliches. So ein Dummkopf bin ich nicht, daß ich Craighdhu fordern würde oder gar Ersatz für die Handelsbeziehungen mit den irischen Händlern, die du mir abspenstig gemacht hast.«

»Die Bedingungen«, stieß Robert zähneknirschend hervor.

Alec deutete auf Kate. »Nur diese Frau.«

Kate hörte, wie Jock tief durchatmete. Sie selbst war zu geschockt, um auch nur ein einziges Wort herauszubringen.

»Unmöglich«, sagte Robert ausdruckslos. »Die Frau ist meine Gemahlin.«

»Aber Ehen per Handschlag sind leicht aufzulösen.«

»Wir wurden in der Kirche getraut.«

Malcolm schüttelte den Kopf. »Per Handschlag. Dein Clansmann wollte es mir nicht sagen, aber meine süße Jean war sehr mitteilsam.«

Kate schüttelte den Kopf. »Sie hätte Euch nicht alles gesagt.«

»Ich gebe zu, daß sie unter beträchtlichem Druck stand.« Er wandte sich erneut zu Robert. »Du warst dumm, diese reizende Lady nicht auch in den Augen der Kirche zu ehelichen. Damit wäre ihre Inbesitznahme durch einen anderen sehr erschwert.«

»Ein Mann muß im allgemeinen nicht um seine Frau kämpfen.«

Alec lächelte. »Ein Mann heiratet im allgemeinen auch nicht die Tochter einer Königin.«

Roberts Miene verriet nichts. »Ich weiß nicht, was du meinst.«

»Du erregst meine Ungeduld. Wir beide wissen, daß dieses reizende Geschöpf kostbares Beutegut für einen ehrgeizigen Mann ist.«

»Und wer soll sie deiner Meinung nach sein?«

»Ihr Vormund Sebastian Landfield hat James in größte Unruhe versetzt. Zum Glück konnte ich seine Besorgnis mit ein paar ausgesuchten Unwahrheiten besänftigen.«

»Ich nehme an, dafür hattest du einen Grund?«

»Den besten Grund der Welt. Warum sollte ich mich mit Craighdhu zufriedengeben, wenn mir ein Thron winkt?«

»Ich bin nicht… ich habe keinen Thron«, sagte Kate.

»Aber Ihr werdet einen haben. Es bedarf nur des richtigen Mannes, der Euch den Weg dorthin ebnet.« Er drehte sich um und ging zur Tür. »Ich kehre nach Kilgranne zurück und lasse dir Bedenkzeit, Robert. Aber überlege nicht zu lange. Ich zürne deinem Gefolgsmann sehr, und ich glaube, du kannst dir lebhaft vorstellen, welche Aufgabe mich während der Wartezeit vor allem beschäftigt.«

»Ich schachere nicht mit Menschen«, sagte Robert.

»Laß mich meine Position verdeutlichen. Gibst du mir die Frau nicht, dann ist Gavin der Tod gewiß. Ich kehre nach Edinburgh zurück und schenke James reinen Wein ein. Dann hat auch die Frau ihr Leben verwirkt. Das wäre zwar nicht nach meinem Sinne, aber es würde dazu dienen, meinen Einfluß bei ihm zu erhöhen.« Er wandte sich an Kate und sagte lockend: »Sagt ihm, er soll Euch freigeben. Und habt keine Angst. Laßt mich Euch leiten, Euch umhegen. Ihr seid jung und ansehnlich, und mehr erwarte ich von Euch nicht. Alles andere übernehme ich. Ihr ahnt ja nicht, welche Macht Euch zufallen würde. Ich mache Euch zur Herrscherin über England und Schottland. Ihr könntet die mächtigste Königin sein, die die Welt je gesehen hat. Warum solltet ihr Euch hier vergraben, wenn Euch eine glanzvolle Zukunft winkt?«

Kate starrte die Tür an, die sich hinter ihm schloß, zu benommen, um sich zu rühren.

Robert drehte sich blitzschnell zu Jock um. »Verdammt, ich sagte dir, du solltest für Gavin ein sicheres Versteck suchen.«

»Ich habe getan, was in meinen Kräften stand«, verteidigte sich Jock. »Wir beide wußten, daß dies wahrscheinlich nicht genügte. Ein Mann wie Gavin läßt sich schwer verstecken. Es mangelt ihm an der nötigen Umsicht.«

Nein, umsichtig war nicht das Wort, das auf Gavin zutraf, dachte Kate dumpf. Andere Worte wurden ihm eher gerecht: wehmütig, komisch, sanft und liebenswert.

»Alec wird ihn Umsicht lehren«, sagte Robert. »Du hast es gehört, dieser Bastard wird ihn...« Er sprach nicht weiter und atmete tief durch. »Reden hat keinen Sinn. Wir müssen Gavin aus Kilgranne herausholen.«

»Alec wird in Erwartung dieses Schrittes ausreichend für Verteidigung gesorgt haben.«

»Dann müssen wir eine größere Streitmacht aufbieten. Benachrichtige jeden Mann auf der Insel. Ich gehe indessen aufs Festland zu Robbie MacBrennan und Jamie Grant und versuche sie zu überreden, ihre Clans zusammenzutrommeln, damit sie mit uns reiten. Morgen bei Sonnenuntergang treffen wir uns in Kilfirth Glen mit unseren eigenen Leuten und besprechen unser weiteres Vorgehen.«

Ein Vorgehen, das gleichbedeutend war mit Kampf, dachte

Kate, mit Kampf und Blut und Tod. Ihre Schuld. Alles ihre Schuld.

Mit einem Nicken verließ Jock den Raum.

Robert wandte sich an Kate. »Ich lasse die Insel bewacht zurück, für den Fall, daß es sich um eine Kriegslist Malcolms handelt. Keine Angst, du bist hier sicher.«

Sicher. Ja, sie würde sicher sein, aber Gavin und Robert und Gott weiß wie viele andere würden ihr Leben lassen müssen. »Nein!« Sie sprang auf. »Es wird zu spät sein. Er wird Gavin töten. Laß mich mitkommen. Vielleicht kann ich...«

»Bei allen Heiligen!« Er drehte sich drohend zu ihr um. »Begreifst du nicht, daß er genau das bezweckt? Ihm wäre nichts lieber, als dich von Craighdhu wegzulocken, damit er dich wie eine reife Frucht pflücken kann.«

»Dann laß es ihn tun«, entgegnete sie ebenso heftig. »Gavin wäre kein Gefangener, gäbe es mich nicht.«

»Nein, dann wäre er schon tot. Alec hätte keinen Grund, Jean nicht zur Witwe zu machen, es sei denn, er möchte etwas erreichen.«

»Das ändert nichts an der Tatsache, daß Malcolm...«

»Sei still!« In seinen Augen flammte es auf. »Hast du nicht gehört, was ich zu diesem Schurken sagte? Ich schachere nicht mit Menschen.«

Damit verließ er den Raum, sie aber blieb ihm auf den Fersen. »Hör zu, ich könnte es nicht ertragen...«

Die schwere Eingangstür fiel hinter ihm ins Schloß.

Angst und Übelkeit waren so heftig, daß ihr schwindelte und sie haltsuchend die Hand ausstreckte, um sich an der Wand abzustützen. Robert hatte ihr prophezeit, daß es soweit kommen würde. Warum hatte sie ihm nicht Glauben geschenkt, als er ihr klarzumachen versuchte, daß sie Craighdhus Untergang bedeuten konnte? Sie kannte die Antwort. Sie hatte es nicht glauben wollen, weil die Wahrheit ihr sowohl Robert als auch Craighdhu rauben würde.

Ihre Schuld. Alles war ihre Schuld. Vielleicht hatte Robert

recht, daß diesmal Gavins Vorgangsweise mit dazu geführt hatte, aber wie würde es dann nächstesmal sein? Auch wenn Kilgranne belagert und Gavin gerettet wurde, würde Malcolm nicht aufhören, nach jener Macht zu streben, die sie aufgrund ihrer Geburt darstellte. Man würde versuchen, Craighdhu zu erobern, und Menschen würden ihr Leben lassen.

Robert lief Gefahr, im Kampf zu fallen.

Panik erfaßte sie bei diesem Gedanken. Wie ihre Mutter! Alles, was Sebastian von ihr behauptete, hatte sich bewahrheitet. Sie war eine zerstörende Kraft wie ihre Mutter.

Nein! Sie wollte nichts zerstören. Sie wollte sich nicht zum Abbild ihrer Mutter machen lassen.

Sie wollte den Kampf aufnehmen.

*

Als Jock Candaron die Tür seines Gemachs öffnete, konnte er die Überraschung nicht verhehlen, die sich auf seinem zumeist unbewegten Gesicht abzeichnete. »Ihr wollt mich sprechen, Mylady? Im Moment habe ich leider wenig Zeit.« Er deutete auf die zwei Männer, die hinter ihm am Tisch standen, auf dem eine ausgebreitete Landkarte lag. »Wie Ihr seht, mache ich...«

»Meine Zeit ist auch begrenzt.« Sie ging an ihm vorüber und schob die Kapuze ihres Mantels zurück. »Gentlemen, Ihr entschuldigt wohl?« sagte sie mit höflichem Nicken zu den zwei Männern. Den jüngeren erkannte sie als Jocks Leutnant Ian Mactavish, der andere war ihr fremd.

Jock preßte verärgert die Lippen aufeinander. »Wartet nebenan. Sicher wird Mylady sich kurz fassen.«

Ein deutlicher Wink mit dem Zaunpfahl, daß er sie schleunigst loswerden wollte. Sie trat ans Fenster und blickte hinunter auf die Straße, während Jock leise auf die Männer einredete. Dann hörte sie, wie die Tür geschlossen wurde.

»Ihr solltet nicht hier sein«, sagte Jock. »Es ziemt sich nicht, daß die Herrin...«

»Meint Ihr, das kümmert mich?« Sie fuhr herum. »Ich

möchte, daß Ihr mich nach Kilgranne mitnehmt und gegen Gavin austauscht.«

Er stand reglos vor ihr. »Ach? Ich glaube nicht, daß Robert dieses Vorgehen billigen würde.«

»Aber Ihr würdet es billigen«, gab sie voller Bitterkeit von sich. »Euch würde es gefallen, so ist es doch? Ihr und Craighdhu würdet mich endlich los sein.«

»Nicht, wenn Robert sich entschlösse, Euch nachzureiten.« Mit eiskaltem Blick fügte er hinzu: »Wir beide wissen, daß er von Euch besessen ist.«

»Ja«, hauchte sie. So besessen, daß er den Verlust von Craighdhu riskierte. Und sie hatte diese sinnliche Besessenheit mit jeder ihr zu Gebote stehenden List gesteigert und genährt. Und in letzter Zeit hatte sie das Gefühl, daß sein Verlangen nach ihr nicht mehr rein körperlich war, daß er im Begriff stand, sie zu lieben, wie sie ihn liebte. Nun, das war vorbei. Sie würde es nie erfahren. »Diesem Problem stellen wir uns, wenn wir Gavin aus Kilgranne fortgeschafft haben. Sollte Robert sich entschließen, Kilgranne zu belagern, um mich zu befreien, würde Malcolm wenigstens keine Geisel besitzen, die tötet. Wann können wir dort sein?«

»Sobald wir das Festland erreichen, ist es ein halber Tagesritt nach Kilgranne.«

»Das heißt also, daß wir vor Einbruch der Dunkelheit dort sein könnten, wenn wir unverzüglich aufbrechen?«

»Ja, aber ich werde Euch nicht hinbringen. Wie Robert schachere auch ich nicht mit Menschen.«

»Würdet Ihr lieber sehen, wenn man Gavin zu Tode foltert? Mir wird Malcolm nichts antun – mit mir hat er etwas vor. Wenn Ihr mich gegen Gavin austauscht, wird er überleben und ich ebenso.«

»Solange Ihr für Alec einen Wert habt«, räumte er ein. »Sollte er sich aber anders entschließen, wird er Robert mit Vergnügen auf die denkbar schmerzhafteste Weise seiner Frau berauben.«

Sie tat seinen Einwand mit einer Geste der Ungeduld ab. »Wir vergeuden Zeit. Wenn Ihr mich nicht mitnehmt, gehe ich allein. Ihr seid doch sonst ein Muster an Pflichterfüllung. Erfüllt jetzt Eure Pflicht. Mit einem Schlag könnt Ihr Gavin retten und Zeit für einen Angriff auf Kilgranne gewinnen, den Ihr dann führen könnt, wie es Euch und nicht wie es Malcolm beliebt. Mein Plan hat Hand und Fuß.«

Er sah sie prüfend an. »Ja, er ist nicht unvernünftig.«

Sie drehte sich um und ging an die Tür. »Laßt uns rasch aufbrechen. Mein Pferd steht draußen, meine Sachen sind gepackt.«

»Ihr wart so sicher, daß ich einwilligen würde?«

»Ich wußte, daß Ihr jede Chance ergreifen würdet, Craighdhu von meiner Gegenwart zu befreien.« Sie machte die Tür auf. »Mir war immer klar, daß Ihr mich nicht ausstehen könnt.«

»Das stimmt nicht«, sagte er verhalten.

Erstaunt sah sie ihn an.

»In Wahrheit ist Eure aufrichtige und unerschrockene Art nach meinem Sinn. Allein die Bedrohung, die Ihr darstellt, mißfällt mir.« Sich umdrehend, griff er nach seinem Mantel. »Laßt mir einen Moment Zeit, damit ich Ian Anweisungen geben kann. Wir treffen uns unten.«

Kate atmete erleichtert auf, als sie Jock aus den Toren von Kilgranne hervorsprengen und den Hügel heraufgaloppieren sah, auf dem sie wartete.

»Gavin?«

»Malcolm versicherte mir, daß er noch am Leben sei, doch hat er nicht zugelassen, daß ich ihn sehe... dieser Schuft.«

»Er ist mit dem Austausch einverstanden?«

Er nickte. »Er möchte, daß Ihr selbst kommt und Gavin holt.«

»Wäre das denn klug? Wenn Alec so heimtückisch ist, wie Ihr sagt...«

»Es ist nicht klug, und er ist heimtückisch.«

»Welche andere Möglichkeit haben wir dann?«

»Wir könnten abwarten und sehen, ob er blufft.«

»Nein.« Sie nagte an ihrer Unterlippe. Jock sollte sich bei Sonnenuntergang mit Robert treffen, und sie wollte Robert nicht hier in Kilgranne haben. »Ich gehe.« Sie stieß Rachel in die Flanken. »Es hat keinen Sinn, wenn Ihr zurückreitet. Wartet hier auf Nachricht.«

Er war sofort an ihrer Seite, im Gleichschritt mit ihrem Pferd.

»Ich sagte, Ihr sollt hier warten.«

Er gab keine Antwort.

»Ihr seid Robert verpflichtet und nicht mir.«

»Richtig«, entgegnete er ruhig. »Aber Gavin ist einer der Unseren. Wenn Ihr daher um seinetwillen diese Torheit begeht, ist es meine Pflicht, Euch darin zu unterstützen.«

»Das ist eine sehr großzügige Auslegung Eurer Verpflichtung.«

»Es ist nur recht und billig, daß ein Mensch das Licht, das ihn durchs Leben geleitet, so deutet, wie er es für richtig hält.« Er sah sie nicht an. »Alec ist ein schlauer Fuchs. Ich habe schon erlebt, daß er Menschen nicht nur den Körper, sondern auch das Hirn verdreht. Es wäre möglich, daß er Eure Schwächen auf die Probe stellen möchte.«

»Um festzustellen, ob die Schachfigur sich nach seinem Gutdünken herumschieben läßt?«

»Vielleicht.« Er lächelte andeutungsweise. »Von Euch hat er nicht viel zu sehen bekommen. Mag sein, daß er glaubt, Ihr seid nur das, was Ihr zu sein scheint.«

Durch die offenen Tore konnte sie Alec Malcolm im Hof warten sehen und erstarrte unwillkürlich. »Und das wäre?« fragte sie.

»Roberts Weib, tauglich nur fürs Bett und zum Gebären.«

Ihre Spannung lockerte sich ein wenig, und ein Lächeln umspielte ihre Mundwinkel. »Ich hoffe, daß Robert sich für ersteres verbürgt, und um letzteres habe ich verzweifelt gekämpft.« Aber das ist vorbei, dachte sie dumpf und ohne die Spur von Belustigung. Ihre Zukunft lag ohne Kind, ohne Robert, ohne Craighdhu vor ihr. Das einzige, was sie vor sich sehen konnte, war diese Aufgabe, die es zu erfüllen galt, um das Übel, das sie angerichtet hatte, wiedergutzumachen. »Ich werde nicht zulassen, daß Malcolm mir den Verstand verdreht. Die Frage lautet vielmehr, wie schaffe ich es, seinen zu verdrehen?«

»Das weiß ich nicht.« Er ließ ein Achselzucken folgen. »Ein Mensch, dem allein an seinem Wohl gelegen ist, hat wenig Schwächen. Eine Methode der Verteidigung wäre es, ihn Eure Schwächen nicht sehen zu lassen.«

Aber sie wollte sich nicht verteidigen, sondern angreifen. »Das genügt nicht.«

»Nein?« Er lächelte merkwürdig. »Den meisten Frauen würde es genügen.«

Sie durchritten das Tor, und sie wappnete sich. Keine Schwäche.

»Ach, ich kann gar nicht sagen, wie entzückt ich war, als mein Freund Jock mir eröffnete, Ihr wolltet zu mir kommen.« Alec Malcolm trat vor, um sie aus dem Sattel zu heben. »Daß Ihr eine Frau von Vernunft seid, habe ich sofort erkannt, nun aber sehe ich, daß Ihr auch ein großes Herz besitzt. Wie gütig, daß Ihr Euch für diesen reizenden Jungen Gavin opfern wollt.«

»Wo ist er?«

»Hier entlang.« Er warf Jock einen Blick zu. »Du auch, mein Freund. Ich weiß, daß du es kaum erwarten kannst, ihn zu sehen.« Er führte sie über den Hof zum Turm. »Jock sagte mir, daß Robert nichts von Eurem Entschluß weiß. Was für ein Glück für Gavin, daß Ihr nicht so hartherzig seid wie Euer Gemahl.« Er nickte dem Posten zu, der vor der schweren Tür Wache hielt, worauf der Mann aufsperrte und öffnete. »Sehr bedauerlich, daß Ihr Euch zu ihm bemühen müßt, aber er kann nicht zu Euch kommen.«

Bei seinen Worten wurde ihr übel, und sie war froh, daß er

vor ihr die steile steinerne Wendeltreppe zum Verlies hinunterging. Nur keine Schwäche.

Sie hörte, daß Jock ihr folgte.

Alec öffnete eine Tür am Fuß der Treppe und stieß sie weit auf. »Mylady.« Damit trat er beiseite und ließ ihr den Vortritt.

Der ekelerregende Geruch von Moder, Fäulnis und Exkrementen überfiel sie in der Dunkelheit.

»Seid auf der Hut«, flüsterte Jock ihr ins Ohr.

Damit meinte er, daß sie sich nichts anmerken lassen sollte, was immer sie auch zu sehen bekommen würde. Das weiß ich, dachte sie voller Ungeduld. Den größten Teil ihres Lebens hatte sie damit zugebracht, sich Schmerz von ihrem Gegner nicht anmerken zu lassen. So bewahrte ihre Miene Fassung, doch ihr Aufseufzen war Ausdruck ihres Entsetzens.

Man hatte Gavin vier Fuß über dem Boden an den Handgelenken aufgehängt, sein Kopf hing bewußtlos vornüber auf die Brust, die Augen waren geschlossen. Seine Kleider hingen ihm in Fetzen vom gequälten Körper, seine Beine sahen schlaff und sonderbar verbogen aus, und sein Gesicht... Allmächtiger, kein Fingerbreit, der nicht blutig gewesen wäre.

»War das notwendig?« fragte sie mit unsicherer Stimme.

»Nun, ich forderte ihn auf zu sprechen«, sagte Alec, »er aber wollte nicht gehorchen. Gehorsam ist für mich sehr wichtig.«

Deswegen hat er mich hierhergebracht, ging ihr auf. Um ihr für ihre zukünftige Rolle eine Lektion zu erteilen. Sie sollte durch dieses Beispiel in Angst und Schrecken versetzt werden.

»Schneide ihn ab.« Das Flüstern kam aus der Dunkelheit, aus einer Ecke. »Bitte, schneide ihn ab... Schmerzen...«

Es war Jean, aber eine Jean, die Kate nicht kannte. An die Wand gedrückt, kauerte sie in Kleidern, die ebenso zerfetzt waren wie die ihres Mannes, starrte sie mit gehetztem Blick Gavins herabhängenden Körper an.

»Ihr müßt die Aufmachung meiner Tochter entschuldigen«, ließ Alec sich nun vernehmen. »Aber sie wollte nichts anderes, als bei ihrem geliebten Mann ausharren.«

»Schneide ihn ab«, flüsterte Jean.

»Ja, schneidet ihn ab«, sagte nun Kate forsch. »Und schickt einen der Posten nach einem Wagen. Ihr hättet uns sagen müssen, daß er nicht reisefähig ist. Das kommt uns höchst ungelegen.«

Sie sah ihm an, daß ihn ihre Kühle erstaunte, aber doch nicht so, daß es ihn seiner Fassung beraubt hätte. »Noch nicht.« Er lächelte. »Noch habe ich mich nicht entschieden, was mit ihm geschehen soll.«

»Jock bringt ihn nach Craighdhu«, lautete ihre resolute Antwort. »Das ist die beste Lösung.« Und an Jock gewendet befahl sie: »Schneidet ihn ab, Jock.«

Jock zog sein Schwert und trat auf Gavin zu.

»Ihr vergeßt, wo Ihr seid«, sagte Malcolm gedämpft. »Hier befehle ich.«

»Er sieht nicht gut aus«, sagte Kate kalt. »Tötet Ihr ihn, wird es Robert gegen Euch aufbringen, und er wird Kilgranne angreifen. Das ist es nicht, was wir im Moment wollen.«

»Nein? Und was wollen *wir*?«

»Was Ihr mir versprochen habt. Die Krone. Warum wäre ich sonst hier?« Sie hielt seinen Blick fest, rein instinktiv agierend, ohne die leiseste Ahnung, ob sie den richtigen Ton traf. »Ich kann nicht leugnen, daß ich den Burschen sehr liebenswert fand, aber doch nicht so, daß ich das aufs Spiel gesetzt hätte, was ich auf Craighdhu hatte. Ihr habt mir nun etwas geboten, was ich noch mehr begehre, aber mißversteht mich nicht. Ich bin kein zartes Pflänzchen, das umhegt und gelenkt werden müßte – es sei denn, ich möchte es.«

»Ihr wart auf Craighdhu zufrieden, bis ich kam.«

»Ich wollte die Insel, aber die wird Robert mir nie geben. Er hat sich sogar geweigert, mich anders zu ehelichen als durch Handschlag auf Treu und Glauben.« Sie kniff verächtlich die Lippen zusammen. »Fürs Bett war ich ihm gut genug, doch er fürchtete um sein kostbares Craighdhu.«

»Ihr nehmt kein Blatt vor den Mund.«

»Es ist besser, wenn es zwischen uns keine Mißverständnisse gibt. Ihr wollt mich benutzen, und ich möchte benutzt werden. Ihr werdet in mir eine starke Verbündete finden. Ist das nicht besser als eine schwache Marionette?«

»Landfield sagte, daß Ihr gefährlich sein könnt«, gab er halblaut von sich.

»Nicht wenn wir nach demselben Ziel streben.« Sie hielt inne. »Und wir werden die Krone nicht gewinnen, wenn wir unsere Kräfte in Kämpfen um Nichtigkeiten vertun.« Sie nickte Jock zu. »Nimm Gavin und schaff ihn hinaus.«

Kate hielt den Atem an, aber diesmal machte Malcolm keine Einwände.

Jock zog einen Schemel heran, stellte sich darauf und schnitt die Seile durch, die Gavins Handgelenke hielten, nachdem er einen Arm um seine Mitte gelegt hatte.

»Vorsicht.« Jean kämpfte sich auf die Beine und kam aus der Dunkelheit hervor. »Seine Beine sind gebrochen.«

Jeans Gesicht war ebenso gezeichnet wie das Gavins. Mitleid und Wut erfaßten Kate so heftig, daß Brechreiz sie würgte. Jock legte Gavin nun behutsam auf den Boden und kniete neben ihm nieder, um ihn am ganzen Körper abzutasten.

»Einen Wagen«, drängte Kate Malcolm.

Sein nachdenklicher Blick hing noch immer an ihrem Gesicht. »Ihr mögt in diesem Punkt recht haben.«

»Ich habe recht. Ich habe die ganze Sache sorgfältig durchdacht.« Als sie sein Zögern sah, setzte sie mit Nachdruck hinzu: »Jetzt darf uns kein Fehler unterlaufen. Mein Leben lang war ich bedeutungslos. Aber jetzt bietet sich mir die Chance, Königin zu werden. Ich werde nicht zulassen, daß Ihr mir diesen Weg verstellt.«

Er legte den Kopf in den Nacken und lachte schallend. »Mir scheint, Ihr werdet als Königin mehr Format haben, als ich Euch zunächst zutraute.« Damit drehte er sich um und ging gemächlich zur Tür. »Sehr wohl, Euer Majestät, ich werde den Posten um einen Wagen schicken.«

Kaum hatte sich hinter ihm die Tür geschlossen, als sie an Gavins Seite flog und niederkniete. »Wie schlimm ist es?« fragte sie Jock.

»Es sieht nicht gut aus. Beide Arme sind ausgekugelt, das rechte Bein an zwei Stellen gebrochen, das linke an drei, und sein Rücken ist arg zerschunden.« Er blickte auf ihn nieder. »Drei Finger der rechten Hand sind gebrochen.«

»Wird er überleben?«

Er nickte. »Ich glaube schon. Er könnte es sogar überstehen, ohne zum Krüppel zu werden, wenn ich die Knochen sofort einrenken kann.«

»Das könnt Ihr allein?«

»Eine Geschicklichkeit, die ich dem Schlachtfeld verdanke. Ich wäre dumm gewesen, sie mir nicht anzueignen. Ich hoffe nur, er hat keine Verletzung, die ich oberflächlich nicht feststellen kann.«

»Das ist alles«, sagte Jean tonlos. »Die Peitsche und das Rad.« Ihr Blick fiel auf Kate. »Ich mußte zusehen. So kam es, daß ich ihm von der Handschlag-Ehe erzählte. Ich hätte alles gesagt, nur damit er aufhört.«

»Bei allen Heiligen, glaubst du, ich hätte dafür kein Verständnis? Ich hätte genauso gehandelt.« Tränen stiegen ihr in die Augen, als sie auf Gavins Elendsgestalt hinunterblickte. »Alles wird wieder gut. Sobald ihr hier herauskommt, kannst du ihn gesundpflegen.«

»Wenn mein Vater mich mit ihm gehen läßt«, sagte Jean.

Noch ein Problem, dachte Kate erschöpft. Jetzt mußte sie sich auch noch einen plausiblen Grund ausdenken, damit Malcolm Jean mit Gavin ziehen ließ.

»Was für ein rührender Anblick«, hörte sie Alec von der Tür aus sagen. »Ihr gleicht einem Engel der Barmherzigkeit, Mylady.«

Der Anflug von Argwohn, der seine Worte färbte, mußte sofort gebannt werden. »Als meine Mutter ihren Gemahl Lord Darnley pflegte, soll sie das hervorragend getan haben.« Sie begegnete seinem Blick. »Ehe sie eines Abends ausging und sein Haus in die Luft gesprengt wurde. Natürlich behauptete sie, davon nichts gewußt zu haben.«

Der Argwohn in Alecs Miene wich brüllendem Gelächter. »Diese Geschichte war mir ganz entfallen.«

»Mir nicht. Ich habe jede ihrer Stärken und Schwächen genau studiert.« Im Aufstehen schüttele sie den Schmutz aus ihrem Gewand. »Jock braucht ein Brett oder eine Bahre und jemanden, der ihm beim Tragen hilft.«

»Ein Wunder, daß Ihr nicht verlangt, ich solle es tun«, sagte er ironisch.

»Im Moment habt Ihr genug getan.« Auf halbem Weg zur Tür hielt Kate inne, als wäre ihr etwas eingefallen. »Ach, das Mädchen muß natürlich mit ihm gehen.«

»Nein!« Malcolm sagte es mit Schärfe.

»Wenn wir Gavin Gordon nicht töten, dann haben wir für sie keine Verwendung. Sie sind kirchlich getraut worden, deshalb könnt Ihr für sie keine gute Partie mehr aushandeln. Da sie vom Clan auch formell aufgenommen wurde, besteht die entfernte Möglichkeit, daß man versuchen würde, sie Euch wegzunehmen, falls Ihr sie nicht gehen laßt.«

»Dann sollte ich lieber in Erwägung ziehen, den Burschen zu töten«, lautete seine leise Antwort.

»Warum? Ihr braucht sie jetzt nicht, und wenn wir erst den Thron haben, könnt Ihr es erledigen, ohne daß es uns etwas kostet.«

»Sehr vernünftig.« Er sah sie aus zusammengekniffenen Augen an. »Vielleicht ein wenig zu vernünftig.«

Sie war so weit gegangen wie möglich. Wagte sie sich noch stürmischer vor, konnte dies alles Erreichte zunichte machen. Deshalb zuckte sie lässig die Schultern. »Macht, was Ihr wollt. Mir ist es einerlei. Ich wollte uns nur Ärger ersparen.« Vielleicht war nun ein Quentchen weiblicher Schwäche angebracht. Sie öffnete die Tür. »Ich muß hinaus, ehe mir dieser Gestank die Besinnung raubt. Ich erwarte Euch auf dem Hof.«

Im Hof angekommen, sog sie tief die frische Morgenluft ein. Hatte sie zu hoch gepokert? Ihrer Meinung nach nicht, aber sie kannte Malcolm nicht gut genug. Jetzt hieß es abwarten. Um die Anspannung der letzten Minuten zu lockern, fing sie an, auf und ab zu laufen. Warum kamen sie nicht?

Da wurde die Tür zum Verlies aufgerissen, und Jock und einer von Malcolms Männern trugen Gavin auf einer Bahre auf den Hof heraus.

Und Jean?

Gleich darauf kam auch Jean, und Kate konnte aufatmen. Als Malcolm aus dem Verlies trat, drehte sie ihm den Rücken zu, damit er ihre Miene nicht sehen konnte. »Ich komme gleich zu Euch«, rief sie ihm über die Schulter zu. »Aber erst muß ich Jock eine Nachricht für Robert mitgeben.«

Sie ging über den Hof, während Gavin auf die Ladefläche des Wagens umgebettet wurde. Jock deckte ihn mit seinem Mantel zu und ging dann zum vorderen Teil des Wagens.

Gavin stieß ein leises Stöhnen aus und öffnete die Augen, deren Blau in seinem geröteten, mit Prellungen übersäten Gesicht geradezu erschreckend wirkte.

Sie trat näher und sah ihn eindringlich an. »Wie fühlst du dich?« flüsterte sie.

»Gräßlich...« Er schüttelte den Kopf. »Verzeih mir... wollte nicht...«

»Pst... Sieh zu, daß du wieder auf die Beine kommst.«

»Gebrochen...«

»Jack sagte, er könne dir helfen. Sicher kommen deine Beine wieder in Ordnung.«

»Nicht die Beine.« Als er ein Lächeln versuchte, zuckte er vor Schmerzen zusammen. »Die Finger... sag ihm, er soll meine Finger einrenken.«

Sie verstand nicht. »Sicher wird er alles Erforderliche tun.«

»Sehr wichtig... wie sonst... sollte ich Dudelsack spielen?«

Mit einem Blinzeln drängte sie ihre Tränen zurück. Dieser verdammte Dudelsack!

Er wiederholte mühsam: »Wichtig...« Dann verlor er wieder das Bewußtsein.

Jean kletterte auf den Wagen und bettete Gavins Kopf in ihren Schoß. Im hellen Tageslicht wirkte sie noch elender als im Verlies. Es war, als wäre jede Geziertheit von ihr abgefallen. Zurückgeblieben war ein blasser Abklatsch der schönsten Frau, die nach Craighdhu gekommen war. In ihrem Blick lag Härte, als sie ihren Vater ansah, der am anderen Ende des Hofes stand und sie beobachtete. Ihre Lippen bewegten sich kaum, als sie fast unhörbar zu Kate sagte: »Ich will seinen Tod, Kate.«

Kate sah auf Gavin hinunter, erfüllt von demselben Zorn wie Jean. »Dein Wunsch wird erfüllt.« Damit drehte sie sich um und ging zum Sitz, den Jock eingenommen hatte. »Seht zu, daß Ihr Robert möglichst lange am Kommen hindert.«

»Warum?«

»Tut, was ich sage.« Sie benetzte die Lippen und fügte mit kühnem Lächeln zu: »Richtet ihm etwas von mir aus. Sagt ihm, ich hätte mich entschlossen, ganz Schottland in Besitz zu nehmen, da er mir Craighdhu nicht geben wollte.«

»Und ich soll ihm das glaubhaft machen?«

»Warum nicht? Er weiß, daß es mir nicht an Ehrgeiz mangelt. Hetzt ihn gegen mich auf. Es ist die Gelegenheit, auf die Ihr gewartet habt, seitdem ich kam. Ist es nicht so?«

»Ja, es ist so«, sagte er bedächtig.

»Dann nutzt die Chance.«

»Welche?« Alec Malcolm näherte sich dem Wagen.

»Die Chance, sein Leben zu retten, indem er mich jetzt verläßt und mit dem Wagen davonfährt. Ihr müßt wissen, wie treu er meinem Mann ergeben ist. Er will nichts zurücklassen, von dem er meint, daß es nach Craighdhu gehöre.« Zurücktretend bedeutete sie Jock, er möge losfahren.

Er warf ihr mit seiner üblichen Gelassenheit einen letzten Blick zu und ließ dann die Zügel schnalzen. Der Wagen fuhr an.

»Ja, er mag treu sein, aber er ist kein Narr, Mylady«, sagte Alec.

Kate sah dem davonrollenden Wagen nach, kurz von einem Gefühl unendlicher Verlassenheit erfüllt. Es bestand die Möglichkeit, daß sie die beiden niemals wiedersehen würde, ganz gewiß aber würde sie Craighdhu nicht wiedersehen. Entschlossen nahm sie eine aufrechte Haltung an und drehte sich zu Malcolm um. »Mylady? Warum so förmlich?« Sie schenkte ihm ein strahlendes Lächeln. »Ihr sollt mich Kathryn nennen.«

*

In Kilfirth Glen stand ein einziges Zelt, wo mindestens zwanzig hätten stehen sollen.

Robbie MacBrennan zügelte auf dem Hügel über dem engen Tal sein Pferd neben Robert. »Was soll das? Du hast gesagt, deine Leute würden sich hier zusammenfinden.«

»Es war so ausgemacht. Ich sagte Jock, daß ich ihn bei Sonnenuntergang hier sehen wollte«, stieß Robert verbittert hervor. Es war Jocks Pferd, das in der Nähe graste, neben dem Zelt standen aber auch zwei Zugpferde und ein Wagen. »Das gefällt mir nicht. Warte hier, bis ich dir ein Zeichen gebe.« Er sprengte bergab auf das Zelt zu.

Jock Candaron trat aus dem Zelt. Sein Leinenhemd und sein helles Haar waren schweißdunkel. Als sein Blick über Robert hinweg zu den auf dem Hügel versammelten Männern glitt, wischte er sich mit dem Ärmel über die Stirn. »Das nenne ich Überredungskunst. Wie viele sind es?«

»Dreihundert. In einer Stunde werden Jamie Grant und seine Männer zu uns stoßen.« Robert sprang aus dem Sattel. »Wo zum Teufel sind unsere eigenen Truppen?«

»Ich sagte Ian, ich würde nach ihnen schicken, wenn wir sie brauchen.«

»Wovon redest du, verdammt? Wir brauchen sie. Jetzt.«

»Vielleicht doch nicht. Du entscheidest dich womöglich noch, Grant und MacBrennan zurückzuschicken.« Seine Kopfbewegung deutete auf das Zelt. »Da drinnen ist Gavin.«

»Was?« Robert sah zum Zelt hin. »Wie geht es ihm?«

»Er ist bewußtlos. Ein Zustand, für den er sicher aus ganzem Herzen dankbar ist. Den ganzen Tag habe ich seine Knochen eingerenkt und den Schaden repariert, den Alec anrichtete. Dieses kleine Frauenzimmer, das er sich aussuchte, hat mehr Rückgrat, als ich dachte. Sie war mir eine große Hilfe, obwohl es für sie nicht leicht war, seine Todesqual mit anzusehen.«

»Jean ist auch da?«

»Ja. Ein glänzender Streich, meinst du nicht auch?«

»Wie zum Teufel hast du das geschafft?«

»Ich habe sie gegen Kate ausgetauscht.«

Seine Worte trafen Robert wie ein Schwerthieb. Einen Augenblick lang brachte er kein Wort heraus, dann wich der Schock rasendem Zorn. »Du elender Schurke, ich werde dir das Herz aus dem Leibe reißen.«

»Dachte ich mir's doch, daß du so reagieren würdest.« Es folgte ein Achselzucken. »Das war mein Risiko. Deine Gnädigste hat mich vor die Entscheidung gestellt: Ich solle dafür sorgen, daß der Austausch stattfände, andernfalls sie selbst dafür sorgen wollte. Und ich dachte mir, wenn es schon sein muß, dann richtig.«

»Damit du dich der Bedrohung für Craighdhu entledigen konntest.«

»Ich gestehe, daß dieser Aspekt mir zusagte.« Er hielt inne. »Sie hat mir für dich eine Botschaft aufgetragen. Du sollst sie nicht holen, sagte sie. Da du ihr Craighdhu nicht geben wolltest, will sie sich statt dessen Schottland nehmen.«

Robert tat die Worte sofort ab. Kate war ein scharfer Verstand und Machtgefühl zu eigen, kalte Berechnung aber war ihr fremd. »Und du hast ihr geglaubt, nehme ich an.«

Jock sagte nach kurzem Zögern leise: »Ich glaube, daß Alec in einem recht hatte: Sie würde eine Königin von Format abgeben.« Er zuckte die Schultern. »Aber ich glaube, daß sie log. Falls sie die Krone erringt, dann nicht durch Alec Malcolm. Sie hat eine Schwäche für dich und Gavin und möchte euch beide retten.«

»Indem sie sich opfert?« fragte Robert mit belegter Stimme.

»Ich bezweifle, ob sie das im Sinn hat.« Jocks Lächeln ließ einen Anflug von merkwürdigem Stolz erkennen. »In Kilgranne war sie kein bleiches, zitterndes Opferlamm. Sie ist entschlossen, Alec Malcolm die Stirn zu bieten und ihn zu bezwingen.«

»Und ihre Chance ist so klein wie die Gavins, dich im Kampf zu besiegen. Alec ist ihr um viele Jahre der Erfahrung voraus.«

»Du hast sie nicht gesehen wie ich. Aber wenn du Zweifel hast, dann mag es besser sein, wenn du ihr zu Hilfe kommst.«

»Ach?« Robert kniff argwöhnisch die Augen zusammen. »Darf ich fragen, woher dieser Gesinnungswandel kommt?«

»Du wirst dich nicht zufriedengeben, ehe du sie nicht aus Alecs Fängen befreit hast.« Er lächelte. »Und ich bin nicht sicher, ob es der Sicherheit Craighdhus nicht zuträglicher ist, wenn sie ständig von dir beobachtet auf der Insel lebt, anstatt auf dem schottischen Thron zu sitzen. Auf Craighdhu haben wir sie wenigstens einigermaßen unter Kontrolle.«

»Nun, was die Kontrolle betrifft, so hast du es bislang daran fehlen lassen. Du hättest Kate zu Hause halten sollen.« Aber er durfte Jock nicht die Schuld geben, wenn er doch selbst schuld war. Er hatte gewußt, wie Kate bei seinem Aufbruch zumute war, doch in seiner Wut hatte er nur eines im Sinn gehabt, nämlich Gavin aus Alecs Klauen zu befreien. O Gott, aber er hatte nicht erwartet, daß sie – und doch hätte er es erwarten sollen. Kate war zu allem fähig, und sie war bereit, sich jeder Gefahr zu stellen, wenn es ihr als wichtig erschien. Nun, er konnte nicht einfach dastehen und an die Gefahr denken, in der sie schwebte. Wenn er jetzt nicht unverzüglich zur Tat schritt, würde er den Verstand verlieren. Er ging zum Zelt. »Ich sehe mir erst Gavin an. Sitz indessen auf. Wir reiten sofort nach Kilgranne.«

»Wenn du willst, aber ich bin nicht sicher, ob sie da sein wird.«

»Du glaubst, Alec hat sie an einen geheimen Ort gebracht?«

Er schüttelte den Kopf. »Sie hat mich gebeten, ich solle dich aufhalten. Sie wollte nicht, daß du Alec belagerst, und sie wird dafür sorgen, daß du es nicht tust.«

Wut, Angst und ein Gefühl der Ohnmacht steigerten sich in Robert mit jeder Sekunde. »Um Himmels willen, sie kann Alec nicht nach Belieben manipulieren. Sie ist nur eine Frau, kaum den Kinderschuhen entwachsen.«

»Ach? Ich habe sie anders erlebt. Der Coup in Kilgranne war allein Kates Idee, nicht meine. Ich glaube, du wirst deine Meinung über sie ändern müssen.«

Ehe sie vor den Toren anlangten, kam Duncan aus der Burg geritten und hielt auf sie zu.

Er war allein.

»Sie sind nicht da«, sagte er, als er vor Robert sein Roß zügelte. »Sie sagte, ich solle dir ausrichten, sie seien nach Edinburgh, um dort mit Marys Getreuen Verbindung aufzunehmen.« Errötend ließ er seinen Blick über die Clansleute wandern, die um sie herumstanden, ehe er fortfuhr: »Sie sagte, die Ehe sei aufgelöst, da sie dich verlassen hat. Und es wäre ehrlos, wenn du ihr folgen würdest, da sie dich nicht mehr möchte.«

»Siehst du?« raunte Jock ihm ins Ohr. »Wieder eine List. Eine öffentliche Brüskierung, um deinen Stolz zu verletzen, ehe sie sich deinem Zugriff entzieht. Es ist eine Sache, die Clans zusammenzutrommeln, um eine entführte Frau zu rächen – eine ganz andere aber, einer Frau nachzujagen, die sich widerspenstig zeigt.« Er senkte seine Stimme noch mehr. »Und wenn du sie zurückhaben möchtest, ehe er ihren Thronanspruch öffentlich geltend macht, darf niemand den wahren Grund erfahren, weshalb Alec ihr nachstellt.«

Robert wußte, daß es stimmte, und er stieß eine leise Verwünschung aus. Nicht genug, daß es zum Kampf mit Malcolm kommen würde, jetzt mußte er es auch noch mit diesem vermaledeiten Frauenzimmer aufnehmen. »Wann sind sie aufgebrochen?«

»Vor Mittag«, antwortete Duncan. »Du kannst sie nicht

mehr einholen. Mein Vater hatte es sehr eilig. Er wollte bei Sonnenuntergang von Jacklowe aus in See gehen.«

Es war kurz vor Mitternacht. Nun, da die Winterstürme vorüber waren, bot sich die Nordroute um Schottland herum als sicherste und schnellste an. Die beiden würden einen Vorsprung von fast zwei Tagen haben, ehe Robert auf Craighdhu ein Schiff bereitmachen und die Segel setzen konnte.

Er machte kehrt und ritt auf Robbie MacBrennan und Jamie Grant zu, um ihnen zu erklären, wie es gekommen war, daß er sie umsonst herbeordert hatte und sie nach Hause reiten sollten.

Und alles war nur wegen dieses verdammten Frauenzimmers.

13. KAPITEL

»Ihr eßt ja nichts. Das ist gar nicht gut. Ihr müßt bei Kräften bleiben.« Malcolm gab dem neben der Kabinentür bereitstehenden Diener ein Zeichen. »Reiche Lady Kathryn eine Scheibe von diesem hervorragenden Lammbraten nach.«

»Nein, danke. Ich bin nicht hungrig.« Gleichgültig ließ sie den Blick über den Tisch mit den kostbaren Gläsern und blitzenden Tellern wandern. Sie war unaussprechlich müde und konnte es kaum erwarten, bis dieses nicht enden wollende Mahl vorüber sein würde, damit sie sich endlich in ihre Kabine zurückziehen konnte. »Es war ein langer Tag.«

»Sicher ist er für MacDarren noch länger«, sagte darauf Malcolm boshaft. »Er müßte jetzt in Kilgranne eintreffen.«

»Mag sein.« Sie führte ihr Weinglas an die Lippen. »Falls er die Verfolgung aufnahm.«

»Ich glaube, wir beide wissen, daß er Euch folgen wird. MacDarren haßt es, etwas zu verlieren, das ihm gehört, und gegen mich zu verlieren, ist ihm besonders widerwärtig. Unsere Feindschaft wurde im Laufe der Jahre immer erbitterter.« Er führte ein Stück Lammbraten zum Mund. »Leider hatte er in der Vergangenheit mehr Erfolg als ich. Sehr ärgerlich. Ich begreife es nicht, da ich sonst gegen niemanden verliere. Deshalb bin ich entschlossen, bei diesem Vorhaben den Sieg davonzutragen.« Er lachte auf. »Diesmal habe ich dafür gesorgt, daß ich sogar im Falle der Niederlage Sieger bleibe.«

Sie war zu müde, um den Sinn der geheimnisvollen Worte zu erfassen. »Wann werden wir in Edinburgh eintreffen?«

»Es dauert nicht mehr lange, wenn die Winde uns gewogen sind.« Alec lächelte. »Könnt Ihr es denn nicht erwarten, Euer neues Leben zu beginnen?«

»Könnt Ihr es?«

»Nein, aber wir müssen alles ganz langsam angehen.«

Kate unterdrückte ein erleichtertes Aufatmen, da sie schon befürchtet hatte, Malcolm würde sich ohne Verzug in eine Verschwörung stürzen und ihr damit die Gelegenheit nehmen, ein eigenes Komplott zu schmieden. Nicht, daß sie eine Ahnung gehabt hätte, wie dieses Komplott aussehen sollte. Fest stand nur, daß Alec Malcolm vernichtet werden mußte. »Ihr enttäuscht mich. Ich habe schon so lange warten müssen.«

»Ihr seid sehr ungeduldig. Wie Eure Mutter. Mir fällt auf, daß Ihr etliche ihrer Eigenschaften geerbt habt.«

»Ihr seid meiner Mutter begegnet?«

»Im Laufe der Jahre mehrmals. Ich fand, daß sie sehr scharfsinnig war.«

Scharfsinnig war nicht das Wort, mit dem man Mary sonst beschreibt, dachte Kate. Offensichtlich wollte er ihr ein doppelsinniges Kompliment damit machen. In den vergangenen Stunden hatte sie entdeckt, daß Jock mit seiner Einschätzung richtig lag: Alec war sowohl klug als auch darauf aus, die Menschen zu manipulieren, und er würde alles sagen, nur um sie in die von ihm gewünschte Richtung zu bringen. Sie wechselte das Thema. »Wo werden wir in Edinburgh absteigen?«

»Ich werde bei Hofe wohnen, während Ihr auf Selwyth, meinem Anwesen im Süden der Stadt, unterkommt.«

»James wird meine Ankunft sicher nicht verborgen bleiben. Mir ist es lieber, er erfährt von meiner Begleiterin erst, wenn ich den Zeitpunkt für richtig halte.«

»Er wird es früh genug erfahren, wenn Ihr Kontakt mit Marys Anhängern aufnehmt.«

»Deshalb werden wir dies vermeiden.« Er nippte an seinem Wein. »Ich muß erst ein paar Dinge regeln, aber sobald ich James beschwichtigt und ihm einen plausiblen Grund für meine Abreise geliefert habe, werden wir uns sofort nach England begeben.«

»Nach England!«

»Ja, es ist günstiger, wenn wir uns erst der Unterstützung der englischen Anhänger Marys jenseits der Grenze versichern. Unser Ziel wird Kenilworth oder Warwick sein. Elizabeth ist von dem Krieg mit Spanien vollauf in Anspruch genommen und hat keine Zeit, sich über eine Verschwörung den Kopf zu zerbrechen, die sie den Thron kosten könnte.« Er lachte belustigt auf. »Und wenn sie es dann tut, wird es zu spät sein.«

»Ihr wollt neben Schottland also auch nach England?«

»Natürlich. Habe ich nicht versprochen, Euch zur größten Königin zu machen, die die Welt je sah?«

»Ich hätte mich mit Schottland begnügt. Es ist ein gefährlicher Schritt.«

»Einer, den wir machen müssen.«

Aber es würde Kate sein, die das volle Risiko trug. Ihre Mutter hatte nach beiden Kronen getrachtet und war im Kerker und schließlich auf dem Richtblock gelandet. Was kümmert es Malcolm? dachte Kare erbittert. Sie war für ihn nicht mehr als eine Figur auf dem Schachbrett.

»Es ist nicht so gefährlich, wie es scheint. Ihr werdet entdekken, daß ich nie zur Tat schreite, ohne richtig gerüstet zu sein. Vertraut mir und seid versichert, daß ich meinen Kopf behalten möchte... und den Euren«, schloß er leise. »Ihr besitzt für mich großen Wert. Ich habe die Absicht, Euch zu behüten, als wäret Ihr die Krone selbst.«

In seinen Worten schwang die Andeutung einer Drohung mit. Er wollte ihr zu verstehen geben, daß er nicht so töricht war, ihr zu vertrauen. Plötzlich hatte sie genug von alldem. Sie war müde und allein auf sich gestellt und wäre am liebsten zurück nach Craighdhu gelaufen. Noch vor wenigen Monaten hatte sie geglaubt, die größte Herausforderung sei es, Sebastian die Stirn zu bieten, und jetzt kreuzte sie die Klingen mit einem Mann, den selbst der Vikar einen Erzdämon genannt hätte. Sie hielt es bei Tisch einfach nicht mehr aus. »Dann kann ich darauf bauen, daß für meine Sicherheit gesorgt ist.« Damit stand sie auf. »Wenn Ihr mich jetzt entschuldigen wollt... ich möchte mich zurückziehen. Es ist schon sehr spät.«

»Gewiß.« Er erhob sich. »Ich werde nicht säumen, Euch rasch nachzukommen.«

Aus ihrem Blick sprach Bestürzung.

Er bemerkte ihre Reaktion und zog die Brauen hoch. »Ihr wart doch sicher darauf gefaßt, daß wir unseren Pakt auf die allerangenehmste Weise besiegeln?«

Das hatte sie nicht erwartet, da Malcolm sie nicht begehrte. Sie kannte die Anzeichen der Leidenschaft, und er zeigte keine.

»Ich kann es kaum erwarten«, sagte er lächelnd.

Endlich begriff sie. Es war nur eine andere Möglichkeit, ihre Schwäche auszuloten und sie zu einem Vorteil für sich umzuwandeln. Unterwerfung. Sie unterdrückte ein Schaudern. Dies würde kein spielerisches, reizvolles Unterwerfen sein, wie sie es mit Robert erst vor wenigen Tagen erlebt hatte.

Sie schüttelte den Kopf. »Noch nicht.«

»Heute nacht«, sagte er mit Bestimmtheit. »In Edinburgh angekommen, werden wir uns trauen lassen, doch bin ich zu begierig, das Vorrecht des Bräutigams in Anspruch zu nehmen, als daß ich das Ehegelübde abwarten könnte.«

Wenn er nach etwas gierte, dann war es die Stellung des Prinzgemahls. Und war der Zeitpunkt günstig, dann würde er selbst nach der Krone greifen. O Gott, sie war zu müde, um sich dieser Herausforderung jetzt zu stellen.

Aber worüber beklage ich mich? fragte sie sich unwillig. Herausforderungen stellten sich einem nicht, wenn einem danach zumute war, sie zu bewältigen, sonst wären sie keine Herausforderung. Sie überlegte, wie sie sich Schonzeit verschaffen und dennoch seinem Eigennutz entgegenkommen konnte.

»Wenn wir in Schottland heiraten, wird es James zu Ohren kommen. Wir sollten damit warten, bis wir in England sind.« Sie hielt seinem Blick stand. »Außerdem besteht die Möglichkeit, daß ich schwanger bin. Geht Ihr jetzt mit mir ins Bett, dann wird man nicht wissen, ob das Kind das Eure ist oder von Robert stammt. Wollt Ihr, daß Robert durch Euer Kind Thronansprüche stellt?«

Der Gedanke mißfiel ihm eindeutig. »Die Thronfolge muß unanfechtbar sein.«

»Dann müßt Ihr warten.«

Ein harter Zug legte sich um seine Lippen. »Wie lange?«

»Wenn ich nicht schwanger bin, müßte ich binnen eines Monats meine Tage haben.«

»Dann werde ich Euch sehr sorgfältig überwachen.« Er lächelte überraschend. »Aber Ihr habt recht, MacDarrens Kind dürfte uns keinesfalls in die Quere kommen. Solltet Ihr schwanger sein, dann verspreche ich Euch, daß ich einen Weg finden werde, Euch ungefährdet von Eurer Leibesfrucht zu befreien. Die Damen bei Hof wenden sich in solchen Fällen an eine alte Frau, die sich mit Heilkräutern auskennt.«

Kate runzelte die Stirn. »Ich weiß nicht, was Ihr meint.«

»Nein? So viel Unwissenheit hatte ich nicht erwartet. Aber Eure Klugheit läßt einen vergessen, daß Ihr unter den Fittichen des guten Vikars keine Lebenserfahrung sammeln konntet. Ich muß also wohl deutlicher werden.« Nach einer kleinen Pause sagte er: »Wir werden das Kind in Eurem Leib töten.«

Er sah sie unverwandt an, und sie wußte, daß er wieder nach einer Schwäche suchte. Sie durfte sich nichts von dem Entsetzen anmerken lassen, das seine Worte in ihr hervorgerufen hatten. Aber sie war zu tief getroffen, als daß sie Gleichmut hätte heucheln können, deshalb drehte sie sich rasch um und ging an die Tür. Nur mit Mühe zwang sie sich, ganz ruhig zu sagen: »Es wird vielleicht nicht nötig sein. Man wird ja sehen. Gute Nacht.«

Sie hielt nicht inne, ehe sie ihre Kabine erreichte. Dort lehnte sie sich an die Tür, von Übelkeit überwältigt, an allen Gliedern zitternd.

Er wollte ihr Kind töten.

Das Kind, das sie sich so verzweifelt ersehnte, das Kind, das für sie Robert und Craighdhu retten sollte, würde wie eine Schachfigur einfach aus dem Spiel genommen werden. Sie hatte gar nicht gewußt, daß dergleichen möglich war.

Aber vielleicht war alles in Ordnung – vielleicht erwartete sie kein Kind.

Warum hatte sie Malcolm nicht einfach in ihr Bett lassen können? Es wäre ihr widerwärtig gewesen, aber sie hätte es ertragen. Die Frage der Thronfolge wäre ihm gar nicht gekommen, hätte sie diese nicht zur Sprache gebracht.

Sie hatte geglaubt, Malcolm gewachsen zu sein, doch ihre Unwissenheit hatte sie bereits einen Fehler begehen lassen, der ihrem Kind das Leben kosten konnte.

Als die *Irish Princess* sich der an der Südküste des Firth of Forth, einer tiefeingeschnittenen Nordseebucht, gelegenen Stadt Edinburgh näherte, zog Robert es vor, in Granton, einem verschlafenen Fischerhafen, vor Anker zu gehen, und nicht im geschäftigeren Leith.

»Du bleibst auf dem Schiff«, sagte Jock. »Ich suche indessen Bobby MacGrath auf, um zu erfahren, was er von Malcolm hörte.«

»Und ich soll hier warten?« entgegnete Robert. »Nicht sehr wahrscheinlich.«

»Nein, vermutlich wirst du in Edinburgh Unfug treiben und so Alec wissen lassen, daß seine Gegner vor der Tür stehen.«

»Ich würde nie...« Er atmete tief durch. Jock hatte recht. Am sichersten war es wohl, man verschaffte sich einen Überblick über die Lage, ehe er sich selbst in Edinburgh zeigte. Da er hier wohlbekannt war, würde seine Anwesenheit in der Stadt bei Hof nicht lang geheim bleiben. Aber verdammt, er wollte nicht den sichersten Kurs einschlagen. Seine Spannung, die auf dieser ganzen Fahrt vor sich hin gebrodelt hatte, war jetzt wie ein Vulkan vor dem Ausbruch. Er wollte etwas *tun*.

Doch ein überstürztes Vorgehen konnte sich für Kate tödlich auswirken. Alec vollführte einen gewagten Balanceakt zwischen seinem Einfluß auf James einerseits und seinen eigenen Thronambitionen andererseits. Falls er zu der Meinung gelangte, Roberts Anwesenheit könnte dieses Gleichgewicht stören, würde er seine ehrgeizigen Pläne womöglich über Bord werfen und Kate, einziger Beweis seiner gegen James gerichteten hochverräterischen Pläne, beseitigen. »Nun gut, dann werde ich eben hier auf dich warten.«

Jock nickte beifällig. »Vielleicht hast du doch etwas Verstand in deinem Kopf.« Er kletterte die Strickleiter hinunter ins Beiboot. »Wenn es dunkel wird, bin ich zurück.«

Jetzt war es erst Mittag. Herrgott, das würde ein langer Tag werden. »Bring MacGrath mit. Ich möchte mit ihm reden.«

Es war nicht das erste Mal, daß Roberts Nerven durch das Gespräch mit Bobby MacGrath aufs Äußerste beansprucht wurden. Der Mann war langsam wie eine Schnecke und bedächtig wie ein Priester bei der Letzten Ölung.

»Von einer Frau weiß ich nichts«, sagte MacGrath. »Alec Malcolm kam allein nach Edinburgh zurück. Er war die letzten vier Tage bei Hof.«

»Hat er in der Stadt Quartier genommen?«

MacGrath schüttelte den Kopf. »Er wohnt in der königlichen Suite.«

»Hat er seit seiner Ankunft Besuche außerhalb des Schlosses gemacht?« fragte Jock.

»Ja, am ersten Tag suchte er ein Landhaus am Stadtrand auf, und gestern verbrachte er dort gute vier Stunden.«

»Wessen Haus ist es?« wollte Robert wissen.

»Auch dort ist keine Frau.«

Robert versuchte seine Ungeduld zu zügeln, indem er sich ins Gedächtnis rief, daß MacGrath ein guter, treuer Clansangehöriger war. »Wer wohnt dort?«

»Ein alter Mann.« MacGrath trank einen Schluck Ale. »Weißes Haar, wilde Augen, klapperdürr.«

»Sebastian Landfield«, murmelte Robert.

MacGrath zuckte mit den Achseln. »Ich weiß es nicht. Den Namen habe ich nie gehört. Ich kam nur so nahe ans Fenster heran, daß ich kurz einen Blick auf ihn werfen konnte.«

Die Beschreibung paßte genau auf Landfield. Malcolm hatte den Vikar zwar erwähnt, aber Robert hatte sich nichts dabei gedacht. Die von MacGrath gemachte Beobachtung ergab nun keinen Sinn. Warum vergeudete Alec seine Zeit mit Landfield, nachdem er ihm die gewünschte Information entrissen hatte? Ist es das erste Mal, daß du ihn gesehen hast?«

MacGrath nickte. »Bei seinen früheren Besuchen in der Stadt hat Malcolm das Haus nicht aufgesucht. Von dem Mann erfuhr ich erst, als ich Alec an jenem ersten Tag zum Haus folgte. Aber als Alec ankam, stand bereits ein Posten vor der Tür. Gut möglich, daß er den Alten während seiner Abwesenheit bewachen ließ.«

Gleichgültig, warum Alec ihn gefangenhielt, Sebastian war nun Roberts einzige Verbindung zu Kate, und es bestand die entfernte Möglichkeit, daß Alec dem Vikar anvertraut hatte, wo sie sich befand. »Wo ist er? Ich möchte mit ihm reden.«

»Greybriar vierzehn.« MacGrath verzog das Gesicht. »Aber ich weiß nicht, ob er imstande ist, mit Euch zu reden. Nach den Geräuschen zu schließen, die ich gestern hörte, muß Malcolm mit dem Alten seine Spielchen getrieben haben.«

»Folter?«

»Ihr habt gesagt, ich solle mich nicht in Malcolms Treiben einmischen«, glaubte MacGrath, sich rechtfertigen zu müssen. »Und der Alte gehört nicht unserem Clan an.«

»Nein, es war richtig, daß du dich herausgehalten hast. Es wäre zu gefährlich gewesen.« Warum Malcolm es wohl für notwendig erachtete, Sebastian Landfield zu foltern? Daß Malcolm seinen Machtgelüsten nachkam, indem er Menschen quälte, war bekannt, doch grundlos tat er es selten. »Lebt er noch?«

Wieder zuckte MacGrath die Schultern. »Ich weiß es nicht, aber ich bezweifle es. Seit Malcolm gestern das Haus verließ, ist es still, und vor der Tür steht kein Posten.«

»Erst die Frau in James' Verlies und jetzt Landfield«, murmelte Jock. »Ob da eine Verbindung besteht?«

»Wahrscheinlich«, sagte Robert. »Bobby, hast du herausgefunden, wer sie war?«

»Eine Engländerin mit Namen Clara Merkert. James ließ sie aus der Stadt Bourse herbeischaffen. Der Soldat, mit dem ich sprach, sagte, man hätte ihnen aufgetragen, dafür zu sorgen, daß niemand im Ort etwas von der Entführung merken sollte.«

Bourse lag nicht in der Nähe Sheffields, wo Kate ihr bisheriges Leben verbracht hatte, dennoch mußte eine Beziehung bestehen.

»Braucht Ihr sonst noch etwas?« MacGrath setzte seinen Humpen ab und stand auf. »Ich muß zurück.«

»Behalte Malcolm im Auge. Wir werden später wieder mit dir in Kontakt treten und dir Anweisungen geben. Ich danke dir, Bobby, du warst uns eine große Hilfe.«

Jock sah MacGrath nach, als dieser die Kabine verließ. Dann wandte er sich an Robert. »Ich weiß, daß es für dich wahrscheinlich von geringem Interesse ist, aber ich habe in Edinburgh noch etwas erfahren.«

»Von Kate?«

Jock lächelte spöttisch. »Nein, ich sagte schon, daß es dich nicht sonderlich interessieren dürfte. Es geht um einen Krieg. Elizabeth hat Leicester mit einer Friedensmission in die Niederlande entsandt und kurz darauf Drake beauftragt, Cadiz zu überfallen. Er hat spanische Schiffe versenkt. Philipps Armada kann jeden Moment zum Gegenschlag ausholen, und in eine Seeschlacht dieser Größenordnung könnten neben England noch andere Parteien hineingezogen werden. Ein Wunder, wenn Irland und Schottland unbeteiligt blieben.«

»Das weiß ich. Wenn wir Alec Kate abgejagt haben, schicke ich dich sofort nach Craighdhu, damit du alle zur Verteidigung notwendigen Maßnahmen triffst.«

»Du willst mich zurückschicken? Und was ist mit dir?«

»Darüber entscheide ich später.«

»Ich glaube du hast die Entscheidung bereits getroffen«, sagte Jock leise.

Robert wechselte das Thema. »Malcolm besitzt im Süden der Stadt ein Anwesen. Wenn Kate sich nicht direkt in Edinburgh befindet, könnte sie dort sein. Wir reiten morgen nach Selwyth und sehen, was wir dort herausbekommen.« Als er sah, daß Jock protestieren wollte, setzte er hinzu: »Na schön, wir werden sehen, was *du* herausfinden kannst. Wir werden in der Nähe lagern, und ich werde brav dasitzen und auf deinen Bericht warten.«

»Das wird seine Zeit brauchen. In Selwyth haben wir niemanden. Um Informationen zu bekommen, muß ich Leute bestechen.«

»Bislang ist nichts schnell gegangen«, äußerte Robert mürrisch.

Jock zog die Brauen hoch. »Mir fällt auf, daß du nervös bist. Ein Wunder, daß du nicht sofort nach Selwyth möchtest.«

»Heute nicht mehr.« Er hatte es nicht eilig, dorthin zu kommen, weil er abwarten wollte, ob er Kate nicht auf andere Weise finden konnte. »Ich glaube, wir sollten Sebastian Landfield einen Besuch abstatten.«

In den Fenstern von Greybriar Street 14 brannte kein Licht, und wie MacGrath angekündigt hatte, stand auch kein Posten an der Tür.

»Ich glaube, MacGrath hat recht. Es könnte schon zu spät sein, um mit dem guten Vikar ins Gespräch zu kommen.«

Robert drückte gegen die Tür... sie schwang auf.

Scharfer Schweiß- und Uringeruch erfüllte den Raum, doch lag kein Todesgeruch in der Luft.

Er zog sein Schwert und trat ein. »Such eine Kerze, damit man etwas sieht.« Aber seine Augen hatten sich schon an die Dunkelheit gewöhnt, und er konnte sehen, daß der Raum klein und fast leer war.

»Schlange...«

Robert fuhr herum und spähte in den Winkel, aus dem das kraftlose Geflüster gekommen war.

»Die Kerze«, forderte er scharf.

»Schon da«, sagte Jock, einen Feuerstein schlagend. »Vorsicht.«

Licht flammte auf, und Robert erblickte Sebastian Landfield.

Vielmehr das, was von ihm übrig war.

Der Alte war an einen Stuhl in der Ecke gefesselt. Malcolm hatte ihn mit einem Messer anstatt mit einer Peitsche bearbeitet. Um den Stuhl war eine so große Blutlache, daß Robert sich fragte, ob der Greis noch einen einzigen Tropfen in sich hatte. Er mußte dem Tode nahe sein.

»Ich ergebe... mich nicht...« Sebastian hob den Kopf. Aus seinem verwüsteten Antlitz glühten noch immer die Augen des Fanatikers. »Niemals...«

»Kate«, fragte Robert ihn. »Wo ist Kate?«

»Tochter des Teufels«, flüsterte er heiser. »Nicht Lilith. Schlange. Sich windend, verändernd... wie die Schlange im Garten Eden. Ich ergebe... mich nicht.«

»Wo ist Kate?«

»Ich werde nicht...« Kurz wich der Haß in seiner Miene einem flehenden Ausdruck. »Tötet sie... tötet die Schlange...«

Es waren seine letzten Worte.

»Wirklich ein Meisterstück von Alec, den Alten hier langsam verbluten zu lassen«, sagte Jock, an Roberts Seite tretend. »Ich würde sagen, er hat so gewütet, weil er nicht bekam, was er wollte. Möchte wissen, was das war.«

»Landfield sollte beschwören, daß Kate Marys Tochter ist.« Robert lächelte freudlos. »Aber Irre lassen sich auch unter der Folter nicht kleinkriegen.«

»Soll ich ihn losschneiden und MacGrath kommen lassen, damit er eine Beerdigung arrangiert?«

Tötet sie... tötet die Schlange.

Robert wandte sich ab. »Soll der Bösewicht doch verrotten.«

»Sie ist da«, sagte Jock, als sie in ihr Lager ritten, das sie im Wald unweit Selwyth Manor aufgeschlagen hatten. »Aber das nützt uns nichts. Malcolm hat auf Selwyth eine ganze Armee postiert.«

»Sie wird gefangengehalten?«

Jock schüttelte den Kopf. »Nicht sichtbar. Sicher würde man sie daran hindern, wenn sie versuchen sollte, zu entkommen, aber sie darf sich auf dem Anwesen frei bewegen. Sie unternimmt täglich einen Ausritt in diesen Wald, begleitet von Wachen... zu ihrem Schutz...«

»Das wäre für uns eine Gelegenheit...«

»Und wenn sie nicht mitkommen möchte?« Jock hielt inne. »Eine Frau zu retten, die gar nicht gerettet werden möchte, ist eine verteufelte Sache.«

Unerträgliche Worte, aber Robert konnte ihren Wahrheitsgehalt nicht leugnen.

»Dann muß ich sie eben davon überzeugen, daß sie gerettet werden muß. Kann ich mir Zutritt ins Schloß verschaffen?«

Jock überlegte. »Schon möglich. Mit Bestechung läßt sich bei Malcolms Bedienten alles erreichen. Sie können den Schuft nicht leiden. Sicher hat man die Wachen vor einer Angriffstruppe gewarnt, die versuchen würde, Kate zu entführen, aber nicht vor einer einzelnen Person, die ins Schloß eindringt. Das einzige Risiko dabei wäre, daß einer von Malcolms Offizieren dich erkennt. »Er stand auf. »Mal sehen, was sich machen läßt.«

»Mylady!«

Kate drehte sich auf die Anrede hin um. Als sie Kenneth Morrow, Hauptmann von Alecs Wachmannschaft, auf sich zukommen sah, unterdrückte sie einen Anflug von Ungeduld und lächelte liebreizend. »Wie schön, Euch zu sehen. Ist es nicht ein prächtiger Morgen?«

»Prächtig. Darf ich sagen, daß Ihr ausseht, als wärt Ihr geschaffen für diesen Garten«, bemerkte er mit unbeholfener Galanterie, als er neben ihr in Gleichschritt fiel. »Ihr seid selbst wie eine Blume.«

Ich bin alles andere als eine Blume, dachte sie ungehalten. Da ihr jedoch in diesem Kampf nur unzulängliche Waffen zur Verfügung standen, war sie dazu übergegangen, sich Jeans Taktik anzueignen und zu versuchen, ein Bild gewinnender Weiblichkeit abzugeben. Es war keine Rolle, die ihrem Temperament entsprochen hätte, im Gegenteil, sie hatte das Gefühl, beim nächsten schüchternen Senken des Blickes die Fassung zu verlieren. Statt dessen lächelte sie lieber. »Wie liebenswürdig Ihr seid. Wollt Ihr mit mir einen Rundgang machen?«

Er schüttelte den Kopf. »Die Pflicht ruft. Ich wollte Euch nur eine Botschaft überbringen. Sir Alec wird das Vergnügen haben, Euch heute beim Abendessen Gesellschaft zu leisten.«

Daß Malcolm kommen würde, hatte sie gewußt, doch war sie noch nicht darauf gefaßt gewesen. »Wie angenehm.«

»Wollt Ihr heute ausreiten?«

Sie ging um eine Wegbiegung. »Ich wüßte nicht, wie ich widerstehen könnte, wenn der Tag so schön ist und die Gesellschaft so…« Plötzlich stockte ihr hörbar der Atem.

Robert!

Der Mann, der in Kittel und loser Hose im Rosenbeet kniete, trug einen Hut, der die Augen tief beschattete, doch konnte an seiner Identität kein Zweifel bestehen. Sie kannte jede Linie seines Körpers, jede Geste, jede Einzelheit.

»Ist etwas, Mylady?«

»Nein, natürlich nicht«, beeilte sie sich zu sagen. »Aber der Anblick der Rosen raubt mir den Atem. Der Gärtner muß mir für die Tafel heute abend Rosen schneiden.«

Guter Gott, was wollte Robert hier?

Captain Morrow wiederholte seine Frage von vorhin: »Wollt Ihr heute ausreiten?«

»Ja, gern, aber ich lasse Euch durch einen Diener Nachricht schicken, um welche Zeit. Jetzt möchte ich noch eine Weile den Garten genießen. Der Tag ist gar zu schön.«

Er wich nicht von ihrer Seite. »Wie wahr. Seit sich die Rosen öffneten, sind sie herrlich anzusehen.«

Er darf die Rosen nicht zu genau betrachten, dachte Kate. Er hatte sie von Kilgranne hierher begleitet und würde Robert erkennen. Sie lenkte seine Aufmerksamkeit auf einen blühenden Apfelbaum. »Aber auf Selwyth gedeiht alles herrlich, ganz anders als in den Highlands.« Sie ließ sich auf einer Mamorbank nieder. »Ich glaube, hier bleibe ich eine Weile.«

Er blieb vor ihr stehen und sah sie mit dümmlichem Grinsen an. Wie konnte sie den Mann dazu bringen, daß er endlich ging? »Also wirklich, hier bin ich auch allein ganz sicher. Ich halte Euch nur von Euren Pflichten ab.« Wieder lächelte sie ihm liebenswürdig zu. »Ihr seid sehr gütig, Euch so um mich zu kümmern.«

»Es ist mir eine Ehre und ein Vergnügen.« Ein kurzes Zögern, und er verbeugte sich. »Bis später, Mylady.« Damit drehte er sich um und ging eiligen Schrittes zum Schloß zurück.

Kate, die es kaum erwarten konnte, bis er außer Sichtweite war, sprang kurz darauf auf und stürzte zum Rosenbeet. »Bist du von Sinnen?« flüsterte sie. »Verschwinde auf der Stelle!«

Ohne sie eines Blickes zu würdigen, fuhr Robert fort, mit seinem Spaten die Erde umzustechen. »Ich dachte schon, dein Anbeter würde überhaupt nicht mehr weggehen. Sieht aus, als hättest du nicht nur Alec bezaubert.«

»Er könnte mir nützlich sein«, sagte sie zerstreut. Allein sein Anblick genügte, um sie erbeben zu lassen. »Und Alec Malcolm läßt sich von niemandem bezaubern.«

»Jock scheint zu glauben, du könntest Malcolm wie einen zahmen Bären an der Nase herumführen.« Er bearbeitete die Erde mit überraschender Heftigkeit. »Aber Bären sollen sich oft gegen ihre Dompteure wenden und sie angreifen.«

»Warum bist du hier?«

»Was sollte ein liebender Mann wohl tun, wenn seine Frau ihn verläßt?«

Sie spürte seine Wut. Nun, sie wollte, daß er wütend auf sie war. »Dann beweise so viel Stolz, daß du die Abfuhr hinnimmst und deiner Wege gehst.«

»Nein«, sagte er leise. »Dieses Spiel wirst du mit mir nicht mehr treiben. Obwohl es mich erbitterte, als du mich vor dem gesamten Clan gedemütigt hast.«

»Ich werde es wieder tun«, sagte sie. »Ich werde es so lange tun, bis dir klar ist, daß ich mit dir nichts mehr zu schaffen haben möchte. Hat Jock dir nicht gesagt, daß ich...?«

»Jock hat mir deine Botschaft überbracht. Er hat dir nicht geglaubt, und ich tue es auch nicht.«

»Dann bist du ein Narr. Du bist mir nichts schuldig. Du hast dein Elizabeth gegebenes Versprechen gehalten. Ich bin diejenige, die dich verlassen hat. Geh nach Craighdhu.«

»Und ich soll dich hier direkt vor James' Haustür lassen, wo Alec sich jederzeit entschließen kann, dich preiszugeben, um in der Gunst des Königs zu steigen?«

»Das wird er nicht tun.«

»Woher willst du das wissen? Du befindest dich in fremden Gewässern. Hier richtet sich der Ehrgeiz täglich auf anderes. Ein Lächeln, mit dem James einen Edelmann beglückt, zieht Kreise im ganzen Königreich. Elizabeth sendet James eine Nachricht, und es tun sich neue Chancen auf. Ein Wimpernschlag, und du könntest für Alec entbehrlich werden.«

»Er strebt nach der Krone. Um sie zu erlangen, braucht er mich. Und wir werden nicht mehr lange vor der Tür des Königs warten. Sobald Alec seine Dinge hier geregelt hat, brechen wir nach England auf.«

»Nach England.« Robert erschrak. »Warum das?«

»Er sagte, es wäre leichter, jenseits der Grenze Unterstützung zu finden.«

Er schüttelte den Kopf. »Marys Anhänger sind hier in Schottland viel mächtiger. Wohin wollt ihr in England gehen?«

Sie versuchte, sich zu erinnern. »Ich glaube, es war die Rede von Warwick und Kenilworth.«

»Was?« Er furchte die Stirn. »Das ergibt keinen Sinn. Beide Orte sind streng protestantisch.«

»Es sieht aus, als wäre Alec anderer Meinung.« Sie zwang

sich zu einem Lächeln. »Da er für mich neben dem schottischen auch den englischen Thron erringen möchte, bin ich sicher, daß er weiß, wo wir wirksame Unterstützung finden.«

»Der Thron«, wiederholte Robert. »Und ich soll glauben, daß er das ist, was dein Herz am meisten auf dieser Welt begehrt?«

Sie reckte ihr Kinn. »Warum nicht?«

Da war es um seine Fassung geschehen. Einen Schritt vortretend, packte er sie an den Schultern. »Kate, hör auf, mich zu belügen. Das liegt dir nicht. Ich bin gekommen, um dich zurück nach Craighdhu zu bringen.«

»Dieser Teil meines Lebens ist vorüber. Ich gehe nicht zurück.« Sie wünschte, er würde sie loslassen. Seine Hände fühlten sich zu gut, zu vertraut an. »Wo bleibt deine Vernunft? Immer warst du so besorgt um Craighdhu. Allein der Vorschlag, ich solle zurückkehren, stellt eine Gefährdung dar.«

»Laß Craighdhu meine Sorge sein.«

»Sie soll es sein.« Sie schluckte. »Und überlaß meine Angelegenheiten mir.«

»Verdammt, hör auf mich. Du kannst hier nicht bleiben.«

»Ich werde hier bleiben, und du wirst gehen, Robert. Ich möchte es.«

»Den Teufel möchtest du.« Er riß sie an sich und sah sie mit loderndem Blick an. »Keine Lügen mehr.«

Ganz plötzlich war es um ihre Fassung geschehen, und sie fuhr ihn an: »Wohin soll ich denn gehen? Nach Craighdhu kann ich nicht zurück. Es würde seine Vernichtung bedeuten. Du hattest recht und ich nicht. Ich werde im Spiel der Macht immer nur eine Schachfigur sein, die man benutzt.«

»Aber ich möchte wetten, daß du nicht die Absicht hast, dich von Alec benutzen zu lassen.«

»Nein.« Nach einem tiefen Atemzug sagte sie ohne Umschweife: »Ich werde ihn töten.«

Sein Griff lockerte sich unmerklich. »Das dachte ich mir.«

»Ich werde ihn töten, und dann werde ich gehen. Es ist die

einzige Möglichkeit, deine Insel nicht in Gefahr zu bringen. Der einzige Weg auch, der mich nicht gefährdet.« Der einzige Weg, um Roberts Sicherheit zu gewährleisten.

»Gavin ist mein Freund, Kate. Nach allem, was auf Kilgranne geschah, war es meine Absicht, Alec aus der Welt zu schaffen.«

»Damit James Alecs Tod als Vorwand nehmen kann, um Craighdhu zu erobern? Nein, ich werde es tun.«

»Es wird dir nicht gelingen. Töten erfordert eine gewisse angeborene Härte, die dir fehlt.«

»Ich könnte sie erlernen.«

Er schüttelte den Kopf.

»Du würdest dich wundern, was ich schon alles gelernt habe.« Sie riß sich von ihm los und ging den Weg entlang. »Also, laß mich in Frieden. Ich brauche dich nicht.«

»Jetzt gehe ich«, rief er ihr nach, »aber vielleicht interessiert es dich, daß ich über eine der Angelegenheiten stolperte, die Alec noch regeln mußte. Sebastian Landfield ist tot.«

Erschrocken hielt sie inne und drehte sich um. »Sebastian?«

»Er wurde zu Tode gefoltert. Sieht aus, als hätte er sich nicht in die von Alec gewünschte Richtung drängen lassen.« Er lächelte freudlos. »Dieses eine Mal erteilt dir der Vikar eine Lektion, die du dir merken solltest.«

Sebastian war tot. Sie empfand kein Bedauern über das Hinscheiden ihres alten Widersachers, doch war es für sie nur schwer vorstellbar, daß er nicht mehr am Leben war und für sie keine Bedrohung mehr darstellte. »Es... kommt mir merkwürdig vor.«

»Daß der Hai den Piranha verschlang? Das Fressen macht den Hai nur stärker.«

Piranhas waren ihr kein Begriff, dafür aber Haie. Und daß Malcolm zu dieser Gattung gehörte, stand für sie fest. »Er wird mich nicht verschlingen. Ich besitze ja selbst Zähne.«

»Ja, aber du überlegst erst, ehe du sie einsetzt. Und wenn du es mit Alec zu tun hast, kann Zögern gefährlich sein.« Er hielt inne, um überraschend zu fragen: »Was weißt du von einer Frau namens Clara Merkert?«

Der Themawechsel erschreckte sie so sehr wie der Name, den sie seit Jahren nicht mehr gehört hatte. »Warum?«

»James hat sie von England nach Edinburgh schaffen lassen, und Alec hat sie verhört. Es muß eine Verbindung zu dir geben.«

»Sie war meine Amme. Meine allerersten Erinnerungen hängen mit Clara zusammen.« Kate war ihrer Amme so früh entrissen worden, daß ihre Erinnerungen sehr spärlich waren, nicht mehr als ein vages Gefühl von Wärme, von forscher Fröhlichkeit. Nun erst ging ihr die Bedeutung seiner Worte auf. »Verhört? Soll das heißen...?«

Robert unterbrach sie. »Kate, du kommst mit mir. Ich kann dich nicht sofort mitnehmen, aber du sollst dich in Bereitschaft halten.«

Sie schüttelte den Kopf.

»Du wirst mitkommen, Kate.«

Sie war im Begriff davonzulaufen, als ihr etwas einfiel. Sie war noch immer nicht sicher, ob sie guter Hoffnung war. Sie konnte Robert nicht gefährden, aber sie würde vielleicht jede erreichbare Hilfe brauchen, um das Kind zu retten. »Kann ich dir Nachricht schicken, falls ich meine Absicht ändern sollte?«

Robert sah sie forschend an. »Warum diese plötzliche Unsicherheit?«

»Ich bin nicht unsicher, aber man soll die Türen nicht ganz zuschlagen.«

»Soeben hast du eine sehr nachdrücklich zugeschlagen. Was ist dir denn eingefallen, das dir angst macht?« Als sie keine Antwort gab, sagte er: »Hier kannst du niemandem trauen, niemanden als Boten benutzen. Jock hat mir hier nur durch Bestechung Zutritt verschafft.«

Sie war allein auf sich gestellt. Nun, es war nicht anders als vor Roberts Auftauchen. Sie mußte auf seine Hilfe verzichten und ihr Problem auf eigene Faust lösen.

»Kate.«

Sie sah ihn an.

»Hast du den Schurken in dein Bett gelassen?«

Sie spürte die unverhüllte Anspannung hinter den ruhigen Worten. Niemand war besitzergreifender oder leidenschaftlicher als Robert. Am besten behauptete sie, sie hätte sich Alec hingegeben. Das würde ihn dermaßen erbittern, daß er sofort nach Craighdhu zurückgehen würde.

»Wenn es so wäre, hätte ich Verständnis, aber es würde mich unglücklich machen«, sagte er leise. »So unglücklich, daß ich Alec eine Marter bereiten würde, neben der Sebastians Los sich vergleichsweise harmlos ausnimmt.«

Sie starrte ihn mit einer Mischung aus Hilflosigkeit und Entsetzen an. Er begriff, wie kein anderer Mann begriffen hätte. Robert kannte ihre Schwächen und Stärken. Das gehörte zu den Eigenschaften, die sie am meisten an ihm liebte. Sie konnte sich an ihn lehnen und wurde als das akzeptiert, was sie war, und nicht als das, was sie sein sollte. In diesem Moment erfaßte sie, was für eine Kostbarkeit diese Eigenschaft war und daß sie diesen Schatz verloren hatte.

»Hast du ihn zu dir gelassen?« wiederholte Robert.

Sie konnte ihn nicht belügen. »Noch nicht«, flüsterte sie.

Damit drehte sie sich um und ging davon.

Jock genügte ein Blick in Roberts Gesicht, als sie ins Lager ritten. »Wie ich sehe, steht uns Ungemach bevor«, bemerkte er.

»Was hat dieses Frauenzimmer mir sonst eingebracht als Ungemach? Sie wird ihn töten. Sie ist von Scharen von Bewachern umgeben, aber sie wird ihn töten.«

»Sie ist nicht dumm. Sie wird den geeignetsten Zeitpunkt wählen.«

»Mehr fällt dir dazu nicht ein? Du bist mir eine große Hilfe.«

»Heute sind wir aber schlechter Laune.«

»Schlechter Laune und voller Angst. Irgend etwas stimmt da nicht. Alec will sie nach England bringen.«

»Ach?«

»In eine der protestantischen Hochburgen.«

Jock stieß einen leisen Pfiff aus. »Interessant. Wie deutest du das?«

»Woher soll ich wissen, was in diesem Schuft vorgeht? Es könnte bedeuten, daß er den Sturz der Monarchie für zu gefährlich und mühsam hält und nun sein Ziel auf anderem Weg erreichen will.« Aber wie? fragte Robert sich verzweifelt. Da kam ihm ein schrecklicher Gedanke. »Er könnte Kate Elizabeth ausliefern, um sich deren Gunst zu sichern. Er könnte Kate als ehrgeizige Verschwörerin darstellen und sich selbst als loyalen Untertanen. Kates Haupt auf dem Richtblock für eine einflußreiche Position bei Hofe.«

»Würde die Königin ihm glauben? Sie hat versucht, Kate zu helfen.«

»Sie kennt Kate nicht persönlich, und Hochverrat verzeiht Elizabeth nicht.«

»Das hörte ich«, sagte Jock langsam. »Aber Elizabeths Gunst ist für ihn sicher nicht so erstrebenswert wie eine Krone.«

»Verdammt, er giert nach Macht. Eine einflußreiche Position an Elizabeths Seite sichert ihm mehr Macht, als James sie besitzt.«

»Das stimmt. Du glaubst also, er beschreitet den sicheren Weg?«

»Ich weiß es nicht. Es ist nur eine Vermutung. Aber bei Gott, etwas stimmt da nicht.«

»Und die Lösung?«

»Dieselbe wie vorher. Erst müssen wir uns über alle Vorgänge auf Selwyth informieren, dann legen wir uns auf die Lauer und versuchen, sie ihm bei der ersten sich bietenden Gelegenheit zu entreißen. Und dann töte ich den Schuft, ehe sie es versucht«, schloß er grimmig.

*

»Was für ein bezaubernder Anblick«, empfing Alec Kate, als sie an jenem Abend die Treppe herunterkam. »Eure Wangen sind ja aufs Anmutigste gerötet. Kenneth sagte mir, Ihr hättet Euch im Garten aufgehalten.«

Sie unterdrückte die plötzliche Erregung, die diese beiläufige Bemerkung in ihr auslöste. »Ich konnte nicht anders ... die Rosen stehen in voller Blüte. Selwyth ist wunderschön.«

»Für mich bietet es einen angenehmen Aufenthalt, wenn ich nach Edinburgh komme. Zudem ist es vorteilhaft, wenn ich mich hin und wieder kurz von James zurückziehen kann.« Er nahm ihren Arm und ging mit ihr langsam zum Speisesaal. »Das Anwesen fiel mir nach dem Tod meiner Frau zu.«

Jener Frau, von der Jean gesagt hatte, sie sei seiner tyrannischen Herrschsucht zum Opfer gefallen. »Habt Ihr bei Hof erreicht, was Ihr wolltet?«

»Zum Teil. Elizabeths Angriff auf Cadiz hat James so erregt, daß er auf meiner Anwesenheit nicht unbedingt besteht.«

»Ein Angriff auf Cadiz?«

»Elizabeth hat Drake zu einem Überfall auf die spanische Flotte bei Cadiz ausgeschickt. Offenbar war ihm dabei Erfolg beschieden.«

»Warum hat sie das wohl getan?«

»Es ist nur eine Frage der Zeit, bis Spanien bereit ist, seine Armada zur Invasion Englands einzusetzen. Elizabeth hat wohl gehofft, Philipp zu entmutigen und gleichzeitig seine Streitmacht zu schwächen.«

»Ich verstehe nicht, wieso dies James in Unruhe versetzen sollte, wenn er doch am Kampf nicht beteiligt ist.«

»Er kann sich nicht entscheiden, ob er Philipp die Stiefel lekken oder sich bei Elizabeth lieb Kind machen soll. Siegt Philipp, dann braucht er diesen mächtigen Herrscher als Busenfreund, gewinnt aber Elizabeth die Oberhand, dann möchte er, daß sie ihn zu ihrem Thronerben macht.« Er schürzte verächtlich die Lippen. »Der Ärmste steckt in einer richtigen Zwickmühle. Ich glaube, aus diesem Dilemma muß ich ihn erlösen.«

»Wenn ein Krieg bevorsteht, ist der Zeitpunkt für eine Verschwörung nicht günstig.«

»Unsinn. Eine Welt in Aufruhr bietet die besten Voraussetzungen für jedwede Veränderung.« Er machte eine Pause. »Die Nachricht vom Krieg hat meinen Plan jedoch schon in einem Punkt verändert. Wir werden nicht nach England gehen.«

»Wir bleiben hier?«

»Nein, wir segeln morgen abend nach den Niederlanden.«

Sie sah ihn verdutzt an. »Warum?«

»Wir gehen dorthin, wo uns die wirksamste Unterstützung erwartet.«

Frankreich oder Spanien hätten ihr als Ziele eingeleuchtet, die Niederlande aber hatten ihres Wissens zu Mary keine nennenswerte Bindung gehabt. »Das ist doch sinnlos«, sagte sie kopfschüttelnd.

»Vertraut mir. Mit der Zeit werdet Ihr es verstehen.« Sein Ton wurde um eine Nuance härter. »Und wenn nicht, werdet Ihr Euch dennoch meiner Entscheidung beugen. Unser Ziel sind die Niederlande.«

»Ich glaube nicht, daß wir...« Sie sprach nicht weiter, als sie seinen Blick bemerkte. Diesmal würde er sich nicht von seiner Absicht abbringen lassen, da diese Fahrt für ihn aus irgendeinem Grund sehr wichtig war.

Kurz drohte Panik sie zu überwältigen. Sie würde in der Fremde sein, ohne Fluchtmöglichkeit, nachdem sie Malcolm getötet hatte.

Aber jetzt durfte sie keine Kleinmütigkeit zeigen. Robert hatte als Halbwüchsiger das Meer überwunden und war nach Craighdhu zurückgekehrt. Die Umstände waren sehr ähnlich. Sie würde eben einen sicheren Weg finden müssen.

»Sicher werden die Niederlande sich für uns beide als sehr interessant erweisen«, gab sie lächelnd zur Antwort.

14. KAPITEL

»Heute abend wollen sie auslaufen«, sagte Jock.

»Bist du sicher?« fragte Robert.

Jock nickte. »Heute morgen wurde ein Bote nach Leith geschickt. Alecs Schiff solle seeklar gemacht werden. Man will die Mitternachtsflut nützen.« Er hielt inne. »Folgen wir ihm nach England, oder schnappen wir ihn uns jetzt?«

Robert versuchte objektiv zu denken und stellte fest, daß es unmöglich war. Seit seiner gestrigen Begegnung mit Kate war sein unsicheres Gefühl gewachsen. Deshalb wollte er die Sache hinter sich bringen und Kate schleunigst aus den Fängen dieses Schurken befreien. »Reite nach Granton und hole unsere Leute vom Schiff. Wir überfallen Malcolm auf dem Weg nach Leith.«

»Er wird gut bewacht sein.«

»Er weiß nicht, daß wir zur Stelle sind. Wir haben wenigstens das Überraschungsmoment auf unserer Seite.«

»Wir wollen hoffen, daß es genügt«, äußerte Jock grimmig, als er zu seinem Pferd ging.

Robert wurde von denselben Zweifeln geplagt. Sie waren zahlenmäßig unterlegen, und ein Überraschungsangriff allein garantierte noch keinen Sieg.

Wenn es ihm nicht gelang, eine Möglichkeit zu finden und Malcolms Truppe irgendwie auszuschalten… sie zu überrumpeln…

Überrumpeln…

»Warte«, rief er Jock nach. »Ich komme mit nach Granton.«

»Ihr scheint nervös zu sein«, sagte Kate leichthin, als Alec wieder an ihre Seite geritten kam, zum dritten Mal seit ihrem Aufbruch. »Habt Ihr etwa Angst vor Wegelagerern, Mylord?«

»Vor einem Hinterhalt.« Alec lächelte ihr zu. »Meine Angst

hält sich in Grenzen, aber ich muß auf der Hut sein, damit MacDarren mir nicht mein Eigentum abjagt.«

Kate versuchte sich die Spannung nicht anmerken zu lassen, die sie daraufhin erfaßte. »Hat man von ihm etwas gehört?«

»Nein, aber das heißt nicht, daß er nicht in Edinburgh ist.«

»Robert ist kein Narr.« Kate umfaßte mit einem Blick die Reihen Bewaffneter, die zu beiden Seiten von ihr die schmale Straße entlangzogen. »Sicher wird er gegen eine so große Schutztruppe keinen Handstreich wagen.«

»Das ist richtig, aber es kann nicht schaden...«

Er hatte noch nicht ausgesprochen, als plötzlich von den Bäumen auf die Köpfe der vor ihnen Reitenden große Netze herunterfielen.

»Was zum...« Malcolm drehte sich um und sah, daß sich auch hinter ihnen Netze auf die Reiter senkten.

»MacDarren!« hörte man jemanden ausrufen, als auf beiden Seiten der Straße Männer aus dem Gebüsch hervorstürzten. MacDarren!

»Nein!« schrie Kate auf.

Malcolms Männer versuchten, sich mit den Schwertern von den Netzen zu befreien, wurden aber von diesen aus dem Sattel gerissen und von Roberts Mannen wie Lachse im Fluß aufgespießt.

»Verflucht!« Malcolm, der Kates Zügel packte, gab seinem Pferd die Sporen, verzweifelt bemüht, einen Ausweg aus dem allgemeinen Getümmel zu finden.

»Herunter mit dir!« Plötzlich stand vor Alecs Roß Robert, ein Schwert in der Hand.

»Ja, schon gut«, stieß Alec wutentbrannt hervor. »Ich steige ab.« Aus dem Sattel gleitend, zog er seine Klinge.

»Nicht!« rief Kate. »Robert, das will ich nicht. Warum hast du...?« Als sie merkte, daß kein Mensch auf sie hörte, sprang sie aus dem Sattel, um sodann hilflos zusehen zu müssen, wie der Kampf sich entspann und der Stahl ihrer Klingen todbringend und kalt im Mondschein aufblitzte. O Gott, bis zu diesem

Moment war ihr nie aufgefallen, wie sehr Malcolm Robert überragte. Mit seinen breiten Schultern verfügte er auch über eine viel größere Reichweite.

Malcolms Miene zeigte äußerste Entschlossenheit, er bleckte die Zähne wie ein wildes Tier, mordlüstern und gierig.

Kate verkrampfte die Hände. »Robert, siehst du denn nicht…?«

»Halte dich raus, Kate.« Robert stieß zu, seine Schwertspitze aber wurde abgelenkt, ehe sie Malcolms Brust traf.

Er verlangte, sie solle reglos ausharren, während er um ihretwillen sein Leben aufs Spiel setzte. Das konnte sie nicht zulassen.

Verzweifelt blickte sie sich nach Hilfe um. Da fiel ihr Blick auf einen von Malcolms Männern, der zu Beginn des Überfalls getötet worden war. Sie sprang hinzu und zog ihm den Dolch aus dem Gürtel.

Dann drehte sie sich zu Robert und Malcolm um.

Malcolm, gegen einen Baum in die Enge getrieben, hieb wild um sich und griff verbissen an.

Auf den Fußspitzen balancierend, wartete sie auf eine Gelegenheit.

»Kate, mit euch beiden werde ich nicht fertig. Wenn dir dein Leben lieb ist, halte dich raus«, stieß Robert hervor, ohne sie anzusehen. »Das ist *meine* Sache.«

»Das ist dein Tod«, stieß Malcolm mit ungebrochenem Selbstvertrauen hervor. »Du kannst nicht gewinnen, MacDarren. Ich bin stärker und klüger und…« Es folgte ein schmerzliches Aufstöhnen, als Roberts Klinge seinen Brustkorb streifte.

»Und großmäuliger«, erwiderte Robert. »Das erste Blut, Alec.«

»Das letzte Blut.« Malcolm stürzte vor, zielte und verfehlte sein Ziel.

Während sie den beiden zusah, schöpfte Kate wieder Mut. Mochte Malcolm an Körperkraft der Überlegenere sein, so war Robert der behendere und eindeutig bessere Kämpfer, ausdauernd, ungestüm und erbarmungslos. So hatte sie ihn noch nie gesehen. Das war nicht Robert von Craighdhu, sondern Black Robert, der Freibeuter, dessen Geschäft Blut und Tod war.

»Alec, die Spielchen mit James' Höflingen haben dich geschwächt. Du hättest in den Highlands bleiben und dich im Kampf ertüchtigen sollen.« Robert parierte Alecs Stoß, und wieder floß Blut, diesmal aus Alecs Schulter. »Wenn ein Mann nicht ans Rad gebunden ist, kommt man ihm nicht so einfach bei, oder?«

Malcolm ließ ein bösartiges Lächeln sehen. »Ich wußte ja, daß das Spielchen, das ich mit Gavin spielte, dir mißfallen würde.«

»Ich bin selbst über Spiele nicht erhaben.« Roberts Klinge schnitt Malcolms Lenden auf.

Malcolms lauter Schmerzensschrei ließ Kate schaudern. Rücklings taumelnd, blickte er an sich hinunter.

»Tut es weh?« stieß Robert hervor. »Wie wär's damit?« Sein Schwert drang in Malcolms Leib ein, drehte sich herum und wurde wieder herausgezogen.

Zu Kates Entsetzen fiel Malcolm nicht um. Schwankend und mit schmerzverzerrtem Gesicht stand er da. »Du... Narr. Kannst nicht... gewinnen.«

»Um einen Sieg geht es nicht. Ich bedaure nur, daß ich nicht die Zeit habe, mit dir zu spielen, wie du mit Gavin gespielt hast.« Diesmal drang Roberts Schwert tief in Malcolms Brust ein und blieb dort stecken. Er ließ den Schwertgriff los, trat zurück und wartete, bis Malcolm umfiel.

Es war vollbracht.

Alec Malcolm starrte Robert mit ungläubigem Ausdruck an. Vor Kates Augen sank er auf die Knie und sodann rücklings auf den Boden.

Alecs Hände umklammerten das Schwert. Blut lief ihm von den Handflächen, als er die Klinge mit aller Kraft umfaßte und versuchte, sie aus seiner Brust zu ziehen. »Nein«, keuchte er fassungslos, »...es kann nicht sein. Ich werde nicht sterben.«

»Du wirst sterben«, sagte Robert kalt. »Du bist schon tot.«

Alec versuchte sich aufzurichten, nur um mit einem Schmerzensschrei zurückzufallen. Ungläubigkeit wich Wut, ehe unfaßbare Bösartigkeit seine Züge entstellte. »Du glaubst... du hättest gesiegt. Aber du hast... auch verloren. Geständnis...«, er hustete, Blut lief ihm aus dem Mundwinkel, »James wird... das Geständnis bekommen.«

Robert erstarrte. »Welches Geständnis?«

»Die Amme hat es unterschrieben... im Verlies... ehe... sie starb. Ich gab Befehl... es nach meinem Tod... James zu übergeben.« In seinem Blick lag Triumph, als er Kate ansah. »Ich sagte Euch, ich würde nicht zulassen, daß ihm der Sieg zufiele. Craighdhu... ist verwirkt. James wird halb Schottland niederbrennen... um sie zu töten... wenn er das Geständnis gelesen hat.« Er lachte auf. »Und Ihr seid ebenso...« Ein letztes Aufbäumen, und das Lachen erstarrte zur Todesmaske.

Schaudernd wandte Kate sich ab.

Robert fluchte leise. »Herrgott, warum hat die Frau nicht sterben können, bevor sie das verdammte Geständnis unterschrieb!«

»Was hat er gemeint?« fragte sie tonlos. »Welches Geständnis?«

»Den Beweis, daß du Marys Tochter bist. James hat deine Amme nach Edinburgh bringen lassen, und Alec hat sie zu Tode gefoltert, um ihr das Geständnis zu entreißen.«

»Clara?« Clara war tot. Die gütige Frau, an die sie sich kaum erinnern konnte, hatte ihretwegen furchtbar leiden müssen und war gestorben. Das Unheil, das sie verbreitete, zog immer größere Kreise und riß Gut und Böse gleichermaßen in einen tödlichen Wirbel. »Du willst damit doch nicht sagen, daß er auch sie auf dem Gewissen hat?«

»Darüber kannst du später nachdenken.« Robert hob sie auf ihr Pferd. »Mindestens drei von Alecs Leuten sind entkommen. Sie werden die Nachricht vom Überfall in Edinburgh verbreiten.«

»Ich nehme ihre Verfolgung auf«, entschied Jock.

»Das würde uns nur eine kurze Frist verschaffen. Nützen wir die Zeit lieber, um zum Schiff zu gelangen.«

Für Kate ging alles viel zu schnell. »Ich möchte nicht...«

»Kate, wenn du jetzt widersprichst, binde ich dich an den Sattel und stecke dir einen Knebel in den Mund«, fuhr Robert sie an. »Wir müssen auf hoher See sein, ehe James' Soldaten kommen und Alecs Tod entdecken.«

»Wir könnten versuchen herauszufinden, wer das Geständnis hat, ehe der Betreffende es James übergibt«, sagte Jock. »Wir wissen ja nicht, zu welchem Zeitpunkt Alec die Übergabe plante. Könnte sein, daß uns ein, zwei Tage bleiben, ehe James das Geständnis in Händen hält.«

»Oder auch nur eine Stunde. So wie ich Alec kenne, halte ich letzteres für wahrscheinlicher.« Robert saß auf. »Dieses Risiko kann ich nicht eingehen.«

Drei Stunden später lief die *Irish Princess* aus dem Hafen von Granton aus, und Robert konnte zum ersten Mal, seit er Alec getötet hatte, erleichtert aufatmen. Nun waren sie eine Weile sicher, und er hatte Zeit, den nächsten Schritt zu planen.

Kate trat neben Robert an die Reling. »Ich werde nicht nach Craighdhu gehen. Bringst du mich dorthin, werde ich davonlaufen.«

»Du wirst dorthin gehen, wohin ich dich bringe«, sagte er schroff. »In ganz Schottland gibt es für dich jetzt keinen sicheren Ort.«

»Dann werde ich eben nicht in Schottland bleiben.« Sie umklammerte die Reling fester. »Bring mich zu Elizabeth – sie hat mir schon zuvor geholfen. Vielleicht kann sie mir eine Zuflucht bieten.«

»Sie hat dir geholfen, weil es ihr zupaß kam und sie sich damit einer möglichen Bedrohung entledigte. Wenn James aber erfährt, wer du bist, wird die Bedrohung real, und du wirst untragbar.«

»Vielleicht irrst du dich. Lieber nehme ich es mit der Königin auf, als daß ich Craighdhu zerstören ließe.«

»Kate...« Er atmete tief durch, um seinen Ärger zu zügeln. Verdammt, heute war aber auch alles schiefgegangen, und ihr Eigensinn war nicht dazu angetan, die Sache zu erleichtern. Er wußte, wie sehr das Wissen, daß jemand ihretwegen den Tod erlitten hatte, ihr zusetzte, und er hätte sie zu gern getröstet, aber es galt jetzt, Entscheidungen zu treffen. »Warum gehst du nicht in die Kabine und zu Bett? Wir wollen morgen alles besprechen.«

»Wenn wir schon unterwegs nach Craighdhu sind?« Ihre Augen blitzten im Mondschein. »Warum willst du nicht auf mich hören? Meinetwegen bring mich nicht zu Elizabeth... bring mich in die Niederlande, wie Malcolm es vorhatte.«

»In die Niederlande?« wiederholte er verblüfft. »Ich dachte, er wollte dich nach England bringen.«

»Er hat seine Absicht geändert. Es hatte irgendwie mit dem Krieg zu tun. Er sagte, unsere wirksamste Unterstützung würden wir in den Niederlanden finden.« Sie umfaßte seinen Arm. »Wenn du mich nicht zu Elizabeth bringen willst, dann bring mich in die Niederlande oder nach Italien oder... oder nach Rußland. Überallhin, nur nicht auf deine Insel. Ich könnte es nicht ertragen, mit anzusehen... warum siehst du mich so an? Was ist los?«

Er hatte das Gefühl, als hätte er einen Schlag in den Leib bekommen. Allmächtiger, dieser heimtückische Schuft...

»Robert?«

»Schon gut. Geh in deine Kabine«, sagte er. »Ich muß nachdenken.« Und schon war er in Gedanken versunken, um sämtliche Einzelheiten zu einem Ganzen zusammenzufügen. »In einer Weile komme ich nach.«

»Nicht erst morgen?«

Er schüttelte den Kopf. »In einer Weile.«

Er merkte es kaum, als sie ging, und starrte blind aufs Meer hinaus.

Kenilworth.

Unsere wirksamste Unterstützung liegt in den Niederlanden.

Die Schlange.

O Gott.

*

Robert betrat die Kabine erst nach Mitternacht. Kate stützte sich im Bett auf einen Ellbogen auf, als er eintrat. »Das hat aber lange gedauert. Hast du geglaubt, ich würde einschlafen?«

»Dafür kenne ich dich besser«, sagte Robert, der sein Lederwams auszog und es auf einen Stuhl warf. »Wenn eine Auseinandersetzung bevorsteht, würdest du dich mit Nadeln stechen, um wach zu bleiben.«

»Nadeln hatte ich nicht. Und ich habe keine Lust, mich mit dir zu streiten.«

»Doch, wenn du deinen Kopf durchsetzen möchtest.« Als er sich auf das Kojenbett setzte und die Stiefel auszog, drang in der Dunkelheit sein Duft zu ihr: sauberes Leinen, Salz und See. »Aber ich habe auch keine Lust, mit dir zu streiten.«

Sein ruhiger Ton ließ eine Note anklingen, die sie unsicher machte. Der durch die Fensterreihe der Kabine einfallende Mondschein tauchte die Kabine in fahles bläuliches Licht, aber sie mußte mehr sehen.

»Zünde eine Kerze an.«

»Das Mondlicht genügt.«

Ihre Besorgnis wuchs, weil sie spürte, daß er von ihr nicht deutlich gesehen werden wollte. »Was ist?« fragte sie besorgt.

»Was soll denn sein? Stört es dich, weil ich nicht mit dir streiten möchte?«

»Nein, etwas anderes...« Sie setzte sich auf und lehnte sich an die Wand, ohne ihn aus den Augen zu lassen. Sie wußte nicht, ob es das harte Mondlicht oder sein Ausdruck war, der ihn so ernst aussehen ließ. »Zürnst du mir?«

»Nein.«

Sie faßte nervös nach der Decke. »Dann bekümmert es dich, daß ich Unheil über Craighdhu bringen könnte. Das würde ich aber nie zulassen. Du mußt mich nur gehen lassen, und es wird sein, als hätte ich meinen Fuß nie auf die Insel gesetzt.«

»Es kann nie wieder so sein wie früher.«

»Warum nicht? Wenn ich...«

»Weil ich dich lieben werde, solange ich lebe.«

Der Freude, die in ihr aufflammte, folgte sofort Verzweiflung. Zu spät. Wenn er ihr dies an jenem Nachmittag auf Craighdhu gesagt hätte... nein, es war immer unmöglich gewesen. Sie hatte es nur nicht gewußt. Ihr Lächeln fiel zaghaft aus. »Das freut mich, aber es spielt keine Rolle mehr.«

»Doch, das tut es, und zwar sehr.« Er drehte sich zu ihr um. »Es bedeutet nämlich, daß ich dich nicht verlassen kann und auch nicht zulasse, daß du mich verläßt.«

Sie schluckte und sagte dann in beabsichtigt abweisendem Ton: »Das bedeutet es nicht. Warum glauben Männer immer, es zählten allein ihre Gefühle? Ich mache mir nichts aus dir. Ich habe nur Craighdhu haben wollen. Ich habe Pläne geschmiedet und Ränke erdacht... deshalb mußt du mich vergessen, ich werde vergessen...«

»Pst.« Er legte ihr den Finger auf die Lippen, um ihren Redeschwall zu bremsen. »Still, Geliebte.«

Die Tränen, die im Hintergrund lauerten, strömten ihr nun über die Wangen. Ihr Kopf sank an seine Brust. »Laß nicht zu, daß ich dir weh tue. Bitte, ich möchte dir nicht weh tun.«

Er schwieg dazu. Sein stetiger Herzschlag dröhnte unter ihrem Ohr, während er ihr sanft übers Haar strich.

»Immer wollte ich, daß du mich liebst, aber es wäre nicht gut... wenn du dich bemühst, wird es vielleicht vergehen.«

»Es wird nicht vergehen. Wir müssen das Beste daraus machen. Und es kann wunderschön werden, Kate.«

»Nicht, wenn ich dir Craighdhu nehme.«

»Du wirst es mir nicht nehmen, denn ich gebe es dir freiwillig.«

Ein Geschenk, das sie nicht annehmen konnte. »Warum? Ich verdiene es nicht. Keine Frau verdient es. Du kannst nicht sagen, daß es nicht schmerzlich sein wird.«

»Nein, das kann ich nicht sagen, aber noch mehr schmerzen würde es mich, dich aufzugeben.«

»Das sagst du jetzt.«

»Und ich werde es auch in fünfzig Jahren noch sagen. Hör zu, Kate, es ist keine leichtfertig getroffene Entscheidung. Aber es ist ganz einfach. Du bist mehr wert als Craighdhu. Wenn ich vor die Entscheidung gestellt werde, nehme ich das, was mir teurer ist.«

Sie wußte, daß sie es nicht zulassen durfte, aber vielleicht konnte sie sich diesen einen Augenblick gönnen.

Sie wollte es nur einmal aussprechen. Ein einziges Mal konnte keinen Schaden anrichten. Ihr stockendes Flüstern war in der Dunkelheit fast unhörbar. »Ich... liebe dich.«

Seine Lippen glitten federleicht über ihre Stirn.

»Aber ich werde darüber hinwegkommen«, setzte sie hastig hinzu. »Ich bin unsteter Wesensart. Deshalb brauchst du keine Gewissensbisse zu haben, wenn du mich verläßt.«

»Das will ich mir merken. Sicher wird es mir ein großer Trost sein.«

Doch er würde ihre Worte nicht achten. Er kannte sie zu gut. Er würde sie nie verlassen, und eines Tages würde es ihn vernichten. Deshalb mußte sie einen Weg finden, ihn zu verlassen, und ob sie dazu noch die Kraft besaß, wenn er sie nach Craighdhu brachte, war ungewiß.

»Ich möchte nach England.«

Sie spürte, wie er erstarrte. »Nein.«

»Begreifst du nicht? Es ist die einzige Chance. Wenn James herausfindet, wer ich bin, kann nur Elizabeth mir helfen.«

»Das wird sie nicht tun.«

»Wir müssen es versuchen.« Noch immer spürte sie seinen Widerstand. »Wenn du mich liebst, bringst du mich zu Elizabeth.« Verzweifelt umfing sie ihn. »Bitte, Robert.«

Kurz glaubte Kate, sie würde keine Antwort bekommen. Er saß nur da, hielt sie fest und strich ihr übers Haar. Schließlich gab er ihr einen Kuß auf die Wange und sagte leise: »Na schön, mein Mädchen. Wir gehen zu Elizabeth.«

»Du siehst prächtig aus«, lobte Robert sie, als er ihr in die Barke half, die sie zum Palast bringen sollte. »Dein Kleid ruft zärtliche Erinnerungen in mir wach.«

In Kate ebenso. Nervös strich sie den roten Samtrock des Gewandes glatt, das sie am Abend von Gavins und Jeans Hochzeit getragen hatte. »Es ist das prächtigste Kleid, das ich besitze. Mir ist das höfische Leben fremd, aber ich dachte, es würde am passendsten sein.«

»Es ist mehr als passend.« Robert ließ sich neben ihr nieder, und der Fährmann stieß ab. »Du siehst aus wie eine Flamme.«

Sie spürte ein Aufflackern von Überraschung, da Robert sich nur selten zu einer Bemerkung über ihr Äußeres hinreißen ließ. Dann begriff sie. Er wußte um ihre Nervosität angesichts der Audienz bei der Königin und wollte ihr Selbstvertrauen stärken. »Hoffentlich billigt Elizabeth es«, sagte sie.

Roberts Blick galt der Landschaft, die vor ihren Augen am Ufer der Themse vorüberglitt. »Ihre Billigung ist nicht unbedingt erforderlich. Uns bieten sich andere Wege, die wir beschreiten können.«

Wir. Auf der Fahrt von Schottland her hatte sie ihm wiederholt klarzumachen versucht, daß sie nicht bei ihm bleiben würde, wie auch immer diese Audienz verlaufen mochte, doch er wollte sich damit nicht abfinden. Aber im Moment sah sie der bevorstehenden Begegnung mit so großem Bangen entgegen, daß sie keine Lust hatte, sich auf einen Disput einzulassen. »Welche anderen Wege?«

Er lächelte. »Wir könnten lossegeln und spanische Galeonen aufbringen. Möchtest du eine Piratin sein, Kate?«

»Nein. Du hast zu mir gesagt, die Piraterie sei für dich erledigt.«

»Die Umstände ändern sich.«

Sie hatte diese Änderung herbeigeführt. Er dachte wieder an die Freibeuterei, weil er James auf hoher See bekämpfen konnte, ohne daß er damit Craighdhu gefährdete. Doch war ein solches Leben gleichbedeutend mit Exil. Das konnte sie nicht zulassen. Bot Elizabeth ihr Zuflucht, dann mußte sie einen Weg finden, Robert zu verheimlichen, wo dieser lag. »Eine so große Dummheit diskutiere ich nicht. Wir werden sehen, was Elizabeth sagt.«

Er lächelte schief. »Ja, wir müssen auf jeden Fall hören, was die Königin zu unserem Ansuchen zu sagen hat.«

*

»Stört mich nicht, Percy.« Elizabeth hob den Blick nicht von dem Brief, den sie schrieb. »Seht Ihr nicht, daß ich beschäftigt bin?«

»Ich bitte um Nachsicht, Euer Majestät«, gab Percy Montgrave zurück. »Aber ich dachte, es sei in Eurem Sinn...« Er suchte nach den passenden Worten. »Der Earl von Craighdhu bittet um Audienz.«

Elizabeths Federkiel hielt mitten in der Bewegung inne. »Er bittet? Das klingt nicht nach MacDarren. Wie würdet Ihr es formulieren, Percy?«

Percys Miene verfinsterte sich. »Er fordert. Ich sagte ihm, daß Ihr ihn nicht empfangen wollt, doch schert es ihn nicht, daß Euch Sorgen wegen der Spanier quälen...«

»Er soll eintreten«, unterbrach sie ihn.

»Und seine Gemahlin?«

Sie blickte auf. »Sie ist auch da?«

Er nickte. »Er bittet auch um Audienz für sie.«

Sie steckte die Feder ins Tintenfaß. »So laßt sie eintreten. Mich plagt die Neugierde... ich möchte die Frau zu sehen, die einen Mann wie MacDarren nimmt.« Sie hörte noch, wie er im Hinausgehen etwas vor sich hinmurmelte, ehe sie hastig aufstand und vor den goldgerahmten Spiegel an der gegenüberliegenden Wand des Gemaches trat, um mit den Fingern die dunklen Ringe unter den Augen nachzuzeichnen. Letzte Nacht hatte sie nicht gut geschlafen und auch die vorangegangenen Nächte nicht, eigentlich nicht mehr, seitdem Philipp ihr wieder zu schaffen machte. Sie rückte ihre Halskrause zurecht und biß sich auf die Lippen, um ihnen Farbe zu verleihen. Ob sie alt aussah? Herrgott, warum machte sie sich überhaupt Gedanken über ihr Aussehen? Sie hatte es ihrem Verstand und Geist zu verdanken, daß die Welt sich ihrem Willen fügte.

»Euer Majestät.«

Sie wandte dem Spiegel den Rücken zu. Robert MacDarren stand in der Tür, stattlich und von raubkatzenhafter Gefährlichkeit, wie sie ihn in Erinnerung hatte.

Ihr Blick glitt zu der Frau im roten Samtgewand neben ihm.

Kathryn.

*

Elizabeth war nicht so, wie Kate sie sich vorgestellt hatte. Ihr elfenbeinfarbenes Gewand war prächtig, das Rubingeschmeide, das ihren Hals zierte, atemberaubend, aber die Königin selbst wirkte nicht sehr eindrucksvoll. Vor Kate stand eine alternde Frau mit rotgeschminkten Wangen und gekräuselten Löckchen, deren Rot viel zu grell war, um echt zu sein.

Als sie aber den Blick Elizabeths auf sich gerichtet sah, mußte sie sofort ihre Meinung ändern. Er war scharf wie ein Rasiermesser, abschätzend und prüfend.

Elizabeth legte den Kopf schräg. »Du bist keine Schönheit, aber es fehlt dir nicht an einem gewissen Reiz.« Zu Robert gewandt bemerkte sie: »Ich sagte Euch ja, das Mädchen würde gefügig und präsentabel sein.«

»Nun ja, letzteres trifft zu«, sagte Robert mit einer tiefen Verbeugung. »Wie immer hatten Euer Majestät recht.«

»Und Ihr seid wie immer unverschämt. Habt soviel Anstand, Euren Spott zu zügeln und Eure Frau näher zu mir zu bringen, damit ich sie besser betrachten kann.«

Kate trat vor und machte vor der Königin einen tiefen Knicks. »Euer Majestät.«

»Steht auf«, gab die Königin ungeduldig von sich. »Wie kann ich deine Züge ansehen, wenn du den Blick auf meine Schuhe richtest?« Kate blickte auf, und Elizabeth sah erst forschend ihr Gesicht an, um dann die goldbraune Haarflut zu begutachten, die unter dem Samthäubchen hervorquoll. »Schöne Augen und dazu dichtes Haar von angenehmer Farbe.«

»Hattet Ihr erwartet, es würde dunkler sein?« fragte Robert.

Elizabeth drehte sich zu ihm um. »Natürlich nicht. Ich habe Berichte des Vikars über das Mädchen erhalten.«

»Und auch Marys Haar war nicht dunkler«, sagte Robert. »Sagt mir, glaubt Ihr, daß sie dasselbe...«

»Es steht Euch nicht zu, Fragen zu stellen. Ihr sollt vielmehr Rede und Antwort stehen. Warum seid Ihr nicht auf Craighdhu, wo Euer Platz ist?«

»Ich war dort, aber die Umstände haben sich geändert, und ich mußte mich ihnen anpassen.«

Robert war in seiner spöttischen Art unverschämter, als Kate ihn je erlebt hatte. Wie zum Teufel wollte er von der Königin eine Gunst erbitten, wenn er sie unausgesetzt gegen sich aufbrachte? Aber vielleicht geschah es mit Absicht. Kate hatte sein Widerstreben gegen diese Audienz gespürt, seitdem sie die Rede darauf gebracht hatte.

Robert fuhr fort: »Aber Euer Majestät haben auch großes Talent, wenn es darum geht, sich den Erfordernissen anzupassen. Ich denke da an die Zeit, als Ihr im Tower...«

»Um Himmels willen, Robert, schweig und überlaß mir das Reden«, stieß Kate außer sich hervor.

Die Königin sah Kate überrascht an. »Ach, also gar nicht unterwürfig.« Sie legte den Kopf in den Nacken und lachte. »Geschieht Euch recht, MacDarren.«

»Ja.« Robert lächelte. »Ich bin zu der Einsicht gelangt, daß ich sie verdiene.«

Kate warf ihm einen warnenden Blick zu. »Vergebt ihm,

Euer Majestät. Er benimmt sich höchst unziemlich, obwohl wir Euch um eine Gunst bitten wollen.«

»Eine Gunst?« Elizabeths Argwohn erwachte jäh.

»Um einen Zufluchtsort.« Rasch schilderte Kate die Umstände, die sie hierhergeführt hatten. »Ihr habt mir in der Vergangenheit Güte bewiesen. Ich hoffe, daß Ihr nun ebenso gütig sein werdet.«

»Die Amme ist tot?« fragte Elizabeth. »Und was hat es mit diesem Geständnis auf sich?«

»Wir nehmen an, daß es James nun in Händen hält.«

»Verdammt!« Tiefe Röte färbte Elizabeths Wangen. »Stümper. Könnt Ihr denn nichts recht machen, MacDarren?«

»Darf ich daran erinnern, daß Ihr es wart, die Sebastian Landfield erwählte?« erwiderte Robert. »Hättet Ihr mir gesagt, er sei verrückt genug, zu James zu laufen, hätte ich ihm die Kehle durchgeschnitten, ehe ich Kate nach Craighdhu brachte.«

»Wollt Ihr damit sagen, alles sei meine Schuld?«

»Ja.« Sein Lächeln glich dem Zähnefletschen eines Tigers. »Es ist allein Eure Schuld, Majestät.«

Sie sind wie zwei Tiere, die einander sprungbereit umkreisen, dachte Kate voller Angst. »Es ist bedeutungslos, wo die Schuld liegt. Werdet Ihr mir helfen?« bat sie leise.

Elizabeths Blick wandte sich wieder ihr zu. »Ich weiß nicht, ob ich es kann. Wenn James Eure Herkunft kennt, ist das Risiko vielleicht zu groß. Mein Verhältnis zu ihm ist im Moment äußerst heikel.«

»Ihr wollt sie also James ausliefern?« fragte Robert.

»Das habe ich nicht gesagt«, stieß Elizabeth unwillig hervor. »Es wäre immerhin möglich, für sie irgendeinen Zufluchtsort zu finden. Aber nicht hier in England.«

»Und Ihr werdet ihr Euren Schutz nicht zukommen lassen?«

»Das wäre unmöglich. Auf keinen Fall darf ruchbar werden, daß zwischen uns eine Verbindung besteht.«

Roberts Miene verhärtete sich. »Ihr irrt Euch«, sagte er. »Es ist gar nicht möglich, daß Ihr anders handelt.«

»Und warum nicht?«

Er hielt dem königlichen Blick stand. »Weil wir beide wissen, was in dem von Clara Merkert unterzeichneten Geständnis steht. Nicht Mary Stuart war Kates Mutter.« Er ließ eine bedeutungsvolle Pause eintreten. »Sondern Ihr seid es.«

»Robert!« hauchte Kate.

Roberts Blick fixierte Elizabeth. »Es ist doch so, oder?«

»Lügen«, brachte Elizabeth tonlos hervor. »Schwachsinniges Geschwätz. Eine abgefeimte Lüge, die Euch den Kopf kosten könnte.«

»Ich kann mir nicht denken, daß Ihr dieses Risiko eingehen würdet. Ihr würdet nicht wollen, daß mein schwachsinniges Geschwätz jemandem zu Ohren käme. Der einzig sichere Weg wäre ein Meuchelmord, aber Ihr hättet große Probleme, ihn vor Euch selbst zu rechtfertigen. Denn Ihr besitzt ein Gewissen.«

»Robert, was sagst du da?« fragte Kate wie betäubt. »Das stimmt nicht. Du weißt, daß ich…«

»Wie soll ich das wissen? Nur weil Sebastian dir dein Leben lang einredete, du seist Marys Kind? Wer hat es ihm denn gesagt?« Mit einer Kopfbewegung wies er auf Elizabeth. »Ihre Glorreiche Majestät. Du hast es geglaubt, weil er es glaubte. Es war unwahrscheinlich, daß er Zweifel an der Königin äußern würde, deren Reinheit und Jungfräulichkeit legendär sind, aber falls er an ihr zweifelte, lieferte sie ihm die perfekte Antwort: Sie schob alles auf die böse, in ihrem Kerker Ränke schmiedende Kusine Mary. Es kam äußerst gelegen, daß Mary jahrelang Eure Gefangene war, nicht wahr? Ihr hättet nicht gewollt, daß Euer Kind unstandesgemäß aufwächst. Ihr habt Eure Tochter ihres Geburtsrechts beraubt, aber Ihr habt ihr trotzdem den Mythos eines Königskindes verschafft.«

»Mutmaßungen«, erwiderte Elizabeth ausdruckslos.

»Aber Ihr selbst habt einmal gesagt, ich sei gut im Anstellen von Mutmaßungen«, gab Robert zurück. »Ihr habt mich alle Einzelteile zusammenfügen lassen, die mich dorthin brachten, wo Ihr mich haben wolltet. Und weil ich diese Schlüsse selbst zog, stellte ich ihre Wahrheit nicht in Frage. Sehr klug, Euer Majestät.«

»Und warum solltet Ihr diese Schlußfolgerungen jetzt in Zweifel ziehen?«

»Das Geständnis.«

»Das Ihr nie gesehen habt.«

»Dessen Inhalt aber jeden einzelnen von Malcolms Schritten bestimmte.«

»Clara Merkert könnte zu ihm gesagt haben, daß Kathryn Marys Kind wäre«, sagte Elizabeth. »Es hätte Malcolm zu denselben Schritten veranlaßt, wenn er so ehrgeizig ist, wie Ihr sagt.«

»Er hätte Kate nachgestellt, aber nicht auf diese Weise. Er hat Sebastian Landfield gefoltert, damit dieser aussage, sie sei Eure Tochter und nicht die Marys, aber Sebastian gab nicht nach. Er sagte: ›Nicht Lilith... die Schlange, die sich windet und verwandelt.‹ Die Schlange im Garten Eden soll sich vom Teufel in Gewürm verwandelt haben. In Sebastians Augen hatte Kate sich von Marys Tochter in die Elizabeths verwandelt.«

»Höchst unglaubwürdig«, schnaubte Elizabeth verächtlich.

Robert nickte. »So unglaubwürdig, daß nicht einmal ich darauf kam. Aber dann sagte Kate zu mir, Malcolm wolle sie nach Warwick und Kenilworth bringen, um dort Unterstützung zu finden.«

Kate bemerkte eine fast unmerkliche Veränderung in Elizabeths Haltung.

»Mir erschien es merkwürdig, aber selbst damals wäre ich nicht darauf gekommen. Bis Malcolm seine Absicht änderte und statt dessen die Niederlande als Ziel nannte.« Er wandte sich an Kate. »Was hat er zu dir gesagt?«

»Die größte Unterstützung hätte ich in den Niederlanden zu erwarten«, äußerte Kate stockend.

»Und das stimmte.« Robert hielt Elizabeths Blick fest. »Weil Ihr vor kurzem den Earl von Leicester dorthin geschickt habt, damit er Friedensverhandlungen führe und zur Vorbereitung des Krieges mit Spanien die Verteidigungsbereitschaft des Auslandes steigere. Er befand sich weder auf seinem Besitz in Kenilworth noch bei seinem Bruder in Warwick. Malcolm mußte ihm in die Niederlande folgen, wenn er ihn in das Komplott einbeziehen wollte.«

»Robert Dudley ist mein ergebenster Diener. Der Earl würde sich nie auf eine Verschwörung gegen mich einlassen«, sagte darauf Elizabeth.

»Nicht einmal, wenn dadurch seine Tochter Königin von England würde und er selbst die Macht hinter dem Thron?« fragte Robert leise.

Aber mein Vater ist der Earl von Shrewsbury, dachte Kate verwirrt. Das alles war verrückt. Ihr Leben lang hatte sie dies als Wahrheit angesehen, und jetzt sollte sie nicht nur Elizabeth als Mutter anerkennen, sondern auch den Earl von Leicester als Vater.

»Ihr bezichtigt mich der Unzucht mit Robin und zudem der Geburt seines Kindes?« fragte Elizabeth kalt.

»Mit wem sonst? Seit Eurer Thronbesteigung hat es um Euch und den Earl Gerüchte gegeben. Ihr habt Euch geweigert, ihn zu entlassen, auch als Ihr durch die Beziehung zu Eurem Stallmeister zum Gespött von ganz Europa wurdet. Ihr habt ihn mit Ehren und Reichtümern überhäuft, aber was er sich am sehnlichsten wünschte, das habt Ihr ihm versagt. Nämlich die Ehe mit der Königin und die Macht, die mit dieser Stellung verknüpft ist.« Robert hielt inne. »Weil Leicester stets großen Ehrgeiz erkennen ließ. Er ging sogar so weit, dem spanischen Gesandten zu versprechen, er würde in England wieder die katholische Religion zulassen, wenn Spanien seiner Verbindung mit Euch wohlwollend gegenüberstünde.«

»Das war nicht sein Ernst«, sagte Elizabeth rasch. »Robin war immer ein aufrechter Protestant.«

»Aber sein Angebot hat Euch doch sehr unsicher werden lassen. Das Risiko einer Ehe war zu groß, aber ihn aufgeben, dazu wart Ihr auch nicht imstande. Welchen Kurs hättet Ihr also einschlagen sollen, als Ihr feststellen mußtet, daß Ihr guter Hoffnung wart? Leicester durfte es nicht erfahren, denn das Wissen, Vater der illegitimen Thronerbin zu sein, hätte für einen so ehrgeizigen Mann eine große Versuchung dargestellt.«

»Ich bin ständig von meinen Hofdamen umgeben. Wie hätte ich unbemerkt ein Kind zur Welt bringen sollen?«

»Es muß schwierig gewesen sein, aber nicht unmöglich. Nicht für die Frau jedenfalls, die der Papst das ›seltenste Geschöpf der letzten fünfhundert Jahre‹ nannte.«

»Ihr habt keinen Beweis für diese Behauptung«, wandte Elizabeth ein.

»Bis auf das Geständnis, das James jetzt in Händen hat.«

»Ich möchte wetten, er hat das Dokument auf der Stelle vernichtet, nachdem er es erhielt.« Sie schürzte die Lippen. »Dieser Milchbart würde jedes Hindernis zwischen ihm und meinem Thron aus dem Weg räumen.«

»Das ist auch der Grund, weshalb Ihr Kate Euren Schutz nicht entziehen werdet«, sagte Robert. »Und weshalb Ihr sie öffentlich anerkennen werdet.«

»Seid Ihr von Sinnen? Angenommen, Eure Behauptungen wären nicht aus der Luft gegriffen... glaubt Ihr denn, ich würde zulassen, daß Robin von ihrer Existenz erfährt, nachdem ich jahrelang alles daransetzte, sie zu verheimlichen?«

»Der einzige Weg, ihre Sicherheit zu gewährleisten, ist die Anerkennung.«

Elizabeth kniff die Augen zusammen. »Damit Ihr Euch in ihrem Namen den Thron aneignen könnt. Sehr gerissen, aber Ihr werdet nicht...«

»Hört auf damit!« unterbrach Kate von Jähzorn erfaßt die Königin. »Ich will nichts mehr davon hören. Wie könnt Ihr es wagen, Euch meinetwegen in die Haare zu geraten wie zwei Straßenköter über einen Knochen? Es geht um mein *Leben*.« Sie wandte sich an Elizabeth. »Seid Ihr meine Mutter?«

Wortlos starrte Elizabeth sie an.

»Gebt mir Antwort!«

Robert trat vor. »Kate, es wird...«

»Sei still.« Jetzt nahm sie sich ihn vor. »Dein Verhalten mißfällt mir ebenso. Warum hast du mir das alles nicht vorher gesagt? Warum hast du zugelassen, daß ich es auf diese Weise erfahre?«

»Ich glaube, unser Black Robert war seiner Sache nicht ganz sicher und verließ sich auf die bewährte Überrumpelungstaktik, um den Sieg zu erringen«, bemerkte Elizabeth trocken.

»Nun, das war nicht feinfühlig von ihm. Ihr beide seid nicht sehr feinfühlig. Ich werde nicht...« Sie hielt inne, um ihre Stimme wieder in die Gewalt zu bekommen. »Robert, geh, ich möchte allein mit ihr sprechen.«

»Das halte ich für keine gute Idee«, wandte Robert ein.

»Laß uns allein!«

Ohne sich von der Stelle zu rühren, sah Robert sie finster an.

»So geht, um Himmels willen«, ließ sich nun Elizabeth ungeduldig vernehmen. »Ich werde sie schon nicht fressen.«

»Das war nicht meine Sorge«, sagte Robert. »Ich befürchte vielmehr, daß sie Euch verschlingt. Und das wäre hier, im Zentrum Eures Herrschaftsbereiches, alles andere als ratsam.« Mit einem ironischen Lächeln verbeugte er sich vor Kate. »Biete dein ganzes Zartgefühl auf. Schließlich ist sie deine Mutter.«

Elizabeth sah ihm grollend nach. »Unverschämter Kerl. Ich hätte auf Percy hören sollen.«

»Seid Ihr meine Mutter?« wiederholte Kate ihre Frage.

»Ich bin die Königin dieses Reiches, und du läßt es an der gebührenden Ehrerbietung mangeln.«

»Ich habe ein Recht, es zu wissen«, beharrte Kate. »Man hat mich belogen, benutzt und hin- und hergeschoben, als sei ich ein Gegenstand. Wenn es stimmt, dann seid Ihr es, die mir dieses Unrecht angetan habt. Ich will jetzt die Wahrheit wissen.« Dem Blick Elizabeths standhaltend, fragte sie, indem sie jedes Wort betonte: »Seid Ihr meine Mutter?«

Elizabeth ließ sich einen Moment Zeit, ehe sie sagte: »Ich habe dich zur Welt gebracht.«

Kate glaubte sich einer Ohnmacht nahe.

»Aber ich werde dich nie anerkennen«, erklärte Elizabeth hocherhobenen Hauptes. »Niemals. Es wäre viel zu gefährlich.«

»Für Euch?«

»Für England. Wenn Marys Tochter als Schachfigur benutzt werden konnte, um dieses Land zu entzweien, um wieviel gefährlicher würde meine Tochter sein?«

»Ihr wollt mich also wieder verstoßen?«

»Ich habe dich nicht verstoßen. Du hast alles bekommen, was ich dir gefahrlos geben konnte.«

»Ihr hättet mir einen Vater geben können. Ihr hättet...«

»Glaubst du, ich habe mir kein Kind gewünscht? Als Mary James gebar, war ich dem Tod nahe, so sehr sehnte ich einen Erben herbei.« Sie zuckte die Schultern. »Aber es war unmöglich. Deshalb war ich zu einer Entscheidung gezwungen. Und ich habe es nicht bereut.«

»Weil mein Vater ehrgeizig ist?«

»Robin war machthungrig. An sich ist Ehrgeiz nichts Schlechtes, solange er beherrscht wird. Ich selbst beherrsche ihn voll und ganz.« Als sie Kates Ausdruck bemerkte, sagte sie schroff: »Du verstehst nicht... ich habe ihn mein Leben lang geliebt. Er war mein Spielgefährte, mein Geliebter, und jetzt ist er mein Freund. Weißt du, wie einsam ich war? Ich habe Robin *verdient.*«

»Warum habt Ihr ihn nicht zum Mann genommen?«

»Du Törin, es wäre der sicherste Weg gewesen, ihn zu verlieren. Ich kenne doch Robin. Die Macht wäre ihm unweigerlich zu Kopf gestiegen... Er hätte versucht, sich zuviel davon anzueignen.« Ein Beben durchlief sie. »Und dann hätte ich ihn dafür bestrafen müssen.«

»Indem Ihr ihn dem Henker überlassen hättet wie meine...« Kate sprach nicht weiter. Sie konnte sich noch immer nicht damit abfinden, daß Mary nicht ihre Mutter war, daß alles nur eine Lüge war. »Hättet Ihr ihn auch getötet?«

»Dir erscheint das kaum glaublich? Ja, ich hätte es getan. Es hätte mir das Herz gebrochen, aber ich hätte nicht anders handeln können.« Sie lächelte zynisch. »Was weißt du schon? Als ich jünger war, als du es jetzt bist, da hat mein Freund Tom Seymour seinen Kopf verloren, und ich saß im Tower und wartete auf mein Todesurteil. Umstände wie diese lassen einem viel Zeit zum Nachdenken und geben einem eine Lektion mit auf den Weg. Sie haben mir vor Augen geführt, was für mich auf der Welt das Kostbarste ist, und sie verhalfen mir zu der Entschlossenheit, es zu schützen.«

»Am teuersten ist Euch der Thron«, sagte Kate verbittert.

»Am teuersten ist mir England, und der Thron dient mir, es zu schützen.« Ihr Ton wurde hart. »Und weder du noch Robin oder irgendeine Macht auf der Welt darf England zerstören.«

»Ich habe nicht den Wunsch, es zu zerstören.«

»Man könnte dich benutzen...«

»Hört auf, in meinem Kopf geht alles durcheinander. Ich muß überlegen.« Sie trat vor das durch Pfeiler unterteilte Fenster und starrte blindlings hinaus. Während sie verzweifelt versuchte, der Gefühle Herr zu werden, die in den letzten Minuten aufgrund der Enthüllungen auf sie eingestürzt waren, spürte sie Elizabeths Falkenblick auf sich. Sie empfand Ablehnung, Wut, Schock und noch etwas... etwas, das sie mit Angst erfüllte... nämlich Verständnis.

Minuten später drehte sie sich zur Königin um. »Ihr braucht mich nicht anzuerkennen.«

»Vielleicht habe ich mich nicht klar genug ausgedrückt: Ich habe nicht die Absicht, es zu tun.«

Kate ließ die sarkastische Bemerkung unbeachtet. »Aber Ihr werdet James einen Brief schreiben. Darin werdet Ihr eingestehen, daß ich Eure Tochter bin, und zugleich erklären, daß James nach Eurem Tod Thronerbe sein soll, wenn er nichts unternimmt, was Robert, mir oder Craighdhu schaden könnte.«

»Ich werde nichts dergleichen tun. Eine Entscheidung über die Thronfolge habe ich noch nicht getroffen.«

»Nein, Ihr zieht es vor, James in der Schwebe zu halten.« Kate sprach weiter: »Ihr werdet ihm auch zu verstehen geben, daß er den englischen Thron nie besteigen wird, sollte er offen gegen Craighdhu vorgehen.«

Elizabeth schüttelte den Kopf. »Ich brauche eine Waffe, um James zum Verbündeten zu haben, falls Philipp seine Armada gegen uns ausschickt.«

»Dann müßt Ihr eine andere finden. Das ist *meine* Waffe.«

Elizabeth verzog die Lippen. »Gegen mich hast du keine.«

»Ich habe eine. Meinen Vater.«

»Robin?«

»Verleugnet mich, und ich begebe mich auf direktem Weg in die Niederlande und raube ihn Euch. Bei Gott, ich werde Euch zeigen, daß ich keine Schachfigur bin, kein bloßes Faustpfand. Ich werde genau studieren, wie ich ihn benutzen kann, und dann werde ich ihn in Versuchung führen, werde seinen Ehrgeiz schüren, von dem Ihr behauptet, daß Ihr für ihn Verständnis hättet. Er wird sich mit mir verbünden, um Euch zu stürzen, und Ihr werdet Euren Geliebten und alten Freund verlieren, den Ihr so schätzt. Am Ende werdet Ihr uns beide vernichten müssen, sonst werden wir Euch vernichten.«

Elizabeths Lippen teilten sich. Ihre Verblüffung hätte nicht größer sein können. »Das bringst du nicht fertig.«

»Seht mich an«, forderte Kate sie in leidenschaftlichem Ton heraus. »Ich bin Eure Tochter. Ich kann die Welt bewegen, wenn ich mich dazu entschließe.«

»Ja, das glaube ich dir«, entfuhr es Elizabeth im Flüsterton. Dann ließ sie ein Auflachen hören. »Aber nicht meine Welt.«

»Man wird sehen.«

Elizabeth schüttelte den Kopf. »Es ist vielleicht vermeidbar, daß wir weiter aneinandergeraten. Es wäre möglich, daß ich James nach deinem Vorschlag manipulieren kann und trotzdem von ihm bekomme, was ich möchte.«

Kate ließ sich weder Erleichterung noch Triumph ansehen. »Ich vertraue darauf, daß es Euch glückt.«

»Und welche Sicherheit habe ich, daß du nicht zu Robin gehst, selbst wenn ich dir diese Garantien gebe?«

»Die Sicherheit, daß ich den Thron nicht möchte. Auch ich weiß, was mir auf der Welt am teuersten ist, und dazu gehört nichts, was Ihr besitzt.«

»Ihr meint Craighdhu und diesen ungeheuerlichen Halunken, der draußen wartet? Dir mangelt es an Weitblick.«

»Dieser ungeheuerliche Halunke könnte dieses Königreich besser regieren als Ihr. Und was Weitblick betrifft, so führe ich auf Craighdhu ein Leben, das reichlich Herausforderungen bietet, daneben aber auch Umstände, die nicht erfordern, daß ich mein Kind Fremden überlassen muß.« Sie ging zur Tür. »Schickt den Brief unverzüglich ab. Ich möchte endlich wieder nach Hause, nach Craighdhu.«

»Bist du sicher, daß dies alles ist, was dein Herz begehrt?« fragte Elizabeth einschmeichelnd.

Kate warf ihr einen Blick über die Schulter zu.

Elizabeths Lächeln verriet eine Mischung aus Sarkasmus, Bedauern und einem Anflug von Bosheit. »Ich glaube es nämlich nicht. Ich kann auch in dir Machthunger erkennen«, sagte sie leise. »Du bist nicht umsonst meine Tochter.«

Robert kam auf Kate zu, als sie die Tür des königlichen Gemaches hinter sich schloß. »Ist alles gutgegangen?«

Seine Berührung brachte ihr augenblicklich Trost. Sie nickte kurz. »Sehr gut.«

Er sah sie prüfend an. »Du siehst aber nicht gut aus.«

Elizabeths letzte Bemerkung hatte sie zutiefst aufgewühlt. Ihre Mutter hatte in Kate etwas gesehen, das diese lieber unberührt gelassen hätte. »Was hast du erwartet, wenn du mir eine Erschütterung bereitest, indem du...« Sie sprach nicht weiter, als ihr der Posten an der Tür einfiel. »Laß uns rasch aufs Schiff zurückkehren.«

Robert sprach erst wieder, als sie in der Barke saßen und der Palast hinter ihnen zurückblieb.

»Nun, gehen wir auf Freibeuterfahrt?«

Sie schüttelte den Kopf. »Wir gehen zurück nach Craighdhu. Solange mein Vater am Leben ist, sind wir dort sicher. Mein Vater«, wiederholte sie. »Sonderbar. Als ich noch glaubte, Shrewsbury sei mein Vater, habe ich nie richtig an ihn gedacht. Und jetzt ist es mit Leicester dasselbe. Sie sind für mich schattenhafte Gestalten.«

»Verständlich. Sowohl Mary als auch Elizabeth werfen ein viel zu strahlendes Licht.«

»Ich war wütend auf sie. Ich sagte zu ihr, wenn sie nicht täte, was ich wollte, würde ich zu meinem Vater gehen und gemeinsam würden wir sie vernichten.« Sie zuckte die Schultern. »Natürlich habe ich nur geblufft.«

Robert lächelte. »Ach?«

»Nein, es war mein Ernst. Als ich dastand und ihr Vorhaltungen machte, da geriet mein Blut in Wallung, und ich erlebte ein Hochgefühl, das mich glauben ließ, ich könnte alles erreichen. Und ich weiß, daß sie ähnlich empfand. Es war, als würden wir einander gegenseitig hochschaukeln.«

»Wundert mich nicht. Ihr seid einander sehr ähnlich.«

»Ich möchte nicht so sein wie sie«, flüsterte Kate.

»Wähle das Gute und meide das Schlechte.«

»Das hast du auch von Mary gesagt.«

»Der Rat gilt immer noch. Bist du nicht lieber Elizabeths Tochter als Marys?«

Elizabeth konnte listenreich und egoistisch sein, aber sie war auch stark und kühn und besaß etwas, das in Kate eine verwandte Saite anschlug. »Ich glaube… ich hätte sie liebgewinnen können.« Kate schnitt eine Grimasse. »Doch es wäre so gewesen, als hätte ich mich selbst geliebt.«

»Lieben ist nichts Schlechtes«, sagte Robert. »Ich mache es mir zu Gewohnheit.«

Sie schüttelte den Kopf, in Gedanken noch immer bei jenem beunruhigenden Hochgefühl. »Ich werde sie nicht wiedersehen.«

»Ist die Verlockung zu stark?«

»Das habe ich nicht gesagt«, beeilte sie sich, ihm zu versichern.

»Würdest du gern Königin von England sein? Wir könnten es erreichen«, sagte er leise. »Sollen wir nicht die Niederlande ansteuern?«

Entsetzt starrte sie ihn an. »Aber wir fahren doch nach Hause.«

»Nur wenn du es möchtest. Als ich dich zu Elizabeth brachte, wußte ich, daß du vielleicht vor eine Entscheidung gestellt sein würdest.«

»Und du hast mich trotzdem zu ihr gebracht?«

»Man hat dich im Leben schon um so vieles betrogen. Ich möchte nicht, daß du noch einmal betrogen wirst.«

Er würde sich statt dessen selbst betrügen. Sie schluckte, um das würgende Gefühl in ihrer Kehle loszuwerden. »Du bist viel zu eingebildet, um dich zum Prinzgemahl zu eignen.«

Er führte ihre Hand an die Lippen. »Ich könnte mich in die Rolle gut einfügen, was die ehelichen Pflichten betrifft. Und ich würde dafür sorgen, daß Euer Majestät nie Langeweile verspürt.«

»Ich glaube dir.« Sie legte ihren Kopf an seine Schulter. »Aber für diese Aktivitäten wirst du viel mehr Zeit haben, wenn wir nach Craighdhu gehen.«

»Bist du sicher?«

Plötzlich war sie ganz sicher. Elizabeths Weg mochte eine Herausforderung sein, Schmeicheleien und Machtfülle berauschend, aber Kate hatte nicht die Absicht, ihr Leben so zu beenden wie Elizabeth… allein, umgeben von kalter Pracht.

»Ich möchte es nicht.« Sie schmiegte sich enger an ihn. »Und sie würde es auch nicht wollen, wenn sie wüßte, was ihr entgeht. Ich möchte nur dich und Craighdhu.«

Sie spürte, wie die Anspannung, die er vor ihr verborgen hatte, nun von ihm wich. Er zog sie an sich, um leichthin zu sagen: »Ich bin überglücklich, daß du meinetwegen auf einen

Thron verzichtest, mein Mädchen. Das ist ein schönes und seltenes Kompliment.«

»Nun, es geht ja nicht nur um dich. Ich hatte noch etwas anderes zu bedenken.« Ihre Lebensgeister hoben sich, als kühne Hoffnung sie durchzuckte. Warum die Angst, daß es sich nur um eine Gnadenfrist handeln mochte? Sie waren auf dem Heimweg, und zusammen würden sie einen Weg finden, dort zu bleiben. Sie lächelte beglückt. »Unser Kind muß um die Zeit zur Welt kommen, wenn nächstes Jahr die Seehunde nach Craighdhu zurückkehren.«

»Am Dock steht Tim MacDougal.« Robert wandte sich an Jock. »Kümmere dich um Kate. Ich gehe an Land und sehe nach, ob alles in Ordnung ist.«

Kate sah ihm nach, wie er die Gangway hinunterlief und auf den Verwalter zuging. Erleichtert erkannte sie, daß seine Miene sich nach den ersten Worten, die er mit ihm wechselte, erhellte. Zwar hatte sie gehofft, daß Elizabeth sich rasch zum Schutze Craighdhus einsetzte, doch bestand immer die Gefahr, daß James Aufruhr stiftete.

»Alles scheint im Lot zu sein«, sagte Jock. »Allerdings wundert es mich, daß er Euch mir anvertraut. Beim letzten Mal habe ich Euch Alec ausgeliefert.«

»Ich habe mich selbst ausgeliefert«, sagte Kate. Sie drehte sich zu ihm um und schaute ihn an. Seit sie in Schottland an Bord der *Irish Princess* gegangen waren, war er ihr mit ausgesuchter Höflichkeit begegnet, hatte aber immer Distanz gewahrt. Dies war das erste Mal, daß er sie direkt ansprach. »Es war nicht Eure Schuld, und das weiß Robert.«

»Ich hätte es verhindern können. Ich entschied mich, es nicht zu tun.« Er sah ihr in die Augen. »Vor diese Entscheidung möchte ich jetzt nicht mehr gestellt werden.«

»Nein?« Sie war gespannt wie eine Feder.

Ein jähes Lächeln erhellte seine Züge. »Ihr habt uns viel Ärger bereitet. Es wäre wider alle Vernunft, dies wieder zuzulassen. Ich sagte zu Robert, es wäre sicherer, wenn wir Euch hier haben als auf dem Thron Schottlands, und jetzt, da wir wissen, daß Ihr die Erbin eines noch mächtigeren Thrones seid, müssen wir dafür sorgen, daß Ihr hier genug zu tun habt, damit Ihr nicht auf dumme Gedanken kommt.«

Ihre Anspannung lockerte sich. »Ihr wißt, daß ich schwanger bin?«

»Ich glaube, wir können einem Kind Sicherheit garantieren – falls es nicht so eigenwillig ist wie seine Mutter.«

»Das wird es vermutlich.«

»Dann werden wir uns dem Problem stellen, wenn es auf uns zukommt.« Er nahm ihren Arm. »Robert ruft uns.«

»Ich werde Craighdhu oder Robert nie gefährden«, sagte sie leise, als er sie zur Gangway führte. »Macht Euch deshalb keine Sorgen, Jock.«

»Ich mache mir keine.« Er sah sie nicht an, als sie von Bord gingen. »Als wir nach Kilgranne gingen, wußte ich, Ihr würdet nie zulassen, daß jemandem oder etwas, an dem Euch liegt, Schaden zugefügt wird, Kate.«

Kate. Sie wußte noch, wie sie ihn damals im Burghof ermahnt hatte, sie nicht Kate zu nennen, da sie für ihre Widersacher Kathryn heiße. Sie lächelte. »Wie schön, daß Ihr erkannt habt, daß auch ich meine Pflicht auf Craighdhu zu erfüllen weiß.« Sie traten zu Robert und MacDougal, und sie blickte Robert fragend an.

»Es gibt kein Problem«, beruhigte Robert sie. »Tim wollte mir nur sagen, daß er für mich eine Sache erledigt hat.«

»Da bin ich aber erleichtert. Wir hatten schon genug Verdruß.« Sie lächelte dem Verwalter zu. »Es freut mich, Euch zu sehen, Tim.«

MacDougal errötete. »Ihr habt uns gefehlt. Und Ihr seht gut aus, Mylady.«

Robert nahm Kates Arm und ging mit ihr das Dock entlang. »Er sagte auch, Gavin ginge es schon viel besser und er sei der übellaunigste Invalide der Welt.«

»Gott sei Dank«, stieß sie erleichtert hervor. »Und Jean?«

»Sie hat mit ihrer Fürsorge um Gavin die Burg auf den Kopf gestellt und liegt sich mit Deirdre ständig in den Haaren. Beide glauben, sie wüßten, was für ihn das Beste ist.«

Jock und Tim MacDougal folgten ihnen in einigem Abstand, und Kate hörte sie leise miteinander sprechen. Die Sonne schien hell, als sie in die zur Burg führenden Straße einbogen, und tauchte den ganzen Ort in ihren Glanz. Tränen stiegen ihr in die Augen, und sie verspürte einen scharfen Stich, als sie daran dachte, daß sie dies alles beinahe verloren hätte. Für Craighdhu war die Gefahr zwar noch nicht gebannt, aber ihr bot sich nun noch eine Chance, die Insel, die sie über alles liebte, für sich zu gewinnen.

Auf dem Marktplatz angekommen, sahen sie sich plötzlich von Menschen umringt, von Männern, Frauen und Kindern.

»Es war aber auch an der Zeit, daß Ihr zurückkehrt.«

Sie drehte sich um und sah ein Stück weiter Deirdre im Eingang zum Weberhaus stehen.

»Deirdre!« Sie drängte sich durch die Menge und lief über die Straße. »Wie ist es Euch ergangen?«

»Ganz gut«, erwiderte die Irin mürrisch. »Ich bin ja nicht auf und davon, nachdem man mir diese Weiber aufgehalst hat, und habe mich auch nicht gedrückt, als ...«

»Pst.« Kate wagte eine kurze Umarmung. »Sagt, daß Ihr über meine Rückkehr froh seid.«

Die Andeutung eines Lächelns spielte um Deirdres Lippen. »Natürlich bin ich froh.« Rasch fügte sie hinzu: »Ich brauche Hilfe bei diesen dummen Gänsen, die Kettfaden und Schiffchen nicht auseinanderhalten können.«

Kate lachte. »Das schafft Ihr allein. Wie ich hörte, habt Ihr und Jean Gavin wieder auf die Beine gebracht.«

»Er würde noch rascher genesen, wenn sie auf mich hören würde. Sie ist ein eigenwilliges Ding, aber eine bessere Frau, als ich zunächst dachte«, mußte sie grollend eingestehen.

»Kate.« Auch Robert hatte sich aus der Menge gelöst und zog

sie entschlossen mit sich. »Deirdre, wir sehen uns später«, sagte er noch und schob Kate weiter. »Wir müssen etwas erledigen.«

Ihre Verwirrung wuchs, als sie sah, daß er sie zur Kirche führte. »Wieso in die Kirche?«

»Weil wir etwas erledigen müssen.« Robert nahm ihre Hand und ging mit ihr die Stufen hinauf. »Ich ließ den Geistlichen verständigen, er solle bei unserer Ankunft zur Stelle sein.«

»Der Geistliche? Warum sollte...?« Sie hielt inne, als ihr die Bedeutung seiner Worte aufging. »Du möchtest mich heiraten?«

»Wir sind schon verheiratet. Ich möchte das Band nur ein wenig fester knüpfen.«

»Damit würde es nicht nur fester. Eine kirchliche Trauung macht es unauflöslich.«

»Unauflöslich war es schon, als ich dich zum ersten Mal sah, schmutzverkrustet, auf dem Boden liegend.«

Vor der Tür blieb sie stehen. »Aber dies ist anders.«

Er lachte schallend, den Kopf in den Nacken gelegt. »Du wirst mein Kind bekommen, du hast Elizabeth von England getrotzt, und jetzt scheust du dich, ein paar Worte vor dem Pfarrer zu sagen?«

»Es erscheint mir verwegen.«

Sein Lachen erlosch. »Und mir erschien es verwegen, wieder deinen Verlust zu riskieren. Alec nannte mich einen Dummkopf, weil ich dich nicht vor Gott und den Menschen zur Frau genommen hätte, und diesen Fehler möchte ich nicht wiederholen.«

»Das bedeutet aber, daß du mich nicht mehr loswerden kannst, sollte es sich als nötig erweisen.«

»Du mich auch nicht. Solltest du daher deine Ansicht ändern und zu der Meinung gelangen, Craighdhu genüge dir nicht, würdest du mich mitnehmen müssen.«

Sie schluckte. »Eine unerträgliche Bürde.«

»Ich will versuchen, sie leichter zu machen.« Er streckte seine Hand aus. »Willst du mich heiraten, Kate?«

Sie senkte den Blick auf seine ausgestreckte Hand. Am Abend von Gavins und Jeans Hochzeit hatte sie ihm fast genau an dieser Stelle ihre Hand entgegengestreckt und ihn um Vertrauen und um eine Bindung gebeten. Er hatte ihr beides gegeben. Und jetzt erbat er von ihr eine noch festere Bindung, aus der es für beide kein Zurück mehr geben würde. Triumph oder Untergang, sie würden es gemeinsam erleben.

Eines seiner seltenen Lächeln erhellte seine Miene. »Kate?«

Sie konnte das Lächeln nicht erwidern. Der Augenblick war zu ernst. Freude und Bangigkeit überwältigend. Gavins Hochzeit war für sie in einen Nebel magischen Zaubers getaucht, während sie jetzt im grellen Sonnenschein der Realität standen.

»Komm schon, wo bleibt deine Kühnheit?«

Er hatte recht – ihre Liebe war groß, doch würden sie nie die vor ihnen liegenden Herausforderungen überwinden, wenn sie sich dem Leben nicht beherzt und wagemutig stellten. Sie ergriff seine Hand. »Es ist mir eine Ehre, mich mit dir zu vermählen, Robert von Craighdhu.«

EPILOG

Elizabeths Sieg über die spanische Armada war vollkommen, ein Sieg, der sowohl der Stärke der englischen Flotte als auch Elizabeths diplomatischen Fähigkeiten zugeschrieben wurde, die sich auch darin zeigten, daß es ihr gelang, James von Schottland davon abzuhalten, den angeschlagenen spanischen Schiffen vor seiner Küste Hilfe zu gewähren. Mochte die Rolle des Earl von Leicester bei diesem Sieg auch alles andere als rühmlich gewesen sein, so bezeugte Elizabeth ihm dennoch ihre Wertschätzung, indem sie ihn zum Befehlshaber ihrer Armee machte.

Craighdhu,
30. Oktober 1588

»Kate, hier ist ein Brief für dich.« Gavin betrat die Halle und ging an den Kamin, vor dem Kate auf dem Boden sitzend mit dem kleinen Patrick spielte. »Der Bote wartet im Hafen auf Antwort.«

»Von Robert?« fragte sie begierig. Robert weilte seit über zwei Monaten in Irland und schützte ihre Besitzungen vor den Übergriffen Sir William Fitzwilliams, Elizabeths Statthalter in Irland. Es war ihre längste Trennung seit ihrer Rückkehr nach Craighdhu. Als sie sich aufrichtete, stieß ihr Söhnchen sofort einen wütenden Schrei aus und klammerte sich an ihren Rocksaum, so daß sie ihm eilig einen hölzernen Soldaten zusteckte.

Kates Enttäuschung war groß, als Gavin verneinend den Kopf schüttelte. »Der Bote kam vom Festland«, sagte er.

»Du hinkst ja schon wieder«, bemerkte sie kritisch. »Schmerzt dein Bein?«

»Ein ganz klein wenig. Bei Nordwind spüre ich es immer. Natürlich sagt Jeanie dann, ich hinke nur, um Mitleid zu erregen.« Er grinste. »Zum Teil hat sie recht. Mit einer Frau wie Jean muß ein Mann zu jeder Waffe greifen, um sich durchzusetzen.« Er machte ein wehmütiges Gesicht. »Und wenn ich noch ein wenig mehr hinke, wirst du mir dann verraten, wo mein Dudelsack versteckt ist?«

»Nein.« Sie nahm den Brief in Empfang. »Jock sagt, deine armen, verwundeten Finger brauchen Ruhe.«

»Es ist jetzt über ein Jahr her.« Er bewegte gelenkig seine Finger. »Siehst du? Ganz geschmeidig. Ich könnte so spielen wie eh und je.«

»Das ist es, was ich befürchte.« Sie öffnete den Umschlag und entnahm ihm das Schreiben. Das Lächeln, das um ihre Lippen gelegen hatte, verschwand, als sie die zwei auf das Pergament hingeworfenen Zeilen las.

Dein Vater ist tot. Komm zu mir
Elizabeth Regina.

»Was ist passiert?« fragte Gavin.

Der Earl von Leicester war tot, nun besaß Kate gegen Elizabeth kein Druckmittel mehr.

Sie reichte Gavin den Brief, ging an den Schreibtisch und griff nach einer Feder.

»Das ist schlimm«, murmelte Gavin, als er die Zeilen gelesen hatte. »Wirst du zu ihr gehen?«

»Natürlich.« Sie warf ein paar Zeilen auf das Papier, steckte es in einen Umschlag und versiegelte ihn. »Was sollte ich sonst wohl tun? Gib das dem Boten und sag Jock, daß wir sofort aufbrechen.«

Er nahm das Schreiben an sich. »Ich könnte ja mitkommen.«

Sie schüttelte den Kopf. »Ich nehme Jock mit. Wenn Robert kommt, sollst du hier sein und ihn davon abhalten, mir zu folgen.«

»Das wird nicht einfach sein.«

»Aber es wird dir eher gelingen als Jock. Beide sind von angriffslustiger Natur. Keiner würde warten und sehen, ob es einen anderen Weg gibt.«

Er plusterte sich auf. »Während ich wiederum der geborene Diplomat bin.«

»Nun…« Sie wollte ihm den Glauben nicht rauben. »Wirst du Jean bitten, sie möge sich um Patrick kümmern?«

»Ich verspreche, daß wir dem Kerlchen unsere volle Aufmerksamkeit widmen werden. Eine gute Übung für die Zeit, wenn wir eigenen Nachwuchs haben.« Er lächelte einschmeichelnd. »Ich weiß, daß Patrick noch zu klein ist, doch böte sich die Gelegenheit an, seine Musikalität zu nutzen. Würdest du mir wohl verraten, wo mein Dudelsack ist?«

Als Kate zur Königin vorgelassen wurde, traf sie diese am Fenster sitzend an, auf dem Schoß ihre Laute, deren Saiten ihre Finger müßig Töne entlockten. Elizabeth wirkte kleiner, fast eingeschrumpft, ihre Haut pergamentartig und bleich. Ihre Augen waren vom Weinen gerötet.

»Gut siehst du aus«, sagte sie gleichmütig, um sogleich mürrisch zu äußern: »Nein, du siehst geradezu widerwärtig strahlend aus. Eine Beleidigung meiner Person.«

»Ich bitte um Verzeihung«, sagte Kate. »Da ich meinen Vater nicht kannte, bekümmert mich sein Dahinscheiden wenig.«

Elizabeths Miene verfinsterte sich. »Du solltest wenigstens den Anstand haben, ängstlich dreinzuschauen, da du nun gegen mich nichts mehr in der Hand hast.«

»Ich bin besorgt, aber seine Schwächen soll man nie zeigen. Das wissen wir beide nur zu gut.«

»Ja.« Elizabeth ließ ein flüchtiges Lächeln sehen. »Das wissen wir.« Sie setzte sich aufrechter in ihrem Sessel zurecht. »Also, ich will es kurz machen. Deine mißliche Lage weckt mein Mitleid. Ich werde den dir gewährten Schutz ausweiten.«

»Ach?« Kates Wachsamkeit regte sich.

»Aber das hat seinen Preis. Du mußt nach London kommen.«

»Unmöglich.«

»Du sagst unmöglich zu mir?«

»Unmöglich«, wiederholte Kate. »Ich werde Robert nicht verlassen, und ich werde ihn auch nicht bitten, er solle Craighdhu verlassen.« Sie machte eine Pause. »Außerdem habe ich jetzt ein Kind.«

»Das weiß ich. Einen Jungen.«

Kate nickte. »Patrick ist schon ein strammes kleines Bürschchen.«

»Bring beide mit.« Elizabeth hob die Hand. »Spar dir deine Einwände, bis du mich angehört hast. Mir paßt es gar nicht, daß ich mein Land diesem rotznasigen Bengel auf dem schottischen Thron überlassen soll. Ich habe mich nicht mein Leben lang geplagt, um sein Machtgebiet zu vergrößern, nur damit er es wieder verliert.« Sie schob ihr Kinn vor. »Aber du könntest dich unter kundiger Führung dieser Aufgabe gewachsen zeigen.«

Kate sah zu ihrer großen Erleichterung sofort, in welche Richtung sich das Gespräch entwickelte. Alles würde gut werden. Elizabeth drückte ihr eine andere Waffe in die Hand. Sie lächelte. »Ich wäre mehr als geeignet. Ich würde alles von Euch Erreichte vergleichsweise nichtig aussehen lassen.«

»Anmaßung«, schnaubte Elizabeth. »Das Zusammenleben mit diesem unverschämten Piraten hat nicht dazu beigetragen, dich zu bessern.«

»Aber er hat mich unendlich bereichert.«

»Nun, ich habe mich jedenfalls entschlossen, dich zu meiner Erbin zu machen. Das wird große Schwierigkeiten nach sich ziehen, aber wenn wir uns…« Sie hielt inne, als sie sah, daß Kate den Kopf schüttelte. »Du weigerst dich?«

»Ich will den Thron nicht.«

»Unsinn. Du willst ihn. Jeder will ihn.«

»Auf Craighdhu habe ich alles, was ich brauche.«

Elizabeth sah sie prüfend an. »Es ist dein Ernst«, stellte sie schließlich verwundert fest.

»Aber es besteht immer die Möglichkeit, daß ich meine Meinung ändere«, antwortete Kate mit einem Lächeln. »Man weiß ja nie, deshalb müßt Ihr der künftigen Königin von England ständig Euren Schutz gewähren.«

»Ach, muß ich das?«

Kate nickte. »Etwas anderes wäre nicht in Eurem Interesse.«

Elizabeths Empörung wich einem zögernden Lächeln. »Ich hätte dich beim letzten Mal gleich festhalten sollen. Es geht nichts über den ersten Vorgeschmack von Macht. Du hast geschwankt – und ich hätte dich für mich gewinnen können.«

Rückblickend mußte Kate zugeben, daß die Königin nicht ganz unrecht hatte. »Möglich.«

»Ich hätte dich haben können.« Ermattet lehnte Elizabeth sich zurück und ließ den Zeigefinger über die Saiten der Laute gleiten. Plötzlich war es um ihr Feuer geschehen, und sie war nichts weiter als eine alternde, verhärmte Frau. »Robin hat Musik geliebt«, flüsterte sie. »Dieses schöne Instrument ist ein Geschenk von ihm... er hat mir viele wundervolle Geschenke gemacht.«

»Davon bin ich überzeugt.«

»Aber weißt du, was das kostbarste seiner Geschenke war?«

Kate schüttelte den Kopf.

»Er brachte mich zum Lachen. Was für ein seltenes...« In ihren Augen schimmerten Tränen, sie seufzte tief. »Nun, warum stehst du noch da? Die Audienz ist beendet. Du bist entlassen.«

Kate machte einen Knicks und wandte sich zum Gehen.

»Ich nannte dich nach der letzten Gemahlin meines Vaters«, rief ihr Elizabeth unvermittelt nach. »Kathryn Parr ist mir in meiner Kindheit mit großer Güte begegnet.«

Kate erschien es sonderbar, daß ihre Mutter dies am Ende der Unterredung sagte, aber nicht sonderbarer als die Unterredung selbst.

Kate machte die Tür auf.

»Ich habe sie sehr liebgehabt... Kathryn.«

Es war das Äußerste, was Elizabeth sich als Eingeständnis des Bedauerns darüber, daß sie ihr Kind aufgegeben hatte, abringen würde. Nun, auch Kate fiel es schwer, eine Niederlage einzugestehen. Die Zeit mochte ihren Schmerz und ihre Ablehnung gemildert haben, aber vorhanden waren sie noch immer. Doch in diesem Augenblick der Trennung stellte sie fest, daß sie nicht gehen wollte, ohne Elizabeths Entgegenkommen ihr eigenes entgegenzusetzen.

»Ich mochte es nie, wenn man mich Kathryn nannte.« Sie blickte lächelnd über die Schulter. »Nennt mich Kate.«

29. April 1603
Craighdhu

Kate und Robert sahen mit an, wie Percy Montgrave sich den Hang zur Klippe hinaufkämpfte, immer wieder ausrutschend und hinfallend. Die Last in seinen Armen, ein großes, in ein Umschlagtuch gehülltes Bündel, erschwerte ihm zusätzlich den Aufstieg.

»Sollten wir ihm nicht entgegengehen und ihm helfen?« fragte Kate.

»Nein, es sei denn, du möchtest ihm helfen, über die Klippen zu fallen«, murmelte Robert. »Meine Erinnerungen an Montgrave sind nicht die erfreulichsten.«

»Bei Gott, das nenne ich einen unwirtlichen Ort«, stieß Montgrave am Hügelgrat angekommen hervor. Aus dem Blick, den er auf die Seehundkolonie hinunterwarf, sprach Abscheu. »Stürmische Winde und wilde Tiere. Eine Umgebung wie für Euch geschaffen, MacDarren.«

»Ja, das ist richtig.« Robert rückte schützend an Kate heran. »Was führt Euch zu uns?«

»Ich habe Eurer Gemahlin ein Geschenk der Königin zu

überbringen.« Kaum hatte er den eingewickelten Gegenstand Robert übergeben, als er unter seinem Mantel nach etwas tastete. »Ihr habt sicher gehört, daß sie am 24. März dieses Jahres verstorben ist?«

»Ja.« Die Nachricht von Elizabeths Tod hatte Kate in einen Gefühlswirrwarr gestürzt, bei dem Trauer und Betroffenheit überwogen.

Montgrave hatte endlich den gesuchten Umschlag gefunden und überreichte ihn Kate. »Diesen Brief und das Geschenk hat sie mir eine Woche, nachdem sie ans Bett gefesselt wurde, anvertraut. Ich sollte Euch sagen, daß in der Musik ein reicher Schatz verborgen sei.«

»Das war ihre einzige Nachricht für mich?« Aber was habe ich erwartet, dachte Kate wehmütig. Gewiß kein zärtliches Lebewohl oder das Eingeständnis der Königin, daß sie nicht recht an ihr gehandelt hatte.

»Ihr könnt von Glück reden, daß sie sich diese Mühe machte«, sagte Percy nicht ohne Schärfe. »Sie war nicht mehr sie selbst. Sie war müde... so müde...« Er schüttelte den Kopf, als wolle er die Erinnerung abschütteln. »Sie war eine schwierige Person, aber... sie wird mir fehlen. Alles ist jetzt so... leer.« Damit drehte er sich um und machte sich an den Abstieg. »Ich muß zurück an den Hof. Nach Erhalt der Todesnachricht hat sich James unverzüglich auf den Weg nach London gemacht. Es war unklug, daß ich ging, ehe ich ihn willkommen heißen konnte, aber meine Pflicht der Königin gegenüber hatte Vorrang.«

Robert blickte ihm nach, während Kate den Umschlag öffnete. »Er hat recht, es war unklug. Nun, da James König ist, wird man um die Positionen bei Hof wetteifern. Vielleicht ist Montgrave gar nicht so übel, wie ich dachte.«

Elizabeths kurzes Schreiben war in einer zittrigen Schrift abgefaßt.

Kate,
Ich räume jemandem nur selten eine zweite Chance ein, aber Dir steht eine Wiedergutmachung zu. Ich habe zwar immer angedeutet, daß James mir nachfolgen soll, aber ich habe mich weder mündlich noch schriftlich festgelegt. Eine Kopie des Dokuments im Inneren der Laute geht an James, eine zweite bekommt der Erzbischof von Canterbury mit der Anweisung, sie nur auf Deinen Befehl hin zu öffnen.

Wenn Du klug bist, wirst Du dieses Dokument benutzen, wie ich es benutzt hätte. Bist Du aber so töricht, wie ich zu meinem Leidwesen vermute, behältst Du es als Sicherheit für den Fall, daß James gegen dich vorgehen sollte.

Elizabeth Regina.

Robert wickelte die Laute aus, teilte die Saiten und zog das Dokument aus dem Hohlraum. Er entfaltete es und überflog es in aller Eile. »Es ist Elizabeths Testament, in dem sie dich zur Thronfolgerin bestimmt.«

Kate hatte es geahnt. Elizabeth war zu entschlossen, als daß sie nicht einen letzten Wunsch gewagt hätte, um ihr Ziel zu erreichen. Aber vielleicht urteilte sie zu hart, vielleicht war es nur als wiedergutmachende Geste gedacht.

»Was sollen wir damit machen?« fragte Robert leise.

Kate blickte hinunter zu den Seehunden und der See, auf das Sinnbild von Leben und Geburt auf den schwarzen Felsen in der Tiefe.

Eine zweite Chance, um das Gleichgewicht zu verschieben. Macht und Ruhm gegen Robert und die Kinder und ein Glück, das all die Jahre sonnenhell gestrahlt hatte. Die Tatsache, daß sie diese Jahre im Schatten des Schwertes verleben mußten und keinen einzigen Augenblick wie selbstverständlich hatten genießen dürfen, machte alles nur noch kostbarer.

Es würde keinen Widerstreit der Gefühle geben.

Sie nahm Elizabeths Testament, um es wieder in den Tiefen der Laute zu verbergen. »Ich glaube, wir sollten das Instrument Patrick geben.« Sie küßte Robert liebevoll auf die Wange und hängte sich bei ihm ein. »Eine Ablenkung wäre dringend notwendig. Gavin, dieser Spitzbube, hat unserem Sohn das Dudelsackpfeifen beigebracht, und ich fürchte, der Junge spielt sogar noch schlechter als sein Lehrer.«